不京不海集续编

章培恒 著
吴冠文 编

复旦大学出版社

本书为章培恒先生2011年出版的《不京不海集》之续编，由吴冠文教授根据章先生生前所定目录整理而成。共收论著、论文二十四篇，其中既有先生早年的成名著作《洪昇年谱》，也收录他数十年间研究中国文学的重要论文，包括与病魔抗争的最后十年所写的十一篇论文。在内容上，仍是上起先秦，如对《楚辞·大招》的写作时代及其背景的考辨，下迄现代，如对五四新文学与古代文学关系的探讨，既有具体的作家、作品研究，也有对文学现象的阐述和文学发展演变线索的梳理，均体现了章先生对于中国文学及其古今贯通等问题的精思与卓见。先生治学严谨，注重实证，而又视野广阔，文献与理论素养深厚。本书所收论著与论文，既富于独创性，又展现了他一以贯之的追求真理、锲而不舍的学术风范。

章培恒先生(1934—2011)

《洪昇年谱》及上海古籍出版社1964年收稿证明

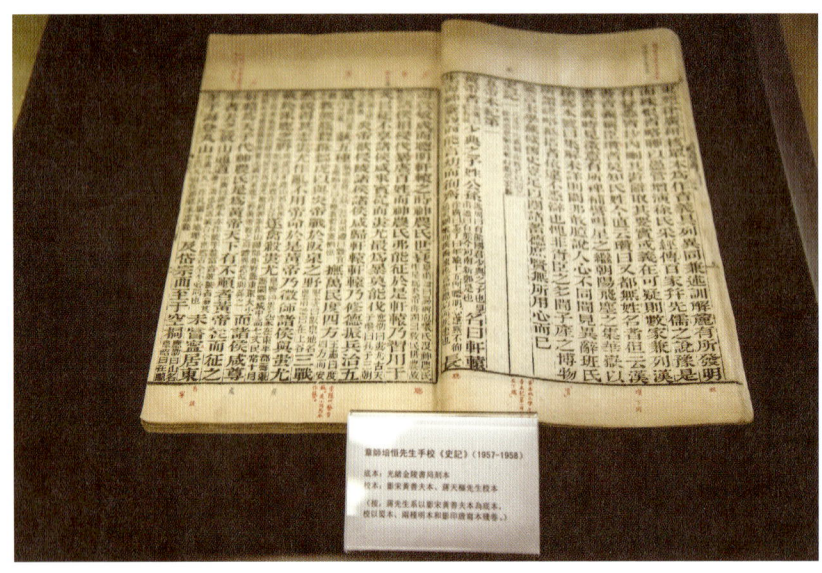

章先生手校《史记》(1957—1958)

序　言

陈建华

与《不京不海集》一样，《不京不海集续编》（以下简称《续编》）也是章培恒先生生前亲自编定，在编排上有所不同。《不京不海集》收入三十九篇文章，分两类，前二十四篇是对作家和作品的具体考证，后十五篇属于文学史专题论文，两类均据历史时序编排。《续编》收入《洪昇年谱》与二十三篇文章，不分考证或论述，按发表时间编排。一个最直接的印象是：前集终篇《关于中国现代文学的开端——兼及"近代文学"问题》发表于2001年，而续集中《传统与现代：且说〈玉梨魂〉》至《〈桃花扇〉与史实的巨大差别》等十一篇作于2001至2010年，即先生最后十年与病魔艰难挣扎抗争的期间，读来不禁敬仰与悲痛弥漫心头。

在《不京不海集》中有我的《追求真理，毋变初衷》一文，是读后体会，大致叙述了先生有关文学史的主要观点，今读《续编》，有一些新的体会。如其所提供的，1979年的《从李贺诗歌看形象思维》、1984年的《对中国古典文学研究的展望》和1996年的《关于中国文学史的思考》等文，隐含其知识累积与工作方向，若与《不京不海集》相参照（包括先生与骆玉明合著的《中国文学史》），似能略见先生关于"人性"——他的文学史的核心观点——的思考轨迹，于是想起鲁迅的《破恶声论》："吾未绝大冀于方来，则思聆知者之心声而相观其内曜。内曜者，破黮暗者也；心声者，离伪诈者也。"[①]先生历经磨难，却始终对未来抱着希望，不倦思考而发为心声，本文追踪先生心迹，也是学习与纪念的一种方式。

一、求索文学史的"人性"之旅

《续编》中《洪昇年谱》之后的三篇：《论〈红楼梦〉的思想内容》《论晚清谴责小说的思想倾向》与《论黄遵宪的诗歌创作》发表于1964—1966年间，是"政治挂帅"时代的产物，皆以"阶级斗争"为纲，认为《红楼梦》如帝制王朝封建阶级腐朽没落的挽歌，宝黛之爱是资产阶级世界观的反映；同样对晚清四大"谴责小

[①] 鲁迅《破恶声论》，《鲁迅全集》，人民文学出版社，2005年，第八卷，第25页。

说"或黄遵宪所代表的资产阶级改良派思想倾向痛加批判,表明作者的正确立场。从当时的政治环境看,史无前例的"文化大革命"即将来临,正值"山雨欲来风满楼"之时。章先生初出茅庐,锋芒毕露,其批判矛头另有所指。鲁迅在《中国小说史略》中把吴趼人《二十年目睹之怪现状》、李伯元《官场现形记》、刘鹗《老残游记》与曾朴《孽海花》称为晚清"谴责小说",评价不低。章先生以"历史唯物主义"为基准做了修正性演绎。在北京大学中文系文学专门化1955级集体编著的《中国小说史稿》中,这几部小说的改良主义思想倾向得到称赞。黄遵宪是晚清资产阶级改良派的代表人物之一,代表"诗界革命"的最高成就;他的《出军歌》等作品在游国恩主编的《中国文学史》里得到好评。这些都代表当时文学史领域的主流见解,尤其是北大集体编撰的《中国小说史稿》是新中国成立后第一代青年学者书写的文学史,贯彻了毛泽东《在延安文艺座谈会上的讲话》的精神,但在章先生看来,他们的革命立场还不够鲜明和彻底。

凡经历过那一段狂风暴雨的历史的,写些革命大批判文章,不足为怪,在拨乱反正之后,或弃之如敝履,或将之淡忘,更有坚持己见的,亦不足为怪。但是章先生为何编入这些文章?我们知道自1980年代以来他的文学观念发生了根本的转变,把文学从"革命"的战车上卸下而走向"人性"的求索之旅,如果把上述《论〈红楼梦〉的思想内容》与《续编》中2005年发表的《从〈红楼梦〉看中国文学的古今演变》相比较,那么可见他对宝黛爱情的态度变化。他这么做,我想正如他在《关于中国文学的开端》(《不京不海集》最后一篇)一文中针对他过去曾经主张现代文学起始于五四的观点,加了一个注解说明:"我在以前也持此一看法,所以本文同时是对我自己所持有的相应观点的清算"①,所以选入这三篇文章,意味着对自己过去的"清算"。而对章先生而言,直面自己的过去,则是一种坚持真理的态度。

这些文章体现了章先生挑战权威的锐气,与"革命大批判"文章不同,从马列主义和毛泽东思想出发,出自真诚的信仰,也是他后来的一贯风格。从学术规范看,对四部谴责小说、黄遵宪和《红楼梦》的全面研究的基础上进行分析与批判,以文本为理据,体现了实证学风与科学逻辑,具有很强的抽象思辨的能力。自从1956年起师从蒋天枢先生,在传统文史方面打下坚实的基础,《洪昇年谱》即是早年研究的成果;同时在文学理论方面向贾植芳先生、朱东润先生学

---

① 章培恒《关于中国现代文学的开端——兼及"近代文学"问题》,收入《不京不海集》,复旦大学出版社,2012年,第587页。

追求真理
锲而不舍
纵罹围厄
毋变初衷

中文系七九级同学毕业纪念用笺奉勉

章培恒 一九八三年三月九日

章先生赠言复旦中文系1979级毕业生

在生活中追求一帆风顺也许会付出太高昂的代价：失去作为人的乐趣。因此，我们要永远追求的是，在遇到挫折时的坚韧正直和平定。

应邀为中文系一九八一级同学并书奉勉

章培恒 一九八五年四月五日

章先生赠言复旦中文系1981级毕业生

本书编者读博时与章先生合影

2003级博士论文答辩，章先生与答辩专家及部分博士生合影（前排右起：章培恒、梅新林、陈大康、郭豫适、齐森华、孙逊、黄霖；后排右起：黄毅、郑利华、吴冠文、张石川）

目 录

序言 ……………………………………………………… 陈建华 1

洪昇年谱 ………………………………………………………… 1
  前言 ……………………………………………………………… 1
  传略 ……………………………………………………………… 17
  年谱 ……………………………………………………………… 27
  附录一 演《长生殿》之祸考 …………………………………… 197
  附录二 引用资料目 ……………………………………………… 215

论《红楼梦》的思想内容 …………………………………………… 225
论晚清谴责小说的思想倾向 ………………………………………… 246
论黄遵宪的诗歌创作 ………………………………………………… 260
从李贺诗歌看形象思维 ……………………………………………… 273
再论李贺诗歌与形象思维
  ——答王文生同志 ……………………………………………… 281
关于洪昇生平的几个问题
  ——读《洪昇研究》 …………………………………………… 292
论《金瓶梅词话》 …………………………………………………… 307
关于洪昇生年及其他
  ——读《洪昇生平考略》 ……………………………………… 319
对中国古典文学研究的展望 ………………………………………… 334
再谈《金瓶梅词话》的写作时代 …………………………………… 338

关于中国文学史的思考 ……………………………………………… 341

论五四新文学与古代文学的关系 ·············· 349

传统与现代：且说《玉梨魂》 ················ 360

关于五卷本《东坡志林》的真伪问题
　　——兼谈十二卷本《东坡先生志林》的可信性 ·············· 362

试论吴伟业的文学创作
　　——以其与晚明文学思潮的关系为中心 ·············· 380

关于《古诗为焦仲卿妻作》的形成过程与写作年代 ·············· 396

从《红楼梦》看中国文学的古今演变 ·············· 408

关于《大招》的写作时代和背景 ·············· 420

《玉台新咏》的编者与梁陈文学思想的实际 ·············· 429

《大业拾遗记》《梅妃传》等五篇传奇的写作时代 ·············· 438

龚自珍《和归佩珊诗》本事考 ·············· 447

"屈原名平"说证误 ·············· 455

《桃花扇》与史实的巨大差别 ·············· 461

编后记 ·············· 吴冠文　471

序　言

陈建华

与《不京不海集》一样,《不京不海集续编》(以下简称《续编》)也是章培恒先生生前亲自编定,在编排上有所不同。《不京不海集》收入三十九篇文章,分两类,前二十四篇是对作家和作品的具体考证,后十五篇属于文学史专题论文,两类均据历史时序编排。《续编》收入《洪昇年谱》与二十三篇文章,不分考证或论述,按发表时间编排。一个最直接的印象是:前集终篇《关于中国现代文学的开端——兼及"近代文学"问题》发表于2001年,而续集中《传统与现代:且说〈玉梨魂〉》至《〈桃花扇〉与史实的巨大差别》等十一篇作于2001至2010年,即先生最后十年与病魔艰难挣扎抗争的期间,读来不禁敬仰与悲痛弥漫心头。

在《不京不海集》中有我的《追求真理,毋变初衷》一文,是读后体会,大致叙述了先生有关文学史的主要观点,今读《续编》,有一些新的体会。如其所提供的,1979年的《从李贺诗歌看形象思维》、1984年的《对中国古典文学研究的展望》和1996年的《关于中国文学史的思考》等文,隐含其知识累积与工作方向,若与《不京不海集》相参照(包括先生与骆玉明合著的《中国文学史》),似能略见先生关于"人性"——他的文学史的核心观点——的思考轨迹,于是想起鲁迅的《破恶声论》:"吾未绝大冀于方来,则思聆知者之心声而相观其内曜。内曜者,破黮暗者也;心声者,离伪诈者也。"[①]先生历经磨难,却始终对未来抱着希望,不倦思考而发为心声,本文追踪先生心迹,也是学习与纪念的一种方式。

一、求索文学史的"人性"之旅

《续编》中《洪昇年谱》之后的三篇:《论〈红楼梦〉的思想内容》《论晚清谴责小说的思想倾向》与《论黄遵宪的诗歌创作》发表于1964—1966年间,是"政治挂帅"时代的产物,皆以"阶级斗争"为纲,认为《红楼梦》如帝制王朝封建阶级腐朽没落的挽歌,宝黛之爱是资产阶级世界观的反映;同样对晚清四大"谴责小

---

① 鲁迅《破恶声论》,《鲁迅全集》,人民文学出版社,2005年,第八卷,第25页。

说"或黄遵宪所代表的资产阶级改良派思想倾向痛加批判,表明作者的正确立场。从当时的政治环境看,史无前例的"文化大革命"即将来临,正值"山雨欲来风满楼"之时。章先生初出茅庐,锋芒毕露,其批判矛头另有所指。鲁迅在《中国小说史略》中把吴趼人《二十年目睹之怪现状》、李伯元《官场现行记》、刘鹗《老残游记》与曾朴《孽海花》称为晚清"谴责小说",评价不低。章先生以"历史唯物主义"为基准做了修正性演绎。在北京大学中文系文学专门化1955级集体编著的《中国小说史稿》中,这几部小说的改良主义思想倾向得到称赞。黄遵宪是晚清资产阶级改良派的代表人物之一,代表"诗界革命"的最高成就;他的《出军歌》等作品在游国恩主编的《中国文学史》里得到好评。这些都代表当时文学史领域的主流见解,尤其是北大集体编撰的《中国小说史稿》是新中国成立后第一代青年学者书写的文学史,贯彻了毛泽东《在延安文艺座谈会上的讲话》的精神,但在章先生看来,他们的革命立场还不够鲜明和彻底。

  凡经历过那一段狂风暴雨的历史的,写些革命大批判文章,不足为怪,在拨乱反正之后,或弃之如敝屣,或将之淡忘,更有坚持己见的,亦不足为怪。但是章先生为何编入这些文章?我们知道自1980年代以来他的文学观念发生了根本的转变,把文学从"革命"的战车上卸下而走向"人性"的求索之旅,如果把上述《论〈红楼梦〉的思想内容》与《续编》中2005年发表的《从〈红楼梦〉看中国文学的古今演变》相比较,那么可见他对宝黛爱情的态度变化。他这么做,我想正如他在《关于中国文学的开端》(《不京不海集》最后一篇)一文中针对他过去曾经主张现代文学起始于五四的观点,加了一个注解说明:"我在以前也持此一看法,所以本文同时是对我自己所持有的相应观点的清算"[①],所以选入这三篇文章,意味着对自己过去的"清算"。而对章先生而言,直面自己的过去,则是一种坚持真理的态度。

  这些文章体现了章先生挑战权威的锐气,与"革命大批判"文章不同,从马列主义和毛泽东思想出发,出自真诚的信仰,也是他后来的一贯风格。从学术规范看,对四部谴责小说、黄遵宪和《红楼梦》的全面研究的基础上进行分析与批判,以文本为理据,体现了实证学风与科学逻辑,具有很强的抽象思辨的能力。自从1956年起师从蒋天枢先生,在传统文史方面打下坚实的基础,《洪昇年谱》即是早年研究的成果;同时在文学理论方面向贾植芳先生、朱东润先生学

[①] 章培恒《关于中国现代文学的开端——兼及"近代文学"问题》,收入《不京不海集》,复旦大学出版社,2012年,第587页。

国诗歌传统的整体和个人风格的把握,而对文学形式运用历史化方法也是章先生的一个重要特点。如《论〈金瓶梅词话〉》中以恩格斯"现实主义的意思是,除细节的真实外,还要真实地再现典型环境中的典型人物"这一论述为基准,从"典型环境"和"典型人物"两方面追溯了中国小说的历史发展。和《三国演义》《水浒传》等比较,《金瓶梅词话》真实再现了西门庆及社会环境里的典型事件,在它之前的中国小说,"没有一部能够像它那样深切地揭示社会的黑暗、政治的腐败"。在典型人物方面,最为人称道的是《水浒传》,一百零八将个个性格鲜明,但章先生指出,这"只是在根据情节需要而设计的事件中注意人物性格的描写",而《金瓶梅词话》则把人物塑造放在第一位,有些情节对小说整体无关紧要,而对人物不可或缺。在后来的《写实主义成分在明清小说中的增长》(见《不京不海集》)中继续讨论写实主义的发展,从唐传奇、《金瓶梅词话》、《儒林外史》到《红楼梦》,进一步贯彻历史化方法。

1984年的《对中国古典文学研究的展望》是回顾古典文学的研究现状而给出一些建议,却关乎他的中国文学的整体企划。章先生以明代文学为例,主张把诗文与戏曲、小说放到文学发展过程中加以考察,不必严分文类的界限。如高启的《青丘子歌》、李梦阳、李贽、袁宏道、汤显祖的《牡丹亭》与"三言"中的《蒋兴哥重会珍珠衫》,指出由于市民经济的发展,这些作品在表现自我意识方面一脉相承,形成"晚明文学革新思潮"。这对于当时的文学史研究来说具有抉幽发微之效。他说:

> 像晚明文学中的那些把"好货好色"为人的正常欲望来描写的作品,不仅从封建的传统观念来看应予否定,就是依据貌似马克思主义的"左"的观点,那些也都是毫无可取的封建糟粕。只有用马克思主义来分析,我们才能认识到那正是跟当时的资本主义萌芽联系在一起的市民意识的体现,是那时文学中值得赞扬的新的事物,虽然不可避免地带有市民意识的局限。所以,越是进行这样的比较,马克思主义也就越加成为我们这个领域的灵魂和血肉。①

这段表述含有马克思关于经济基础与上层建筑的关系的基本原理,这为人熟知,而章先生引述了列宁在《评经济浪漫主义》中所说:"判断历史的功绩,不是根据历史活动家没有提供现代所要求的东西,而是根据他们比他们前辈提供了新的东西。"对于他的文学史来说,这成为判断文学价值的基本法则,不仅要

---

① 章培恒《对中国古典文学研究的展望》,收入《不京不海集续编》,第335页。

根据作品的思想内容,也要根据其艺术形式。在判断过程中至关重要的是运用"比较"的方法,"既要进行比较,我们就必须说明这一阶段的文学跟前一阶段的有什么不同,不但要指出明显的差别,尤其需要分辨同中之异。由于中国封建社会的长期持续,中国古代文学的发展是很缓慢的,在后一阶段所出现的反复,只有仔细地剖析其同中之异,才能显示出前后的发展关系"①。这不啻是自己的经验之谈,不仅需要对中国文学的发展的宏观把握,也需要对微观细节的分辨能力,而所谓"反复",即文学史中"人性"发展的升沉起伏,已在章先生的思考之中。

此后章先生铺开文学史地图,开始布局,从《不京不海集》看《李梦阳与晚明文学新思潮》和《明代的文学与哲学》,对以前的讨论加以细化深化,巩固既有阵地,在后来的文学史中晚明文学标志着"人性"发展的"复兴"阶段,固见其重要。另如《从〈诗经〉、〈楚辞〉看我国南北文学的差别》《从游侠到武侠——中国侠文化的历史考察》《走在下坡路上的文学——简论宋诗》等,涉及重要时段、块面或主题,前两文具有文化史面向。发表于 1987 年的《关于魏晋南北朝文学的评价》则意味着又一次华丽而引发争议的逆袭,严密的论证中情思飞扬,接二连三抛出新观点,埋下以待深耕的种子。这回触及传统道德,比起使文学摆脱政治的羁绊更为艰巨,所针对的不仅是古代、也是当代的问题。在几部当时流行的文学史中,魏晋文学被认为是追求"形式主义"而遭到贬低,章先生指出其实在历史上从裴子野、李谔到白居易就贬斥魏晋文学背离了为政教服务的方向,因此"在这里我们就看到了一个颇有兴味的现象,现实主义本是西方文艺理论中的概念,但当这一概念输入中国后,在具体的理解中,却很容易地跟传统的儒家文学观结合起来了"②。先生从思想解放、美的创造与诗人的主观精神方面说明在魏晋南北朝出现尊重个人、诗与哲理结合的倾向,是对文学史的重大贡献。另如南朝的"宫体诗"向来以趣味低俗而为人诟病,其实表达了对自然风景、歌舞与人体的美的感受,是一种进步。如萧纲的《咏内人昼寝》真切传达了青春女性的睡态之美,谈不上"色情"。

同时,章先生继续在理论上推进,从恩格斯的《路德维希·费尔巴哈和德国古典哲学的终结》引证:"每一种新的进步都必然表现为对某一神圣事物的亵渎,表现为对陈旧的、日渐衰亡的、但为习惯所崇奉的秩序的叛逆。"章先生说:

---

① 章培恒《对中国古典文学研究的展望》,收入《不京不海集续编》,第 336 页。
② 章培恒《关于魏晋南北朝文学的评价》,收入《不京不海集》,第 427 页。

习并深受影响,由于转益多师,学养上已达到相当的程度。其实《不京不海集》收入更早的——在1963年发表的与刘大杰先生合写《金圣叹的文学批评》,刘先生邀请他撰写中国文学批评史的有关章节,显示对他的这方面能力的信赖。文中抓住金圣叹的思想矛盾,条理清晰,是辩证思维的实践,却反映了某些个人兴趣,如果从后设视点看,埋藏了对文学思想的研究兴趣,贯穿于后来的著作中。文中指出金圣叹的思想"与李贽的童心说和袁宏道的性灵说,都有相通之处",显示他对明清之交的思想史脉络的把握。又称赞金圣叹"相当有力地捍卫了《西厢记》,这和他'万物自然之曲'说中所包含的个性解放的观点应该是相联系的"。这与当时的反封建观点没什么不同,但"个性解放"的提法颇不寻常,似与鲁迅的"人性的解放"的观点有关。据文末《附记》:"在原稿上是说金圣叹已经意识到了作者在写作时必须突入人物的内心与人物融为一体,这一段刘先生改掉了,因为我所写的这种'突入说'其实是胡风的观点。"[①] 章先生受胡风一案的牵连,在政治上受到打击,刘先生的改动是出于好意。不过章先生确实是受了胡风的影响,也显示他在接受马克思的辩证唯物主义的同时,十分关注与感情、美学关联的唯心主义文艺理论。

胡风的"突入说"是一种美学上的"移情"理论,今天已成为常识。1936年朱光潜在《文艺心理学》中指出,中国的"物我合一"或"凝神观照"的说法与西方的"移情"理论相通,并介绍了克罗齐等人的相关论述[②]。这些在新中国成立后都被认为宣扬资产阶级的唯心主义而遭到批判。不无吊诡的是后来朱光潜在《西方美学史》中一边详细介绍克罗齐的"直觉即艺术"和"情景交融"说,一边表示:"这种凭心灵活动来产生现实世界的主观唯心主义企图是克罗齐的全部美学观点的病根所在,这是我们不能接受的。"[③] 这类情况,包括刘大杰删去涉及胡风的文字,如章先生在《关于中国文学史的思考》中说:"在50年代强调文学的政治标准第一,强调文学是阶级斗争的工具,是一种强制性的理论,学者即使有自己的真知灼见,也不敢冒天下之大不韪。"[④] 似乎包括这类言不走心、欲言又止的情况。

在1978年发表的《从李贺诗歌看形象思维》中,已取一种开放姿态。章先生在举例分析李贺的诗歌之后表示:"这样,李贺从生活中取得形象直至诗篇写

[①] 章培恒《金圣叹的文学批评》,收入《不京不海集》,第519页。
[②] 朱光潜《朱光潜美学文学论文选集》,湖南人民出版社,1981年,第73—92页。
[③] 朱光潜《西方美学史》,人民文学出版社,1979年,第636页。
[④] 章培恒《关于中国文学史的思考》,收入《不京不海集续编》,复旦大学出版社,2025年,第341页。

成的整个过程,也即典型化的过程,在这里根本不必要也不可能插入一个把形象变成概念、再把概念变成形象的阶段,更没有任何'主题先行'的可能。所谓'表象—概念—表象'(或'概念—表象')的创作论,在李贺的创作实践中是找不到立足之地的。"①这里对作家的主观精神的强调其实跟"突入说"是同一思路,而以"根本不必要也不可能""更没有"的修辞表达对"主题先行"这一文学创作的金科玉律的决绝否定,为使文学摆脱政治附庸地位而恢复自身的尊严。虽然在"四人帮"垮台两年多之后,政治气候还不是很明朗,这样的提法仍显得超前,无怪乎有人与章先生商榷,如《再论李贺诗歌与形象思维——答王文生同志》一文所示,王文生把他的理论与胡风挂钩,仍是政治整人的故伎重演,可见思想上每前进一步都来之不易。

章先生坚持自己的主张,随着改革开放的政策水涨船高。其实不受概念主宰的"形象思维"令人想起强调"直觉、时间和生命"的法国哲学家柏格森或主张"直觉即艺术"的克罗齐。并非偶然,他在2007年的《中国文学史新著》的《导论》中首先表明文学史以描述"人性的发展"为宗旨,然后在论述文学为什么能打动人心时,引用了柏格森的《时间与自由意志》一书的话:"……艺术家把我们带到情感的领域,情感所引起的观念越丰富,情感越充满着感觉和情绪,那末,我们觉得所表现的美就越加深刻、越加高贵。"章先生解释道:"艺术家之'把我们带到首先表明情感的领域',也就是使我们'同情那被表达的情感'。倘若没有这种'同情',我们是不会被带到艺术家要我们去的那种'情感的领域'的。"②当然,这也包括艺术家对生活与对象的"突入",首先得自己感动,才能使人感动,正是这种"同情"的艺术力量成为章先生的文学史的理论支柱之一。

章先生对"形象思维"的讨论,还有一点,与当时众多说法截然不同,就是采用一种历史化的研究方法。有人认为早在《易经》或刘勰的《文心雕龙》里已经有了形象思维的理论,这种任何发明古已有之的说法言之成理,但章先生更信赖科学方法与历史真实。他认为如果说形象思维体现为一种"规律",那么在中国文学中即使到唐代,以李白、杜甫为例,仍未出现,而李贺的诗歌"完全是通过活生生的艺术形象来显示的。这些形象不仅跟生活本身一样具有个性化的形式,而且比生活中原来的那种样子更鲜明、更生动"③。作出这结论,需要对中

---

① 章培恒《从李贺诗歌看形象思维》,收入《不京不海集续编》,第277页。
② 章培恒《导论》,见章培恒、骆玉明主编《中国文学史新著》(增订本),复旦大学出版社,2007年,上卷,第2页。
③ 章培恒《从李贺诗歌看形象思维》,收入《不京不海集续编》,第274页。

"作家是在勇敢地冲破旧的束缚,力图按照自己的认识、评价和感情来写作呢,还是在神圣事物、旧的秩序面前不敢越雷池一步,力图使自己的认识、评价和感情与之相适应?"①这是对上面《对中国古典文学研究的展望》中恩格斯的是否"提供新的东西"的论述的加强和补充,更重要的,在最后总结部分引述了《共产党宣言》的名句:"代替那存在着阶级和阶级对立的资产阶级旧社会的,将是这样一个联合体,在那里,每个人的自由发展是一切人的自由发展的条件。"②又大段引马、恩《神圣家族》关于"人性本善"的论述。稍后在《再论魏晋南北朝文学的评价问题——兼答刘世南君》中驳斥"人性即阶级性"时,再次引用《神圣家族》中马、恩同意边沁的"个人利益是惟一现实的利益"、霍尔巴哈的"人在他所爱的对象中,只爱他自己"的思想,章先生说:"根据这样的对于人的本性的认识,那么,'每个人的自由发展是一切人的自由发展的条件'的'联合体'也就是最符合人的本性的社会组织。"③在这样的理想社会中,个人欲望与自由发展之间相契合,至此通过对马克思主义的创造性阐发,基本完成他的文学史书写的核心理论。

1996年他与骆玉明的《中国文学史》出版后,引起很大反响,章先生即作《关于中国文学史的思考》一文作为回应,首先表示:"改革开放政策不断深入人心,以及近年来关于许多理论问题的讨论,是本书产生的大背景。"并交代了文学摆脱了狭隘的阶级性而回归普适"人性"的认识过程。在理论部分以马克思的"联合体"为基础引述了《资本论》:"首先要研究人的一般本性,然后要研究每个时代历史地发生了变化的人的本性。"从而声称:"人自身而非某种政治或道德理念才是历史的主体。可以说,整个人类就其本质而言,就是人性的发展史,就是'人的一般本性'透过其在不同时代中的变化而渐进地、持续地最终充分地得到实现的过程。"④

这是章先生在《中国文学史》中长达四万字《导论》中的主要论点,他阐述了人性的历史变化及其在文学史上的表现,以马克思《1844年经济学-哲学手稿》中关于资本主义产生人性"异化"或"自我克制"的论述为指导,指出中国文学史所表现的既有人类本性的,也有人性扭曲的,呈现非直线、不平衡的发展轨迹。最后总结说:"一部文学史所应该显示的,乃是文学的简明而具体的历程:它是

---

① 章培恒《关于魏晋南北朝文学的评价》,收入《不京不海集》,第428—429页。
② 章培恒《关于魏晋南北朝文学的评价》,收入《不京不海集》,第438—439页。
③ 章培恒《再论魏晋南北朝文学的评价问题——兼答刘世南君》,收入《不京不海集》,第445—446页。
④ 章培恒、骆玉明《关于中国文学史的思考》,收入《不京不海集续编》,第341页。

在怎样地朝人性指引的方向前进,有过怎样的曲折,在各个发展阶段是通过怎样的扬弃而衔接起来并使文学越来越走向丰富和深入,在艺术上怎样创新和更迭,怎样从其他民族的文艺乃至文化的其他领域吸取养料,在不同地区的文学之间有何异同并怎样互相影响,等等。要写好一部文学史,是一项浩大、繁难的工程。"①

如本文有限的追溯,如果说1980年代中期先生开始对"人性"及其历史"反复"的思考,那么在1996年的《导论》中,这一思考已趋向成熟,且在实践上已产生一定的成果。在《关于中国文学史的思考》中概述自魏晋贵族阶级表现自然人性的文化价值到唐宋的平民士人的兴起,因屈从于专制皇权而造成自我抑制,至元明时期城市经济的繁盛而产生市民阶级的自我意识,同样在文学形式方面也随着人性发展的轨迹而呈现起伏之势。这在大体上勾画了文学史"人性"发展的曲折"流程",比《导论》更为扼要精辟。须指出的是,《中国文学史》的撰写始于1980年代中期,章先生召集一批青年学人,笔者也参加过两次讨论,最后由骆玉明根据各人所写的进行整理和统稿,虽然与几部文学史已有很大的不同,有的地方如最后五四与传统的部分体现了章先生的想法,但毕竟时过境迁,与《导论》所说的人性曲折发展的图景存在不小的距离。后来章先生重新组织撰写《中国文学史新著》,这篇《关于中国文学史的思考》具有某种宣言书的意义。

先生的最后十年,一切皆围绕新著文学史,鞠躬尽瘁,斗志弥坚。除主持《中国文学史新著》的写作外,《不京不海集》中《鲁迅的前期和后期——以"人性的解放"为中心》旨在加强理论建设,如《关于中国文学史的宏观与微观研究》《不应存在的鸿沟——中国文学研究中的一个问题》与《关于中国文学的开端——兼及"近代文学"问题》等文,对中国现代文学的开端、打通古今文学和研究方法等重要方面作了理论性阐述。我们来看《续编》中的十数篇文章,兼有考证与论述,珠粒般光芒闪烁。除对"屈原名平"、《大招》、《古诗为焦仲卿妻作》等考证之外,《论五四新文学与古代文学的关系》《传统与现代:且说〈玉梨魂〉》和《从〈红楼梦〉看中国文学的古今演变》则是有关传统与现代的关系的理论阐述。而在章先生的倡导下,"古今文学演变"成为复旦大学古籍所的一门新的研究领域。

此时章先生尤其关注文学史上的女性问题。实际上在《关于魏晋南北朝文

---

① 章培恒《导论》,见章培恒、骆玉明主编《中国文学史》,复旦大学出版社,1996年,第61页。

学的评价》中打通文学史内在思想筋脉,揭示晚明对魏晋的传承关系。的确,晋人王戎的"情之所钟,正在我辈"之语几成晚明文人的口头禅。而章先生则发见女性之声,以《搜神记》中唐文榆、《幽明录》中石氏女为例,指出她们"为情而死,为情而生"的精神形态与《牡丹亭》题词——"情不知所起,一往而深。生者可以死,死可以生。生而不可与死,死而不可复生者,皆非情之至也"——是一脉相通的。而《〈玉台新咏〉的编者与梁陈文学思想的实际》可说是石破天惊,一反《玉台新咏》为徐陵所编的陈说,而认为由陈后主之妃张丽华所编。这一论断不仅以严格的资料与逻辑探考为基础,也是对南朝文学作多方考察的结果,其实也是集体讨论的产物(如《中国文学史·导论》中提到谈蓓芳《重评梁代后期的文学新潮流》,《新著》中提到她的《玉台新咏版本考》等;吴冠文、谈蓓芳、章培恒合著的《玉台新咏汇校》于2014年由上海古籍出版社出版)。对中国文学的性别研究如1993年孙康宜、苏源熙合编《中国历代女作家选集》(美国斯坦福大学出版社出版)与2002年张宏生主编《明清文学与性别研究》(江苏古籍出版社出版),已形成国际潮流,而主张张丽华编辑"艳诗"性质的《玉台新咏》,为中世文学的女性议题开启新的窗口,具标志性意义。

  从性别角度看,吴伟业和龚自珍形成对照。明清之交才女辈出,多为歌妓,她们与文士交往留下美篇佳什,是抒情传统或性别研究的话题。在《试论吴伟业的文学创作——以其与晚明文学思潮的关系为中心》中,吴伟业延续晚明文学的流风余韵,在诗歌中悲悼卞玉京等女性的命运,哀婉凄绝,体现了尊重个人的概念,也是对自己无法掌控感情生活的悲悼。与黄毅合作的《龚自珍〈和归佩珊诗〉本事考》揭示龚自珍与其第一个非婚恋人的"影事"始末,至为精微。颇具反讽的是,在这位以尊重自我著称的近代思想家身上,虽对这场恋爱表达了苦痛、多情乃至忏悔,却实际上表现了对爱人的残忍与专横。"所以,这些诗词其实均是男性话语。就此点来说,从女权主义的视点对过去重加审视实有其必要。"文章以此为结语,尤为警辟。(可参看《新著》中对陈端生的《再生缘》的"男权主义"与"女权主义"的分析)这篇文章是对《新著》中有关龚自珍章节的补充,先生晚年在思想上不懈进取,于此可见一斑。

二、《中国文学史新著》的独特贡献

  全球化促使科技、信息、资本和人员前所未有的高速流通,也加速了教育与学术科研领域的国际交流的节奏。就北美地区而言,随着中国的世界影响力的提升、中文地位的提高、亚裔移民的文化上寻根的要求与数十年来汉学研究的长足发展,在新世纪头十年相继出现梅维恒主编的《哥伦比亚中国文学史》(Victor H. Mair, ed., *The Columbia History of Chinese Literature*, Columbia University Press, 2001;马小悟、张治、刘文楠译《哥伦比亚中国文学史》,新星出版社,2016年,以下简称《哥伦比亚》,引文标页码)和孙康宜、宇文所安主编的《剑桥中国文学史》(Kung-y Sun Chang and Stephen Owen, eds., *The Cambridge History of Chinese Literature*, Cambridge University Press, 2010;刘倩等译《剑桥中国文学史》,生活·读书·新知三联书店,2019年,以下简称《剑桥》,引文标页码),是值得庆贺的文化事件。章先生与骆玉明主编的《中国文学史新著》增订版于2007年由复旦大学出版社出版,如果将之与上述两部文学史在大体上做一番比较,可显示其独特的回应与贡献。

自1904年林传甲出版第一本《中国文学史》以来,同类著作层出不穷,作为民族文化的重要载体之一,反映了各时期文学经典、审美观念乃至政治意识形态的变迁。文学史大致分为古代、现代和当代;古代文学史以历代王朝更迭作为叙事架构,《哥伦比亚》和《剑桥》首先对此表示质疑,因为考虑到其所隐含某种统一性及其评价标准,或者试图寻找一种体现文学发展内在理路的叙事模式。无论是否依循朝代编年体例,它们均力图体现中国文学的复杂与多元的样貌。在文化上崇尚多元和兼容是后现代与全球化风潮的共识,而在北美更受到人文学界去西方中心化与多元、平等和包容的族群政治的制约。

梅维恒在《导论》中说:"有一种老生常谈,说中国是一个'整齐划一的帝国';数以亿计的人们属于同一民族,有着同一种语言、文字、饮食、服饰和习俗,等等,此种说法纯属谬误。即使是中国的精英社会和文化,也显示出高度的多元性。比如以思想体系为例,佛教和道教有着儒家难以望其项背的浩繁经文。"(上卷,第9页)为了体现"多元性",首先在编排上打破朝代编年体例,而兼用朝代与主题,上下两卷除《引言》《序》和《导论》外,第一编《基础》是综合性专题论述;第二编以朝代编年叙述诗歌、散文、小说与戏剧。其"主题"部分表明中国文学在思想与类型方面都具多元性。虽然从"文人文化"与"文"的概念出发,在发展中却经历各种文化上的混杂,不断超出儒家或精英文士所限定的界域。即使是中国思想并不限于佛、道,还包括法家、墨家等诸子百家,还有摩尼教、犹太教、景教、伊斯兰教等,由是形成非儒家或反儒家思想。中外文化交流催生了新的富于活力的文类与语言,如在唐代,在中亚地区的"丝路文化"和城市娱乐带动下产生了"词",另如敦煌卷子中的白话、佛教与晚明小品文等,旨在凸显中国文学的国际化的多元景观。

叙述三千二百年的文学历程,在展现多元性方面卓有成效,主要围绕各种关系——儒释道与民间宗教、精英与通俗、文言与白话、国语与方言、汉民族与少数民族等,多姿多彩,绚烂夺目。如撰写《少数民族文学》的专章,或分别叙述朝鲜、日本和越南的"周边"民族对中国文学的接受。或延伸到二十世纪八九十年代海峡两岸的小说。在时空两方面都做了纵深开拓,给中国文学史书写开启了方法上的多扇窗户。

《哥伦比亚》的编辑本身颇为多元复杂。书中的《序》写于 2000 年 1 月,《引言》写于 2000 年 5 月,大概编者觉得《序》没有充分说明书的要旨,又不愿重写,便加了个《引言》,置于《序》之前。《序》交代了编撰这本文学史的缘起及基本目标:"许多人希望能够读到一部全面而目标多元的中国文学史。最理想的状态是,这是一部当所有专家和非专家需要获得中国文学的文学类型、作品文本、人物和运动方面的背景知识时,都能够依靠的一部参考书。"(上卷,第 VII 页)的确,全书五十五章,各具标题,从"背景知识"角度看犹如一部中国文学的词典。《引言》则声称:"本书的主要目的是揭示中国文学史的核心特征,这样对中国文学完全不熟悉或者仅了解中国文学的某一领域的读者能够对它有更深的理解、更全面的把握。"(上卷,第 V 页)实际上起深度提示的作用,把《导论》中关于思想与文类的"多元性"论述加以提炼,我上面讲的也是根据这一诠释而对各章做了一番主观考察的结果。

编辑《哥伦比亚》缘起于一个基本要求,即配合哥大出版的中国文学作品选,但结果远非如此,五十五章由四十余位学者所撰,几乎网罗了研究中国文学各方面的专家,实际做的"是将最新的学术成果聚拢在一个框架中"(上卷,第 IV 页),借以代表北美的中国文学研究的顶尖水平,而"众多作者参与撰写,不同观点或诠释上的分歧是难免的",对此编者表示尊重作者,因为一个问题也会引发各种解释,"各个观点都揭示了这一复杂多面问题的一个或多个层面。所以,我并不坚持观点的绝对一致性,我坚持的只是论据的严格组织"(上卷,第 VIII 页)。其结果难免在"核心特征"与"知识背景"之间出现裂缝。如第一编《基础》中《道教作品》这一章属于各个道教派别历史的知识性叙述,与文学没什么关系。或第三章《早期中国的哲学与文学》,而在对后面诗歌等文类的专章里,没怎么关注哲学与文学的关系。总体上对宗教与文体的重视更甚于思想与文学的内在脉络。

编者声称:"作为一部力求真实的文学史,更重要的是具有启发性。"(上卷,第 V 页)对于如此巨型而出自众手的文学史,似乎有意避免划一的整合,的确,专家们在各自的领域里深耕细作,其成果自然"启发"多多。《基础》中《超自然文学》这一章是运用西方概念从《楚辞》、志怪、变文、戏曲、白话小说到《聊斋志异》,把文学中的神怪花妖一网打尽,"因为这是中国文学灵感中最重要的来源之一"(《序》)。另有《幽默》一章也是,综述各代笑话,旨在强调"边缘"文学所蕴含的民间智慧。而《文学中的女性》一章用性别角度叙述历代文学中的女性表现与女性的文学发声,探讨两性关系,指出男性与儒家思想的局限。编者特意提到1993年孙康宜、苏源熙合编的《中国历代女作家选集》(*Women Writers of Traditional China*, Stanford University Press)是"一个令人激动的事件"(上卷,第15页),《文学中的女性》这一章可说是对正在如火如荼开展中的中国文学女性研究的一种呼应。

有些篇章有"研究进路"的小标题,含有研究方法的提示。为编者特别提到"新方法"的是第四十三章《前现代散文文体的修辞》与第四十九章《口头程式传统》,前者中西比较地审视各种散文类型的修辞特点与思维方式的演变;后者论述讲唱文学与表演形式的发展,皆专业性较强。值得注意的是捷克结构主义学派的米列娜撰写的第三十八章《清末民初的小说(1897—1916)》。如"新方法,新角度"的小标题所示,提出"清末民初"这一概念就具挑战性。她指出这一时段的文学被大大低估,而它"对于中国文艺的现代化起到了重要作用";并认为民初的"新一代中国作家明确抛弃了充当天地代言人的传统角色,反而如同欧洲的象征主义者或是美国的意象派作家那样,化身为他们想象之宇宙世界的缔造者,以求表达作者心志与情感"(上卷,第772页)。这些说法与一向把五四视为中国现代文学起点的观点大异其趣,而以"上海:现代中国文化的摇篮"为题的论述也不菅开风气之先,虽然后来更为人们熟知的是王德威的"没有晚清,何来五四"之论和李欧梵的《上海摩登》及其引发的"上海热"。

《哥伦比亚》之后接踵而至的《剑桥》明确表示不涉及少数民族文学及"周边"——朝鲜、日本和越南的文学,也不以文类作为主题,这些方面与《哥伦比亚》拉开距离,但根本上说《剑桥》主打的是"文学文化"。编者声称"采用更为综合的文化史或文学文化史视角"(上卷,第6页),因此,"与大多数常见的中国文学史不同,本书的编写更偏重文学文化的概览和综述,而不严格局限于文学体裁的既定分类"(下卷,第19—20页)。"与一些学界的文学史不同,《剑桥文学史》的主要目的不是作为参考书,而是当作一部专书来阅读",既可从头到尾,也可分章独立,"主要目的之一是要质疑那些长久以来习惯性的范畴,并撰写出一部既富创新性又有说服力的新的文学史"(上卷,第2页)。实际上在文学史传统之外另辟新天地,另创传统。十七位撰者大半执教于常青藤大学,体现一种沉稳中的激进,雄心勃勃,胸有成竹。

《剑桥》包罗万象,使学术具可读性;在全球化时代,我们似乎不再满足于文本的精致解读,而希望听到更多关于文本的故事、作家和作品是怎么流通的,他/她们怎么印刻于民族的记忆的长河之中。某种意义上,《剑桥》体现了文化史转向,涉及政治史、媒介史、书籍史、阅读史、生活史、性别史等领域。它是务实而亲切的,其主体是"汉语","在本书中,我们对我们的研究领域采用的是一个较为有限的定义:即在汉族社群中生产、流通的文学,既包括现代中国边界之内的汉族社群,也包括那些华人离散社群"(上卷,第13页)。其下限包括两岸文学乃至当下的网络文学。"长久以来,中国决心维持一个单一的政体,其利益有所不同;只能有一种国族语言存在,而且,需要一个将一种单一的古典语言转变成一种单一的白话的故事,这既可确认领土的完整统一,又可确认文化的连续性。"(上卷,第17页)

这也是过往的文学史的共同主题,而对《剑桥》来说,含有学术创新的使命感:"一部新的文学史,是一次重新检视各种范畴的机会,既包括那些前现代中国的范畴,也包括1920年代出现的新文学史所引入的范畴。重新检视并不意味着全盘拒斥,只意味着要用证据来检验各种旧范畴。旧的习惯有时还是会挥之不去。"(上卷,第20页)"我们这里试图面临的挑战,是写出一部不简单重复标准叙事的文学史。最终能帮助我们能实现这一愿望的惟一方式,就是把标准文学史叙事本身变成我们自己的文学史叙事的一部分。"(上卷,第23页)区别在细节上,不像《哥伦比亚》那么追求不同文化的多元性,而把重点放在中古时代的佛经翻译和19世纪欧洲传教士的翻译活动作为中国文化受外来刺激的节点,"重新阐述'传统'中国文化在遭遇西方时的复杂转化过程"(下卷,第3页),中外文化无论是交融还是平行,都显示中国文化的弹性和活力,通过内化外来因素而变得更为强健。另外针对以往重唐宋而轻明清的倾向,更着力呈现明清以来文学的复杂多样性。

《剑桥》"横跨三千载,从上古时代的钟鼎铭文到二十世纪的移民创作,追溯了中国文学发展的久远历程"(上卷,第6页)。与以往文学史的王朝编年不同,《剑桥》以"文学文化"为分期标准。如唐朝建立于617年,却以650年作为"文化唐朝"的开始,延至五代与宋初的六十年。不仅因为武则天登基的政治意义非同寻常,也因为"文学文化的唐代转型使这一时期成为中国文学史上的新起点"。与实行科举制有关,文人逐渐走出宫廷而展演自身的空间,越来越多的聚会和出游产生"赠序""游记"等新形式。每一位作家的生平遭际充满故事,从李白、杜甫到欧阳修、苏轼,被置身于一张流动的文学史地图之中,更让人看到他们的历史语境与写作方式,在某个时刻产生原创的风格与文体。唐诗中频繁出现的"古"的概念意味着一种新的历史感,从手抄本到印刷术的发明给文本带来更快的流通与新的机遇,如元稹自编文集删去了大量艳诗,却被保留在敦煌文献中。在很大程度上宋人建构了一个文学的"唐代",例子之一是通过杨亿的辛勤收集各类抄本才形成最初的李商隐文集。

1368年明代开国,而《剑桥》以朱元璋处死大诗人高启的1375年作为开端,此后至1450年,中期1450—1520年、后期1520—1572年,分别标注"政治迫害与文字审查""对空间的新视点""贬谪文学"等文化主题。而王德威的第六章现代文学部分将"现代"的开始定于1841年,并非通常所采用的1919年的五四运动。这锐化了米列娜的晚清民初的论点,更激进的是对中国文学"现代性"的反思:"本书不将'现代性'的开端设置于'五四'时期,而是把它放在一个更长的进程中。"(下卷,第3页)"诚然,五四一代作家发起的一系列变革,其激烈新奇之处是晚清文人无法想象的。但是,五四运动所宣扬的现代性同样也削弱了——甚至消除了——晚清时代酝酿的种种潜在的现代性可能。"(下卷,第463页)

关注物质媒介是"文学文化"的重要内容,使得这部文学史具有动感、立体感与历史化特征。从公元3世纪纸张的发明、11世纪印刷术的推广、17世纪的印刷文化至近代照相和石印的输入而涌现文学期刊的热潮,媒介技术的递进使作品更多更广地传播与流通;作品被不断挑选、编辑、改写与诠释,如宋人对"唐代"的发明、《三国演义》《水浒传》在长久口传之后至明代中期出现定本、20世纪初开启文学史书写传统等。因此《剑桥》的另一特点是"较多关注过去的文学史如何被后世过滤并重建的","其中一个关键问题是:为什么有些作品(即使是在印刷文化之前的作品)能长久存留下来,甚至成为经典之作,或其他大量的作品却经常流失,或早已被世人遗忘?"(下卷,第3—4页)这关乎文学经典形成过程的重要议题,正是凭借"文学文化"的视点,穿梭于各时期的断层间,追踪作品被保存、流传的轨迹,从而揭示中国文学生生不息的的特征。

关于女性文学,《剑桥》当仁不让,尤其是下卷,展现了16、17世纪的两次女作家高潮,是中国文学史的瞩目景观。明清时期闺秀文学、女性弹词创作,明清之交的记忆文学如余怀《板桥杂记》与冒襄《影梅庵忆语》到清末的狭邪小说《海上花列传》,在文人与青楼女之间谱演新的情爱关系。另外"地缘文学"也是主题之一,晋朝、南北朝与宋朝皆分成南北,文学也随之变迁,至明代苏州成为商业文化的中心。而现代则形成多元趋势,分别叙述北京、上海、重庆、延安、台湾等地的文学。

这里描述章培恒、骆玉明的《中国文学史新著》(增订本,复旦大学出版社,2007年,以下简称《新著》),无意在其与上述两部文学史之间评判孰高孰低,而是把它当作全球化时代汉学共同体的一部分,在异同比照中呈现其独特的面貌与资质。20世纪末西方各种人文理论争相涌入中国,给文学研究领域带来新的刺激与影响,《新著》的一些观点有形无形地受到感应,如上文提到的"女权主义"即为显例,但它根植于自身的思想与学术传统,理论上源自马克思主义,学术上则是源远流长的自身传统的结晶。

1996年《中国文学史》得到广泛回响之后,章先生即从事撰写《新著》,重组班子,十位撰写者几乎皆属古籍整理专业。1998年完成上、中两卷,由上海文艺出版社出版。嗣后章先生患上癌症,以致延搁,至2005年略有好转,遂全力以赴,至2007年出版,是为增订版。章先生撰写了《导论》、各章《概说》和大部分内容,因此《新著》具有鲜明的个性特点。

一个显著变动是不再按照朝代分期的通例,为了体现"文学的发展与人性的发展同步,文学内容的演进是通过形式的演进而体现出来的"(《增订本序》)。《新著》分为上古文学、中世文学和近世文学三个阶段,在中世文学中又分发轫、拓展、分化三期,在近世文学中则分萌生、受挫、复兴、徘徊、嬗变五期。这分期是参考了日本的历史研究,把江户时代(1603—1867)称为"近世",把此后"明治维新"称为"近代"(也称"现代",Modern age)。而《新著》把"近世"定在金末元初,即13世纪初,而"现代"则在20世纪初。哈罗德·布鲁姆把西方文学经典分为神权、贵族和民主三阶段,而《新著》认为,在中国从上古到中世与西方的宗教、贵族的阶段不同,已具有人文主义,以儒家的"三纲五常"为中心,所重视的是人的群体而非个人,直至金末元初的文学方逐步产生尊重个体的人文精神。这比日本的江户时代要早四百年,比明治时代晚数十年,因此"近世"显得十分缓慢(上卷,第15—16页)。

章先生的一大创见是将马克思主义的人性理论运用于文学史书写。这一运用具有这样一些特点:一、它似乎延续了五四的"反传统"精神,但与二元思维或斗争哲学不可同日而语,它否定传统儒家的阻碍人性自由发展的僵化教条,主张文学回复其自身尊严,以人与人、人与物的"同情"为出发点,只有以情动人才能发挥其社会功能;文学的本质是自由的,为的是实现"人性的解放",它不限于阶级论,文学的人性表现须臻至如康德所说的普适性审美高度,才是伟大的艺术品、全人类的共同财富。二、马克思所说的"联合体"含有乌托邦理想,含人性解放的愿景,在章先生的文学史里含有进步的意涵,但不等于历史目的论或线性发展的必然性;文学史有进展也有挫折、徘徊、嬗变等,是曲折而复杂的运动。三、经济基础决定上层建筑,但精神活动有其自身的规律,如魏晋时期的"贵族文化价值"也体现了人性的进步,虽是初步的形式;既坚持辩证唯物主义,又充分重视主观精神的能动作用。四、采用"同中之异"的"比较"方法研究文学史,起参差的对照之效,从而超越了二元思维的局限。

在当今西方思想界,如法兰克福学派、伯明翰学派等,从马克思主义发展出文化批判与文化研究的理论,在社会实践与人文领域中发挥重要作用。对章先生来说,马克思主义是中国革命实践的指南,也是他一生真诚的信仰。他的文学史研究始终离不开对马克思主义的艰苦求索与体悟,如在《再论魏晋南北朝文学的评价问题——兼答刘世南君》中论及马、恩对爱尔维修、霍尔巴赫和边沁的接受时指出:"在马、恩看来,共产主义思想是跟十八世纪唯物主义者的这种对人的本性的认识联系在一起的。"[①]确实,马克思主义是在欧洲的启蒙思想传统中发展起来的,代表人类文明的精神成果。马克思《共产党宣言》中的著名论述:"代替那存在着阶级和阶级对立的资产阶级旧社会的,将是这样一个联合体,在那里,每个人的的自由发展是一切人的自由发展的条件。"至今依然幽灵般盘旋在资本主义的上空,魅力无穷而令人神往。章先生以此作为他的文学史的主心骨,他所阐述的马克思主义关于人性的理论,在更为广阔的视野里具有人文理想的意义。

《新著》中文学史、思想史和情感史拧成一根贯穿始终的主线。有学者建议"从文化的总体发展中来研究文学",章先生回答:"从文化的总体发展来研究文学和着重于(并不是'光从')文学本身来研究文学都是需要的,二者可以——而且必须——相互配合、相互促进,以至彼此纠正。本书属于后一种工作的性质。"(上卷,第3页)表明《新著》以文学本身为主,目标明确,以汉语为主体,考察各时期文学的情感表现与审美价值,在思想脉络中凸显"哲学"维度,如把晚明文学与李贽的"好货好色"之论相联系,充分重视精神资源的物质基础,是章先生运用历史唯物主义的亮点之一,对哲学史上宋明儒学的"格物"问题提供一种文学进路,对今天所面临的"物质转向"也具启示意义。《新著》既以感情为起

[①] 章培恒《再论魏晋南北朝文学的评价问题——兼答刘世南君》,收入《不京不海集》,第445—446页。

点,所展演的不啻是一部中国抒情传统,对向来受到正统儒家压制的"艳体"风格——韩偓的《香奁集》、《祝允明书艳体诗册》、王彦泓的"香艳"风格等,都给予美的评估。在女性文学方面,指出张丽华编选的《玉台新咏》表现了女性的追求、悲慨和不平以及她们的艺术趣味,在违背礼教方面比南朝的另一部重要选集《文选》更为大胆。为唐代女诗人李冶、薛涛、鱼玄机分别立传。《新著》没有宏大叙事的训诫,而以新的批评语言重建了艺术审美体系,浓墨溢彩地描画出对自我的不懈追求,对个性解放的渴望,跌宕起伏的人性之旅显示高扬、潜进、嬗变的多样形态,犹如一幅民族感情和精神的悲壮长卷,让人兴起、叹息和沉思。在这样的叙述中浸透着喜怒爱憎和历史反思,揭示作品背后的意识形态与权力机制,保持一种批判的力量。

《新著》把梁启超提倡的"诗界革命"及其所孵育的《举国皆我敌》一诗视为"中国现代文学的第一首诗",意谓中国现代文学起始于 20 世纪初,而不是流行已久的与五四有关的 1917 或 1919 年。这一分期的重要变动是为了体现"古今文学演变"的意涵,传统和现代并非截然对立,无论梁启超的《举国皆我敌》或鲁迅的"人性的解放"皆非一蹴而就,而是近世文学长期累积的结果,尤其在文学形式上都受到近世文学的无形制约。虽然五四新文学在与西方文学的接轨方面开启了新阶段,然而在人性表现方面"都是在本土思想的基础上获致的觉悟,而非西方思想影响的结果"(下卷,第 531 页)。因此并不存在传统与现代之间的"断裂"。

对文学思想与文学形式皆追本溯源,从各自历史脉络中寻求发展轨迹,前者如杨维桢的《大人词》,后者如"形象思维"等,皆采用一种历史化方法,在中国学术传统中属于"考据"之学。这跟《新著》的撰写者几乎都受过古典学的专业训练有关。对所有作家考订其生平资料,对所有作品都交代版本、目录和校刊等方面的情况,由是开展批评。包括对全书的引文做严格规定,如尽量保持作品原貌,为避免发生歧义而使用异体字或繁体字,甚至声称不引《四库全书》,多半因清王朝实行文化专制而篡改原文之故。

《新著》的另一特点是大量的作品引文,尤其是经典性作品,并对其所进行的细读方法。关于文学形式,"乃是作品的语言所构成的体系"(上卷,第 11 页)。形式与内容不可分割,也并非指四言、五言等"体裁",也不以文类为导向。如《古诗为焦仲卿妻作》可视作结构性解读的范本。从对文本的时代考订到对语言、风格、体裁与叙事方式的分析,以及通过"华美的词语、对偶的句子、铺陈的手法、细腻的刻画"等艺术手段的揭示,指出作品成功塑造了兰芝这一为真挚爱情而向礼教抗争的悲剧人物,引起读者的深切同情。由是,以符合人性的思想与审美价值及其文学史上的历史位置为基准,《新著》展示了文学经典的长廊,如群星灿烂。这也根由于章先生在《中国文学史·导论》中再三强调的创新原则：

> 对一部作品的艺术成就进行历史考察时,不能只看它在一时一地的感动读者的程度,而要把眼光放得更为远大。如同本文上节所说的:"越是能在漫长的世代、广袤的地域,给予众多读者以巨大的感动的,其成就也就越高。"因为越是这样的作品,其体现人类本性的成分也就越多、越浓烈,从而也才能够与后代的人们、与生活在不同制度下的读者产生强烈的共鸣。我国文学史上的一系列这样的作品,构成了我国文学发展的坐标。①

这一创新原则,如上文所述,出自列宁的《评经济浪漫主义》,而应用到文学史,从今日西方的文学理论来看,和艾略特的"传统与个人才能"、什克洛夫斯基的"陌生化"或布鲁姆的"影响的焦虑"等说法都有相通之处。如本文所述,在与《哥伦比亚》与《剑桥》的对照中,我们可发现《新著》的不少相似的观点,如在体现文学史的多样复杂方面、对文学特性的强调、对传统与现代的关系、对女性文学的关注等,因此与其说是相互之间的影响,毋宁说是全球化时代信息与价值流通的结果。《新著》的不同之处,如对马克思主义的运用、以文学为主题、经典文本的解析及实证考据方法等特点,更适合本土的文化需求,也受到学术传统的制约。

三、清华国学研究院的薪火传承

章先生的学问博而深,对中国现代文学也非常熟悉,曾表示继《新著》之后编撰一部中国现代文学史,然天不从人愿,痛哉！对他来说,马克思主义与鲁迅在精神上扮演了主心骨的角色。而他的治学风格与学术成就则离不开他的导师蒋天枢先生,使他打下了文史研究的扎实功底,奠定了他的学术生涯,而且,在章先生身上可见清华国学研究院的薪火相传,不光是学风与做人,当年清华国学院的三位导师——梁启超、陈寅恪与王国维,在章先生的著述中留下深刻的影响的痕迹。

1998年蒋天枢先生逝世十周年,章先生撰《我跟随蒋先生读书》一文,回忆当年蒋先生怎样教他读书做学问与他的淡泊倔强的人格,质朴动人。文中写道：

---

① 章培恒《导论》,见章培恒、骆玉明主编《中国文学史》上册,第19页。相似的表述见同书第14、26页。

蒋先生字秉南，江苏徐州人，生于1903年，逝世于1988年。1927年至1929年间在清华学校国学研究院求学，师事梁启超、陈寅恪诸先生。毕业后曾在河南大学、东北大学等校任教，1943年担任复旦大学教授，直至去世。蒋先生始终坚持陈寅恪先生的传统，忠于学术，对曲学阿世的行为深恶痛绝，自50年代以来，他没有写过一篇趋时的学术文章，也没有参与过任何一次学术批判；在我的印象中，他甚至没有在系里、校内的学术批判会议上发过言。……在1978年，学术界"左"的影响还很严重时，蒋先生收到了陈流求、美延女士寄来的陈先生文稿、诗稿，以七十余的高龄，立即停下自己的著述，全身心地投入了《陈寅恪文集》的整理、校勘。《文集》出版后，出版社给蒋先生寄来1000元编辑费，尽管这在当时陷入普遍贫困的知识分子眼中并不算是太小的数目（当时一般讲师的月薪不过一百余元），蒋先生却把它退了回去，理由是，学生给老师整理文稿不应该拿钱。所以，以蒋先生与陈先生的关系以及为陈先生所做的工作来说，他是最具备研究陈寅恪条件的一位。①

1980年《陈寅恪文集》出版后，在学界引发"陈寅恪热"，在1990年代的国学热中，"寅恪被看作是国学大师中的大师"②，今日的中国学人无不熟诵之"独立之精神，自由之思想"，即出自《文集》中《清华大学王观堂先生纪念碑铭》之文，这两句指王国维，也是陈寅恪的精神体现，实际上已成为当今中国学人的共识，是与清华国学研究院联系在一起的。蒋先生是"最具备研究陈寅恪条件的一位"，是指他的《陈寅恪先生编年事辑》。书中记载1964年陈先生作《赠蒋秉南序》，序中自述："默念平生固未尝侮食自矜，曲学阿世，似可告慰友朋"，此即章先生文中"曲学阿世"的出处，说明"蒋先生始终坚持陈寅恪先生的传统"。这里附带一个小插曲：章先生《中国文学史新著》的《原序》说："最后需要特别说明的是：此书其实是陈正宏和我们共同主编的，但陈正宏觉得自己年轻，坚决不愿列名主编，将陈寅恪先生在《弘明集》上所作批注整理成文，发表后却按照蒋天枢先生为陈先生整理文集不收报酬之例拒收稿费。"陈正宏也师从蒋先生，是章先生的师弟，也是"传统"延续的有趣例子③。

章先生说到蒋先生为他制定读书计划：第一年读《通鉴》和《说文》段注；第二年校点《史记》和读《尔雅注疏》；第三年校点《汉书》和读郝懿行《尔雅义疏》。

---

① 章培恒《我跟随蒋先生读书》，《薪火学刊》第二卷，复旦大学出版社，2015年，第2—4页。
② 陈怀宇《在西方发现陈寅恪：中国近代人文学的东方学与西学背景》，北京师范大学出版社，2012年，第436页。
③ 章培恒、骆玉明主编《中国文学史新著》上卷，第4页。

在这期间还必须泛览目录、版本、校勘学方面的书,读一系列有关的著作作为辅助,从《汉书·艺文志》直到叶德辉的《书林清话》、梁启超的《中国历史研究法》、唐兰的《中国文字学》①。这读书过程是一种严格的学术训练,印刻在章先生的著述中。他早年的《关于屈原生平的几个问题》意在"申明师说"②,事实上始终受惠于蒋先生的实证学风。他的考证部分,从《洪昇年谱》到《新著》,涉及各种文类,数量庞大,是一笔足以珍视的学术遗产。在更广阔的视野,在清华国学研究院的脉络中观察,梁启超在《清代学术概论》中说:"自经清代考证学派二百余年之训练,成为一种遗传,我国学子之头脑,渐趋于冷静缜密。此种性质,实为科学成立之根本要素。"③他展望"欧美科学"输入后,这一考证学派必有灿烂的前景。其实如王国维的"两重证据"、陈寅恪的"古典""今典"的方法意味着考证学派的现代发展。这两种方法皆为章先生所继承,而其思辨之精细、逻辑之严密,在版本、目录、校勘以及各类文史知识之间触类旁通、广征博引,具有文学与文化的整体观照,风格独特,为考证传统作出卓绝的贡献,这是非常值得研究的。

梁启超、陈寅恪和王国维皆富于世界主义的胸襟,对于中国文化的现代化建树甚伟,这众所周知。章先生在《新著》中把梁启超的"诗界革命"及《举国皆我敌》视为中国现代文学的"开端",足见重视。在清华国学院,陈寅恪与王国维在学问上更为纯粹、投契。《陈寅恪先生编年事辑》说:"陈归国后,尤以国学研究院创办数年中,与王先生相处时间虽短,而志趣相投,论学论世,至为契密。"④章先生对陈寅恪、王国维的著作非常熟悉,且心领神会,在其《关于魏晋南北朝文学的评价》中说:"陈寅恪先生在《陶渊明之思想与清谈之关系》中说:魏晋士大夫有主张自然及主张名教两派,而陶渊明'之创解乃一种新自然说','新自然说之要旨在委运任化'"⑤,陈先生在文章中围绕"自然"与"名教"的矛盾分析嵇康遭司马氏政权杀害之由,至为精辟,章先生用来说明魏晋时期文学与哲学结合,是文学发展的进步,而陶渊明的山水诗是结合得较好的范例,所谓"新自然说"是对陶的"哲学"概括,含有文学与意识形态的分析方法。《新著》还引述陈寅恪的《四声三问》(上卷,第339页)、《读哀江南赋》(上卷,第424页)与

---

① 章培恒《我跟随蒋先生读书》,《薪火学刊》第二卷,第5页;章培恒《后记》,收入蒋天枢编《陈寅恪先生编年事辑》(增订本),上海古籍出版社,1997年,第256页。按:这一段根据上面两书综合而成。
② 见章培恒《不京不海集》,第609页。
③ 梁启超《清代学术概论》,《梁启超全集》,中国人民大学出版社,2018年,第十集,第204页。
④ 蒋天枢《陈寅恪先生编年事辑》(增订本),第186页。
⑤ 章培恒《关于魏晋南北朝文学的评价》,收入《不京不海集》,第435页。

《魏书司马叡传江东民族条释证及推论》(上卷,第314页)等文的观点,这不仅出于对著名前辈的尊重,更有一重学术的亲缘关系。

陈寅恪先生关心女性的历史命运,《新著》曰:"陈寅恪先生《论再生缘》一文中,曾特意举孟丽君抗旨、以权臣之地位面斥父母、使丈夫在自己跟前跪拜等例,指出'端生心中于吾国当日奉为金科玉律之君父夫三纲,皆欲藉此等描写以摧破之也',并谓'端生此等自由及自尊即独立之思想,在当日及其后百余年间,俱足惊世骇俗'。"(下卷,第435页)这观点与语言与章先生的著述相对照,可谓一脉相承。而陈先生的《柳如是别传》为明末清初一妓女立传,"表彰我民族独立之精神,自由之思想"①,并通过女权视点探讨男女爱情、婚姻的关系,记得有一次章师说到《柳如是别传》,大意是颇有去男子中心的意思,是走在时代前面的。确实,陈先生表彰陈端生和柳如是的自由与独立,在当时可谓惊世骇俗,无怪乎引起非议,却显示一种不随波逐流的个性,这也为蒋先生和章先生所继承。

在跟蒋先生读书时,章先生就认真读王国维的著作,写了《王国维文艺思想论略》一文,蒋先生不喜欢,说:"你现在还不能懂静安先生"②,并嘱他不要拿出去发表。正是抱着严谨的态度,直至1996年章先生在《中国文学史》的《导论》中细细解读王国维《人间词话》中"有我之境"和"无我之境"说③,阐述其文学史中至关重要的"移情"概念。在分析五代时牛峤的《菩萨蛮》中"须作一生拚,尽君今日欢"之句时,引用《人间词话》删稿中"专作情语而绝妙"的评价④,从这一细节可见研读之细心。在《写实主义成分在明清小说中的增长》中论及《金瓶梅词话》中西门庆十恶不赦却未遭到恶报时,援引王国维的《红楼梦评论》中的话:"吾国之文学,以挟乐天的精神故,往往说诗歌的正义,善人必令其终,而恶人必罹其罚;此亦吾国戏曲、小说之特质也。"⑤章先生指出这可反过来说明《金瓶梅词话》在写实主义方面的突出成就。在《关于中国文学史的宏观与微观研究》中称王国维的《宋元戏曲史》"是一部在中国文学史的宏观研究方面可以给予我们极其重要的启示的杰构";与梁启超提出的仍具"载道"倾向的"诗界革命""小说界革命"不同,因为吸收西方美学的成果与中国文学思想中非主流派的概念,以文学本身的特征作为考察元杂剧的依据,所以能获致重大成果。又说:"他对元

---

① 陈寅恪《柳如是别传》,上海古籍出版社,1980年,第4页。
② 章培恒《我跟随蒋先生读书》,《薪火学刊》第二卷,第5页。
③ 章培恒、骆玉明主编《中国文学史》上册,第8—12页。
④ 章培恒、骆玉明主编《中国文学史》上册,第37页。关于牛峤《菩萨蛮》及王国维的评语,见《人间词话未刊手稿》,收入王国维《人间词话·人间词》,上海古籍出版社,2016年,卷下,第84页。
⑤ 章培恒《写实主义成分在明清小说中的增长》,收入《不京不海集》,第522页。

杂剧进行宏观研究所得出的警辟的结论。就其今天还对我们深具启发意义这一点来看，这在当时真可谓之振聋发聩。"①章先生把《宋元戏曲史》作为宏观与微观研究的方法论原则，意义非同一般，而通过"视域融合"使王国维的美学观点转生新的意义，也有一种方法上的启示。

章先生把20世纪初看作中国现代文学的开端，不仅对文学，对思想与学术也具有鲁迅《文化偏至论》中所说的"外之既不后于世界之风潮，内之仍弗失固有之血脉，取今复古，别立新宗"的意味②。王国维和陈寅恪也持这一亦中亦西的文明观。他们学贯中西，既是世界主义者，又主张民族文化的独立和自由，在思想上、文学上开创诸多范式，至今影响不绝。王国维精通西方哲学，在《国学丛刊序》中声称："余谓中西两学，盛则俱盛，衰则俱衰，风气既开，互相推助。"③陈寅恪游学欧美，通晓希腊哲学与西方文化，据陈怀宇的研究，他受到德国哲学家赫尔德的启发，主张文化民族主义，尊崇自由，对历史取一种"理解的同情"的态度④。

陈寅恪先生在《王静安先生遗书序》中说："自昔大师巨子，其关系于民族盛衰学术兴废者，不仅在能承续先哲将坠之业，为其托命之人，而尤在能开拓学术之区宇，补前修之未逮。故其著作可以转移一时之风气，而示来者以轨则也。"既是民族的，也是世界的。在文明价值的取向上应当超越狭隘的民族主义而体现人类的普适价值，正如这篇文章对王国维的评价："其所伤之事，所死之故，不止局于一时间一地域而已。盖别有超越时间地域之理性存焉。"⑤在此脉络中我们再来看上述章先生的文学"创新原则"："其体现人类本性的成分也就越多、越浓烈，从而也才能够与后代的人们、与生活在不同制度下的读者产生强烈的共鸣。"这样的"人性的解放"理想与实践，如同"独立之精神，自由之思想，历千万祀，与天壤而同久，共三光而永光"⑥。

2025年2月24日于海上寓所

---

① 章培恒《关于中国文学史的宏观与微观研究》，收入《不京不海集》，第569—571页。
② 鲁迅《文化偏至论》，《鲁迅全集》第一卷，第57页。
③ 王国维《国学丛刊序》，收于谢维扬、房鑫亮主编《王国维全集》，浙江教育出版社、广东教育出版社，2010年，第14卷，第129—133页。
④ 陈怀宇《在西方发现陈寅恪：中国近代人文学的东方学与西学背景》，第352—357页。
⑤ 陈寅恪《王静安先生遗书序》，收入《金明馆丛稿二编》，上海古籍出版社，1980年，第219—220页。
⑥ 陈寅恪《清华大学王观堂先生纪念碑铭》，收入《金明馆丛稿二编》，第218页。

洪 昇 年 谱[①]

前 言

一

洪昇是清代颇有影响的戏曲作家。研究他的生平和思想,对正确评价《长生殿》将会有一定的帮助。

洪昇生于顺治二年(1645)。他的家庭是一个"累叶清华"的仕宦之家,富于藏书,有"学海"之称。他的父亲很喜欢读书,曾被张竞光称赞为"睆彼青云器,闭门读我书"〔张竞光《为洪昉思尊人作(原注:四十双寿)》〕。这使他早年过着优裕的物质生活,并有可能受到较好的文化教育。通过自己的刻苦学习,他在十五岁"便能鸣笔为诗。覃思作者古今得失,具有考镜"(柴绍炳《与洪昉思论诗书》)。为了求取功名,他于二十四岁那年(1668)春初离开了故乡,到北京国子监肄业。但求取功名的愿望并没能实现。他在第二年秋天写下了"拂衣归卧秦亭下,耻傍风尘学抱关"(《北归杂感》)的诗句,又从北京回到了故乡。

回乡以后,由于旁人的离间,他跟父母的关系日益恶化了,最终不得不跟父母分居;这就是所谓"家难"。由此,他的生活便失去了原有的优裕物质条件;"负郭田畴无二顷,贫居妻子实三迁"(《至日楼望答吴璪符》),就是这一时期生活的写照。到二十九岁这年冬天,他被迫离开故乡而到北京去谋生。

从三十岁到四十六岁的十七年间,洪昇除了曾数度返杭"觐省"和到武康去隐居了几个月之外,基本上都是在北京度过的。假如说,他在二十四五岁间,是以一个"袭纨绮"的"公子"身份出现在北京的,那么,这一时期就是以"旅食"者的身份出现在京师了。假如说,那一次的遭遇使他对于功名的幻想受到了初步的挫折,那么,这十余年的生活就使他对社会现实有了较深的感受。因此,这一阶段的生活对于洪昇的思想发展具有重要意义;我们在下面谈到洪昇的思想

[①] 本年谱原作为专书由上海古籍出版社1979年出版,兹据以录入。

时,将对此作较具体的论述。

康熙二十七年(1688),洪昇写成了他的著名剧本《长生殿》,并很快成为当时上演最盛的剧目。但这剧本的内容,却为康熙帝和统治集团中的"北党"所不满;加以洪昇与统治集团中的另一派系"南党"有较密切的关系,"北党"更欲加以打击。在剧本写成的第二年秋天,就以"国丧"期内觞演《长生殿》的罪名,给予洪昇斥革监生的处分;他的朋友侍读学士朱典、赞善赵执信、台湾知府翁世庸等,也都以此案革职。

斥革后不久,洪昇携带家属离开北京,回到了故乡杭州。康熙四十三年(1704),洪昇出游南京,归来时途经乌镇,于酒后坠水而死。这一年他是六十岁。

二

从洪昇的一生来看,他是当时地主阶级中一个不得志的知识分子。这就规定了他思想的阶级属性。但为了具体地理解洪昇思想的特征和实质,我们必须联系其时代的特点——阶级矛盾和民族矛盾的情状——来考察他的思想历程。

在明王朝的末期,由于统治阶级对人民的残酷剥削和压迫,从公元1628年起就爆发了大规模的农民起义,以李自成为领导的农民起义军在公元1644年胜利地攻克了明朝的首都北京。但因明朝镇守山海关大将吴三桂与清兵相勾结,引其入关,共同镇压农民起义军,清兵在同一年就占领了北京,并在第二年大举南下,阶级矛盾、民族矛盾尖锐地展开着。以汉族农民群众为主力的抗清义军,在长时期内进行了英勇的战斗。汉族的地主阶级则分化成为两个部分:一部分人或参与义军的战斗行列,或以自杀、隐遁来表示自己对清的反抗;另一部分人则投降变节,与清廷合作,共同来剥削、压迫农民和镇压抗清义军,而且愈到后来,这一部分人就愈益扩大。作为对汉族人民群众和地主阶级中部分人物反抗的回答,清代统治者既运用了怀柔政策,更采取了残酷镇压的手段。这种错综复杂的政治形势和汉族地主阶级在这一形势下的阶级动向,给予洪昇思想以深刻的影响。

洪昇诞生的时候,恰值清兵南下,入据杭州,他的母亲黄氏在山中避兵,饱尝了乱离的痛苦;他也从一生下来就受到了兵火的洗礼。后来,黄氏把这情况告诉了他,这在他心中留下了不可磨灭的印象;他为母亲的这一遭遇而深感"痛伤"。

洪昇在幼年时期就跟随陆繁弨学习,稍后又从毛先舒、朱之京受业。陆繁弨的父亲陆培在清兵入杭州时殉节而死，繁弨秉承着父亲的遗志，不愿在清廷统治下求取功名。毛先舒是刘宗周和陈子龙的学生，也是心怀明室的士人。同时，与洪昇交往相当密切的师执，像沈谦、柴绍炳、张丹、张竞光、徐继恩等人，都是不忘明室的遗民。这些人物的长期薰陶，自不能不在洪昇思想中留下应有的痕迹。加以洪昇的故乡杭州，本就受着清代统治者特别残暴的统治，不仅当地人民处于"斩艾颠踣困死无告"的境地，连"四方冠盖商贾"也裹足而不敢入浙省会(杭州)之门阃"(吴农祥《赠陈士琰序》)。而在洪昇的亲友中，又有不少人是在清廷高压政策下死亡、流放和被逮的。例如他的表丈钱开宗，就因科场案被清廷处死，家产妻子"籍没入官"；他的师执丁澎也因科场案谪戍奉天。再如他的好友陆寅，由于庄史案而全家被捕，以致兄长死亡，父亲陆圻出家云游；他的友人正岩，也曾因朱光辅案而被逮入狱。这种种都不会不在洪昇思想中引起一定的反响。因此，在洪昇早年所作的诗篇里，就已流露出了兴亡之感，写出了《钱塘秋感》中"秋水荒湾悲太子，寒云孤塔吊王妃。山川满目南朝恨，短褐长竿任钓矶"一类的诗句。这也正是清兵入关以来民族矛盾尖锐展开的政治形势，通过洪昇生活中的上述契机而作用于其思想的结果。

然而，另一方面，洪昇的父亲在入清后曾经出仕；与洪昇家庭关系极密切的黄机、黄彦博父子，也都是清廷的官员。尤其是黄机，由于热衷利禄，在顺治三年就主动出应乡试。这样的家庭出身和社会关系，自然会把洪昇引向在清廷统治下求取功名的道路。因而，洪昇早年思想中的上述因素，并没有引导他对清廷采取反抗或消极不合作的态度。他不仅在二十四岁就到北京国子监肄业，并且在第二年写下了好些"颂圣"之作：当康熙帝到国子监来"释奠先圣"时，他写了《恭遇皇上视学，释奠先圣，敬赋四十韵》；接着，他跟国子监祭酒等一起去"谢恩"，又写了《太和门早朝四首》和《午门颁御赐恭纪三首》。在《恭遇皇上视学，释奠先圣，敬赋四十韵》诗中，他赞美着"圣主崇文日，皇家重道时"，又说是"盛世真多幸，儒生窃自思。凌云无彩笔，向日有丹葵。拜阙恩何极，环门乐不支"。在《太和门早朝》和《午门颁御赐恭纪》中，他更分别写出了自己的庆幸之情："儒生一何幸，得问圣躬劳"；"青袍能伏谒，一日即千春"。这表明他还是拥护清廷，希望在清廷统治下获取功名的。

在洪昇遭受"家难"，尤其是被迫寄寓北京以后，由于自己就过着"旅食"的生活，他得以在某种程度上接触了人民的痛苦，也在思想上产生了一定的反响。在他早期的诗篇里，原本毫未触及民生的疾苦，而在这一阶段，则写出了少数反映人民痛苦的诗篇。在《京东杂感》中，他悲慨着"君看芦中月，哀鸿夜夜鸣"；在

《衢州杂感》中,他也为遭受水灾后的衢州人民而悲感:"听罢踌躇堕双泪,可能入告免租庸?"在另一些诗篇中,他还因此而表现出对当时官吏的不满:"长吁问民牧,中泽几哀鸿?"(《寇恂故里》)"朱绂何人亲沈马,苍生几处免为鱼?"(《衢州杂感》)

通过自己的坎坷生活,洪昇对统治阶级的上层也产生了某种反感。他在《送沈亮臣归檇》中指出:"嗟嗟长安内,往来多高轩。俳优厌梁肉,士不饱饔飧。后房曳罗纨,短褐无人存。"这里所说的"士",显然不是指劳动人民,而是指跟他一样的、封建统治阶级的中下层人士。在另一首诗中,他也感慨地说:"莫问侯门珠履事,残杯冷炙是怜才。"(《与盛靖侯、朱近庵登君山》)这些都是作为统治阶级的中下层文人向自己阶级的上层所发出的不平之鸣。在《长安》诗中他又说:"棋局长安事,傍观迥不迷。党人投远戍,故相换新堤!无复穷通感,真将得丧齐。布衣何所恋,不向小山栖!"此诗虽为治河之事而发,但也透露出他对当时朝政,尤其是朝中大僚结党营私的极度不满[一]。

这一切表明:自三十岁寓居北京以来,洪昇的不满现实的思想有所发展。这类思想在实质上是反映了他跟统治阶级中的当权派——这在当时主要是满族的贵族集团——的矛盾。而尤其值得注意的是:在此期间,洪昇的父亲曾经"罹事远适"(此事大致始于康熙十四年,至康熙十八年年底才结案),旋虽"逢恩赦免"(朱溶《稗畦集叙》),但家业却早就因此而破落了;所谓"风雨忽漂摇,旧巢已半圮"(《送父》)。洪昇之为父母所恶,原出于旁人的离间,他自己始终"取古孝子以自勉"(王蓍《挽洪昉思序》);所以,他为父亲所遭遇的祸事感到无限的忧急:"祸大疑天远,恩深觉命微。"(《南归》)而在家业破落以后,父母的生活费用也就由他负担了,如同陈訏所说的:"多年遥负米,辛苦踏京尘。"(《寄洪昉思都门》)这种亲身经历的事件,自必会进一步影响洪昇的政治态度。因此,他在康熙二十年春天——他父亲受到遣戍处分的一年多以后——所写的《京东杂感》,就渗透着兴亡之感,几乎跟明朝遗老的口吻相差无几了:"远望穷高下,孤怀感废兴。白头遗老在,指点十三陵。""盘龙山下路,尚有果园存。……童竖休樵采,枝枝总旧恩。"读了这些诗句,我们对收有此诗的《稗畦续集》在乾隆时所以被列为禁书,也就不难理解了。

然而,这种"废兴"之感尽管好像表现得很深沉,却并不意味着洪昇已经站在反对清代统治的立场。在"三藩之乱"的时期,曾有许多汉族人民乘机起事,但洪昇却因此而为清廷深感忧虑。他在康熙十四年(1675)所写的《一夜》说:"海内半青犊,梦中双白头。……国殇与家难,一夜百端忧。"同一时期所写的

《过京口作》，也有着类似的内容[二]。在康熙十五年(1676)，他写了《周节母诗，兼呈令嗣介公宪副》和传奇《回龙记》，分别表彰在"三藩"事件中积极为清廷效力的周昌和何源濬。在康熙十六年(1677)所写的《伴城书所见》中，也表现了他对反抗清廷的行为的憎恶，所以有"胡为复蠢动"的责问。与此相应，在康熙十八年(1679)为徐釚题《枫江渔父图》的散套中，他为自己不能在清廷出仕而悲慨："俺不能含香簪笔金门步，只落得穷途恸哭。"一直到康熙二十七年(1688)所写的《奉寄少宰李公》，他仍然感慨于自己的"二毛依旧一青毡"，并且"独冀山公万一怜"——希望李天馥能帮助他获得功名。他的拥护清廷的立场和在清廷统治下求取功名的愿望，始终没有改变。——甚至在他被斥革以后，他还把这希望寄托在儿子身上，为儿子应科举试一事而向颜光敩请求照顾[三]。

那么，怎样来解释他的兴亡之感和这种立场之间的关系呢？为什么他的立场始终不变而其兴亡之感又会日益强烈呢？原来，在清兵入关之前，由于声势浩大的农民起义军的冲激，汉族地主阶级的统治已经岌岌可危了。清兵入关之后，清代统治者残酷地镇压了农民起义军，并收买汉族的地主阶级分子与自己合作，维护汉族地主阶级对农民群众的剥削和压迫，重新巩固了地主阶级对农民的统治。从当时的整个阶级关系来看，汉族地主阶级和满族地主阶级同样属于统治阶级，在剥削和压迫农民方面具有共同的阶级利益，而清廷就是这一共同阶级利益的捍卫者。因此，在开始的时候，汉族地主阶级中虽有部分人士从事抗清斗争，但到康熙时期，与清廷合作已经成为汉族地主阶级的总的倾向。作为主要活动于康熙时期的地主阶级知识分子的洪昇，从自己阶级的根本利益出发而拥护清廷统治，愿与清廷合作，原是自然的事；何况他的家庭又是早就依附于清廷的。然而，就汉族地主阶级和满族地主阶级的关系来看，清廷首先却是考虑和保证满族地主阶级的利益，并对汉族地主阶级存在着某种戒心和歧视；在某种程度上影响了汉族地主阶级的经济利益和政治利益，跟明王朝时期汉族地主阶级那种"唯我独尊"的局面显然是大不相同了。满汉地主阶级之间的这种矛盾和汉族地主阶级地位的升降，即使在已经依附清廷的汉族地主阶级分子中间，也有可能引起某些对于往日的怀恋，它往往通过兴亡之感或今昔之感的形式表现出来[四]。这种兴亡之感跟另一些反对清廷的人物所抒发的兴亡之感，在形式上虽似相同，其实际内容却颇有区别，它不过是依附清廷的汉族地主阶级分子从自己处境出发的哀鸣，跟拥护清廷的基本立场是可以同时并存的。就洪昇来说，他在民族矛盾最尖锐的时期诞生，其早岁的见闻——如跟他属于同一阶级的许多亲友在清廷高压政策下的遭遇，包括汉族地主阶级分子住宅在内的、杭州大批民房的被圈占,驻防旗兵的横暴[五]——又都在在显示出满汉地主阶级之间的矛盾和汉族地主阶级的今不如昔。作为汉族地主阶级知识分子,而且自幼就受过许多明遗民薰陶的洪昇,对此自不能不产生若干的感喟,这也就是他早年所具有的兴亡之感的现实基础。而到后来,由于他自己不得志的遭遇,清政府所给予其家庭的打击,他对政治现状的某种不满情绪,形成了他跟统治阶级中当权派——在当时主要是满族的贵族集团——的矛盾,也使他有可能进一步体会到汉族地主阶级的处境,从而更加深了兴亡之感。

换言之,他是一个不满当时政治现实而又维护清王朝统治的地主阶级知识分子。他的拥护清廷,是由其所属阶级的根本利益所决定的;他的兴亡之感,则是从当时与清廷合作的汉族地主阶级的特定处境所生发出来的,并不意味着他反对清廷。这是我们在研究《长生殿》时必须注意到的一个问题。

三

在我国的长期封建社会中,儒家思想一直是封建统治阶级用以巩固自己统治的重要思想工具。作为封建统治阶级的知识分子,洪昇自幼就受到了儒家思想的深刻影响,积极维护封建伦理观念;这成为他世界观的一个重要组成部分,也是我们考察洪昇思想所必须特别注意的一个方面。

洪昇自十岁起,先后从陆繁弨、朱之京、毛先舒受业。这三人都是恪守封建道德的"孝子":陆繁弨"奉母陈,晨昏色养"(《杭州府志·文苑·陆繁弨传》),朱之京事祖母及母亲"能先意承志"(《国朝杭郡诗续辑》卷一),毛先舒"事父母色养"(毛奇龄《毛稚黄墓志铭》)。洪昇既跟随他们学习,也就必然受到严格的封建道德的教育,他的"取古孝子以自勉",跟这三人的薰陶应该是分不开的。

在这三人中,特别值得注意的是毛先舒。他是明末著名理学家刘宗周的弟子。不仅自己"有志圣学"(毛奇龄《毛稚黄墓志铭》),而且把洪昇也引导到同样的道路上去。他教训洪昇说:"君子慎微细,……屋漏本幽暗,笃敬乃生明。"(毛先舒《水调歌头·与洪昇》)又教导洪昇要"温雅忠爱",不要为"末世"的"险薄"风气所薰染(《与洪昇书》);这正是一般理学家的共同论调。而洪昇则对先舒十分崇敬,把他作为楷模,"景行永无斁"(《奉呈毛稚黄夫子》)。此外,与洪昇交往很密的师执柴绍炳,也是"潜心关闽濂洛之学"的理学家,这对洪昇思想也可能产生一定影响。

自经过明末农民大起义的冲激,封建统治阶级在各方面都需要进行修补,以巩固自己的统治。因此,怎样利用儒家学说以进一步从思想上来加强封建秩序,就成为封建统治阶级在思想统治方面的一个严重任务。清初统治者的大力提倡程朱理学,也正是由此出发的。生活在这一历史时期的统治阶级知识分子洪昇,既由自己生活的上述契机,在幼年时就受到了儒家思想的教育,为自己阶级利益所迫切需要的那些儒家学说,伦理、道德的观念,就很自然地在他思想中牢固地生根,成为他自己的信条。

正是以这些观念为依据,洪昇特别强调孝、节。他在诗中歌颂伯俞、颍考叔这类孝子和"夺刀骂贼何慨慷"的"节母"(见《伯俞庙》《颍考叔庙》《周节母诗兼呈令嗣介公宪副》)。在他的传奇《闹高唐》中,他突出地描写了"皇城夫人之烈,柴大娘子之贞,公孙胜母之节"(《小说考证》),这都是《水浒》原来所没有而由他特地加进去的情节。在传奇《回龙记》中,正面人物韩氏一家和反面人物柳权的矛盾,是围绕着孝的问题而展开的:"饮次,至善正色数权坐享膏腴、置母不顾之罪。权怒……"(《小说考证》)其后韩氏一家皆享富贵,而柳权则"从逆"被获,——这也就是从侧面对不孝行为进行批判。至于他的另一剧本《孝节坊》,虽本事无考,但顾名思义,自然也是表彰孝、节的作品。

在这些观念支配下,洪昇还存在着严重的夫权思想。他所作的杂剧《四婵娟》,虽然赞美了历史上的四个才女,但只不过是赞美她们的才华和"韵事",并不意味着女子应与男子有平等地位。有的同志根据这一剧本而肯定洪昇在妇女问题上具有民主思想,是不妥当的。在实际上,洪昇认为女子只是男子的附属品。他的《织锦记自序》,对窦滔娶妾而遗弃妻子苏若兰的行为,完全归罪于若兰:"及连波将镇襄阳,邀其同往,而若兰忿忿不肯偕行,倡随之义何居?则连波未尝不笃结发,而若兰可谓大乖妇道矣。……夫妒而得弃,道之正也。"又说:"嗟乎,古今女子有才如若兰者乎?于其妒也,君子无怨词。怨不敢怒,悔深次骨,而后曰可原之矣。则或于阃教有小补与?"这就是说,女子必须遵守"妇道",成为男子的驯服奴隶;连要求丈夫对自己有专一的感情,不满丈夫娶妾,都是不容许的。无论女子怎样有才能,只要在这方面稍有违反,就是不可宽恕的;因此而被遗弃,则是天经地义的事。他所维护的"阃教",正是残酷地迫害妇女的封建道德。

这一切表明,儒家的封建伦理观念是多么深入地渗透在洪昇的思想之中。而另一方面,洪昇又具有封建统治阶级自命"风流"的庸俗情趣。这也正是当时一般封建统治阶级分子的共同倾向:他们一面提倡封建伦常,要求女子守贞节,一面却又欣赏某种庸俗、恶劣的男女关系,狎妓娶妾。洪昇也并不例外。他十七岁所写的《遥赠朱素月校书戏简袁令昭先生三首》,已表现出这种庸俗情趣;一直到他晚年,从他友人孙凤仪所写的《和洪昉思赠吕校书原韵三首》中,我们可以知道他在这方面的生活态度依然如故。

总之,在道德伦常方面,洪昇的思想与传统的封建观念并无不同。这是我们在研究《长生殿》时必须注意的另一个问题。

四

洪昇所以能写出《长生殿》这一剧本,绝不是偶然的。这跟他的生活道路、思想发展的历程、艺术经验的积累有着不可分割的关系。

为了叙述的方便起见,我们先从艺术经验的积累说起。如前所述,洪昇由于家庭为他所提供的较好的学习条件和他自己的刻苦学习,很早"便能鸣笔为诗",表现了文学才能。洪昇所敬爱的老师毛先舒,是对曲颇有研究的学者,曾著有《南曲入声客问》等书。跟洪昇关系极密的师执沈谦,友人李式玉、吴钦等,也擅长戏曲创作。在洪昇十七岁时,又跟著名的戏曲作家袁于令建立了颇深的友谊。跟这些人的交往,也就使洪昇有可能把自己的文学才能和兴趣转向曲的方面。从洪昇二十三岁所作的散曲中可以看出:他在青年时期已对制曲有了一定的造诣。

在洪昇因"家难"而流寓北京以后,仍然致力于制曲。他曾为陈维崧的《填词图》、徐釚的《枫江渔父图》、张贞的《浮家泛宅图》写过散套。就其把曲作为酬应之具这一点来看,他应该是经常从事于曲的写作的;就这三首套数本身来看,则其艺术技巧较以前有了显著的提高。而尤其值得注意的是:洪昇在此期间更写了许多剧曲,如《回龙记》《织锦记》《天涯泪》等。这种长期不断的创作实践,必然会大大丰富洪昇的创作经验,在很大程度上锻炼和加强他的写作能力。正是在这样的基础上,他才能以熟练的艺术技巧写成了《长生殿》。

至于《长生殿》的思想内容,更不是一朝一夕所形成的。它经历过一个长期酝酿和演变的过程。这个过程是随着洪昇社会生活体验的日渐丰富和思想的发展而逐步深化和最终完成的。

《长生殿》的写作,前后凡经过"三易稿"。初稿名《沉香亭》,写于康熙十二年(1673);二稿名《舞霓裳》,写于康熙十八年(1679);三稿定名《长生殿》,写于康熙二十七年(1688)。

洪昇自述写作的缘起说:"忆与严十定隅坐皋园,谈及开元天宝间事,偶感李白之遇,作《沉香亭》传奇。"(《长生殿·例言》)这就是康熙十二年的事。跟《长生殿》不同,《沉香亭》是一部以李白为主角的剧本[六]。李白是"安能摧眉折腰事权贵，使我不得开心颜"的唐代诗人，终身怀才不遇。而在康熙十二年时，洪昇已从北京失意而归；又曾因"家难"而生活发生问题，往游开封，但也并无收获，不得不发着"为报梁园修竹尽，只今不重马相如"的感叹而重新回到杭州。洪昇当时所自诩的"平生畏向朱门谒"、他的窘迫的处境和"只今不重马相如"的深刻怀才不遇之感，是很容易联想起李白的为人和坎坷身世的。那么，所谓"偶感李白之遇"，其实并不偶然；而正是从他那一特定的生活经历和思想感情生发出来的。换言之，《沉香亭》主要是洪昇抒写个人"身世之感"的作品。

改《沉香亭》为《舞霓裳》是在康熙十八年。洪昇说："寻客燕台，亡友毛玉斯谓排场近熟，因去李白，入李泌辅肃宗中兴，更名《舞霓裳》。"（《长生殿·例言》）"排场近熟"，这不仅是艺术形式上的问题，更可能是因为剧本原有的思想内容并不能超出前人剧本（如屠隆《彩毫记》之类）的范围，从而在艺术形式上形成了这一缺点。因而，要改正这缺点，也就不能不牵动内容了。

然而，洪昇在改动内容时，为什么要增入李泌呢？有的同志认为，这一情节的增入是寄托着复兴明室的理想。但就洪昇当时的思想看，他不但不反对清廷，反而因许多汉族人民的起事抗清——即他所谓"青犊"——而深感忧虑。因此，上述的推测是很难成立的。其实，在"三藩"之乱时期，洪昇是站在清廷一边而希望叛乱赶快平息的，其诗颇有表现这种要求的内容；他还曾经通过自己的传奇和诗歌（如《回龙记》《周节母诗兼呈令嗣介公宪副》），表彰在这一事件中为清廷积极效力的人物。因此，说他在"三藩"之乱时期所写的《舞霓裳》之增入李泌，是寄托着赶快平息"三藩"的愿望，似乎更切合实际一些。

不过，《舞霓裳》的主角并不是李泌[七]。在把《沉香亭》改为《舞霓裳》时，剧本的主角由李白而变成了唐明皇、杨贵妃。对一部剧本来说，主角的变换自比次要人物的增入更加重要得多。经过这样一改，整部作品就变成以写李、杨情缘为主；这跟洪昇那种自命"风流"的庸俗情趣显然是联系在一起的。从这样的情趣出发，李、杨情缘自然会被视为极能引起观众兴味、克服"排场近熟"缺点的绝妙题材。但必须注意的是：在把李、杨作为主角以后，也就增加了"情悔"的内容；洪昇在《舞霓裳》的序中说："然而乐极哀来，垂戒来世，意即寓焉。且古今来逞侈心而穷人欲，祸败随之，未有不悔者也。玉环倾国，卒至陨身，死而有知，情悔何极？苟非怨艾之深，尚何证仙之与有？"在一个描绘"李白之遇"的剧本中，这样的内容是不可能插入的；它跟李白的故事离得太远，插入了必然喧宾夺主，结构混乱不堪。所以，这当是《舞霓裳》所新增。而这也就意味着：在《舞霓裳》中已经对封建统治集团的"逞侈心而穷人欲"进行了若干暴露，并表现出作者对这种现象的不满。

假如上述推测尚无大错,那么,把《沉香亭》改为《舞霓裳》,一方面固然因大力渲染李、杨情缘而增强了作品的庸俗情趣,同时也超出了抒写个人身世之感的范围,而增入了暴露政治现实的内容。后一种情况也正是洪昇在其生活道路上向前跨进了一步的结果。在康熙十二年写《沉香亭》以前,洪昇虽然也在其诗歌中叹贫嗟卑,但仅仅是对其个人怀才不遇的牢骚,并未触及社会矛盾。但自康熙十三年寓居京师以后,他以一个"旅食"者的身份,对社会生活有了进一步的体验。在写《舞霓裳》的前两年,他已在《送沈亮臣归槜》中发出了"嗟嗟长安内,往来多高轩。俳优厌粱肉,士不饱饔餐。后房曳罗纨,短褐无人存"的愤激之音。这里虽也包含着个人牢骚,但已经接触到了社会矛盾。他对这种现象是不满的,但作为维护封建统治的地主阶级知识分子,他当然仍把希望寄托于当时的封建统治集团。理解了这一点,也就可以明白《舞霓裳》之所以要描绘"逞侈心而穷人欲,祸败随之",以此来"垂戒来世",绝不是偶然的。

由此看来,《舞霓裳》的基本内容和思想倾向跟《长生殿》是一致的,不过,洪昇在当时跟其本阶级中的当权派的矛盾还没有后来那样强烈,作品中的兴亡之感和对于社会政治的暴露都不如《长生殿》深刻。——我们虽没有见到过《舞霓裳》,但《长生殿》问世后,就"每为见者所恶"(毛奇龄《长生殿院本序》),而且很快为洪昇带来了斥革监生的处分;《舞霓裳》问世以来,首尾凡经十年,且也为"优伶"所搬演[八],却始终没有为洪昇带来什么严重后果,从现有资料中也看不到当时对《舞霓裳》有什么不满表示;从对《长生殿》和《舞霓裳》的这两种不同反应中,也就透露了其中的消息。

改《舞霓裳》为《长生殿》是在康熙二十七年。从康熙十八年到二十七年,洪昇那种"自命风流"的庸俗情趣有所发展。在地主阶级的圈子中,洪昇当时的物质条件是并不怎么好的。但为了满足这种庸俗情趣,他在康熙二十二年却以"干谒"所得,"明珠百琲真豪甚"地娶了一个妾,追求"浅斟低唱不胜情"(方象瑛《洪昉思纳姬》)的生活。他的所以删去李泌,而把《长生殿》写成"专写钗合情缘"的作品,即在作品中进一步渲染李、杨的庸俗的"情",跟他的这种生活状况应该是有关系的。

另一方面,洪昇在此期间的思想也有所发展。就他这一阶段所作的诗篇来看,接触到人民痛苦生活的内容较前增加了,并对朝政表示了显然的不满,跟统治阶级中最有势力的一个集团——以满族贵族为主的"北党"的矛盾较前加深了。正是从这样的思想基础出发,《舞霓裳》原来所有"乐极哀来,垂戒来世"的内容,在《长生殿》里有了加强,作品在暴露朝政的混乱、统治集团的穷奢极欲和人民的痛苦时,写出了"可知他朱甍碧瓦,总是血膏涂"这样的句子[九]。同时,洪昇在这一阶段的兴亡之感也较前更为浓厚,产生了"童竖休樵采,枝枝总旧恩"的感慨;这也就使他有可能写出《弹词》中李龟年那种抚今追昔的悲痛感情。

也正因此,《长生殿》的思想内容既大异于"偶感李白之遇"的《沉香亭》,较之《舞霓裳》也显然有了变化。换言之,在"三易稿"的过程中,随着作者的思想发展,作品的思想内容也在逐步改变。然而,由于作者拥护清廷的封建统治阶级立场始终如一,他的封建伦理观念和庸俗情趣始终未变,作品不可避免地存在着严重的封建糟粕,即使某些在当时具有积极意义的内容在今天看来也存在着明显的局限。

这再一次证明:作家的创作道路是跟他的生活道路紧密联系着的,他的作品必然受着他的世界观的制约。

五

研究洪昇的生平、思想及其写作《长生殿》的过程,是为了对正确评价《长生殿》提供一些参考。在有关的研究工作者中,对《长生殿》的评价是有分歧的。曾经有同志认为:《长生殿》描写唐明皇和杨贵妃的爱情是具有反封建的进步意义的;也有同志把《长生殿》视为具有反清意识的作品。所以,在这里想结合洪昇的生平和思想,附带谈一谈这个问题。

在《长生殿》中,洪昇以大量篇幅描写了唐明皇和杨贵妃的"生死不渝"之情。在《传概》中他也明白地说:"借《太真外传》谱新词,情而已。"因此,说《长生殿》的主要内容是描绘李、杨之情,似乎是没有问题的。问题是在于:这类内容到底有没有反封建意义?

就洪昇的思想来看,他是积极维护男子压迫女子的"闺教"的,认为女子要求丈夫对自己有专一的爱情,不满男子娶妾,就是犯"七出"之条的恶德——"夫妒而得弃,道之正也"。不可能设想:一个积极维护压迫女子的封建礼教的文人,却又会提倡反封建的爱情。

至于说洪昇为什么会选择李、杨之情作为剧本的题材,那我们就必须看到:在封建社会里的男女之情,有一种是为封建统治阶级所容许,也即为封建礼教所容许的,像潘岳《悼亡诗》一类作品所写的夫妇之情;另一种则是具有反封建礼教内容的爱情。有人认为,封建社会里的男女之情都是与封建礼教相对立的。这是一种并不确切的说法。而且,一般说来,封建文人从其庸俗的生活情趣出发，在不妨碍封建统治阶级利益的前提下，他们对某些涉及男女关系的情事倒是津津乐道的；这在明清时期表现更为突出。在当时封建文人的集子中，我们可以看到许多这类题材的诗词。作为封建统治阶级的知识分子，洪昇在这方面也有类似的表现；他所作的词就多是这种内容，故而徐逢吉说他"尚《花庵》、《草堂》之余习"（《秋林琴雅序》）。加以从明代以来，传奇所写多为儿女情事，所谓"从来传奇家，非言情之文不能擅场"。因此，洪昇在从事戏曲创作时，对这类题材感到兴趣，也是很自然的事。

不过，洪昇对待这类题材是有自己的原则的。他说："从来传奇家，非言情之文不能擅场；而近乃子虚乌有，动写情词赠答，数见不鲜，兼乖典则。因断章取义，借天宝遗事缀成此剧。"（《长生殿·自序》）从他的思想倾向来看，所谓"典则"，正是指"闺教"一类的封建礼教。这也就意味着："言情"是可以的，但却不能违背封建礼教。也正因此，唐明皇和杨贵妃的故事，就成为一种合适的题材：这故事不仅传诵很广，而且它原只是封建帝王的"风流逸事"，并不包含反封建意义，可以不致有乖"典则"。从洪昇对于李、杨之情的描绘来看，他也的确没有违背这一原则。

洪昇在作品的开头，就通过唐明皇的独白来说明两人"定情"的经过："昨见宫女杨玉环，德性温和，丰姿秀丽，卜兹吉日，册为贵妃。"可见这原是一种符合封建礼教规定的"正常"婚姻。在成婚之后，他们的感情日益浓厚；但一面是皇帝宠爱妃子，一面是妃子爱恋皇帝，这中间也并无违反封建礼教之处。自然，唐明皇因宠爱杨贵妃而荒废朝政，这是对封建统治不利的；杨贵妃的"十分妒忌"，也为封建礼教所不容。但对于前者，作者显然持着批判的态度；对于后者，作者也作了微文讥刺——在《傍讶》中，他借永新和高力士之口，责备杨贵妃"妆幺作态"，"娇痴性，天生忒利害"；在《絮阁》中，更让高力士正面责问杨贵妃："不是奴婢擅敢多口，如今满朝臣宰，谁没有个大妻小妾，何况九重，容不得这宵？"因此，剧中有关这些事件的描写，也并不是跟封建礼教不可调和的。

在杨贵妃死去以后，唐明皇和杨贵妃都表现了"那论生和死"的深情。杨贵妃是"位纵在神仙列，梦不离唐宫阙"（《补恨》），唐明皇也"惟只愿速离尘埃，早赴泉台，和伊地中将连理栽"（《见月》）。然而，所谓人鬼之间"生死不渝"的感情，不过是生人之间的感情在另一种形式下的表现和发展。只有生前的感情是进步的，死后对这一感情的坚持也才具有进步意义；否则，是不可能因为有了"幽明之隔"，而使原来并无积极意义的感情产生出积极意义来的。当然，假如这是一种由反动社会力量所造成的爱情悲剧，那么，在他们"生死不渝"的感情中也可能包含某种对于反动社会力量的控诉或抗议，从而有一定的积极意义。但李、杨的这一"悲剧"，归根到底是由作为荒淫奢侈的统治者的他们自身所造成的，在这里当然也不可能包含对反动社会力量的控诉或抗议。

而且，洪昇在刻画李、杨之"情"时，也流露出了明显的庸俗情趣。对唐明皇与杨贵妃关系中所表现出来的玩弄女性的态度（见《春睡》《惊变》等折），也完全以赞赏的笔调来描绘。换言之，他是把唐明皇对杨贵妃的这种态度都作为"情"的表示而加以渲染的，这就进一步暴露了他所赞美的"情"的实质。也正因此，无论是李、杨之"情"本身，还是《长生殿》对李、杨之情的歌颂，都是封建性的东西。

不过，他在描绘李、杨之情的历史背景时，通过《贿权》《禊游》《疑谶》《权哄》《进果》等折，写出了宫廷和杨氏家族的穷奢极侈，杨国忠的弄权误国，权臣的相互倾轧，公卿的趋炎附势，和人民的痛苦生活形成了鲜明的对照。例如，唐明皇因杨贵妃爱吃荔枝，就"特敕地方飞驰进贡"（《舞盘》）；杨氏家族因竞造新第，"一座厅堂，足费上千万贯钱钞"（《疑谶》）。而人民呢？"田家耕种多辛苦，愁旱又愁雨。一年靠这几茎苗，收来半价偿官赋；可怜能得几粒到肚。"（《进果》）可是，即使连这辛苦耕种所得的"几茎苗"，也被"进贡"荔枝的使臣全部踏坏，甚至还踏死了人。尽管作品标明这是发生在天宝年间的事件，但通过这些事件所反映出来的封建统治阶级的罪恶和卑劣、人民的痛苦，在封建社会里却是具有普遍意义的。所谓"一年靠这几茎苗，收来半价偿官赋"，所谓"朱甍碧瓦，总是血膏涂"（《疑谶》），在洪昇的时代又何尝不是如此？而且，在洪昇写《长生殿》的最后一稿时，他对当时的政治现实已经颇有认识，例如，康熙二十五年秋天，他在听衢州人民说到当地遭受严重水灾的情况后写道："听罢踟蹰堕双泪，可能入告免租庸？"（《衢州杂感》）实际意思是说：直到他写诗的那个时候，清政府还在向遭受重灾的人民征收赋税，强迫他们服劳役。当时的封建统治集团跟天宝年间的统治集团一样，都是在不择手段地榨取人民的"血膏"！《长生殿》中的上述内容，当也凝结着洪昇对他那个时代的政治现实的愤慨；其《自序》说"垂戒来世，意即寓焉"，他确实想通过《长生殿》而使唐代以后（实际上是他那个时代）的封建统治集团知所戒惧。自然，这些内容在《长生殿》中只占很小的比重，洪昇写这些的根本目的也还是希望封建统治集团吸取教训，巩固统治；然而，像这样一类暴露政治黑暗、描绘人民痛苦的内容，在我国古代戏曲中却也并不多见。这仍然是《长生殿》具有价值的所在。

那么，《长生殿》是否包含反清意识呢？在主张《长生殿》具有反清意识的论著中,是把《弹词》和《骂贼》两折作为证据的。《弹词》折抒写了较深沉的兴亡之感,所谓"一从鼙鼓起渔阳,宫禁俄看蔓草荒。留得白头遗老在,谱将残恨说兴亡"。这很容易使人们联想起明末清初的现实。其实,李龟年在这里所说的"留得"两句,也是从洪昇自己抒发感慨的诗句中变化而来:"白头遗老在,指点十三陵。"(《京东杂感》)因此,说《弹词》折中蕴有洪昇自己的兴亡之感,是不成问题的。但洪昇的兴亡之感并不是反清意识,而仅仅反映了依附清廷的汉族地主阶级分子与满族地主阶级的矛盾,这一点我们在上面已经说过了;所以,《弹词》折也不能视为表现反清意识之作。至于《骂贼》一折,雷海青痛骂投降安禄山的文武官员说:"平日家张着口将忠孝谈,到临危翻着脸把富贵贪。早一齐儿摇尾受新衔,把一个君亲仇敌,当作恩人感。咱,只问你蒙面可羞惭?"这对于揭露封建统治阶级人物的丑恶嘴脸,是颇为深刻的;尤其在洪昇的那个时代,这样的唱词很容易使人联想起那批降清的明朝官僚。但雷海青说得很明白:"那满朝文武,平日里高官厚禄,荫子封妻,享荣华,受富贵,那一件不是朝廷恩典?如今却一个个贪生怕死,背义忘恩,投降不迭。"其所不满于降官的,乃是他们的辜负"君恩",出发点只是封建道德。因此,即使在这一折中流露了洪昇自己对明朝降清的官员的不满,但也不过是不满他们违背封建道德。很清楚,这不是一般地反对在清朝做官、为清廷服务,而仅仅是反对曾经受过明朝"君恩"的人"背义忘恩"地投降清朝,从而跟拥护清廷的立场是可以并行不悖的。洪昇自己就是如此。他一面在《骂贼》折中骂降官,一面又心安理得地表示希望在清朝做官,——他既然没有受过明朝的"君恩",在清朝做官自然也算不得"背义忘恩",可以毫无愧怍。其实,清朝皇帝自己在内心里对于这些辜负"君恩"的降官也是看不起的,乾隆时他们都被列入了"贰臣传"。所以,《骂贼》的骂降官,并不就是反清意识或如某些论著所谓的"民族意识"。这一折中还有一句唱词:"恨仔恨泼腥膻莽将龙座溷"。有的论著认为这是指桑骂槐,影射清代统治者。这种唱词在当时也确为清代统治者所忌。但就洪昇的主观动机说,这却只是单纯地指责安禄山[一〇],并无指桑骂槐之意。否则,他为什么不仅在以前曾把清代最高统治者颂为"圣主",以能"伏谒"为荣,而且在写定《长生殿》的同一年还念念不忘于出仕,想要到这自谓之"泼腥膻"者的"龙座"底下去匍匐拜舞呢?

　　总之,《长生殿》的主要内容是写李、杨情缘,这并无什么反封建意义或民主思想,不应该肯定;其较有意义的部分是对封建政治的暴露和对人民痛苦生活的反映,但这类内容在作品中只占很小的比重。存在于剧本里的兴亡之感,则仅仅体现了跟清廷合作的汉族地主阶级分子与满族地主阶级的矛盾。——这就是我们以《长生殿》为依据、结合对洪昇生平和思想的探讨而得出的结论。编写《洪昇年谱》的目的,本来也就是希望能对正确评价洪昇及其《长生殿》有所贡献;但限于年谱的体例,有些问题无法在谱中阐述,因此在本文中作了上述的补充说明。

六

现在,我们对本书的体例作一简单的说明。

一、作为古典文学研究方面的一种资料性书籍,本书力图贯彻批判继承的原则,准确地反映洪昇思想的阶级实质和具体内容,但主要是通过资料的汇集和排比来加以说明,仅在必要时进行若干分析。

二、为了避免对谱主评价的片面性,本书对表现谱主消极面乃至反动面(例如攻击农民起义)的资料亦皆引录;考虑到本书的性质,在引用上述资料时除对其中较突出的作简要批判外,其余则不一一加以说明和批判。对这方面的一些不正确的记载则略加辨正[一一]。

三、洪昇交游甚众,而这些人又大多不是历史上的著名人物。为通过洪昇的社会关系以进一步了解洪昇起见,除少数大家所熟知的学者、文学家和身世无考的人物外,谱中于洪昇交游,皆引述有关其行事或简历的资料,以供参考。至于此类资料中渲染他们"德政"的文字,一般皆予删略;其有助于说明他们积极效忠清廷的立场,或能反映当时某些政治情况者,则酌予保留。又,此类资料皆从地主阶级观点出发,书中不可能一一加以分析,读者务须批判对待。

四、洪昇《啸月楼集》,国内仅有照片;他所写的文、词、散曲,又散见各书。因此,谱中引《啸月楼集》诗和文、词、散曲,一般皆引全篇,以便考核。至于《稗畦集》和《稗畦续集》,已有排印本行世,故以节引为主;然其中比较重要及非通读全诗不能明了其含意者,仍引录全文。

五、为节省篇幅起见,谱中所记各年时事,凡与谱主无直接关系者,皆不注明出处。又,此项时事,一律记于各年的谱主事迹及其亲友生卒之后。

六、谱中所记洪昇亲友的生卒,凡已见于一般工具书的(如《历代名人年谱》《历代人物年里碑传综表》等),一般都不再注明出处;其为一般工具书所不收,或有异说的,则皆注明出处,间附考辨。凡与谱主没有交往的人物,除在政治上有重大关系者(如李定国、郑成功等),将其卒年分别记于各年时事中以外,其余人物的生卒概不阑入。

最后需要说明的是:本书写于1957至1962年间,当时我在蒋天枢师严格的、富于启发性的指导下,刚开始从事古典文学的研究;在写作过程中,又得到前辈吕贞白先生的大力支持和友人邓绍基同志、徐鹏同志、吴大逵同志的热情帮助。借本书出版的机会,谨对上述诸位师友表示衷心的感谢。谢国桢先生、徐朔方同志、刘世德同志与我原无交往,而均慷慨地以有关资料见示,谨此一并致谢。

注:

〔一〕参见康熙二十五年丙寅谱。

〔二〕《稗畦续集・过京口作》:"家室仍多故,江山未罢兵。一舟愁旅泊,千里怯长征。鼙鼓连秦急,烽烟照楚明。北南形胜地,铁瓮此坚城。"案,张名振于顺治十年及十一年皆曾率师破京口。顺治十六年,郑成功攻克京口,直驱江宁,清廷大震,顺治帝至欲"亲征"。洪昇在此"鼙鼓连秦急,烽烟照楚明"的时候,而有感于"北南形胜地,铁瓮此坚城",盖视京口为清廷在江南的重镇,深望清廷能加强防务,以免重蹈前失。余参见康熙十四年乙卯谱。

〔三〕参见康熙三十三年甲戌谱。

〔四〕如很早就投降清廷、后来一直做到尚书的龚鼎孳,就有若干抒写兴亡之感的作品。像《定山堂诗集》卷十七《初返居巢感怀》其二:"杜鹃声到碧云头,短剑长歌一夕休。南渡公卿今北去,西兴箫鼓又东流。离宫露冷芙蓉漏,别雁风吹杜若洲。莫为青门伤冷落,种瓜人是旧王侯。"其三:"十年流浪鬓如丝,归及河山杜宇时。天宝事多宫监咽,临春梦往月华悲。销魂畏奏金微笛,薄命谁怜玉镜眉。一曲《雨淋》花落尽,逢人犹诵断肠诗。"

〔五〕杭州驻防旗兵的横暴,参见顺治八年辛卯谱引吴农祥《赠陈士琰序》。当时受驻防旗兵之害的,要以劳动人民为多,但据该文中"裸辱儒生暴之马粪"等语,则其淫威也及于汉族地主阶级分子。

〔六〕见本谱卷首《传略》。

〔七〕见本谱卷首《传略》。

〔八〕《长生殿・例言》:"……更名《舞霓裳》,优伶皆久习之。"可见《舞霓裳》问世后,曾为"优伶"所演唱。《舞霓裳》写成于康熙十八年,至二十七年改为《长生殿》,合首尾计之,中间凡隔十年。

〔九〕此为《疑谶》中郭子仪的唱词。《长生殿》中,郭子仪为仅次于李、杨的重要人物,故有《疑谶》等折专写郭子仪。在《舞霓裳》中,李泌的地位至少当与《长生殿》中郭子仪的地位相等,或且过之。若又以跟《长生殿》同样的篇幅去写郭子仪,则必将头绪纷杂。善于作剧的洪昇,当不至不善裁剪若此。故《舞霓裳》是否出郭子仪虽不可知,然当不至有专写郭子仪的《疑谶》诸折。此必为《长生殿》所新增。

〔一〇〕有的研究者认为,安史之乱是一种民族矛盾,所以洪昇写安史之乱就是揭示民族矛盾,而揭示民族矛盾也就是影射明清之际的史事。案,安史之乱的事件,当时固可用以影射清室的入主中原;洪昇以《长生殿》招祸,也就是因为有些人误认洪昇写安史之乱是影射清室的缘故。然而,安史之乱在当时也可与别的历史现象相比附,并不一定就是指清室。如傅山的《赵氏山池》:"唐京乱羯虏,花门亦需力。所咎留不遗,浣老吟咏戚。为问握机人,此事将焉极?日月果重明,岂愁听觱篥。无端伤隐心,小憩终成泣。"(《霜红龛集》卷五)所云"唐京乱羯虏",即以安史之乱事件影指李自成起义军攻克北京;"花门亦需力",则以回纥助唐讨安禄山事,与吴三桂的"借清兵"相比附(傅山作此诗时,顺治帝还没有宣布自己为全国皇帝,所以傅山存在着幻想)。此外如《霜红龛集》卷五《祠僧患风不能礼客,既令其徒以笔砚请留题,贫道怪其意,曰闻名能诗,许再复之,因自叹有作》,卷十《甲申避地过起八兄山房,令儿眉限韵,率意写尊垣谖门昆五字,同又玄作》等诗,也都以安史之乱影射李自成。因此,不能认为提到安史之乱一定就是影射清廷。如没有其他证据,仅仅根据《长生殿》写到安史之乱这一点,就断定它是影射清廷之作,理由是不够充分的。

〔一一〕如赵执信《怀旧诗》所附洪昇小传,说"朝贵亦轻之,鲜与往还",就是以抬高自己而贬低洪昇为目的的一种不正确记载。谱中对此加以辨正,并不是要以"朝贵多与往还"来提高洪昇的地位,而是为了说明洪昇依附封建统治集团的实际情况。

传　　略

洪昇,字昉思,号稗畦,又号稗村、南屏樵者。钱塘人。

康熙《钱塘县志》卷二十二《文苑·洪昇传》:"洪昇,字昉思。"乾隆《杭州府志》卷九十四《文苑》、《清史列传》卷七十一本传同。

《国朝杭郡诗辑》卷六洪昇小传:"号稗畦。"与《长生殿·自序》署"稗畦洪昇"者合。而陈文述《西泠怀古集》卷十《东里怀洪昉思》诗所系小传云:"昉思名昇,字稗畦。"以昉思为号,与诸书异。案,昔人名字相辅。昇,日上也(见《说文》日部新附)。昉,始也(见《列子》注)。义正相成。"稗畦"则与"昇"义无涉。此陈文述率意书之,不足据。又,焦循《剧说》卷四有"稗畦居士洪昉思昇"之语,然昉思自署只作"稗畦",同时人亦无称其为稗畦居士者;《剧说》之称疑未是。

《杭州府志》卷九十四《文苑·洪昇传》:"号稗村。"又,《国朝杭郡诗辑》卷五汪鹤孙《早春与洪稗村水亭闲坐》诗题下注:"按,稗村即稗畦。"

徐旭旦《世经堂诗词钞》卷三十《灵秋会填词钞》,署"圣湖渔父徐旭旦撰。

南屏樵者洪昇校。"参见康熙二十七年戊辰谱。

昉思籍贯,《钱塘县志》《杭州府志》《清史列传》本传,皆作钱塘。《东白堂词选》卷首所列作者姓氏、《西湖志》卷四十一洪昇《西湖竹枝词》所注籍贯、《剧说》卷四,则皆谓仁和人。考昉思寿冯溥诗,为乔莱《使粤集》所作跋,均自署钱塘。作仁和者误。

洪氏世籍鄱阳。南宋初,洪皓使金不屈,还,除徽猷阁直学士,赐第于钱塘。其仲子同知枢密院事遵,遂留钱塘家焉。四传至捷中,宋末官浙东安抚使;元兵南下,携家避地上虞。又五传至有恒,值明兴,乃返家钱塘。有恒仕为国子监丞。生子薪,徽州界口批验所大使。薪生钟,官至刑部尚书。钟生澄,中书科中书。澄生椿,政和县知县,赠都察院右都御史;昉思高祖也。

昉思世系,史传无征。陆繁弨为昉思夫妇所作《同生曲序》(见《善卷堂四六》卷五)仅言其为"三洪学士之世胄"。考《稗畦续集》有《哭润孙族叔》诗,朱溶《稗畦集叙》亦称昉思为润孙族侄。《尔雅·释亲》:"父之从祖晜弟为族父。"是昉思父与润孙同曾祖。润孙名景融,《善卷堂四六》卷八《洪贞孙哀词》吴注:"洪瞻祖……孙景融润孙、景高贞孙。"瞻祖为洪椿子,见下引毛奇龄《文学洪君偕张孺人合葬墓表》;故知椿即昉思高祖。

王守仁《王文成公全书》卷二十五《外集》七《谥襄惠两峰洪公墓志铭》:"维洪氏世显于鄱阳。自宋太师忠宣公皓始赐第于钱塘西湖之葛岭。三子景伯、景严、景卢,皆以名德相承,遂为钱塘望族。八世祖讳其二,仕宋为浙东安抚使。元兴,避地上虞。曾祖讳荣甫,祖讳有恒,迨皇朝建国,乃复还家钱塘。……父讳薪,徽州界口批验所大使。自曾祖以下,皆以公贵,赠太子太保刑部尚书,妣皆赠一品夫人。公讳钟,字宣之,……"景伯名适,景严名遵,景卢名迈,皆见《宋史》本传。毛奇龄《西河文集·墓表》五《文学洪君偕张孺人合葬墓表》:"君世籍钱塘。宋徽猷阁直学士忠宣公由乐平来杭,一传为同知枢密院事文安公,留钱塘家焉。迨元兴,有浙东安抚使讳某者,徙越之上虞。入明,而襄惠公讳钟,成化进士,官刑部尚书,太子太保,以军功赐白银麟服,复起家钱塘西溪。襄惠公生澄,弘治庚午举人,中书科中书。澄生椿,政和县知县,赠都察院右都御史,君高祖也。曾祖讳瞻祖,万历戊戌进士,都察院右都御史,……"文安即遵之谥。洪文学名纲。

《武林耆献传》洪衍庆《钱塘洪张伯先生行述》:"……宋徽猷阁直学士赠太

师魏国忠宣公讳皓,赐第钱塘葛岭。五传至讳捷中公,由江西饶阳迁浙江上虞。又五传至明国子监丞赠宫保刑部尚书讳有恒公,……"案,宋末迁上虞者,王守仁谓为其二,此则云捷中,盖捷中一名其二也。

曾祖以下名字无考。

陈友琴同志《温故集·略谈长生殿作者洪昇的生平》,谓昉思"曾祖父洪瞻祖巡抚南赣官右都御史,见洪昇塾师陆繁弨(拒石)《善卷堂四六》《洪贞孙哀词》注。"今人颇有从其说者。然《洪贞孙哀词》注仅载瞻祖仕历,未尝言其为昉思曾祖。且昉思既称润孙为族叔,自非瞻祖曾孙;否则当称润孙为从叔矣。

熊德基同志《洪昇生平及其作品》(载《福建师范学院学报》1956 年第 1 期)又谓昉思祖父为洪吉晖。案,毛奇龄《文学洪君偕张孺人合葬墓表》:"曾祖讳瞻祖,……祖讳吉晖。"知吉晖为瞻祖子。瞻祖既非昉思曾祖,则其子自不得为昉思祖父。此亦误认昉思为瞻祖曾孙,又从而为之说也。

父尝仕清。好读书,善谈论。

张竞光《宠寿堂集》卷十《为洪昉思尊人作(原注:四十双寿)》:"睕彼青云器,闭门读我书。高谭自惊众,缊缊与人殊。束身飞飞翥,顾昈骋良图。抚志凌霄上,仗剑游京都。矫迹聊捧檄,恬旷每有余。入室抚琴瑟,携手心相于。胤子横文雅,况复砺璠玙。著书通大道,作赋垺《子虚》。顾念高堂上,并坐常宴如。只承朝与夕,为且效区区。"诗虽仅云"矫迹聊捧檄",不言其仕于明抑仕于清,然清兵下杭州时,昉思父约仅十八岁(见顺治二年乙酉谱)。明亡之前,当尚不能"捧檄"出仕;则其仕于清可知。又,据"高谭自惊众"等六句,其人盖善谈论。

熊德基同志《洪昇生平及其作品》谓昉思父为洪起鲛。其略云:"据陈光汉先生来函见告:《善卷堂四六》卷四《洪卫武双寿序》称:'岁丙午,洪子卫武四十初度。'又云:'贤配钱孺人,……吾子世本忠宣。'复据丁丙《武林坊巷志》引姚礼《郭西小志》中所云'稗畦表兄钱杏山',疑此钱孺人即杏山之姑母,亦即洪昇的母亲。寿序题下原注:'名起鲛,字卫武,仁和人。'基按,此说应可信。"案,以昉思有表弟钱杏山(《郭西小志》原作表弟,陈君误引作表兄),遽尔断言其母为钱氏;且以起鲛妻为钱孺人,又遽尔断言起鲛即昉思之父;证据似过于薄弱。且《洪卫武双寿序》云:"乃以薄游国学,名挂铨曹。一棹南还,十年需次。人方惜夫淹滞,吾又幸其啸歌。"其人盖以国子监生需次里门,与昉思父之已出仕者迥异。陈、熊二君之说非是。

母黄氏，钱塘人，大学士机之女。

陆繁弨《同生曲序》："及门洪子昉思，暨妇黄氏，两家亲谊，旧本茑萝，二姓联姻，复称婚媾。婿即贤甥，仍从舅号。侄为新妇，并是姑称。"昉思妇为黄机女孙，庶吉士黄彦博女（说见后）。是昉思母于彦博为姐妹。熊德基同志谓为钱氏者非是。又，乾隆《武康县志·寓贤·洪昇传》："外父王位为宰辅。"然昉思外父既非王姓，位亦仅至庶吉士。"位为宰辅"者黄机，为其妇祖父。《武康志》之纂修，去昉思未远；且昉思妇为大学士机女孙，《善卷堂四六》等书皆尝言之，《善卷堂四六》并为当时习见之书，修志者当不至舛讹若是。"外父王"当本作"外王父"，盖刊刻之误。此皆可证昉思母即黄机之女。机钱塘人，官至文华殿大学士，《清史稿》有传。参见顺治三年丙戌谱。

熊德基同志《洪昇生平及其作品》，为欲证成昉思为吉晖孙之说，以毛奇龄《西河文集·事状》四《洪赠君事状》言吉晖妻为黄机女兄，遂谓《同生曲序》"两家亲谊"云云，系就昉思祖母与黄机为姊弟事而言，略云："故洪昇对黄机俗称舅公，黄机称洪昇为甥孙，洪昇妻称昇祖母黄氏为王姑。"案，昉思非吉晖孙，已见上述；繁弨所云，亦绝非就机与吉晖之亲谊而言。盖于甥孙而称为"贤甥"，已属不词，况以归孙（俗称侄孙）而呼之为"侄"，繁弨当不至错乱行辈若是之甚也。熊说未允。

家故望族。多藏书，有"学海"之称。

赵执信《饴山诗集》卷十六《怀旧集·怀旧诗十首》附洪昇小传："钱塘洪昇昉思，故名族。"

《同生曲序》："而况门皆赐第，家有珥貂。三洪学士之世胄，累叶清华，……"

毛先舒《鸳情集选·水调歌头·与洪昇》："子家素号学海，书籍拥专城。"案，丁申《武林藏书录》卷中《洪氏列代藏书》："洪钟，……生平好积书。……孙楩，字子美，荫詹事府主簿，承先世之遗，缥缃积益，余事校刊，既精且多。"昉思为钟胄胤，曾祖即洪楩之侄，宜其家多藏书；先舒之言，盖实录也。

昉思兄弟三人。仲弟昌，字殷仲。季弟字中令。

《稗畦续集·己卯冬日代嗣子之益营葬仲弟昌及弟妇孙，事竣述哀四首》之一："同父三昆弟，伤哉仲已殂。"

《稗畦集·寄殷仲弟，兼忆中令弟》："吾愁八口计，汝倦四方游。……昨日传予季，羁孤瘴海头。"又，《寄中令弟》："痛汝仲兄飘泊死，二棺五载寄僧庵。"知季弟为中令,而殷仲即其仲弟昌之字也。中令名未详。

《瑶华集》卷十二洪昇《念奴娇·殷仲弟初度,兼怀季弟在燕》:"露浓霜冷,叶纷飞、楼外寒蝉将歇。况是菊花堪酿酒,那用长生桃核?健笔凌霄,高怀拨雾,年少真才杰。一声鸾啸,海天惊破秋月。"又,《啸月楼集》卷一《别弟》:"季也年十六,意气殊浩然。"《稗畦集》所载此诗,于第一句作"弟也□隽才",当为昉思编《稗畦集》时所改定者。据《念奴娇》中"健笔凌霄"及此诗"弟也"云云,知昉思颇称赞其两弟之才华。

妹二人,亦能文。

《稗畦续集·己卯冬日代嗣子之益营葬仲弟昌及弟妇孙,事竣述哀四首》之三:"哭弟悲无已,重经两妹亡。"知其有女弟二人。

《啸月楼集》卷六《寄妹》:"霜管花生艳,云笺玉不如。自闻啼(疑当作题)柳絮,畏作《大雷书》。"

昉思髫年列作者之林,及长,为国子监生。殊有学识,能诗词,尤以制曲称。

柴绍炳《柴省轩文钞》卷十《与洪昉思论诗书》:"足下以舞象之年,便能鸣笔为诗。……早擅作者之林。"

《杭州府志》本传:"钱塘国子生。"案,昉思入国子监在二十四岁,参见康熙七年戊申谱。

赵执信《怀旧诗》附洪昇小传:"殊有学识。"

王士禛《香祖笔记》卷九:"洪昇,予门人,以诗有名京师。"

金埴《不下带编杂缀兼诗话》卷七:"西河(毛奇龄)尝评昉思五字律,酷似唐人,其气韵神味,格意思旨,雅似极平,而唐人梱奥自是如此。近好新者,率以庸淡目之;此犹观旧玉者,不以其神韵,而以其驳蚀,可乎?"

朱溶《稗畦集叙》:"余行天下三十余年,所见诗不为不多。要其实,与昉思匹敌者盖少。昉思近体宗少陵,然求少陵一言半辞于其集中,不得也。其古诗则高岑,然求高岑一言半辞不得也。尽精肆力,心得其意,而变化无方。其发者泉流,突者峰峦,而幽者春兰也。其玑珥则灿烂也。其音节和平,金石宣而八音奏也。若钩绳规矩,则斥候远而刁斗严也。"

李天馥《容斋千首诗·送洪昉思归里》:"……久工长句徒自负,持出每为悠悠嗤。一朝携之游上国,寂寞无异居乡时。我得把读亟叫绝,以示新城相惊疑。

此子竟作尔馨态,得未曾有开宝遗。"

胡会恩《清芬堂存稿》卷一《赠洪昉思》:"五字清真谁敌手?"

陆次云《澄江集·与友》:"诗是君家事,君穷诗愈工。绝非凡近响,宛有古人风。"篇末附汤右曾评语曰:"此云士为洪子昉思作也,称美中绝无标榜习气。"

沈德潜《国朝诗别裁集》卷十六洪昇小传:"其诗流澹成家。"

厉鹗《东城杂记》卷下《洪稗畦》:"所著《稗畦诗集》,清整有大历间风格。"

袁枚《随园诗话》卷一:"钱塘洪昉思昇,相国黄文僖公机之女孙婿也。人但知其《长生》曲本,与《牡丹亭》并传,而不知其诗才在汤若士之上。……《送高江村宫詹入都》五排一百韵,沉郁顿挫,逼真少陵。……为王贞女作《金镮曲》,……其事其诗,俱足千古。"

案,赵执信《怀旧诗》附洪昇小传云:"其诗引绳切墨,不顺时趋。虽及阮翁之门,而意见多不合,朝贵亦轻之,鲜与往还。才力本弱,篇幅窘狭,斤斤自喜而已。"于昉思诗颇多微辞。《谈龙录》之说略同。昉思诗之思想内容,固当一分为二,既有反映民生疾苦之作,亦不乏封建糟粕。然秋谷所诋者,则其艺术造诣耳。以艺术性言,昉思诗以"清整"见称,于当日诗坛卓然成家,并世作者如陈维崧及上引王士禛诸人雅爱重之(维崧所选《箧衍集》收昉思诗甚多,参见康熙十八年己未谱)。方之秋谷,略无愧色。斥为"才力本弱,篇幅窘狭,斤斤自喜而已"者,殊非确论。盖秋谷素自负,至以门下客视昉思(参见康熙三十二年癸酉谱),因有此语,用抑昉思,且以自贤。而世人或有持秋谷之说以论昉思诗者,故条举同时知名之士及其后沈德潜、厉鹗、袁枚之说如右,以供参证。又,昉思交游中,官至大学士、尚书及翰詹者,颇不乏人。云"朝贵亦轻之,鲜与往还"者,亦秋谷所以抑昉思而自贤之词。参见后谱。

《善卷堂四六》卷三《汪雯远诗余序》:"原夫小令滥觞于隋唐,长调扇芳于赵宋。……迨观里门,亦多郁尔。沈敬修之韶令,张砥中之冲夷,洪昉思之激浪崩雷,俞季琬之微云疏雨。是皆光能照乘,翼拟垂天;并为邓林之一株,不止骊龙之片甲。"又,《东白堂词选》卷首附张台柱《词论》:"昭代词人之盛,不特凌铄元明,直可并肩唐宋,如香岩之雄赡、棠村之韶令,……余如秋岳、锡鬯、容若、云士、舒凫、夏珠、昉思诸公,未窥全豹,微露一斑,……一时群聚,噫,盛矣。"虽无具体评语,然以昉思与朱彝尊、纳兰成德诸人并列,则其于昉思词之评价亦可见矣。然昉思词之思想内容,颇多庸俗情趣。徐逢吉《秋林琴雅题辞》谓其"尚《花庵》、《草堂》余习",所说近是。参见康熙十二年癸丑谱。

《钱塘县志·文苑·洪昇传》:"尤工乐府。宫商五音,不差唇吻。旗亭画壁间,时闻双鬟讴颂之。以故儿童妇女莫不知有洪先生者。"《杭州府志》、《清史列传》本传所载,均与《钱塘县志》略同。

《东城杂记》卷下《洪稗畦》:"世但艳称其曲子耳。"

中遭"天伦之变",不容于父母,流寓困穷,备极坎壈。

《香祖笔记》卷九:"(昇)遭家难,流寓困穷,备极坎壈。"案,《不下带编杂缀兼诗话》卷一:"渔洋山人云:昉思遭天伦之变,怫郁坎壈缠其身。"知渔洋于《香祖笔记》所云"家难",实即"天伦之变",特为昉思讳,故隐约其辞耳。又,陈訏《时用集·寄洪昉思都门》:"大杖愁鸡肋,飘然跳此身。"用《孔子家语》中"舜小棰则待,大杖则逃,不陷父于不义也"之典故。盖昉思实不容于父母,不得已而离家远出也。参见后谱。

且脱略不羁,好讥呵权贵。每白眼踞坐,指古摘今,闻者无不心折;然终以取憎于时。

吴雯《莲洋诗钞》卷五《怀昉思》:"卑己延三益,狂言骂五侯。"又,曹贞吉《珂雪词·贺新凉·送洪昉思归吴兴》:"且白眼看他词赋。单绞岑牟直入座,拚酒酣挝碎渔阳鼓。""单绞岑牟",用祢衡击鼓骂曹事。可与"狂言骂五侯"语参证。

《长生殿》卷首徐麟序:"稗畦洪先生以诗鸣长安。交游宴集,每白眼踞坐,指古摘今,无不心折。"然参以《稗畦集·旅次述怀,呈学士李容斋先生》中"只缘脱略性,苦被时俗妒。赖公砥中流,直道屡周护"诸语,则其"白眼踞坐,指古摘今",虽令闻者心折,而终为"时俗"所嫉也。

先是,昉思尝于康熙十二年(1673),与友人严曾榘(定隅)共坐杭州皋园,谈及开元天宝间事,感李白之遇,作《沉香亭》传奇。旋客北京,友人毛玉斯谓其排场近熟,因去李白,入李泌辅肃宗中兴,更名《舞霓裳》。至康熙二十七年(1688),又重取而更定之,删去李泌,专写唐明皇、杨贵妃故事,定名《长生殿》。盖经十余年、三易稿而始成;又与友人徐麟(灵昭)审音协律,自谓无一字不慎。此剧既出,遂盛行于时。因招伶人于邸中搬演,其友人皆醵金往观;值佟皇后之丧,犹未除服,为言者所劾,斥去国子生籍;时康熙二十八年也。

《长生殿·例言》:"忆与严十定隅坐皋园,谈及开元天宝间事;偶感李白之遇,作《沉香亭》传奇。寻客燕台,亡友毛玉斯谓排场近熟;因去李白,入李泌辅肃宗中兴,更名《舞霓裳》。……后又念情之所钟,在帝王家罕有;马嵬之变,已违凤誓,而唐人有玉妃归蓬莱仙院、明皇游月宫之说,因合用之,专写钗合情缘,以《长生殿》题名。……盖经十余年三易稿而始成,予可谓乐此不疲矣。"又,"姑苏徐灵昭氏,为今之周郎,尝论撰《九宫新谱》;予与之审音协律,无一字不慎也。"案,昉思之撰《沉香亭》,既为"感李白之遇"而起,沉香亭又为李白奉诏写《清平调词》三章之所在(此亦正封建社会一般文人所艳称之李白逸事),剧以《沉香亭》题名,当以李白为主角。及改为《舞霓裳》,虽入李泌事,然以剧名推测,其剧情当以《霓裳羽衣曲》之事(亦即唐明皇、杨贵妃故事)为中心而展开,其主角当为唐明皇、杨贵妃而非李泌;故《舞霓裳》序中,亦仅言及唐明皇、杨贵妃事,而无一字涉及李泌。盖李泌生平,可作为戏剧题材之动人逸事颇少,故不能以之为主角也。及改为《长生殿》,复删去李泌,遂成为"专写钗合情缘"之作矣。余参见康熙十二年、十八年及二十七年谱。

金埴《巾箱说》卷下:"朝彦名流闻《长生殿》出,各醵金过昉思邸搬演,觞而观之。会'国服'未除才一日,其不与者嫉而构难。"又,《清史列传》卷七十一本传:"洪昇,……国子生。……以所作《长生殿》传奇,国恤中演于查楼,……斥革。"案,演剧之祸发生于康熙二十八年,盖与是时党争有关;康熙帝亦深恶此剧。演剧之地当以金埴所记为正。参见康熙二十八年己巳谱及附录《演〈长生殿〉之祸考》。

及归里,愈益潦倒。年六十坠水而没。

景星杓《拗堂诗集》卷五《哭洪昉思三首》序:"……且以谪仙之狂,几蹈夜郎之放。归益潦倒,醉而沉水。"案,昉思卒于康熙四十三年甲申,时年六十岁,参见甲申谱。

与同里张台柱、赵瑜齐名。又以《长生殿》一剧,与孔尚任并称"南洪北孔"。

《清波小志》卷下:"张砥中台柱,钱塘人。……与洪稗畦齐名。"又,"予友赵瑾叔瑜,钱塘人,……与洪稗畦齐名。"张、赵皆昉思友人,参见后谱。

金埴《不下带编杂缀兼诗话》卷二:"今勾栏部以《桃花扇》与《长生殿》并行,罕有不习洪孔两家之传奇者,三十余年矣。"同人《謦门吟带·题阙里孔稼部尚任东塘桃花扇传奇卷后》:"两家乐府盛康熙,进御均叨天子知。纵使元人多院本,勾栏争唱孔洪词。"

宋荦《西陂类稿》卷十《观桃花扇传奇漫题六绝句》之六："新词不让《长生殿》，幽韵全分玉茗堂。"

《词余丛话》卷二："康熙时，《桃花扇》、《长生殿》先后脱稿，时有南洪北孔之称。其词气味深厚，浑含包孕处蕴藉风流，绝无纤亵轻佻之病。"

著作五十种，其名可考者十九种，今存六种。

杨友敬刻《天籁集》徐材跋："稗畦填词四十余种，自谓一生精力在《长生殿》。"案，此"填词"系指戏曲，合以其他著作，当在五十种左右。

昉思著作之可考者如下。

《杭州府志》卷五十七《艺文·经部》著录洪昇《诗骚韵注》六卷。

《杭州府志》卷五十九《艺文·集部》著录洪昇《稗畦集》七卷、《续集》二卷、《补遗》一卷。案，当作《啸月楼集》七卷、《稗畦集》不分卷。《府志》微误。说见后。

《两浙輶轩录》卷四王蓍《挽洪昉思》序："予与昉思交差晚。读其旧稿《幽忧草》，乃知昉思不得于后母，罹家难，客游京师，哀思宛转，发而为诗，取古孝子以自勉。"《幽忧草》当亦昉思诗稿。

蒋景祁《瑶华集》卷首《词人表》列有洪昇《啸月词》一种。

《杭州府志》卷五十九《艺文·集部》词曲类词集之属著录洪昇《洪昉思词》二卷、《四婵娟填词》一卷。案，《国朝杭郡词辑》卷四洪昇名下注："著有《昉思词》、《四婵娟室填词》、《啸月词》。"疑《府志》著录之《四婵娟填词》即《词辑》所云《四婵娟室填词》，而非杂剧《四婵娟》也。

王国维《曲录》卷三《杂剧部》下著录洪昇《四婵娟》一本。

同书卷五《传奇部》下，著录洪昇《回文锦》一本、《回龙记》一本、《锦绣图》一本、《闹高唐》一本、《节孝坊》一本（案，《长生殿·例言》："曩作《闹高唐》、《孝节坊》诸剧。"《节孝坊》当为《孝节坊》之误）、《长生殿》一本、《天涯泪》一本、《青衫湿》一本。

姚燮《今乐考证·著录九·国朝院本》，著录洪昇《长虹桥》一本。以上凡十九种。

昉思著述之现存者如下。

一、《诗骚韵注》。北京图书馆及浙江图书馆藏有钞本，惜皆残缺。

二、《啸月楼集》。其书未见史志著录，日本存有钞本，中国社会科学院文学研究所藏有照片，即据该钞本拍摄者。书凡七卷，卷首有黄机序，题"康熙乙卯端阳后五日"。案,集中有年代可考诸诗,皆作于乙卯五月之前,而乙卯秋所作《过京口作》、丙辰所作《送父》《丙辰除夕》等诗,皆不见于集中。盖此集中所收,皆乙卯五月前之作。

三、《稗畦集》。上海图书馆及南京图书馆皆藏有钞本。上海图书馆藏本不分卷。按诗体编次,分为五古、七古、五律、七律、五绝、七绝六类。卷首有朱溶及戴普成序,朱序题"康熙丁卯春正月"。卷末署"弟云津誉公、门人吴梅鹤邻、朱虞夏成文同校"。集中诸诗有年代可考者,皆作于丁卯之前,此本盖即丁卯所编定者。赵万里先生跋谓为"全帙",是也。《杭州府志》著录《稗畦集》七卷,疑误以《啸月楼集》卷数当之,非此本已有缺佚也。南京图书馆藏本亦不分卷,无序,缺五古及七古二体,多出七律一百余首,多为丁卯后所作,且另列一类,不与原有七律相次(其编次为:七律之多出部分、五律、七律、五绝、七绝),显非原本所固有;当为后人另据他书增入。

四、《稗畦续集》。南京图书馆藏有刻本,仅一卷,皆五律,与《杭州府志》所著录者不合,当非全帙(疑南京图书馆藏本《稗畦集》所多出之七律一百余首,即据此书原本或《补遗》所增入)。集中所收诸诗,有本见于《啸月楼集》及丁卯前所作而《稗畦集》不收者,亦有丁卯后所作者。卷首有康熙乙未汪熷序,其成书已在昉思殁后。此书乾隆时列为禁书,见《禁书总目》中《外省移咨应毁各种书目》及《奏销咨禁书目》。1957年,古典文学出版社曾出版《稗畦集》及《稗畦续集》排印本,合订为一册。

五、《四婵娟》。今存钞本。郑振铎先生据以影印,收入《清人杂剧二集》中。

六、《长生殿》。今存稗畦草堂原刻本,1954年文学古籍刊行社曾据以影印。翻刻本颇多,以暖红室本最为精审。

妻黄氏,字兰次,黄机女孙,庶吉士黄彦博女。能诗,解音律。

《同生曲序》原注:"洪昇……妇为同邑相国黄机女孙。"

南京图书馆藏本《稗畦集·丙寅暮春归里,友婿戴天如邀同陈言扬泛湖》自注:"二子与余皆庶常黄公婿。"据吴鼎雯《国朝词垣考镜》卷三《馆选爵里谥法考》,机子为庶吉士者仅彦博一人。参见康熙三、四年甲辰、乙巳谱。

《杭城坊巷志》引姚礼《郭西小志》:"稗畦,……妻黄兰次,……以诗名于时。"案,黄兰次诗,今悉亡佚;然吴雯《莲洋诗钞》卷五《怀昉思》云:"林风怜道韫,安稳事黔娄。"亦以谢道韫相拟;黄氏之工吟咏可知。

孙铉辑《皇清诗选》卷五蒋景祁《出都留别七章·洪布衣昉思》:"丈夫工顾曲,霓裳按图新。大妇和冰弦,小妇调朱唇。""大妇"谓黄兰次,是黄兰次亦解音律。

妾邓氏,吴人。善歌。

方象瑛《健松斋集》卷十九《洪昉思纳姬》自注:"姬吴人,善歌。"据《稗畦续集·姬人邓生子之益数岁,作此嘲之》诗,知姓邓氏。

子二人。之震,字洧脩,诸生。之益,为邓氏所出,嗣与弟昌为子。

《国朝杭郡诗辑》卷十四:"洪之震,字洧脩。钱塘人,昇子,诸生。"

《稗畦续集》有《姬人邓生子之益数岁,作此嘲之》及《己卯冬日代嗣子之益营葬仲弟昌及弟妇孙,事竣述哀四首》诗,知之益为邓氏所出,出嗣于昌。

女二人。一早夭。一名之则,能文。

《稗畦集》有《遥哭亡女四首》,参见康熙十六年丁巳谱。

《钱塘吴人三妇评牡丹亭杂记》载有"同里女侄"洪之则跋,云:"今大人归里,将于孤屿筑稗畦草堂,为吟啸之地。"知之则即昉思女。

《顾曲麈谈》:"昉思有女,名之则,亦工词曲。有手校《长生殿》一书,取曲中音义,逐一注明。其议论通达,不让吴吴山三妇之评《牡丹亭》也。"未知何据,姑录以备考。

孙鹤书,字希声,号花村。著有《花村小稿》。

《两浙輶轩录》卷二十六:"洪鹤书,字希声,号花村。钱塘人。昇孙,之震子。著《花村小稿》。《碧谿诗话》(钱塘朱文藻撰):'花村先生为文藻七岁时业师。戊寅之冬,见先生于东园朱氏宅,适病疡,扶筇坐语。谓文藻曰:"予年衰就木,相见无几。先两世遗诗,及予所作,存稿无多,并藏箧中。异日当托以传。"语竟,泪涔涔下。次年竟不起。'"

年　　谱

清世祖顺治二年乙酉　一六四五　一岁

七月初一日,昉思生[一]。时以清兵下杭州,母黄氏避兵山中,寄居费姓农妇家,弥月始返[二]。

初二日,黄兰次生〔三〕。

昉思父母本年约皆十八岁。祖父母年岁无考〔四〕。

外祖父黄机三十四岁。

师朱之京三十六岁〔五〕。　毛先舒二十六岁。　王士禛十二岁。　陆繁弨十一岁〔六〕。

昉思交游:袁于令五十四岁〔七〕。　张竞光三十五岁〔八〕。　柴绍炳三十岁。　施闰章二十八岁。　沈谦二十六岁。　毛奇龄二十三岁。　王泽弘二十三岁。　陈维崧二十一岁。　朱彝尊十七岁。　徐乾学十五岁。　恽格十三岁。　曹贞吉十二岁〔九〕。　汪楫十岁〔一○〕。　李天馥九岁。　吴雯二岁。　高士奇一岁〔一一〕。

清兵以是年四月陷扬州,屠城十日,明督师大学士史可法死之,五月入南京,明弘光帝朱由崧走芜湖,被执。六月,清兵下苏、杭诸地;七月陷嘉定、昆山,八月陷江阴,皆屠戮甚惨。

闰六月,江浙抗清之师蜂起,钱肃乐等奉明鲁王朱以海监国于绍兴。明唐王朱聿键亦即皇帝位于福州,建元隆武。

农民起义军领袖李自成于六月为地主武装杀害于通山九宫山。

〔一〕丁丙《杭城坊巷志》引姚礼《郭西小志》:"稗畦生于七月一日。妻黄兰次,其中表妹也,迟生一日。康熙甲辰,二十初度,友人为赋《同生曲》。"逆计之当生本年。案,昉思于康熙三十六年(1697)所作《送郑在宜令凤县》诗,有"蹉跎五十三"语(见康熙三十六年谱)。可与姚说印证。陆繁弨《同生曲序》:"兹者七月一、二日,为贤夫妇双诞之辰。……日如鳞次,各从奇偶之班。"与《郭西小志》所述出生月日悉皆相符。姚说是。

〔二〕《啸月楼集》卷二《燕京客舍生日怀母作》:"母氏怀妊值乱离,凤昔为余道其苦。一夜荒山几度奔,哀猿乱啼月未午。鬼火青青照大旗,溪风飒飒喧金鼓。费家田妇留我居,破屋覆茅少完堵。板扉作床席作门,赤日黄云梁上吐。是时生汝啼呱呱,欲衣无裳食无乳。乱余弥月还郡城,门卒持戈猛如虎。见汝含笑思攫之,口不能言怆心腑。"案,此数年为明清易代之际,清兵以上年五月入占北京;南明弘光帝朱由崧亦于同月即位南京。是年四月,清兵破扬州,渡江南下。据《仁和县志》卷二十七《纪事》:"乙酉端阳日,群言藉藉。知大兵(案,指清兵)已下金陵,弘光帝出走。至六月初旬,遣兵至浙,领兵者为贝勒王,为抚军张存仁。先期,合城士民畏兵如虎,纷纷保抱,携厥妇子,四乡逃避。或渡江而东,或藏匿外县之深山。流离辛苦,溽暑炎蒸,霍乱疟痢,受病非一。而伏戎于莽,先遭荼毒者有之。大兵到日,在城居民闭户不敢出窥。逾三日,令出,有所约法。居民乃稍稍安。然人情惶惑,每日数惊。当事皆望风解印绶去。钱塘令顾咸建初缴册印,以保全士庶为心,授之以官,坚不受,斩之于白马庙前,士民流涕。……当时上

〔三〕见注一。

〔四〕朱溶《稗畦集叙》："今两大人(谓昉思二亲)年已六十,鬓发皤然。"文末署"康熙丁卯春正月"。逆计之,昉思父本年约为十八岁,年事甚少;故昉思祖父母本年或尚在世,年事无考。

〔五〕据《国朝杭郡诗续辑》卷一朱之京小传。

〔六〕据陆宗楷所撰传,见《善卷堂四六》卷首。

〔七〕《南音三籁》康熙刊本有袁于令所作序,末署"康熙戊申……七十七龄老人箨庵袁于令识"。又,毛先舒《潠书》卷一《赠袁箨庵七十序》云:"吴门袁箨庵先生,今年寿齐七十。始,先生戊戌来西湖,余与一再会面,即别去,未由展谈谨。然先生颇亦有以赏余。今年复来,……"知作于箨庵戊戌后再游西湖之时。朱彝尊《明诗综》卷七张翥《西湖竹枝词》题下所附诗话:"辛丑夏,留湖上昭庆僧舍,时钱受之(后印本挖去此三字)、曹洁躬、周元亮、施尚白诸先生先后来游,杭人有持元《西湖竹枝词》请钱先生甲乙者。先生谓曰:'和者虽多,要不若老铁。'次日,群公泛舟于湖。曹先生引杯曰:'铁厓原倡之外,谁为擅场?各举一诗,不当者罚。'……吴袁于令令昭举强珇彦栗作……"是箨庵再游西湖在顺治十八年辛丑,先舒序当亦辛丑所作。与于令《南音三籁序》所记者合。故知其生于明神宗万历二十年(1592),本年五十四岁。或定于令生于万历二十七年,非是。

〔八〕据顾豹文《寿张觉庵六十》,见陈枚《留青新集》卷一。

〔九〕据张贞所撰墓志铭,见《渠亭山人半部稿·潜州集》。

〔一〇〕据唐绍祖所撰墓志铭,见《改堂文钞》卷下。姜亮夫先生《历代人物年里碑传综表》据朱彝尊《曝书亭集》卷七十三《通奉大夫福建布政司使内升汪公墓表》定楫生于明天启六年(1626),卒于康熙二十八年(1689)。案,《墓表》云:"……乃以公出知河南府事,治绩为中州最。擢福建按察使司,后三年转布政司使。莅官五载,……公以疾告。属车南巡,犹强起迎于宿迁。……未几卒,年六十有四。"姜先生似以"属车南巡"为康熙二十八年南巡事,故据以推定生卒。然楫知河南在康熙二十八年(参见康熙二十七年谱),"属车南巡"当指康熙三十八年南巡事。此盖姜先生偶尔失检。

〔一一〕昉思交游甚多。此所列举,仅为文艺方面较著名人士及与昉思有较大关系者。此诸人外,昉思交游之年岁可考者尚众,一并附载于后,以资参考。

正岩四十九岁,见《净慈寺志》卷十九龚鼎孳所撰道行碑。

李式玉二十四岁,见毛际可《安序堂文钞》卷十五所载墓志铭。

沈宜民二十四岁,见孙治《孙宇台集》卷十五所载传。

沙张白二十岁,见《江上诗钞》卷六十六沙张白小传。

丘象升十七岁,见王士禛《带经堂集》卷六十九所载墓志铭;或定其生万历三十六年(1608),误。

徐善十五岁,见《碑传集》卷一百二十五丁子复所撰传;或定其生崇祯七年(1634),误。

方象瑛十三岁,见方象瑛《健松斋集》卷十二《千秋雅调题辞》。

吴钦十岁,见《国朝杭郡诗三辑》卷二吴钦小传。

曹禾九岁,见《江上诗钞》卷七十四曹禾小传。

王又旦九岁,见姜宸英《湛园未定稿》卷九所载墓表,参见康熙二十六年丁卯谱。

汪鹤孙三岁,见汪鹤孙《延芬堂集》卷下《洪昉思见访维扬,出新制乐府见示》诗自注:"余长昉思二岁。"《康熙十二年癸丑科会试一百五十九名进士三代履历便览》载汪鹤孙履历云:"乙未年五月初八日生。"案,是时士大夫履历例减年岁,不足据;参见王士禛《池北偶谈》卷二《官年》条。

翁介眉一岁,见姜宸英《湛园藏稿》卷四所载墓志铭。

又,冯溥三十七岁。 徐继恩三十一岁。 余怀三十岁。 严沆、陆元辅二十九岁。 尤侗二十八岁。 张丹、吴绮二十七岁。 孙枝蔚、梁清标二十六岁。 宋实颖二十五岁。 周篔二十三岁。 姜宸英十八岁。 赵士麟、李澄中、黄虞稷十七岁。 徐嘉炎十五岁。 朱彝迈十四岁。 毛际可、李因笃、胡渭十三岁。 宋荦十二岁。 李良年十一岁。 徐钪、王晫、阎若璩十岁。 李符七岁。 汪懋麟、颜光敏六岁。 乔莱四岁。

顺治三年丙戌　一六四六　二岁

黄机应乡试中式〔一〕。

魏坤生〔二〕。

沈绍姬生。

清军于六月陷浙东,鲁王出避海上;浙中义师据守山寨以抗清者甚众。八月,清军自浙入闽,隆武帝被俘遇害。

明宗室桂王由榔即皇帝位于肇庆,以明年为永历元年。次月,清军陷广州,永历帝出避梧州。

十二月,农民起义军领袖张献忠以抵抗清兵,阵亡于西充凤凰山。

郑成功于十二月起兵海上,以图恢复。

〔一〕《武林先贤传》杨鼐《皇清资政大夫文华殿大学士兼吏部尚书黄文僖公墓志铭》:"公讳机,字次辰,号雪台。……国朝丙戌、丁亥联隽。"案,《清史稿》卷二百五十六:

"黄机,……浙江钱塘人。顺治四年进士,选庶吉士,授弘文院编修,……累迁国史院侍读学士,擢礼部侍郎。康熙六年进《尚书疏》,言民穷之由有四:杂捐、私派、棍徒吓诈、官贪而民横。请严察督抚,举劾当否,以息贪风,苏民命。各省藩王将军提镇有不法害民之事,许督抚纠劾。请饬破除情私,毋更因循,贻误地方。……十八年,……以吏部尚书衔管刑部事。御史张志栋言机老成忠厚,然衰迈,恐误部事,应令罢归。上以志栋言过当,命机供职如故。……二十一年拜文华殿大学士,兼吏部。逾年复乞休,许以原官致仕,遣官护行,驰驿如故事。二十五年卒,谥文僖。"知杨镳所云"国朝丙戌、丁亥联隽",谓于顺治三年丙戌乡试中式,至次年又举进士。《清世祖实录》卷十九顺治二年七月载浙江总督张存仁疏云:"近有借口剃发,反顺为逆者,若使反形既露,必处劳大兵剿捕。窃思不劳兵之法,莫如速遣提学,开科取士,则读书者有出仕之望,而从逆之念自息。……"清初开科取士之目的,可以概见。《武林先贤传》载黄机《元配赵夫人传》云:"予数困闱事。夫人常念王母年高,冀得荣禄以养,谓予曰:祖姑历三世科甲,享荣胝者数十年。今相继而作,家中微,寿益高,望诸孙有成。苟得通显以怡堂上,斯孝之至,又何论一身之厚为哉!予益自奋。丙子中副车,不得一第。方以才自负终不为人所弃,而王母悲痛,谓吾孙不患不显,患老人年齿衰,恐不得见耳。予闻之,与夫人俱泪下不自禁矣。不虞癸未夏夫人以疾终,……又不幸乙酉春先王母寿百有四龄而终,予尚为诸生,不得一伸志以娱堂上而并慰夫人交勉之思,呜呼伤哉!"追求利禄之情,跃然纸上。宜其为清廷怀柔政策所诱致,于民族矛盾至剧之时而出应科举也。

〔二〕据朱彝尊所撰墓志铭,见《曝书亭集》卷七十七。

顺治四年丁亥　一六四七　三岁

黄机举进士,选庶吉士〔一〕。

仲弟昌生〔二〕。

表弟翁嵩年生。

吴仪一生〔三〕。

姚际恒生〔四〕。

姜实节生。

清军于正月陷肇庆,永历帝奔桂林。李自成旧部郝摇旗等与明将领何腾蛟联合抗清,十一月,大败清兵于全州。

四月,清松江提督吴胜兆谋以地复归于明鲁王,事败被杀;株连甚众。陈子龙、夏完淳等皆以此遇害。

十二月,宁波华夏等谋以兵复城,事败死之。

〔一〕见上年谱注一。

〔二〕《秭畦集·寄殷仲弟,兼忆中令弟》:"吾愁八口计,汝倦四方游。旅雁三千里,鳏鱼十五秋。"此诗作于康熙十六年,参见该年谱,是昌丧偶,至迟当在康熙二年;其成婚当更早于此。今假定昌于康熙元、二年间娶妇,其时至少为十六七岁,则其生约在本年左右。

〔三〕据王晫所撰传,见《霞举堂集》。

〔四〕阎若璩《古文尚书疏证》卷八,谓际恒"少余十一岁"。

顺治五年戊子 一六四八 四岁

陈奕禧生。

陆寅生〔一〕。

清江西总兵金声桓、广东提督李成栋,于正月及四月先后降于永历帝。八月,永历帝还居肇庆。时湖南农民军连胜清兵,进围长沙;山西、陕西农民军亦纷纷发动攻势。

〔一〕据《钱塘县志》卷二十三《孝友·陆寅传》。

顺治六年己丑 一六四九 五岁

冯廷櫆生。

清军于正月陷南昌,金声桓死之;又陷湘潭,何腾蛟被执,不屈死,时永历政权内部矛盾日益尖锐,致腾蛟坐守空城而遇害。次月,清军败李成栋于信丰,成栋渡水溺死。

三月,江阴黄毓祺以抗清被执,不屈死。江南人士牵连死者甚众。

明鲁定西侯张名振等于十月奉鲁王进驻舟山。

顺治七年庚寅 一六五〇 六岁

季弟中令生。〔一〕

陈讦生。

查慎行生。

八月,郑成功取金门、厦门。

十一月,清军破广州,陷桂林,明大学士瞿式耜被执,于次月被杀;永历帝奔南宁。时江西及两广大部地区皆为清军所占。

〔一〕《啸月楼集》卷一《别弟》:"季也年十六,意气殊浩然。"诗至迟作于康熙四年乙巳(参见康熙四年谱),是中令之生,决不迟于本年。姑系于此。

顺治八年辛卯 一六五一 七岁

师执张丹所居屋为清兵圈占。杭州自屯戍八旗禁兵以来,其将士横甚。居民皆颠沛困顿,无可告语。民房被圈占者甚多[一]。

三月,张献忠旧部孙可望、李定国等与永历政权联合抗清。永历帝封孙可望为秦王。

九月,清兵陷舟山,张名振与明兵部侍郎张煌言奉鲁王入闽。

〔一〕吴农祥《梧园文选·赠陈士琰序》(原注:甲寅):"国家以闽海告警,特于浙西省会戍以八旗禁兵,其官曰镇浙大将军,下有都统、牛禄章京、贝子等员,其严重过于制府。其大将军以下,率皆满洲勋旧,不通汉人语言文字。乘贵藉势,仇视浙人,驰马注矢,狰骄可畏。……竞聘浙人为书记,浙人之无赖者,咸窜入其幕,灵谈鬼语,呼雨啸风,教其放子母钱盘算人家产,教其臂鹰入人家横索人物,教其移牒督府使如其命,教其笞击府县收缚以来,教其征索歌儿舞女,使州县选声征色以奉其欲,教其掘人冢移其宰木,教其劫夺乡里小民刍粟布帛,教其裸辱儒生暴之马粪,盖书记之恶无不为,而将军之过日益著,使四方冠盖商贾裹足而不敢入浙省会之门阈,而浙人之斩艾颠踣而死无告者且三十年。盖自京师以至四方,未有如浙之横者也。书记既能呼吸要人,……浙之黠奴走卒,相率附丽为死党,察里间纤悉事以告。至夫妇谇语罗为罪案者。曰:若詈我。小则责辱,大即覆其家。呜呼,设将军以卫民,未有剥民至是者。"

《仁和县志》卷二十七《纪事》:"自顺治二年,大兵抵浙,清泰、望江、候潮三门一带民房,悉为抚院、总镇、标兵垒矣。至五年,议以江海重地,不可无重兵驻防,以资弹压。于是遣一将军,组练马兵数万,蹀圈民屋以居之。北至井字楼,南至将军桥,西至城,东至大街,皆不获免。军令甫出,此方之民,扶老携幼,担囊负簦,或播迁郭外,或转徙他乡。而所圈之屋,垂二十年输粮纳税如故。后亦题蠲。至八年,又遣领兵官各带官旗马骑,以协驻防,更下圈屋之令,民皆并屋而居。是岁始筑满城,以隔兵民。至十五年,又增甲五百副,乃于满城之外,由涌金门至洋坝头,皆为驻防兵所。后水旱相继,大火频仍,民有绕树三匝者,有鹪鹩一枝者。"案,钱塘、仁和本为一县,后虽析而为二,但同为杭州府治所在,其县城同在杭城之内,与一县实相差无几。其时钱塘情状,当与仁和无异。

《国朝杭郡诗辑》卷三张丹小传:"所居第宅,国初圈入满城,播迁无定所。"案,《仁和县志》既言本年始筑满城,则张丹居屋被圈,当亦为本年事。张丹参见顺治十六年谱。

顺治九年壬辰 一六五二 八岁

表弟钱肇修生[一]。

孙凤仪生[二]。

景星杓生。

二月,孙可望遣兵迎永历帝至安龙府。

七月,李定国攻复桂林,清统帅定南王孔有德自焚死;至十一月,定国又以伏兵杀死清统帅敬谨亲王尼堪于衡州,清廷震动。

〔一〕《杭城坊巷志》引《郭西小志》:"稗畦表弟钱杏山(即肇修),与妇林亚清,亦中表结姻者也。钱长林三岁,俱五月十一日生。至康熙甲戌,稗畦夫妇五十,亚清亦四旬……"是昉思长肇修七岁,肇修当生本年。

〔二〕据孙凤仪《牟山诗略》卷首孙念劬《先曾祖半庵公行略》。

顺治十年癸巳　一六五三　九岁

幼年常偕弟妹嬉戏于虞氏水香居〔一〕。又与表弟翁嵩年同嬉游〔二〕。

与黄机家关系甚密,日与中表妹黄兰次编荆游憩,后遂缔婚姻焉〔三〕。

二月,孙可望忌李定国功高,将图之。定国走广西。上年所复州县先后失陷。

三月,张名振以郑成功之师入长江,破京口,驻营崇明,于十二月大败清兵。

〔一〕《稗畦续集·重过虞氏水香居示季弟》:"少日山亭畔,常时竹马嬉,琴尊偕弟妹,几杖奉尊慈。"案,昉思约于明年从陆繁弨受业,后即勤于攻读,故取其少日嬉游之事,咸系于本年。

〔二〕《稗畦集·送翁康贻表弟擢第南归》:"髫年竹马忆同嬉,握手今朝乐不支。"案,"康贻"当作"康饴",《稗畦集》又有《送翁康饴表弟南归》诗可证。
《杭州府志》卷九十四《文苑·翁嵩年传》:"翁嵩年,字康饴,号萝轩。仁和人。……年十三即通《六经》大义。长,于百家之言靡不探测,而尤精于《左氏》,以文章名东南。康熙戊辰成进士,授户部主事,历刑部郎中,督学广东。……事竣归里。有别业在西湖,退休其中,以诗酒自娱。"又,《国朝杭郡诗辑》卷五翁嵩年小传:"……有《白云山房诗》十卷。……善画,以枯瘦之笔,作林峦峰岫,极古淡之致。"

〔三〕《啸月楼集》卷一《寄内》:"少小属弟兄,编荆日游憩。素手始扶床,玄发未绾髻。嗣后缔昏因,契阔逾年岁。……"案,昉思少时既日与黄兰次游憩,必与黄机家往来甚密。

顺治十一年甲午　一六五四　十岁

从陆繁弨受业〔一〕。读书甚勤奋。母黄氏抚育周至〔二〕。

张名振以正月破仪真,泊舟金山望祭明孝陵,旋返师。

十月,李定国联合广东抗清义师,围攻新会。至十二月为清兵所败。

〔一〕陆繁弨《同生曲序》注:"洪昇,……与章太史藻功并门高第。"案,繁弨盖昉思童时业师。昉思于同邑文人,凡非年事甚长者,恒以侪辈遇之。如王晫长昉思九岁,李式玉长二十三岁,而昉思皆视为友人(参见后谱)。繁弨仅长昉思十岁,且昉思十五岁左右即师事毛先舒,而繁弨于先舒为子侄辈(繁弨伯父陆圻,为先舒至友,参见顺治十六年及康熙二年谱);昉思傥非童时已从繁弨受业,俟少长,即可以侪辈与繁弨游处,何至执贽称弟子哉?又案,繁弨至能为人师,要在二十岁左右;今系昉思受业事于此。

《杭州府志》卷九十四《文苑·陆繁弨传》:"陆繁弨,字拒石。行人培子。培殉节死(案,培字鲲廷,仁和人,崇祯庚辰进士,弘光时授行人。任侠,重然诺。清兵至杭,乃殉节死。参见《南疆逸史》卷十三《陆培传》),繁弨甫十岁。率母陈,晨昏色养。暇则编摩经史,为诗文。最工骈体,有《善卷堂集》行世。尤善谈论,长筵广座中,吐佳言如玉屑,风流文采,奕奕动人。同学诸生先后掇高第去,繁弨泊如也。"案,《善卷堂四六》卷首附陆宗楷撰陆繁弨传:"公于此际(谓培殉节时),甫逾十龄。不幸所生,乃遭斯厄。亲亡国破,万念尘灰。地厚天高,一身踽踽。效平原之舐血,如飞汤火之中;同下壶之殉身,欲附云霄而上。……维时学使者张公安茂,景行前哲,嘉惠后人,许备员于黄官,示吹灰于黍谷。公则敬辞宠命,特撰报章。应知任昉之先,未必亭亭骨鲠;岂有王蠋之子,必事楚楚衣冠?有意负薪,不作揣摩之学;无心对策,如陈恸哭之书。……"盖繁弨实衔恨于清廷,誓不屈节出仕者也。

〔二〕《稗畦集·鲍家集大雪怀母》:"不辞永夜频丸胆,未降寒霜早授衣。"陆繁弨《善卷堂四六》卷五《遥寿汪母陈太孺人序》:"仆东城旧友,存者四人:袁费试采于舞衣,洪生衔恩于丸胆。"洪生亦指昉思。"丸胆"系用唐柳仲郢事(仲郢幼嗜学,母韩氏尝和熊胆丸,使夜咀咽以助勤),昉思幼时之勤学,及母黄氏之抚育,皆于此可见。

顺治十二年乙未　一六五五　十一岁

林以宁生。

王丹林生〔一〕。

张名振于五月复舟山,至十一月病卒,遗言以所部归张煌言。

〔一〕王丹林《野航诗集》卷下《甲申元旦,用放翁韵》自注:"时年五十。"

顺治十三年丙申　一六五六　十二岁

徐逢吉生〔一〕。

汤右曾生。

孙可望于正月遣兵袭李定国。定国击破之,因进取安龙,旋奉永历帝入居于滇,更名滇都。

八月,清兵复陷舟山。张煌言率所部移驻天台,寻移秦川。

〔一〕据《国朝杭郡诗辑》卷十徐逢吉小传。

顺治十四年丁酉　一六五七　十三岁

黄兰次随父入燕,昉思北望沈愁,俟其还辙〔一〕。

严曾榘生〔二〕。

庞垲生。

孙可望于正月举兵攻云南,败绩,旋降清。西南抗清形势愈益不利。至十二月,清廷遂遣吴三桂等进攻贵州、云南。

十月,科场案起。

〔一〕《啸月楼集》卷一《寄内》:"……嗣后缔昏因,契阔逾年岁。十三从父游,行行入幽蓟。……北望愁我心,踯躅俟还辙。"

〔二〕章藻功《思绮堂文集》卷一《严定隅三十初度序》:"仆则昏姻初缔,长一岁之乡人。"同书卷六《五十初度自序》:"盖从前阅历,乙亥之初度备详。"原注:"余四十初度,自为之序。"知藻功生于丙申,乙亥为四十岁;则曾榘当生于本年。

顺治十五年戊戌　一六五八　十四岁

表丈钱开宗以科场案诛死,家产妻子籍没〔一〕。

师执丁澎以科场案流宁古塔〔二〕。

曹寅生。

龚翔麟生。

郑成功于七月与张煌言会师,大举北上。屯驻舟山。

清兵于十二月陷安龙诸地,李定国拒战于炎遮河,败绩。永历帝自滇都出奔。

〔一〕科场案发于丁酉,至戊戌始结。孟森《心史丛刊》初集有《科场案》一文,凡二三万言,述其事甚详。夏承焘先生《顾贞观寄吴汉槎金缕曲词征事》,节取孟文大意以叙述科场案经过,殊简明,且有所阐发。今节引夏文于后:

"清初科场之案,蔓延几及全国,以顺天、江南两闱为最巨,次则河南,又次则山东、山西,共五闱。明时江南与顺天俱有国子监,俱为全国士子之所萃,非一省关系而已,科场大狱即以此两省为最惨,而江南尤惨于顺天。清廷盖欲借此以威劫江南人士,用意甚显也。

"此案最先发者为顺天闱,其时为顺治十四年十月,给事中任克溥参奏中式举人陆其贤,用银三千两,同科臣严贻吉,送考试官李振邺、张我朴,贿买得中。得旨:李振邺、张我朴、严贻吉等五人与举人田耜、邬作霖俱立斩,家产籍没,父母兄弟妻子俱流徙尚阳堡。举人王树德、陆庆曾、孙旸等二十余人本定斩绞,十五年四月,诏从宽免死,各责四十板流尚阳堡(尚阳堡,夏文作当阳堡,盖排印之误),家产籍没,妻子父母兄弟同流。……

"江南闱案发于顺治十四年丁酉之十一月,后顺天闱一月。给事中阴应节参奏江南主考方猷等与取中举人方章钺为桐城同族,乘机滋弊。次年十一月,方猷、(副主考)钱开宗俱正法,妻子家产籍没入官,举人方章钺、张明荐、伍成礼、姚其章、吴兰友、庄允堡、吴兆骞、钱威,俱责四十板,家产籍没入官,父母兄弟妻子并流徙宁古塔(以上孟文引《东华录》)。北闱所株累者多为南士,然仅戮两房考,且法官拟重,而特旨改轻;南闱则特旨改重,且罪责法官,考官全体皆死,又两主考十八房考妻子皆籍没入官。甚且连及举人之父母兄弟妻子。以刀锯斧钺随铨选科举之后,尤为历代所未有。又北闱流人俱戍尚阳堡,去京师三千里,南闱则远至去京七八千里之宁古塔。盖明季江南义师多倡于文士,清廷怀恨最深,故泄愤亦倍烈也。………

"科场关节之弊,明季已然,清初益甚。……孟文云:'前明如程敏政、唐寅之事,沈同和、赵鸣阳之事,关节枪替,经人发举,无过蹉跌而止。至清乃兴科场大狱,草菅人命,甚至兄弟叔侄连坐而同科,罪有甚于大逆。无非加重其罔民之力,束缚而驰骤之,盖始于丁酉之乡闱矣。'又云:'明一代迷信八股,迷信科举,至亡国时为极盛,余毒所蕴,假清代而尽泄之。盖满人旁观极清,络中国之秀民莫妙于其所迷信,始入关则连岁开科,以慰蹭蹬者之心,继而严刑峻法,俾怅求之士称快。……此所谓天下英雄入我彀中者也。'此揭发清初科场狱之历史因素,可谓深切著明矣。"

《国朝词垣考镜》卷三《馆选爵里谥法考》顺治九年壬辰庶吉士:"钱开宗,字绳庵,浙江仁和人,授检讨,官至赞善。"案,《众香词》礼集:"顾之琼,字玉蕊,仁和人,翰林钱绳庵配,洛阳令石臣尊慈。"石臣为昉思表弟钱肇修字,是开宗即肇修之父而昉思之表丈也。肇修参见康熙十一年谱。又案,钱肇修《杏山近草·惜阴亭有作》:"七岁为孤雏,哀哀泣路隅。八岁为俘虏,荷锒到上都。"盖清廷下令籍没开宗等妻子家产,虽在本年十一月,然此令至杭,或已在明年,故其家属于明年始"荷锒"入都也。

〔二〕《东华录》顺治十四年:"十二月壬申,给事中朱绍凤劾河南主考官黄钎、丁澎,进呈试录《四书》三篇,皆由己作,不用闱墨,有违定例。"同书顺治十五年:"七月辛酉,刑部议……黄钎应照新例籍没家产,与丁澎俱责四十板,不准折赎,流徙尚阳堡。命免钎、澎责,如议流徙。"

孟森《科场案》云:"是年以参劾试官为最趋风气之一事,……(绍凤)当日本意,在构成一种科场案,以投时好。"又云:"药园(即澎)之戍也,亦以全家往。林璐《岁寒堂存稿·丁药园外传》:'谪居东,崎岖三千里。邮亭驿壁,读迁客诗,大喜。后车妾亦喜,曰:

"得非闻中朝赐环诏耶?"药园曰:"上圣明,赐我游汤沐邑。出关迁客皆才子,此行不患无友。"……'此段一则见丁赴戍之挈妾,一则旁及同时出关诸名士,可见科场狱之冤滥。"案,澎于昉思为师执,昉思后尝从之游,参见康熙二年谱。

顺治十六年己亥 一六五九 十五岁

能诗,列作者之林〔一〕。多与邑中文人游处〔二〕。

从毛先舒、朱之京学〔三〕。先舒为明遗民。于昉思不妄赞一语,四方客有欲谒昉思者,亦辄止之。诫以究心经籍,勿务虚名,勿为"风云月露"之词,又谓治学需秉"温雅忠爱"之心以求古人〔四〕;盖多本于儒家思想。昉思于先舒敬爱甚至〔五〕。

与师执柴绍炳、徐继恩、张丹、沈谦、张竞光游处,与沈谦交尤密。张竞光于昉思亦多所教诲〔六〕。此诸人皆心怀明室,或至遁迹方外〔七〕。昉思既受繁弨、先舒及此诸人之熏陶,故其少作已有隐含兴亡之感者〔八〕。

沈谦妇卒,有《为沈去矜先生悼亡四首》,此昉思集中有年代可考之最早者〔九〕。

颜光敦生。

清兵于正月取滇都。

五月,郑成功、张煌言大举北上。成功于六月间连下瓜州、丹徒、镇江。煌言于七月间徇江南北州县,下二十九城。远近响应,东南大震。寻以郑成功败绩于江宁,退入海,所得州县尽失。

〔一〕柴绍炳《柴省轩文钞》卷十《与洪昉思论诗书》:"足下以舞象之年,便能鸣笔为诗。覃思作者古今得失,具有考镜。若使艺林课第,即此国颜子无疑也。又不自满假,敷衽求益于朱毛两先生外,时从乌荛曲相咨尽。……仆近于诗不多作,亦未尝向人数数谈诗。因喜足下早擅作者之林,又于子祁、驰黄称高弟;二先生吾臭味也,故不复自外而竟其说焉。"案,《礼记·内则》"成童舞象"郑注:"成童,十五以上。"昉思诗有年代可考者,以本年所作《为沈去矜先生悼亡四首》为最早。今系其能诗及列作者之林等事于此。

〔二〕昉思早岁交游,见于《啸月楼集》者,凡数十人,多为邑中文士。参见后谱。

〔三〕昧注一引柴绍炳书语意,似昉思"敷衽求益于朱毛两先生"在"能鸣笔为诗"之后,今一并系此。

《国朝杭郡诗辑》卷三:"毛先舒,字稚黄。初名骙,字驰黄。仁和人。……明季诸生。"毛奇龄《西河文集·墓志铭九·毛稚黄墓志铭》:"君六岁能辨四声,八岁能诗,十岁能属文,十八岁著《白榆堂诗》,镂之版。华亭陈子龙为绍兴推官,见而咨嗟,于其赴行省,特诣君。君感其知己,师之。时复有《歊景楼诗》质子龙,子龙为之序。后因过绍兴,谒子龙官署。会山阴刘中丞(宗周)讲学于蕺山之麓,君执贽问性命之学。当是时,君方弃举义,与诸子赋诗谈道,而专于力行。事父母色养,……作诗以大雅为主,文不一格,自两汉以暨唐宋皆有之。……顾生平好谈韵学,著《韵学指归》。……其他所著,有《思古堂集》、《匡林》、《巽(潠)书》……"又曰:"京师为之语曰:浙中三毛,东南文豪。……以稚黄与予及会侯而三也。"

《国朝耆献类征》卷四百七十五林璐为先舒所撰《草荐先生传》:"先生踞荐不得坐,忽下床曰:客恶知我?吾东发以还,……日与名公卿贤豪长者相把臂。——先生昔游云间,识彝仲夏先生及令子存古,游越,师事念台刘先生与李官大樽陈先生,又识世培祁先生、文学王悬趾先生,吴门则交叶君圣野,雪苑则交侯君仲衡,毗陵则恽君逊庵,豫章则王君轸石,于浮屠氏乃与南屏豁公久游。先生又曰:呜呼,自吾游,至今三十余年矣。今其人皆以逝。故乡好友,自陆大行鲲庭殉国死,诸君子三十年间,或出或处,意气各殊,然南皮北海,分曹赋诗,岁岁修禊事以为娱乐。迄今有蝉蜕轩冕者,有山林终者,有自髡顶为僧者,有小草坐寒毡者,有起以大慰苍生者,有墓木已拱久者,有糊口四方金尽裘敝者,有憔悴且行吟者。吾老矣,犹得卧荐上,迫季秋,辄益荐,吾不意竟益至二十八帘也。汝慎无言,吾又将卧。"观其所举交游姓名,多死难殉节之士与夫遁迹不仕之遗民,而愤激牢落之情,跃然纸上,先舒之志趣亦可觇矣。《小腆纪传补遗》为先舒立传,视为明之遗民,是也。

《国朝杭郡诗续辑》卷一:"朱之京,字子祁,号篁风,又号渔友。原名孔昭,字子晋。郡诸生。渔友生前明万历庚戌,卒康熙甲子,年七十五。生七岁而孤。王母氏沈,母氏俞,两世孀居,事之能先意承志。弱冠以俞姓入郡庠,与徐世臣、陈际叔、吴锦雯、沈甸华诸先生订师古社,以道义文章相切劘。工书法。督学使者谷霖苍先生尝属书郡邑两庠碑记,今犹竖泮宫云。"

〔四〕毛先舒《潠书》卷五《与洪昇》:"李文靖为相,尝云:'我于中外陈利害,唯一切报罢,此少以报国。'今我于昉思,无大裨益,但不肯妄赞一语;及四方怀刺客欲来投谒,我辄止之;以此差不负耳。"

毛先舒《鸳情集选·水调歌头·与洪昇》:"君子慎微细,虚薄是浮名。子家素号学海,书籍拥专城。不在风云月露,耽搁花笺彩笔,且问十三经。屋漏本幽暗,笃敬乃生明。 百年事,千古业,几宵灯。莫愁风迅雨疾,鸡唱是前程。心欲小之又小,气欲敛之又敛,到候薄青冥。勿谓常谈耳,斯语可箴铭。"

毛先舒《思古堂集》卷二《与洪昇书》:"君子与人则以式好无尤为乐,概物则以怀德舍怨为仁,抒文则以昭美含瑕为雅。末世风气险薄,笔舌专取刻擿自快,且藉之为名高。吁,可怪也。讦以为直,圣贤恶之,况乎非其!因谓古人文字,亦复如此。解诗非引著讥君父,即谓其怨朋友。古人立心,多温雅忠爱,讵应尔耶?况告绝不出恶声,去国不说无罪,何有立人本朝,讪上为事,交欢赠答,而动多微文哉?闻昉思阅杜诗注,且有评驳,宜持此意求古人,不但有功作者,亦是善自存心之道。"

毛先舒《匡林》卷下《答洪昇书》:"《洛神》一赋,子建原序甚明。或谓旧名《感甄》,此诬者言耳。杂记:武帝有今年杀贼正为奴之语。谓操亦欲之。又谓植求甄逸女不遂,后太祖与五官中郎将,植废寝与食。而正史皆不经见,此皆妄也。风波之口,构煽无端,因缘采菲,成兹贝锦,自古及今,有同慨焉。今不识字之人,或指其觊觎其嫂,亦必艴然怒。子建即有不肖之心,肯显然以《感甄》名赋邪?况属母后,亦必不敢。盖人情喜加人恶,而闻恶者又多信,生哧戕口,总不之恤。至于才人,尤易招忌而来谗慝,岂独一子建邪?来说颇得理。然陆景宣先生《洛神赋辨注》尤详。昉思可求此览之,当更涣释。不佞愧非便便之腹,不足叩耳。"案,此书深恶"感甄"之说,致慨于"风波之口,构煽无端",与上书所云"古人立心,多温雅忠爱"、"宜持此意,以求古人"云云,同一机杼。

上引书、词之作年已不可考,而先舒平日于昉思之教诲,则可借以推见也。

〔五〕《啸月楼集》卷一《奉呈毛稚黄夫子》:"展矣觏我师,景行永无斁。至德秉真淳,深心探隐赜。修词源《骚》《雅》,谈道拟《庄》《易》。《南陔》恋色养,西河崇讲席。寄傲不忤俗,托怀每沦迹。小子困驽蹇,蓬门叹离索。慕义非骛名,亲仁思集益。言论横古今,晤对淹晨夕。"

〔六〕昉思从柴绍炳游,见注一引绍炳《与洪昉思论诗书》。

《啸月楼集》卷五有《秋日新霁入河渚访俍亭大师不值》:"新晴鼓枻叩禅扉,秋水芦花失钓矶。树动忽惊残雨落,峰阴转讶夕阳微。谁能喻法青莲净,我欲翻经贝叶稀。锡杖凌空元不定,飘然一任白云飞。"同书又有《初阳台望日歌和俍亭大师》诗,皆可考见昉思与徐继恩(即俍亭)之交游。

张丹《张秦亭集》卷十有《读洪昉思歌曲有赠》:"天外流云遏欲回,花前鸟啭半帘开。知非村唱乌盐角,果是边声鹍烂堆。侑酒漫传三叠奏,从军休恨五更催。离弦急管伤心绪,歌曲如君泪满腮。"《啸月楼集》亦有《寄题张祖望先生村居》《怀张祖望(疑脱先生二字)》等诗。

沈谦集中,涉及昉思者甚多;昉思集中亦多关涉沈谦之诗。足征二人交游甚密。参见后谱。

张竞光《宠寿堂集》卷九《赠洪昉思》:"洪子方弱冠,著书不可算。染翰惊世人,卓荦凌霄汉。遥怀鄘章句,泛览扩闻见。宁为贾生哭,岂伊长卿慢?豁达通妙理,展转性所玩。哀此槛中猿,羡彼云中雁。怀思在万里,广路深遐瞰。迢迢慕俦侣,朋来开极宴。吐论倾四座,往往夜将半。逝将遗物虑,通啬岂足眩?"篇末附陆繁弨评:"赠人寓规勉之意,今人所难。"案,竞光此诗虽当作于昉思二十岁前后,然于赠诗中尚寓规勉之意,则其平日于昉思必多所教诲也。

据《钱塘县志》卷二十二《文苑·毛先舒传》:"舒与张纲孙、沈谦、陆圻、柴绍炳、孙治、吴百朋、陈廷会、丁澎、虞黄昊相倡和,称西陵十子。"又据《国朝杭郡诗辑》,继恩与西陵十子为密契，竟光亦与稚黄等交游（引文见注七）；是上述诸人皆于昉思为师执。昉思从此诸人游，始于何年，已不可考；约与师事先舒相先后，今一并系此。

〔七〕《钱塘县志》卷二十一《儒林》："柴绍炳，字虎臣。……博极群书，凡天文舆地历法礼制乐律与夫农田水利之事，莫不穷源究委，勒有成书。年三十，有所感，弃诸生，潜心关闽濂洛之学，省察克治，无殊于大廷屋漏，动履必准规则，四方人士，群奉以为楷模。太守严正矩重其器，怀金造访，欲馈之。及见，所称述皆古人节行，卒不敢发。康熙戊申，诏举隐逸，范中丞诣门劝驾者再，以疾辞。又欲刻所著书，曰：'身隐焉文？'范叹息而止。卒年五十有五，崇祀乡贤。所著有《省轩文钞》二十四卷、《诗钞》二十卷、《柴氏古韵通》八卷……"案，朱溶《隐逸录·柴绍炳传》："补仁和弟子第一，……年三十，值明亡，即弃去。家贫，授经以自给。隐居穷巷，履空衣敝，晏如也。"是绍炳之弃诸生，实以忠于明室故。《县志》谓"有所感"，盖讳言之也。

《国朝杭郡诗辑》卷三十二："净挺，字俍亭，仁和人。有《云溪近稿》。俍亭者，徐世臣继恩也，号逸亭。明崇祯壬午副贡。性至孝，尝割股疗父疾，少时结登楼、揽云诸社，高文积学，主坛坫三十年。与西泠十子为密契。甲申之夏，发愤草檄，以危语中贵阳（谓马士英）。迨南都陷，遂弃诗书，断酒肉，有绝俗之意。历十余年，父母皆殁，乃从洞宗愚公受具为僧，主禾中资圣寺、武塘慈云寺、鹤勒庵，若西溪之云溪庵，乃其所创也。又以天竺云峰中落，矢愿恢复，期年而工成。年七十卒。"案，《西河文集·塔志铭一·俍亭挺禅师塔志铭》："至是（谓南京陷），焚书，埋笔札，……方伯张君（谓清浙江总督张存仁）就见之，不得。请以百金为公寿，峻拒之。"尤可见继恩之气节。

《清史列传》卷七十《张丹传》："张丹初名纲孙，字祖望，亦钱塘人，与毛先舒、陆圻等所称西泠十子者也。丹性淡泊，喜游览，深溪邃谷，不避险阻。为诗悲凉沉远，七律义兼比兴，擅杜甫之长。朱彝尊尤赏其五言古体，波澜老成，盖诸子中之杰特者。所著有《秦亭诗集》十二卷。"案，《昭代文选》王嗣槐为丹所作《张秦亭先生传》："（明亡，秦亭）尽力以养其母，不复干时。……尝与友人游金焦，登北固山，俯瞰大江，酒酣披发，对月狂叫，走笔作诗，多苍凉壮激之音。过秣陵，上牛首幕府山，吊孙吴晋元之遗烈。浮江渡河，瞻嵩望岱。再游京阙，历览西山，穿虎豹之荒林，跳狐兔之丛窟，先朝十二陵，一一伏谒，……与一二守冢老阉，说前代上陵故事，汲泉敲火，坐食寒齑冷雾中，为文记其游历而返。归卧秦亭山下，喟然叹曰：'余老死不复渡黄河矣。'茅屋数椽，牵萝编竹以蔽风雨。日与弟子论诗，其贫益甚。尝终日不举火，终不乞米他人。……论曰：'秦亭世门子弟，厌饫膏粱久矣。一旦布衣藿食，没齿无怨，夫亦有所隐系于中而不肯自降其志者欤？'"丹之系心明室，固历历可见也。

《清史列传》卷七十《沈谦传》："沈谦，字去矜，亦仁和人。少颖慧，六岁能辨四声。长益笃学，尤好诗古文。隐于临平东乡。尝谓其友张丹曰：'居山食贫，亦能不改其乐。所憾无黔娄之妇，颖士之奴，声名藉藉，户外车辙恒满耳。'性孝友，父殁，毁瘠呕血。东乡盗起，焚其堂。堂故属兄，既烬，割己宅居之。兄欲徙，谦念兄贫苦，僦屋居，留以让兄，人以此益重之。与柴绍炳、毛先舒皆长于韵学，绍炳作《古韵通》，先舒作《南曲正韵》，谦作《东江词韵》，皆为时所称。诗初喜温李，后乃由盛唐以窥汉魏。尤工于词，海盐彭孙遹见谦及董士骥词，俱极推许，著有《东江草堂集》。"案，《东江集钞》附毛先舒《沈去矜墓志铭》："忆己卯庚辰之间，……士大夫方扼腕慷慨，指陈时事，联络风声，互相推与，怀古人揽辔登车之思焉。是时逸真先生（谦父）亦开章庆之堂，多延文学士与去矜为周旋。……越四年，天下乱，客皆散去。于是去矜遂自托迹方技，绝口不谈世务，日与知己者余与张祖望登南楼抒啸高吟。楼东眺海，西望皋亭，群峰苍然，大河南流，酹酒临风，凭吊千古，时称南楼三子。"由庚辰下推四年，为明亡之时。"天下乱"即指此。是去矜之"托迹方技，绝口不谈世务"，亦以心系明室故也。又案，去矜亦工曲，所撰《东江集钞》卷七《与李东琪书》："（仆）布于旗亭者，有《胭脂婿》、《对玉环》等曲，吴伶不知音律，取其学浅，便入齿牙，多习而演之。"

《国朝杭郡诗辑》卷三："张竞光，字又竞，号觉庵。郡人。有《宠寿堂诗集》二十卷。觉庵长自名阀，于祖望昆弟为大父行。绝意仕进，束修砥砺如后门寒素。性峭独自意，不妄交一人。终岁研炼，藏草稿箧笥中，虽宗族子姓不得一读。柴虎臣与为邻并，始得窥所撰述，因呼毛稚黄诸公共访之。于是觉庵之名始著。"案，《宠寿堂集》卷二十一《登圣果山（原注：为南宋旧内）》："古寺萧萧曲径斜，莫将旧事问京华。妆台玉镜人何处，野墅铜驼草自赊。怅望那知红日落，低回空见碧云遐。行来尚有王孙路，漫道深宫上苑花。"篇末附友人缪霜崖评："吊古怀今，思深寄远。"足征其诗实另有寄托。集中类此者不一。则觉庵之所以"绝意仕进"，其志趣固可推见也。

〔八〕如《钱塘秋感》："晓陟南屏独振衣，丹霞出海露初晞。几声老鹳盘空落，无数征鸿背日飞。秋水荒湾悲太子，寒云孤塔吊王妃。山川满目南朝恨，短褐长竿任钓矶。"若不胜兴亡之感者。其诗收入《啸月楼集》（见卷五），当为早年乡居所作。入北京后，亦有类似之诗，参见后谱。案，昉思少作所以隐含兴亡之感，或即繁弨、先舒及诸师执有以启之也。

〔九〕《啸月楼集》卷七《为沈去矜先生悼亡四首》："西陵陵下草鬔鬔，怅望斜阳思不堪。蝴蝶那知花落尽，还随春色到江南。""脉脉凭栏泪未休，夜深珠斗挂西楼。无情最是填桥鹊，只见年年度女牛。""孤琴弹罢意凄凄，隔树明河望欲迷。露落寒空秋水白，一声别鹤过楼西。""银烛青烟冷画屏，珠帘不卷见流萤。可怜一夜西风起，碧沼芙蓉落不停。"据《东江集钞》卷六《先妻徐氏遗容记》，沈谦妻卒于己亥二月二十九日；诗当为本年所作。

顺治十七年庚子　一六六〇　十六岁

钱开宗家属自北京放还[一]。

戴普成生〔二〕。

正月,清廷严禁士人结社订盟。

〔一〕钱肇修《杏山近草·惜阴亭有作》:"……九岁还乡里,十岁通群书。"或清廷亦觉科场案措置太过,故得放还。

〔二〕《稗畦集》卷首戴普成叙:"洪君长余十五岁。"当生本年。

顺治十八年辛丑　一六六一　十七岁

袁于令来游湖上,昉思从之游。有《遥赠朱素月校书戏简袁令昭先生三首》〔一〕。奏销案起,苏松等地士绅褫革者一万三千余人;友人宋实颖亦以此案褫革〔二〕。

正月,顺治帝死;子康熙帝玄烨即位。

郑成功于三月进兵台湾,至十二月收复台湾全境。

清廷于十月内徙东南沿海居民,欲以断绝郑成功之接济。

七月,金圣叹等以"哭庙案"被杀。

永历帝于十二月为吴三桂军所获;永历政权最终灭亡。时清兵入关已十八年,全国绝大部分地区皆已在清政府控制之下。

〔一〕《啸月楼集》卷七《遥赠朱素月校书戏简袁令昭先生三首》:"亦知相见杳何期,无奈闻名即梦思。一片月光横素影,画楼何处不堪疑。""玉步含娇不肯前,朱唇吹雪堕琼筵。罗浮记得元相识,那不逢人说可怜。""想像朱颜隐画屏,夜阑灭烛酒微醒。五陵年少春如海,不信偏怜老幔亭。(原注:令昭先生自号幔亭峰歌者。)"案,袁于令于顺治十五年戊戌及十八年辛丑,皆尝至杭。然十五年时,毛先舒与于令亦仅"一再会面,即别去,未由展谈宴"(参见顺治二年谱)。昉思纵于十五年已与于令相识,交谊谅不甚深,当不能有此等戏谑之词。今系其事于本年。

孟森《心史丛刊二集》有《西楼记传奇考》,述于令事颇详。今摘要如下:袁于令,字令昭,号箨庵,吴人。早岁以作传奇擅名,有《金锁》《长生乐》《瑞玉》等,而《西楼记》尤盛传于时。后降清,官至荆州太守。以忤监司罢官。终身以《西楼记》传奇自豪。

〔二〕《清圣祖实录》卷三:顺治十八年六月"庚辰,江宁巡抚朱国治疏言:苏、松、常、镇四府属并溧阳县未完钱粮文武绅衿共一万三千五百一十七名,应照例议处;衙役人等二百五十四名,应严提究拟。得旨:绅衿抗粮,殊为可恶,该部照定例严加议处"。此世所谓奏销案也。《心史丛刊初集》有《奏销案》一文,殊详核。略云:清初江南赋役甚重,苏、松尤甚。大约旧赋未清,新饷已近。兼以士绅包揽侵蚀,故积逋常数十万。钱粮匮乏,十年并征,民力已竭,而逋欠如故。会顺治十八年三月,清廷定"催征钱粮未完分数处分例",巡抚国治因造欠册达部,列江南绅衿一万三千余人,号曰抗粮。遂尽行褫革,发本处比追枷责,鞭扑纷纷。探花叶方蔼以欠一钱,亦被黜,民间有"探花不值一文钱"之谣。而列名于欠册者,实不尽属逋欠,有完而总书未经注销者,有实未欠粮而为他人隐冒立户者,有本邑无欠而他邑为人冒欠者,有十分全完、总书以纤怨,反造十分全欠者,千端万绪,不可枚举;且有以姓名与欠粮之人近似而牵连被捕者,尤足见官吏之淫威。江南"绅衿"或至自刎于差役家中。孟先生云:此"特当时以故明海上之师,积怨于南方人心之未尽帖服,假大狱""以威劫江南人士也"。

宋实颖以此案褫革,见孟文引《淡墨录》。实颖参见康熙二十六年谱。

清圣祖康熙元年壬寅　一六六二　十八岁

夏,与陆次云泛舟西湖,遇雨,宿于湖心亭〔一〕。

吴仪一赴北京国子监肄业,昉思赠以狐裘,有《吴瑾符北征,赋此赠别》诗〔二〕。

胡大滢来纳交,时昉思文名甚著于邑中〔三〕。

与诸九鼎、匡鼎及沈宾游处〔四〕。

赵执信生。

四月,吴三桂绞死永历帝父子于昆明。

五月,郑成功卒于台湾;寻由其子郑经统率部众。

六月,李定国以疾卒于勐腊。

十一月,鲁王殂于台湾。

〔一〕陆次云《湖壖杂纪·湖心亭》:"绕亭之外皆水,环水之外皆山,所谓太虚一点者,实踞全湖之胜。湖心寺亦在水中,然稍偏矣。壬辰之夏,余与洪子昉思泛舟亭畔。日已晡矣,风雨骤至。止宿亭上。夜半,忽见波上有红灯一点,明灭雨中,往来不定。昉思笑曰:意者所谓'不愁明月尽,自有夜珠来'矣。余曰:非也。旧志所载:宋时,四圣观前,晦夜每见一灯浮起,至西泠桥畔而返。风雨中其光愈盛,月明稍淡,震雷时与电争明。此湖光也。苏长公有'湖光非鬼亦非仙'句。今之所见,毋乃即是?"(篇末附昉思评:题目尽大,开手能以数句说完。后复点缀奇观。手笔绝奇绝大。)案,壬辰年昉思止八岁,文中所云"壬辰之夏",当有讹字。《湖壖杂纪》有康熙二十三年甲子陈玉璂序,其成书当亦在甲子或稍前。自昉思生至康熙甲子,中经壬年四:壬辰、壬寅、壬子、壬戌;辰年三:壬辰、甲辰、丙辰。然壬子、壬戌、丙辰三年夏日,昉思皆不在杭州;甲辰之甲,无论字音字形皆与壬字悬绝。唯寅字与辰字音读略近,疑壬辰当作壬寅,以音近而误。

《国朝杭郡诗辑》卷五:"陆次云,字云士。钱唐监生。考授州判。康熙己未,荐试博学鸿词。官江苏江阴知县。有《澄江集》。云士高才绩学,连不得志于有司,以鸿词征,复报罢。寻知郏县,……复起补江阴,时汤西厓少宰(即汤右曾)尚未遇,往从之游,政理之暇,互相酬倡,极一时风雅韵事。江阴或称澄江,集以澄江名,记地也。生平条论经史,其发挥意理者为《尚论持平》,辨证疑似者为《析疑待正》,较核句读、文字异同者为《事文标异》。又撰《湖壖杂志》以续田志之未备,撰《北墅绪言》以仿《僮约》、《逐贫》之体制,撰《荒史》、《八纮译史》、《译史记余》、《峒溪纤志》、《纤志志余》以胪山川风土之异。惜未全刊,今多散佚矣。又工倚声,有《玉山词》。"

〔二〕《啸月楼集》卷一《吴瑾符北征,赋此赠别》:"骊歌已无声,欲别心烦纡。牵裳告我友,燕山气候殊。北风杀野草,尘沙飞长途。层冰与积雪,严寒欲裂肤。献兹狐狸裘,愿护千金躯。"案,《杭州府志》卷九十四:"吴仪一,字瑾符,亦字抒凫,钱塘人。所居名吴山草堂。髫年入太学,名满都下。经史子集,一览成诵。奉天府丞姜希辙重其才,延之幕中。遍历边塞,诗文益工。尤长于词,陈检讨维崧推其词为天下第一,王士正亦推重之。"《府志》所云"髫年入太学",要在十六岁左右(若在十八九岁,虽云未冠,似已不宜称髫年;若云十三四岁,似又过小),亦即本年前后。又味昉思诗意,此实瑾符初入燕京之作,否则,瑾符于燕山气候业已深知,不必更烦昉思谆谆告之也。诗当即作于瑾符"髫年入太学"之时。姑系于此。

〔三〕《撷芳集》卷十六张昊名下注引张振孙《槎云传》:"年十九,归胡遵仁子大漾,劝其力学,从同里毛先舒为师,诸匡鼎、洪昇为友。"是大漾纳交昉思,在昊十九岁时。同书引《钱塘县志》,谓昊卒年二十五;据胡大漾、张昊《琴楼合稿》卷首所载方象瑛序,昊父坛卒于康熙丁未,同书卷首毛际可撰张昊传云:"(坛)讣至,昊痛甚,泣涕不休,遂困顿,逾年亦卒。"知昊卒于康熙戊申,由此上推,其十九岁即为本年。毛际可又云:"且劝夫力学,文漪因从毛先舒游,而与诸匡鼎、洪昇为友,以是文行益有闻。"案,文漪非世所知名,此云"文行益有闻",盖谓闻于乡邑也。然文漪以此三人为师友,遂能益有声称,则此三人,必甚为邑中所重。金埴《不下带编杂缀兼诗话》载昉思之言曰:"吾微名颇蚤",盖实录也。

《国朝杭郡诗续辑》卷二:"胡大漾,字文漪,郡人。文漪为张步青坛馆甥(坛,张丹叔父),其室名昊,字槎云,亦工诗词。张祖望尝言:妹夫胡郎,才气英博,闺房琴瑟,泠泠双绝。又言:文漪诗以清新为骨,雅丽为色。其后槎云夭殂,文漪赋《后悃怅词》四章,比于潘生《悼亡》之篇,有余痛矣。"

〔四〕《啸月楼集》卷五有《晓望忆沈子嘉、诸虎男》及《九日登吴山同诸骏男作》。子嘉及骏男卒后,昉思皆有悼伤之作,见《国朝杭郡诗辑》卷六洪昇《秋夜悼故友沈子嘉》(此诗亦收入《稗畦集》,诗题误作《秋夜悼故友吴子厓》)及《稗畦集·秋望悼诸骏男》。虎男所编《今文短篇》尝选入昉思之作(见后谱),盖三人与昉思交皆甚密切。

《国朝杭郡诗辑》卷十:"诸九鼎,字骏男。一名昙,字铁暗。钱唐人。有《铁暗》、《乐清》二集。骏男与弟匡鼎齐名,人方之机云轶辙。尝同姜汇思渡江,风大作,舟触郭璞墓石。汇思在别舟,意骏男必大恐怖。而骏男笑谈间已过金山,诗且成矣。其倜傥如此。

又尝入蜀,后卒于武昌。"

同卷:"诸匡鼎,字虎男,号橘叟,又号锁石山旅人。钱唐监生。有《说诗堂集》。虎男……幼随父避地山居,虽在流离,未尝废学。……番禺屈翁山负大名,见其诗,贻书订交,且赠以诗,有'子诗温且丽,日赠我琼瑰'之句。其后赍油素游诸侯间,币聘相踵。年七十五卒。尝选刊《今文短篇》、《今文大篇》二种。其未刊者为《今文骈体》。"

毛先舒《潠书》卷五《与沈宾书》:"子嘉病良苦。……子嘉所病,我曾尝之,当以不怖死为第一治法。……足下能竟此语,则愈疾其小小者耳。"知子嘉即宾;其人盖为先舒弟子,故先舒直书其名。

案,此三人与昉思游,始于何年,已不可考。然胡大滢既以本年"与诸匡鼎、洪昇为友",则昉思与匡鼎游处,当亦不迟于本年;九鼎既为匡鼎之兄,昉思与之订交,与其获交匡鼎,或亦不甚相远;皆姑系于此。又以昉思有《晓望忆沈子嘉、诸虎男》诗,故其与沈宾交游事亦附系本年。

康熙二年癸卯　一六六三　十九岁

与汪鹤孙游,甚洽[一]。鹤孙赠昉思词,至推为骚坛领袖,赞美甚至[二]。

丁澎自戍所还。昉思后尝从之游处[三]。

黄兰次返自燕京[四]。

师陆繁弨及友人陆寅,于正月以庄史案被逮,五月始获释[五]。

金埴生[六]。

十月,清兵陷金门、厦门。

〔一〕《啸月楼集》卷四《喜汪雯远初授太史,兼述近状,却寄,三十二韵》:"十载论交旧,千秋结契坚。入林时把臂,行野必随肩。起舞呼清酒,成诗掷彩笺。"诗作于康熙十二年癸丑(见癸丑谱),以此上推十年,雯远与昉思交当自本年始。《啸月楼集》卷三《寄汪雯远》:"崇明('明',当从《稗畦集》作'朝')不相见,薄暮便思君。"尤可见二人交游之密。

《善卷堂四六》卷三《汪雯远诗余序》:"……追观里门,亦多郁尔,沈敬修之韶令,张砥中之冲夷,洪昉思之激浪崩雷,俞季琛之微云疏雨,是皆光能照乘,翼拟垂天,……今雯远与诸子,巷近乌衣,人皆玉树,既非相如子云,生而异代,又岂挚虞叔广,各有偏长。何不并辔康庄,连衡周砥,……相与鼓吹休和,发扬风雅,见钱唐辞体之振,亦西陵文阵之雄也。虽然,仆与雯远,遥企风流,尚违色笑,欲众芳之联合,忘謇修之未亲。"是雯远与昉思等为友,实由繁弨之介。

汪鹤孙《延芬堂集》卷首附薛颂唐所撰小传:"梅坡先生讳鹤孙,号雯远。……康熙己酉科亚魁,癸丑会魁(据《进士题名碑录》,鹤孙为康熙十二年三甲进士),翰林院庶吉士。少无宦情,虽早入词馆,即请假南旋。性好游,神情飞动,识解过人。虞山目为间钟之才。……著有《延芬堂集》,别有《汇香词》,陆拒石、毛稚黄为之序行。"吴嘉纪有赠汪鹤孙诗,略可见其为人,今录于后:"长卿最风流,汪也或相似。自抱龙唇琴,来访凤城宰。何曾近富人,只是爱贫士。时花发北园,夜雨深东海。离群梦寐寻,见面囊橐解。高义齐泰山,茂陵安足比?"(《延芬堂集》附)

〔二〕汪鹤孙《汇香词·绮罗香·赠洪昉思》:"世路嵚崎,樗材琐屑,将缔同心谁与?奇杰如君,今日骚坛有主。乍开颜、酒盏频呼。只倾盖、死生相许。与酣时纵屐西郊。锦囊内彩云飞举。 金丸红袖嬉游,爱庭来明月,新桐初乳。法曲清真,顿令壮怀激楚。但长啸、便欲惊鸾,任数奇、还堪射虎。最难是、名享千秋,漫焚书狂舞。"案,此词首数句自述求友之难,以下盛赞昉思为人,有欲缔同心,舍昉思其谁之意;当是二人初缔交时所作。

〔三〕《国朝杭郡诗辑》卷一:"丁澎,字飞涛,号药园,仁和人。顺治乙未进士,官礼部祠祭司郎中,有《扶荔堂》、《信美轩》、《药园》等集。药园少时为《白雁楼诗》,流传吴下,士女争相采摭,书之衫袖。……初官法曹,时治狱多钩撦毛举,救正无术,因为两议之说。……移春曹主客,时'贡'使至,廉知主客为药园,以貂鼠犀玉易其诗归。与祥符张文光、汴州赵宾、莱阳宋琬、宣州施闰章、余杭严沆、仁和陈祚明相倡和,号燕台七子。顺治丁酉主试中州,为榜首数卷更易数字,廷议谪戍奉天。值冰合,不得汲,取芦粟小米和雪嚼之。躬自饭牛,与牧竖同卧起。暇则乘牛车,行游紫塞中,作《辽海杂诗》,磊落雄秀,绝无失职不平之慨。戍五年而归。遍游天下名山大川,著述益富。浙督李尚书欲荐之,作书辞焉。"案,澎以顺治戊戌谪戍(见顺治十五年谱),至此凡五年。又,澎为西陵十子之一(参见顺治十六年谱),于昉思为师执,所作《扶荔词》卷二《婆罗门引·送河间令夏公乘归安州,用稼轩别杜叔高韵》附昉思评语:"押而字趣甚,校稼轩本词,何止邢尹。"是澎归后,昉思尝与之游也。

〔四〕《啸月楼集》卷一《寄内》:"去冬子南还,饥渴慰心期。"诗为明年作(参见康熙三年谱)。

〔五〕庄史案为清初大狱之一,兹据杨凤苞《秋室集·记庄廷𬭎史案本末》,参以《杭城坊巷志》引吴农祥《南浔书案纪事》,述其略如下:湖州富民庄廷𬭎,购得明故相朱国祯《明史》稿本,招致宾客编为《明书》,中有指斥清廷语。书成而卒,其父允城代为刊刻。康熙元年七月,前归安知县吴之荣发其事。清廷遣刑部侍郎罗多至湖州讞狱,逮允城解京,以岁暮瘐死狱中。明年正月,遂尽逮诸干连者。五月,狱决。廷𬭎、允城戮尸,廷𬭎弟廷钺及其弟子孙年十五以上均斩。作序及参阅者凌迟处死;而书中所列参阅诸人,实有未与其事,以名高而为庄氏所假托者,如吴炎、潘柽章辈,亦不免。刻工、刷匠、书贾、藏书者斩。地方官员亦有牵连而死者。是狱凡死七十余人,妇女皆给边(案,据法若真《黄山诗留》所载张谦宜为若真所撰传,以此案株连者凡七百户)。其罹此案而获免者,仅陆圻及查继佐、范骧三人。

圻之以庄史案被逮也,其家属亦械系。圻女陆莘行著有《老父云游始末》,略云:康熙元年二月,陆圻闻庄氏史中窜列海宁查继佐、范骧及己名,以为参阅,遂与二人具呈于学官。至十一月,圻以庄史案被逮,寻解至京。次年正月,圻家属亦被系,凡一百七十六人,繁玘及寅皆在焉。先是,捕吏既至圻家,寅适外出,其舅父欲匿寅,以保全之,寅慨然曰:"举家为戮,何以生为?"遂自投系所,持母兄而泣。三月,圻复自京解至浙听审。五月,狱决,以圻等三人检举在前,乃获释。而圻长子于入狱前已有疾,既被系,愈益困顿,出狱,遂死。圻寻亦出家云游。陆氏虽幸免,其遇固甚可悲也。

《鲒埼亭集》卷二十六《陆丽京先生事略》:"讲山先生陆圻,字丽京,杭之钱塘人也。知吉水县运昌子。兄弟五人,而先生为长。与其弟大行培并有盛名。……乙酉之难,大行里居自经死。先生匿海滨,寻至越中,复至福州,剃发为僧。母作书趣之归。时先生尚崎岖兵甲之间,思得一当,事去乃返。雅善医,遂借以养亲,所验甚多。……会庄(廷)鑨史事发,……械系按察司狱。久之,事白,诏释之。既得出,叹曰:'余自分定死,幸而得保首领,宗族俱全,奈何不以余生学道耶?'贻书友人,封还月旦,不知所之。……先生所著有《威凤堂集》……予于姚江黄公家得见先生所封还月旦之书,甚自刻责,以为辱身对簿,从此不敢豫汐社之列。呜呼,其亦可哀也夫。"案,《不下带编杂缀兼诗话》卷二:"杭州丽京陆先生圻,国初时为西泠十子之冠。自西市得释,即远游,不知所终。圻友洪君昉思有《答人》诗:'君问西泠陆讲山,飘然一钵竟忘还。乘云或化孤飞鹤,来往天台雁荡间。'即此诗可想见其人已。"昉思是否尝从圻游,虽不可考,然就此诗视之,则其于圻之为人实亦有所了解。

陆寅参见康熙五年丙午谱。

〔六〕金埴《壐门吟带·郯城感旧》所附小序:"康熙二年癸卯夏四月,先君子作令郯城,是年九月,产埴于署。"

康熙三年甲辰　一六六四　二十岁

七月,与黄兰次成婚。适值初度,友人为赋《同生曲》,陆繁弨为之序〔一〕,柴绍炳亦有贺诗〔二〕。昉思自幼年以迄成婚前后,生活皆甚优裕〔三〕。

七月初七日,宴于黄彦博宅,作《宴外舅黄泰征宅》诗。时彦博已举进士,选庶吉士。柴绍炳谓诗中"庭外长竿悬犊鼻"语不妥,与昉思反复讨论,有《与洪昉思论诗书》〔四〕。

是日又有《七夕闺中作四首》〔五〕。

黄兰次归宁,有《寄内》诗,以述思念之情〔六〕。

《诗骚韵注》成书,毛先舒为之序〔七〕。

李孚青生。

张煌言于七月为清兵所获,谕降不屈。九月,就义于杭州。杭人哀之。

〔一〕《杭城坊巷志》引《郭西小志》:"稗畦……康熙甲辰,二十初度,友人为赋《同生曲》,一时和者甚众。陆拒石《善卷堂集》有《同生曲序》。"案,张竞光《宠寿堂诗集》卷二十三《同生曲(为洪昉思作)》:"高门花烛夜,公子受绥期。里闾传光彩,宾阶吐妙词。仙郎重意气,静女整容仪。含思连枝树,定情合卺卮。扇摇扬比翼,衾锦织双丝。共饮一流水,相看并本芝。鸳鸯隐绣幕,鸾凤逐重帷。眷恋无穷已,绸缪有独知。永怀从此夕,初度竟何时。岁月无先后,芙蓉冒绿池。"知昉思成婚,即在二十初度之时;《同生曲》之作,既以贺其初度,亦贺其新婚也。

昉思友人所赋《同生曲》,今存者,竞光诗外,尚有诸匡鼎《同生曲,为洪昉思赋》:"七夕争传巧,先期尔俱降。同心把莲子,携手对兰缸。菡萏元相并,鸳鸯本自双。闺中行乐处,乌鹊近纱窗。"见诸匡鼎《说诗堂集·橘苑诗钞》卷四。

陆繁弨《善卷堂四六》卷五《同生曲序》:"及门洪子昉思,暨妇黄氏;两家亲谊,旧本莴萝。二姓联姻,复称婚媾。婿即贤甥,仍从舅号。侄为新妇,并是姑称。而况门皆赐第,家有珥貂。三洪学士之世胄,累叶清华。春卿大夫之女孙(黄机时为礼部侍郎),一时贵介。又乃芙蓉芍药,誉满士林。柳絮椒花,声标珠阁。衡山侯之遗内,不必倩人。顾家妇之答夫,岂烦代构?可谓逢年化玉,入掌成珠者矣。……是日也,大火初流,凉飙始振。辞人揽笔,忽珠露之腾光。贤女试妆,正秋蝉之鼓翼。尔乃进衣初罢,昏定余闲。葡萄织锦,枝蔓相交。迷迭煎香,氤氲不散。玉镜新开,情自深于披扇。章台归去,事或甚于画眉。桂魄未升,陋姮娥之独处。银河虽浅,笑双星之不逢。是知春风初扇,不足拟其太和。秋水高谈,无以形其至乐。于是梁园佳客,共吮霜毫,邺下文人,争传彤管。花怜并蒂之名,乐奏同声之曲。……"熊德基同志《洪昇生平及其作品》以序中"梁园佳客""邺下文人"之语,遂谓昉思系于北京成婚。然此二语,本非指京都之文士,且昉思《寄内》诗有"去冬子南还""邂逅结大义"语,自为在杭成婚无疑。

〔二〕陈枚辑《留青新集》卷五柴绍炳《贺昉思新婚》:"年少能吟绝妙词,况今燕尔是佳期。早春未放桃花朵,正月先舒杨柳枝。"案,早春二句,当是比喻。

〔三〕沈谦《东江集钞》卷七《与洪昉思》:"晓登第一峰,见越中诸山,俱为雪浪所拥。加以薄雾淪漪,仅露一眉。沙上驼畜人马及截流之舟,亦如镜中尘杯中芥耳。顷之旭日升空,大江皆赤,浮金耀璧,不足喻之。氛雾潜消,胸怀一爽。想足下此时,玉楼未启,尚托春酲,焉知耳目之外有如此气象耶?"由书中末数语,可借以考见昉思生活情状。沈谦之卒,昉思仅二十六岁(参见康熙九年谱),此所述要为昉思早年事。复参以张竞光《同生曲》、陆繁弨《同生曲序》、竞光《赠洪昉思》诗中"迢迢慕俦侣,朋来开极宴。吐论倾四座,往往夜将半"(诗作于昉思二十前后,参见顺治十六年谱)及汪鹤孙上年所作《绮罗香·赠洪昉思》中"金丸红袖嬉游"等语,知昉思于二十左右,生活固甚优裕也。

〔四〕《柴省轩文钞》卷十《与洪昉思论诗书》:"……仆愧未闻道,谬陈百一。唯顷之小有往覆,将智者千虑,犹或未释欤?承示《宴外舅黄泰征宅》一篇,风体绝佳。仆微有商榷者,在'庭外长竿悬犊鼻'句,虽缘七日使事,抑欲写冰清雅尚故尔。鄙意以泰征才名志操,最有门风,自可不至比方南阮。且发端以华堂箫鼓,宾筵甚设,而忽著犊鼻语,点次风景,未免龃龉耳。解者曰:'箫鼓直一时,犊鼻悬平昔,并举毋嫌。'仆则以为非也。颂人者不妨加之以文,要当近实。如西蜀玄亭、扶风绛帐、东山丝竹、彭泽葛巾,鲜华俭率,各自标位,何必彼此矫易。若今日泰征,以世英谙练台阁,兼叔文风流不坠,正欲题目断在东山西蜀之间耳。遽拟以道南嫠子,将无已甚耶?或云:'竿悬犊鼻,不必实有是事,聊以美其率素,定不至刻舟求剑也。'仆则以词家使事,虽取影略,亦必风类相近,举例属辞,居止亦可云弊席为门,出游亦可云千里步担,嫁女亦可云牵犬以鸷也,识者讽览,以为真邪伪邪?仆故谓诗文润色,必称质而施。太离则远,太浮则溢,非所谓修词立其诚者。或又曰:'诗者缘情而绮靡。'如赋美人,必假容饰,但尚质直则陋矣。仆谓:'绮靡非诗之极也;质直则陋,义未尽然。'作者赋美,各视情韵,贫富苦乐,正在即境。如'副笄六珈'、'缟衣綦巾',何分优劣哉?借令西子一人为词流题咏,乃其石上浣纱,床前醉舞,华楚异时,后先错举,未免合则两伤也。如李太白绝句曰:'美人卷珠帘,深坐颦娥眉。'又曰:'屐上足如霜,不著鸦头袜。'豪门村径,各有天然,奚事傍借溢语欤?然则说诗者不以词害志,'靡有孑遗'之句,曷以无讥于孟氏也?仆谓:'作者甚言,于志无害,要诸比事达情,终非失实也。'如《云汉》之诗,悯旱也,则曰'周余黎民,靡有孑遗',《无羊》之诗,牧成也,则曰'众维鱼矣,旐维旟矣',二者均为形容过量之词,然一则忧凋残,一则庆蕃庶,傥彼互相回易,不增诧异哉?相提而论,犊鼻悬庭之句,非必课实,施诸平流差可,卿族参华不可为伦也。足下试详味之,其以仆言为有当否欤?"据书中"七日使事"及"不至比方南阮"等语,知宴黄彦博宅为七月初七日。书又有"以世英谙练台阁"语,用后汉黄琼事,似彦博时已入仕,故举琼幼时随父在台阁、谙练故实、故仕宦卓异事以美之。案,《国朝词垣考镜》卷三《馆选爵里谥法考》康熙三年甲辰庶吉士:"黄彦博,机子,字公路,号泰徵,浙江仁和人。"(昉思于明年所作挽诗及陆繁弨所作祭文,于彦博皆称泰征,盖泰徵一作泰征也。)又,彦博以明年卒于北京(参见康熙四年谱),则宴彦博宅当为本年七月事,盖彦博时以嫁女故,请假归里也。柴绍炳书所论,虽似细事,然其平日于昉思之谆谆教诲,固可推见。今《啸月楼集》无《宴外舅黄泰征宅》诗,当是昉思遵绍炳教而删之也。

〔五〕《七夕闺中作四首》见《啸月楼集》卷七。此为四首一组之组诗,四首当皆同时所作。《秭畦集》选录其中"忆昔同衾未有期,逢秋愁说渡河时。从今闺阁长携手,翻笑双星惯别离"一首,改题为《七夕,时新婚后》,知诗为本年作。

〔六〕《啸月楼集》卷一《寄内》:"……去冬子南还,饥渴慰心期。邂逅结大义,情好新相知。春华不再至,及此欢乐时。尔我非一身,安得无别离?念当赋归宁,恨恨叙我思。屏营寂无语,徙倚恒如痴。长叹卧空室,恍惚睹容辉。咫尺不可见,何况隔天涯。一日怀百忧,踟蹰当告谁。"据"去冬"以下四句,知作诗之上一年犹未成婚,则此诗必为本年所作。

〔七〕毛先舒《潠书》卷二《诗骚韵注序》:"有韵之文,昉于乐。或曰乐昉于有韵之文。要之,两者皆互以相成也。虽然,乐之文必以韵,将以求其依永而和声也,长言不足,而又比诸钟鼓管弦,故入人深而能以移风易俗。尝疑《书》以道政事,本不必韵,而'皇极敷言'十四句,纯乎以韵行文。至《颂》则《诗》之精微者也,《清庙》、《赉》、《般》诸作,其间乃或韵或不韵,何故?盖'敷言'欲民歌舞之,为训行之物,期入乎其隐也。《颂》以告神明,不必尽宣传于邦国百姓,则韵可稍略。盖古文之须韵如此。同郡洪昇,从余游,性近韵学。往辄穷其源委。以为韵文滥觞于三百篇,而放于《骚》。六义而外,楚人其在《国风》、《小雅》之间乎?夫古乐不可追矣,可求者文而已。文之弗韵,犹弗文也。于是究极元言,旁参博稽,作《诗骚韵注》六卷。视元晦、季立之书,踵事加精焉。且古人所以为诗者,以其发乎情,能止乎礼义也;于是后之人传之。古人之所以为辞者,以其极瑰谲惝恍之观,而卒归之乎悱恻忠爱;于是后之人传之。非是,则古人不作,后人亦弗传。是以章必句,句必韵,韵必谐于声而后已。将使依永和声,而有以移风而易俗,故足贵也。余不知季立为古音之心奚若。若夫元晦,措思于此,殆必有故欤!今昇为是役,其为便于吐属啸歌已也,抑将有以进于此欤?余也且深望之。"案,先舒《潠书》所收诸篇,有年代可考者,以康熙丙午为最迟,此序之作,当亦不至迟于丙午。又,张竞光《赠洪昉思》:"洪子方弱冠,著书不可算。"是昉思于弱冠之年,已著书立说,《诗骚韵注》盖亦弱冠前后所作。姑系于此。

康熙四年乙巳　一六六五　二十一岁

三月,陆繁弨母陈氏五十初度,有《为陆太师母五旬作二首》,抒写陈氏伤悼亡夫、眷念明室之痛,意颇感怆〔一〕。

八月,毛先舒父应镐八十初度,有《为毛继斋太先生八旬作二首》〔二〕。

黄彦博卒,有《遥哭黄泰征妇翁七首》〔三〕。

季弟中令于秋日随父入燕,有《别弟》诗〔四〕。

顾嗣立生。

明室后裔朱光辅与朱拱桐,谋于松江起事;是年四月事觉,株连死者甚众。

〔一〕《啸月楼集》卷七《为陆太师母五旬作二首》:"化碧于今二十秋,朝朝含泪掩空楼。黄云城上悲风急,一夜霜乌尽白头。""回首横山落月孤,吴宫花草久荒芜。□□欲化千年石,不独伤心为望夫。"案,《国朝杭郡诗辑》卷六:"陆繁弨,……行人培子。行人殉义桐邬,其配陈悲痛不欲生。坠楼,不死。饿七日,不死。……"《潠书》卷一《陈夫人五十序》:"……及归陆氏,虽世仕宦,然甚贫。大行殁,家益落,奴子又肤箧以去。余尝过骆氏庄,见夫人所栖危楼数椽,不蔽风雨,狐貍昼嗥,墟落惨淡,蓬蒿萧艾,与人等长。回思昔甲第蝉联之盛,与大行在时,车多马闲,宾客满坐,不胜为之欷歔。而闻夫人处之怡然,不稍动色。"陈氏之节操略可见矣。昉思所作,意颇悲怆,第二首并明言陈氏所痛悼者,不独夫妇之永别,实缘吴宫花草荒芜已久,——此盖借言明室之覆亡。《孙宇台集》卷九《陆夫人五十寿序》:"有明行人鲲庭陆先生,其配曰陈夫人,岁乙巳姑洗之月,为五十设帨之辰。"诗当本年三月作。

〔二〕见《啸月楼集》卷七。据《潡书》卷七《先考继斋公行略》,继斋名应镐,字叔成,生于万历丙戌八月一日。至本年八十。

〔三〕《啸月楼集》卷七《遥哭黄泰征妇翁七首》:"旅榇荒原未得归,遥天酹酒泪沾衣。江南蓟北三千里,一夜寒霜雁不飞。""忆得河泮系缆时,孤云暮霭怨将离。早知一别难重见,旅食相随远不辞。""寒到梅花旅病余,相思骨肉便欷歔。可怜垂死天涯夕,伏枕犹裁尺素书。""愁掩罗帷梦亦惊,秋风晓月最伤情。不须待到西州路,说着魂归泪满缨。""梧叶萧萧堕井干,凉飔吹袖欲生寒。月斜闺里空相对,双照愁颜不忍看。""白发朱颜泪欲枯,天涯晓夜听啼乌。燕台寒雨催思子,碣石愁云为望夫。""曾闻簪笔向兰台,转眼松楸入望哀。浪说金茎能赐露,何曾留得马卿才。"昉思于泰征卒后之哀痛及二人平昔之情感,皆可考见。

《善卷堂四六》卷八《祭黄庶常文》(原注:代):"维我故友,泰征黄君,毓德名门,蜚声蚤岁。丹山雏凤,便欲横云。渥水神驹,生而绝足。已振采于上庠,复扬镳于国学。生徒三万,郭泰为魁;元凯八人,李膺为冠。而且从官凤阙,问寝金门。太丘谒客,必自将车;丞相还台,犹存送路。足媲美于儒林,即争辉于孝传。既而鹿鸣奏曲,雁塔题名。陈言见鲠直之风,揽辔有澄清之志。泛芙蓉之沼,忽见箕裘;入凤凰之池,惊传弓冶。方欣王谢,不专美于晋年;正谓韦平,岂独夸于汉世。孰知英英髦士,才登鸳鹭之班,而冉冉流光,正值龙蛇之岁。非因堕马,而贾傅伤生;不为请缨,而终军长谢。"《清史稿》《清史列传》及府、县志,皆无彦博传;其生平可考见者,仅此而已。

案,昉思诗当作于初得彦博死讯之时。诗中所写为秋日景色,是彦博约死于夏秋间。而中有"寒到梅花旅病余"之句,知其卒之上一年冬日已有疾。祭文所云"龙蛇之岁",虽用后汉郑玄事,然倘非彦博之卒适在辰巳之年,则不当用此典故。祭文又云"才登鸳鹭之班",是其卒必在甲辰或乙巳。复参以昉思遥哭妇翁诗,彦博当于癸卯或甲辰冬染疾,甲辰或乙巳夏秋间卒。而据柴绍炳《与洪昉思论诗书》,彦博入仕后尝在杭度七夕,此至早为甲辰事。倘于癸卯冬染疾,甲辰夏秋间卒,则甲辰七夕正疾革之时,何能"华堂箫鼓、宾筵甚设"(绍炳书中语)哉?且彦博卒于北京,倘甲辰七夕在杭疾革,又何能启程赴京?故知彦博当于甲辰冬病,乙巳夏秋间殁。

〔四〕见《啸月楼集》卷一。诗云:"季也年十六,意气殊浩然。今将从父游,行行入幽燕。……朔风结严霜,孤雁飞云间。兄弟牵裳衣,踟蹰不能前。咫尺且不离,何况隔山川。朝夕且不违,何况逾岁年。……"案,前尝假定殷仲小于昉思二年左右,中令自又小于殷仲;诗有"季也年十六"之语,故此诗之作至早当在癸卯、甲辰间。又案,昉思于戊申春初赴京,若此为戊申后事,则兄弟间已尝远别,不当有"咫尺且不离"之语。故其季弟入燕,当不迟于丁未。昉思于中令入燕之次年九月初八,有怀季弟游燕之词;倘中令于丁未赴京,则戊申九月初八,昉思亦在京师,与词所述不符。故中令入京又不当迟于丙午。中令赴京在秋日,而自丙午春至秋间,昉思与仲弟昌读书南屏僧舍,友人胡大溁有《访洪昉思、殷仲读书南屏》诗(皆见后谱)。胡诗既不述及中令,足征其不与昉思、殷仲同寓。设中令于丙午秋赴京,则其时已与昉思、殷仲小别数月,似不当言朝夕不违,咫尺不离。故此诗至迟为本年所作。今姑系于此。

康熙五年丙午　一六六六　二十二岁

与仲弟昌读书南屏僧舍,陆寅亦读书其中,日与论文〔一〕。

胡大溁来访,有《访洪昉思、殷仲读书南屏》诗〔二〕。

秋,在南屏作《秋日南屏怀王丹麓》套曲,此昉思散曲有年代可考之最早者〔三〕。

沈谦来访,昉思向谦盛称友人俞士彪《荆州亭》词中"街鼓一声声,却似打人心里"之语〔四〕。士彪兄俞珣亦与昉思游处〔五〕。

九月初八日,填《念奴娇》词贺仲弟昌初度兼怀季弟中令在燕,又有《念奴娇·秋暮怀弟》词〔六〕。

嘉定女子王秀文以婚事故,啮金镮自噎。遇救,苏,婚事亦得谐。后昉思为赋《金镮曲》,赞美甚至〔七〕。

十二月,清廷下令圈占蓟州等民地以给镶黄旗;圈占玉田等民地以给正白旗。

〔一〕《稗畦集·题画》:"烟树渺无际,不辨南屏山。旧时读书屋,指点在其间。"知尝读书南屏;而所寓之地,实为僧舍,且与弟殷仲偕(参见下引胡大溁诗)。同书《重过南屏僧舍怀陆冠周》:"僧楼高枕看雷峰,此地曾偕陆士龙。湖面花开凉醉酒,山头月出静闻钟。重随野鹤吟黄叶,独卧寒云对碧松。惆怅故人今远客,一庭秋雨草茸茸。"《送陆冠周擢第南还》:"湖南古寺忆论文,日对青山坐白云。各以一身频寄食,遂令廿载半离群。……""湖南古寺"即南屏僧舍(南屏在西湖南),昉思日于南屏僧舍与陆寅商榷文字,寅当亦读书其中也。"湖面花开凉醉酒",自为夏秋间事。"重随野鹤吟黄叶",虽写昉思重过南屏僧舍之情景,然亦可见其昔在南屏,尝与陆寅随野鹤、吟黄叶,否则不当言"重随"也。是昉思于春夏及秋间皆与寅寓居南屏。《送陆冠周擢第南还》系康熙二十七年戊辰作（见戊辰谱），诗既云"廿载半离群"，则同寓南屏当为戊申前事。今案，"庄史案"前，寅年尚幼，似不至离家寓居僧舍。癸卯正月，寅即被系，至五月获释，又遭兄丧，则癸卯年亦不当寓居南屏；纵或因故寓居其中，亦决无心情赏花欢饮，度"湖面花开凉醉酒"之生活。甲辰、乙巳，昉思新婚燕尔，观其于黄兰次之归宁，尚且徙倚愁叹，自不至离家独居古寺（甲辰婚前虽有寓南屏之可能，然婚后自必返家，不可能与陆寅"随野鹤吟黄叶"矣，故可决其非甲辰事）。丁未昉思父返杭。昉思于其父之出游，殊切怀思，《怀父游燕》之诗可证（见《啸月楼集》卷七）；既还，自当在家侍父，不宜屏居僧舍。故其与陆寅同寓南屏，以本年之可能为最大。

《钱塘县志》卷二十三《孝友》："陆寅，字冠周，吉水令运昌孙，父圻，世所称丽京先生者也。寅幼而颖悟，能诗。性孝友。年十六，圻罹无妄，家无少长被逮，寅亦见收就狱，三木之属，择轻者与尊行，而独取重者。兄某，怜其幼弱，欲易之，固争勿释。狱吏为之感动。寻事解。圻将遁迹远方……寅哭挽之，勿得。圻三年不归，音问杳然。寅以一身，上事老母，下抚弱弟妹，皆尽心力。会母殁，寅治装出门，徒步访父，历东粤、匡庐、洞庭、湘潭，还经天台、剡中，复登泰山，涉沂水，凡荒崖绝壑、深林穷谷，靡所不至，其最险几殆者，莫如海上二崂蓬莱为甚。如是者十余年，鼍面重胝，水宿风餐，绝无退念。康熙丁卯戊辰间，经燕冀，遂应京兆试，联捷成进士，盖欲效朱寿昌故事求亲，终不可得见。哀慕劳瘁，呕血而卒，年四十三。著有《浣花集》《自知录》。"

〔二〕《琴楼合稿》胡大滢《访洪昉思、殷仲读书南屏》："掩关古刹里，兄弟自相师。芳草迷深径，垂杨弄短丝。幌摇湖水绿，窗面石峰奇。幸托同门谊，深谈未觉疲。"据诗中所写景色，当为春日。

〔三〕王晫辑《兰言集》卷九洪昇《秋日南屏怀王丹麓》："〔北中吕粉蝶儿〕秋到湖南，净长空雨疏云淡。隔寒林一带烟岚。柳添黄，蘋损绿，红消菡萏。蓦地愁含，对西风独凭雕栏。

"〔醉春风〕想着你渴病已三年，悲秋仍万感。新来潘令好容姿，怕也减减。尚兀自午梦摊书，笔花摇梦，香迷灯暗。

"〔普天乐〕《演连珠》、垂金鉴，《竹枝》歌韵、传遍江南。写神龙，惊心胆，白昼云雷把天关撼。选《文津》藏在石函，将遂生细览，要普天业忏，这心儿即是优昙。

"〔醉高歌〕记相逢郊外停骖，挥玉麈临风对谈，正香尘满地桃花糁；早不觉砧声又惨。

"〔红绣鞋〕近水寒生葭菼，晴峰远列松杉，数行白雁起三潭。坐南屏歌将咽，望北墅酒难酣。响珰珰一声钟真諕俺。

"〔墙头花〕西湖如鉴，远近苍烟黯。只见那水底雷峰日倒衔。乱茸茸细草揉蓝，冷萧萧疏枫坠绀。

"〔煞尾〕蛩声不要听，秋光谁耐览。待驱车薄暮还相探，怕只怕醉倒琼楼绣鸳毯。"

案,曲有"潘令好容姿"语,足见王晫尚在壮年(晫长昉思九岁);当为昉思早年寓南屏所作。昉思散曲,今存套数五套,小令一首;以此作为最早。又,《国朝杭郡诗辑》卷六:"王晫,初名棐,字丹麓,号木庵,又号松溪。仁和诸生。有《霞举堂》、《淡成堂集》。……丹麓年十二补诸生,稍长弃去。居湖墅,为往来舟车之冲。四方士夫过武林者必造霞举堂,故座客常满。……家既落,犹喜刻书,客至质衣命酒。四十后益困。……尝仿刘义庆作《今世说》、《今世说补》,耆旧风流,借资掌录。又搜采文章小品为《文津》一编,诸家杂著为《檀几丛书》若干卷。工为诗余,有《墙东草堂词》行世。"

〔四〕沈谦《东江集钞》卷七《与俞士彪》:"昨在南屏,昉思盛称足下《荆州亭》词:'街鼓一声声,却似打人心里。'"案,士彪字季瑮(见其与陆进所辑《西陵词选》署名),常与昉思游处,参见康熙六年谱注四及康熙八年谱。又,《国朝杭郡诗辑》卷十四:"俞珮,字季瑮,号潜庄,钱唐人,官江西崇仁县丞,有《潜庄诗钞》。"是士彪又名珮也。

方象瑛《健松斋集》卷三《俞季瑮玉蕤词钞序》:"季瑮家贫,善读书,与兄璪伯齐名,诗古文辞皆能超出侪辈,所著《玉蕤词》,风期秀上,兼苏辛周柳之长。余尤喜其论文卓绝,有宿师硕儒所未及者。陈(廷曾)先生亦曰:'里中无足与语。非季瑮兄弟,吾宁闭户卧耳。'其为前辈引重如此。顾年近三十,数奇不偶,每掩卷遐思,慷慨若不能已。"略可见其为人。

〔五〕《国朝杭郡诗辑》卷六:"俞珣,字璪伯,钱唐人。"考《啸月楼集》卷三有《林居俞璪伯见过》,卷二有《与俞璪伯》诸诗(《与俞璪伯》参见康熙八年谱)。古人名字相辅,珣当原字璪伯。是珣亦昉思友人。其交昉思,约与季瑮同时。今与昉思称季瑮词事一并系此。

〔六〕蒋景祁《瑶华集》卷十二洪昇《念奴娇·殷仲弟初度,兼怀季弟在燕(原注:九月八日)》:"露浓霜冷,叶纷飞、楼外寒蝉将歇。况是菊花堪酿酒,那用长生桃核?健笔凌霄,高怀拨雾,年少真才杰。一声鸾啸,海天惊破秋月。 回忆昨岁河桥,骊驹初唱,执手难轻别。纵有茱萸谁待插?不记登高时节。两地都愁,三人各瘦,鸿雁应能说。何当欢聚,乘秋共醉瑶阙。"知昉思时与殷仲同在一地,而中令在燕。案,昉思于二十四岁后,其行踪皆可考见,悉与此情状不相符合。此当早年乡居所作。中令约于上年随父游燕,则此词约作于本年。

《西陵词选》卷六洪昇《念奴娇·秋暮怀弟》:"金风驱雁,正重阳初过、篱开黄菊。回忆清秋征棹去,烟际晓江澄绿。不敢凝眸,强拼掩面,吞吐愁千斛。临岐挥涕,翻无一语相嘱。 谁料北去燕台,经年契阔,难把归期卜。自分有情多恨别,何况天涯骨肉。月白芦洲,霜丹枫岸,秋影飞孤鹜。关山迢递,梦魂谁伴幽独。"案,《西陵词选》凡例第七则:"是选昉于癸丑之冬,成于乙卯之秋。"昉思于戊申客燕,己酉秋末返杭;至癸丑再客燕京(见后谱)。词既有"北去燕台,经年契阔"语,必为癸丑客燕前所作。殷仲于庚戌至壬子间虽尝寓居燕京,然系以溽暑启程(见后谱),与词所云"清秋征棹去"者不合。此当亦怀中令之作,一并系于本年。又,《别弟》诗虽有"朔风结严霜"语,疑为文人夸张之辞,亦犹九月八日而曰"露浓霜冷";非与"清秋征棹去"云云相牴牾也。

〔七〕尤侗《西堂杂俎二集》卷六有《王贞女传略》,略云:秀文,嘉定王文学女,少孤。同邑项准早慧,能读书。准母于戚家见秀文,悦之,遂约为婚姻。后数岁,项氏家日落,准又试不售,秀文母悔其前言,以女他适。秀文因摘金耳镮咽之。经七日,昏绝者数。适有以奇药至者,家人抉其齿灌之,镮出而苏。于是,秀文从兄悯其遇,助之,以丙午四月十一日终归项氏。

《稗畦集·金镮曲为项家妇作》:"王家有女字秀文,少小绰约兰蕙芬。项郎名族学诗礼,金镮为聘结婚姻。十余年来人事变,富儿那必归贫贱。一朝别字豪贵家,三日悲啼泪如霰。手摘金镮自吞食,将死未死救不得。柔肠九曲断还续,卧地只存微气息。讵料国工赐灵药,吐出金镮定魂魄。至性由来动彼苍,一夜银河驾乌鹊。嗟哉此女贞且贤,项郎对之悲复怜。朝来笑倚镜台立,代系金镮云鬓边。"

康熙六年丁未　一六六七　二十三岁

父母四十初度,倩张竞光为作寿诗。时父已入仕,以故返杭〔一〕。

沈丰垣往游苏州,昉思以《满江红》词赠行。沈谦有和韵之作〔二〕。丰垣亦有《满江红》词以寄昉思〔三〕。

与张台柱、张云锦、陈蕴亨、赵瑜诸人游处〔四〕。又与毛玉斯游,欢甚〔五〕。

十一月十七日,与李式玉、丁潆、沈叔培、陆繁弨、张振孙、周禹吉宴集张竞光宅。竞光有诗纪其事〔六〕。

友人正岩以朱光辅案于上年被逮,至本年冬始获释〔七〕。

友人弘礼卒〔八〕。

频年以来,清廷臣吏贪污之风甚炽,六部咸通贿赂。地方官员则横征暴敛,人民生活愈益困苦。

〔一〕见本谱传略所引张竞光《为洪昉思尊人作》。诗有"稚子横文雅,……祇承朝与夕"等语,"稚子"谓昉思,知其时父母皆在杭,昉思朝夕祇承。时其父已入仕,返乡之故无考。

〔二〕《东白堂词选》卷十洪昇《满江红·送沈通声之吴门》:"君去吴门,正卷地、杨花如雪。历几载、牢愁激楚,对谁堪说。宝剑空留身骯髒,黄金散尽人离别。怪隐然五岳起胸中,殊难灭。　拚饮尽,啼鹃血。思截取,鹦哥舌。怪笛声何处,晚来呜咽。数盏村醪春月淡,半肩行李烟波阔。向要离家畔哭吴云,天应裂。"

《瑶华集》卷九沈谦《满江红·读沈通声新词次洪昉思韵》:"落魄谁怜,才几日、鬓中堆雪。则除是、猧儿能见,鹦哥能说。过眼花随流水去,断肠人向西风别。助凄凉枕上玉箫声,灯明灭。　情已尽,犹啼血。言不尽,空存舌。似残莺宛转,冷泉幽咽。梦醒忽惊时序改,愁来不信乾坤阔。再休将醉墨写相思,生绡裂。"

案,沈谦词所用韵,与昉思《送沈遹声之吴门》悉同;沈谦所次韵者,当即此词。故昉思词必作于沈谦生前。沈谦卒于庚戌二月,见《东江集钞》卷首附毛先舒所撰墓志铭。昉思词既有"卷地杨花如雪"之语,丰垣当于二三月间赴吴,而谦词又有"时序改"云云,其作当已在春尽之后,故绝非庚戌所作。昉思于戊申春初赴京,至己酉秋末始返。而味其词意,丰垣赴吴,似为去乡客游,非自京返江南者。故此词之作,亦非戊申或己酉;至迟当在本年。姑系于此。

《东城杂记》卷下《沈柳亭》:"沈丰垣,字遹声,号柳亭。仁和人。少为诸生,学于临平沈去矜,最工为词。缠绵处似柳屯田,清稳处似赵仙源。至'不肯上秋千,为怕东墙近'之句,虽古人无以过之也。"丰垣著有《兰思词》。《古今词话·词评·沈丰垣兰思词》:"洪昉思曰:《兰思词》多天然妙语。如'独怜春草不成花,看尽晚云都做水',为徐野君拈出;'怪底窥人莺不语,绿杨枝上微微雨',为沈去矜拈出。余尤赏其'画屏飞去潇湘月','一床夜月吹羌笛',直臻神境,而在不可解、不必解之间。"案,丰垣与昉思交甚密,其词稿多经昉思及吴仪一改削,金张《岕老编年诗钞·祝吴母张太夫人兼赠舒凫》:"柳亭(沈)好辞绝代无,携来草稿何胡涂。自言笔削不假借,半由昉思(洪)半由吴。"余参见后谱。

〔三〕《东白堂词选》卷十沈丰垣《满江红·五日感怀寄洪昉思》:"醉读《离骚》,又安问、他乡重五。空自对、新蒲细柳,感怀湘浦。'抽思'知君佳句好,'远游'笑我痴情误。叹万山深处一行人,迷归路。　花影瘦,莺无语。镜影缺,鸾空舞。总排云可叫,此怀难诉。十载春迟悲杜牧,去年门掩留崔护。漫题书倩尔赋《招魂》,增凄楚。"案,此与昉思《送沈遹声之吴门》皆用《满江红》词牌;在《东白堂词选》中,编列亦相先后;二词似有关联。且词云"他乡重五",足征丰垣是时不在杭州,词首句云"醉读《离骚》",结尾又云"漫题书",而沈谦词云:"再休将醉墨写相思",与丰垣词恰相呼应。丰垣以春日离杭,时既重五,亦与谦词"时序改"语相合。疑此词即丰垣客吴门时作,而谦词所谓"读沈遹声新词",即指此而言。

〔四〕《啸月楼集》卷三《泊临淮寄沈遹声、张砥中、吴瑮符、陈调士、俞季瑮、张景龙诸子》:"把臂寻常事,何曾便道佳。自从经远别,始觉慕同侪。……"诗为己酉秋自京返杭作,而其赴京则在明年初春(参见康熙七年、八年谱),故与此诸人游至迟当始于本年。据"把臂寻常事"语,知彼等皆与昉思游处甚密。同书卷五又有《春郊即事,同赵瑾叔、沈遹声、陈调士、俞季瑮作》,是赵瑜亦同游处;今一并系此。

《清波小志》卷下:"张砥中台柱,钱唐人。家住白莲洲侧。少时喜大言,力能挽三百钧弓。临文绝不苦思,而稿已脱手。尤工填词,著有《洗铅词》数百首,语多香艳,而亦有沉着老练之处。师事沈东江谦,与洪稗畦齐名。甲寅从军,授招抚教谕职衔。(福建)总督姚忧庵雅推重之。旋以不检被斥。中年游侠江淮，踪迹靡定。后入婺州太守幕，挟其家人窜。逻者捕得之，置狱中年余，撰《万人敌》、《八宝刀》乐府数种。中丞金公铉怜其才，将释之，乃婺州使君忽为家奴所弒，复牵张入案。未几遇恩赦，得放还。适金中丞被论，张念旧德，号聚都人士，投词督抚，恳其疏留。会怨家官于都门者，闻张漏网，遂属法司行文浙省，凡罪囚内似可援赦而情有可恶者，仍行正法。一日，张正在友人所小饮，收者至，缧首于钱唐门外。临刑赋《满江红》一阕，有'一失足时无可悔，再回头处如何是'之句。盖狂而无行，临死自悔，殆无及矣。"案，《国朝杭郡诗辑》卷六俞珣《赠张砥中》："……往来季心家，生长聂政里。相逢狭邪间，慷慨拔剑起。肝胆向我倾，直道自如矢。"《西陵词选》及《东白堂词选》所收砥中之作，亦颇多肮脏牢落之气；与所谓"狂而无行"相参看，略可见其为人。砥中又名星耀，见《东白堂词选》卷首《姓氏》。张景龙名云锦，见《啸月楼集》卷六校阅姓氏。吴农祥《梧园文选·张景隆诗余序》："……觉庵没后且一年，而其孙云锦景隆氏雅好诗余，色味俱胜，得北宋之腴，顾不鄙余，以所制见示。……"是其人为张竞光孙，而景龙亦作景隆也。

《善卷堂四六》卷九《陈调士诗跋》称调士诗"结体冲和，寓情夷淡"，"载披古调，居然建安之遗，即拟唐音，亦在元和以上"。题下原注："调士为廷会犹子。廷会无子，以调士为嗣。"案，朱溶《隐逸录·陈廷会传》："廷会无子，子弟次子蕴亨。"是调士名蕴亨。

《清波小志》卷下："予友赵瑾淑瑜，钱唐人，入籍武康，补博士弟子员。少时雅擅填词，撰有《青霞锦》、《翠微楼》传奇数种，与洪稗畦齐名。中年喜作释氏装，自称绣衲头陀。不饮酒食肉，又不言释氏之学。不肯俯仰于人，家虽贫，泊如也。"

〔五〕《稗畦集》卷二《与毛玉斯》："去年临歧将揽辔，毛生相送忽垂泪。……忆与君游才几时，倾盖一语成心知。浊酒对倾浑不厌，奇文共赏直忘疲。"此为己酉秋作。"去年临歧"云云，系谓戊申春初赴京事（参见后谱）。诗既云"忆与君游才几时"，则与玉斯游当自本年始。

玉斯生平无考。沈谦《东江集钞》卷三《赠毛玉斯》："唱我黄花曲，倾君竹叶樽。尘飞风荡烛，天晓月当门。顾误惊新意，知音爱细论。明朝南浦别，执手奈销魂。"《东江别集》卷三《念奴娇·用彭羡门韵留别毛玉斯》："解维还住，正烟江雁冷、月堤花碎。离别须臾时不再，肠断河梁都尉。玉碗香生，金簋调苦，酒尽何曾醉？悲君肮脏，赠言羞借毛遂。　　更爱一串骊珠，风流酝藉，用意何奇肆？沦落天涯俱是客，应笑季鹰思脍。露白荒城，枫青古岸，夜出含沙鬼。星光惨淡，与卿深语休睡。"（案，今彭孙遹集中无赠毛玉斯之作。）《东江别集》卷四《哪吒令·读昉思赠毛玉斯曲戏作》："赛东家妙词，有毛家玉斯。胜东阳好诗，羡洪家昉思。理东江钓丝，拚醺醲醉死。只图他食有鱼，管甚么碑无字。醒来啊月上花枝。"知玉斯工词曲，亦沦落不偶者也。

〔六〕张竞光《宠寿堂集》卷九《宴集诗（原注：丁未仲冬十有七日作）》："冬日起愁思，郁结殊未央。开馆延俊义，佳会于斯堂。清醑竟广坐，肴俎充圆方。明灯照缇幕，相与乐徜徉。错说更四陈,辩论来风凉。东琪(李讳式玉)吐妙词,素涵(丁讳潆)握兰芳。敬修皎以洁(沈讳叔培),迢递爱景光。翩翩我拒石(陆讳繁弨),点翰兴文章。祖定(讳振孙)允恬旷,延览结中肠。敷文(周讳禹吉)美无度,开帙坐含霜。昉思(洪讳昇)新少年,笔札何纵横。蔼蔼众君子,罄折同欢康。谁谓结交易,萧朱徒自伤。谁谓结交难,范张永不忘。曰余愧不敏,老大益徬徨。缱绻在今夕,薄言共翱翔。"

《国朝杭郡诗辑》卷六:"李式玉,字东琪。钱唐诸生。有《鱼川初集》《二集》、《巴余集》。……东琪长而声称翕然,为西泠十二家之一。与毛稚黄、沈去矜、吴志伊诸公善。闭门纂述,奇书满家。后家毁于火。妻子啼号,不获晏处。奔走南北,久居长安,终无所遇合。工词曲,分刌节度,不失累黍。《女董永》、《香梦楼》诸传奇,旧有刊本。"《钱唐县志》卷二十二《文苑·李式玉传》:"……六籍而外,九流诸子,旁逮外家杂说,凡奇文古字,罔不搜讨。故其文详赡宏肆,能尽达其意所欲言。尤善诗歌,精音律。"

《国朝杭郡诗辑》卷十:"丁潆,字素涵,号天庵。仁和人。有《青桂堂集》。……毛稚黄评其诗,以为夷犹而静,韶逸而令。"

《善卷堂四六》卷二《沈御泠诗余序》吴自高注:"《浙江杭州府志文苑传》:'沈叔培,字御泠。京兆尹光祚之孙,孝廉莒州知州希毕之子也。为文骈丽,尤长于诗。与同郡毛先舒、周禹吉、李式玉等善,称八子。性至孝,父希毕官粤西,以抗直,当事中以危法。叔培徒步走京师,营解得脱。'按,叔培本字敬修,后改字御泠。"案,《善卷堂四六》卷七《与友人书》:"……及见赠沈敬修兄弟作,属辞构意,未惬鄙心。……近闻宏度杨悲,敬修墨守。……"知敬修与宏度为兄弟。《啸月楼集》卷四有《送沈宏度表兄之粤东》诗,是敬修亦昉思表兄也。(宏度名叔竑,著有《芙蓉轩诗草》。见《国朝杭郡诗三辑》卷四。)

《国朝杭郡诗续辑》卷二:"张振孙,字祖定。钱唐人,丹弟。有《两峰楼集》、《江行草》。……贫而好学。……其妇翁曰吴思,亦贤士也。乙酉后,不乐居城市,携家往依焉。布衣幅巾,相与尚羊于山水之间,遂以终老。……为诗最工五言。"

《国朝杭郡诗三辑》卷三:"周禹吉,字介石,一字敷文。钱唐增生。有《概堂集》。介石尝与修康熙间《浙江通志》,著有《三史质疑》。……按,《扶荔堂文集》有《概堂诗叙》,云:'……所望介石大振靡荡之习,一反于醇古,神采迅发,纬以精思,有大力负之而趋,使一气常磅礴于寥廓之外,虽欲不传,其可得乎?今介石诗名已大著于时,乃谬许予如退之之于张籍,亦已过矣。返而自思,予又安能传介石乎哉?'其为老辈推重如此。"

案,《啸月楼集》卷四有《郊原晚步同丁素涵》、卷七有《嘲沈御泠纳姬二首》《寄李东琪客姑熟》,《稗畦集》亦有《柬李东琪》《寄沈御泠》等作。是昉思与此三人,交往亦颇密。

〔七〕董含《三冈识略》卷五《松郡大狱》:"(甲辰)四月,江南巡抚韩世琦奏:为明遗孽朱光辅与朱拱桐,潜往松江泗泾龙珠庵,结党谋叛。知府张羽明发觉,获得周王伪宝伪札号旗,并同谋各犯姓名。其拱桐知事露,将伪太子光辅托僧六如拥护,挺身而逃。于是伪总兵金仲美、宗瀚,伪游击陈山,伪粮道邵台臣,伪练兵官陈爵、伪书记胡文闇、伪仪宾赵十良等八十余人,皆凌迟。余株连者不计其数。其实所谓将军等悉市井卖菜佣,而光辅、拱桐果否有无未可知,严缉竟不获。羽明欲图超迁,力兴大狱,哀哉。未几革职去。"同书《狱中诗》:"是狱也,我郡单君恂,常州蒋君曜及僧豁堂俱下狱,后惟三人获免。"此虽分列二条,所记实为一事;参见谢国桢先生《清初农民起义资料辑录》及《明清笔记谈丛·三冈识略》。

《净慈寺志》卷十九龚鼎孳《豁堂禅师道行碑》:"师讳正岩,字豁堂,晚号随山,金陵郭氏子。……十三剃染。……丙申,武林护法诸公以净慈日敝,有榛砾之慨,迓师入。……师升座念载,忽丙午夏五谢院事,命法嗣宗衡领众。俄罹无妄逮讯。四众呼号,乞以身代,师慰无忧。异诣督府,作偈云:'自顾曾无应幕材,辕门今复为谁开。可中多少英灵士,让我肩舆上府来。'转讞江宁。当事重师,以年老免械。师毅然不可,曰:'王法宁老少异哉?'有弟子见而泣下,师叹曰:'无尽意以七宝璎珞供养普门,不若是其诚也。'在狱坦然,在宜说法,劝示方便。羁囚悍隶,无不感格,囹圄佛声浩浩,谓为地狱西方。丁未冬事解,归净慈。江湄祖饯与湖干慰迎者,香幢轮盖,千里不绝也。既还,退隐普宁村院,尽却万缘,息阴休影。"同书卷十二冯溥《岩禅师塔铭》:"……法讳正岩,字豁堂,……迨废宗之诖误,致法席之零丁。明属明夷,毒归无妄。……"是其确为朱光辅案被逮。

《清波小志》卷下:"豁堂岩著有《谷鸣》、《彩云》、《同凡》诸集,诗与尺牍俱秀整有别致,可与皎然、齐己辈并称。书画亦古雅淡远,不落时蹊。毛稚黄先生与之往还。"

案,《稗畦续集》有《游净慈寺追怀豁堂和尚》诗:"寺门清绝处,松日冷空池。风定闲猿啸,云归老鹤知。虚堂花欲暗,古井木犹支。忽到东林下,凄然忆远师。"是昉思尝与豁堂交游,且友谊颇深,故豁堂卒后尚有追怀之作也。

〔八〕吴伟业《梅村家藏稿》五十一《灵隐具德和尚塔铭》,略云:弘礼,号具德,本姓张,山阴人,为当时临济宗大师之一。明末隐云门山中,与刘宗周为方外交。后住持杭州灵隐等寺,以康熙六年十月卒于维扬天宁寺,寿六十七。案,《啸月楼集》卷三有《鹫岭茅舍诗,戏简具德上人》,知其尝与弘礼交游。

康熙七年戊申　一六六八　二十四岁

春初,赴北京国子监肄业〔一〕。

沈谦、毛玉斯、张竞光诸人来送,恋恋而别,约以一年即返〔二〕。竞光以诗赠行〔三〕。时恽格在杭,亦有赠行诗,并赠以所绘便面〔四〕。

自镇江北渡,有《晓渡扬子江》诗〔五〕。

至盱眙,有《淮扬道中》诗。再由盱眙至泗州,有《盱眙至泗州作》。渡淮后,遇大雪,寒甚。因忆家居安乐之状,作《鲍家集大雪怀母》诗〔六〕。

过灵璧,有《虞姬墓》诗〔七〕。

过丛台、巨鹿、滹沱河,皆有诗〔八〕。

途中又有《寄汪雯远》诗〔九〕。抵京,有《寄恽正叔》诗〔一〇〕。

入京后,见明王孙沦落之状,作《夏日偶感》及《王孙行》以抒写盛衰之感〔一一〕。又有《奉赠东鲁王冰壶少司寇兼庆诞孙》诗〔一二〕。

张玉藻于秋日来京,同游甚欢〔一三〕。

沈谦有《空亭日暮》词见寄;又有《寄洪昉思》诗〔一四〕。

莱州姜元衡于是年春讦告顾炎武辑刻"逆诗",罗知名之士三百余人,炎武自请系勘;十月,狱始解。

〔一〕昉思入京始于何年,本集无明确记载。唯据《恭遇皇上视学,释奠先圣,敬赋四十韵》等诗,知己酉已在京师。《啸月楼集》卷五《客中秋望》诗云:"非关游子憺忘归,南望乡园意总违。三载无家抛骨肉,一身多难远庭闱。白云处处来秋色,红树山山背夕晖。自问征裘浑已敝,何时重换老莱衣?"知作诗时昉思客游计已三年,又遭家难,欲归不得。案,己酉秋昉思在京师,有《燕京客舍生日怀母作》:"……我思此语真痛伤,身滞长安空刺股。潦倒谁承菽水欢,悔不当年学稼圃。"(《啸月楼集》卷二,参见康熙八年谱)知其寓京纯为学业,倘不求闻达而学为稼圃,即可家居事亲;足征其时既无所谓"一身多难"之事,亦与《客中秋望》所述欲归不得者迥异;故《客中秋望》之作必在己酉以后。庚戌秋日,昉思有《同陆荩思、沈逷声、张砥中宿东江草堂哭沈去矜先生》诗,系在杭州所作(参见康熙九年谱)。倘作此诗前尝客游远方,则"山山红树"之时,当已在归途或即将返归,不当有"何时重换老莱衣"之叹;倘作此诗之后即去乡客游,则离家甫尔,不当有"非关游子憺忘归,南望乡园意总违"之语。故《客中秋望》当非庚戌作。辛亥秋日,昉思有《送都谏严颢亭先生还朝》诗,亦在杭作(参见康熙十年谱)。以同理推之,《客中秋望》亦非作于辛亥。其诗之作,当不得早于壬子。换言之,壬子之前,昉思客游至多三年而已。又案,昉思于辛亥冬游梁,至壬子冬返杭,前后一年。游梁之前,又尝游天雄,系于秋日启程,至次年春尚在彼处;合游梁事计之,将近二年(见后谱)。故其壬子前之寓居京师,至多在一年左右。今既知昉思己酉在京,则其寓京当自己酉至庚戌或戊申至己酉。据昉思《寄张觉庵先生》诗,知其赴京在"白雪梅花"之时,当在冬末或春初;作诗时寓京已逾一年矣(参见注二及康熙八年谱注五)。又据《与毛玉斯》诗,知其返杭在赴京第二年之秋日;若于冬末赴京,次年秋返杭,寓京尚不足一年,与《寄张觉庵先生》诗不合。故其赴京必在戊申或己酉春初。另据《啸月楼集》卷三《奉赠东鲁王冰壶少司寇兼庆诞孙》诗,知昉思于己酉正月癸亥前已在京(说皆见后)。北京距杭州三千里,昉思此次北行,仅为入国子监读书,非有甚急迫之事,必不至昼夜兼行;若己酉春初赴京,何能于该年正月癸亥已抵京师?故其赴京当在本年春初,而不能迟至己酉。又,《稗畦集·送陆冠周擢第南还》有"各以一身频寄食,遂令廿载半离群"语,诗作于戊辰(见康熙二十七年谱),上推二十年,亦恰为本年。

入京之目的参见下引恽格诗。

〔二〕《啸月楼集》卷二《与毛玉斯》:"去年临歧将揽辔,毛生相送忽垂泪。殷勤薄物出穷交,马头即拜千金馈。……"所述即本年赴京时事,参见明年谱。

沈谦送别事参见下引《空亭日暮》词。

《啸月楼集》卷五《寄张觉庵先生》:"忆昔征帆指帝畿,津亭杯酒话依依。黄云鸿雁愁难度,白雪梅花冻不飞。洒泪各惊千里别,牵裳悬计一年归。风尘久作长安客,始信交情在布衣。"案,昉思再度入京,竞光已卒。诗中所述,当为本年赴京事。

〔三〕张竞光《宠寿堂集》卷二十四《送洪昉思北上》:"涉趣暂相许,论交久自深。何当临远别,那复可招寻。野戍飞尘起,官塘灌木阴。翩翩游子色,恋恋故人心。仗剑辞南郡,看花赴上林。题诗留古驿,挟弹落残禽。延览皆成赏,兴思属所钦。怜余若有问,嘉树听清音。"篇末附缪树中评:"昉思豪迈之态,跃然纸上。"

〔四〕恽格《瓯香馆集》卷二《送洪昉思北游》:"赠尔芙蓉剑匣霜,一声骊唱昼云黄。才翻乐府调宫羽,又戏金门和柏梁。白马沉秋歌瓠子,黑貂残雪度黎阳。遥知鼓箧初观礼,绵蕞诸生欲拜郎。"案,由"遥知"二句,知诗作于昉思初入太学之时。据《恭逢皇上视学,释奠先圣,敬赋四十韵》,知昉思于此次入京后,确在太学肄业(参见明年谱);格诗若为昉思再度入京所作,则其前已入太学,不当云"鼓箧初观礼"矣;故诗必作于本年。而昉思入京之目的及途径,皆可由此诗推见。又案,"沉秋"不当作深秋解。"白马沉秋"犹言"秋沉白马"。丁未秋,黄河决(曹禾《未庵初集》诗稿二《淮水叹》诗自注:"黄河决,淮水涨溢,人民飘流。县官役民夫筑堤,鞭楚之声数百里。……丁未九月十四日",可证),故格诗附言之。谓昉思途中尚可见及河决后之惨状而兴感也。

恽敬《大云山房文稿初集》卷三《南田先生家传》:"先生讳格,字寿平。后以字行,改字正叔。……先生年十三,随父逊庵先生依王祈于建宁。(清将)陈锦破建宁,被略。锦无子,其妻子之。后从锦游杭之灵隐寺,遇逊庵于涂。逊庵因与寺主谛晖谋,俟锦妻入寺,绐言此子宜出家,不然且死。锦妻留之寺中,泣而去。先生始得归。先生以父兄忠于明,不应举,惟攻古文词。其于画,天性也。山水学王蒙,既与常熟王翚交,曰君独步矣,吾不为第二手也。遂兼用徐熙、黄筌法作花鸟,自为题识书之,世称南田三绝。……先生家甚贫,风雨常闭门饿。以画为生,然非其人不与也。"案,格武进人,《瓯香馆集》卷十一画跋云:"戊申春,予渡钱塘,游山阴……"是本年春初,格适在杭。又案,昉思之行,格于诗外复赠以便面,见下引《寄恽正叔》诗。

〔五〕《啸月楼集》卷一《晓渡扬子江》结句云:"不睹江山奇,谁知天地大。"似为初睹江山奇景之作。诗又云:"极目扬子江,寒潮正澎湃。"时令亦合。当为本年北游所作。据诗中"叹息京口城,壮哉古要害"等语,知其系由镇江北渡。

〔六〕《啸月楼集》卷二《鲍家集大雪怀母》:"淮河已渡复驱马,大雪长风正飘洒。口噤无语舌在喉,手冻执鞭不能打。……因思往日在庭帏,百事都将阿母依。丁宁不住加餐饭(《稗畦集》改作'不辞永夜频丸胆'),未降寒霜蚕授衣。如何经此行役苦,土坑愁眠泪如雨。"就"如何经此行役苦"语,知当为初事行役之作。昉思于壬子前凡游北京、天雄及大梁三地(说见前)。游大梁为辛亥,时在游燕之后,与此诗所述未经行役者不合;游天雄系于秋日渡淮,亦与诗中所叙严寒之状不符(皆见后谱)。唯游燕则正在"白雪梅花"之时,且据恽格赠行诗,昉思系取道黎阳入京,鲍家集本为其可能行经之地,此诗自为游燕途中所作。

《啸月楼集》卷三《淮扬道中》有"牢落淮扬道,冲寒一马行。盱眙山作县,□泗水为城"等语,《稗畦续集》改题《盱眙道中》,当为至盱眙所作。同书卷二又有《盱眙至泗州作》。案,昉思途中既有《鲍家集大雪怀母》诗,则此行必经盱眙、泗州等地;且其后之游天雄、大梁,皆不由盱眙、泗州间行(见后谱);二诗当为本年作。

〔七〕见《啸月楼集》卷二。虞姬墓在灵璧县东。昉思既取道盱眙、泗州,当由灵璧、宿州等地以入河南;且诗有"风吹积雪连尘沙"语,时令相合,当为本年北行途中作。

〔八〕《丛台》《巨鹿道中》《滹沱道中》三诗,皆见《啸月楼集》卷七。案,昉思出京系由郑家口、武城经濮阳而南,再次入京则由江苏取道山东,皆不经邯郸;《丛台》诗当为本年入京作。《巨鹿道中》有"百队健儿冲大雪"语,《滹沱道中》亦有"匹马长堤白雪中"语;昉思出京在秋日,再次入京约在季春,不当有雪(皆见后谱)。故此二诗亦本年入京作。

〔九〕《啸月楼集》卷三《寄汪雯远》:"崇朝不相见,薄暮便思君。况是经时别,燕关怅夕曛。"显为初经远别之作,又有"燕关"云云,当作于本年赴京途中。

〔一〇〕《啸月楼集》卷七《寄恽正叔》:"谢尔(《稗畦集》作便面)新图□(《稗畦集》作赠)远游,黄云衰草遍芦沟。怀中一片青山色,还是江南八月秋。"案,昉思再度入京约在季春(见后谱),与此所云"黄云衰草"者不符;诗当作于初次入京之时。又,诗既云"黄云衰草",其时至迟当在二月。昉思于年初北上,按正常行程,自杭赴京需时一月(参见《健松斋集》卷七《赴都日记》),昉思又绕道河南,为时当不至更少于此。故其抵京,要在二月间。

〔一一〕《啸月楼集》卷二《王孙行》:"王孙日日盛繁华,宝马金鞍油壁车。载酒春游梁孝苑,闻歌夜入富平家。闻歌载酒欢非一,五侯七贵经过密。遥遥彩幰柳边移,隐隐罗帏花外出。柳暗花明春满野,王孙游戏章台下。马上偏宜紫绮裘,腰间羡杀珊瑚把。去去银塘日已斜,垂杨系马问倡家。可怜莺啭相思树,可怜蝶戏合欢花。袅袅香风吹宿燕,娟娟新月照惊鸦。故作低眉颦翠黛,轻摇纤指按红牙。含羞凝睇情无已,王孙行乐长如此。无那春华不待人,愿分娇爱何辞死。此时歌笑正纷纷,芍药攀来好赠君。莫言朔塞孤飞雁,宁作巫山一片云。须臾故国生荒草,琐第朱门宾客少。几度春光白首新,那堪秋色红颜老。渔樵满地听悲笳,回首孤城乱晚鸦。愁杀东风日暮起,杨花飞尽落谁家。"同书卷七《夏日偶感》:"露浥朱荷映碧纱,水亭西畔弄琵琶。故侯不在青门外,何地还栽五色瓜。"

案,《王孙行》似写明王孙昔日在京畿之生活及其没落;疑为在京所作。《夏日偶感》,《稗畦集》改题作《夏日都门有感》,自为在京作无疑。又案,昉思于甲寅后虽亦尝客居北京,而其诗似当为初次入京所作;盖乍见明室贵族没落及其旧第荒凉之状,尤不胜今昔盛衰之感也。

〔一二〕见《啸月楼集》卷三。《国朝馆选爵里谥法考》顺治六年庶吉士:"王清,字素修,号冰壶,又号思斋。山东海丰人。授编修,官至吏部侍郎。"案,王清以康熙六年始任刑部右侍郎,至八年正月癸亥迁,见《清史稿·部院大臣年表二上》。诗称"少司寇",当作于己酉正月前王清任刑部右侍郎时,为入京后所作。

〔一三〕《国朝杭郡诗续辑》卷二孙忠楷《寄怀张孺怀,兼与洪昉思》:"张子负逸气,挟策事远游。长安觏良友,旅邸相绸缪。赏心于兹获,投分岂他求。酣咏金台下,观猎西山头。浅草落鹰隼,奔沙翻骅骝。英才擅嘉誉,考艺何优游。伊予独栖迟,俯仰在林邱。相思隔千里,矫首燕云浮。"案,同书卷二张振孙《喜坦师、孺怀二任归里》:"浮云飞素秋,山川渺以长。扬镳行安适,辟雍在帝乡。二子并英特,令质如珪璋。司徒升之学,遂登洙泗堂。……入门拜缞帷,恍惚母在傍。父也见子来,欢剧泪沾裳。从兹日侍膳,勿复志四方。"知孺怀系于秋日赴京,亦入国子监肄业,以母丧返里;忠楷诗有"考艺何优游"之语,当即孺怀肄业国子监时也。振孙诗不知何年所作,《国朝杭郡诗续辑》谓振孙"卒时年四十有五"。又谓:"后隐居于西郭。其妇翁曰吴思,亦贤士也。乙酉后不乐居城市,携家往依焉。"是振孙于乙酉时至少当已二十左右,其卒当在康熙九年左右;故孺怀入京必在康熙九年之前,其与昉思旅邸绸缪,当为昉思初次入京事。又,忠楷诗首四句,谓孺怀入长安后,得晤昉思;似昉思已先在长安。"浅草"二句,则似春猎。是孺怀入京,至早在康熙七年秋,此诗至早作于八年春;而昉思明年秋已出京,是诗之作亦不容迟于明春也。

《国朝杭郡诗续辑》卷二:"孙忠楷,字献葵,钱唐人,洽子,有《听松楼诗》。……为张秦亭弟子,五古与汤允钊齐名。秦亭称其抽思谢监,追轨少陵,开阖顿挫,均有神悟。"又,《国朝杭郡诗三辑》卷四:"张玉藻,字孺怀,仁和人。"

〔一四〕沈谦《东江别集》卷二《空亭日暮(新翻曲,〈意难忘〉用仄韵)·寄洪昉思,时客蓟门》:"空亭日暮,记声断骊歌,摇鞭欲去。沙草半连云,雪花时带雨。梦难凭,期漫许,但相看无语。才转眼,散发披襟,江南酷暑。 我有离情怎诉?想望月芦沟,也思旧侣。斫地为谁哀,谈天何自苦。妙文传,芳信阻。正金台吊古。愁多少,骏骨如山,寒烟宿莽。"词既云"才转眼",似非明年夏作。

《东江集钞》卷四《寄洪昉思》:"相忆高楼对朔风,金台裘马正豪雄。歌传北里千门沸,尘起东华十丈红。远水暮寒垂断柳,乱山晴雪望归鸿。不须荐达寻杨意,赋就凌云尔最工。"昉思明年秋末已返杭,诗当为本年冬作。

康熙八年己酉　一六六九　二十五岁

元日，作《拟元日早朝应制》诗〔一〕。

四月，康熙帝至国子监释奠孔子。有《恭逢皇上视学，释奠先圣，敬赋四十韵》以纪其事。旋随孔毓圻等往进谢表，又有《太和门早朝四首》及《午门颁御赐恭纪三首》〔二〕。

为黄机作《黄大司农御前作字歌》〔三〕。

毛先舒、孙忠楷、沈谦先后以诗词见寄〔四〕。

寓京师逾年，虽裘马豪雄，而自伤不遇，情甚抑郁。有《寄张觉庵先生》《燕京客舍生日怀母作》《与俞璨伯》诸诗以抒怀〔五〕。因于季秋与洪云来相偕南返。作《北归杂感四首》及《同茂公兄北归途中作》，以写失意之情〔六〕。

归途有《督亢陂》《琉璃河》《涿州》诸诗〔七〕。至郑家口，有《忆母》诗〔八〕。道经武城，又有《武城》诗〔九〕。

过东郡后，有诗寄毛玉斯〔一〇〕。

泊临淮，有诗寄沈丰垣、张台柱、吴仪一、陈蕴亨、俞士彪、张云锦〔一一〕。途中又有《归舟作》〔一二〕。抵杭，作《吴元符进士游仙诗》〔一三〕。

袁于令卒〔一四〕。

〔一〕《啸月楼集》卷四《拟元日早朝应制》："万国车书会，千官拜舞同。青阳回玉历，紫气绕璇宫。凤阙开云际，龙旂出雾中。葎花沾宿雨，御柳变春风。日月瞻皇极，乾坤仰圣功。微臣沾惠泽，抽笔颂年丰。"案，昉思本年多"颂圣"之作（参见注二、三），盖其初次入京时，功名之念甚切。《拟元日早朝应制》与下引"颂圣"诸诗同科，疑亦本年作。

〔二〕《清圣祖实录》卷二十八："（康熙八年己酉四月）丁丑，上幸太学。……亲释奠毕，驾幸彝伦堂。……戊寅，衍圣公孔毓圻，率祭酒、司业、学官、五经博士、五氏子孙、各监生恭进谢表，赐衍圣公、祭酒以下等官宴于礼部，并赐袍服。助教监生等赐银两有差。"

《啸月楼集》卷四《恭遇皇上视学，释奠先圣，敬赋四十韵》："圣主崇文日，皇家重道时。争传临太学，竞睹谒先师。观礼虞庠旧，明禋汉代垂。省耕春始遇，望幸夜忘疲。柳换薰风早，花沉满月迟。静闻银漏彻，遥见玉绳欹。排仗离三殿，飞尘净九逵。致斋停御乐，将敬撤銮仪。天上看隆准，云中识凤眉。衮衣开宿霭，芝盖动朝曦。仡见吾皇驾，前停至圣祠。阶铺红玛瑙，瓦映碧琉璃。夹道吴绫覆，当门蜀锦披。下舆登紫陛，徒步向彤墀。座敞丹绡幄，筵烧画烛枝。鼓钟和晓籁，枳敬杂凉颸。再拜焚金鼎，三陈进玉卮。上公来与祭，祝史代陈词。璧帛真无算，牲牢各有司。执干童舞佾，联袂士歌诗。松覆黄金殿，苔横石鼓碑。麒麟时隐见，凤鸟自参差。俄已辞文庙，行将过璧池。玉炉香自袅,金辇步平移。伐鼓龙皆醒,鸣銮鹿正疑。殿庭原峻整,廊庑转逶迤。仙杏依幽石,文芹漾碧漪。蒿宫霞彩映,槐市露华滋。御座开黄幰,天门启绛帷。群贤皆扈从,祭酒独荣施。宝轴兰台古,缃编石室遗。说《书》居左席,讲《易》拥皋比。吾道将谁属,斯文总在兹。君心资启沃,国政寓箴规。盛世真多幸,儒生窃自思。凌云无彩笔,向日有丹葵。拜阙恩何极,环门乐不支。青袍时所重,素履古为期。扈跸擎宫扇,回銮拥羽旗。晴光摇孔雀,淑景转龙螭。释奠儒风振,成均圣德资。天颜多喜色,今日万人知。"

同书卷三《太和门早朝四首》:"承恩趋北阙,拜表向东华。佩拂仙墀草,衣沾御苑花。金鳌衔碧月,玉象吐丹霞。隐隐钧天乐,云中引帝车。""玉辇临雍后,金门御六龙。云边开雉扇,天外响鲸钟。佳气瀛台满,恩波太液浓。早窥金盖色,如映璧池松。""五凤连星动,双龙夹日高。柳深迷剑舄,花聚拥旌旄。□彩知天仗,飞香识御袍。儒生一何幸,得问圣躬劳。""无边飘御乐,不断惹天香。双阙回龙辇,千官散鹭行。宫云朝冉冉,苑柳曙苍苍。多少衔花燕,争飞绕禁墙。"据"玉辇临雍后"云云,诗中所记,当是康熙帝至太学释奠后,昉思随孔毓圻等进谢表时事。

同卷《午门颁御赐恭纪三首》:"圣裔趋丹陛,天书降紫霄。宫人持绣段,内府出金貂。道溯尼山远,恩流泗水遥。龙墀还赐宴,云外响《箾韶》。""帝座开黄幄,天门赐锦衣。香罗花欲笑,瑞锦燕停飞。祭酒瞻宫阙,斋郎集禁闱。崇儒逢圣世,同此拜恩晖。""曙日悬银阙,春花覆紫宸。凤盘铺锦绣,龙几列金银。宠锡天家盛,恩光御路新。青袍能伏谒,一日即千春。"

案,上引诸诗及下引《黄大司农御前作字歌》,皆于清帝阿谀备至,显为昉思诗中之封建性糟粕。然今人之论《长生殿》者,往往误以为剧中寄寓作者之反清情绪;由此等诗篇,则可知昉思并无所谓反清情绪;故悉引录之,以供研究者之参考。

〔三〕《啸月楼集》卷二《黄大司农御前作字歌》:"月高凤阙鸣疏钟,五云飞彩随六龙。陛前问谁奏封事,金章玉带黄司农。曳履将出武英殿,学士传呼仍召见。紫袖昭容傍御床,柔荑双捧宣州砚。帝谓尚书挥彩毫,经营良久心神劳。奋臂写来右丞句,苍虬直上天门高。至尊一览欢无极,顾问绸缪动颜色。黄莺衔得红桃花,春风吹堕池间墨。因奏当年在石渠,先皇召臣尝作书。龙髯一去忽九载,君臣相顾皆欷歔。此时赐坐赏不置,诏写敬天双大字。九重此意万国欢,不独好文传盛事。朝回玉珂增宠光,彩笔还带宫花香。凌云书就发都白,笑杀当年韦仲将。"据"龙髯一去忽九载"语,诗当作于本年。又,《清史稿·部院大臣年表二上》:康熙七年戊申八月辛巳黄机户部尚书,康熙八年己酉四月己卯,黄机吏部尚书。诗称"大司农",当作于四月己卯前。

〔四〕毛先舒《思古堂集》卷四《送潘柜赴北雍并寄洪昇》:"昨岁洪生去,梅花扑玉缸。今朝送尔别,春色渡长江。道左嘶征马,关头系画舡。柳条风淡淡,桃叶雨淙淙。郭隗多奇策,燕昭一旧邦。从来谁隔座,此处得同窗。和筑情应洽,论文意未降。自今看国士,不复道无双。"据诗中"同窗"云云,柜当亦先舒弟子。

孙忠楷本年春，有《寄怀张孺怀兼与洪昉思》诗，参见上年谱注十三。

沈谦《东江别集》卷三《丹凤吟·答洪昉思梦访之作》："别后相思一样，目断城云，魂销江树。玉帘深锁，愁似乱莺狂絮。沉沉落照，半明还暗，野烧回春，寒山催暮。梦里何曾怕险？滚雾翻风，为我连夜飞度。　也有镇常相见，见时不免含嫉妒。道我眉儿翠，又身轻过汉，腰细如楚。那知憔悴，不复再行多露。关黑枫青，君自爱、更休将愁诉。但须纵酒，看石榴半吐。"细味词意，昉思是时必客居远方，故有"何曾怕险""滚雾翻风""连夜飞度"等语，当作于昉思客燕之时。又，沈谦上年有寄昉思《空亭日暮》词，作于酷暑；词中缕述别时情景，似为别后第一次寄赠昉思之作。故此词当作于《空亭日暮》后。词中既有"石榴半吐"语，自为本年春夏间所作。

《东江集钞》卷四《寄诸虎男，兼怀昉思》："西湖携手即天涯，慧日峰前浪滚沙。别后青蘋逢打鸭，到时黄柳不胜鸦。闲心阅世头先白，醉眼看春日未斜。苦忆樽前人万里，可无消息问京华。"昉思本年秋末返杭，诗至迟为本年春间作。姑系于此。

〔五〕《寄张觉庵先生》见上年谱引。作此诗时，似一年返棹之初计业已愆期，故结句云"风尘久作长安客，始信交情在布衣"。

《稗畦集》卷二《燕京客舍生日怀母作》："男儿读书亦何补，破帽敝裘困尘土。编荆织荻能几时，倏忽今年二十五。……我思此语真痛伤，身滞他乡悲屺岵。潦倒谁承菽水欢，悔不当年学稼圃。苍天为我亦泪流，一夜空阶滴秋雨。"

《稗畦集》卷二《与俞瑑伯》："俞生席门尝晏如，布衣蔬食惟著书。伐木常随林下鹿，持竿不羡渊中鱼。一别岁华忽已换，遥望故人隔河汉。高秋月挂梧桐村，清晓霜飞杨柳岸。羡尔幽居学隐沦，惭予落魄走风尘。丈夫何用逐升斗，牧豕耕田亦养亲。"案，昉思于辛亥后之客游，实以不为家庭所容故，与此诗所言可返家养亲者有别，故诗当为辛亥前作。辛亥前昉思虽又尝游天雄，然于客游次年之春夏间已返杭（皆参见后谱），此诗所言，则为"岁华已换"之"高秋"时事，节令不合，故当为本年作。又案，沈谦上年寄昉思诗有"金台裘马正豪雄"语，谦与昉思相知甚深，虽未目睹其寓京之状，然必忖度当时情势言之，不当一无所据，漫然着笔。而昉思诗自述"破帽敝裘困尘土"、"惭予落魄走风尘"者，盖此次入京，其意在求闻达（是以恽格赠诗有"又戏金门和柏梁"、"绵蕞诸生欲拜郎"语，沈谦所寄诗亦云"不须荐达寻杨意，凌云赋就尔最工"也），既不遇，自多抑郁之思，发之于诗，遂不免过甚其辞也。

〔六〕《啸月楼集》卷二《与毛玉斯》："去年临歧将揽辔，毛生相送忽垂泪。殷勤薄物出穷交，马头即拜千金馈。忆与君游才几时，倾盖一语成心知。……如何经此远离别，梅花乱飘北风冽。白沙夜覆滹沱水，黄云晓冻燕山雪。落魄逢春又历秋，怀人时复增离忧。断鸿一片入天际，长河落日寒悠悠。归帆已过昌平郡（《稗畦集》作'归帆昨已过东郡'，案，自京南归，不经昌平，且昌平亦非郡，此盖传写之讹，当以《稗畦集》为正），把袂班荆日已近。知己从来只一人，如君可洗虞翻恨。"诗为出京途中作。案，沈谦有《哪吒令·读昉思赠毛玉斯曲戏作》，知昉思与毛玉斯游在康熙九年庚戌二月沈谦卒前。昉思再次赴燕在康熙十二年癸丑，自庚戌至癸丑已近四年，且其间尝游大梁、天雄二地（皆见后谱）。设诗中所述之离别为再次入京事，则不当有"忆与君游才几时"及"如何经此远离别"语，故诗必为初次游燕之归途所作。诗既云"去年临歧"，是返杭必在入京之第二年。据诗中所写景色当是季秋。

《啸月楼集》卷五《北归杂感四首》："碣石宫前沙草黄，黄金台上野云长。招贤自古称燕地，逐客今朝别帝乡。日射马头开晓雾，风吹鸦背落寒霜。故园极目天际，烟水秋来正渺茫。""一过天津不见山，大河日夜水潺湲。天横白月孤鸿去，地接黄云万马还。乡信寥寥秋渐暮，壮心郁郁鬓将斑。拂衣归卧秦亭下，耻傍风尘学抱关。""舟过平沙见远郊，村居强半覆黄茅。寒花波底藏鱼罶，独树天边堕鹤巢。落拓何辞人共弃，佯狂一任客相嘲。平生畏向朱门谒，麋鹿深山访旧交。""秋色苍苍接苏（当是蓟之讹）门，阴云漠漠塞天昏。狐吹野火林端落，马饮长河月下浑。废邑何年余故垒，归舟今夜泊孤村。荻花寒水轻鸥外，寂寞狂歌酒一樽。"

《啸月楼集》卷三《同茂公兄北归途中作》："与君俱失路，驱马出长安。雁羽南天急，鹠裘北地寒。片云横巨鹿，斜日下桑干。万里黄沙色，长风倚剑看。"《东白堂词选》卷首《姓氏》："洪云来，字茂公，号台山，钱塘人。"同书卷十二收有洪云来《春从天上来·和友人恭谢临雍盛典》，云来当为国子监生。卷十一又收其《水晶帘外月华清·秋夜感怀示张令文》："……但有黄金交自好，总是悠悠行道。琴峡风凄，剑台云淡，千古知心少。悲来无语，一声天际长啸。"其人盖亦沦落不偶而愤世疾俗者也。

〔七〕皆见《啸月楼集》卷七。《督亢陂》云："督亢川原晓日阴，人烟不断枣千林。画图一片悬霜气，总是燕丹万古心。"《琉璃河》有"沙草连天雾不分，北风哀雁马头闻"语，《涿州》有"海天一片黄云落，散作中原万里秋"语，皆为秋日景色。与其再次入京及出京之节令皆不符，当为本年作。

〔八〕《啸月楼集》卷一《忆母》："客行已逾旬，始及郑家口。霜风吹寒星，一夜落疏柳。归心惨不舒，灯前忆吾母。飘忽辞家门，经年事奔走。伤哉游子衣，尽出慈母手。"据其所写景色，亦当为本年作。

〔九〕见《啸月楼集》卷七。诗有"无边衰草接云平"语，昉思再次入京及出京皆在季春（皆见后语），不当有"衰草"云云，而其上年入京则不经武城，当亦本年作。

〔一〇〕见注六。东郡为汉郡名，有今河北南部、山东西部及河南北部之若干县邑，诗云"长河落日寒悠悠"，又云"归帆昨已过东郡"，似由水道南下，入今河南省境。

〔一一〕《啸月楼集》卷三《泊临淮寄沈遹声、张砥中、吴璨符、陈调士、俞季瑮、张景龙诸子》："把臂寻常事，何曾便道佳？自从经远别，始觉慕同侪。沙渚群鱼唼，霜空数雁排。寄言孤棹客，今夜泊临淮。"当为初经远别之作。昉思与沈遹声、俞季瑮游，既始于康熙六年丁未之前，戊申游燕即为初次之远别。然其入京取道鲍家集，不经临淮，故诗当作于本年返杭途中。

〔一二〕《啸月楼集》卷一《归舟作》:"孤舟南方去,萧瑟秋正残。……衣单且莫问,伤哉行路难。(《稗畦集》改作'知己不可遇,空嗟行路难',义更明确)……"显为北归途中作。所写景色与《与毛玉斯》诸诗悉合,当作于本年。

〔一三〕《吴元符进士游仙诗》见《啸月楼集》卷三。《善卷堂四六》卷八《进士心庵吴公传》:"公讳复一,字元符,号心庵。……甲辰殿试,赐二甲进士,……以康熙己酉卒于里门,年三十一。"《西河文集·序七·钱唐吴元符游仙录序》:"……及予再归,而遇元符之弟璪符,犹元符也;然元符已死。……而璪符录其兄游仙记传,……大略元符曾降神于炼室,书方疗疾,并道趋避。"是元符即吴仪一之兄,"游仙"谓死后"降神"事。元符既以本年卒,诗亦当作于本年或稍后。

〔一四〕孟心史先生《西楼记传奇考》:"董含《三冈识略》甲寅年记口舌报一条云:吴中有袁于令者,……年逾七旬,强作年少态,喜谈闺闱事。……余屡谓人曰:此君必当受口舌之报。未几,寓会稽,冒暑干谒,忽染异疾……而死。"孟先生即据此而定于令卒于康熙十三年甲寅。案,据董氏所载,于令卒年当为七十余,然康熙甲寅,于令已八十三,年岁不合。疑董含于此条题下所注甲寅,为其作此记事之时间,非谓于令卒年;而其卒当在甲寅前也。又,《漫堂(宋荦)年谱》载:"康熙八年五月,观竞渡罢,……与周侍郎、袁箨庵于令诸公,盘桓月余。"是其本年五、六月间尚在世。于令本年已七十八岁,则其卒当在本年或明年。姑系于此。

康熙九年庚戌 一六七〇 二十六岁

正月,柴绍炳卒。其后昉思有《拜柴虎臣先生墓》,以致敬爱之忱〔一〕。

二月,沈谦卒。为谦子圣昭所撰《先府君行状》"填讳";圣昭亦与昉思善〔二〕。

与沈绍姬游,又尝与徐汾、吴钦游处〔三〕。

夏,仲弟昌往游燕。有《忆殷仲弟》诗〔四〕。

秋,与陆进、沈丰垣、张台柱宿沈谦东江草堂,有《同陆荩思、沈遹声、张砥中宿东江草堂哭沈去矜先生二首》〔五〕。

往游天雄,有《北游天雄》诗〔六〕。

过济宁,有《次济宁忆父》诗。北至张秋,有《晓渡黄河》诗〔七〕。

自秋冬至明春,往来于恩县、大名、长垣、滑县、浚县、淇县等地,凭吊往古遗迹,多兴亡之思,而又自伤不遇,有《魏州杂诗八首》〔八〕。又有《夜过马陵》诗〔九〕。

正岩卒〔一〇〕。

女某生〔一一〕。

〔一〕《东江集钞》附毛先舒所撰沈谦墓志铭："先舒自己酉春病剧,困甚。……乃明年正月虎臣死,二月十三日去矜讣来。"

《稗畦续集·拜柴虎臣先生墓》："严冷千秋志,清癯五尺身。遗羹能锡类,灭灶耻因人。藏用功偏大,明心学愈醇。白杨荒草路,一恸晋遗民。"案,此诗不收入《啸月楼集》,其作当在乙卯后；是昉思于绍炳之敬爱,久而未衰也。诗之作年无考,姑系于此。

〔二〕沈谦卒于本年二月,见注一引毛先舒"二月十三日去矜讣来"诸语。

《东江集钞》附沈圣昭所撰《先府君行状》末书："钱塘后学洪昇填讳。"是圣昭亦与昉思善,故倩其"填讳"。

《国朝杭郡诗续辑》卷二："沈圣昭,字宏宣,仁和人。谦子,有《兰皋集》。宏宣少时耽画,善书。又以其书法潦草之意,移而画竹。故时人谓宏宣多技。毛稚黄亦有生子当如沈宏宣语。为张丹著籍弟子。"

〔三〕沈绍姬《寒石诗钞》卷十《喜洪浵修过存,并读其尊人昉思〈稗畦续集〉有感,赋此以赠》："浮云流水两悠悠,五十年前亦旧游。万叠风波经九死(原注：洪多家难),一编词赋足千秋。青箱不坠魂堪慰,红豆重歌泪未收(原注：指《长生殿》填词)。玉茗主人应有后,《寒光疏草》重南州。"《寒石诗钞》卷首有康熙庚子傅泽洪序,诗皆庚子前作；云"五十年前亦旧游",则昉思与绍姬游处,当在本年以前。又,《国朝杭郡诗辑》卷十："沈绍姬,字香岩(据《寒石诗钞》署名,当作香严),钱唐诸生,有《寒石诗钞》十二卷。香岩年十二学为诗,沉思苦索,尝竟日不暇食,人呼为吟痴。家饶于赀。居东城横河两桥之间。……后遭家难,避于南屏,遇妓萧又殊婢落花,脱簪珥赠之,使他逸,乃游吴楚间。晚岁寓袁公浦,瓦盆土锉,与弥勒同龛,始末几三十年。以卖文钱给朝夕。性坦率,客有诣之者,或蓬首徒跣,自据上座,谈竟遽入卧内,久之亦不报。以是延誉者少。"案,《寒石诗钞》卷一《九日入城,宿函酉宅,即事一百八韵(原注：辛亥)》："九日抵钱塘,舍舟而登陆。……径投故人居,启门直郤仆。……引我上层楼,未暇讯寒燠：君行曾未久,奈何不远复。岂有子龙胆,突入重围腹。……昨闻府檄下,君名蒙齿录。……君昔口雌黄,简亢越轮辐。既乖骨肉欢,宵小滋诽讟。身为群怨府,一的攒万镞。……"是绍姬于明年已罹家难,其后即游吴楚,不复能与昉思游处矣。

《东江集钞》卷四有《寄徐武令、张砥中、俞璨伯、洪昉思兄弟》诗："郡楼寒望酒初醵,忆得招携有数君。……"《啸月楼集》卷三有《夜集广严寺,同沈去矜先生、吴允哲、沈遹声作》,知昉思与徐汾、吴钦游始于沈谦生时,亦当在本年以前,姑一并系此。

《国朝杭郡诗辑》卷六："徐汾,字武令。仁和诸生。有《万卷楼集》。……为世臣先生子,少秉异资。九岁通《鲁论》、《易》象,十三熟六经、《左》、《国》,十五诵《文选》、秦汉百家书,善骚赋。十八专攻诗古文词。口吃,不能言,喜著书。苦无由得钱易楮翰,常于破几上起草,束麻濡煤作字。"

《国朝杭郡诗三辑》卷二："吴钦,字允哲。仁和诸生。有《叩壶集》。允哲于康熙壬申始为邑诸生,年五十七矣。馆于临平最久,故多与沈东江及宏宣唱酬之作。早年有《白云楼》传奇行世。"案,《白云楼》当为《白雪楼》之讹。《东江集钞》卷四《送吴允哲之苏州,吴有〈白雪楼〉剧》诗可证。

〔四〕《啸月楼集》卷五《忆殷仲弟》:"汝从潏暑向燕都,赤日长空过鸟无。"诗仅言其入燕节令而不言年份,当为殷仲入燕之同年所作。案,同卷《重阳忆弟》有"三年不见紫荆花"及"霜清汴水流孤月,野阔燕云冷万家。两地穷栖肠已断,又闻哀雁过平沙"等语。诗为康熙十一年壬子秋在大梁作(见壬子谱)。是殷仲入燕当在己酉或庚戌。而己酉夏秋间昉思在京,若殷仲于己酉夏至京,则昉思仅能见其抵燕之情状,而不能见其离乡之情状,诗当云"汝从潏暑至燕都"矣。故殷仲入燕必在本年。

〔五〕《啸月楼集》卷七《同陆荩思、沈遹声、张砥中宿东江草堂哭沈去矜先生二首》:"恸哭西州泪不干,一堂寥落白衣冠。愁鸦啼杀空山夜,月黑枫青鬼火寒。""忽然梦醒草堂中,唧唧蛩吟四壁空。我向缞帷呼欲出,寒灯一焰闪西风。"据诗中景色,当为本年秋作。

《杭州府志》卷九十四《文苑》:"陆进,字荩思。余杭贡生。温州府学训导。诗,古风以汉魏为法,近体以初盛唐为宗。尤特严于雅俗二字。继西泠十子而起者,未能或之先也。"

〔六〕《啸月楼集》卷七《北游天雄》:"短剑轻裘别故乡,黄河北去是黎阳。马头但饮三杯酒,踏尽秋原万里霜。"案,《啸月楼集》诗收至康熙十四年乙卯五月止,是游天雄必在乙卯前。昉思于康熙十二年癸丑仲冬再次赴燕,至乙卯春夏间返杭(见后谱);而其游天雄,则系于秋日启程,至次年春尚在彼处(说见后);故游天雄至迟当在康熙十一年壬子秋。《啸月楼集》卷四有《喜汪雯远授太史,兼述近状,却寄三十二韵》,为癸丑夏在杭作(见癸丑谱)。诗中自述近状云:"适越航空返,游梁车倦还。破琴违剡曲,市酒混炉边。"知昉思于癸丑前,游天雄而外又尝游梁。而诗中不及游天雄一字,当是此事距癸丑作诗之时稍远,昉思已不视为近状故。故游天雄必在游梁之前。昉思游梁,至迟在康熙十年辛亥秋冬间(见辛亥谱),则游天雄至迟当在本年秋日。又案,《啸月楼集》卷二《鲍家集大雪怀母》诗有"如何经此行役苦"等语,显为初次行役之作,诗又有"淮河已渡复驱马,大雪长风正飘洒"语,其游天雄,则于秋日已抵魏州(见本年谱注八),故该诗决非游天雄途中作,而当作于康熙七年赴京途中(参见该年谱注六)。换言之,游天雄非其初次行役,不可能在戊申赴京前,而必在其后。昉思于上年自京南返,已在秋末;且《北归杂感》又有"拂衣归卧秦亭下,耻傍风尘学抱关"之语,不当甫返乡里,又事奔走,故游天雄亦不得早于本年。

〔七〕《次济宁忆父》见《啸月楼集》卷二。诗有"平明挂席长河流,霜风飒飒雾不收"语。昉思于戊申入京,己酉出京,皆不经济宁;再次入京及出京又皆在季春,与"霜风飒飒"语不合。诗当为游天雄途中或归途作。然昉思于明年自天雄返杭后,又游严州、绍兴,复往游大梁,以秋日道经当涂(参见明年谱),不当于"霜风飒飒"之时尚在济宁。故诗必作于游天雄途中,而非归途所作。

同卷《晓渡黄河》:"朔风烈烈沙莽莽,扑面霜花大如掌。……下马却立临黄河,张秋瓠子风涛多。……柔橹摇摇至北岸,马系枯杨脱缰绊。"当为北渡所作。昉思戊申入京既不经张秋,再次入京又不当有"霜花"云云,故必作于游天雄途中。又案,赵执信《饴山诗集》卷七有《自张秋漾舟至济宁,即事口号四首》,知当时行人经此者,多取道张秋、济宁,故昉思亦由济宁、张秋间行。

〔八〕《啸月楼集》卷三《魏州杂诗八首》:"天下论兵甲,从来晋国强。金戈耀寒日,铁骑走严霜。魏将三更渡,齐军万弩张。马陵横白骨,一片月苍苍。""莫道回车地,朝歌亦旧京。糟丘多夜猎,牧野不春耕。倚剑悲风发,挥戈落日横。比干遗庙在,千古傍龙城(原注:长垣县是关龙逄故居,因名龙城)。""剩有思亲泪,征衣洒未干。题书复南寄,耿耿劝加餐。沙甃井泉少,滑河冰雪寒。高堂莫相忆,游子幸平安。""鸧鹒陂百里,土俗实相依。鱼鳖冬深美,菰蒲雨后肥。山山衔汉月,处处着秦衣。顿使天涯客,欢游欲忘归。""驱马金堤上,霜风晓夜闻。雁沙飞白雪,狐火照黄云。衰草长丰泊,孤松汲黯坟。征途怀古意,寂寞向谁云。""叹息高鸡泊,翻成牧马场。千群嘶白月,百队踏寒霜。日暝乌鸢聚,秋高苜蓿香。长城原有窟,夜夜饮黎阳。""岁暮仍为客,途穷耻傍人。风沙变须鬓,霜雪换冬春。跋涉黄河道,淹留白马津。他乡明月色,独夜倍相亲。""浮丘山上树,不断入城来。晓雾屯沙甃,寒云抱鹿台。风尘飘客泪,鼓角老雄才。莫忆兴亡事,狂歌酒一杯。"案,魏州属天雄军,诗当作于北游天雄之时。据第六首,知其秋日已抵魏州。高鸡泊、马陵、长丰泊、白马津、朝歌在恩县、大名、浚县、滑县、淇县诸地。第七首有"霜雪换冬春"语,知其本年冬至明年初春皆逗留此一带。

〔九〕《夜过马陵》见《啸月楼集》卷七。马陵在魏州,诗有"马蹄昏夜踏层冰"语,时令亦合,当为本年作。

〔一〇〕见龚鼎孳所撰《豁堂禅师道行碑》,载《净慈寺志》卷十九。

〔一一〕《稗畦集·遥哭亡女四首》之二:"三载饥寒苦,孩提累汝尝。甑尘疑禁火,衣敝怯经霜。"昉思早岁生计甚优裕,诗所云云,当为遭家难后事。遭家难约在辛亥或稍前。是时此女尚在孩提,则其生约不早于本年。又,《遥哭亡女》之作,绝不迟于康熙十六年丁巳,时昉思在北京,而其女则殁于江南(参见丁巳谱)。诗有"生小偏聪慧,消愁最喜依。爱拈爷笔墨,闲学母裁缝"等语,此等情景,非三四岁幼儿所能,至少当已五六岁。且据诗意,此乃昉思所目睹;盖每见此情,即愁怀消释,故云"消愁最喜依"也。然昉思自康熙十三年至十六年间寓居北京,仅康熙十四年一度返杭(皆见后谱),得以见此情状。故康熙十四年时此女至少已五六岁,其生要在本年左右。

康熙十年辛亥　一六七一　二十七岁

春,渡瓠子,有《瓠子口》诗〔一〕。

自天雄返,于初秋道经南阳湖,时与陈奕禧同舟,有《南阳舟次同陈六谦作》〔二〕。

抵杭,寻游严州〔三〕。

自严还,又游越中,与吴棠桢订交。旋即返杭〔四〕。

严沆自杭赴京。有《送都谏严颢亭先生还朝》诗〔五〕。

秋,往游开封。朱迋迈作诗赠行。昉思有《答朱人远见送游梁》诗。又有《将游大梁》及《行役》诗〔六〕。时遭"天伦之变",情怀怫郁〔七〕。

道经当涂,在此一带逗留甚久。有《李白酒楼》诗〔八〕。

靖南王耿继茂死。六月,以其子耿精忠袭爵。时耿氏镇福建,平南王尚可喜镇广东,平西王吴三桂镇云南、贵州。"三藩"皆自为政令,形成割据势力;吴三桂之势尤盛。清廷则每岁需负担"三藩"军饷二千余万。于是清廷与"三藩"之矛盾日趋尖锐。

〔一〕《啸月楼集》卷七《瓠子口》:"策马披裘晓渡河,万行垂柳郁婆娑。龙鳞隐见春冰里,风雨时吟《瓠子歌》。"案,昉思于戊申入京及己酉出京,皆可能经瓠子口,然时令不合(戊申入京虽亦在春日,然寒甚,与诗所云"万行垂柳郁婆娑"者异),再次入京则不经瓠子口;诗当为本年作。

〔二〕《南阳舟次同陈六谦作》见《啸月楼集》卷五。诗有"一天白露冷荷花"、"秋色遥连仲子家"及"却笑风尘京洛客,亦贪幽兴欲停槎"等语。昉思于乙卯前虽两度入京及出京,然皆不在初秋;诗当为游天雄途中或归途所作。"风尘京洛客"云云,盖泛指奔走风尘而言。又,南阳湖与济宁相近,且诗云"欲停槎",足见其实未尝在彼地逗留;若此为赴天雄途中事,不当于"霜风飒飒"之时始抵济宁(参见上年谱)。故诗必为游天雄归途作。

《清史列传》卷七十一:"陈奕禧,字谦六(案,当作六谦,见《国朝杭郡诗辑》卷七),浙江海宁人。岁贡生。由山西安邑丞入为户部郎中,出知贵州石阡府,改江西南安知府,卒于官。少善诗,尝以'斜日一川汧水北,秋山万点益门西'见赏于王士禛。尤工书法,专效晋人。所藏秦汉唐宋以来金石甚富,皆为题跋辨证。圣祖尝命其入直内廷,世宗亦敕其书勒石,为《梦墨楼帖》十卷。日本国王嗜之,海舶载往,辄得重值。……令直隶深泽时,饮泉甘之,作亭其上,署曰香泉,因以为号。……著有《金石遗文录》、《皋兰载笔》、《益州于役记》、《春霭堂集》、《虞洲集》。"

〔三〕《稗畦集·钓台》:"十五年前旧游客,青衫白发此重来。"诗作于康熙二十五年丙寅(参见丙寅谱),上推十五年,即为本年。

〔四〕《啸月楼集》卷四《喜汪雯远授太史,兼述近状,却寄三十二韵》:"适越航空返,游梁车倦还。破琴违剡曲,市酒混炉边。"知游越与游梁相先后。游梁在本年季秋(说见后），而其自天雄返杭已在初秋，游越当亦在本年秋间，且居留之时间必甚短促。又，"适越"二句虽自杜甫《奉赠太常张卿垍二十韵》"适越空颠踬，游梁竟凄惨"化出，然此既为昉思自述近状之诗，是时必确有适越游梁之事，决不容漫然着笔也。

《啸月楼集》卷五有《冬日村居寄山阴吴伯憩》诗。集中诗收至乙卯五月止，而甲寅冬昉思在北京，无村居事。此诗至迟作于癸丑。是昉思与吴氏订交，当在癸丑之前，疑即始于游越时也。

《两浙輶轩录》卷九："吴棠桢，字伯憩，山阴诸生。著《雪舫诗集》。《越风》：'雪舫诗古不如律。然以徐庾风华，作琳琅书记。题襟飞檄，传诵一时，未易得也。'"案，棠桢即为万树评其所作传奇者也；盖亦精于曲学。又擅词，著有《凤车词》，今存。

又，《柳亭诗话》卷五《雪舫》："吴雪舫以骈体艳词，擅名当世。然其诗实有出于正宗者。《松风集》授梓过半，遂赴玉楼，梨枣不可问矣。《岭南游草》一帙，幸存余箧中。俟与有力者共谋剞劂。又，甲寅年与余晤言晨夕，记其《孤山谒正气祠》一首：'灌木动悲风，荒祠枕碧空。中原无故主，天上有遗弓。伏腊衣冠在，君臣涕泪同。西湖歌舞地，不敢哭孤忠。'……如此体裁，岂规模徐庾温李者所能颉颃耶？"案，《东白堂词选》所收棠桢词，亦多写兴亡之感。

〔五〕见《啸月楼集》卷五。诗有"霜气渐催鹰翻动"语，当作于秋日。

《国朝杭郡诗辑》卷一："严沆，字子餐，号颢亭，余杭人，顺治乙未进士，历官户部侍郎。有《皋园诗文集》四卷。"《钱塘县志》卷十九本传，称其"少时驰誉，所交皆耆旧英杰。丧乱以后，奔走凋零，咸依以为命。家素贫，后贵，所得俸钱，宗党之外，尽以周给朋友"。案，《健松斋集》卷十三《少司农余杭严先生传》，言沆顺治时补吏科都给事中，"康熙癸卯内升，以需次归里（谓返杭。沆自其大父时已迁居杭州，见《国朝杭郡诗辑》卷六），丁母江太夫人丧。辛亥，召内升候补科道官悉以次补用，先生以正四品服俸仍管礼科掌印给事中"。是昉思诗为本年作。

〔六〕据癸丑夏在杭所作《喜汪雯远授太史，兼述近状，却寄三十二韵》中"游梁车倦还"等语，知癸丑前尝游梁（参见癸丑谱）。《啸月楼集》卷五《重阳忆弟》诗有"霜清汴水流孤月"语，是寓梁至迟当在壬子秋日。同卷又有《酬顾立庵见送游梁》诗，云："朝雨桃花扑马来，春风杨柳拂离杯。君探真气寻钟阜，我听遗音上吹台。"则自杭赴梁不得迟于壬子春。同书卷三有《答朱人远见送游梁》诗，有"我岂乐于役，饥来驱出门。凄凉游子意，珍重故人言"云云，当为离乡前所作。人远名迩遐，其《日观集》中辛亥有《将之岭南，赋行行重行行》诗，壬子有《云梦城怀古》《出八里庄望西山》《题碧云寺壁》诸诗，盖人远于抵岭南后，又取道湖北而赴京师。徐釚《词苑丛谈》卷九："壬子季夏，余同曹掌公、朱人远……集周鹰垂寓斋，时掌公初至都门……"人远此次出游，行程既甚邈远，且于明年仲夏前已在京师，则其离乡赴岭南必不至迟于本年冬日，壬子春决不能有送昉思游梁之事。是昉思之游梁又不得迟于本年冬矣。然昉思游梁既在游天雄之后，游天雄且不得早于去秋(参见上年谱),则游梁必又不早于本年。《啸月楼集》卷三《行役》云:"一岁四行役,栖栖何太劳。"昉思于本年春夏间尚在天雄等地,返杭后又游严、游越,合游梁计之,恰为"四行役"。且昉思乙卯前之游踪,皆可考见,于本年外,并无"一岁四行役"之事,此诗必为本年游梁时所作。诗又有"秋清雁影高"语,知游梁当在秋间。然昉思于"霜气渐催鹰翻动"之时,尚在杭作《送都谏严颢亭先生还朝》诗,故赴梁必在季秋。

《将游大梁》见《啸月楼集》卷六,有"迢迢二千里,去哭信陵君"语,当为离杭前作。

《国朝杭郡诗辑》卷七:"朱迩迈(原误作尔迈,据《日观集》正),字人远,号日观山人。海宁人。嘉徵子。有《日观集》。"黄宗羲《南雷文定四集》卷三《朱人远墓志铭》:"人远十三岁辄出大言,以著书自任。……覃思于六艺之文,百家之言,视科举时文,不屑屑也。……人远游屐所至,必有诗成集。……然而人远之所以为诗者,似别有难写之情,不欲以快心出之。其所历之江山,必低徊于'折戟沉沙'之处;其所询之故老,必比昵于吞声失职之人。诗中忧愁怨抑之气,如听连昌宫侧老人津阳门俚叟语,不自觉其陨涕也。嗟乎,人远悲天悯人之怀,岂为一己之不遇乎?"

〔七〕《香祖笔记》卷九:"(昇)遭家难,流寓困穷,备极坎壈。"金埴《不下带编杂缀兼诗话》卷一:"渔洋山人云:昉思遭天伦之变,怫郁坎壈缠其身。"埴与昉思交甚密,又尝从王士禛游,于士禛叙述昉思身世之语,自不致有所误解。此所引渔洋山人云云,无论其为指《香祖笔记》而言,抑或为埴平日闻于王士禛者,然必与《香祖笔记》之原意相符则可断言。故士禛之所谓"家难",当即埴所云"天伦之变"。考魏坤《倚晴阁诗钞·赠洪昉思》云:"足践清霜怨伯奇,十年惆惆去何之? 黄金台外瞻云恨,泣补《南陔》束晳诗。"诗用伯奇《履霜操》事,则所谓"天伦之变",当即指无罪见斥。持此观念以读《香祖笔记》,遂无不可通之处。盖既为家庭所弃(即"遭家难"),自不得不"流寓困穷"也。

《两浙𫐓轩录》卷四王蓍《挽洪昉思》序:"予与昉思交差晚,读其旧稿《幽忧草》,乃知昉思不得于后母,罹家难,客游京师,哀思宛转,发而为诗……"言之凿凿,且伯奇固以后母之谮而见逐,与魏坤诗若合符节,言似可信。夷考其实,则殊不然。昉思《燕京客舍生日怀母作》云:"母氏怀妊值乱离,夙昔为余道其苦。……我思此语真痛伤,身滞他乡悲屺岵。潦倒谁承菽水欢,悔不当年学稼圃。"此诗所怀母氏,尝为昉思道其怀妊之苦,自为其生母。诗作于己酉,是己酉年昉思生母尚未死也。《稗畦集·送父》其二云:"……羔羊亦何知,母乳常跪食。我生非空桑,顾复劳心力。孩提及少壮,浩荡恩罔极。……暂尔侍父傍,久矣离母侧。举声呼苍天,血泪沾胸臆。"诗中所言及之母,尝"劳心力"以抚育昉思于"孩提及少壮"之时,而于昉思有"浩荡"之"恩"者也。昉思二十五岁时生母尚在,则"劳心力"以抚育昉思于"孩提及少壮"时者,自为其生母。诗作于康熙十五年丙辰(参见丙辰谱),是丙辰年昉思生母尚未死也。昉思生母既于丙辰尚在,则其父丧偶及续弦至早当在丁巳。而朱溶康熙二十六年丁卯为《稗畦集》所作叙云:"今(昉思)两大人年已六十,鬓发皤然。"设"两大人"之一为后母,则其后母于丁巳年已五十岁。毛先舒

《濮书》卷六《与沈去矜书》:"况前后亲晚之际,尤难之耶!续昏为正室,必求处子,年不过二十里外,与前子媳年略相等。"盖当时续婚之风俗如此;而昉思父何独娶一五十老妇哉?故于丁卯之岁"年已六十,鬓发皤然"者,仍当为昉思生母。然昉思家难起于本年前后(说见后),则昉思实为不得于生母而非不得于后母。魏坤赠诗用伯奇事,当泛指其无罪而见斥,非言为后母所谮。王蓍既"与昉思交差晚","不得于后母"之说又为读《幽忧草》之体会,非亲闻于昉思者;彼所云云,固不能必其无误也。《幽忧草》今不可得见。《啸月楼集》及《稗畦集》诸诗之涉及家难者,类多隐约其辞,盖以讳言亲恶故。《幽忧草》既可示之友人,自不致有直叙其事之作。蓍读后当亦仅能知昉思为尊长所斥弃,而不能详知事实之经过。疑蓍之与昉思交游,昉思生母已死,其父或已续娶,或本未续娶而蓍误以昉思父妾为后母,遂以之与《幽忧草》相附会,谓昉思"不得于后母"也。又案,昉思诗之涉及家难者,如《客中秋望》《大梁客夜寄舍弟殷仲》(诗见后)皆以"庭闱"为言,是实为父母所恶,不仅不得于母氏而已。

昉思于本年游梁时所作《行役》诗云:"一岁四行役,栖栖何太劳。屠躯饱寒暑,薄命试风涛。江晚鸥群乱,秋清雁影高。冥冥避缴者,失侣又哀号。"末二句虽似咏雁,实以自喻。明年秋在大梁所作《客中秋望》云:"非关游子憺忘归,南望乡园意总违。三载无家抛骨肉,一身多难远庭闱。"《啸月楼集》卷三又有《伯俞庙》及《颍考叔庙》,伯俞及颍考叔皆河南人,二诗疑亦为游梁时作。《伯俞庙》云:"拜罢荒堙暮,瞻云泪似泉。"《颍考叔庙》云:"一拜先贤庙,凄然泪满缨。……小人空有母,何处可遗羹?"味其诗意,皆有难言之痛;《客中秋望》且明言"一身多难",则游梁时当已遭家难。又,明年所作《大梁客夜寄舍弟殷仲》:"空桑城外鹡鸰飞,中夜凭楼泪满衣。尔已一身聊寄迹,吾今八口欲何依?风吹白草翻沙色,雪冻黄河静月辉。期我弟兄唯努力,并肩他日拜庭闱。"殷仲当亦为遭家难者,故昉思以之与己相提并论;且以"并肩他日拜庭闱"为努力之标的,尤可见殷仲当日已无"拜庭闱"之可能。殷仲于上年夏离乡赴燕,疑即为遭家难故。而昉思上年游天雄所作《魏州杂诗》有"高堂莫相忆,游子幸平安"语,是"高堂"于昉思尚不无忆念。故昉思遭家难,或较殷仲略后而始于本年;或上年已为父母所不喜,然尚不致决绝,本年遂愈益恶化。要之,其家难约起于此一二年间。

昉思《行役》诗以"避缴者"自喻,其意中自当有"施缴者"在。《啸月楼集》卷三《旅次述怀》云:"我罪诛无赦,亲恩报敢忘?"《稗畦集·送父》亦云:"皇天无私恶,伤哉自作孽。"王蓍谓其"取古孝子以自勉",是也。然则昉思必不至目父母为"施缴者",而当别有所指。据《鲍家集大雪怀母》及张竞光《为洪昉思尊人作(原注:四十双寿)》,知昉思与父母本甚融洽;而于此数年内乃有此剧变,当有谗构于其间。"施缴者"疑即指谗构之人。然能离间父子及母子者,大抵即为家庭内之成员。殷仲既同遭家难,昉思与中令亦甚友爱(参见后谱所引昉思寄弟诸诗),《稗畦续集·己卯冬日代嗣子之益营葬仲弟昌及弟妇孙,事竣述哀四首》其三:"哭弟悲无已,重经两妹亡。……为兄年老大,稠叠遇悲伤。"于

"两妹"之感情亦颇深厚;是其弟妹皆不似昉构昉思者。同诗其一又云:"同父三昆弟,伤哉仲已殂。"特言"同父",则三人非同母可知;昉思父当有姬妾。逸构昉思及殷仲者,或即昉思父妾欤?

昉思父后尝以事谪戍,今人言昉思身世者,类多以为王士禛所云"遭家难"即指父谪戍事。案,昉思父之得祸,始于康熙十四年,谪戍在康熙十八年(参见后谱),昉思于此前即已"流寓困穷";王士禛所谓家难实不指此。今人又或以为清初人言及家难者,皆指政治事件;亦不然。如昉思友人沈绍姬之"家难",即以失欢骨肉,致被告讦于官府,所谓"既乖骨肉欢,宵小滋诽谶"(参见康熙九年谱注三)。又,沈圣昭为谦所撰《行状》云:"明年家难起,南园焚掠几尽。"则指盗劫。盖此词含义本甚广泛也。

〔八〕《啸月楼集》卷七《李白酒楼》:"一片寒云接素秋,几行疏树覆城头。海风吹上东山月,独倚天边太白楼。"案,此当指当涂太白楼而非济宁太白酒楼。题中"酒"字疑衍;或其时楼上设肆卖酒,故云"酒楼"。盖当涂之楼系附会太白捉月传说而建,诗中"海风"二句,写其对月缅怀太白泛舟捉月之情,实极含蓄而深切;若作于济宁酒楼,则通篇不见凭吊之意矣(济宁酒楼系纪念太白在当地之饮宴者)。又,同书卷五《芜湖旅次示钱石臣》有"天莲(当作连)海气春如雾"及"从来此地多流寓,谢朓青山李白楼"等语。芜湖在当涂西南,诗中特点明"李白楼","海气"云云亦可与《李白酒楼》之"海风"相参证。可知其确尝在此一带逗留。综合两诗观之,其逗留时间为自春至秋或自秋至春。同书卷三有《送钱石臣北上兼忆舍弟殷仲》,为芜湖所作(参见明年谱)。殷仲至燕在庚戌夏,是昉思逗留芜湖为庚戌夏以后事。同书卷五《登识舟亭同表兄江谕封、李美含、表弟钱石臣》,亦芜湖作,有"断蓬从此各飘零"语,知尚需飘零至他处,则芜湖仅为途中所行经者。昉思自庚戌至乙卯间之客游,可能经芜湖一带者,仅游天雄、游梁及再度入燕三役。然游天雄之春日(亦即本年春)无至芜湖之可能;再次赴燕为癸丑仲冬,甲寅春已抵蒙阴,亦不可能秋间尚在此一带逗留。故此必为游梁时事。又案,昉思于明年春已由滁州至淮西(参见明年谱),故逗留此一带当自本年秋至明年春,而非自明年春至明年秋。

康熙十一年壬子　一六七二　二十八岁

春,与表弟钱肇修同游处。有《芜湖旅次示钱石臣》诗〔一〕。

与表兄江谕封、李美含及肇修游识舟亭,有诗〔二〕。谕封旋赴淮上、粤东,以诗赠行〔三〕。

钱肇修赴燕,有《送钱石臣北上,兼忆舍弟殷仲》诗〔四〕。昉思旋亦离芜湖而赴大梁,取道江宁,泊浦口;有《江行口号》《江行有感》《夜泊浦口》诸诗〔五〕。二月经滁州,有《滁州道中经关山庙作,十八韵》〔六〕。至淮西,复遇江谕封,再赠以诗。又有《酬顾立庵见送游梁》诗〔七〕。

入河南,有《河南道中》诗〔八〕。又有《张睢阳墓》诗〔九〕。

至大梁;时经明末灌城之役,居民甚少,作《入汴城》以吊之〔一〇〕。又有《夷门》诗以怀信陵君〔一一〕,并寄洪云来。云来作《贺新郎》答之;又有《西施愁春》词以怀昉思〔一二〕。

初入梁,冀有所遇,有《汴梁客夜》诗。既而沦落无聊,意绪愈益悲怆,有《客夜书感》《客梁寄沈遹声》诗〔一三〕。《客中秋望》亦在梁作〔一四〕。

九日,有《重阳忆弟》诗。冬有《大梁客夜寄舍弟殷仲》诗〔一五〕。

自大梁还,经瓜州(洲),有《更漏子·题瓜州旅壁》〔一六〕。

返杭,张竞光已卒,有《哭张觉庵先生三首》〔一七〕。

除夕,有《壬子除夕》诗以写幽忧之思〔一八〕。

〔一〕《芜湖旅次示钱石臣》见《啸月楼集》卷三。有"来去浑疑双社燕,浮沉莫叹一沙鸥"语,感慨甚深。余参见上年谱。

钱肇修《逸我集》卷一《赠沈方舟、遹原两表侄,皆御泠先生从孙》:"我昔曾同洪大游,狂呼击汰乘中流。去年我自燕都来,洪生仍留蓟北台。殷勤寄语问同怀,痛饮高歌日几回。……"御泠为昉思表兄,方舟又昉思弟子(见后谱),此"殷勤寄语"之洪大当为昉思。"狂呼击汰乘中流"疑即游芜湖时事。

《钱塘县志》卷十九《名臣》:"钱肇修,字石臣,号杏山。少孤,奉母至孝。学问渊博,工诗。年四十游燕,辇下公卿皆折节与交,登辛未科进士,授河南洛阳令,七载。……擢监察御史,条奏积贮,分建仓廒,备陈钱法,指参贪墨,……巡视北城,治狱多平反,严惩奸猾不少宽假。有优人倚势豪横,当路侧目。肇修挺然执法,显贵胆慑。直声大振。平居性恬淡,不治生产,公余辄读书。著有《前后出塞诗钞》、《檗园诗余》、《千里楼稿》、《舟中杂咏》诸集。妻林以宁,字亚清,进士纶女。亦工诗。方宰河阳日,衙斋萧散,薰炉茗碗,则夫妇唱酬,为士林佳话。有《凤箫楼集》。"案,"年四十游燕"云云,谓四十岁游燕时之情状,非谓年四十始游燕也。肇修即钱开宗子,参见前谱。

〔二〕《啸月楼集》卷五《登识舟亭,同表兄江谕封、李美含、表弟钱石臣》诗有"春水倒衔千树碧"语,当在春日。江、李身世无考,据诗中所云:"天涯兄弟怜同调,客里莺花笑独醒。今日一尊须尽醉,断蓬从此各飘零。"二人当亦客游落魄者。又,核以昉思此数年行踪及诗中情景,此显非江西建昌之识舟亭。

〔三〕《稗畦集》卷三《江谕封将为淮上粤东之行,诗以贻之》:"尉佗将漂母,传说到如今。孰进王孙饭,谁投陆贾金?淮流千里远,粤岭万重深。厚意时人少,天涯莫浪寻。"当为登识舟亭后,"断蓬从此各飘零"时所作。案,金埴《不下带编杂缀兼诗话》卷七:"洪君昉思送人游淮又之粤东诗云:'尉佗将漂母,……'送之而实止之,得古人赠言之意。且一气贯注,诗法紧严。"

〔四〕《啸月楼集》卷三《送钱石臣北上,兼忆舍弟殷仲》:"多少伤心泪,吞声不敢言。

〔五〕《啸月楼集》卷三《夜泊浦口》："收帆依浅濑，系艇傍危滩。沙雨吹灯急，江声入梦寒。淹留金欲尽，漂泊剑空弹。明日淮西道，风尘又跨鞍。"案，昉思初次入京，虽亦可能经浦口、淮西，然其时尚无"漂泊剑空弹"之事。游天雄及再次入京皆不经淮西。故当为游梁时作。且可知其游梁系自浦口经淮西而入河南。又案，登识舟亭已在春日，经滁州则在二月，诗所云"江声入梦寒"，盖谓春寒。

同卷《江行口号》："……忽过然犀浦，旋经采石矶。乘流真迅疾，停泊未斜晖。"核其行程，当自芜湖至浦口途中作。同卷《江行有感》："江空寒白日，天阔澹春阴。……三山荒战垒，一代剩禅林。……"所写景色与《夜泊浦口》相合，且有"三山"云云，当系芜湖至浦口途中行经江宁时作。是昉思实由芜湖取道江宁、浦口而赴淮西，再至大梁。又，昉思二月已在滁州，是其于芜湖送别肇修后，旋亦离去。

〔六〕诗见《啸月楼集》卷四。中有"杏花晴照座，松影暗遮庭"语，当在二月。案，昉思初次入京虽有经滁州之可能，然时在初春，寒甚，节令不合。游天雄及再次入京皆不经滁州，当为浦口至淮西途中作。

〔七〕《啸月楼集》卷三有《送江谕封之广东》诗。案，昉思于芜湖有送江谕封游淮及粤东诗，而此仅言粤东，必在江谕封游淮之后。当是江谕封赴粤东时道经淮西，又遇昉思，故有此作。

《酬顾立庵见送游梁》见《啸月楼集》卷五。诗有"朝雨桃花扑马来，春风杨柳拂谁杯"语，当在三月。昉思以二月过滁州，作此诗时约亦在淮西。立庵身世无考。又，"立"疑为"且"字之误。顾豹文字且庵，亦昉思友人（见康熙三十年谱注三），"立""且"又形近而易致误。

〔八〕《啸月楼集》卷三《河南道中》："驱马中州道，停鞭览物华。防河杨柳树，宜土木棉花。白麦翻风软，青槐背日斜。莫嫌民俗陋，沃野亦堪夸。"诗写夏秋间景色，当为本年游梁途中所作。

〔九〕诗见《啸月楼集》卷七。张巡墓在归德（今商丘），为游梁所经之地。诗或即本年游梁时作。

〔一〇〕《啸月楼集》卷三《入汴城》："闻道汴梁地，灌城曾被湮。万家尽龙窟，一夜作波臣。水面摇孤塔，云边接巨津。至今三十载，门巷少居人。"味其诗意，似为初入汴城之观感，当为本年作。开封于明崇祯十五年壬午灌城被湮，至此整三十年。

〔一一〕《啸月楼集》卷三《夷门》："四野风沙起，苍茫昼色昏。但余新战地，不辨古夷门。废堞饥乌聚，空壕渴马奔。信陵如可作，刎颈亦酬恩。"亦似为初入夷门之感慨。

〔一二〕《东白堂词选》卷十四洪云来《贺新郎·昉思客大梁，以彝门诗见寄，赋此志怀》："玉砌霜华坠，遍园林西风飒飒，一天秋气。正忆孤鸿飞何处，恰值新诗遥寄，说多少感伤情思。当日侯生彝门下,遇信陵执辔同过市。为上客,敢辞死? 如君抱负真奇士。奈饥驱天涯历尽,几人知尔?系马悲歌平台上,叫得愁云四起。望故国乱山无际。我亦蓬窗嗟落魄,自书来越觉增憔悴。秋苑静,落梧子。"词所云"彝门诗",当即《啸月楼集》之《夷门》,清人以避讳故,多改"夷"作"彝"。

《东白堂词选》卷九洪云来《西施愁春·寄怀昉思客大梁》:"忽听西风送雁群,望梁园汴水,白雾黄云。予季穷途休太息,看悠悠行路,才华若个如君?笔落惊风雨,诗成泣鬼神。 总拖紫纡金那足论?只流传《啸月》,万古千春。愧我尘埃空落拓,便砚荒毫腐,疏慵不耐摘文。抚剑长歌罢,秋空月一轮。"与《贺新郎》当为先后之作。

〔一三〕《啸月楼集》卷五《汴梁客夜》:"独携长铗到天涯,浊酒寒灯夜自嗟。断雁一声风忽起,啼乌三匝月将斜。信陵门外惊哀柝,梁孝台边怅落花。此地由来传好客,不妨湖海暂为家。"意绪虽颇悲怆,然尚有所希冀,故有"此地由来"云云。

同书卷三《客夜书感》:"寂寞梁园客,秋来百感生。依人甘陋巷,寄食厌荒城。衣桁尘空积,书帏月自明。邻家有思妇,砧杵急三更。"同书卷二《客梁寄沈遹声》:"梁王城头晓鸣角,梁王台上秋风作。天涯客子心自惊,千里乡山梦初觉。朝来忽接故人书,多谢殷勤问索居。为报梁园修竹尽,只今不重马相如。"客梁时落魄悲愁之状,皆可概见。

〔一四〕《客中秋望》见《啸月楼集》卷五。诗有"三载无家抛骨肉"语,昉思自戊申游燕,至本年游梁,合计之,客游凡三年矣。诗当为本年作。又案,昉思乙卯后所作诗,言及客游时间者,皆自癸丑起算;然《啸月楼集》诗收至乙卯夏止,故此诗绝非乙卯秋所作。

〔一五〕二诗皆见《啸月楼集》卷五。《重阳忆弟》有"霜清汴水流孤月,野阔燕云冷万家。两地穷栖肠已断,又闻哀雁过平沙"等语,当为大梁所作。《大梁客夜寄舍弟殷仲》有"雪冻黄河静月辉"语,当作于冬日;参见上年谱注七。

〔一六〕昉思本年除夕在杭州,故冬日必已离梁返杭。

《西陵词选》卷二洪昇《更漏子·题瓜州旅壁》:"曙星稀,残月坠,鸡唱远村烟霁。沙草滑,马行难,披裘冲晓寒。 纱窗静,罗帷冷,忆得闺人独醒。归去也,尚愁多,长留可奈何?"《西陵词选》编成于康熙十四年乙卯秋。乙卯前昉思虽数度客游,然除本年外,其返杭皆不在冬日,与"披裘冲晓寒"语不合;词当为本年作。

〔一七〕见《啸月楼集》卷三。诗有"暂作梁园□(当为客字),先生忽丧亡。归来不重见,洒涕满衣裳"语,当为游梁归来所作。

〔一八〕《啸月楼集》卷三《壬子除夕》:"一岁已除夕,孤灯四壁间。到家翻是客,有妇却如鳏。柏叶谁能醉,荆花不可攀。梦魂寻觅处,大雪满燕关。"

康熙十二年癸丑 一六七三 二十九岁

自遭家难后,与父母别居,贫甚,时至断炊〔一〕。

与严曾榘坐皋园,谈及开元天宝间事,感李白之遇,作《沉香亭》传奇〔二〕。

与沈丰垣、徐逢吉以词相倡和。然昉思、丰垣皆尚《花庵》《草堂》余习,往往与逢吉所论不合〔三〕。

夏,以诗寄汪鹤孙,自述坎壈;时鹤孙已选授庶吉士,屡以书见寄〔四〕。

黄机自上年二月请假迁葬,居杭州。秋,陪黄机游葛仙祠,有诗〔五〕。

仲冬,以家难愈剧,离乡赴燕;有《留别沈遹声》及《远征》诗。途中又有《癸丑除夕》诗以写悲愁之思〔六〕。《更漏子·重过瓜洲用前韵》词,亦赴京途中所作〔七〕。

女之则生〔八〕。

尚可喜自以衰迈,于三月请归老辽东。吴三桂、耿精忠闻之不自安,亦疏请撤兵以探清廷意旨。清廷皆从之。吴三桂遂于十一月举兵反,以明年为周元年。

十二月,杨起隆自称朱三太子,谋于北京起事。事泄,所部数百人皆被逮。

〔一〕《啸月楼集》卷五《至日楼望答吴璟符》:"六琯灰飞又一年,高楼极目泪潸然。江空白日摇晴雪,野阔黄云接暮天。负郭田畴无二顷,贫居妻子实三迁。同人漫道阳和至,穷谷何曾傍日边。"诗言"妻子三迁",明其时已与父母别居;倘与父母同居偕迁,则不当单举妻子为言。昉思明年至日在北京,诗若作于明年,不当有"江空"云云。故此诗至迟为本年所作,其携妻子与父母分居,自亦不迟于本年,姑系于此。

《稗畦集·遥哭亡女四首》之二:"三载饥寒苦,孩提累汝尝。甑尘疑禁火,衣敝怯经霜。发覆长眉侧,花簪小髻傍。有时还索果,庭下笑牵裳。"诗约作于康熙十六年丁巳。"甑尘"云云,当为"贫居妻子实三迁"时之情状,一并系此。余参见康熙九年谱注十一。

〔二〕《长生殿·例言》:"忆与严十定隅坐皋园,谈及开元天宝间事,偶感李白之遇,作《沉香亭》传奇。寻客燕台,亡友毛玉斯谓排场近熟……"案,《长生殿》成于康熙二十七年戊辰(见后谱),而《例言》云"盖经十余年三易稿而始成",故《沉香亭》之作必在康熙七年戊申以后,所云"寻客燕台"必非指戊申春初客燕之事;且昉思于乙卯后所作诗,言及飘泊异乡及寓居燕京之时间者,皆自癸丑起算(见后谱)。则此所云"寻客燕台"当指本年仲冬再赴北京事;而作《沉香亭》传奇自不迟于本年。又案,严定隅能与昉思为友,至早需在十五六岁(辛亥、壬子)左右,而昉思自庚戌客游,至辛亥秋始返杭,中间游越、游严,至暮秋又赴大梁,实亦无作传奇之余暇;且传奇若作于辛亥秋,距癸丑仲冬赴燕已二年余,似亦不能言"寻"。故作传奇当在游梁归来之后。然昉思寓大梁所作诗已有"雪冻黄河静月辉"云云(参见上年谱),自大梁返抵杭州,必在岁暮;则其作《沉香亭》传奇,当以本年之可能性较大。

《国朝杭郡诗辑》卷七:"严曾榘,字定隅,沆子。余杭监生。有《雨堂诗》。"

《东城杂记》卷上《皋园》:"皋园在城东隅清泰门稍北,少司农严灏亭先生(沆)所筑。"案,吴梅谓《长生殿》"作者历十二年之久,始得卒业"。以《长生殿》成于戊辰推之,则当始于丙辰。其说未知何据。然昉思丙辰年在京(见丙辰谱),实无"坐皋园"之可能也。

〔三〕厉鹗《秋林琴雅》载徐逢吉《题辞》:"余束发喜学为词。同时有洪稗村、沈柳亭辈尝为倡和,彼皆尚《花庵》、《草堂》余习,往往所论不合,未几,各为他事牵去,出处靡定,不能专工于一。……独余沈酣斯道,几五十年,未能洗净繁芜,尚存故我,以视樊榭壮年,一往奔诣,宁不有愧乎?时康熙六十一年壬寅白露前一日,同里紫山徐逢吉题。"案,云"几五十年",则徐逢吉之"学为词"及与洪、沈倡和,自不当早于本年;然昉思本年冬已赴燕,即逢吉所谓"为他事牵去"者,则三人之倡和又不容迟至明岁。

《西陵词选》所载昉思诸作,颇有"尚《花庵》、《草堂》余习"者,今录于后,以见一斑。《西陵词选》之编辑,始于本年冬,成于乙卯秋,见该书凡例。其中虽容有癸丑后之词,要以本年以前所作为多。

《西陵词选》卷三洪昇《南乡子·薄幸》:"听得管弦声,阵阵春风出画屏。残睡鬌騰梳洗懒,多情,暗里娇波转不停。　别后隔重城,夜夜红窗一点灯。待握彩云飞又去,无成,错被人呼薄幸名。"

同书卷五洪昇《三奠子·偶见》:"记绿桑深处,烟袅云拖。含翠黛,转娇波。微行莺罢舞,不语燕停歌。花旖旎,柳婆娑,奈愁何?　归来书阁,月淡风和。春太少,夜偏多。梦魂空着我,名姓失询他。追怨杀,那一晌,便痴么。"

同书卷六洪昇《意难忘·有赠》:"月黑灯红。怪春云一片,闪出花丛。衣香吹不散,步屐响无踪。舒玉手,捧金钟,有多少从容。最怕他,抛人眼色,笑里歌中。　珠帘花雾蒙蒙。惹贪欢鹦鹉,醉杀雕笼。藏钩多宛曲,避酒惯玲珑。珠露冷,滴新桐。愁夜寂筵空。愿化成,留仙裙带,早趁东风。"

同书卷八洪昇《大酺·无题》:"羡杏花飞,杨花舞,闲绕珠帘瑶席。画罗歌扇底,见朱唇粉面,春醪同色。醉月鸳鸯,梦云鹦鹉,都似东风无力。中筵停羯鼓,奈暗里关心,貂裘泪湿。任玉树亭前,零乱裙腰,没残苔迹。　沉沉银漏滴。早忘却、新露涂阶白。猛拚取、征歌百队,浇酒千觞,莫相疑、季伦梓泽。还笑江潭客,镇憔悴、独醒何益?一片月光如洗,鹧鸪啼罢,又是数声横笛。此怀怕人知得。"

同卷洪昇《兰陵王·无题》:"翠云压。一带遥峰暮合。冥冥雨,细扑杏花,小院重门昼长阖。娇莺啼恰恰,幽梦惊回绣榻。东风里、忽地呼乡,眼底翻愁楚天狭。　寻思旧欢狎。是酒污红衫,花染银甲。青丝学挽梳横插。怪伴指雏燕,故调鹦鹉,月底牵留只半霎。镇无语相答。　萧瑟,转呜咽。记征帆北去,梅破残腊。情丝不住心头匝。枉泪湿罗幌,诗题金笺。无端懊恼,闲把弹打池鸭。"

同卷洪昇《六丑·春感》:"甚莺花燕柳,转添得愁人离索。恨春不归,东风何太恶,偏恁留却。记市楼携手,乍寒微暖,正越罗新着。莺穿嫩柳欹横幕。暗里温柔,个中滋味,相关正防人觉。怎雾飘云散,顿阻前约。　　玉人瘦弱,料不禁欢谑。强拨冰弦,春纤频错,无人解为情薄。镇心丝似结,腰围如削。风流事、石家非昨。何况是短布单衫,还泥人生行乐。拚付与、水流花落。奈春云又入相思梦,端然迷着。"

同卷洪昇《戚氏·春恨》:"暮春时,归雁排断碧云飞。风袅垂杨,烟拖细柳,荡游丝。凄其,忆天涯,病多不敢试罗衣。子规啼杀无血,青山一夜抹胭脂。高楼莫上,重帘须卷,湖波正送春归。奈画阑蛱蝶,雕笼鹦鹉,又醉清晖。　　寻思,那日分离,桃花如雨,涨隔武陵溪。何曾得、玉腮珠泪,同洒临岐。恨依依。旧情些个,心头一想,万事都非。梦里欢娱,画中行乐,今生只合如斯。　　燕赵豪华地,藏春锦帐,护月金扉。敢傍烛花低隐?对人歌舞背人啼。不成便尔无情,彩毡微步,扶却丰貂醉。转娇眼翻怪鸳鸯妒。珊瑚枕、翠鬈红欹,对暗尘、积满琴徽,镇日待沉睡小窗西。忽花丛里,斜阳向晚,惊转黄鹂。"案,以上所引昉思诸词,内容率多空虚庸俗,足见其于男女情事所持态度,原未脱封建士大夫庸俗情趣之窠臼。而今人或谓昉思于男女关系问题已具民主思想者,似非确论。故于此等词悉加引录,以显示昉思于此一问题之思想实质,供研究者参考。

《国朝杭郡诗辑》卷十:"徐逢吉,字子宁,一字紫山,或作紫珊,号青龚老渔。原名昌薇,字紫凝。钱塘诸生。有《黄雪山房集》。紫山与于西泠后十子之列,居清波门外夹字港。……少壮好远游,足迹半天下。暮龄不良于行,键户著书,绵历十稔。《清波小志》四卷,则口授稚孙削稿者也。暇为小诗,或填小令以自娱。适有佳客至,则据榻雄谈,移荫不倦。乾隆五年卒于山房,年已八十五矣。"

〔四〕《啸月楼集》卷四《喜汪雯远授太史,兼述近状,却寄三十二韵》:"……不才甘落薄,吾道叹迍邅。贫病攻原宪,诗书困服虔。依人偏傲骨,入世遂多愆。适越航空返,游梁车倦还。破琴违剡曲,市酒混炉边。去住踪无定,疏狂态自怜。愁来望日下,别久易星躔。当席思沉李,同舟忆折莲。江南书再四,蓟北路三千。苑柳阴驰马,宫槐夏噪蝉。赐冰来玉井,避暑侍甘泉。退食知多暇,离群定黯然。……"据《国朝馆选爵里谥法考》,鹤孙以本年选授庶吉士;又据"赐冰"等语,诗当作于夏日。

〔五〕《啸月楼集》卷五有《游葛仙祠,陪黄太宰》诗。葛仙祠在杭州。据《东华录》:康熙十一年壬子二月,吏部尚书黄机请假迁葬。诗当作于壬子黄机假归之后。中有"古墓霜余花淡淡,残碑露白草芊芊"语,为秋日景色。壬子秋及甲寅秋,昉思皆不在杭州。诗之作必在本年秋日。

〔六〕《啸月楼集》卷二《留别沈遹声》:"冬十一月将远行,愁云不断悲风生。故人惜别饮我酒,当杯忍涕伤中情。落月沉沉天未曙,沙头橹鸣欲催去。数声孤雁叫寒霜,飞下烟汀最深处。"案,昉思前此远行,皆不在十一月,故此诗必作于游梁归来之后。然壬子除夕昉思既在杭州,此诗自非壬子所作,否则即不能在杭度岁。考《稗畦集·戊午除夕》诗有"一家歧路哭,六载异乡人"之语,知其自癸丑起即去乡客游,此诗当为本年离杭时作。又,昉思明年已寓居北京,则此诗所云"远行",盖即客游燕京也。

《啸月楼集》卷三《远征》:"万国皆穷路,胡为复远征。艰危频削迹,词赋岂谋生?夜雨孤舟泊,霜风班马鸣。病身长道苦,三岁饱经行。"案,昉思于本年之前,客游已历三载;诗又有"霜风"云云,亦与《留别沈遹声》之"数声断雁叫寒霜"语相合。此诗当本年离杭时作。又案,"万国"四句,明言"远征"无助于谋生,则此行实不为生计。盖于此期间,"家难"愈演愈烈,昉思遂不得不离杭以避之也。陈訏《时用集·寄洪昉思都门四首》之四:"大杖愁鸡肋,飘然跳此身。"亦言其系避尊长之"大杖"而出走。

《啸月楼集》卷三《癸丑除夕》:"客里逢除夕,凄然百感并。惊风穿四壁,大雪冻孤城。骨肉皆分散,形容半死生。家家传柏酒,箫鼓达天明。"

〔七〕《西陵词选》卷二洪昇《更漏子·重过瓜洲用前韵》:"暗潮生,斜日坠,瓜步晚云初霁。离别苦,路途难,江风吹暮寒。　疏窗静,孤帏冷,旅梦还家才醒。年少日,客中多,人生能几何?"味其词意,当为离乡客游之作。"用前韵",谓用壬子所作《更漏子·题瓜州旅壁》韵。案,昉思于乙卯自京南返,同年秋又赴北京;词若作于乙卯赴京途中,《西陵词选》必已不及选入。故此词当为本年赴京途中作。

〔八〕《三妇评牡丹亭杂记》载洪之则跋:"忆六龄时侨寄京华。……"案,昉思于康熙十七年戊午携家赴燕(参见戊午谱);时之则既为六岁,则当生于本年。

康熙十三年甲寅　一六七四　三十岁

春,过扬州。有《扬州道中》诗,以写兴亡之思〔一〕。

入山东,有《蒙山道上》诗,抒写思家悲痛之情。又有《过管鲍分金处寄沈遹声》诗,隐寓身世之感〔二〕。

抵京师,栖遑无依,因以诗卷投李天馥,天馥大赞赏之,谓其诗名自足千秋,不须区区博"世俗之荣"。后遂馆于天馥家。时与天馥讨论词赋,宵分不辍。昉思性脱略,见嫉于时俗,天馥屡周护之〔三〕。

三月,耿精忠以福建反,遣兵攻掠江西、浙江州县。浙大震。清兵之入浙御耿军者,皆取道杭州,杭地备受蹂躏。昉思以母氏在杭,系念甚切〔四〕。

七月,天馥招宴宾客,昉思于座间赋诗,天馥嗟叹称善。重九又应天馥之招,共游城南村庄,时风物甚美,昉思浩然长啸,意气飞扬,四座颇惊怪之,而天馥无所介意也〔五〕。

张台柱是年亦客居京师,时以词相唱和,多抑塞慷慨之意〔六〕。

又与何石云游处〔七〕。

吴三桂军于二月攻下长沙、岳州诸地;后又进袭江西。四川提督郑蛟麟、广西将军孙延龄等于正、二月间先后响应吴三桂。

郑经于六月取泉州、漳州,次月克潮州。

是年,福建、江西、浙江诸地民众乘机起事者甚众。

十二月,陕西提督王辅臣叛于宁羌。

〔一〕《啸月楼集》卷三《扬州道中》:"春雨朝来歇,新花堕作泥。东风吹客泪,独马过隋堤。龙舸苍波远,迷楼蔓草齐。兴亡不可问,落日又乌啼。"案,昉思戊申游燕及庚戌游天雄,节令皆与诗中所述者不合;其游梁又不经扬州。此诗当为本年入京途中所作。

〔二〕《啸月楼集》卷三《蒙山道上》:"乱石绕东蒙,崎岖古道通。一身千里外,匹马万山中。芳树遥遮日,春沙细逐风。思家还有泪,不独为途穷。"既有"思家"云云,当为离乡远行之作。诗中所写景色,与其初次入京及游天雄之节令皆不符;游梁则不经蒙山。诗当为本年赴京途中作。

同卷《过管鲍分金处寄沈通声》:"莽莽乾坤内,何人鲍叔牙?分金遗迹在,驻马独长嗟。断碣春眠草,孤村暮隐花。徘徊念知己,洒泪向天涯。"所写景色与《蒙山道上》同,亦当为本年入京途中所作。昉思时已数经客游,一无所遇,首二句慨叹世无鲍叔,盖亦隐寓身世之感也。

据《蒙山道上》及《过管鲍分金处寄沈通声》所写景色,揆之山东气候,至早当为二月底或三月初,则其抵京当在三四月间也。

〔三〕《稗畦集·旅次述怀呈学士李容斋先生》:"儒生不可为,伤哉吾道否。伏处淹衡茅,客行困泥滓。茫茫六合间,眷顾谁知己?朝有贤公卿,合肥李夫子。殷然吐握怀,愿尽天下士。昇也入长安,栖遑靡所倚。投公一编诗,览罢釂然喜。揄扬多过情,光价顿增美。……情专爱无倦,高馆延我住。出则后车载,食则四簋具。往往坐宵分,篝灯论词赋。恩遇日以深,漂蓬忘客寓。只缘脱略性,苦被时俗妒。赖公砥中流,直道屡周护。……回思谒公时,数语真绸缪。谓子富诗卷,令名足千秋。何须博世荣,区区为身谋?誓当佩明训,努力励前修。三复长叹息,感激涕泗流。"案,同书《奉寄少宰李公》,有"忆到龙门十四年"云云。据《清史稿·部院大臣年表》,李天馥于康熙二十三年至二十七年任吏部左侍郎。康熙二十三年距昉思初次入京之戊申已十六年,故昉思以诗投李天馥,决非初次入京事,至早当在本年。又,《奉寄少宰李公》至迟作于康熙二十七年,以此上推十四年,即为本年,故其以诗投李天馥,又不容迟至明岁。

李天馥《容斋千首诗·送洪昉思归里》:"武陵(案,当为林之讹)洪生文太奇,穷年著书人不知。久工长句徒自负,持出每为悠悠嗤。一朝携之游上国,寂寞无异居乡时。我得把读亟叫绝,以示新城相惊疑。此子竟作尔馨态,得未曾有开宝遗。立格动辄讲复古,无怪不合时宜。杜门风雅恣扬扢,昔之市隐非君谁?……"所述初读昉思诗时惊喜之状,可与《旅次述怀呈学士李容斋先生》相印证。"新城"谓王士禛,参见明年谱。

《清史稿》卷二百七十三:"李天馥,字湘北。……顺治十五年成进士,选庶吉士,授检讨。博闻约取,究心经世之学,名藉甚。累擢内阁学士,充经筵讲官。每侍直,有所见,悉陈无隐。圣祖器之。……擢户部侍郎,调吏部。杜绝苞苴,严峻一无所私,铨政称平。二十七年迁工部尚书。河道总督靳辅议筑高家堰重堤,束水出清口,停浚海口;于成龙主疏浚下河。上召二人诣京师入对,仍各持一说。下廷臣详议。天馥谓下河海口当浚,高堰重堤宜停筑,上然之。历刑、兵、吏诸部,三十一年拜武英殿大学士。……三十八年卒,谥文定。天馥在位,留意人才,尝应诏举彭鹏、陆陇其、邵嗣尧,卒为名臣。……"案,天馥号容斋,合肥人,永城籍,见韩菼《有怀堂文稿》卷十六《诰授光禄大夫武英殿大学士兼吏部尚书李文定公墓志铭》。

〔四〕李天馥《容斋千首诗・送洪昉思南还》:"南国烽烟萱草梦,西陵雨雪竹枝词。""南国烽烟"指耿精忠之叛。"萱草梦",犹言梦萱草;萱指母氏。盖昉思于此"南国烽烟"之时,紧念母氏甚切,至形诸梦寐也。案,《清史稿》卷二百五十七《李之芳列传》:"十三年,……耿精忠亦叛,遣其将曾养性、白显忠、马九玉,数道窥浙,浙大震。"又,《仁和县志》卷二十七《纪事》:"康熙十三年二月云贵叛。三月耿逆亦叛。凡大兵往衢者,必取道于仁钱二邑,则仁钱其兵冲地也。朝廷命大将军副都统以先启行,公侯继之,最后康亲王督师入闽,而所属者则有内院、有笔帖式。江干一带居民,建宫殿、修公署、筑馆垣,器用财贿,刍荛糇粮,脯资饩牵,取办仓卒,刻不容缓。……师之所过,荆棘生焉,必有凶年,人其流离。今幸稍息肩安枕矣。创巨痛深,哀鸣嗷嗷。肃肃其羽,其能已于作乎?""师之所过"诸句,虽隐约其辞,而清兵于杭州之骚扰破坏,宛然可见。考《聊斋志异》铸雪斋本卷十一《张氏妇》:"凡大兵(清军)所至,其害甚于盗贼,……甲寅岁,三藩作反,南征之士,养马兖郡,鸡犬庐舍一空,妇女皆被淫污。"盖征讨三藩之清兵,为害地方若是之烈。是时杭地既震慑于耿精忠军之"数道窥浙",复遭清兵之严重摧残,其可忧实不止一端也。

〔五〕《稗畦集・旅次述怀呈学士李容斋先生》:"……昨岁秋七月,轻风送微凉。我公召宾客,高宴卧游堂。名士半东南,触目皆琳琅。贱子厕末座,秩秩行羽觞。庭前双榆树,密叶何苍苍。上有蝉乱鸣,空垣隐斜阳。率尔奏短歌,《下里》不成章。公实知我深,嗟叹称擅场。转盼届重九,招游城南庄。仰视天宇空,云日流清光。浩然发长啸,意气忽飞扬。酒酣自落帽,不待西风飏。四座颇惊怪,公独容疏狂。"诗为明年作(参见明年谱),所述当为本年事。

〔六〕《东白堂词选》卷十一张台柱《高阳台・燕山道上有感,用洪昉思九日登高韵》:"树接斜阳,山横断霭,惊风刺眼尘沙。牢落征途,帝城遥指云遮。南来旅雁谁相识?伴月明、独宿芦花。最难禁,梦断家乡,几处哀笳。　　千金买骏谁耶?叹烟寒碣石,室迹人遐。浪迹萍踪,随风飘泊天涯。栖栖南北征鞍上,却总教、送尽年华。问明春,燕子多情,巢向谁家?"

同书卷十张台柱《满庭芳・燕山道上和洪昉思》:"易水风悲,芦沟月冷,行人暂驻征鞍。燕昭何处？荒草满平原。不见黄金台馆，空赢得、骏骨如山。疏林远,高陵望断,落日黯无言。　　年年,尘土里,输他白发,换却朱颜。指长安宫阙,多在云端。昨夜漫天飞雪,朔风起、吹满燕关。家乡杳,浪游倦矣,萧瑟敝裘寒。"此二词当为先后之作。案,昉思于己酉自京返杭,途中有《泊临淮寄沈邂声、张砥中、吴瑳符、陈调士、俞季琬、张景龙诸子》诗（参见己酉谱）,知昉思初次入京时,台柱仍住杭州。故此二词当作于昉思再次入京之时。《西陵词选》卷六亦收张台柱《满庭芳》词,题作《燕山道上》,无"和洪昉思"四字。《东白堂词选》之纂辑,台柱躬与其事（佟世南《东白堂词选初集小引》:"戊午春适游武林,晤陆子荩思,张子砥中,言有水乳之合,遂共搜散帙,以图付梓。"）,词题自当以《东白堂词选》为据。唯《西陵词选》既收此词,可证其必为乙卯秋前之作。词有"漫天风雪"云云,是作于甲寅冬无疑。又据《清波小志》所载,台柱于康熙甲寅从军（参见康熙六年谱注四）,是作此词后,旋即离京从戎;则《高阳台》之作亦不容迟至明秋。

〔七〕《国朝杭郡诗辑》卷五:"何石云,字岱霖,号艮斋。钱唐人,且纯子。官户部郎中。有《鄂铧堂集》。艮斋……晚年致仕,卜居湖墅。与吴允嘉石仓、洪稗畦昇、冯山公景相友善。初游京师,合肥李文定公天馥奇其才,命子孚青受业焉。"案,王晫于明年有《与李容斋学士书》:"……乃陆子云士归里,谓某曰：李先生念尔独至。某信且疑之。继何子岱霖、洪子昉思,先后南还,咸相告如陆语。"（参见明年谱）岱霖于甲寅、乙卯间当已为李氏馆师,否则无由知李天馥念晫独至也。又,昉思于本年亦馆于天馥家,时当已与岱霖游处。

康熙十四年乙卯　一六七五　三十一岁

暮春离京返杭。道经开封,与费而奇游,甚欢。赠以诗。初夏入江南境,有《入江南境》诗〔一〕。

抵杭,晤王晫,为述李天馥忆念之状〔二〕。

与毛际可、方象瑛游处。时二人皆以避乱寓杭。象瑛尝招昉思饮,为述故园情状及其系念之情〔三〕。

五月,编《啸月楼集》成,黄机为之序〔四〕。校阅者为李式琥、聂鼎元、汪鹤孙、柴震、沈士薰、张云锦、沈丰垣〔五〕。

游佛日寺,有《赠佛日寺半闲上人》诗〔六〕。

秋,自杭赴京,途中有《旅次述怀呈学士李容斋先生》诗〔七〕。

过京口,有感于时事,作诗《过京口作》。复以民间抗清义军蜂起,自拥护清廷之立场出发,深惧危及清廷统治,途次又有《一夜》诗。抵京后,作《征妇怨》,以抒写征妇之哀痛〔八〕。

李天馥以昉思诗示王士禛,士禛亦嗟赏之。昉思寻从士禛受业,过从甚密〔九〕。

与王泽弘游,为忘形交〔一〇〕。

秋末,昉思父因事获罪,自远道至京,寓居萧寺。昉思往谒之,因泣下〔一一〕。

与父及仲弟昌共度除夕。骨肉相聚,暂忘飘泊之苦〔一二〕。

王辅臣于二月取兰州等地;至七月,屡为清军所败。

郑经部将刘国轩于五月大败清兵于潮州。

〔一〕《啸月楼集》卷首有本年五月黄机在杭所撰序。昉思是时当亦在杭州,故乞机作序。又,昉思庚申所作《寒食》诗有"七度逢寒食,何曾拜墓前"语,"七度"系自甲寅起算(参见康熙十九年庚申谱)。是乙卯寒食尚未返杭,故其抵杭当在寒食后、五月前。

《啸月楼集》卷三《入江南境》:"自入江南路,平畴见绿禾。尘沙才幸少,风雨又嫌多。隐现青岚出,盘回翠沼过。客行辛苦惯,不用发劳歌。"知途中所行经北方之地,尘沙甚多,入江南后始减少。北方尘沙最多者厥为春季,"风雨"云云亦似春夏间情景。复参以"绿禾"语,当为初夏所作。昉思前此客游,其南返皆不在初夏。诗必作于本年返杭途中。而其抵杭要在四五月间。

《啸月楼集》卷二《留赠费葛皮》:"费子美年少,卓荦多英姿。暂为梁园客,工画兼工诗。七言长句颇夭矫,毫端风雨龙蛇绕。奚囊新自邺中还,铜雀荧荧墨光好。我来大梁遇石子,醉酒高歌春月里。知心一日即千秋,何必丹鸡订终始。把臂才逢又别离,杨花乱落东风吹。风吹汴河流不住,相送夷门分手去。回望千林翠色浓,都是君家画中树。"据"杨花乱落"云云,当是暮春。是其抵、离大梁,均在春日,与壬子年游梁情状不符。戊申游燕,虽有经梁之可能,然亦非暮春。上年入京,取道山东,不经开封。唯本年自京返杭,系于初夏入江南境,时令相接。诗当本年作。又,诗有"把臂才逢又别离"语,且初夏已入江南;是昉思此次返杭,于途中并未多事逗留。以此言之,其离京与抵梁之时相距当不甚远,离京约亦在暮春。

《国朝画识》卷八:"费而奇,字葛坡,杭人。善花鸟,法徐熙。山水亦佳。(《图绘宝鉴续纂》)查编修慎行题葛坡小影:'费生客京华,气带秋山爽。学诗兼学画,离俗寄幽赏。'(《敬业堂集》)"案,昉思所云"卓荦多英姿"、"工画兼工诗",与慎行所云"气带秋山爽"、"学诗兼学画"者正合;"坡""皮"又形近易误。费葛皮当即费葛坡。又,"葛坡",《敬业堂集》原作"葛陂"。

〔二〕王晫《霞举堂集》之《南窗文略》卷五《与李容斋学士书》:"草堂得接教言,欢浃里表。随蒙赐书,期以三五日内,拟作竟夜之谈。盼望良久,不意仙舟遂已长发。翘首河干,只深怅惘。其后先生侍从帷幄,名德日升,窃意山野故人,先生久已忘之矣。乃陆子云士归里,谓某曰:李先生念尔独至。某信且疑之。继何子岱霖、洪子昉思,先后南还,咸相告如陆语。某始憬然。"据《清史列传》卷九《李天馥传》,天馥以顺治十八年辛丑授检讨,康熙十四年为侍讲学士,次年为侍读学士,迁少詹事,十六年丁巳升内阁学士。晫书称天馥为学士,又有"侍从帷幄"云云,时天馥当为侍讲学士或侍读学士。然昉思明年未尝返杭(参见后谱),故其向王晫述天馥忆念之状,当为本年事。又,《霞举堂集》之《尺牍偶存》(卷下)《答李湘北太史》:"……比谒龙门,甚慰饥渴。……复承绫素,宠以妙书,……三五日内,许作竟夜之谈,……"《与李容斋学士书》中"许以三五日内"云云,当即指此而言。盖天馥于前此尝以故过杭,拟与晫作竟夜之谈,竟不果;及为侍讲学士,犹念晫不置也。

〔三〕《稗畦集·题健松斋为方渭仁进士作》:"闽海昔变乱,烽火连括苍。山寇乘间发,所在尽破亡。睦州当孔道,践作戎马场。先生弃园庐,尽室奔钱塘。相招酌春酒,忽然涕浪浪。为言'故园内,有松三四行。植自吾父手,枝干摩云长。夕阴疏雨清,夏月微风凉。读书卧其下,苍翠映衣裳。未知兵燹余,犹能免摧戕?树木何足怀,手泽讵敢忘?'……""手泽"云云,盖出于封建感情。案,《清史列传》卷七十:"方象瑛,字渭仁,亦遂安人。明少傅逢年孙。天资颖异,九岁能诗,十岁作《远山净赋》,惊其长老。少负气自豪。……康熙六年成进士。授内阁中书,十七年充顺天乡试同考官。十八年以仓场总督严沆荐,召试博学鸿儒,列二等,授翰林院编修,与修明史。二十二年四川平,补行乡试,充正考官。及还,为《锦官集》二卷,凡山川之阨塞,风土之同异,悉见于诗。寻迁侍讲,以告归。家居时,苞苴干牍,一不至于门。邑多秕政,与仲兄象璜吁言道,岁省费以万计。卒之日,邑人为建思贤祠于城南。著有《健松斋诗文集》三十四卷,《封长白山记》一卷,《松窗笔乘》三十卷。"又,《健松斋集》卷十二《郑宝水先生遗集跋》:"甲寅寇乱,余避地钱塘(象瑛于康熙六年举进士后,即'需次里居',参见《健松斋集》卷首梁允植序;故'甲寅寇乱'时由遂安避居钱塘)。……丙辰,福建平,……余亦携家返里。"昉思于象瑛寓杭期间,仅本年有返乡之行。《题健松斋》所言"相邀酌春酒"云云,当为本年事。

《清史列传》卷七十:"毛际可,字会侯,浙江遂安人。顺治十五年进士。授河南彰德府推官。改知城固县。调祥符。康熙十八年举博学鸿儒,罢归。寻膺卓异,行取,赐袍服。以事去官。少负隽才,淹雅博闻。以文章名。居官有异政。为推官,戮进豪猾。归德防将,倚势淫掠,穷治之,皆弃市。然于疑狱多所平反。盗犯房有才等十三人,奏当大辟,力白其冤,释之。……及官祥符,……直大兵过,有肆扰者,立白其帅,置之法。及归,益致力为古文。虚怀善下,辄好人讥弹其文。至于朋友往还,必以无所规益相督勉。尤乐汲引后进,四方从游恒屡满户外。……著有……《松皋文集》十卷,《安序堂文钞》三十卷。……"案,昉思丁巳自北京游梁,际可时令祥符,象瑛有《送洪昉思游梁,兼寄毛祥符会侯》诗,云:"不知贤令尹,何计慰疏狂。"杨瑄所作《送洪昉思游大梁》亦云:"讯有贤使君,缟带旧相识。"昉思当于游梁前已与际可订交。又,《健松斋集》卷首载毛际可所撰序:"余读渭仁文,凡三变矣。……暨与余避寇会城(谓杭州),得稚黄诸子相与切劘,……"知是时际可与象瑛同寓钱塘。盖二人时皆居乡,及乱起,遂相偕避于会城。昉思与际可游,当亦始于本年南返之时。

〔四〕《啸月楼集》卷首载黄机所撰序:"诗之为道,有关于世者也,岂仅写风云月露之文,为燕游酬唱之具哉。士君子读书稽古,有志斯世,无不宜致力于诗。穷而在下,则眺览山川,歌谣风俗,以备轺轩之采;达而在上,则入朝奏雅,入庙奏颂,以黼黻太平之治;甚巨事也。世之作者,徒视为具文,其于兴观群怨之旨,温柔敦厚之义何居焉? 余孙婿洪昉思,少负英绝之材,性耽吟咏,于古近体靡不精究;悲凉感慨之中,有冠冕堂皇之气。决其非久于贫贱者。自此海宇清晏,歌咏功德,非昉思孰任之? 独念余备位有年而才质薄劣,无以赞颂皇猷,退又无名山之藏。讽览斯编,不觉兴感,勉旃昉思,其无负学诗之训矣夫。时康熙乙卯端阳后五日题于怀古堂。"案,《清史稿·黄机传》:"……再调吏部,……寻以迁葬乞假归,……十八年特召还朝,以吏部尚书衔管刑部事。……"据《东华录》,机乞假归在壬子二月。是机于壬子至己未间,皆居杭州。此序当在杭所作。

又案,黄机此序,系勉励昉思以歌诗为清政权服务,其拥护清廷之立场殊为明显。昉思与黄机父子关系甚密,黄机平日之所以勖勉昉思者,于此亦可略见一斑。此类思想影响,皆研究昉思思想发展所宜重视者也。

〔五〕《啸月楼集》卷一署"同学李式瑚颂将阅",卷二署"同学聂鼎元汝调阅",卷三署"同学汪鹤孙雯远阅",卷四署"同学柴震尺阶阅",卷五署"同学沈士蕙楚佩阅",卷六署"同学张云锦景龙阅",卷七署"同学沈丰垣通声阅"。

《国朝杭郡诗三辑》卷二:"李延泽,字颂将。式玉弟。钱塘人。颂将为式玉少弟,才具挥霍,器局闳远,更超于两兄。为诸侯上客者数十年。所至之处,公卿倒屣。所著有《春秋四传注疏合参》五十卷,……卷帙之多,为士林罕见。"案,式玉仲弟名式连,见《国朝杭郡诗三辑》卷二。颂将之名当亦以"式"字排行;盖式瑚为其原名,后又改名延泽也。

《国朝杭郡词辑》卷三:"聂鼎元,字汝调,钱唐人。著有《扈芷斋词》。"又,吴农祥《梧园文选·聂汝调诗集序》:"余表侄聂汝调,少年时工诗文。性驯谨,顾喜豪侠,急然诺,脱手散万金如弃涕唾。武定李相公邺园官浙江,欲招致幕,汝调迁延辞避不往。余在三衢,李公为余言:'汝调今作何状? 曷不从我游,立功名矢石间,不患不致身霄汉也。'而汝调终不赴也。循例入京师,仅得延绥一仓库职。所历米脂、葭州、吴堡、神木、府谷,上古要害无论矣;即以胜国言,为剧贼所自起,地瘠民贫,……飞沙千里,吹浪成山。日驰二百里,必抱马首疾行乃过,否则人马必陷沙中,无拔脚地。茫茫天地,不分阡陌,前瞻马粪所遗,即得大道,鞭鞘所指,恒以为指午针。殆不可朝夕居者。而汝调自喜,于马背吟哦,辄得奇句。……值榆林饥甚,无可征求,汝调辄解橐中装以偿州县积负。会其家召,汝调念亲老矣,微官万里,鸡肋石田,何足恋? 即告归矣。武定,汝调知己,其所拔擢,岂仅丞尉? 乃舍之而就此。汝调生于江东,家素封,乃悉济宗族知识,而自窜于苦寒无人之境。则何也? 汝调之言曰:'上郡嗜好饮食,与吾地不同,……人民无文,猛犷而见情实。骤然而与之言,则吐露肺腑,妇女儿童犹是也。非如翻覆一手云雨荒唐者。'……"汝调盖亦愤世疾俗者也。《啸月楼集》卷一有《北行,怀聂汝调》,卷三有《夕霁怀聂汝调》诸诗,《稗畦续集》又有《送聂汝调任延安》,其人盖与昉思游处甚密。

沈士薰、柴震亦昉思平日与之游处者。《啸月楼集》卷三有《柬沈楚佩》,卷四有《同声乐赠柴尺阶》诸诗。《稗畦集》亦有《宴沈楚佩蔚秀园》诗。

汪鹤孙等三人见前谱。

〔六〕《稗畦集·赠佛日寺半闲上人》:"孤寺忽逢君,钟残夜欲分。香堂容听法,艺苑悔论文。到处惊烽火,何方远垢氛。白龙潭上月,黄鹤岭头云。"佛日寺在杭州黄鹤岭。此诗不收入《啸月楼集》,其作当在《啸月楼集》成书之后。而昉思于丁巳岁暮再次南返,则已非"到处惊烽火"之时。诗当为本年作。

〔七〕《稗畦集·旅次述怀呈学士李容斋先生》:"揭来暂为别,客舍仍淹留。青灯照寒雨,落叶风飕飕。野萤暗无色,草虫鸣未休。抚枕不成寐,怆然生旅愁。"诗不收入《啸月楼集》,当作于本年五月后。又据《清史稿·部院大臣年表》,天馥于康熙二十年为户部侍郎。此称学士,当作于二十年前。康熙二十年前,昉思虽于丁巳、己未皆尝南返,然往返皆不在秋日(参见后谱),与诗所写景色不符。昉思本年夏尚在杭,秋末已在北京(见注八《征妇怨》条及注一○),其北行要在夏秋间,节令与诗中所写者恰相符合。当为本年赴京途中作。

〔八〕《稗畦续集·过京口作》:"家室仍多故,江山未罢兵。一舟愁旅泊,千里怯长征。鼙鼓连秦急,烽烟照楚明。北南形胜地,铁瓮此坚城。"此云"鼙鼓连秦急",盖在王辅臣降清之前;又有"千里怯长征"之语,当为本年北行过京口作。

《稗畦集·一夜》:"海内半青犊,梦中双白头。江城起哀角,风雨宿危楼。新鬼哭逾痛,老乌啼不休。国殇与家难,一夜百端忧。"诗有"江城"云云,自亦作于江南。而昉思丁巳岁暮再次南返,则已非"海内半青犊"时矣。当为本年赴京途中作。"青犊",本为汉代农民起义军之一支,此处即指民间之抗清义军。昉思以民间抗清义军蜂起,至忧不能寐,其忠于清廷之立场,固甚明显也。

《稗畦集·征妇怨》:"秦楚兵戈乱似麻,红颜清夜忆天涯。月明一片砧声起,泪满长安十万家。"王辅臣以明年六月降清,此当为本年秋在京所作。

〔九〕李天馥《送洪昉思归里》:"……我得把读呕叫绝,以示新城相惊疑。"知天馥得读昉思诗后,即以绍介于王士禛,共相叹赏。据《渔洋山人自订年谱》,士禛于壬子丁母忧,至本年夏始服阕入京,则天馥以诗示士禛当为本年事,昉思从士禛游亦当在本年自杭赴京后。案,王士禛《香祖笔记》卷九:"昇,予门人,以诗有名京师。"是昉思既以天馥之介而识士禛,后遂从之受业。又,王士禛《渔洋山人续集》卷十丁巳稿《送洪昉思由大梁之武康》:"我衰于世百无用,……汝何爱此频来过。"足征过从之密。且士禛此诗,纯为尊长口吻(见康熙十六年谱注引);士禛于康熙十六年作此诗时,昉思当已从之受业。则昉思之执贽士禛,要在此一二年间。

〔一〇〕王泽弘《鹤岭山人诗集》卷十二辛未《送洪昉思归武林》："结交十六载,情好如一日。"自本年至辛未凡十六年。若合首尾计之,则自丙辰至辛未亦为十六年。然昉思《稗畦集·重阳集吴庐先生请假将南旋》："燕台七度醉重阳,话别今宵共举觞。"知于该年之前,已与泽弘"七度醉重阳"矣。诗作于壬戌(参见康熙二十一年壬戌谱),是昉思与泽弘订交当在本年。

《稗畦集·送王昊庐先生请假南归》之五:"落拓无长策,萧条寄短檐。狂应遭世嫉,愚独受公怜。下问襟期豁,忘形礼数捐。赏音分手去,惆怅罢朱弦。"可见二人之交谊。

《小仓山房文集》卷二《光禄大夫礼部尚书王公神道碑》:"……公讳泽弘,字涓来,一字昊庐。家本琅琊,十世祖东平侯迁于黄冈。……(公以)辛卯举于乡,乙未成进士,入翰林,督学京畿,再迁吏部侍郎,左都御史,礼部尚书。……立朝专持大体。御史某奏,流人宜徙乌喇。公不可。圣祖驳问。公奏称乌喇死地,流非死罪;果罪不止流,当死,死不必乌喇;罪不当死,故流,流不可乌喇。举朝无以难,事竟寝。……先是江西征漕,每米石输水岸费若干,相沿为正供。会江督奏入,九卿议者多持两端。公力言洪都地瘠民贫,除之便。天子以为然,岁省余额十余万。……癸未以老辞位归,居金陵之大功坊。角巾散服,徜徉山水,若忘其为国老者。……"

〔一一〕《稗畦集·送父》之三:"回思去年秋,我父入燕都。走谒萧寺中,膝下慰勤劬。间关触热来,水陆何崎岖。面目黧且瘦,鬑鬑增白须。泣罢跪进酒,寒月照坐隅。天涯骨肉聚,愁中暂欢娱。倏忽经一载,归帆欲南徂。严霜既坠地,百卉皆凋枯。风景不殊昔,离散伤羁孤。"据诗末四语,知其父入京,亦在百卉凋枯、严霜坠地之时。此诗之二有"漂泊三四年,间阻南与北"云云。昉思于乙卯后所作诗,言及漂泊者,皆自癸丑起算。如《稗畦集·戊午除夕》:"六载异乡人。"《稗畦续集·己未元日》:"七年身泛梗",故《送父》当作于乙卯至丁巳间。又据《丙辰除夕》诗(参见明年谱),昉思于乙卯与父、弟同度除夕,至丙辰而父弟皆返乡。是《送父》当作于丙辰,其父入京在本年秋末。

昉思本年春夏间在杭,而《送父》诗所述谒父之情状,似为久别乍逢者;是昉思父来京之前,不在杭州。时值三藩之乱,而诗有"间关"云云,或自战乱之地,辗转而来。又,昉思父尝出仕,岂即来自任所欤?昉思父母于己未以事谪成(参见康熙十八年己未谱),而《送父》之四云:"……江山郁以盘,吾母在故里。昨宵曾梦见,白发垂两耳。况闻多难余,形容定销毁。还愁疾病攻,谁为检药饵。风雨忽漂摇,旧巢半已圮。……"是写此诗时,昉思家庭已罹大难,几至颠陨,故有旧巢半圮之叹。此一大难,显非指杭州于上年遭清兵摧残事。因旧巢半圮系承"况闻多难余"等句而来,亦即对"多难"之具体说明;若指清兵上年摧残杭地事,则昉思本年春夏间既尝返杭,于其母"多难余"之"销毁"情景,必亲见目睹,不当云"况闻",亦不当用"定销毁"之类悬拟之词。故此句必别有所指。疑导致昉思父母日后谪成之事,实于丙辰前业已发生。

《稗畦集·途中奉怀益都冯相公》:"慈父赖全蒙难日,贤师惭负受恩身。"冯相公为冯溥,参见康熙二十年辛酉谱。昉思父于己未谪戍时,虽"逢恩赦免",然实与溥无涉(参见康熙十八年己未谱);诗所云云,当指此期间事。盖其父于"旧巢已半圮"后,仍得于明年安然返杭者,即赖溥保全之也。然至己未而其事又发矣。又,《送父》诗云"风雨忽飘摇",为遭祸未久之辞,其事要始于乙卯、丙辰间。

昉思父"蒙难"之事由无考。其于己未谪戍时,黄机方为刑部尚书,而不能周护之使无罪,则其事必甚严重。此数年适值三藩之乱,昉思父又或自战乱之地,辗转来京;岂即以三藩事牵累欤?

〔一二〕《稗畦集·丙辰除夕》:"昨岁逢除夕,他乡忘苦辛。班衣同弱弟,柏酒奉严亲。一送南天棹,孤羁北地尘。今宵家万里,灯下倍伤神。"案,是时季弟中令不在北京(参见康熙十六年丁巳谱),"弱弟"当指殷仲。

康熙十五年丙辰　一六七六　三十二岁

夏,李式玉来京,昉思作《柬李东琪》诗劝之归〔一〕。

六月,荆门人周昌见王辅臣屡为清兵所败,乘机说王辅臣降清,因乞清廷旌表己母孙氏。昉思有《周节母诗,兼呈令嗣介公宪副》〔二〕。

秋,仲弟昌侍父返杭。昉思送至河浒,悲不自胜;有《送父》六首〔三〕。

十月,耿精忠以兵败降清。先是,建宁通判山阳何源濬,于耿精忠叛时,家属尽陷闽中,只身赴浙江请兵,随军进讨;以功授绍兴知府。及耿精忠降,昉思遂为何源濬作《回龙记》传奇〔四〕。

王士禛妻张氏卒,有《代王阮亭先生悼亡》〔五〕。

以三藩之乱犹炽,作《征兵》诗以抒写忧时之情〔六〕。

除夕,忆去岁与父弟欢聚之状,倍觉伤感,作《丙辰除夕》诗〔七〕。

尚可喜子尚之信,于二月劫其父降吴三桂。尚可喜寻发愤死。至十二月,尚之信与吴三桂矛盾日甚,又密通款于清军。

各地起事民众是年多为清军所败。

〔一〕《稗畦集·柬李东琪》:"闻君昨日到长安,驿路风尘乍解鞍。古寺楼台高避暑,晴天松柏昼生寒。亲知把臂他乡少,贫贱论交此地难。我自飘零归未得,秋江劝尔弄渔竿。"案,毛际可《安序堂文钞》卷七《暮春觞咏序》:"丙辰三月望后,过昔古草堂,稚黄五兄方与诸君君简论画,……念客岁与同人大集斯堂,五兄有'何物莼羹风味妙,顿令张翰欲休宫'之句,曾几何时,东琪、武令、华徵作燕赵游,……"知式玉游燕在乙巳、丙辰间。诗有"避暑"语,当作于夏日。然昉思上年夏秋间尚在赴京途中,此诗必为本年夏所作。盖式玉虽于丙辰暮春前离杭,而抵京已在丙辰夏日也。

〔二〕《稗畦集·周节母诗,兼呈令嗣介公宪副》:"鄂州郊外昼鸣鼓,十万黄巾猛如虎。金戈耀日旗蔽天,马后累累皆妇女。周家有妇官道傍,夺刀骂贼何慨慷。一旦红颜委黄土,千秋翠柏飞清霜。鸣呼节母生孝子,三十年来泪如水。西凉寇发感愤生,仗剑从戎自此始。极天烽火扼孤城,凭轼赍书入敌营。蹈险只凭三寸舌,却敌能逾十万兵。功成不愿秉旄钺,但乞王言慰枯骨。归来庐墓树丰碑,夜夜乌啼岭头月。"案,《国朝耆献类征初编》卷二百九《周昌传》:"荆门周先生……名昌,字培公,一字通声。崇祯十六年癸未,李贼(指李自成起义军)破郧中,……贼以刃胁太夫人,遂触棺而死。……(及三藩之乱,)谒抚远大将军图公于潼关。公与之语,大悦,自谓如桓征南之遇王景略也。遂为上宾,揖而不拜。屡献奇策,却叛臣王辅臣军数四。……遂请于图公,单骑往说(辅臣降)。……见辅臣,反覆数千言,乃曰:'听公处分矣。'……先生则超授布政使参政,谕祭父母二坛,建坊旌节。"王辅臣降清在本年六月,见《康熙东华录》卷十七。又,同卷康熙十五年六月戊寅,"图海又奏:'……周昌诉伊父亡时,母孙氏剜目破面,触棺尽节而死,未蒙旌表;今情愿为国捐躯,表扬母氏。……'得旨:周昌之母孙氏,著遣官致祭,给银建坊旌表。"昉思诗所云"介公",与周昌籍贯事迹,悉皆相符;当为一人。疑昌又字介公,或"介公"为"培公"之误。至"周家有妇官道傍"云云,与孙氏事略有出入,盖昉思闻之未审也。又案,昉思此诗,殊堪注意:诬蔑李自成农民起义军为"贼"、为肆行掳掠者(所谓"马后累累皆妇女"),一也。表彰坚决与农民起义军为敌之"节妇"(所谓"夺刀骂贼何慨慷"),二也。表彰为清廷效力之"孝子",三也。其反对农民起义、拥护清廷之政治立场及提倡"节孝"之封建思想,皆可概见。

〔三〕《稗畦集·送父》之五:"痛心不敢道,扶侍出都城。城隅杨柳色,摇落正秋清。小舠舣河浒,樽酒将欲倾。舟子何谡谡,挂帆催启行。牵衣跪膝下,哽咽已吞声。举头瞻亲颜,欲言泪纵横。为儿谢慈帏,儿罪实贯盈。靡依匪母氏,曷诉游子情。便恐死他乡,旅魂泣茕茕。哀哉复哀哉,拜罢辞行旌。"案,《送父》之一:"叮咛告仲弟,汝行善扶将。……汝今幸同归,我滞天一方。"知仲弟昌侍父返杭。

〔四〕《小说考证》卷六引《见山楼丛录》述《回龙记》本事,略云:山阳韩原睿,家贫能文。平章宋皇巩荐为建宁别驾,携妻李氏至任。是时闽中都督虞自雄,倚恃兵权,残害善良。其参军贾多智横行不法。原睿谒八闽节度张丕文,丕文告以欲裁减兵饷,草奏命赍入京。自雄遂反,杀丕文一家。李氏闻之大惊,寄书其夫。原睿行至回龙村,接李氏书,乃潜出浦城。其子敬敷时已省试中式,闻变,入闽侦父耗。至闽,为巡兵所获。见虞自雄,命杀之。多智曰:不如令见其母,劝作书降其父。敬敷见母,哭诉始末,乘夜举家潜走。原睿请兵至,大败自雄军,擒贾多智,自雄出降。事平,授绍兴太守。到任三日,诣卧龙冈行香,李氏同子敬敷,亦以许愿至。夫妇父子相见,悲喜交集。后韩父子官皆显达云。《见山楼丛录》谓:"虞自雄谓愚自用,贾多智谓假多智。洪氏或别有所指耳。"案,《淮安府志》卷二十二《人物·仕迹》:"何源濬,字崑乎,山阳人。由贡生授建宁府通判。值耿逆背叛,家属尽陷贼中。只身赴浙江请兵,陈恢复大计,随大兵进剿。贼败,以功授绍兴府知府。时山寇海氛,所在梗化,会合诸郡兵,宣布威福(案,福字疑误)。渠魁授首,首捐赎军中被系妇女。复补马湖府。时方兴楠木之役,驿骚半天下。马湖居万山中,运木之夫堕崖堑死者不可胜计,源濬伤之,著《木政》一篇,备言其苦。恳监司上陈,竟罢兹役。升浙江督粮参政,后归。"其事与剧情颇有相似之处:何源濬与韩原睿皆山阳人,皆为建宁通判,一也。八闽叛时,二人皆赴外地请兵,而家属陷于闽中,二也。二人皆以随军进剿有功而授绍兴知府,三也。且何、韩一声之转,源、原同音。此记盖即谱何源濬事而张大之。《见山楼丛录》谓其"凭空结撰无所本",偶未考耳。据《浙江通志》卷一百二十二《官职》,源濬任绍兴知府在康熙十四年,而记中已述及自雄出降,当作于耿精忠降后。唯不云自雄被诛,则写作时似在清廷诛耿精忠之前。耿精忠降在本年十月,见《康熙东华录》;今以作《回龙记》事姑系于此。又案,《淮安府志》卷二十二《人物·仕迹》:"何宽,字而立,山阳人。康熙乙卯举人。耿逆之变,母李氏留闽中,音耗阻绝。宽经历险阻,出入戎马锋镝中,得达母所,保护无恙。任保定、平远二县知县。……以忧归,遂不复仕。"宽与源濬同姓同籍,其事与《回龙记》中韩敬敷亦有相似之处,且母之姓氏亦同。岂宽即源濬之子而府志失载?抑昉思以二人事迹牵合之而成此记欤?至记所言"后韩父子官皆显达",则颂祝或铺张之辞,非实录也。

据上引《淮安府志》之韩源濬传中"山寇海氛"云云,源濬不仅于耿精忠事件中积极为清廷效力,且亦为积极镇压农民起义军者;昉思《回龙记》于此等人物大加褒美,其拥护清廷之立场,固极显然也。

〔五〕诗见《稗畦集》。《渔洋山人自订年谱》:康熙十五年,"九月,张恭人卒于家"。

〔六〕《稗畦集·征兵》:"万里妖云气,千家夜哭声。朝来羽书下,主将又征兵。"自明年尚之信降后,三桂之势日削;此云"万里妖云气",诗又不编入《啸月楼集》,当作于乙卯至丁巳间。姑系于此。

〔七〕见上年注十二所引《丙辰除夕》诗。

康熙十六年丁巳　一六七七　三十三岁

方象瑛赴选至京。倩昉思作诗以题其健松斋〔一〕。

夏,应李天馥之邀,与客共游祖家园,分韵赋诗〔二〕。

染疾,以诗简汪煜、顾永年、张孝友、汤右曾,申述病中苦况;时煜等同寓长椿寺〔三〕。

翁介眉以省亲赴秦中,昉思有《送翁孟白觐省秦中》诗,且以己身不得归养,深自伤悼〔四〕。

陈晋明就武昌抚军幕,有《怀陈康侯处士楚中》诗〔五〕。

自入京后,常饮食于沈宜民许,宜民颇敬爱之。至是宜民卒,家人扶柩南归,昉思追送至潞河畔。有《送沈亮臣归榇》诗,哭之甚恸,并于北京"俳优厌粱肉,士不饱饔飧。后房曳罗纨,短褐无人存"之现实,深致不满〔六〕。

得黄兰次书,作《内人书至》诗〔七〕。

女某夭折,有《遥哭亡女四首》。数岁后犹悲悼不置〔八〕。

季弟中令陷于闽地,音讯断绝。久之,始得其消息。有《得中令弟消息》及《寄殷仲弟,兼忆中令弟》诗〔九〕。

冬,取道大梁南返,拟卜筑武康。王士禛、方象瑛、杨瑄皆以诗赠行,曹贞吉赠以词〔一〇〕。

道经伴城,途遇士卒送炮至闽中者;哀濒海之民将复罹战事,作《伴城书所见》〔一一〕。

清军于二月陷泉州、漳州,郑经退入厦门。三月,清兵取赣州、吉安,江西略定。

五月,尚之信迎清兵入广州。

〔一〕《健松斋集》卷七《赴都日记》:"余需次后期,丙辰除日连得家侄若韩书,趣余赴选。……顾期迫,拟二月十八日起行。……(四月)二十日越良乡,度芦沟桥,揽辔入都。……康熙丁巳渭仁记。"

《稗畦集·题健松斋为方渭仁进士作》:"闽海昔变乱,烽火连括苍。……先生弃园庐,尽室奔钱塘。……揭来寇渐平,刺舟归故乡。……"象瑛于丙辰由钱塘返遂安(见康熙十四年乙卯谱注三所引《郑宝水先生遗集跋》),至丁巳四月抵京;而昉思于此期间固未南返。故诗当作于象瑛由杭返乡,复由遂安抵京之后。又,《赴都日记》有"顾期迫"之语,又据《健松斋集》卷四《送顾九恒南归兼寿其尊堂翁太君序》,戊午京闱,象瑛奉命分校壁经。是其入都不久,旋即补官。而诗仅称进士,当作于其补官之前。

〔二〕《容斋千首诗·祖家园雅集即事,同赵铁源中允、许生洲比部、袁杜少、升如舍人、倪闇公、蔡龙文明经、何郇公、王用潜明府、陆云士、洪昉思、潘孟瞻、秦以御、周翌少、浦鸥盟、王含誉、许仁长分韵,十二首,存十》其二:"水阁恢台入夏幽,时禽一路引钩辀。鸭头深绿蒲千亩,过尽银湾得画楼。"知作于夏日。案,《鹤征录》卷一:"袁佑,字杜少,号霁轩,直隶东明人。康熙壬子拔贡生。授内阁中书舍人。由詹事府詹事沈荃、监察御史鞠珣荐举,授编修,官至中允。"佑著有《霁轩诗钞》,编年。卷一为《园居集》,起庚子,止丙辰。卷二《西清集》,收其官中书舍人后之诗;是佑为中书舍人始于丙辰。《西清集》第三首《扈跸南苑即事》:"葱葱佳气望三韩,八月微霜白露寒。"至早当作于丙辰秋日。其下四首为《陪李湘北夫子饮祖家园》:"悠悠城南隅,溪深人境隔。炎晖散远林,虚馆繁阴碧。君子张琼筵,翩翩来佳客。挥毫盛文藻,展席成良觌。……"与天馥《祖家园雅集即事……》时令相合;且"君子"二句足征来客不止袁佑一人,"挥毫"二句明言即席赋诗,亦与《祖家园雅集即事……》相符。二诗所述当为同时事。《陪李湘北夫子饮祖家园》既列于《扈跸南苑即事》后,至早为丁巳夏之作。又,《鹤征录》卷一:"倪灿,字闇公,号雁园,江南上元人,康熙丁巳举人。由吏部尚书郝惟讷、吏部侍郎张士甄荐举,授检讨,卒于官。"天馥诗称灿为明经,则其作亦不得迟至戊午夏日。又案,赵铁源名文㷆,山东胶州人,康熙九年选授庶吉士,官至侍读;许生洲名孙荃,号四山,江南合肥人,康熙九年选授庶吉士,官至陕西提学道;皆见《馆选爵里谥法考》。许仁长,名梦麒,孙荃子,见《皖雅初集》卷十九。蔡龙文名壓,江宁人,见《饴山文集》卷二《酒令升官谱自序》。何郇公名五云,合肥人,官泗水知县,见《皖雅初集》卷十九及陆次云《皇清诗选》卷首。浦鸥盟名舟,见陆次云《皇清诗选》卷首。

〔三〕《稗畦集·夏日简张齐仲、顾九恒、汪寓昭、汤西崖诸子》:"……谁言北地寒,毒热逾炎方。繄余抱沉疴,偃仰卧匡床。曲室无轻飔,流汗纷沾裳。苦遭蝇蚋聒,枕侧时飞扬。麈尾拂仍来,营营不可当。因思素心友,避暑栖禅房。……应念尘中客,蕴隆毒肝肠。"案,方象瑛《健松斋集》卷四《送汤西崖南归序》:"余侨居钱唐三年,……顾独以未识汤子西崖为憾。……今年余入都,识西崖于长椿寺,……"同卷《送顾九恒南归兼寿其尊堂翁太君序》:"丁巳余谒选入都,九恒亦奉其母翁太君命,就试京师。余访之长椿寺,一见欢甚。"足征西崖、九恒本年确共"栖禅房",诗当为本年作。

《清史稿》卷二百七十二:"汤右曾,字西厓。浙江仁和人,康熙二十七年进士,改庶吉士,授编修。出典贵州试。……五十一年擢翰林院掌院学士。五十二年授吏部侍郎。尚书富宁安、张鹏翮皆廉办有威棱,右曾贰之,锐意文案,纠剔是非;选人或挟大力以相要,必破其机纽,俾终不获选。由是干进射利者皆丛怨于吏部。而富宁安往莅西师,鹏翮任事久,见知于上深,莫可摇动;遂争为浮言撼右曾。六十年命解右曾侍郎,仍专领掌院学士。六十一年卒。右曾少工诗,清远鲜润。其后师事王士禛,称入室。使贵州后,风格益进。锻炼澄汰,神韵泠然。"案,"西厓"亦作"西崖",见《馆选爵里谥法考》。右曾著有《怀清堂集》,今存。又,《稗畦集·雨中简汤西崖》:"……吁嗟搔首空愁叹,屈指旧游与新识。汤生知我情性真,三月论交吐胸臆。酒阑秉烛诵奇文,爱子春华与秋实。朅来无日不过从,间阻泥涂心恻恻。……"盖昉思与右曾交尤莫逆。

《国朝杭郡诗辑》卷四:"顾永年,字九恒,号桐村。仁和人,钱塘籍。康熙乙丑进士,官甘肃华亭知县。有《长庆堂集》、《梅东草堂集》。桐村……年十三补诸生,名誉日起。成进士后,作吏西陲。以吾乡漕运事,为言者所中;师门波累,编管奉天。康熙丙子,仁庙自将征噶尔旦,诏戍者运粮军前赎罪。桐村遣其子栋代行,遂得释。……自后奔走南北,以觅衣食,家固无负郭一亩也。"

《钱塘县志》卷十九:"汪煜,字寓昭,号平斋。先世新安。……煜少好武,挽强控马,胆力过人。后折节读书,闭户韬迹。……行文兀傲,自成一家言。尤工诗,闲淡古雅。康熙乙丑成进士,授贵州镇远县。……戊寅迁吏科给事中,掌登闻鼓院。在职未久,前后疏凡六上。……不避枢要,号称敢言。煜初席丰饶,以锐志学业,不问生产,家遂中落。及官黄门，无担石储，死之日，同官助殡。时方倚重，乃稽察钱法之命下，而疾亟矣。所著有《同岑草》《愿学堂集》《南归》《北征录》及《平斋偶存》诸稿。"

《善卷堂四六》卷二《张齐仲诗序》，题下原注："名孝友，字齐仲，癸酉孝廉。"

〔四〕《稗畦集·送翁孟白觐省秦中》："翁生忽严装，驾言适西秦。不远数千里，公府省老亲。寒乌啼晓霜，怆焉伤我神。……我命遘屯蹇，所历皆苦辛。一从远庭帏，漂荡四五春。温清忆冬夏，定省旷昏晨。愁来望乡山，白云渺无垠。……思之自惭恧，涕泪沾衣巾。"案，上年所作《送父》有"漂泊三四年"语，此云"漂荡四五春"，当作于本年。

《湛园藏稿》卷四《桂林知府翁君合葬墓志铭》："君讳某，字介眉，武原其别号。……癸亥，升桂林府知府，……赫然有声。……尝为本朝诗选，士大夫多称之。"案，所谓"本朝诗选"，即《清诗初集》，为与蒋铉合辑者，今存。各卷皆署"武进蒋铉玉渊、钱塘翁介眉武原选"，知其名介眉。云字介眉者误。又，《应潜斋集》卷七《与翁孟白札》原注："名介眉。"

〔五〕《稗畦集·怀陈康侯处士楚中》："薄寒浸疏帘，披衣坐清晓。碧空净微云，秋光澹以皎。故人去何许？征驾楚天杳。遥忆洞庭波，叶下风嫋嫋。"案，高士奇《城北集》卷八丁巳有《送陈康侯之武昌抚军幕》二首。昉思诗当作于本年康侯入楚后。

《钱塘县志》卷二十二《文苑》："陈晋明，字康侯。侍御潜夫季弟。潜夫既以节死，晋明偕兄丽萌（明？）、祚明奉母隐河渚不出。……后博极群书，尤耽于诗，学造沈宋王岑之室，而要归于杜陵。间或授徒，效为制艺，受其业者皆掇高第去。所著有《诗留》《拾缨》《采葭堂》等集。所选有《八代诗钞》《初盛唐诗》。尝谓王李但揭高华，钟谭专搜冷隽，两者失均。故其选唐也，融二家之旨，而集以大成，称善本云。"案，《今文大篇》卷十四沈珩《御史陈公元倩传》："陈潜夫，字元倩。……（乙酉）五月，王师下金陵，潜夫间道归，航海至会稽，鲁监国拜太仆寺少卿。明年王师下绍兴，潜夫书绝命词，……乃自沉。……弟丽明、祚明、晋明，皆有志节，从之军，于是具柳棺殓之。"是晋明亦尝从军抗清也。

〔六〕《稗畦集·送沈亮臣归榇》："白杨夹广路，衰草连平原。悲风一夜起，霜露凄以繁。灵輀惨不发，丹旐时飞翻。追送潞河侧，哽咽陈片言。先生儒者流，晦迹卧丘园。偶然来燕市，十载历凉温。忘贫敬爱客，古道尤所敦。嗟嗟长安内，往来多高轩。俳优厌粱肉，士不饱饔飧。后房曳罗纨，短褐无人存。怪哉穷檐下，乃开孟尝门。虽无鼎烹养，半菽亦殊恩。奄忽归重壤，天道讵可论。敝衣缠尔骨，片纸招尔魂。白头一寡妻，黄口一孤孙。故乡三千里，漠漠寒云屯。此别永诀绝，酹尔酒一樽。归路策疲马，回首泪潺湲。"案，孙治《孙宇台集》卷十五《沈君宜民传》略云：沈君宜民，字亮臣，仁和人。……善医术，能诗，好义。又，同书卷七《沈采臣诗序》："余与亮臣兄弟固世交也。少时同亮臣操作为古文诗辞，而采臣年在弱龄，……二十年来，余为东西南北之人，而亮臣卖药长安，间关殊甚。乃今戊午夏五，余自闽中归里，则亮臣归榇业已宿草。……"是《送沈亮臣归榇》当作于本年。

〔七〕《稗畦集·内人书至》有"兰闺分手四年余"之语，当作于本年，盖自癸丑起算。

〔八〕《稗畦集·遥哭亡女》之一："吾女真亡殁，终无见汝期。一身方抱疾，千里复含悲。月黑愁鸱叫，风阴鬼火吹。大江南北断，魂魄梦中疑。"之四："死生成永别，漂泊未归来。"知其女卒于江南，时昉思方漂泊于江北，未能返归。案，昉思以本年冬南归，至明年即携家北上。故其女夭折不得迟于本年，否则即当卒于江北。又，此女之生，约不早于庚戌。据同诗之三"生小偏聪慧，消愁最喜侬。爱拈爷笔墨，闲学母裁缝"语，此女之卒至少已七八岁（均见康熙九年谱）。故其卒纵略早于本年，然相距亦必不远。且诗有"一身方抱疾"语，亦与本年作《夏日简张齐仲、顾九恒、汪寓昭、汤西崖》诗所云"繄余抱沉疴"者相合。

魏坤《倚晴阁诗钞·赠洪昉思》："杏殇也为赋招魂，夜剪青灯湿袖痕。消得天涯几行泪，断肠人老隔乡园。"诗约作于甲子（参见康熙二十三年谱），"杏殇"当指此女。是昉思伤悼之情，数年不衰。

〔九〕《稗畦集·得中令弟消息》："有客传吾弟，驱驰到七闽。三年饥冻泪，九死乱离身。月白乌号骨，霜寒草聚燐。存亡浑未卜，南望鼻酸辛。"耿精忠之叛，前后三年。诗有"三年"云云，中令陷于闽地，当为精忠叛乱时事。作诗时昉思犹未知中令存亡，当在闽乱初平之际，否则中令不至迟迟不寄平安家报与其亲属。又诗中所云"客"，必自闽地来京。时当在北京与福建交通恢复之后。耿精忠降在去年十月，自闽至京又颇费时日，则昉思之得闽客所传消息，约已在本年。同书《寄殷仲弟，兼忆中令弟》："吾愁八口计，汝倦四方游。旅雁三千里，鳏鱼十五秋。泪应无可堕，命复向谁尤。昨日传予季，羁孤瘴海头。"据末二语，此与《得中令弟消息》当为前后之作。又，诗当作于北京，故有"旅雁三千里"之语。

〔一〇〕王士禛《渔洋山人续集》卷十丁巳稿《送洪昉思由大梁之武康》："泽腹坚冻冰峨峨，舳舻衔尾填漕河。北风吹雪如鹳鹅，急装结束尪驴驮。欲向夷门访朱亥，便从燕市辞荆轲。三年京国何所见？日中攘攘肩相摩。呢啻喔咿时所爱，肮脏讵免常人诃？亦知贫贱世看丑，耻以劲柏随蓬科。我衰于世百无用，僦屋深闭如蠡螺。苍苔被阶寒雀啄，汝何爱此频来过？耳语似鄙程不识，骑危解笑公叔痤。吴兴清远我梦到，水精宫在琉璃波。防风古国更幽绝，余不溪水清透迤。山歌处处采茶荪，渔舟往往穿菱荷。西陵潮信近尺咫，方言百里无差讹。劝君卜筑岂无意，贞曜故宅留山阿。结邻尚友亦不恶，溪山况足供婆娑。名高身隐恐难得，丈夫三十非蹉跎。朝廷正须雅颂手，待汝清庙赓猗那。"

方象瑛《健松斋集》卷十八《展台诗钞》上丁巳《送洪昉思游梁，兼寄毛祥符会侯》："三载长安客，萍踪又汴梁。山川添壮气，风雪冷贫装。朔马归无日，南云黯自伤。不知贤令尹，何计慰疏狂。""飘泊真无计，苍茫何所之！几年游子泪，千里故人思。且下南州榻，还吟艮岳诗。归怀应未得，期尔早春时。"案，毛际可时为祥符令，见《开封府志·职官》。

杨瑄《楷庵诗略》卷一《望云草》丁巳《送洪昉思游大梁》："十月长安道，天高朔气逼。绝塞走风沙，惊雕厉羽翼。念我通门友，征车嘶寒色。问君何所之？大梁名胜域。城阙古帝都，山河雄四塞。振衣吹台巅，长啸夷门侧。讯有贤使君，缟带旧相识。握手道起居，尊酒情无极。余也抱微愿，五岳思攀陟。临风羡壮游，恨不随衔勒。君行登首山，嵯峨天可接。骋目望京华，漠漠塞云黑。"案，《江苏诗征》卷六十二："杨瑄，字玉符，号楷庵。华亭人。康熙丙辰进士。官至内阁学士，著《楷庵集》。陈云伯云：学士官编修时，以撰佟某祭文，误用王彦章事，谪戍尚阳堡。旋放还，历官学士。缘事遭归。雍正元年，不奉召赴阙，擅入乾清门，获罪戍黑龙江，卒于戍所。著有《塞外草》。"

曹贞吉《珂雪词·贺新凉·送洪昉思归吴兴》："年少愁如许。叹羁栖、京华倦客，雄文难遇。广漠寒风吹鼙篥，弹铗歌声太苦。且白眼看他词赋。单绞岑牟直入座，拚酒酣挝碎渔阳鼓。欹帽影，掉头去。　　湖山罨画迎人住。溯空江白云红叶，一枝柔橹。归矣家园烧笋熟，五岳胸中平否？学闭户、读书怀古。舟过吴门烦问讯，是伯鸾德耀佣春处。魂若在，定相语。"案，昉思以明年自武康携家北上，其后即不复寓居吴兴，此词亦当本年作。唯据王士禛诗，昉思时尚未卜筑武康，"归矣家园烧笋熟"语似微误。又案，《清史列传》卷七十："曹贞吉，字实庵。山东安丘人。康熙三年进士。官至礼部郎中。生而嗜书，以歌诗为性命。始得法于三唐，后乃旁及两宋，泛滥于金元诸家。所为诗气清力厚，一往情深，而不喜矜言体格。……（王）士禛选《十子诗略》，贞吉与焉。间倚声作词，追踪宋人，吴绮《名家词选》以为压卷，流传江左，一时推为绝唱。为人介特自许，意所不欲，万夫不能回。以是多取嫉于人，而亦以是为清议所重。尤笃于师友。尝从施闰章游，闰章殁，经纪其后不遗余力。……"贞吉著作今存《珂雪诗》《珂雪词》。

〔一一〕《稗畦集·伴城书所见》："暮行伴城路，日落尘濛濛。忽逢羽林军，人马多骁雄。腰间插羽箭，臂上悬雕弓。铁衣带残雪，朱旗翻朔风。借问往何方，送炮之闽中。回忆闽中地，三年剧兵戎。笳鼓沸海水，烽燧明鲛宫。钓台堆骨白，剑津流血红。荆棘万家长，鸡犬千村空。昨岁竖降旗，仙霞路才通。渐闻甲兵休，中泽归哀鸿。胡为复蠢动，输此充火攻。哀哉濒海民，丧乱安所穷？"案，耿精忠以丙辰降，诗当作于本年。又，昉思既取道大梁，则当由河南入今安徽省境南返，不必更经伴城；此当是以故绕道。

康熙十七年戊午　一六七八　三十四岁

春，与弟昌及妻女共寓武康。居近县学，与教谕郑兰谷过从甚密。兰谷时以所种菜见赠，有《郑广文惠菜》诗〔一〕。

与韦人凤、唐靖、陈之群、潘汝奇、徐时望、郑尚游及胡思皇兄弟游处，有《访韦六象先生不值》《过唐闻宣渚湖草堂》《访陈兴公题赠》《与潘澹若明府、郑在宜学博溪游》诸诗〔二〕。又有诗赠武康令韩逢庥〔三〕。

尝游乌回山寺、竹隐寺,皆有诗〔四〕。《看花》《武康有感》《前溪》《下渚湖》《舞阳侯祠》《封公洞》诸诗亦在武康作〔五〕。

初夏尚在武康,有《初夏村中》诗〔六〕。已而遂携家至京〔七〕。

以湖州茶笋赠王士禛,士禛有诗纪其事〔八〕。

陈奕禧、汤右曾来京师,时同游处。奕禧旋选授安邑丞,有《送陈六谦之安邑丞》诗。奕禧抵任后亦有见怀之作〔九〕。

助陆次云辑《皇清诗选》。时清廷为笼络汉族士大夫,于正月诏举博学鸿儒,而昉思"未膺荐举",次云深惜之〔一〇〕。

毛际可应博学鸿儒之征来京,寓芦沟桥,有《憩芦沟桥寄洪昉思》诗,昉思亦有《寄毛会侯先生寓芦沟》诗〔一一〕。

自抵京后,以卖文为活,贫甚,而傲岸如故。王泽弘以诗慰之〔一二〕。

冬,应王元弼之招,与陆元辅等集槐青堂,分韵赋诗〔一三〕。元弼又有赠昉思诗〔一四〕。

十二月,冯溥七十诞辰,作诗以贺〔一五〕。

除夕,有《戊午除夕》诗以抒写沦落之感〔一六〕。

与梁清标订交〔一七〕。

子之震生〔一八〕。

严沆卒。

吴三桂以八月称帝,都衡州;旋病卒。其部将奉三桂孙世璠为帝。

〔一〕乾隆《武康县志》卷七《寓贤》:"洪昇,……初居省城,以为尘俗,乃与其弟殷仲来武,筑室于儒学之南。一时名士,诗文倡和。考其生平,不轩冕而自荣,超然于世俗外矣。"案,昉思初春已在武康,参见下引《与潘澹若明府、郑在宜学博溪游》诗。

《稗畦续集·送郑在宜令凤县》:"忆昔前溪上,携家偶卜居。羹稀分苣蓿,地隙乞林㭙。儿女时更抱,溪山日共渔。别来松际月,清夜复何如。"据"携家偶卜居"及"儿女时更抱"等语,知其眷属同寓武康。案,乾隆《武康县志》卷三《秩官·教谕》:"康熙:郑兰谷,字在宜,临安县拔贡,十六年复设任。"

《稗畦集·郑广文惠菜》:"种得嘉蔬熟,盈筐屡见投。"案,同书《与潘澹若明府、郑在宜学博溪游》诗有"兼邀郑广文"语,此诗之"郑广文"当亦指在宜。

〔二〕《吴兴诗话》卷一:"武康韦六象人凤,与徐宗伯(倬)友善,赠答颇多。洪昉思昇亦赠诗云:昭代遍征辟,如何留逸才?草堂卧云处,远在东山隈。林月前后入,溪花冬夏开。始知有真隐,不望鹤书来。王晫《今世说》:六象神朗貌癯,布衣不肉食。长夜拥絮被危坐,读书至旦。高简淡泊,仿佛如枯岩禅客。与人言肺腑尽倾。不事表暴。尘俗人望之,颓然自远。与兄剑威人龙并能文章,尚气节。剑威即宗伯业师。六象康熙甲寅岁贡。"案,昉思与人风游处,当即在寓居武康时。《稗畦集·访韦六象先生不值》:"夫子儒中侠,义风横九秋。一身无处所,千里欲相投。曳杖竟何适,停帆空自愁。柴门松下闭,落日动溪流。"当亦在武康所作。

《过唐闻宣渚湖草堂》见《稗畦续集》。案,《武康县志》卷六《文苑》:"唐靖,字闻宣。少推夙慧,年十三即列诸生,名著三吴。性狷介,厉志食贫。平生不泛交一人,惟骆芳流、徐野君数人相酬答。邑令吴定远、韩樾依两先生后先尊礼之,韩公更捐赀镌其所著《前溪集》行世。搜邑志之遗,有《前溪邑志》之作,凡山川、人物、记序、歌谣、古迹所在,纪载极详。文尤高古。与韦六象、陈兴公为前溪三子;而鼎足之势,陈、韦尤畏服焉。"昉思过闻宣渚湖草堂,当为本年寓武康时事。

《稗畦集·访陈兴公题赠》其一云:"欲问三桥路,前溪接阜溪。……主人长卧病,门径草萋萋。"前溪、阜溪皆在武康。其二云:"伏枕闻吾到,披衣喜欲狂。积年心已豁,终夕话偏长。唤妇炊菰米,留宾借草堂。春醪知不惜,十日醉壶觞。"是二人交谊甚深。案,《武康县志》卷六《文苑》:"陈之群,字兴公。少颖异,读书数行俱下。博览强记,偶经批阅,终身不忘。尤工诗赋,与唐靖、韦人凤相唱和,称前溪三子。戊午以麟经举于乡。诗文词赋共若干卷。所著《太湖赋》尤人所传诵,纸贵一时。"又,同书所收徐禄宜《孝廉陈兴公先生传》云:"……诗文外,尤好留心词曲。于宫商律吕、声情体制间,无不研究精微。每遇梨园佳子弟,辄为奖励不置;其有音律未调者,亦与之反覆审辨,令其欣然领会而后已。"

《稗畦集·与潘澹若明府、郑在宜学博溪游》:"喜逐潘怀县,兼邀郑广文。梅深寒蹙雪,竹密晓披云。沙鹭参差去,村鸠远近闻。前溪春色早,一望碧氤氲。"当为本年春初在武康所作。案,《武康县志》卷五《宦业》:"潘汝奇,字澹若,号鹿田。顺治丙戌拔贡,司铎嘉兴,以卓异升琼州乐会令。时琼海寇起,膺民社者皆畏缩,久延省会。奇独航海,由间道之任。县署颓垣数椽,在城居民仅百户。奇招聚流亡,支官项买牛给种,教民耕获,三年成沃壤。一日,海寇至城下,奇同防御,多方捍拒,群贼遁去。政暇督课多士,文教以兴。兼摄邻篆,所至有能称。后以母老,乞终养归。以琴诗自娱,蔬布终老焉。著有《海南集》行世。"知汝奇亦积极为清廷镇压起义军者。

《稗畦集·寄徐时望》:"昨岁偶流寓,比邻君最贤。有时饷林笋,隔日送山泉(案,当供烹茶之用)。"同书《寄郑尚游》:"去年二三月,日日约寻花。……林僧烧苦笋,溪女焙新茶。"武康为产茶、笋之地,此二诗皆点出茶笋,所叙当为其寓武康时事。又,《稗畦集·寄胡思皇兄弟》:"君家贤弟昆,风义尚能存。古道难谐俗,幽居不出村。望中阻云树,别后忆琴尊。最爱前溪碧,扁舟直到门。"是思皇兄弟亦为其寓武康时之友人。时望、尚游及思皇兄弟,生平无考。

〔三〕《稗畦集》有《赠武康令》诗,当为本年作。时武康令为韩逢庥,山东青城人,见《武康县志》卷三《秩官》。又,同书卷五《名宦》:"韩逢庥,号槛依,山左人。(自)康熙十六年任。剔蠹除奸,境内肃然。值岁歉,邑有逋亡,遂遣家人归,挟数千金代垫;又设法赈饥,存活无算。时崔苻告警,公善骑射,匹马争先,擒盗于五龙庵,尽杀乃止。"是韩逢庥为直接镇压农民起义军者。

〔四〕《稗畦集》有《游乌回山寺》及《竹隐寺坐雨呈禅师》诗。《武康县志》卷七《寺观》:"竹隐寺在县西南十里石城山坳。乌回寺,县北二里乌回山南。"二诗皆寓武康所作。

〔五〕《稗畦集·看花》:"更怜三月闰,犹未送春华。"本年闰三月,诗当本年暮春作,时尚寓武康。

《武康有感》《前溪》见《稗畦集》,当为本年寓武康作。《下渚湖》《舞阳侯祠》《封公洞》见《稗畦续集》,并皆收入《武康县志·艺文》,亦当为寓武康所作。

〔六〕《稗畦集·初夏村中》题下原注:"在武康,一名小桃源。"知初夏尚在武康。

〔七〕据王士禛戊午所作《洪昉思送湖州茶笋二绝句》,知昉思本年即由武康赴燕(士禛诗见后)。《稗畦集·寄徐时望》:"……还思分手处,村落正蚕眠。"其赴燕当在蚕眠之时。又,同书有《戊午除夕》诗,系在京作。诗云:"灯前对儿女,脉脉转思亲。"是其眷属亦随同北上。

〔八〕《渔洋山人续集》卷十一戊午稿《洪昉思送湖州茶笋二绝句》:"爱道前溪似若耶,行縢归去便移家。匆匆未讯溪山好,第一先分顾渚茶。""周妻何肉断根尘,玉版聊堪结净因。赢得武康斑竹笋,从今休笑庾郎贫。"

〔九〕《送陈六谦之安邑丞》见《稗畦续集》。孙枝蔚《溉堂续集》卷六戊午有《送陈六谦任安邑丞》诗,昉思诗当为同年所作。

陈奕禧《虞州集》卷九《寄汤西厓书》:"囊者仆为选人,足下就北试,同舟而出。仆扣舷长歌,慷当以慨。足下手时艺,咿唔声透篷窗间。两人相视,不胜叹息。足下谓仆:兄授善地,弟得第,方不虚此行。仆佐吏,地复不善;又每事于秦蜀,劳瘁困踬。足下自戊午且三斥,……"知其"同舟而出"时,西厓系就戊午北试。盖西厓于上年南归(方象瑛丁巳有《送汤西崖南归序》,参见上年谱注三),至本年又入都也。

《虞州集》卷五《阆南道上怀汤西厓、洪昉思》:"锦石明沙护水纹,隔江驿路郡前分。霜朝渐到孤单雁,暖气潜添细薄云。洛下声华愆昔梦,阆南风物忆同群。欲将翰墨遗尘事,归计何年复共君。"《虞州集》系任安邑丞后之结集,此为其"事于秦蜀"所作。由"洛下声华"云云,及诗中于二人怀思之深,知三人皆有声燕京,交游亦甚密。

〔一○〕陆次云《皇清诗选》卷首《凡例》:"余索居京邸,眇见寡闻。一时佳选,惟见邓孝威之《诗观》、席允叔之《诗存》、宋牧仲之《诗正》、陈伯玑之《诗源》,乐其各标心眼,取益良多。其余种种诸集,皆从合肥李阁学、高都陈掌院、合肥许比部三先生处借得,外或吉光片羽,得之壁上,得之扇头,得之残笺,得之蠹简。而广为罗致者,则袁子杜少佑、江子辰六闿、徐子溦生灏、汪子蕴石霡、罗子弘载坤、何子郇公五云、浦子鸥盟舟、洪子昉思昇、汤子西崖右曾,并为论定,诸君之力居多。"卷首又有次云自序,末署"康熙戊午仲秋朔日题于燕台旅次。"

同书卷五洪昇《黄大司农御前作字歌》末附次云评语:"此真清庙明堂之作也。有才如此,良足黼黻盛时,而当右文之际,未膺荐举,可胜沧海遗珠之叹。"案,时方举博学鸿儒,"未膺荐举"即指此而言。

〔一一〕《诗观》二集卷三毛际可《憩芦沟桥寄洪昉思》:"九衢车马地,独向此间行。簿领年来事,渔樵物外情。微云浮远阙,晓漏度层城。不信清霜苦,君听朔雁声。"案,《清史列传》卷七十《毛际可传》:"康熙十八年举博学鸿儒,罢归。"《渔洋续诗》卷十一戊午稿有《题毛会侯垂竿图》,是际可以本年应征抵京。又,际可以地方官应征,既报罢,旋即返任,不容明秋尚在芦沟(参见明年谱注七)。诗当为本年作。

《稗畦续集·寄毛会侯先生寓芦沟》:"蓟北秋云起,朝朝郁未开。……相思隔带水,一望一徘徊。"与际可诗当为先后之作。

〔一二〕《鹤岭山人诗集》卷四戊午《赠洪昉思》:"守拙人不厌,周旋事每疏。自得安命理,心志日以舒。君才自绝俗,奚用惊凡愚?早岁多蹭蹬,逆境圣所居。文采本枝叶,名位亦须臾。学道自信久,此身等太虚。非独物我忘,亦且视听除。万境虽屡迁,吾道终自如。"案,胡会恩明年所作《赠洪昉思》之一:"长贫赵壹囊羞涩,久滞梁鸿迹苦辛。"之二:"朱门难索作碑钱。"李孚青庚午作《招洪稗村》:"贫日常挥谀墓文。"吴雯庚午作《贻洪昉思》:"长安薪米等珠桂,有时烟火寒朝昏。"冯廷櫆丙寅所作《送洪昉思归武林》:"卖文堪作活?"知昉思寓京后以卖文为活,贫甚。胡会恩《赠洪昉思》之一又云:"不学巢由车下拜,应知本性素难驯。"吴雯于己未后所作《怀昉思》亦有"卑己延三益,狂言骂五侯"之语。是傲岸之习,始终未改。王泽弘诗盖针对昉思生活情状而发。既以慰其蹭蹬,复于其行为"惊凡愚"之处,隐寓谏戒之意。

〔一三〕王元弼《慎余堂诗集》卷五《雪霁招陆翼王、洪昉思、毛行九、陈子厚、冯冒闻、躬暨、沈洪生、路湘舞、沈中立、陈健夫、陆抑存、张予先及家孟枚吉小集槐青堂分赋,限十五潸韵》:"阳月寒渐深,积霰耀陉岘。我本僵卧人,垆头弄酒盏。良夜息尘氛,招朋聊折简。歌舞出当筵,藉以娱醉颜。矫首望高空,明月光愈显。坐中骚客多,冰雪留诗卷。自惭识字农,颓毫未能展。但愿聚首频,心期无邈缅。"是书卷首有庚申冬日沈荃及王士禛序,所收皆庚申冬以前之诗;又,陆翼王以本年应征入京,诗当为本年冬作。《零陵县志》卷六《官师》:"知县:王元弼,康熙十八年任,有传。"传云:"王元弼,字慎余,奉天人。康熙十八年令零陵。性诣高澹,为政清简。……在永六年,遍历岩壑,辄作诗文记游。修邑志搜采最博。风雅绝伦。署斋作吏隐亭。有句云:'家远迟鸿信,官贫减鹤粮。'可以想其寄托矣。"案,《慎余堂诗集》所收诗多在京作,盖元弼于官零陵前寓居京师。又,元弼字良辅,号慎余,见《慎余堂诗集》;其宰零陵在二十年辛酉,参见辛酉谱;志误。

《鹤征录》卷七《与试未用》:"陆元辅,字翼王,号菊隐。江南嘉定人,布衣。著有《十三经注疏类钞》、《菊隐集》。先生为黄陶庵(淳耀)先生高第弟子,博贯载籍,尤深经术。同人推重之,有折角夺席风焉。"张云章《朴村文集》卷十四《菊隐陆先生墓志铭》谓翼王于明亡后"脱去博士弟子籍,分将潜深伏澳,以布衣老矣。……康熙十七年,诏举博学鸿儒,……州县敦迫至京。先生念异时师友,尝抱隐痛,又既弃诸生,不欲违初心;召试诡不入格,又多规切语,主者得之不敢献。"

陈子厚,名奕培,海宁监生,见《国朝杭郡诗辑》卷七。毛行九,名端士,毗陵人,见《佳山堂诗二集》卷十。冯冒闻名慈彻,冯溥子,见《佳山堂诗二集》卷七。冯躬暨,名协一,亦溥子,仕至台湾知府,见赵执信《饴山文集》卷八《中宪大夫福建台湾府知府退庵冯君墓志》。路湘舞,名鹤征,华亭人,见《江苏诗征》卷一百三十六。沈洪生,名朝初,吴县人,康熙十八年进士,选庶吉士,授编修,官至侍读学士,见《馆选爵里谥法考》;著有《不遮山阁诗钞》,今存。陈健夫,名王,宛平人,见《燕九竹枝词》。袁启旭《燕九竹枝词序》:"陈子关左世冑,豪侠而诗隐者也。"

〔一四〕《慎余堂诗集》卷五《冬日赠洪大昉思》:"不知冬已至,霜雪闭门中。懒拙容余独,狂吟爱尔同。人言朝爨冷,天锡一囊空。万事升沉里,聊为田舍翁。"作年无考,姑一并系此。

〔一五〕《佳山堂寿册》所收洪昇诗:"北海千人杰,中台百辟钦。层霄瞻捧日,万国颂为霖。劲节存刚直,皇穹实鉴临。十年调鼎鼐,一气燮阳阴。白发冰霜老,苍松岁月深。慰留天子意,恬退老臣心。吐握邀儒素,歌讴遍土林。相门空欲扫,延伫独长吟。奉呈益都老师相并求教正。钱塘晚学洪昇拜草。"据《寿册》王嗣槐所撰序:"今上龙飞十有七年,嘉平之月,为益都师相冯公七袠览揆之辰,在朝名公卿贤士大夫及布衣方闻有道之士征诣阙下者,莫不为诗歌文辞以祝公,中书舍人陈玉瑊汇而辑之,装潢成册,以纪一时之盛。"诗当为本年腊月作。

《清史稿》卷二百五十六:"冯溥,字孔博,山东益都人。顺治三年进士,选庶吉士,授编修。……(康熙)六年,迁左都御史。……八年夏旱,应诏陈言,请省刑薄税。略谓:古者罪人不孥,今一事牵连,佐证或数人,或数十人。往往本犯尚未审明,被累致死者已多。且或迟至七八年尚未结案,遂致力穑供税之人抛家失业,请敕部严禁。百姓之财,不过取之田亩。今正月已开征,旧岁之逋甫偿,新岁之田未种,钱粮从何办纳?请敕部酌议,自后征赋缓待夏秋。……十年拜文华殿大学士。……二十一年秋,诏许致仕。……三十年卒,年八十三,谥文毅。溥居京师,辟万柳堂,与诸名士觞咏其中。性爱才,闻贤能辄大书姓名于座隅,备荐擢。一时士论归之。"

〔一六〕《稗畦集·戊午除夕》:"牢落仍如故,年华忽又新。一家岐路哭,六载异乡人。腊尽难留夜,星移渐入春。灯前对儿女,脉脉转思亲。"

〔一七〕《稗畦集·上真定梁相公》有"自怜十载漫追随"语。诗作于戊辰(参见康熙二十七年谱),其与清标订交约自本年始。

《清史列传》卷七十九:"梁清标,直隶正定人。明崇祯十六年进士,官庶吉士。……本朝顺治元年投诚,仍原官,寻授编修。……十三年四月,迁兵部尚书。……(十七年)五月,上以岁旱,令部院诸臣条奏时务。清标与李棠馥疏言:兵马往来之地,应用米豆、薪刍、牛酒、羊猪及锅䤵、槽桩诸物,上官取诸下司,下司取于民间,赔累无穷。又,奸民捏告通贼谋叛,蠹役贪官借端取货,生事邀功,致善良受害,应俱严行敕禁。……(康熙)二十七年授保和殿大学士。"又,顾炎武《蒋山佣残稿》卷三《答李子德》:"……此番入都,不妨拜客,即为母陈情,则望门稽首,亦不为屈,虽逢人便拜,岂有周颙、种放之嫌乎?梁公清标有心人,若不得见,可上书深切恳之。……"案,清标于清兵之骚扰民间,及是时动以"通贼谋叛"罗织人罪之高压政策,似隐含不满之意;此盖当时统治集团内部矛盾之反映。炎武或有所见而云然。

〔一八〕之震约以康熙三十三年入泮及生子(参见该年谱),时至少为十七八岁;其生至迟在丁巳、戊午间。然昉思自乙卯秋赴京,至丁巳岁暮始南返;之震自无生于丁巳之可能。又,沈绍姬《寒石诗钞》卷十《喜洪涍修过存,并读其尊人昉思〈稗畦续集〉有感,赋此以赠》:"玉茗主人应有后,《寒光疏草》重南州。"自注:"汤临川子开远,领前万历乡荐。起家司李。屡抗疏论朝廷刑赏,下法司,寻释。会流寇起,累(擢)安庐道,屡奏奇绩,推河南巡抚。命下,卒。著有《寒光疏草》。尝慨古今才人名士之后,坎坷不振者比比;若士先生有子如此,此余之深有望于涍修也。"其时之震至多在四十左右,古所谓"强仕"之年,故以此勉之。若年已老大,则不必更著此语也。诗有"五十年前亦旧游"云云,绍姬于辛亥遭家难离杭,与昉思游则当在居杭之时(参见康熙九年谱),故诗约作于庚子或稍前。合上述二端言之,之震约生于本年。

康熙十八年己未　一六七九　三十五岁

元日,感伤身世,作《己未元日》诗[一]。

应博学鸿儒诸士聚集都下,中多昉思交识[二]。尝于元夕偕王士禛、施闰章、梅庚、吴雯往访孙枝蔚,作踏歌之游[三]。又尝问诗法于施闰章[四]。而尤服膺汪楫诗,推为天下第一[五]。

王泽弘之子材任,以应试来京,元夕作三诗;昉思与冯行贤、吴雯皆有和作。今其诗不传[六]。

三月,廷试博学鸿儒,取中彭孙遹等五十人;毛际可报罢。时际可以《戴笠持竿图》索题,昉思因于题画诗中劝之归隐[七]。

吴雯应博学鸿儒报罢,有《贻洪昉思》诗以见志。寻返永乐。雯自入京后,与昉思过从甚密,常劝以勿多言。及返,昉思以诗赠别,意绪怆恻[八]。雯于别后亦有见怀之作[九]。

李因笃、罗坤于应博学鸿儒试后,先后出京,皆有诗赠行[一〇]。

翁必达往赴石埭知县任,以诗送别,并约明春往访;终不果[一一]。

陈维崧以《填词图》索题,为作《集贤宾》散套[一二]。又尝与维崧过辽后梳妆楼,同作词咏之[一三]。维崧于昉思诗亦甚赞赏[一四]。

徐釚以《枫江渔父图》索题,为作《中吕粉蝶儿》散套[一五]。

丘象随为钱唐诗人胡介刊印遗集《旅堂诗选》,昉思感而赠以诗[一六]。

赵执信登进士第,选庶吉士。昉思见其诗,好之,与为友[一七]。尝共论诗于王士禛宅中,执信所论过凿,一时传为口实;后执信遂有《谈龙录》之作,以己说嫁于昉思,借以文过[一八]。

胡会恩以诗见赠,于昉思诗及品格多所推许[一九]。

毛玉斯谓《沉香亭》传奇"排场近熟",昉思因去李白,入李泌辅肃宗中兴事,改名《舞霓裳》;时距《沉香亭》之作已七年[二〇]。

冬,昉思父以事遣戍,母亦同戍,因徒跣号泣,白于显贵;以旬日余奔归杭州,侍其亲北行。驰走焦苦,面目黧黑,骨柴嗌嗄。有《南归》及《除夕泊舟北郭》诗。旋遇赦,得免[二一]。

清兵于正月取岳州、长沙,次月又取湘阴、衡州诸地。

〔一〕《稗畦续集·己未元日》:"大地春回日,羁人泪尽时。七年身泛梗,八口命如丝。览镜知颜改,闻钟觉岁移。空怀拊髀恨,终愧弱男儿。"

〔二〕应征博学鸿儒科诸人中,倪灿、乔莱、李因笃、陈维崧、徐嘉炎、钱中谐、汪楫、袁佑、朱彝尊、丘象随、施闰章、徐釚、尤侗、张鸿烈、方象瑛、庞垲、毛奇龄、吴任臣、毛升芳、曹禾、王嗣槐、顾豹文、孙枝蔚、王岱、毛际可、宋实颖、陈玉璂、许孙荃、陆次云、陆元辅、吴雯、李良年、阎若璩、冯行贤、罗坤等,皆为昉思友人。倪灿、袁佑、方象瑛、毛际可、许孙荃、陆次云、陆元辅已见前谱,李因笃、陈维崧、施闰章、汪楫、徐釚、孙枝蔚、吴雯、冯行贤、罗坤皆见本年谱,余参见后谱。又案,此诸人与昉思订交,或有始于己未后者;今已不可详考,姑一并系此。

〔三〕孙枝蔚《溉堂后集》卷二己未《元夕早寝,施尚白使君、王诒上侍读,同梅耦长、吴天章、洪昉思诸子过访,颇见怪讶,且拉之作踏歌之游,灯火萧然,败兴而返,因成二绝》:"也识金吾弛禁时,关门早卧自相宜。老夫要作还山梦,此夜何心卜茧丝。""踏歌朝士最能文,鸥鹭鸳鸾许作群。不见开元诸子弟,方知战伐久纷纭。"

《清史稿》卷四百八十九《文苑》:"施闰章,字尚白,号愚山。宣城人。……博综群籍,善诗古文辞。顺治六年进士,授刑部主事,以员外郎试高等,擢山东学政,崇雅黜浮,有冰鉴之誉。秩满迁江西参议,分守湖西道。属郡残破多盗,遍历山谷抚循之,人呼为施佛子。尝作《弹子岭》、《大坑叹》等篇告长吏,读者皆曰:今之元道州也。……康熙初裁缺归,民留之不得。……(康熙)十八年召试鸿博,授翰林院侍讲,纂修明史。典试河南。二十二年转侍读,寻病卒。闰章之学,以体仁为本,置义田赡族,好扶掖后进。为文意朴而气静,诗与宋琬齐名。……著有《学余堂集》、《矩斋杂记》、《蠖斋诗话》,都八十余卷。"

又,"梅清,……宣城人。……同族有梅庚者,生后于清,善八分书,亦工诗画,与清齐名。庚字耦长,少孤,承其祖鼎祚、父朗中之传,益昌大之。施闰章见其诗,引为忘年交。康熙二十年举人,为朱彝尊所得士。性狷介,客游京师,不妄投一刺。……后知泰顺县"。

又,"吴雯,字天章,蒲州人。原籍辽阳。……雯少朗悟,记览甚博。尤长于诗。游京师,父执刘体仁、汪琬皆激赏之,王士禛目为仙才。……名大噪。大学士冯溥出扇索诗,雯大书二绝句答之,其坦率类是。卒以不遇,不悔也。试鸿博不中选。后居母忧,以毁卒。雯著《莲洋集》,诗体峻洁,有其乡人元好问之风"。

又,"孙枝蔚,字豹人。三原人。少遭闯贼乱,结邑里少年击贼,堕坎坷,幸不死。乃走江都,习贾,屡致千金,辄散之。既乃折节读书,僦居董相祠,高不见之节。王士禛官扬州,以诗先,遂定交,称莫逆焉。时左赞善徐乾学方激扬士类,才俊满门,枝蔚弗屑也。以布衣举鸿博,自陈衰老,乞还山。遂不应试,授内阁中书。著《溉堂集》。诗词多激壮之音,称其高节"。案,《今世说》卷三:"孙豹人应召入都,初以老病辞,不许。既将还籍,复有年老授衔之命。吏部集验于庭,孙独卧不往。旋受敦促,乃徐入逡巡。主爵者望见其须眉皆白,引之使前,曰:君老矣。孙直对曰:未也。我年四十时即若此。且我前以老求免试,公必以为壮。今我不欲以老得官,公又以为老,何也?众皆目笑其愚,孙固自若。"可见其于博学鸿儒科所持之态度。

〔四〕《渔洋诗话》卷中:"洪昇昉思问诗法于施愚山,先述余凤昔言诗大指。愚山曰:子师言诗,如华严楼阁,弹指即现;又如仙人五城十二楼,缥缈俱在天际。余即不然,譬作室者,瓴甓木石,一一须就平地筑起。洪曰:此禅宗顿渐二义也。"案,此不知为何年事,要在闰章应鸿博入京之后;姑一并系此。

〔五〕倪匡世《诗最》汪楫名下所附评语:"吾友洪昉思常称先生诗为天下第一,余不敢信。兹读《悔斋》、《山闻》二集,真杜甫之髓,真摩诘之神。高朗于茶村司理,幽闲于陋轩山人,别有一种疏荡不群之致;如轻鸿踏云,如飞星过水。非慧业之迥绝者,孰能若此?昉思之言,洵不诬矣。"案,《稗畦集》有寄汪楫诗(参见康熙二十七年戊辰谱),是昉思尝与楫交游。二人订交及昉思之服膺汪楫诗,要在楫应征入京之后,姑系于此。

《清史稿》卷四百八十九:"汪楫,字舟次。江都人。原籍休宁。性伉直,意气伟然。

始以岁贡生署赣榆训导。应鸿博,授检讨,入史馆。言于总裁:先仿宋李焘长编,汇集诏谕奏议邸报之属,由是史材皆备。……出知河南府,置学田嵩阳书院,聘詹事耿介主讲席,治行为中州最。擢福建按察使,迁布政使。楫少工诗,与三原孙枝蔚、泰州吴嘉纪齐名,有《悔斋集》、《观海集》。"《清史列传》卷七十一本传:"(楫)能力学,处广陵南北辐辏鱼盐之地,日索奇文秘籍读之。四方客至,非著声实而擅文章者,则闭户不出见。"楫为王士禛弟子,见《池北偶谈》卷二《琉球世缵图》条。

〔六〕《鹤岭山人诗集》己未有《材任以公车来长安,元夕作三诗,冯圃芝、吴天章、洪昉思皆属和,余亦用韵以示》诗。材任字澹人,号西涧,泽弘子,康熙己未进士,历官金都御史,著有《尊道堂集》。参见该书卷首。又,《鹤征录》卷七《与试未用》:"冯行贤,字补之,一字圃芝。江南常熟人。布衣。著有《余事集》。富孙案,圃芝为定远先生(班)之子,诗学白乐天,却有自得之趣。与吴莲洋最善。"案,今昉思集中无此三诗。

〔七〕《清圣祖实录》卷八十:康熙十八年三月丙申朔,"试内外诸臣荐举博学鸿儒一百四十三人"。取中彭孙遹等五十人,见是月甲子条。

《稗畦集·为毛会侯明府题戴笠持竿图》有"相逢燕市尘满眼,要我旅舍倾百壶"语,知作于北京。诗又云:"人生行乐无百岁,区区禄利何为乎?游宦略成须止足,故乡归隐携妻孥。……慎勿白头望令仆,空写戴笠持竿图。"若作于际可应征入京之初,纵不以功名相勖,似亦不至著此招隐之语。当作于际可应试报罢之后。又,毛奇龄《西河文集·七言绝句》卷五《家明府以征召赴御试,下第还任祥符,为诗送之》,即为际可作。诗有"宜春门外柳丝长,欲绾双轮返大梁"语,知际可于本年春即返祥符;昉思诗亦当作于春日。

〔八〕《稗畦集·赠别吴天章归永乐隐居》五首之二:"达人异流俗,得失不关心。偶尔应明诏,飘然归旧林。"知作于吴雯应博学鸿儒试报罢之后。案,《渔洋山人续集》卷十二己未稿有《送吴天章归中条山六首》,昉思诗当亦为本年作。诗又云:"啼莺入夏变,芳草过春深。"盖作于春夏间。其第四首云:"客舍淹晨夕,诗书共讨论。感君常苦口,劝我弗多言。世路谁相假,穷交尚可敦。同心忽离别,徒御亦销魂。"第五首:"有家可归去,行路未为难。择木怜三匝,依人耻一餐。疏狂仍故我,逼侧奈长安。恨不从君隐,河汾把钓竿。"皆可见二人交谊。

吴雯《莲洋诗钞》卷二《贻洪昉思》:"不耐悠悠世上名,薜萝深处有谁争?能通彼我间千古,才著成亏恨一生。广汉何妨贫折象,壶山窃愿隐樊英。年来真见忘机好,非借云林寄不平。"据"壶山"诸语,当作于应试报罢,决计返归永乐隐居之时。

〔九〕《莲洋诗钞》卷五《怀昉思》:"洪子谋生拙,移家古蓟州。身支西阁夜,心隐北堂忧。卑已延三益,狂言骂五侯。林风怜道韫,安稳事黔娄。"当为离京后所作。

〔一〇〕《稗畦续集·送李天生归秦中》:"承恩虽翰苑,来谂即家林。自许全高致,谁疑负夙心?……"案,《清史稿》卷四百八十六:"李因笃,字天生,富平人。明庠生,博学强记,贯串注疏。举博学鸿儒试,授检讨。未逾月,以母老乞养,诏许之。母殁,仍不出。因笃深于经学,著《诗说》,顾炎武称之曰:毛郑有嗣音矣。又著《春秋说》,汪琬亦折服焉。"据诗中"承恩"云云,当作于本年因笃告归之时。又《己未词科录》卷二李因笃条秦瀛案:"先生与顾宁人先生交,并高不仕之节,荐举非其志也。"昉思诗有"谁疑负夙心"语,盖即指此。

《稗畦续集·送罗弘载入湖南幕》:"孤棹大江去,长空低楚云。……长安贫贱客,一倍惜离群。"案,《鹤征录》卷七《与试未用》:"罗坤,字弘载,浙江会稽人。监生。著有《萝邨诗词集》。富孙案,毛西河谓弘载新诗已能到刘河间,平视近代边、徐一辈。……又精小学,能篆刻,偶作竹木奇石,法老莲。荐举放归,益肆力诗古文辞。名流咸推重之。"又,王泽弘《鹤岭山人诗集》卷五己未有《送罗弘载赴韩心康中丞幕》诗,心康名世琦,时为偏沅巡抚。昉思诗与泽弘诗当为同年作。

〔一一〕《稗畦集·送翁贡若之任石埭》:"……尔复之官去,余仍客舍留。明年春水绿,花下待扁舟。"康熙《台州府志》卷六《职官》:"宁海儒学教谕:翁必达,字贡若,杭州贡生。康熙十六年任。升石埭知县。"又,康熙《江南通志》卷一百九《职官》:"石埭知县:翁必达,康熙十八年任。"案,昉思明年春自杭返京,似未尝往石埭也。

〔一二〕《迦陵填词图题咏》载有昉思《集贤宾》一套:

"〔集贤宾〕谁将翠管亲画描,这一片生绡,活现陈郎风度好。撚吟髭慢展霜毫,评花课鸟,待写就新词绝妙。君未老,傍坐着那人儿年少。

"〔琥珀猫儿坠〕湘裙低覆,一叶翠芭蕉。素指纤纤弄玉箫,朱唇浅浅破樱桃。多娇,暗转横波,待吹还笑。

"〔啄木鹂〕他声将启,你魂便消。半幅花笺题未了。细烹来阳羡茶清,再添些迷迭香烧。数年坐对如花貌,丽词谱出三千调。鬓萧萧,须髯似戟,输你太风骚。

"〔玉交枝〕词场名噪。赴征车竟留圣朝。柳七郎已受填词诏,暂分携绣阁鸾交。梦魂里怎将神女邀,画图中翻把真真叫。想杀他花边翠翘,盼杀他风前细腰。

"〔忆多娇〕夜正遥,月渐高。谁唱新声隔柳桥?纸帐梅花人寂寥。休得心焦,休得心焦。明夜飞来画桡。

"〔月上海棠〕真凑巧,画图人面能相照。觑香温玉秀,一样丰标。按红牙月底欢娱,斟绿醑花前倾倒。把双蛾扫,向镜台灯下,不待来朝。

"〔尾声〕乌丝总是秦楼调,宝轴奚囊索护牢,怕只怕,并跨青鸾飞去了。"

案,《清史稿》卷四百八十九:"陈维崧……举鸿博,授检讨。"曲有"赴征车"云云,当作于维崧授官之后;又据"暂分携"语,知维崧与"那人儿"分携未久,距其应征入京,当不甚远。曲盖本年所作。又案,曲词内容,亦流露封建士大夫庸俗情趣;可与康熙十二年谱中所引昉思诸词参读。

〔一三〕陈维崧《湖海楼词·满庭芳·过辽后梳妆楼同洪昉思赋》:"细马轻衫,西风南苑,偶然人过金沟。道旁指点,辽后旧妆楼。想像回心宫院,钿筝歇、含泪梳头。青史上,武灵皇后,一样擅风流。　　堪愁。成往迹,缭垣败甃,满目残秋。便脂田粉砲,零落谁收?莫问完颜耶律,兴亡根、总是荒丘。红墙外,谁抛金弹?年小富平侯。"作年无考,姑系于此。

〔一四〕陈维崧辑《箧衍集》,于五古、五律、五绝、七古、七绝五体中皆选入昉思之作。而于钱谦益仅选入五古长篇、七古、七律、七绝四体,于施闰章仅选入五古、五律、七古、七律四体,朱彝尊、宋琬、曹贞吉诸人入选亦少。是维崧于昉思诗固甚赞赏也。又据该书卷首王士禛、宋荦、蒋景祁诸序,维崧生时,未尝以此集示人,盖仅供一己之玩赏,非用作标榜者。

〔一五〕徐釚辑《枫江渔父图题词》载有昉思《北中吕粉蝶儿》一套:

"〔北中吕粉蝶儿〕江接平湖。渺茫茫水云烟树。战西风一派菰蒲。白蘋洲,黄芦岸,厮间着丹枫远浦。秋景萧疏,映长天落霞孤鹜。

"〔醉春风〕俺只见小艇乍迎潮,孤篷斜带雨。柳边渔网晒残阳,有多少楚楚。停下了短桨轻帆,趁着这晚烟秋水,泊在那野桥官渡。

"〔普天乐〕见一个钓鱼人江边住,笋皮笠子,荷叶衣服。足不到名利场,心没有风波惧。稳坐矶头无人处,碧粼粼细数游鱼。受用足一竿短竹,半壶绿醑,数卷残书。

"〔红绣鞋〕那渔父何方居住?指枫江即是吾庐。何须隔水问樵夫?云藏林屋小,天逼洞庭孤。刚离着三高祠不数武。

"〔满庭芳〕傍柴门停舟暂宿。江村吠犬,霜树啼乌。纵然一夜风吹去,也只在浅水寒芦。破裰衣残针自补,枯荷叶冷饭平铺。秋如素。渔歌一曲,千顷月明孤。

"〔上小楼〕正安稳羊裘避俗,不堪昉鹤书征取。逼扎您罢钓收纶,弃饵投竿,揽辔登车。离隐居,到帝都,龙门直度。拜殊恩古今奇遇。

"〔十二月〕但莫忘旧盟鸥鹭,且休提新鲙鲈鱼。空想像志和泛宅,慢寻思范蠡归湖。凝望处云山杳霭,梦魂中烟水模糊。

"〔尧民歌〕描不出满怀乡思忆东吴,因写就小江秋色钓鱼图。翠森森包山一带有还无,片时间晚云收尽碧天孤。传书,平沙落雁呼,直飞过斜阳渡。

"〔耍孩儿〕俺不能含香簪笔金门步,只落得穷途恸哭。山中尚少三间屋,待归休转又踌躇。不能做白鸥江上新渔父,只混着丹凤城中旧酒徒。几回把新图觑,生疏了半篙野水,冷落了十里寒芜。

"〔尾声〕江波寒潦收,枫林夕照疏。比磻溪也没甚争差处,单只您这垂钓的先生不姓吕。"

案,枫江渔父为徐釚之号,图系釚乞谢彬所作。《清史稿》卷四百八十九:"徐釚,字电发,吴江人。应鸿博,授检讨。会当外转,遽乞归。后起原官,不就。卒年七十三。著《南州草堂集》、《本事诗》。又尝刻《菊庄乐府》,昆山叶方霭称其绵丽幽深,耐人寻绎。

朝鲜贡使以兼金购之。钬既工倚声,因辑《词苑丛谈》,具有裁鉴。"昉思此曲于电发经历仅叙至应征授官止,其下即勉以安心任职("且休提新鲙鲈鱼"、"慢寻思范蠡归湖"),尾声至以吕望相期;而于己之"未膺荐举",穷途困厄,深致慨焉。味其词意,盖作于电发授职之初。

〔一六〕《稗畦集·丘(邱)季贞检讨刊吾乡胡旅堂山人遗集感赠》:"……箧里遗文赖传布,九原应感故人知。"案,旅堂名介,字彦远,明诸生,入清后,抗节不仕,见《国朝杭郡诗辑》卷三。有《旅堂诗选》行世。其书署"海盐陆嘉淑冰修、山阳邱象随季贞选"。并附载陆嘉淑所撰传,有云:"今年己未,季贞官翰林于京,会余亦访友而至;季贞手余所编次彦远集而又甲乙之,欲余为传附集后。"知该书刊于本年。

《鹤征录》卷一:"邱象随,字季贞,号西轩。江南淮安卫籍,湖广宣城人。顺治甲午拔贡生。由监察御史罗秉伦荐举,授检讨,官至洗马。著有《西山纪年集》。富孙案,西轩……年十四即工诗,才名早盛,与兄曙戒(象升)有淮南二邱之目。"

〔一七〕赵执信《饴山堂集》卷十六《怀旧集·洪昇小传》:"……携家居长安中,……见余诗,大惊服,遂求为友。"案,《清史稿》卷四百八十九:"赵执信,字伸符,益都人。从祖进美官福建按察使,诗名甚著。执信承其家学,自少即工吟咏。……登康熙十八年进士。授编修。时方开鸿博科,四方雄文绩学者皆集辇下,执信过从谈宴,一座尽倾。朱彝尊、陈维崧、毛奇龄尤相引重,订为忘年交。出典山西乡试,迁右赞善。二十八年坐国恤中宴饮观剧,为言者所劾,削籍归。卒年八十余。执信为人峭峻褊衷,独服膺常熟冯班,自称私淑弟子。娶王士禛甥女,初颇相引重。后求士禛序其诗,士禛不时作,遂相诟厉。尝问诗声调于士禛,士禛靳之,乃归取唐人集,排比钩稽,竟得其法,为《声调谱》一卷。又以士禛论诗,比之神龙不见首尾,云中所露,一鳞一爪而已,遂著《谈龙录》,云:诗以言志,诗之中须有人在,诗之外尚有事在;意盖诋士禛也。说者谓士禛诗尚神韵,其弊也肤。执信诗以思路剜刻为主,其失也纤。两家才性不同,实足相资济云。执信所著诗文曰《饴山堂集》。"昉思见执信诗而订交,当在执信官京师之后。而《稗畦集·赠赵伸符太史》云:"宦当年少偏虚受。"知是时执信尚未罢官,其作当不迟于康熙二十八年己巳。诗又云:"十载尘中结契深。"自己巳上推十年,则与执信定交,亦不至后于本年;而《赠赵伸符太史》之必为己巳作,从可知矣。又案,执信《怀旧集·洪昇小传》,语多夸饰,说见卷首传略;昉思《赠赵伸符太史》云:"承旨风流绝古今,似君真不愧华簪。"仅以赵子昂目之,则"大惊服"云云,似亦未可尽据也。

〔一八〕赵执信《谈龙录序》:"司寇(王士禛)名位日盛。其后进门下士,若族子侄,有借余为谄者,以京师日亡友之言为口实。余自惟三十年来,以疏直招尤,固也。不足与辩。然厚诬亡友,又虑流传过当,或致为师门之辱。私计半生知见,颇与师说相发明。向也匿情避谤,不敢出;今则可矣。乃为是录,以所借口者冠之篇,且以名焉。"又,该书第一条:"钱塘洪昉思昇,久于新城之门矣。与余友。一日并在司寇宅论诗。昉思嫉时俗之无章也,曰:诗如龙然。首尾爪角鳞鬣一不具,非龙也。司寇哂之曰:诗如神龙,见其首不见其尾,或云中露一爪一鳞而已,安得全体?是雕塑绘画者耳。余曰:神龙者屈伸变化,固无定体。恍惚望见者,第指其一鳞一爪,而龙之首尾完好,故宛然在也。若拘于所见,以为龙具在是,雕绘者反有辞矣。昉思乃服。此事颇传于时。司寇以告后生,而遗余语。闻者遂以洪语斥余,而仍侈司寇往说以相难。惜哉。今出余指,彼将知龙。"知序所言亡友,谓昉思也。

案,执信此语,有可疑者数事。昉思之诗,虽重章法,要近于神韵一派,故士禛殊推重之(参见康熙十四年、十六年及四十三年谱);金埴亦盛推其神韵,引毛奇龄论昉思五律云:"其气韵神味,格意思旨,雅似极平,而唐人梱奥自是如此",又斥当时之讥昉思者曰:"此犹观旧玉者,不以其神韵,而以其驳蚀,可乎?"(参见卷首《传略》引《不下带编杂缀兼诗话》语)至昉思平日论诗大旨,虽无可考,然称士禛与闻章诗法之异为顿渐之教,是于以禅喻诗之说深有所会;又最服膺汪楫,推为天下第一——楫为士禛弟子,诗如"轻鸿踏云",此正"神韵说"之具体体现,则昉思持论,当不致与士禛大相枘凿。而执信所引昉思之说,固偏执之尤者;以上述二端揆之,不能无间。可疑一也。据执信自述,论诗事既"颇传于时",且士禛"以告后生"之际,亦仅遗执信语而已,固未尝以所谓昉思之说诬之;则首尾不具非龙之说之出于昉思,当为众所共知,"闻者"何至以昉思语为执信语乎?可疑二也。《谈龙录序》称,士禛门下士"有借余为诟者,以京师日亡友之言为口实"。然论诗之事既为士禛所亲历,其"告后生"时,亦仍以首尾不具非龙之说归之昉思,今以昉思语强加于执信,是直接与士禛之说相冲突,夫又何诟乎?可疑三也。《谈龙录序》有"厚诬亡友"之语,然首尾不具非龙之说若本出于昉思,而时人归之执信,此正为昉思掩饰其谬误,又何"厚诬"之有?可疑四也。《谈龙录序》谓:"向也匿情避谤,不敢出;今则可矣。"据序文所署年月,为康熙己丑夏六月。是时诗坛之情势与执信之遭际,皆未尝有所改变,何以昔"不敢出"而"今则可矣"?可疑五也。执信《怀旧集·洪昇小传》既多不实之语,《谈龙录》之说似亦未可尽据。疑首尾不具非龙之说本出于执信,及为论诗者所诟病,遂思所以文饰之;而执信之为此论也,昉思适在座,因以嫁于昉思。《谈龙录》语既出虚饰,遂不免自相抵牾;至所谓"今可矣"者,盖是时昉思已死,无人能发其伪也。又,沈德潜《清诗别裁》卷三:"渔洋少岁即见重于牧斋尚书。后学殖日富,声望日高,宇内尊为诗坛圭臬,突过黄初。终其身无异辞。身后多毛举其失,互相弹射;而赵秋谷宫赞著《谈龙录》以诋諆之,恐未足以服渔洋心也。"据此,《谈龙录》之出实在"渔洋身后"。则该书自序所署己丑,盖为倒填年月;而执信所述之不足信,益可见矣。

又案,《谈龙录》云:"昉思在阮翁门,每有异同。"《怀旧集·洪昇小传》亦云:"虽及阮翁之门,而意见多不合。"而《谈龙录》复言"阮翁素狭",又曰:"奖掖后进,盛德事也。然古人所称引必佳士,或胜己者,不必尽相阿附也。今则善贡谀者斯赏之而已。后来秀杰,稍露圭角,盖罪谤之不免,乌睹夫盛德?"亦隐诋士禛。然若昉思持论与士禛确多异同,而士禛为人确如所言,则士禛又曷为引重昉思哉?执信此语,亦自相抵牾而不可据者也。

〔一九〕胡会恩《清芬堂存稿》卷一《赠洪昉思》:"纷纷词苑知名士,萧爽如君迥绝尘。五字清真谁敌手?七年牢落尚依人。长贫赵壹囊羞涩,久滞梁鸿迹苦辛。不学巢由车下拜,应知本性素难驯。""短裘席帽酒垆前,落拓行踪不受怜。白首尚为弹铗客,朱门难索作碑钱。骑驴落叶长安道,抱犊明湖二顷田。去住悠悠竟谁是,穷愁只许著书传。"据该书卷首朱星渚序,集中所收皆丙辰以后诗。诗又有"七年牢落"云云,当作于本年。

《两浙輶轩录》卷五:"胡会恩,字孟纶,号苕山,德清人。渭侄。康熙丙辰进士及第第二人,历官至刑部尚书,著《清芬堂集》。《湖州府志》:会恩少从叔渭学,具有渊源。居官以勤慎称。……沈德潜曰:司寇不以诗鸣,然含宫咀商,天然明丽,其品自贵。"案,《稗畦集》有《同胡孟纶编修、吴大冯太学坐黑龙潭松下作》,又有《感怀柬胡孟纶宫赞》云:"冰雪渐知同调少,云霄仍作故人看。"盖会恩与昉思友谊颇深。大冯名树臣,号鹤亭,乌程籍,吴江人。拔贡生,官至刑部郎中。著《涉江草》《一砚斋集》。见《江苏诗征》卷十三。

〔二〇〕《长生殿·例言》:"……作《沉香亭》传奇。寻客燕台,亡友毛玉斯谓排场近熟。因去李白,入李泌辅肃宗中兴。更名《舞霓裳》。"案,《长生殿》卷首自序,署康熙己未仲秋。考《沉香亭》作于癸丑,改《舞霓裳》为《长生殿》在康熙二十七年戊辰(参见戊辰谱),则己未所作序,盖为序《舞霓裳》者;后改为《长生殿》,序仍沿用未改。《舞霓裳》之作当亦在本年。

《稗畦续集·毛玉斯邀饮》:"燕市一尊酒,园林七月时。秋风初坠叶,客鬓两成丝。玉斝挥无算,银笙度更迟。旅亭如画壁,知唱阿谁诗。"二人在燕地游处之状,犹可想见。

〔二一〕朱溶《稗畦集叙》:"……已而其亲罹事远适。昉思时在京师,徒跣号泣,白于王公大人。昼夜并行。钱塘去京师三千余里,间以泰岱江河,旬日余即抵家侍其亲北。会逢恩赦免。昉思驰走焦苦,面目黧黑,骨柴嗌嗄,党亲见者,皆哀叹泣下。其本根如此。"

《稗畦集·南归》:"昔悔离亲出,今缘赴难归。七年悲屺岵,万死负庭闱。祸大疑天远,恩深觉命微。长途四千里,一步一沾衣。"同书《除夕泊舟北郭》(题下原注,时大人被诬遣戍,昇奔归奉侍北行):"漫道从亲乐,承颜泪暗流。明灯双白发,寒雨一孤舟。故国仍羁客,新年入旧愁。鸡鸣催解缆,从此别杭州。"二诗所述,当为同一事。据《南归》中"七年"云云,当作于本年。诗有"明灯双白发"语,其母当亦同戍。又,昉思于本年除夕自杭侍父北行,而朱溶叙谓"旬日余即抵家侍其亲北",则昉思自京赴杭当在冬日。

《清圣祖实录》卷八十七:康熙十八年十二月己卯,"以太和殿灾,颁诏天下。……诏内恩款一十三条。"朱溶谓"会逢恩赦免",当即指此。又,此诏抵杭当已在明年,故昉思父于本年除夕尚未获释。余参见康熙十四年乙卯谱。

康熙十九年庚申　一六八〇　三十六岁

春,侍父母返抵杭州。晤友人金张、张吉。旋赴京〔一〕。

寒食,自伤漂泊,作《寒食》诗。五律《天涯》亦为前后之作〔二〕。

秋,吴仪一自奉天来京,假寓昉思处;尝论及《牡丹亭》,昉思谓是剧肯綮在死生之际,其中搜抉灵根,掀翻情窟,能使赫蹏为大块,隃糜为造化,不律为真宰,撰精魂而通变之。语未毕,仪一大叫叹绝。已而仪一赴徐州,有《送吴舒凫之徐州》诗〔三〕。

梅庚自京返宣城,时昉思方卧疾,以诗赠行〔四〕。

入冬后迄未往访方象瑛,象瑛因作《柬洪昉思》二首,以述寂寥〔五〕。

清军于正月取成都,次月又取夔州、重庆等地。十月,清军取镇远、贵阳,据有贵州。

〔一〕金张《岕老编年诗钞》丙寅《洪昉思过寻,时王士病亟,不能会客矣》:"七年甫得博一见,一见焉知不七年。但使白头长在世,有时重会不须怜。"由丙寅上推七年,恰为本年。盖昉思于逢赦后尝侍父母返杭,故得与岕老、王士会晤。然其本年寒食已在北京(说见后),是返杭后旋又北行。又《岕老编年诗钞》于《洪昉思过寻》之下一首为《哭张王士》知王士即张吉。

《国朝杭郡诗辑》卷七:"金张,字介山,号岕老,又号妙高道人。钱塘诸生。有《岕老编年诗钞》十三卷。岕老居下塘西,俗呼张介山。家贫,喜吟咏,酷嗜杨诚斋诗,所作多效其体,因榜其室曰学诚斋。……斋中书画古器,位置精洁。一时名流,……皆订缟纻之雅。"案,岕老诗甚为黄宗羲所重,《南雷文定四集》卷一《金介山诗序》:"吾友金介山之诗,清冷竟体,姿韵欲绝。如毛嫱、西施,净洗却面,与天下妇人斗好,一举一动,无非诗景诗情,从何处容其模拟。读之者知其为介山之人,知其为介山之诗而已。昔人不欲作唐以后一语,吾谓介山直不欲作明以前一语也。故介山胸中所欲豳之语,无有不尽,不以博温柔敦厚之名而蕲世人之好也。"

《国朝杭郡诗辑》卷四:"张吉,字王士,仁和人。康熙戊午举人。……每上公车,俱以(再从兄)抑斋同考礼闱,格于例,不得入试。遂郁郁而卒。"

〔二〕《稗畦集·寒食》:"七度逢寒食,何曾扫墓田。他乡长儿女,故国隔山川。明月飞乌鹊,空山叫杜鹃。高堂添白发,朝夕泪如泉。"案,此诗亦收入《浙人诗存》卷四,"七度逢寒食,何曾扫墓田"句下原注:"旅食京邸,阅今七载。"考昉思自癸丑冬离乡,甲寅抵京,至本年已寓京七载矣。诗当本年在京所作。

同书《天涯》:"八载天涯客,中宵唤奈何。饥寒行役惯,贫贱别离多。狡兔思营窟,枯鱼泣过河。吞声不敢道,总付断肠歌。"昉思自癸丑离乡,至本年已客游八载。诗中情绪与《寒食》略同,当为前后之作。

〔三〕吴仪一《三妇评牡丹亭杂纪》载洪之则跋:"吴与予家为通门,吴山四叔又父之执也。予故少小,以叔事之,未尝避匿。忆六龄时侨寄京华。四叔假舍焉。一日论《牡丹亭》剧,以陈、谈两夫人评语,引证禅理,举似大人,大人叹异不已。予时蒙稚无所解,惟以生晚不获见两夫人为恨。大人与四叔持论每不能相下。予又闻论《牡丹亭》时,大人云:肯綮在死生之际,记中《惊梦》、《寻梦》、《诊祟》、《写真》、《悼殇》五折,自生而之死;《魂游》、《幽媾》、《欢挠》、《冥誓》、《回生》五折,自死而之生;其中搜抉灵根,掀翻情窟,能使赫蹏为大块,陙糜为造化,不律为真宰,撰精魂而通变之。语未毕,四叔大叫叹绝。"案,吴山四叔谓仪一,陈、谈两夫人为仪一妻。《健松斋集》卷十八丁巳诗有《送姜定庵京兆之奉天》及《赠吴瑳符赴姜京兆幕》二首。丘象升《南斋诗集》庚申有《喜逢吴瑳符》诗;其前后诸诗所写,系秋日景色,诗当为秋日作。首二句云:"昨读惊人句,因知塞上还。"知仪一于本年秋自奉天抵京。又案,之则于戊午始随父来京,其所述仪一假舍,当为本年事。

《稗畦续集·送吴舒凫之徐州》:"落日彭城去,孤云芒砀来。斩蛇元故道,戏马只荒台。怀古成何事,依人亦可哀。烦君问屠钓,丰沛几雄才。"案《长生殿》署"吴人舒凫论文",《国朝杭郡诗续辑》卷二:"吴仪一,……又字吴山,别名吴人。"是舒凫即仪一。考王晫《霞举堂集》有《芝坞居士传》,即为仪一所作者;文中谓仪一于乙卯丧父,守制三年;丁巳至庚申则客居奉天。其赴泗水当在乙卯前,或庚申后。然昉思此诗若作于乙卯前,则当收入《啸月楼集》,故赴泗水不得早于本年。又,王元弼《慎余堂诗集》卷三《送吴瑳符赴泗水》:"登临易增感,况是暮秋时。"泗水谓徐州,与昉思诗当为同时之作。此书所收诗至庚申冬止(参见康熙十七年戊午谱),故仪一离京赴徐州亦不得迟于本年。

〔四〕《稗畦集·送梅耦长归宣城》:"卧病闭虚馆,忽闻君远行。离心不可道,树树秋蝉鸣。"案,《渔洋山人续集》卷十三庚申稿《送梅耦长归江南五首》之三:"故乡信可恋,佳丽石城头。况此素秋月,森森清淮流。……"知耦长于本年秋返故乡宣城。

〔五〕方象瑛《健松斋集》卷十八《展台诗钞》庚申《柬洪昉思》:"扬亭咫尺竟何如,室迩人遐怅索居。岂为避喧常键户,不应访旧更回车。题诗空忆高轩过,扫雪真怜小巷虚。寄语西泠洪伯子,湖山七载结相于。""揽辔相过已数旬,三秋人隔又新春。龙门正喜留嘉客,蜗舍何缘到故人?缥缈便同千里别,寂寥谁念一官贫?钱唐交友如还问,惭愧南村赋卜邻。"案,《展台诗钞》编年,此诗列于庚申《冬日陪益都夫子游祝园,即席奉和原韵》诸诗后,其作当在庚申冬日;诗中"又新春"之语,谓是时已过立春。又,"湖山七载结相于"系就甲寅象瑛寓杭之日起算,至其与昉思游处,实始于乙卯。

康熙二十年辛酉　一六八一　三十七岁

春,王元弼往赴零陵知县任,以诗赠行。别后又有《寄王零陵大令》诗〔一〕。

胡渭自京南返,作诗送之〔二〕。

二月,王泽弘送仁孝皇后、孝昭皇后柩至昌瑞山陵。昉思与泽弘偕行;先至巩华城送二后启灵,作《巩华城》诗〔三〕。

中途与泽弘便道往游盘山,时宋荦已先到。三人皆有诗纪游〔四〕。

宋荦以事先返,泽弘、昉思又往晤盘山释智朴〔五〕。

行经蓟州龙门、三河县、雷家庄诸地,皆有诗〔六〕。三月,至沙河,感伤身世,作《春日沙河寓居感怀》二首。葬事既毕,旋返京〔七〕。

道中往还所经,或为明边塞重镇,或近明帝陵墓所在;其地上岁遭旱灾甚剧,耕地又颇为驻军所占;于途缅怀明室,悼念民生疾苦,有《京东杂感》十首〔八〕。又慨吏治之不良,作《寇恂故里》诗〔九〕。《书所见》《夜宿和友人》《京东有感》亦皆此行所作〔一〇〕。

十月,袁启旭南还,宋荦设席饯行,招昉思、朱载震作陪,同赋诗送别〔一一〕。

冯溥以诗见赠〔一二〕。

冬,返杭省觐〔一三〕。

友人翁介眉辑《皇清诗初集》成。昉思尝助之参订〔一四〕。

郑经以正月病卒,子克塽嗣位。七月,清廷命施琅为福建水师提督,策划进攻台湾。

清军于二月进围云南省城,十月,吴世璠自杀。自吴三桂起兵,至是八年,始最终平息,清廷统治益趋巩固。

〔一〕《稗畦集》有《送王良辅明府之任零陵》五绝二首;又有《寄王零陵大令》诗,当为别后所作。案,《渔洋山人续集》辛酉稿有《湘水行送良辅宰零陵》诗;冯溥《佳山堂诗二集》卷一亦有《送王良辅之任零陵六首》,此书所收诗自辛酉起。故元弼赴任零陵当在本年。《零陵县志》谓元弼自康熙十八年任,误。又案,《送王良辅明府之任零陵》云:"一路桃花水,春帆过楚江。"知在春日。

〔二〕《稗畦集·送胡胐明先生南归》:"京洛了无趣,羁栖奈愁何?羡君归去好,小艇弄烟波。江雨湿青箬,蘋风吹白簔。晚来明月上,自唱打鱼歌。"是渭之南归,实欲归隐乡里。案,冯溥《佳山堂诗二集》卷五《寄胡胐明》:"文定渊源自一门,肯将憔悴羡留髡?莺花欲醒尘中梦,燕酒难招别后魂。好藉郑庄资客骑,来看谢傅弈棋墩。衰迟相约君休笑,疑义犹能细与论。"诗以安国之难进易退相拟,"肯将憔悴羡留髡"亦非用于暂归省觐之语;溥诗首二句与昉思诗所述当为同一事。其诗有"来看谢傅弈棋墩"之语,必作于致仕之后。又据"莺花"云云,知胡渭辞溥南还时,溥亦"尘梦将醒",行将告归矣。溥以明年致仕,则渭之南返约在本年。又,胡渭于癸亥复游京师,见阎若璩《古文尚书疏证》卷七;是渭于南归后,亦终未能坚守初志。

《清史稿》卷四百八十六:"胡渭,初名渭生,字朏明。德清人。……十五为县学生。入太学。笃志经义,尤精舆地之学。尝馆大学士冯溥邸。尚书徐乾学奉诏修一统志,开局洞庭东山,延常熟黄仪、顾祖禹,太原阎若璩及渭分纂。渭著《禹贡锥指》二十卷,图四十七篇,……博稽载籍,考其同异而折衷之;山川形势,郡国分合,道里远近夷险,一一讨论详明。又汉唐以来河道迁徙,为民生国计所系,故导河一章,备考决溢改流之迹。留心经济,异于迂儒不通时务。间有千虑一失,则不屑阙疑之过。……"案,渭馆冯溥邸始于戊午前,见杭世骏《道古堂文集》卷四十《胡朏明先生墓志铭》。

〔三〕《康熙东华录》卷二十七:康熙二十年"二月壬寅,上如巩华城。癸卯,仁孝皇后、孝昭皇后梓宫启行,上亲临送"。"三月辛酉,葬仁孝皇后、孝昭皇后于昌瑞山陵,上回銮。"又,《清圣祖实录》卷九十四载:二月癸卯仁孝皇后、孝昭皇后"梓宫"自巩华城启行时,"王以下满汉官员及公主王妃以下,大臣命妇以上,俱齐集举哀跪送"。知朝臣多往送葬。

王泽弘《鹤岭山人诗集》卷六辛酉《沙河旅次》:"哀挽将前发,荒途已夕晖。新阡悲象设,幽户惜褕袆。野店千官宿,孤城万马围。"是泽弘亦往送葬。又,《沙河旅次》之后有《同洪昉思野步》《清明同会稽范睿五、武林洪昉思、庐陵朱耦男坐沙河旅舍》《雷家庄次昉思韵》《同昉思宿雷家庄》《三河道中即事》《宿枣林庄》《过蓟州》《车中同昉思野望》《同洪昉思游盘山三十韵》等诗。《同洪昉思游盘山三十韵》系送葬道中作(说见后),雷家庄、三河、枣林庄、蓟州亦送葬时所行经之地,足征昉思与泽弘偕行。

《稗畦续集·巩华城》:"几年停玉匣,百遍翠华来。"案,巩华城为二后停灵之所,诗当本年随泽弘送葬所作。

〔四〕《稗畦集·奉陪王昊庐先生游盘山八首》,题下原注:"时宋牧仲先生先到。"其第一首云:"问讯盘山路,乘春并马来。"案,王泽弘《同洪昉思游盘山三十韵》:"是时仲春交,风日况善诱。"时令正合。又,宋荦《西陂类稿》卷五《回中集·盘山诗六首》之五:"空山正孤寥,何处人语响?遥见故人来,临风披鹤氅。洪崖许拍肩,一笑穿云上。(原注:王宫詹昊庐、洪子昉思后至。)"三人诗当为同时作。《回中集》系宋荦本年送葬道中所作诗之结集,故泽弘与昉思之游盘山必为送葬时事。

《清史稿》卷二百八十:"宋荦,字牧仲。河南商丘人。权子。顺治四年,荦年十四,应诏以大臣子列侍卫。……(康熙)十六年授理藩院院判,迁刑部员外郎,权赣关,还,迁郎中。……三十一年调江宁巡抚。……四十四年擢吏部尚书,四十七年以老乞罢。"案,荦能诗,与曹贞吉等称燕台十子,沈德潜《清诗别裁》卷十三:"宋荦……官部曹时,列《十子诗选》中,抚吴时,有《渔洋绵津合刻》,又尝选《江左十五子诗》,以提倡后学。"其集本名《绵津山人集》,后经增益,别刻为《西陂类稿》。

〔五〕宋荦《盘山诗六首》之五:"嗟余王事迫,返驾意怅惘。绝顶舍利塔,崒嵂不得往。……寄语青沟僧,终期共幽赏。(原注,青沟僧,拙庵也。)"是荦未跻绝顶。而昉思与泽弘则尝至山巅,《陪王昊庐先生游盘山八首》之七:"绝顶此跻攀,苍茫晓日殷。一身飞鸟上,双足乱云间。……"可证。案,《回中集·盘山诗六首》之前有《巩华城候请仁孝、孝昭两皇后梓宫,旋有事前驱……》诗,盖荦另有使事,遂尔先返也。又,"寄语"云云,当嘱泽弘、昉思寄语,故知二人尝往晤拙庵。

《顺天府志·道释》:"智朴(案,《盘山志》及《盘谷集》自署皆作智朴),号拙庵,张姓,江南徐州人。……自幼颖异,年十五岁为僧,深禅机。三十五岁至盘山,结庐于青沟。其地间多虎豹,樵夫不敢入。自智朴开山结茅之后,恶兽潜踪,人咸异之。名遂大振。盘山向无志乘,智朴编辑成书,颇有体裁,咸称为释氏董狐。又善诗,山居诗有极似寒山子者。"案,智朴与昉思善,参见康熙二十四、二十八、二十九年谱。又撰有《盘谷集》,今存。

〔六〕《稗畦集·望孤山》,题下原注:"离三河县四十里。"当为三河道中作。又《龙门》,题下原注:"在蓟州。"据《鹤岭山人诗集》中《过蓟州》《三河道中即事》诗,知此行尝过蓟州、三河,昉思诗亦当此时作。王泽弘又有《雷家庄次昉思韵》七律一首,有句云:"平野风沙卷雀窠,深春新叶不生柯。"时当在三月。昉思原诗已佚。

〔七〕《稗畦续集·春日沙河寓居感怀》之一:"花飞羁客泪,春动别时魂。"其二:"严子《哀时命》,刘生《广绝交》。敢云吾不愧,且任客相嘲。"案,王泽弘本年有《清明同会稽范睿五、武林洪昉思、庐陵朱藕南坐沙河旅舍》诗,昉思诗当为同时作。又,康熙帝既于三月辛酉"回銮",王泽弘等送葬百官自亦随之还京,昉思当与泽弘偕返。其《京东杂感》诗虽有"秋色澹渔阳,秋声动朔方"之句,似秋日尚在京东,实则诗仍当为春日作,此二句系形容其地之苦寒肃杀,虽非秋令,而"秋色""秋声"仍弥漫其间,故其下即接"四时消射猎,六畜代耕桑"等句。若为实写秋日景色,则无由接出下文矣。诗见下注。

〔八〕《稗畦续集·京东杂感》:"昨岁京东郡,灾伤剧可嗟。草枯连赤地,城坏折黄沙。巢燕无全树,流民只数家。十年生聚后,可得盛桑麻?""胜国巡游地,孤城有废宫。周垣春草外,圆殿夕阳中。狐榾沙翻雪,鸱蹲树啸风。惟余旧村落,鸡犬似新丰。""雾隐前山烧,林开小市灯。软沙平受月,春水细流冰。远望穷高下,孤怀感废兴。白头遗老在,指点十三陵。""盘龙山下路,尚有果园存。岁月蟠根老,风霜结实繁。落残供野鼠,垂在饲饥猿。童竖休樵采,枝枝总旧恩。""故国开藩镇,防边节制雄。鹰扬屯蓟北,虎视扼辽东。角静孤城月,旗翻大树风。至今论将略,尚想戚元戎。""朔风吹晓日,驻马望居庸。白带山阴雪,青连塞上烽。燕南通巨鹿,蓟北枕卢龙。寄语当关者,中原此要冲。""沙白草茫茫,云蒸海气黄。乱山藏虎豹,平野散牛羊。地接榆关险,城回柳塞长。年年流戍客,从此向辽阳。""万骑集幽州,金鞍铁巨铧。籋云驰大漠,逐电过长楸。无复天闲贡,空悲汗血流。骁腾从出入,榆塞不防秋。""遥遥古北平,甸服接燕京。旧种嘉禾地,今归细柳营。草肥春牧马,塞静久屯兵。君看芦中月,哀鸿夜夜鸣。""秋色澹渔阳,秋声动朔方。四时消射猎,六畜代耕桑。日薄翻鹰翮,风高逆雁行。玉关今不闭,此地即沙场。"案,昉思此行所经,即京东之地,所写景色亦与此行时令相符。诗中虽有"沙翻雪"等语,而据"春水细流冰"句,可知其为春日之冰雪。又,《清圣祖实录》卷八十九:"康熙十九年四月庚辰,谕户部,前差尔部侍郎萨穆哈赈济直隶饥民,仅至春麦收成之时停止。今闻春麦已枯,秋成难保,其间灾重地方,麦既无望,饥民何以聊生?"征以"昨岁京东郡,灾伤剧可嗟"语,亦相吻合。诗当为本年作。

〔九〕《稗畦续集·寇恂故里》:"颍水留遗爱,曾传借寇公。兵威初震叠,吏治早尊崇。故里寒山外,荒祠落照中。长吁问民牧,中泽几哀鸿?"寇恂昌平人,据《京东杂感》中"白头遗老在,指点十三陵"等语,是昉思尝至昌平一带,诗当是时作。

〔一○〕《稗畦续集·书所见》:"霜戟排如茅,云旗聚若林。坏垣探雀彀,炽炭炙牛心。风逐笳音远,沙埋马足深。郁葱畿辅地,恍接塞云深。""穹庐如帻覆,毦毵藉沙安。酪乳浓还醉,貂裘软不寒。割鲜挥雪刃,行炙捧雕盘。多少燕支女,琵琶就月弹。"所写当为近畿之多沙及屯兵之地,与京东情景相符;诗中感慨亦与《京东杂感》所云"旧种嘉禾地,今归细柳营"者略同;当为此行所作。

《稗畦集·夜宿和友人》:"信宿边城夜,悲来一放歌。乱沙奔去马,荒碛聚鸣驼。"所写情状与《京东杂感》相合。同书《京东有感》:"尘沙春色少,觱篥晓风多。"与《京东杂感》所写时令亦同。二诗皆当为此行所作。

〔一一〕《西陂类稿》卷六《续都官草·席上送袁士旦还芜湖,同朱悔人、洪昉思赋,二首》:"寒宵樽酒送将归,霜月朦胧照掩扉。明发江乡寻旧隐,一间茅屋傍螺矶。""梅花香冷下风帘,对此翻将客思添。多少故人裁别赋,消魂今夜过江淹。"昉思诗已佚。案,袁启旭《中江纪年诗集》卷二辛酉《复归江南,宋牧仲郎中招同潜江朱悔人、钱塘洪昉思集饮赋别兼呈王阮亭祭酒、王黄湄给谏、谢方山员外》:"高粱尊酒思依依,歧路空将涕泪挥。万里关河吾又去,三冬霜雪雁俱飞。敝裘欲听鸡鸣出,短剑仍从马上归。为语故人休慰藉,生涯久已傍渔矶。"又,同书卷四戊辰《京都留别十六绝句》中留别昉思、悔人诗原注:"忆辛酉十月,宋牧仲饯余京邸,二子同赋送行诗。"知昉思送启旭南还在本年十月。

《宣城县志》卷十八《文苑》:"袁启旭,字士旦,号中江。国学生。诗及书法皆警迈。与同邑施闰章、梅庚负盛名都下。人得片纸,藏弆之。有《中江纪年稿》行世。"

《清诗别裁》卷二十一:"朱载震,字悔人,湖广潜江人。选贡,官石泉知县。著有《东浦诗钞》。"

〔一二〕冯溥《佳山堂诗二集》卷三《赠洪昉思》:"之子东南彦,凌云喜定交。门多长者辙,膳乏大官庖。旅况三年铗,文成九色苞。天家需俊乂,特达鄙茹茅。"案,《佳山堂诗二集》毛奇龄后序曰:"《佳山堂一集》刻自庚申,阅二年而后致政。今之二集则半犹辛酉、壬戌诗也。"是二集皆辛酉后诗。诗中"三年"云云,疑自昉思戊午移家入京起算,当作于本年。

〔一三〕参见明年谱。

〔一四〕《清诗初集》卷六署"武进蒋铣玉渊、钱塘翁介眉武原选。太仓王揆芝廛、高邮李滢蒿庵、新贵江闿辰六、钱塘洪昇昉思定。"卷首蒋铣所撰凡例云:"是选始于丙辰之夏,客游湖上,与翁子武原各出藏本,……共相校雠。迨匝月而武原即省觐秦川,予亦薄游吴会,未及成书。庚申春日放棹汉江,适武原分署岐亭丞,寻理旧业。……越岁共八月,始告厥成。"案,昉思丁巳秋有《送翁孟白觐省秦中》诗,盖介眉于丙辰入秦后,旋至北京,至丁巳秋复省亲秦中。其寓京期间,或尝以第六卷初稿出示昉思,乞为参订。

康熙二十一年壬戌　一六八二　三十八岁

春初往游开封,时弟昌卒;陆进作诗赠行,且劝其毋以弟丧而过于悲戚〔一〕。寻由开封赴京〔二〕。

陈之群前自武康来京,至是南还。昉思以诗送之,情殊怆然〔三〕。

杭州知府顾岱自京赴任,作《送顾太守之任杭州》四首〔四〕。

陈维崧卒,有《哭陈其年检讨》诗〔五〕。

秋,孙都生赴衡阳知县任,且约昉思往游衡阳,作《送孙容斋之任衡阳》诗以送之。别后又有《寄衡山令孙于京》诗〔六〕。

重阳集王泽弘宅,时泽弘请假,将南旋,有《重阳集昊庐先生请假将南旋》诗。已而泽弘南归,忍泪送别,作《送王昊庐先生请假南归》五首〔七〕。

张贞来京,以《浮家泛宅》图卷索题,为赋《锦缠道》一套〔八〕。

乔莱编《使粤集》成,为作跋文〔九〕。

郑江生。

耿精忠于正月为清廷凌迟处死。

〔一〕陆进《巢青阁集》卷六《送洪昉思之大梁(时有令弟之戚)》:"游梁仗剑去西泠,送别河桥柳色青。吴越暮云应极目,江淮春水好扬舲。伤心遮莫歌花萼,同气还教感鹡鸰。到日夷门芳草绿,轩车吊古几回停。"诗云"去西泠",则为自杭游梁。案,《稗畦续集·己卯冬日代嗣子之益营葬仲弟昌及弟妇孙,事竣述哀四首》之一:"同父三昆弟,伤哉仲已殂。"知昌先昉思而卒。进诗所云"令弟",盖即昌也。考昌于丙辰秋尚在世,丁巳、戊午、己未、辛酉四年春日,昉思皆无自杭游梁之事。庚申春昉思虽在杭州,而陆进则在北京,方象瑛《健松斋集》卷十八《展台诗钞》庚申《送陆荩思南归兼慰悼亡》有"春来待诏诣公车"语可证。故陆进之作此诗,不得早于壬戌。《稗畦集·寄中令弟》:"尔谋家室仍依北，吾省廷闱独向南。……痛汝仲兄飘泊死，二棺五载寄僧庵。"昉思最后一次之省亲南归为丙寅（参见后谱），由此上推五年，是仲弟之卒至迟在壬戌冬日，进诗之作自不得迟于癸亥。然癸亥正月底昉思尚在京师，旋赴吴，谒巡抚，娶妾邓氏，至三月即返抵北京（参见明年谱）。按是时正常行程，自京至杭，往返约需二月（参见《健松斋集》卷七《赴都日记》）；谒巡抚、娶妾、游梁亦颇费时日。若昉思于癸亥二月抵吴后，又有返杭及游梁诸事，则其抵京绝不能在三月间。故陆进此诗必作于本年春日；《寄中令弟》亦可肯定为丙寅之作。又，昉思本年春初既在杭，则其自京返杭当在上年冬日。

〔二〕昉思本年春有《送陈兴公》诗，为北京所作（说见后）；盖于抵梁后即赴京师。

〔三〕《稗畦续集·送陈兴公》："足下复归去，怜余人更稀。临歧无一语，清泪欲沾衣。驿路春阴满，河桥黄鸟飞。萧萧听嘶马，独立到斜晖。"案，《渔洋山人续集》卷十五壬戌稿有《送陈兴公归武康》诗，昉思诗当为同时所作。之群丁巳尚在武康，其自武康来京之年月，今已无考。

〔四〕《送顾太守之任杭州》四首见《稗畦集》。考《杭州府志》卷六十二《职官》，康熙时顾姓知府仅顾岱一人。据其所载履历："顾岱，字与山。无锡人。进士，二十一年任。"

〔五〕《稗畦集·哭陈其年检讨》："相逢白首未嫌迟，谁料黄垆永别离。地下那能偿旧序，人间何处乞新词？开尊东阁看花夜，飞盖西园踏月时。犹记先生相对语，好风吹动万茎髭。""四十余年海内名，一官迟暮慰生平。凌云天上悬词赋，霁月人间见性情。无复衮师承旧业，不留樊素守孤茔。亳村风雨清明日，惟有哀猿噭噭鸣。"案，维崧卒于本年，见徐乾学所撰墓志铭，收入《憺园集》卷二十九。又，诗有"地下那能偿旧序"语，盖昉思尝乞序于维崧，犹未及作也。

〔六〕《稗畦集·送孙容斋之任衡阳》之一："南去衡山秋气新，片帆湖水碧粼粼。"其二："京洛论交眼最青，别时期我问湘灵。"同书又有《寄衡山令孙于京》诗："尔到衡阳后，清秋学楚吟。"诗既言衡阳，题中"衡山令"当为衡阳令之误，于京与容斋盖即一人。考《衡州府志》卷二十一《职官》，康熙时衡阳知县孙姓凡二人，一孙维震，一孙都生。昔人名字相辅，于京与都生之义相合，与维震则了不相涉；盖即都生也。据《府志》该卷所载："孙都生，安徽宣城贡监，康熙二十一年任。"又，《宣城县志》卷十五《宦业·孙襄传》："子二。长都生，字玉京，由贡生任湖广衡阳县知县。性恺恻，有父风，决狱多所平反，衡民德之。"同书卷十四《例仕》："孙都生，字于京，襄长子。"可证《孙襄传》之"玉京"实为"于京"之误。

〔七〕《稗畦集·重阳集吴庐先生请假将南旋》："燕台七度醉重阳，话别今宵共举觞。匹马预愁分手处，芦沟残月瓦桥霜。"吴庐本泽弘室名，后遂用以为号。庞垲《丛碧山房诗》卷七壬戌有《送宫詹王吴庐先生假归黄州》诗，昉思诗当为同年所作。

同书《送王吴庐先生请假南归》之四："相送青门外，分携可奈何。从游七年少，知己一人多。忍泪看行色，销魂听别歌。西风寒雨后，落日涌浑河。"其五："落拓无长策，萧条寄短橡。狂应遭世嫉,愚独受公怜。下问襟期豁,忘形礼数捐。赏音分手去,惆怅罢朱弦。"

〔八〕张贞《渠丘耳梦录》乙集《洪昉思赠曲》:"庚申南游,苏州顾云臣为余写一浮家泛宅小照,用吾家烟波钓徒故事也。一时题咏,几遍作者。钱塘洪昉思昇,独赠乐府四阕。字句流丽,似不在其所作《四婵娟》、《长生殿》诸曲之下。

"〔锦缠道〕望桃花,遍青山遥连水涯。晴日散余霞。柳阴中横着一叶浮槎。见一个小渔童双盘髻丫,见一个俊樵青是十五轻娃。风味果清佳,深坐在短篷低亚。沿流趁浅沙,一直去相通苕雪。这的是张志和泛宅远浮家。

"〔普天乐〕绿蓑衣,随身挂。青箬笠,笼头大。何须要象简乌纱,休提起御酒宫花。纶竿自拿。只凭着笔床茶灶生涯。

"〔古轮台〕慢嗟呀,红尘十丈满东华,名场宦海风波大,许多惊怕。蚁阵蜂衙,总是霎时销化。汉室秦庭,争王图霸,只添得几张残纸费闲牙。妆聋作哑,总不如随处为家。黄芦岸侧,白蘋渡口,绿杨堤下,短楫轻划。真潇洒,月明吹笛过平沙。

"〔尾〕这丹青休道是人儿假,一样须眉总莫差,少不得西塞山前认着他。"

《鹤征录》卷三《未试丁忧》:"张贞,字起元,号杞园。山东安丘人。康熙壬子拔贡生,候补翰林院待诏,著有《杞田》、《半部》、《潜州》、《娱老》等集。富孙按:先生少好学,博览群书。遨游四方,与海内名流扬榷今古,时称为文章巨手。尝游愚山之门。事节母尤孝,克承其志。荐举以母忧不赴。后史馆缺员,以翰林待诏用,亦不就。退居杞城故园,日以著述为事。"案,《渔洋山人续集》卷十五壬戌稿有《题张杞园浮家泛宅卷三首》,知张贞尝于本年入京,以图卷索题。昉思散曲约亦作于本年。又案,昉思曲中"慢嗟呀"云云,虽于官场生活隐含不满,然消极出世思想亦颇严重。

〔九〕乔莱《使粤集》卷首《使粤诗跋》:"粤西山水辽绝险远,至唐子厚始发其奇于文。宋范文穆公镇粤最久,所作诗歌俱冲澹闲雅,似与柳殊指。后人谓山川面目,历数百年无改,而子厚谪居蛮中,忧畏交并,故多辛苦愁思之声。文穆为大帅,势尊禄丰,宾僚游从,号称极盛。宜其风肆好,其辞畅以和,绝不类夫贤而辱于此者。则两人所际之遇为之。后之人读书论世,未尝不为之抚卷而三叹也。康熙壬戌,粤西补行乡试,编修乔石林先生往典试事。凡道涂梯涉,邮签驿舍之栖止,与夫幽遐瑰丽之观,谈宴赠答之雅,悉发而为诗。计得若干首。其诗原本少陵,可与秦州诸什颉颃千古;次亦出入于眉山剑南间。今其诗具在,读之如卧游粤中,留连凭眺,不可谓非星严、乳洞、琴潭、湘水之遭也。且先生以玉堂华秩,奉使是邦,有文穆之荣;而于子厚所为文严洁廉悍之气,悉于诗乎括之。兹行也,先生所得不既多乎?至其得士之盛,别载试录,兹不复赘。钱唐洪昇昉思拜题。"案,《使粤集》卷首有王士禛序,署"康熙二十一年壬戌冬十二月"。又有施闰章跋,署"康熙癸亥上元后十日"。昉思跋亦当作于壬戌冬或癸亥春。姑系于此。

《清史稿》卷四百八十九:"乔莱,字石林。宝应人。……康熙六年进士,授内阁中书。乞养归。十八年试鸿博,授编修,与修明史。……迁侍读。……二十六年罢归。久之,召来京,旋卒。莱著《易俟》,……盖《诚斋易传》之支流。诗文有《应制》、《直庐》、《使粤》、《归田》诸集。"案,乔莱生平最为当时所称者,为议河工一事,参见康熙二十五年丙寅谱。

康熙二十二年癸亥　一六八三　三十九岁

周灿于正月己巳奉命出使,作诗送之〔一〕。

二月,往游苏州,谒江苏巡抚余国柱,以所获馈赠,娶妾邓氏。旋即北行。道经武进,以诗讯吴阐思,阐思亦有和答之作。三月,返抵北京,方象瑛贺以诗〔二〕。蒋景祁亦作《拂霓裳》词为贺〔三〕。

蒋景祁自京南还,以诗留别〔四〕。

翁介眉升任桂林知府,昉思以诗赠行〔五〕。

冬,往游开封,顾永年、徐嘉炎皆以诗赠行〔六〕。旋返京〔七〕。

方象瑛往典蜀试,归途阻雪,以诗见怀〔八〕。

施琅于六月攻陷澎湖;七月,郑克塽以台湾降清。

〔一〕《稗畦集》有《送周星公仪部奉使谕祭安南》诗。张维屏《国朝诗人征略》卷六:"周灿,字星公。陕西临潼人。顺治十六年进士,官南康府知府。有《愿学堂集》。"《康熙东华录》卷三十一:"康熙二十二年癸亥正月,己巳,先是安南国王黎维禧故,因广西用兵,未经遣祭。其后王嗣黎维祧复故,至是来告哀,遣翰林院侍读邬赫为正使,礼部郎中周灿为副使,前往谕祭。"案,己巳为二十七日。昉思诗有"昨日看星使,张罏出近郊"语,作诗时当已在二十七日之后。

〔二〕《健松斋集》卷十九癸亥《洪昉思纳姬四首(原注:姬吴人,善歌)》:"燕市行歌又几年,诗成惆怅落花天。春来别有销魂处,不遣愁心入管弦。""寒士如何致异人,旅窗相对正芳春。明珠百琲真豪甚,再莫人前道客贫。""吴娃生小学新声,玉笛银筝百啭莺。莫笑钱唐狂措大,浅斟低唱不胜情。""才子风流倚画屏,一时名部擅旗亭。从今度曲应无误,象管鸾笙细细听。"案,所娶妾即邓氏,参见本谱卷首传略。吴阐思《秋影园诗二集·余自粤中归,昉思题二绝句见讯,率和奉答》:"岭峤云深雁羽回,江干风雨一帆开。那如高坐金闺馆,新得佳人薛夜来。(原注:昉思自燕来谒抚军,以所赠买一姬。)""莫愁娇小爱新妆,公子倾囊七宝装。一曲清歌一杯酒,多君犹记旧高阳。"阐思武进人,此云"自粤中归",当即作于武进。所云"抚军",指江苏巡抚,时江苏巡抚驻苏州;昉思于该地所娶之妾,自为吴人。诗以薛夜来为喻,其人当亦善歌。与方象瑛诗原注"姬吴人,善歌"者正合。方、吴诗所言,当为同一事。吴诗亦必本年所作。据昉思送周灿诗,知其本年正月底尚在北京;象瑛诗则作于"落花天"之时,知三月间已返抵京师。核以当时交通状况,自京至吴,往返需时约二月左右。故昉思当于二月初赴吴,三月底抵京。

光绪《武阳志余》卷七《经籍》:"《卧云堂诗》:国朝处士吴阐思道贤撰。汪琬序曰:毗陵吴子道贤,前学士复庵之孙也。年弱冠,善画而能诗。其画山水宗北宋,而五言诗则出入中盛唐间。"《卧云堂诗》今已不可得见;阐思所著,《秋影园诗》外,尚有《匡庐纪游》一卷行于世。

据《清史稿·疆臣年表》,本年江宁巡抚为余国柱。又,《清史稿》卷二百七十五:"余国柱,字两石,湖广大冶人。顺治九年进士,授兖州推官,迁行人司行人,转户部主事。康熙十五年,考授户科给事中。时方用兵,国柱屡疏言筹饷事,语多精核。二十年擢左副都御史。旋授江宁巡抚。请设机制宽大缎匹。得旨:非常用之物,何为劳费?当明珠用事,国柱务罔利以迎合之。及内转左都御史,迁户部尚书,汤斌继国柱抚江苏,国柱索斌献明珠金,斌不能应,由是倾之。二十六年授武英殿大学士,益与明珠结,一时称为余秦桧。会上谒陵,中途召于成龙入对,成龙尽发明珠、国柱等贪私。上归询高士奇,士奇亦以状闻。及郭琇疏论劾,言者蜂起,国柱门人陈世安亦具疏纠之,颇中要害。国柱遂夺官。既出都,于江宁治第宅,营生计,复为给事中何金蔺所劾,命逐之回籍。卒于家。"

〔三〕蒋景祁《罨画溪词·拂霓裳·洪昉思初纳吴姬》:"倚云轩,翠屏十二晚峰前。索聘是,《长门》初赋酒垆钱。姿神称婉娈,依约遇神仙。薄寒天,恰吴宫、新柳未成烟。　　颇闻大妇,便瞥见,也生怜。春困罢,远山眉晕画谁先?霓裳刚按就,法曲好难传。早莺圆。看良人、安坐且调弦。"与象瑛诗当为先后之作。

《江苏诗征》卷一百十三:"蒋景祁,字京少。武进人。康熙己未荐举鸿博。官府同知。著《东舍集》。储同人云:京少一困于丁巳之京闱,再困于己未之荐举,三困于吏部之谒选。皆倏得倏失。无聊不平,昼夜治诗,而京少之诗遂盛传于天下。既殁,子开泰哀其遗集刻之。"案,《鹤征录》及《己未词科录》皆无蒋景祁。

〔四〕孙铉辑《皇清诗选》卷五有蒋景祁《出都留别》七章,其七为《洪布衣昉思》:"洪生袭纨绮,而与忧患邻。溯其夙所遭,不逮寻常人。厉此孝已行,甘为原宪贫。用谢桑梓敬,尘走京华春。歌声出金石,中情具哀辛。卓哉少君贤,鹿门偕隐沦。复求茂陵女,为之佐纂巾。丈夫工顾曲,霓裳按图新。大妇和冰弦,小妇调朱唇。不道曲更苦,斯乐诚天真。我家阳羡山,距君西湖滨,隔一衣带水,舟楫为通津。我归早待子,何日同垂纶?"案,《出都留别》之二为《高侍讲澹人》。王士禛《渔洋山人续集》卷十五壬戌稿有《题高澹人侍讲扈从东巡日记》,卷十六癸亥稿又有《为高澹人侍读题匡堰草堂图》,知士奇(即澹人)于本年由侍讲转侍读。蒋景祁《出都留别》七章当作于本年昉思纳姬之后,士奇转侍读之前。

〔五〕《稗畦集·送翁孟白之官桂林》四首之一:"风雨曾同舍,云泥忽异途。君真五马贵,我竟一毡无。"知介眉出任桂林知府。据《湛园藏稿》卷四《桂林知府翁君合葬墓志铭》,介眉以本年升桂林知府,诗当本年作。此诗之四又云:"五载今相见,重为万里行。"

由癸亥上推五年为戊午。然《健松斋集》卷十八《展台诗钞》戊午有《送翁梦白之黄州司马》诗，列于《遥和叶元礼诸子祖园谶集》诗前。《遥和》诗有"堤柳田秧飞白鹭，可能春色似江南"语，当作于春日。知介眉于戊午春已由京赴黄州；时昉思方寓武康。故此诗所云"五载"，当非自癸亥逆推。昉思以丁巳冬与介眉别于北京（参见康熙十六年谱）；介眉盖于上年已以调官至京，时距丁巳五稔，故昉思云"五载今相见"也。

〔六〕顾永年《梅东草堂诗集》卷一癸亥《送洪昉思游大梁》："津亭握手共离觞，匹马长征犯晓霜。衰草连天风飒飒，冻云垂野日荒荒。频年作客凋双鬓，到处题诗挂一囊。岁晚兔园霁雪满，多才司马正游梁。"案，同书癸亥《送汤西崖归里兼怀陈一玉》有"冻云一片千山雪"及"酒酣耳热歌燕市"等语，知永年本年冬在北京。

徐嘉炎《抱经斋诗集》卷八《送洪昉思之大梁》："吹台日色昏，征影落夷门。冻雪迷关道，荒沙剩柳根。鼓刀屠肆迹，作赋兔园魂。国士谁知者，送君聊复论。"所写景色与顾诗同，当为同时之作。同卷又有《题洪昉思集二首》："幽忧谁共语，掩涕即成章。好古每称癖，逢人不讳狂。吟余三叹息，曲罢九回肠。风起吹愁落，白云天一方。""竞贵长安纸，争看卷轴盈。牛腰还自束，龙尾竟何成？感子青云附，增余白发生。禾中盛诗伯，犹喜得逃名。"于昉思诗推重甚至。作年无考。

《清史稿》卷四百八十九："徐嘉炎，字胜力。秀水人。明兵部尚书必达曾孙。幼警敏，强记绝人。既试鸿博，授检讨。……尝侍直，命背诵《咸有一德》，终篇不失一字。……又尝问宋元祐党人是非，嘉炎举诸人姓名始末及先儒评骘语甚悉。……累擢内阁学士，兼礼部侍郎，充三朝国史及会典、一统志副总裁。有《抱经集》。"案，阎若璩《潜邱札记·与徐电发》书："犹忆故山有来问五十人人物何如者，弟答以吴志伊之博览、徐胜力之强记，可称双绝。"可见当时于胜力之评价。"五十人"，谓博学鸿儒科所取中之五十人。

〔七〕昉思明年人日与沈季友共饮于汪懋麟宅，本年冬末当已自大梁返京。参见明年谱。

〔八〕《健松斋集》卷二十一《锦官集》癸亥《雪中有怀二十首》之七《王仲昭、洪昉思》："舍人踪迹老京华，顾曲狂生客是家。莫向白罗山下望，钱塘回首各天涯。"案，《锦官集》卷首汤右曾序："康熙癸亥秋九月，四川行省补行乡试，而渭仁方先生往典其试事。……既归，而裒辑其诗，……目曰《锦官集》。"又案，《雪中有怀》之上一首为《阻雪放歌》，此二十首皆试事毕后归途阻雪所作。王仲昭见明年谱。

康熙二十三年甲子　一六八四　四十岁

人日与沈季友同饮汪懋麟宅，有诗〔一〕。

与黄虞稷、周在浚、阎若璩、万言、周篔、吴雯、佟世思、王嗣槐、沈暭日、李符、沈季友往来唱和，月举一会〔二〕。又尝与沈季友、姜宸英等共题周在浚燕舟〔三〕。

秋,沈暐日往赴来宾知县任,与朱彝尊、徐善、龚翔麟同作《朝天子》送别〔四〕。

十一月,王士禛奉使祭告南海,因往饯行〔五〕。

魏坤来京,以诗见赠〔六〕。

陆繁弨卒〔七〕。　　徐继恩卒。

康熙帝以九月"南巡",次月至江宁,十一月还京。

九月,以余国柱为户部尚书。时大学士明珠擅权,余国柱与大学士勒德洪、侍郎佛伦等附之,结党营私,把持朝政。

〔一〕沈季友《学古堂诗集》卷六《秋蓬集·人日饮汪比部懋麟宅和洪昇韵》:"初正破七才芳时,红罗亭上题新诗。风流比部夜披氅,更有华灯然百枝。""座客都分草堂调,赌酒花螺发狂笑。梅萼香边各问年,冯生老去周郎少。""愁见吴绡画里春,镂金插鬓一番新(时设灯屏美人)。就中谁是思归者,流落青衫姓沈人。"案,《曝书亭集》卷十二阏逢困敦(甲子)《沈上舍季友南还,诗以送之》:"……忆昨担簦来,燕台雪飞恰。……新霜危叶堕,远渚羁鸿唉。别筵逾九日,寒水响五闸。……"知季友于昨岁冬来京,本年秋南还。此诗当为本年作。

《续槜李诗系》卷七:"沈季友,字客子,号南疑,一号秋圃。平湖人。副贡生。著有《学古堂集》六卷。毛大可曰:诸体风流隽永,芳秀袭人。具维顾之俊骨,发钱刘之佳调。此固旷世逸才,不止虎视江左已也。"案,季友辑有《槜李诗系》,为世所称。

《清史稿》卷四百八十九:"(汪楫)同里汪懋麟,字季角,并有诗名。时称二汪。康熙六年进士,授内阁中书。举鸿博,持服不与试。服阕,复用徐乾学荐,以刑部主事入史馆为纂修官。懋麟绩学,有干才。……从王士禛学诗,而才气横逸,视士禛为别格。有《百尺梧桐阁集》。"

〔二〕沈季友《槜李诗系》卷二十八:"桃乡布衣李符:符字分虎,号畊客。嘉兴人。应徵之曾孙。梅里李氏多才,符与(兄弟)绳远、良年齐名,时号三李。善诗词,尤工骈体。……康熙甲子,予在京师,分虎亦馆于龚氏,往来唱和,月举一会。同赋者晋江黄虞稷、大梁周在浚、太原阎若璩、宁波万言、钱塘洪昇、嘉兴周筐、河中吴雯、辽阳佟世思、武林王嗣槐、同里沈暐日暨我两人也。分虎尝自言将老于桃乡,属予作诗咏之。"案,李符著有《香草居集》,今存。又,王士禛《蚕尾集》卷一有《甲子暮春邀修来、幼华、升六、千仞、伸符、天章、悔人过圣果寺看桃花二绝句》,吴雯至迟于本年暮春已在京师。

《清史稿》卷四百八十九:"黄虞稷,字俞邰。上元人,本籍晋江。七岁能诗。以诸生举鸿博,遭母丧,不与试。左都御史徐元文荐修明史,又修一统志。……家富藏书,著《千顷堂书目》,为《明史·艺文志》所本。"

《清史列传》卷七十:"周在浚,字雪客,河南祥符人。官经历。父亮工,官户部侍郎,著有《赖古堂集》。在浚凤承家学,淹通史传。尝注《南唐书》十八卷,为王士禛所称。……工诗,尝作《金陵百咏》及《竹枝词》,流传最广。"

《清史稿》卷四百八十六:"(万)言,字贞一。斯选兄斯年子。副榜贡生。少随诸父讲社中,号精博。著有《尚书说》《明史举要》。尝与修明史,独成崇祯长编,故国辅相子弟多以贿求减先人罪,言悉拒之。尤工古文。……有《管邨文集》。晚出为五和知县,忤大吏,论死。子承勋狂走数千里,哀金五千赎之归。"案,言即史学家鄞县万斯同之侄。

《两浙輶轩录》卷七:"周篁,字林于。秀水监生。贇从弟。有《鸥塘稿》。《梅里诗辑》:……顾中村尝赠以诗云:我乡倜傥推周郎,少年闯入蟋蟀场,指挥斗门神飞扬。有时走入屠狗市,长枪短打坚壁垒,肝胆照人欠一死。兴来琢句尤清新,豁写胸臆何轮囷!……"

《国朝诗人征略》卷十三:"佟世思,字俨若,号葭沚。汉军人。官知县。有《与梅堂集》。"

《国朝杭郡诗辑》卷四:"王嗣槐,字仲昭,号桂山。仁和诸生。康熙己未荐试博学鸿词,授中书。有《桂山堂集》。桂山少工俪语,绚若朝霞。晚为古文,亦罕其匹。……中年后好与酒徒游,意极兴酣,嬉笑怒骂,不复知人间事。"

《清史列传》卷七十一:"沈皞日,字融谷。浙江平湖人。贡生,官湖南辰州府同知。著有《楚游》、《燕游》等集,又有《柘西精舍词》一卷。"

〔三〕沈季友《学古堂诗集》卷六《秋蓬集·题周参军在浚燕舟,仝赋者西泠王仲昭嗣槐、清溪胡胐明渭生、四明姜西溟宸英、甬东万贞一言、晋江黄俞邰虞稷、太原阎百诗若璩、扬州宋幼琳玫、武林洪昉思昇、绣水李耕客符、梅里周林于篁、同里郭匡山襄图及家柘西皞日也》:"老屋分题燕市头,萧疏恰似野航秋。风波满眼公无渡,何处凭君得稳流。"诗亦当为本年作。

《清史稿》卷四百八十九:"姜宸英,字西溟。慈溪人。……绩学工文辞,闳博雅健。屡踬于有司,而名达禁中。圣祖目宸英及朱彝尊、严绳孙为海内三布衣。侍读学士叶方霭荐应鸿博,后期而罢。方霭总裁明史,又荐充纂修,食七品俸。分撰刑法志,极言明诏狱廷杖立枷东西厂之害,辞甚恺至。尚书徐乾学领一统志事,设局洞庭东山,疏请宸英偕行。久之,举顺天乡试,三十六年成进士。……帝识宸英手书,亲拔至第三人及第,授编修,年七十矣。明年副(李)蟠典试顺天。蟠被劾遣戍,宸英亦连坐。事未白,卒狱中。宸英性孝友。与人交,坦夷而不阿。祭酒翁叔元劾汤斌伪学,遽遗书责之。著《湛园集》《苇间集》。书法得钟王遗意,世颇重之。"案,昉思有《寄赠姜西溟》诗,见《稗畦集》。诗云:"一时璞玉终难许,千载名山自有书。"于宸英评价甚高。

《携李诗系》卷二十七:"郭贡士襄图,襄图字皋旭,号匡山。平湖人,绍仪季子。弱冠为张西铭、文灯岩所赏,三吴社集皆知名焉。性倜傥,好事交游。……乙酉泛舟入海,期年归。一日杀其仇于市,下狱,赖友人以脱。自壮至老,奔走四方,久而无所遇。……有《更生集》。"宋玫无考。

〔四〕朱彝尊《叶儿乐府》于《朝天子·送融谷宰来宾》后附有"同作"三首。一昉思作，一徐善作，一龚翔麟作。昉思之作曰："鼪鼯，鹧鸪，啼遍桄榔树。郁金香散雨如酥。村社敲铜鼓。退食公余，岸帻升车，向青山闲吊古。男巫，女巫，酹酒拜刘因户。"案，沈晖日本年始任来宾知县，见《广西通志·职官》。又，《曝书亭集》卷二十六《一枝花·送沈融谷宰来宾》云："露脚飘篱柱，翠湿牵牛花吐。一绳新雁底，几行树。"附曹贞吉"同作"亦有"到日清秋好"之语，知其行在秋日。

《樵李诗系》卷二十八："徐秀才善：字敬可，秀水诸生。必达孙。诗律严整，有《蠹谷遗稿》。"

《清史列传》卷七十一："龚翔麟，字天石。浙江仁和人。康熙二十年副贡生，由工部主事历迁至御史。翔麟当官有干实，居台中号敢言。尤以文学名。诗出入六季三唐而归宿于眉山苏氏。词以石帚为宗，旁及梅溪、玉田、蜕岩诸家之体，与朱彝尊、李良年、李符、沈晖日、沈岸登，时称浙西六家……著有《田居诗稿》十卷、续三卷，《红藕庄词》三卷。"

〔五〕王士禛《南海集》上卷《芦沟桥却寄祖道诸子：友人姜西溟，门人盛珍示、郭皋旭、卫凡夫、朱悔人、吴天章、洪昉思、汤西厓、查夏重、声山、张汉瞻、惠元龙、刘贞士、王亮工、王孟毂》："芦沟桥上望，落日风尘昏。万里自兹始，孤怀谁与论？故人感离赠，昨夕共清言。此去珠江水，相思寄断猿。"案，《南海集》为士禛奉命祭告南海所作诗之结集，见卷首金居敬序。又据《渔洋山人自撰年谱》，士禛于本年十一月奉命祭告南海。又案，盛珍示名符升，昆山人，官御史，见其所著《诚斋诗集》。卫凡夫名台璹，曲沃人，后官郧阳知府，见《居易录》卷二十三。查夏重即慎行，参见康熙二十八年己巳谱。声山名昇，慎行族子，官至少詹事，见《清史列传》卷七十一。惠元龙名周惕，吴县人，后官密云知县，邃于经学，见《清史稿》卷四百八十六。王孟毂名戢，汉阳人，副贡生，见《清史列传》卷七十。张汉瞻名云章，嘉定人，见《方望溪文集》卷十《张朴村墓志铭》。刘贞士、王亮工未详。

〔六〕魏坤《倚晴阁诗钞·赠洪昉思》："足践清霜怨伯奇，十年惘惘去何之？黄金台外瞻云恨，泣补《南陔》束皙诗。""杏殇也为赋招魂，夜剪青灯湿袖痕。消得天涯几行泪，断肠人老隔乡园。"

《曝书亭集》卷七十七《乡贡进士魏君墓志铭》："君讳坤，字禹平，别字水村。世居嘉兴之魏塘，今之嘉善县也。……君十龄草今文，弱冠兼工古文诗词。家有田二十亩，不足供饘粥。父丧除，游京师，入太学。京师贵人延君授经，教其子。既而客中吴，与嘉定陆征君元辅、海宁陆处士嘉淑订忘年之款，诗词日益工。寻就试桥门，撰《石鼓赋》，国子师交赏击以为绝伦也。屡试有司不利，乃托迹宾幕……年五十有四，始举乡贡进士。……所著有《倚晴阁诗钞》……"案，坤赠昉思诗有"黄金台外"云云，当为北京所作。查慎行《敬业堂诗集》卷五甲子《逾淮集》有《冬日张园雅集，同姜西溟、彭椒崟、顾九恒、惠研谿、钱玉友、魏禹平、蒋聿修、王孟毅、张汉瞻、汪寓昭、陈叔毅、汤西厓、冯文子、谈震方、家荆州、声山限韵》诗,作于北京,知坤本年冬在京。又,朱彝尊于乙丑至庚午间在京所作诗,与坤关涉者颇多(参见《曝书亭集》卷十二至十五),足见二人情好甚密;而甲子前诗则一无涉及魏坤之作,盖坤于本年冬始客京师。昉思自甲寅寓京,至此十年;诗有"十年茫茫"语,约为本年作。

〔七〕见《善卷堂四六》卷首陆宗楷所撰传。

康熙二十四年乙丑 一六八五 四十一岁

五月,御史钱钰疏劾山西巡抚穆尔赛,穆尔赛及山西藩司那鼎寻皆革职。此盖当时以徐乾学为首之汉族官僚集团"南党"对以满族贵族为主之官僚集团"北党"之掊击;"北党"首领系满族大学士明珠。昉思有《赠朗亭侍御》诗,于钱钰此举颂美甚至〔一〕。

秋,方象瑛乞假南归。昉思以诗赠别。象瑛于途中有和韵之作〔二〕。

盘山释智朴寄赠黄精,作诗谢之。时昉思已有白发〔三〕。

王泽弘以诗见怀〔四〕。

传奇《织锦记》写成〔五〕。又有杂剧《天涯泪》之作,以寓其思亲之旨〔六〕。

翁介眉卒〔七〕。

〔一〕南京图书馆藏本《稗畦集·赠朗亭侍御》二首:"梧垣柏府漫婆娑,仗马寒蝉奈若何?天上凤凰鸣晓日,泽中鸿雁浴清波。十时封事都人颂,万姓□祠晋地多。首唱朝端敢言气,先生真不负巍科。""由来直谏即奇勋,一岁三迁出抚军。楼阁万家沧海日,旌旗千里泰山云。心如冰雪人都见,政在弦歌客自闻。正忆春灯燕市别,濯缨湖上又逢君。"可知朗亭本为御史,以"直谏"奇勋,一岁三迁,出为巡抚。据"泰山云"语,可知其所任之地为山东;又据"万姓□祠晋地多"句,知其所言之事,于山西关系尤大,故该地为之立祠者特多。昉思时能符合上述情况之官吏,实惟钱钰一人。

《清史列传》卷十《钱钰传》:"钱钰,浙江长兴人。康熙十六年由举人授陕西泾阳县知县,二十年行取,以御史用。二十二年补广西道监察御史,寻巡视东城,……(二十四年)五月,疏言:陋弊相沿,莫如山西火耗。每征钱粮,有司收耗入己,司道府厅又多方需索,不得不加派民间,每两加至三四钱不等。晋抚穆尔赛纠劾无闻,臣采访至确,亟请禁止,以苏一方之困。得旨:九卿严确议奏。寻议:穆尔赛不能察劾,应降三级,并嫁女索属员礼物,藩司那鼎收银坐扣平头等款,请提京严审。上允之。寻九卿鞫讯得实,穆尔赛、那鼎等俱论如法。二十五年特擢左金都御史,二十六年正月迁顺天府尹,二月授山东巡抚。"擢左金都御史虽不言在何月,然即令在正月,则至次年二月授山东巡抚亦不过一年又一月,与"一岁三迁出抚军"诸语悉合。又以其纠劾山西弊政,劾罢晋抚及藩司,与"万姓□祠晋地多"之语亦密合无间。朗亭当即钱钰之字或号。

案,康熙时朝中有南党、北党之争。北党以满大学士明珠为首,汉大学士余国柱附之,其党成员以满族贵族为主。南党以尚书徐乾学为首,少詹事高士奇副之,其党成员皆汉族官僚(参见康熙二十五年谱注二、三,二十七年谱,二十八年谱注三及附录《演长生殿之祸考》)。而钱钰实乾学党也。《清史列传》本传叙其任山东巡抚时事云:"(康熙二十九年)九月,御史张星法劾钰贪黩劣迹,上命钰明白回奏。时御史盛符升先以密书报钰,词涉郭琇。钰上疏自辩,言左都御史郭琇与太常寺少卿赵仑等曾致书于钰,属荐即墨令高上达、成山卫教授孙熙等,未之允,挟嫌使星法诬劾。命法司鞫讯,以星法诬钰,琇等致书嘱荐事实,均革职拟杖,……钰既得私书,不即举首,以原官解任。三十年四月,革职县丞谭明命控前任潍县知县朱敦厚婪赃事,命巡抚佛伦勘鞫,佛伦奏:敦厚婪赃,前抚钱钰事经审实,因授意刑部尚书徐乾学贻书,徇情销案,请议处。部议革钰职。"同书《徐乾学传》:"三十年,山东巡抚佛伦鞫潍县知县朱敦厚加收火耗事,劾乾学曾致书前任巡抚钱钰,徇庇敦厚,部议乾学与钰均革职。"钰不应郭琇之嘱托,而于乾学则应之;星法劾奏时以密书报钰之盛符升,则乾学之同里及乡举同年,与乾学兄弟踪迹甚密者也(见盛符升《诚斋诗集、文集》及徐乾学《憺园集》中有关各篇)。钰与乾学之相结,固极显然;其本年所劾奏之山西巡抚穆尔赛及藩司郡鼎,则皆属于满族贵族。此一事件,实亦南党掊击北党之一幕。至康熙三十年佛伦劾奏乾学及钱钰,系北党之报复;佛伦为明珠党人,见《清史稿》卷二百七十五《佛伦传》。故昉思此诗,有亟宜注意者二事:其一,诗谓其时之监察官皆噤若寒蝉,形同虚设,钱钰之前,"朝端"无"敢言"之气;于朝政之不满,见于言外。其二,于钱钰之劾罢晋抚,颂扬备至;此与其后诸诗之以高士奇为知己、讴歌乾学、赞美乔莱论治河之奏疏(参见康熙二十五、二十七、二十八年及三十三年谱),皆昉思在政治上倾向南党之证。

又案,据此诗第二首内容,时钰已为山东巡抚,诗题不当称为"侍御";而第一首之内容,则与诗题相合。故此两首当非同时作。盖第一首作于其任御史时,故诗题为"赠朗亭侍御";及其任抚军,又赠以诗,诗题当为"赠朗亭先生"之属;后人编集时,以所赠者为同一人,遂误合为一,统题为"赠朗亭侍御"也。(此两首皆见于南京图书馆藏本《稗畦集》,不见于上海图书馆藏本;南京图书馆藏本较上海图书馆藏本之多出部分,系后人据他书补入,非昉思手自编定,参见本书卷首《传略》。)考钰于明年已擢佥都御史,而第一首仍称"侍御",其作当不容迟于明年。又,昉思于明年正月与钰相别,直至钰任山东巡抚始又相见(参见明年谱),其间无赠诗之可能;故第一首之作又必在明年正月之前。且全篇皆为对钰劾晋抚事之颂赞,不及其他,似即写于此一事件发生之当时,故系本年。

〔二〕《健松斋集》卷二十四《倦还篇·度淮和洪昉思赠别韵》:"半生踪迹总淹留,衰病催人返旧丘。今夜淮河看北斗,佩声犹记凤池头。""几箧残书伴客身,宦游还较昔年贫。故园松菊应相笑,七载寒官一病人。"案,《倦还篇》第一首为《奉假南归,真定夫子赋诗赠别,依韵奉酬》,有"七载贫官味,归装只敝书"语,与此所云"七载寒官"者合。此当即"奉假南归"途中度淮所作。同书卷十六《艮山说》云:"方子乞假南归,舟中更号艮山。……吾山中鄙儒也。幸窃科名,复邀荐辟,七年侍从,书生得此已幸矣。"知所谓"七载寒官",系自己未改官编修(即所谓"侍从"者)起算。由己未下推七年,诗当作于本年。又,《度淮和洪昉思赠别韵》前诸诗,所写皆秋景,如《舟行》诗"岸转白蘋秋"之属;故象瑛乞假南归,当在秋日。昉思原诗已佚。

〔三〕《盘山志》卷五洪昇《谢寄黄精》:"短发秋来白渐生,虚劳开士寄黄精。草根难与人愁敌,朝见三茎暮五茎。"据首句,诗当作于秋后,其时初有白发。《盘山志》为智朴所编,此诗当即寄谢智朴者。考昉思于明年所作诗有"青衫白发"语(参见明年谱注十三),而明年秋昉思已在浙江,与盘山相距甚远,本草家于黄精虽有"食之驻颜"(《本草纲目》卷十二上)之说,然非贵重药物,山谷间多有之,智朴当不至于数千里外以此微物见寄,故其赠昉思黄精、昉思作诗答谢,当不得迟于本年秋。又,昉思明年诗有"头将白"语,康熙二十七年诗有"二毛"语(参见明年谱注十二、康熙二十七年谱注十六),是此数年间虽有白发,实并不多。故其始生白发,当在本年或稍前,姑系于此。

〔四〕《鹤岭山人诗集》卷九乙丑《怀洪昉思》:"汉魏相沿及宋元,谁从风雅溯根源?诗家气运纷歧甚,别后何人可共论?""青田海叟是吾师,季迪诗豪亦自奇。何事李何称绝唱,列朝坛坫只君知。""清词屈宋渺难攀,陶谢何人敢并班?后此文章存至性,自然光焰住人间。"

〔五〕诸匡鼎辑《今文短篇》收有洪昇《织锦记自序》:"尝读武氏《织锦回文记》,叙窦滔夫妇事。阳台之逸,因于若兰之妒。而连波之相弃,因于逸,亦因于妒。推原其端,岂非苏氏之首祸与?据记谓:苏性急,求获阳台,苦加捶辱。及连波将镇襄阳,邀其同往,而若兰忿忿不肯偕行,倡随之义何居?则连波未尝不笃结发,而若兰可谓大乖妇道矣。黄山谷诗云:'亦有英灵苏蕙子,只无悔过窦连波。'意若专罪连波者。少览其作,甚疑之。夫妒而得弃,道之正也。璇玑之作,若兰可谓怨且悔矣。连波怜其怨而许其悔,因而复合,亦道之宜也。岂有讥乎?余撰此记,凡苏之虐焰,赵之簧舌,皆略之不甚写;戈矛之事,风雅出之。皆为后来三人复合之地,亦要诸诗人温厚之旨耳。嗟乎!古今女子有才如若兰者乎?于其妒也,君子无怨词。怨不敢怨,悔深次骨,而后曰可原之矣。则或于阃教有小补与?若夫逸妾构嫡,亦岂得云无罪?而予重归其责于若兰者,亦《春秋》端本澄源之义也。独怪山谷文士,亦自同于金轮牝狐之见,当一笑耳。"案,《今文短篇》卷首有乙丑序,其成书约在同年。昉思此序及记当作于乙丑前。据其中"少览其作"语,此记当非昉思少作。

《小说考证》卷六引《见山楼丛录》:"洪昉思传奇,亦有《回文锦》一种。"并述其本事云:前秦秦州刺史扶风窦滔,妻苏氏,名蕙,字若兰,知识精明,仪容秀丽。"滔有婢陇禽,尝献媚于滔。滔拒之,陇禽憾焉。朝命擢滔长兵部,促即之任,遂赴京。时蜀王苻洛与长史尹万谋逆,设宴邸第,大会朝士,以觇向背。酒酣,出宫嫔媚姝侑觞。滔踞坐凝睇,触洛怒,贬燉煌。监军内监鲁尚义所抚甥女赵阳台者,有文武才,尝绣鸳鸯一只。尚义欲为择配,令人射所绣鸳鸯,以卜所从。高僧鸠摩罗什能前知,尚义以阳台婚事问,曰:当为人侧室,射鸳鸯一发中左目者是。滔至,中鸳左目,阳台遂嫁滔为妾。后尚义内召,苻洛将举事,尚义发其奸,伏诛。尹万脱去,入蜀。滔亦擢用。惧苏妒,置阳台外宅。阳台自写其容于扇以赠。苏见滔神色可疑,阴令陇禽察之,旋窃扇告苏。苏大怒,侦知阳台所在,帅群婢劫归,幽于别室,数加严不堪。滔适奉命守襄阳,竟携阳台赴任。苏独居哀怨,织回文锦寄之。滔见而感动,令阳台从罗什剃度,而遣人迎苏。时尹万在蜀作乱,秦主命滔往讨。滔既西,贼潜引兵东下,围襄阳甚急。蕙在围城中,遣兵拒之,屡为所败。阳台既见罗什,谓其尘缘未断,趣使还。复助以佛力,得入城见蕙,释怨相爱如姐妹。罗什又使阳台上城楼歌舞,以乱贼心。尹万惑焉,乘城上,缚而诛之。围解贼平,滔亦提兵自蜀还。见妻妾相好异常,乃归咎于陇禽,痛惩之。事闻,滔进爵列侯,苏氏赵氏并封夫人。皇后召见若兰,索观织锦,深加嗟赏。"案,《回文锦》当即《织锦记》。昉思于序中深责若兰之"大乖妇道"、"倡随之义何居",至云"妒而得弃,道之正也","怨不敢怨,悔深次骨,然后曰可原之矣";其夫权思想,固极严重。传奇所写情节,亦殊无聊,仅可见封建士大夫之庸俗情趣而已。而今人多谓昉思于男女关系问题已具有民主思想,何哉?

〔六〕昉思明年二月南归觐省,毛奇龄有《送洪昇归里觐省》诗,注云:"昇有曲名《天涯泪》,为思亲也。"(参见明年谱)是《天涯泪》成于明年二月之前。又,毛奇龄《西河文集》序二十四《长生殿院本序》:"……尝以不得事父母,作《天涯泪》剧以寓其思亲之旨,予方哀其志而为之序之。暨予出国门,相传应庄亲王世子之请,取唐人《长恨歌》事作《长生殿》院本,……"玩其词意,似昉思作《天涯泪》在奇龄"出国门"前不久。奇龄以丙寅请假南还,见《西河文集》序二十四《送张毅文检讨归郁洲山序》;则昉思之作《天涯泪》当在此一二年间。

〔七〕见姜宸英《湛园藏稿》卷四所载墓志铭。

康熙二十五年丙寅　一六八六　四十二岁

正月,与钱钰同观灯;时将返杭省亲,兼以作别〔一〕。

二月,归里觐省。高士奇、冯廷櫆、徐嘉炎、毛奇龄、周篔以诗赠别〔二〕。行前慨政事之违失,作《长安》诗〔三〕。离京后,有诗寄季弟中令〔四〕。

经济南,晤周在都、钱钰,赠以诗〔五〕。

过维扬,往访汪鹤孙,并示以所制新乐府;鹤孙有《洪昉思见访维扬,出所制新乐府见示》诗〔六〕。又与孙枝蔚宴饮,甚欢〔七〕。

三月,抵杭州。常下榻于友婿戴普成家,相与论诗。时普成方与洪景融、朱溶等共辑《感应篇经史考》,因并与朱溶相识。又尝应戴普成之邀,与友婿陈讦共泛西湖，有诗纪事〔八〕。

往访金张、张吉。时吉病哑，不能会客。金张作诗纪之。张吉旋卒〔九〕。

夏，至嘉兴。晤李良年，为题息游草堂。寻返杭〔一〇〕。

秋，客游衢州。于途有《江行杂诗四首》〔一一〕。衢州为李之芳与耿精忠军相持之地，是年复遭水灾。至衢后，哀衢民之遇，伤己身之飘泊，作《衢州杂感十首》〔一二〕。旋自衢返，途中有《后江行杂诗四首》及《钓台》诗，皆寓身世之感。抵杭已在冬日〔一三〕。

返杭后，以所作诗出示朱溶，溶大惊服。因乞溶删定其诗，亦时与普成相商榷。又以诗赠朱溶，于其气节颂美甚至〔一四〕。

李孚青以诗见怀〔一五〕。

黄机卒。　　颜光敏卒。

〔一〕南京图书馆藏本《稗畦集》中《赠朗亭侍御》第二首，有"一岁三迁出抚军"、"政在弦歌客自闻"等语，当作于钱钰任山东巡抚时，参见上年谱注一。诗又有"正忆春灯燕市别，濯缨湖上又逢君"语，知钰抚鲁之前，二人尝同观春灯于燕市，且以作别。钰抚鲁在本年，所述观灯作别当为本年正月灯节事。昉思于本年二月归里觐省（参见本年谱注二），盖行前不遑复向钰辞行，故即因以作别也。

〔二〕高士奇《苑西集》卷六丙寅《送洪昉思省亲》："陌上东风媚景迟，送君更醉酒盈卮。侵襟野草催行色，聒耳山禽怨别离。谋妇曾无经岁粟，娱亲只有满筒诗。杏花春雨江南路，好谱新声寄雪儿。"据诗中"杏花春雨"语，时当在二月。案，《清史稿》卷二百七十七："高士奇，字澹人。浙江钱塘人。幼好学，能文。贫。以监生就顺天乡试，充书写序班。工书法，以明珠荐，入内廷供奉。授詹事府录事，迁内阁中书。……累擢詹事府少詹事。二十六年，上谒陵，于成龙在道尽发明珠、余国柱之私。……以成龙言问士奇，亦尽言之。上曰：何无人劾奏？士奇对曰：人孰不畏死？帝曰：若辈重于四辅臣乎？欲去则去之矣，有何惧？未几，郭琇疏上（案，劾明珠、余国柱疏），明珠、国柱罢相。二十七年，山东巡抚张汧（案，当作湖广巡抚张汧，见《清史稿·疆臣年表二》，此误）以赍银赴京行贿事发，逮治，狱辞涉士奇。会奉谕戒勿株连，于是置弗问。……二十八年，……左都御史郭琇劾奏曰：……原任少詹事高士奇、左都御史王鸿绪等表里为奸，植党营私。……请立赐罢斥，明正典刑，天下幸甚。疏入，士奇等俱休致回籍。副都御史许三礼复疏劾解任尚书徐乾学与士奇姻亲，招摇纳贿，相为表里。部议以所劾无据，得寝。三十三年召来京修书。士奇既至，仍直南书房。三十六年以养母乞归。……"

冯廷櫆《冯舍人遗诗》卷一《京集古今体诗·送洪昉思归武林》："世路今如此，他乡胡不归。卖文堪作活？使气未全非。洛下谁推毂？江边合掩扉。桃花春水发，忆尔到庭闱。"案，《冯舍人遗诗》编年，据卷首赵执信序，其第二卷为丁卯诗，则第一卷当收至丙寅。此诗为第一卷末一首,必为丙寅作。末两句言其抵杭当在三月,非谓离京时已有桃花也。又案,《清史稿》卷四百八十九:"冯廷櫆,字大木,德州人。康熙二十一年进士。授中书。幼有奇童之目,读书一览辄记。尤长于诗。尝充湖广副考官。试毕,登黄鹤楼,俯江汉之流,南望潇湘、洞庭,慨然远想,赋诗百余篇。识者以为《骚》之遗也。平生深契者惟(赵)执信,其诗孤峭亦相类。殁后散佚,其孙德培搜辑得五百篇,名《冯舍人遗诗》。"

徐嘉炎《抱经斋集》卷六《长歌行送洪昉思南归(戏拈二十八宿字为句)》:"城头屋角月似霜,君辞督亢宁高堂。蛮音氏舞何摧藏,锦茵瑶席空兰房。客心思亲岁月长,劳歌琐尾徒傍徨。琴瑟箕帚悲年芳,离筵斗酒安足尝?牵牛花开绕路傍,唧唧芦管低女墙。十年虚赋燕空梁,殷忧危坐慨以慷。萧然一室啼鸣螿,相看四壁成凄凉。愧余仆仆留奎章,降娄行躔奄载阳。喜君洗胃填清商,渥洼应昴侍笔床。忽然毕逋乌南翔,凤毛麟觜牵衣裳。君称参闳声久扬,相门井臼掺何伤,鬼神呵护还降祥。君归河边柳未黄,来当星河烂舒光。嗟余弦绝声高张,安得假翼凌江乡?轸怀送君情难忘。"案,诗有"相门"云云,当作于黄机为相之后;机于壬戌十月始任文华殿大学士,见《清史稿·大学士年表一》。昉思于壬戌十月后,唯本年有省亲事;至三十年之南还,则系"逐归"(参见康熙二十八、二十九及三十年谱),与诗所述不符。此诗当为本年作。

毛奇龄《西河文集》五律六《送洪昇归里觐省》:"十载留京国,三春返故扉。兴随青草发,梦逐白云飞。宿旅寻题壁,前途数换衣。城乌翻埠块,相顾转依依。""孝友乡人信,才名国士闻。揭来依上舍,此去浣中裙。柳记当门长,星从过野分。天涯原有泪,不用洒离群。(昇有曲名《天涯泪》,为思亲也。)"案,诗中所写景色,与高士奇及冯廷櫆诗相符,当为同时所作。又案,《清史稿》卷四百八十七:"毛奇龄,字大可,又名甡。萧山人。……康熙十八年荐举博学鸿儒,授检讨,充明史纂修官,二十四年充会试同考官。寻假归。得痹疾,遂不复出。……奇龄淹贯群书,所自负者在经学。然好为驳辨,他人所已言者,必力反其词。《古文尚书》自宋吴棫后多疑其伪,及阎若璩作《疏证》,奇龄力辨为真,遂作《古文尚书冤词》,……所作经问,指名攻驳者惟顾炎武、阎若璩、胡渭三人,以三人博学重望,足以攻击,而余子以下不足齿录。其傲睨如此。……五十二年卒于家,年九十一。门人蒋枢编辑遗集,分《经集》、《文集》二部。《经集》自《仲氏集》以下凡五十种,《文集》合诗赋序记及他杂著凡二百三十四卷。"

《稗畦集·闻周青士客死徐塘,龚蘅圃、罗毓青护丧南返》:"客舍残灯开敝箧,泪沾前岁赠行诗。"青士卒于丁卯(参见明年谱),是昉思南归,青士亦有诗赠行。《槜李诗系》卷二十七:"梅豀叟周筼:筼初名筜,字青士,号笪谷。嘉兴梅里人。隐于市,读书阛阓间,日尽数十卷。好交与,从肆中得钱,辄以饷友。更嗜方外游。……康熙丙寅,太仆色冷闻其才,延之入都,执礼甚恭。居久之,诸津要求其一刺不可得。丁卯,藕庄主人(龚翔麟)载与南归,抵淮而没。……著有《采山堂集》。"案,《曝书亭集》卷十二旃蒙赤奋若

（乙丑）有《喜周贫至》诗，系朱彝尊在京作。此云贫于丙寅入都，误。又案，《采山堂诗》中无赠昉思之作，盖未编入集中。

〔三〕《稗畦续集·长安》："棋局长安事，傍观回不迷。党人投远戍？故相换新堤！无复穷通感，真将得丧齐。布衣何所恋，不向小山栖？"据"故相换新堤"语，知与河工有关。考顺治及康熙初，黄河屡决，迄无善法以治之。至康熙十六年，任靳辅为河道总督，治河颇有成效；辅所请，康熙帝悉从之。康熙二十四年十一月，会议河工事务，辅主筑长堤以束水趋海，安徽按察使于成龙主浚海口，议不合。大学士、九卿等皆从辅议；乔莱力主于说，康熙帝是之，遂行成龙议。因命尚书穆萨哈等往勘，还言：河干百姓，咸谓开海口无益，且费用过巨；至本年二月辛卯（初六日）遂命暂停挑浚。至闰四月，康熙帝以浚海口事询问前江宁巡抚汤斌，知穆萨哈等所奏不实，因于六月间命孙在丰往督修下河以疏浚海口，革穆萨哈等职。已而复命尚书佛伦等往勘，佛伦仍主辅议。二十七年，郭琇疏劾明珠、余国柱，并及靳辅，言辅与佛伦等交通，治河无绩；内外臣工亦交章论之，乃停筑重堤，免辅官。至三十一年复令辅为河督，寻卒。此康熙时治河之一大公案也。参见《清史稿·河渠志一》、《清史列传·河臣传》及《康熙东华录》。昉思此诗，骤视之颇似为二十七年停筑重堤事而发；夷考其实，则殊不然。盖是时辟靳辅议最力者为乔莱。《曝书亭集》卷七十三《翰林院侍读乔君墓表》："……（辅）疏入，天子下廷臣议，多是河臣言。适君入视直，上御乾清宫西暖阁。阁臣奏事毕，上顾问君浚海口事宜。君直前奏河臣疏非是。上悦曰：此尔一人意见邪？君对：淮扬人所见皆与臣同。翼日，合户科给事中刘国黻等十人持议：河臣之言有四不可行。海口原有故道，第令塞者通之，浅者浚之，俾渟蓄之水悉趋于海斯已耳。河臣议开大河，筑长堤。堤在内地者高丈六尺，河宽百五十丈；近海者堤高一丈，河宽百八十丈；势必坏陇亩、毁村落、掘墟墓，惨有不忍言者。不可行一。河臣之议，先筑围堰，用水车踏去堰内之水，取土筑堤。不知臣乡地卑，原无干土。况积潦已久，一旦取土积水中，投诸深渊，工安得成？成亦易坏。不可行二。河臣欲以丈六之堤，束水一丈，是堤高于民间庐舍多矣。伏秋风雨骤至，势必溃。溃而南，则邵伯以南皆为鱼鳖；溃而北，则高邮以北靡有孑遗。即当未溃之时，潴水于屋庐之上，岂有安枕而卧者乎？不可行三。至于七州县之田，向没于水。今束河使高，田中之水岂能倒流入河？不能入于河，即不能归于海，淹没之田何日复出？不可行四。上是君言，河臣之议乃寝。……河议初出，大学士梁公清标时为户部尚书，叹曰：江淮之间，可谓有人。"昉思于乔莱此举，颂美甚至。《稗畦集·赠石林乔太史》："昔年簪笔侍丹除，正报金堤溃决余。霄汉一鸣真是凤，河淮万姓免为鱼。白云且办逃名计，青史应传恸哭书。野性由来多落落，与君倾倒结相于。"诗作于康熙二十七年（参见戊辰谱），亦即停重堤之年。然则昉思固不当致慨于重堤之停筑。且停重堤之时，明珠、余国柱皆罢斥，亦与"故相"语不合。故此诗必为成龙、乔莱议受阻而发；核以康熙朝情势，当作于本年二月。时昉思行将返杭，故诗有"布衣何所恋"云云。"换新堤"则系用典，指治河措施之改变。

又，本年无"党人投远戍"事，诗盖以"新堤"之典牵连言之。其意若曰：今时岂如宋代之有党人远戍之事？秉政者仍为故相，何以竟有"换新堤"之举？深恶朝政之翻覆也。又案，康熙帝于十八年谕旨中尝责大臣朋比徇私，至康熙二十年七月，又谕曰："近观万事，不论是非大小，满官则徇亲戚朋友情面，汉官则徇同年门生情面，相为钻营奔竞者甚多，从之则已，拂之则妄议谤讪。"（《康熙东华录》卷三十）朝臣比周之状，可以概见。昉思诗特拈出"党人投远戍"之问语，盖亦深有慨也。

〔四〕《稗畦集·寄中令弟》："尔谋室家仍依北，吾省廷闱独向南。……痛汝仲兄飘泊死，二棺五载寄僧庵。"案，昉思康熙三十年南归，非为省亲，而系"逐归"，诗当本年作。余参见康熙二十一年谱注一。

〔五〕《稗畦集·赠周燕客别驾》："故人佐郡已三年，只饮城西趵突泉。"当为济南所作。案，燕客名在都，见其所著《桑乾草》《响山楼稿》《餐云书屋稿》及《雪舫吟》署名；为周亮工子，在浚弟，见《国朝诗钞小传·周亮工传》。道光《济南府志》卷三十《秩官》八："国朝通判：康熙：周在都，祥符人，监生。"据庞垲《丛碧山房诗·翰苑稿》卷十三丙寅《东山诗·赠周燕客别驾》："佐郡三过岁，萧然七尺身。"是集系按写作先后编次；此诗列于《大明湖感兴和安静子》《重阳前一日登崞山湖亭，即子美暂如临邑怀李员外处》及《九日钟圣舆携酒招同安静子千佛山登高》诸诗之间，盖皆垲经山东济南所作。知在都于丙寅岁任济南通判已历三稔。昉思诗当亦作于丙寅。又，济南为山东巡抚治所，据《清史列传·钱钰传》，钰抚鲁在本年二月，昉思于本年二月离京，三月抵杭，经济南在二、三月间，钰当已抵任。昉思《赠朗亭侍御》第二首有"正忆春灯燕市别，濯缨湖上又逢君"语，知作于本年正月燕市别后初次重逢之时，当亦为本年道经济南所作。余参见本年谱注一。

〔六〕汪鹤孙《延芬堂集》卷下《洪昉思见访维扬，出所制新乐府见示》："暂驻行骖把酒卮（时昉思自都门还武林），探囊披锦读新词。应嫌梦冷才情少，但解灯前唱《竹枝》。""对酒当歌意自真，比来狂态更无伦。平生何事称同调，本色文章澹荡人。""朱邸论交竟若何，闭门还听雪儿歌（昉思移家京师，姬人善歌）。自翻新调教摹写，俗本偏嫌衬贴多（昉思常论近人歌曲所以不及元人者，只衬贴多耳）。""夙昔穷研在词赋，壮心徒耗苦难成。直拟低头拜东野，岂论年长合称兄（余长昉思二岁）。"据诗中"姬人善歌"之注，当作于癸亥昉思娶妾之后。又，诗若作于辛未昉思被逐南归之时，则不当于演剧得祸之事略不涉及。《延芬堂集》卷上《过漂母祠（原注：丙寅）》："一饭王孙事亦奇，淮流森森夕阳时。炎凉一载俱尝尽，舣棹来题漂母诗。"知鹤孙本年确在维扬一带，诗当为本年作。

〔七〕南京图书馆藏本《稗畦集·挽孙豹人先生》："庾亮楼中共举杯，玉箫金管醉还催。一江风雪人才到，二月莺花讣已来。"细味诗意，"玉箫金管"云云，距枝蔚之卒当不甚远；盖谓枝蔚不久前尝同欢宴，今乃遽尔长逝，故尤不胜其震惊悼痛之情。枝蔚卒于明年春，此所述亦当为本年南返途中，道经扬州时事。

〔八〕戴普成《稗畦集叙》："洪君昉思,与余同为黄文僖公孙婿友也。……洪君数游四方,往往三四岁一见。见辄别去,有愿未遂。丙寅春,洪君自京师南还省两大人。温清之余,常下榻余家。因得论诗承教。且悉出所著五七言近体。……会华亭朱若始先生至湖上,洪君即录以质先生。先生于古人至深。其嗟叹称道,比余又逾之。顾以为欲传世行远,宁严毋宽,宁少毋多。乃痛删削。茫昧如余,亦时时与商榷。凡千余篇,仅存如干首。"普成字天如,仁和人。见《稗畦集》七古署名。

朱溶《稗畦集叙》："岁丙寅,余客钱塘。与洪子润孙、戴子天如及吾弟沛霖等辑《感应篇经史考》。洪子昉思为润孙族侄,天如之友婿,屡过寓。余雅闻昉思名,然方事探纂,未尝与昉思论诗。昉思亦未尝以问予。每相见,一揖而已。睆睆然不相知也。余辑是书讫,昉思返自衢,偶出近作。余大惊曰:'子之诗乃至是!何相识之晚耶?'昉思因倾箧相视。余诵之三四,不自知首之俯于地也。"案,《江苏诗征》卷十六:"朱溶,字若始,号邃庐,华亭诸生。"陈维崧《湖海楼词·贺新郎·挽骥沙朱南池先生》题下原注:"先生讳士鲲,明末以明经遴选,得粤西柳府武宣县。南荒僻远,国初尚未入版图。先生忠于所事,历官至吏科给事中。子浇任北流知县。壬辰,王师入粤,先生偕子浇暨阖门三十口俱殉节于北流之黎村。后数年,其子溶徒步七千里觅先生埋骨所,卒不得。遂恸哭归。"溶著有《忠义录》,今存。其《凡例》有云:"是书悉记明末殉难诸公。……余行海内,苦心三十年始成此书。然足迹不能周遍,其间多所疏略。要之,一日未死,当一日求问。尚望高贤留意,凡有论载,不吝寓诲,当补次者补之。倘以网罗已尽,或有致命遂志者反阙而不录,则予之罪滋重矣。"其志皎然可观。又案,润孙即景融,参见本谱卷首传略。朱溶《隐逸录·陈廷会传》:"……门人受业者百余人,……徐汾、洪景融皆以文辞显。"《稗畦集》有《丙寅暮春归里,友婿戴天如邀同陈言扬泛湖》二首,知昉思抵杭在三月。其第二首有注云:"二子与余皆庶常黄公婿。"案,《国朝杭郡诗辑》卷五:"陈讦,字言扬,号宋斋。海宁岁贡。官温州训导,有《时用集》。宋斋为黄梨洲先生门人,又与查初白同里友善。故文格诗格俱有所受。精于算经,著《勾股述》、《勾股引蒙》二书。又有《宋十五家诗选》。"

〔九〕金张《岕老编年诗钞》丙寅《洪昉思过寻,时王士病亟,不能会客矣》:"七年甫得博一见,一见焉知不七年。但使白头长在世,有时重会不须怜。"其下一首即为《哭张王士》,知吉寻卒。

〔一○〕南京图书馆藏本《稗畦集》有《夏夜题李武曾息游草堂》诗。据诗中"竹露荷风夏似秋"语,约作于六月。息游草堂建成于己未后。而诗有"羡君盛岁轻轩冕,归去堂成署息游"语;庚午夏徐乾学置"书局"于洞庭东山纂辑《一统志》,武曾亦在书局(参见严绳孙《秋水集·与刘震修书》);故此诗之作又不容迟至庚午六月,否则即与"羡君"云云者不合。核以昉思己未至己巳间之行踪,仅今明两年夏有至嘉兴之可能(参见前谱及康熙二十七、二十八年谱)。然昉思以明年赴江阴,正、二月间已抵苏州,似不当于六月间又返棹嘉兴。此诗约作于本年。盖昉思于本年夏尝自杭至嘉兴。

《鹤征录》卷七《与试未用》:"李良年,字武曾。初名法远,又名兆潢。号秋锦。浙江嘉兴人。生员。著有《秋锦山房集》。……朱竹垞征士李君状略曰:君九龄能草时文,十龄解赋诗。……君兄绳远、弟符,江左言诗者目为三李。后君至都下,无所遇。留宣府。余从逆旅见君,复偕入都。游西山,题诗于壁,传抄者不绝。一时朝士争欲识吾两人,每召客,辄问座中有朱李否。……己未试罢,有凤阳守延君,君与偕。留久之,归,筑秋锦山房于漾葭湾,南曰观槿,东曰剩舫,北曰息游草堂,坐卧其中。弟子著录者日众。"

〔一一〕据朱溶《稗畦集叙》中"昉思返自衢"语,知本年尝游衢州。《稗畦集·江行杂诗四首》之一:"一夜寒潮急,扁舟过富春。"其二:"桐君栖隐地,淳朴问遗风。"其三:"维舟已深夜,还上钓鱼矶。"其四:"方腊揭竿者,胡为留将台?"核其路程,当为游衢途中作。其第二首又云:"秋烟生碧嶂,夜火照丹枫。"知在秋日,与《衢州杂感》之节令亦合。案,昉思本年六月虽在嘉兴,然钱塘为嘉兴至衢州所必经之地,故昉思当于还杭后再赴衢州。

〔一二〕《稗畦集·衢州杂感》:"姑蔑山川水潦余,我来系艇一欷歔。枯查断树横残堞,瘦日酸风冷废墟。朱绂何人亲沉马?苍生几处免为鱼?村行稍喜繁霜后,橘柚丹黄锦不如。""荒村野老暮相逢,为说今年潦水冲。一夜波涛如溃海,万山风雨出飞龙。支崖不见孤撑石,卧壑曾留倒拔松。听罢踟蹰堕双泪,可能入告免租庸?""暮倚危楼眺远空,孤城僻在乱山中。江流一线曲穿石,雨脚半边低挂虹。节换秋冬檐日短,地连闽越岭云通。谁令游子来天末?饱听哀猿与断鸿。""八闽当日叛强藩,戡定全凭制府尊。百战功能援水火,一州力已扼乾坤。齿唇互倚权尤重,鹬蚌相持势渐奔。岂易时清来驻马,寒沙衰荻尚惊魂。""巉岏岭势矗仙霞,阻遏妖氛建虎牙。障日丛篁劣容骑,连云列戟不通鸦。居人乱后惟荒垒,巢燕归来止数家。一片夕阳横白骨,江枫红作战场花。""闻道名山有烂柯,溪流清绝少人过。霞蒸古洞迷丹灶,日冷空枰荡碧萝。樵父千年遗庙貌,旅人终岁涉风波。残棋未了头将白,不遇神仙奈若何。""濯缨亭废只荒丘,故迹茫茫不可求。一鹤一琴今共仰,某山某水昔曾游。松青峭壁风霜古,月白寒溪晓夜流。千古何人并高洁?富春东去有披裘。""深源雅量未知兵,战败归来徙此城。终日何劳书'怪事',半生元坐误浮名。江边故宅人谁到?郭外闲田犊自耕。休咏曹含旧诗句,亲交离散最伤情。""城荒孤树立云根,水退清溪露石痕。鼓角秋风寒似塞,牛羊落日废如村。漂零自分儒生贱,干谒方知长吏尊。那得为农成独往?瓦盆盛酒对儿孙。""山村觅得酒新筲,也当平原十日留。每看溪鱼跳泼剌,时听越雉语鞫鞫。持竿远愧桐江卧,乞食难为栗里谋。莫笑归装太羞涩,木奴今已载千头。"案,昉思本年既有衢州之行,此诗所写,不仅为三藩叛乱戡定后之衢州情状,且有"头将白"语,与康熙二十七年诗称"二毛"(参见该年谱注十六)者相合,当与康熙二十七年相近;盖即作于本年。

〔一三〕《稗畦集·后江行杂诗四首》之一:"去当明月里,归又月明中。江上秋如昨,天涯路转穷。依人空老大,乞食愧英雄。一片寒霜气,哀哀叫断鸿。"《江行杂诗》既为本年赴衢途中作,《后江行杂诗》又有"去当明月里,归又月中中"语,自为由衢返杭途中所作。是昉思于秋末即已离衢。其三:"舣艇独攀藤,空祠拜子陵。……沙雁冲寒雪,江鱼上薄冰。"知其经子陵祠已有冰雪,返杭当在冬日。

《稗畦集·钓台》之四有"嫌杀先生清到骨,树头残雪渡头冰"语,与《后江行杂诗四首》之三"沙雁冲寒雪"二句相合,当为同时作。此诗之一云:"十五年前旧游客,青衫白发此重来。"其三:"千秋一个刘文叔,记得微时有故人。"皆感慨甚深之语。参以康熙二十七年诗中自称"二毛"之语,此诗所谓"白发",盖言已有白发,非指头颅如雪也。案,昉思赴衢州途中虽亦登钓台,然时在深夜(见本年谱注十一所引《江行杂诗》),当甚匆遽,故未为钓台作诗;及自衢归,重经钓台,始有此作。

〔一四〕《稗畦集·赠朱若先生》:"寂寞江天处士星,胸中穿穴十三经。头从映雪囊萤白,眼到看山对水青。那复持竿同吕望,相将荷锸学刘伶。草茅漫说多遗逸,虎观诸儒集汉庭。"诗题"若"下当脱"始"字。其末二句不仅表彰朱溶高节,且于明遗民之仕清者隐寓讥刺。案,朱溶《稗畦集叙》言其于昉思客衢之前,"睆睆然不相知也"。则此诗当作于自衢归来之后。又案,《稗畦续集》有《毛殿云斋中读朱若始先生表忠录感赋》云:"万点苌弘血,千秋腐史才。……珍重孤臣裔,名山志可哀。"尤可见其于朱溶之敬仰。《表忠录》当即《忠义录》。

余参见本年注八所引朱溶、戴普成《稗畦集叙》。

〔一五〕李孚青《野香亭集》丙寅《表兄过山斋对饮,兼怀昉思》:"萧斋耐幽栖,好山日当牖。亭午罢摊书,松林理茶白。短篱大忽喧,荆扉闻小叩。呼童讯且迎,中亲笑携手。数晤少寒暄,随意倾杯酒。莺花及早春,江海思吾友。倦游归武林,贫交京国久。《采葛》赋三秋,清狂如旧否?吟醉快生平,刺促亦奚有?怀君思如何,微风吹杨柳。"《国朝词垣考镜》卷三《馆选爵里谥法考》康熙十八年庶吉士:"李孚青,号丹壑(案,当作字丹壑,见《野香亭集》),天馥子,河南永城人,授编修。"《稗畦集》有《寄李丹壑太史》云:"杏树坛边问礼时,亦曾登鲤也共言诗。花村并辔寻春早,月榭飞觞听漏迟。路判云泥空怅望,交深车笠最相思。"可见二人之交谊。

康熙二十六年丁卯　一六八七　四十三岁

正月,朱溶、戴普成编定昉思诗为《稗畦集》,并为之序。《啸月楼集》中所收"颂圣"之作悉皆删去[一]。

寻赴苏州,晤丘象升,于风雪中同游皋桥[二]。得孙枝蔚讣,作诗挽之[三]。

上岁离京后,家人留居京师,余国柱时赡给之;寄诗致谢[四]。

夏,以诗上江苏巡抚赵士麟。旋自吴赴江阴[五]。

抵江阴后,寓知县陆次云署。次云甚优礼之。有《秋日与江阴令陆云士》诗以称美次云，次云亦有诗见赠[六]。

先是，昉思尝以客游过江阴，与当地文士陶孚尹等唱和；及再来，交游益众，文士沙张白、徐章、朱廷铉、赵鸣銮、盛树廉、惠润、邓镛、曹汾及儒学教谕饶复亨、训导陈寅亮等，皆与为友[七]。廷铉、张白有诗见赠，张白以昉思为知己[八]。又尝与廷铉、树廉同登君山。凭吊遗迹，悲慨身世，作《与盛靖侯、朱近庵登君山》诗，有"莫问侯门朱履事，残杯冷炙是怜才"之句[九]。

吴绮、钱澄之、余怀、宋实颖、曾灿、杨体元先后来江阴，昉思从之游处[一〇]。与吴绮本系旧交，过从尤密。尝以所作乐府出示吴绮，绮大叹服，作诗题赠[一一]。昉思于绮亦甚钦敬，有《赠吴园次太守》诗[一二]。

邓镛将离乡客游，作诗以赠，为述旅食之艰辛[一三]。

秋，以诗寄丘象升[一四]。

除日，与陆次云同登君山，有诗纪事。及返客舍，又以诗抒写忆念亲人、自伤飘零之情[一五]。

为陆次云评所作诗及杂著[一六]。

周筼、王岱卒，分别以诗挽之[一七]。　　杜濬卒[一八]。　　王又旦卒[一九]。

余国柱于二月迁武英殿大学士。

清廷臣僚营私结党之风甚炽，督抚无不与部院堂官营求结纳，部院堂官又各援引亲戚，结为朋党。十一月，复风闻纠弹之例，欲以儆之。

〔一〕朱溶《稗畦集叙》署"康熙丁卯春正月华亭弟朱溶拜撰"。《稗畦集》之编定当即在此时。戴普成叙未署年月，亦当为同时作。《啸月楼集》中《黄大司农御前作字歌》《太和门早朝四首》《午门颁御赐恭纪三首》《恭遇皇上视学，释奠先圣，敬赋四十韵》《拟元日早朝应制》等篇，《稗畦集》皆未录入。此当与朱溶之"乃痛删削"有关；参见上年谱引戴普成叙。

〔二〕《稗畦集·寄丘曙戒寺丞》："皋桥风雪忆追游，把袂深宵话旅愁。仕宦几人能强项，依人何客不低头。凤池夺后终难达，蚁穴倾余只自求。别后同心定相忆，吴山明月楚山秋。"据《昭代文选》李澄中《侍讲邱公传》，谓象升以戊午补大理寺左寺副，壬戌以病假归养；己巳卒。此称寺丞，又共游苏州皋桥，当作于壬戌象升自大理寺左寺副假归之后，己巳之前。考昉思此数年间之行踪，除本年外，唯康熙二十一年春自杭州赴开封、二十五年春自京返里，皆有经苏州之可能；二十二年春亦尝至吴（参见前谱）。然核以诗中"风雪"云云，其时至迟在正月底、二月初；象升纵于康熙二十一年壬戌正月即已离京，返抵乡里（淮安山阳）至早亦在正月底，不当行装甫解，即游吴门；康熙二十二年及二十五年，昉思离京皆已在二月，抵吴时不当尚有"风雪"，悉与诗中所述不符。据昉思《寓吴门上赵玉峰中丞》诗,知本年尝寓吴门(参见注五);该诗虽未明言抵吴之时日,然前此数度过吴,既皆无"风雪追游"之可能,则此必为本年寓吴门时事;而昉思之自杭赴吴,要在正、二月间。又,以下所引《稗畦集》,皆指南京图书馆藏本之多出部分,不一一注明。

《清史列传》卷七十:"邱象升,字曙戒。江苏山阳人。顺治十二年进士,改翰林院庶吉士。……官至大理寺左寺副。少与弟象随以诗文名,时称二邱。……入为大理寺,引经折狱,多所平反。大学士李蔚甚贤之。以乞养归,卒年六十一。幼聪警,日读书盈寸。乱后益发愤,旁及诗歌古文,皆有神解。笃于友谊,既病,犹校刊其亡友张春重、靳应昇遗集。"案,象升著有《南斋诗集》,今存。

〔三〕《稗畦集》有《挽孙豹人先生》诗。孙枝蔚卒于本年初春,见《溉堂后集》卷首序及孔尚任《湖海集》丁卯《挽孙豹人》诗。昉思诗有"一江风雪人才到,二月莺花讣已来"之句,当作于二月;时甫抵苏州,故云"人才到"也。

〔四〕《稗畦集·寄大冶徐相公》:"前春定省出长安,八口羁栖屡授餐。才拙敢言知己少,身微真愧报恩难。争传晏子彰君赐,谬荷姬公待士宽。总将孝思能锡类,庭闱聊尽彩衣欢。"康熙朝宰辅无大冶徐姓者,"徐"当为"余"字之误。余相公即余国柱。国柱以本年二月任武英殿大学士,见《清史稿·大学士年表》。此称相公,又有"前春定省出长安"语,当作于本年;又,诗中仅言在杭承欢"庭闱",而无一字涉及本年离杭后"流浪"之状,盖作于离杭之初。

〔五〕《稗畦集·寓吴门上赵玉峰中丞》有"三吴风俗斗鲜新,公到期年尽返淳"之语。案,赵士麟于丙寅四月始任江苏巡抚,见《清史稿·疆臣年表五》;诗当为本年夏作。又案,《清史稿》卷二百八十一:"赵士麟,字麟伯。云南河阳人。康熙三年进士。……二十三年授浙江巡抚,杭州民贷于驻防旗兵,名为印子钱,取息重,至鬻妻孥、卖田舍,不偿,则哄于官,营兵马化龙殴官,成大狱。士麟移会将军,挈缴券约,捐赀代偿。将军令减子归母,母复减十之六,事遂解。民大称颂。……浙中豪右衙蠹,骄悍不法,为民害。士麟廉得其状,悉置之法,强暴敛迹。……二十五年移抚江苏,……寻召为兵部督捕侍郎,调吏部,皆能举其职。"士麟又字玉峰,见《碑传集》卷十九徐文驹所作行状。

《鹤岭山人诗集》卷十戊辰《寄洪昉思,时昉思客江阴》:"江阴闻作客,竟岁久相依。……昼长营燕垒,花放换春衣。"诗作于春日,而云"竟岁久相依",则昉思客江阴必始于丁卯。《稗畦集》有《京中简惠沛苍》,即丁卯客江阴作,云:"倘然流寓此为家,转眼荷枯菊又花。"其抵江阴当在夏日。盖作《寓吴门上赵玉峰中丞》诗后,旋赴江阴。

〔六〕《稗畦集·秋日与江阴令陆云士》之一:"士龙作令浚仪后,今日高门惟汝贤。雨露桑麻三百里,平章风雅一千年(时选唐宋元明诗)。"其二:"我来作客比何如,出有车乘食有鱼。傲吏不知游子贱,高吟真与宦情疏。"案,次云自康熙二十四年至二十七年任江阴知县,见乾隆《江阴县志》卷四《官守》。

陆次云《澄江集·与友》:"诗是君家事,君穷诗愈工。绝非凡近响,宛有古人风。锦席夸重夺,筜瓢得屡空。时时出金石,声彻碧云中。"末附汤西崖评:"此云士为洪子昉思作也,称美中绝无标榜气习。"案,《四库总目提要》卷一百八十三《别集类存目》十《澄江集》提要:"是集皆古今体诗,盖其官江阴时所作,故以《澄江》为名。"此诗当作于本年昉思客游江阴之时。

〔七〕陶孚尹《欣然堂集》卷八《五峰社刻序》:"五峰,砂山之最高旷处也。南俯市廛,河流如带,烟火万家;北眺洋子,水天一碧,浑无际涯。……予家苏墅,去砂山六七里,尝偕诸朋好为文酒之会,时则徐子希陶、孙子雪亭为五峰主人,而沙子定峰、曹子峨嵋、李子肤功、吴子念劬皆远近麇至,过客则陈迦陵、洪昉思、邓孝威、纪伯紫、钱湘灵、邹流绮辈亦间或一集,分题刻烛,淋漓酣嬉,篇什充箧衍,好事者传诵焉。洎予薄宦皖桐,梓里睽隔,……"知其于五峰为文酒之会及昉思之参与觞咏,皆为孚尹"薄宦皖桐"前事;同书卷八《桐城县清厘学田记》:"予以康熙二十五年承乏司训。""薄宦皖桐"即指此而言。是昉思之过江阴与孚尹等唱和,必在本年之前,具体年份无考。孚尹江阴人,苏墅即在江阴。案,《江上诗钞》卷七十六:"陶孚尹,字诞先,号篮跛。廪贡生,选桐城训导,课试精勤,兴举废坠。……以疾归。著《欣然堂集》六卷。"考《欣然堂集》凡十卷,诗六卷,文四卷;《江上诗钞》编者盖仅见其诗,故云六卷。

《稗畦集》又有《赠徐石霞》《赠曹武歌》《赠江阴饶学博》《秋晚饮陈元白斋中》等诗。石霞名章,江阴人,著有《山止阁集》,见《江苏诗征》卷七。武歌名汾,廪贡生,后授主簿,见《江阴县志》卷十三《选举》。饶学博名复亨,旌德人,岁贡,自康熙二十二年起任江阴教谕;元白,名寅亮,句容人,副贡,自康熙二十年起任江阴训导,见《江阴县志》卷八《学官·师儒》。此诸人皆非五峰社中人,昉思与之游处,当非前此过江阴参与五峰社集时事。上述诸诗皆当为本年在江阴所作。

又,《稗畦集·江宁逢惠沛苍》:"白门杨柳欲藏乌,忽遇澄江旧酒徒。"知昉思尝在澄江与沛苍同游处;沛苍亦非五峰社中人;此当为本年寓江阴时事。案,《江阴县志》卷十七《政绩》:"惠润,字沛苍。……中康熙乙卯乡举,乙丑成进士。授山东费县令。……旋刑部湖广司郎中。"据宣统《山东通志》卷六十《职官》七,润于康熙三十七年至三十八年任费县令;是时尚未授职。《稗畦集》复有《京中简惠沛苍》诗:"倘然流寓此为家,转眼荷枯菊又花。林际霜繁低橘柚,江边水落贱鱼虾。遥闻香稻连畦熟,近对青帘拂户斜。犹有仓曹携瓮酱,殷勤相饷慰生涯。"据诗题似为昉思于京师所作以寄沛苍者,然"林际"一联绝非燕京景色,而与吴绮本年在江阴所作赠昉思诗中"江城橘柚欲寒天"等语(参见本年谱注十一)相合,昉思此诗亦当为本年在江阴作。诗题疑原作《简惠沛苍京中》,传写误倒。盖昉思本年初抵江阴之时,尝与润相过从。已而润赴京师,昉思故作此诗简之。诗中所述当即昉思本年客居江阴之情状。

又,《江上诗钞》卷六十八赵鸣銮《陈元白学博招集维扬吴菌次、湖上洪昉思漫园》:"巷近刘伶路不赊,客来剥啄似山家。诸峰澹结寒烟翠,一鸟闲啼野水花。红豆多情生故国,白头歧路老天涯。披图往事知多少,相对西风两泪斜。"漫园在江阴城南隅,见《江阴县志》卷十七《文苑·曹玑传》。吴蔺次与昉思本年同寓江阴,见本年谱注十;诗当作于本年。案,《江阴县志》卷十七《文苑》:"赵鸣銮,字翔九,号雪村。少以喜气自负,与周荣起念农、徐章石霞为诗友。不得志,则益弃经生业如嚏唾,专以诗古鸣。其七言诸体沉郁顿挫,有老杜夔州时遗意。郡司马奚苏岭、邑令陆云士皆折节为布衣交。四方名宿如桐城钱澄之饮光、闽县余怀人(按:此字衍)澹心、黄冈杜濬于皇、扬州吴绮园茨、无锡钱肃润础石,每挐舟过访,登山临水,纵饮赋诗,相乐也,已而相泣。"吴蔺次参见注十。

与朱廷铉、盛树廉、邓镛诸人游处事见注八、九、十三。此诸人亦非五峰社中人,其交昉思,当不在前此昉思参与五峰社集之时;要为本年事。与沙张白游亦见注八。

〔八〕《江上诗钞》卷七十一朱廷铉《赠洪昉思》:"风流直压李青莲,名擅词场二十年。肝胆向人终见嫉,文章玩世欲成颠。一言每破时流病,五字能争造化权。何事新诗传海内,不教簪笔凤池边。"同卷朱廷铉小传:"字玉汝,号近庵。康熙己酉举人。选上元教谕。壬戌成进士。授淳化令。以才能兼摄武功、同官、鄠县三邑篆,各著政声。擢御史,风节清刚。历升奉天府丞,大理少卿,皆恪谨尽职。以老致仕,卒于家。著有《南楼》、《江花》等集。"案,《稗畦集·赠朱近庵进士》有"浪迹江城倏半年,此来深喜遇君贤"及"啸傲未妨迟绂佩,登临正好遍山川"之语;盖是时近庵虽成进士,尚未授职。"江城",指江阴。廷铉赠诗与昉思诗当为后先之作。

《江上诗钞》卷六十六沙张白《赠洪昉思》:"何必黄金铸子期,班荆江上细论诗。一人知己吾无憾,千古传名鬼岂知?久历冰霜违夙愿,看来丘壑置偏宜。他年莫忘湖山约,觅个幽岩共采芝。"诗有"班荆江上"语,当作于江阴。沙张白虽为五峰社中人,然昉思前此参与五峰社集时,张白是否与会今已不可考。此诗有"一人知己予无憾"等语,绝非社集时萍水相逢者之口吻;要当为本年作。盖本年昉思寓江阴较久,得与张白时相过从,故相知甚深也。

《江阴县志》卷十七《文苑》:"沙张白,字介人,号定峰。幼负异姿,长益肆力于学。博通四库。……尝著史论,起结绳,至明代,次其是非得失,独辟户牖,能补涑水、考亭所未发。其乐府出入汉魏,视齐梁以下蔑如也。……为人隽爽豪迈。与人言倾泻胸臆,无所隐。然性兀傲,耻奔竞。……竟以诸生卒。时邑有四家之称,皆抱才不遇,白其冠也。"案,张白亦号定庵,《稗畦集》有《陆明府坐上赠沙定庵》诗,称其"一片襟期托史才"。陆明府谓次云。

〔九〕《稗畦集·与盛靖侯、朱近庵登君山》:"君山北峙长江尾,滚滚寒潮日夜来。青霭销时郊树出,白云断处海天开。登临有伴扪萝葛,凭吊无端哭草莱。莫问侯门珠履事,残杯冷炙是怜才。"案,君山在江阴县北,俯临长江。

《江阴县志》卷十七《文苑》:"盛树廉,字靖侯,绩学能文,森然典则。与朱大理廷铉相友善,联文酒之社。康熙壬子举于乡。任滁州学博,再移扬州。勤于课士。……性耽山水,客至辄载酒出游。"

〔一〇〕《稗畦集》有《秋夜陆明府署斋看菊,同曾青藜、吴园次、宋既庭诸前辈及庄秀才》诗,知昉思在江阴尝与曾灿、吴绮等人游处。又,吴绮《林蕙堂集》卷十六《十月二日钱饮光自龙眠、杨香山自武林、余广霞自吴门、宋既庭自昭阳至,与余为五老之会,夜集皆可堂话白门旧事,因成一首,并示昉思》:"宾主合成美,今将四百春。老应为过客,壮且不如人。朝暮齐梁事,秋冬晋宋身。嗒然聊一笑,杯酒任吾真。"案,钱澄之《田间诗集》卷二十六《客隐集》丁卯《吴园次邀同北平杨香山、吴门宋既庭集寓斋,各赋一章》:"旅食江城落叶天,吴兴招客尽华颠。"列于《再过江阴赵翔九宅上有作》诗后。足征吴绮与钱饮光、杨香山、宋既庭等本年皆寓江阴。钱澄之与吴绮诗当为后先之作。是昉思本年在江阴又尝与钱澄之等游处。

《清史列传》卷七十一:"吴绮,字薗次。江苏江都人。五岁能诗,长益淹贯。顺治十一年拔贡生,以荐授秘书院中书舍人。奉诏谱杨继盛乐府,迁兵部主事。洊历郎中。授浙江湖州府知府。多惠政,不畏强御,湖州人称为三风太守,谓多风力、尚风节、饶风雅也。未几罢归,贫无田宅,购废圃以居。有求诗文者,以花木润笔,因名其圃曰种字林。日读书坐卧其中,箪瓢屡空,泊如也。性坦易,喜宾客,在湖州时,四方名流过从,赋诗游宴无虚日;其去官亦坐此。所作诗词骈体合编为《林蕙堂集》二十六卷。诗才华富艳,瓣香晚唐。词最有名,儿童妇女皆能习之,以有'把酒祝东风,种出双红豆'之句,号曰红豆词人。"又云:"国初以骈俪文擅长者,推(陈)维崧及吴绮。……绮则追步李商隐,以秀逸胜;盖异曲同工云。"案,薗次亦作园次,见《清史稿·文苑·吴绮传》,"薗"同"园"。

《小腆纪传》卷五十五《文苑》:"钱秉镫,字幼光,后改名澄之,字饮光。桐城人。尝学《易》于黄道周。弘光时,马、阮兴大狱,秉镫名在捕中,变姓名逸去。南都亡,走闽中,道周荐授推官,秉镫以荐举得官为耻,请候乡试,不许。闽亡,自江南入粤。永历三年,临轩亲试,授庶吉士。南雄陷,仓卒移跸,凡大诏令悉秉镫视草。金堡下狱,营救之。大学士王化澄因侧目。……改编修,管制诰。……寻因病乞假至桂林。桂林陷,祝发为僧,名西顽。久之返里。所著有《易学》、《诗学》、《藏山阁稿》、《田间集》、《所知录》。"案,永历时有诳惑高必正欲兴内哄者,澄之以情告必正,必正悟,事遂解。亦见《小腆纪传》本传。

《清史列传》卷七十:"曾灿,字青藜。亦宁都人。明给事中应遴仲子。岁乙酉,杨廷麟竭力保南赣,应遴以闽峤山泽间有众十万,令灿往抚之。既行而应遴病卒,赣亦破,乃解散。寻祝发为僧,游闽浙两广间。大母及母念灿成疾,乃归宁都。以大母命受室。筑六松草堂,躬耕不出者数年。后侨居吴下二十余年,客游燕京以卒。著有《六松堂文集》、《西崦草堂文集》。"

又,"余怀,字澹心,福建莆田人。侨居江宁。才情艳逸,工诗。生明季乱离之际,词多凄丽。尝赋《金陵怀古诗》,王士禛以为不减刘禹锡。与杜濬、白梦鼐齐名。……词藻艳轻俊,为吴伟业、龚鼎孳所赏。晚隐居吴门,徜徉支硎灵岩间,征歌选曲,有如少年,年八十余矣。尝撰《板桥杂记》三卷,……亦唐人《北里志》之类。……后竟以客死。著有《味外轩文稿》、《研山堂集》、《秋雪词》一卷,《宫闺小名后录》一卷。"案,怀又字广霞,见《明诗纪事》辛签卷十四。

又,"宋实颖,字既庭,江苏长洲人。顺治十七年举人。康熙十八年举博学鸿儒,罢归。后官兴化县教谕。少负盛名,一时有江东独秀之目。……至京师,辄摄衣据诸贵人上坐,意气岸然。自名公卿讫四方士,日夜持谒,以望见颜色为幸。……著有《读书堂》、《老易轩》、《玉磬山房》等集。"余见顺治十八年谱。

《今世说》卷八《惑溺》:"杨(香山)名体元,直隶大兴人,官郡司马。"又,《寒石诗钞》卷四《甘露篇为杨香山司马作(原注:丁卯)》:"……关西之后有名贤,博物不数张茂先。威斗尝闻识新莽,玉印颇能辨于阗。长啸归来初解组,家住城南天尺五。秘府图书米氏船,辋川花药王维画。花药茏葱春复秋,俄看新绿映帘钩。……杨侯固是天下才,瑞征应卜赐环来。……"略可见其为人。

〔一一〕吴绮在江阴所作诗,除上引《十月二日……》外,尚有关涉昉思者多首。盖昉思与绮游处尤密。今录绮诸诗于后。

《林蕙堂集》卷十六《广霞、昉思、逸庵、香祖同过分韵》:"拨闷思良友,相将把翠涛。秋为词客瘦,月向故人高。杜牧名犹在,陈登气本豪。今宵闻雅唱,逸兴起江皋。"案,广霞为与绮同客江阴者,诗当作于江阴。逸庵、香祖未详。

又,《同广霞、昉思、石霞、翔九饮殿臣兰雪斋》:"引疾辞高会,同来话冷斋。醉歌忘世法,卧起适幽怀。落叶迷深巷,寒花香一阶。离群非客意,猿鹤信吾侪。"殿臣当为姚廷选。《江阴县志》卷十七《耆旧》:"姚廷选,字殿臣。……好行利济事。"

又,《赠昉思》:"欲别翻无语,新诗为尔陈。聪明长累物,慷慨不宜人。妒益娥眉美,贫教虎气驯。士龙君好友,归计且逡巡。"案,士龙指陆次云。

同书卷十九《澄江喜晤昉思过饮玩月》:"才记分袂各几年,故乡相见益欢然。秋残忽得宵月,寒近难逢此夜天。烂醉共倾桑落酒,朗吟同研衍波笺。红幺白苎平生好,愿谱新声付宝弦。"据首句,知昉思与绮原为旧交。

又,《夜读昉思诸乐府题赠》:"江城橘柚欲寒天,邸夜挑灯拂宝弦。信是读《骚》能协律,岂知奉敕有屯田?词堪洒血宁惟难?事到伤心定可传。我是青衫旧司马,为君焚砚百花前。""菊部于今少辈行,高音丽节谱宫商。一时侧目看才子,几处低鬟拜粉郎。笔架珊瑚原有数,筝调玳瑁信非常。汉皇正想凌云客,何事犹虚七宝床。""江城"谓江阴。

同书卷二十《石霞招同昉思、俦夏、殿臣集南山书屋》:"月华澄霁正冬初,偶集幽斋旅思舒。时历烟霜盘有柚,地兼江海食多鱼。游人遣兴千钟酒,高士传家一卷书。此日欢呼须尽醉,临邛谁识汉相如?"案,南山书屋当为徐章书斋。俦夏即邓镛,参见注十三。

〔一二〕《稗畦集·赠吴园次太守》:"红豆词人王右丞,白蘋太守柳吴兴。一生僻性耽骚雅,三载休官为友朋。酒影夜摇青嶂月,星光春乱碧湖灯。回思二十年前事,如此风流若个能?"

〔一三〕《稗畦集·赠邓倚夏,时邓将远游》:"白鸥江上本无心,作达何妨在竹林。巷近刘伶宜纵酒,人如中散定知音。天边紫闼徒相望,日下朱门岂身寻。君欲识途询老马,太行巘巢暮云深。"诗有"巷近刘伶"语,当作于江阴(江阴有刘伶巷)。案,《江阴县志》卷十三《选举·例贡》:"邓镛,字倚夏。由副贡授教导。"又,《江上诗钞》卷七十六陶孚尹《曹颂嘉漫园大会,即席分赋七言四绝》之三:"九畹三湘看不厌,又教佳婿抹微云。"原注:"颂嘉世以兰竹擅名,其玉润邓君倚夏亦工画兰。"颂嘉即曹禾。

〔一四〕昉思《寄丘曙戒寺丞》诗有"别后同心定相忆,吴山明月楚山秋"语,时昉思当在江南,故有"吴山"云云。明年及康熙二十八年秋昉思皆不在江南,且康熙二十八年象升已卒。诗当本年秋在江阴所作。余参见注二。

〔一五〕《稗畦集》有《岁除日同陆明府登君山》诗,当为本年在江阴作。

《稗畦集·丁卯除日客舍作》:"江城腊雪换春风,旅鬓偏惊岁又终。涕泪两行孤烛暗,梦魂三处一宵通。白头堂上思游子,黄口天涯忆病翁。底事飘零久离别,每当除夕恨无穷。"

〔一六〕《澄江集》七古《潮汐歌》、五律《遇友》、七律《鹁鸽井》、五绝《真娘墓》、七绝《放鲤》等诗皆附有昉思评语。《放鲤》云:"赤尾金鳞耀日光,纵君归去下沧浪。再逢芳饵休相近,莫认渔人作孟尝。"昉思评:"作客依人者慎之慎之。"盖感慨言之。又,次云《湖濡杂纪》亦载有昉思评语数则。昉思为此二书作评语,或即为本年事。

〔一七〕《稗畦集·闻周青士客死徐塘,龚蘅圃、罗毓青护丧南返》:"先生垂老复何之?不识长安有底期。垂老(二字疑误)望乡双目瞑,孤舟阻雨一棺迟。途长执友随丹旐,夜静门生哭缞帷。客舍残灯开敝箧,泪沾前岁赠行诗。"情殊哀痛。周笃卒于本年,见上年谱注一。

《稗畦集·挽王山长大令》:"八千里外穷韩愈,四十年来老郑虔。骯髒自矜三绝艺,迂疏不受一人怜。青袍作吏腰仍折,白首思乡眼欲穿。趋走风尘谁误汝,旅魂零落瘴江边。"案,《鹤征录》卷五《与试未用》:"王岱,字山长,号九青,湖南湘潭人。崇祯己卯举人。授安乡县教谕,著有《可庵集》。富孙案,山长能诗文,兼工书画。歁崎历落,以气节自矜。发甫燥即名满海内。"《己未词科录》卷七引《楚诗纪》:"王岱,……授安乡教谕,迁随州学正,擢顺天教授,出知澄海县。卒于任。"据雍正《广东通志》卷二十九《职官》:"知澄海县:王岱,(康熙)二十二年任。陈嘉绩,二十六年任。"岱当卒于本年。

〔一八〕见《望溪文集》卷十三《杜茶村先生墓碣》。

〔一九〕姜宸英《湛园未定稿》卷九《户科掌印给事中黄湄王公墓表》:"户科掌印给事中黄湄王君以今年三月日卒官于京师……年亦止五十有一。"又云:"君前年自岭南归,丧其七岁子鯈。"案,《陋轩诗续集》卷首汪懋麟《吴处士墓志》:"……殁于康熙甲子春三月。……处士既卒之明年,幼华以都给事中典岭南乡试返,命纡道扬州哭之,……"知又旦于乙丑自岭南返,其卒当在丁卯。参见明年谱。

康熙二十七年戊辰　一六八八　四十四岁

正月,自江阴赴京,朱廷铉以诗赠别,又为之饯行。有《人日朱近庵招同诸公饯别》及《舟发江阴,别陆云士明府》诗〔一〕。时王泽弘尚未得其赴京之讯,以诗见寄〔二〕。李孚青亦有见怀之作〔三〕。

过武进,与孙凤仪、吴阐思共游宴〔四〕。逢恽格,互诉遭遇,百感交集,作诗以赠〔五〕。又有《毗陵舟次有感》诗〔六〕。

至江宁,寓王泽弘园,而泽弘已赴京师〔七〕。遇杜濬友人陈抱苍,时濬已卒,作诗悼之;因与抱苍游处〔八〕。又与蔡垕过从甚密〔九〕。

二月,经扬州,会友人倪匡世纂辑《诗最》,为审定一卷〔一〇〕。又为徐旭旦校《灵秋会》剧〔一一〕。濒行,作诗留寄汪楫〔一二〕。

过高邮,作《高邮晚泊》〔一三〕。经宝应,往访乔莱,赠以诗。又有诗怀汤右曾〔一四〕。

途中忆京师旧友房廷桢、王又旦、吴任臣、颜光敏相次沦没,乔莱、颜光猷、钱中谐、庞垲、张祊祎、徐釚、毛升芳、汪懋麟俱谪调归里,为之怆然,作诗抒感〔一五〕。

入京前,尝以诗寄李天馥,及抵京,又以诗上梁清标,皆有乞求援手之意〔一六〕。《上合肥李尚书》亦抵京后所作〔一七〕。

表弟翁嵩年、友人陆寅先后南还,以诗赠行〔一八〕。

九日,与王泽弘同游黑龙潭,有诗〔一九〕。

袁启旭来京,旋复南还,以诗留别〔二〇〕。

改《舞霓裳》为《长生殿》,与徐麟审音协律,无一字不慎,盖有托而作也〔二一〕。既出,传唱甚盛〔二二〕。时《闹高唐》《孝节坊》诸剧亦俱已撰成〔二三〕。

毛先舒卒。　　汪懋麟卒。　　陈之群卒〔二四〕。

江南道御史郭琇,于二月疏劾明珠与余国柱、尚书佛伦、侍郎傅腊塔等结为朋党,营私纳贿,把持朝政;因罢明珠大学士职,余国柱革职,佛伦解任。时左都御史徐乾学、少詹事高士奇等,结成汉族官僚集团;郭琇之疏,实为徐乾学等所授意;明珠既罢,遂由徐党擅权。明珠余党乃以全力排挤徐党,以为报复。

五月,武昌标兵夏逢龙起事。七月,兵败被获,磔死。

〔一〕《稗畦集·人日朱近庵招同诸公饯别》有"淹留半载作比邻,忘却天涯羁旅贫"之语,当作于戊辰人日。同书《舟发江阴,别陆云士明府》:"相依不觉蹉跎久,欲别翻忧聚会难。"亦当作于本年。

《江上诗钞》卷七十一朱廷铉《早春送洪昉思之燕京》："相逢复相别，执手重沉吟。已慰十年想，难为此日心。江梅行处发，燕草到时深。不及春风好，随君过上林。"

〔二〕王泽弘《鹤岭山人诗集》卷十戊辰《寄洪昉思（时昉思客江阴）》："京华君久客，近卜子云居。为返西泠舍，还停茂苑车。锦衾新自暖，瑶瑟远应疏。北雁书来否？能无忆旧庐！""江阴闻作客，竟岁久相依。廉吏情何重，真交世所稀。昼长营燕垒，花放换春衣。北上图良策，还山好乐饥。"据"昼长"二句，知作于人日后。时昉思已离江阴。

〔三〕李孚青《野香亭集》戊辰《对雨怀昉思》："春去雨廉纤，微寒向夕添。池平泉细响，泥湿燕轻沾。待诏犹耽酒，先生自织帘。阴铿有佳句，此际韵应拈。"

〔四〕孙凤仪《牟山诗钞·和赠洪昉思原韵十首》之三："兰陵美酒昔曾游，酗雪陶然未放讴。"原注："戊辰春雪，来游毗陵。"凤仪，仁和人，见该书署名。又，《牟山诗略》卷首孙念劬《先曾祖半庵公行略》："公讳凤仪，字愚廷，一字愚亭，号牟山，半庵其斋名也。生而颖异，读书目数十行，有神童之称。幼即好诗古文词，……性傲岸，豪放不羁。族叔司空屺瞻公出浚下河，以公有经济才，欲疏荐于朝，公坚以母辞。公诗有'由来捧檄称毛义，我谓娱亲岂必然'之句。……暇与山人胜游，寄情于诗酒山水间，分韵劈笺，援笔立就。其沉郁激昂之气，悉寓诸诗词。……自丙午后，外侮鳞集，难以宁居。……遂于康熙乙卯岁，奉祖母与母，徙至毗陵。……而诗友中所最称莫逆，往来稠密者，西泠则王东槎锡、汪舟溁柱东、洪昉思昇，……"

《稗畦集·正月十三夜饮吴道贤斋中感赋》："流浪无端经两载，天涯又及试灯时。别逢花月都成恨，老大欢娱只益悲。"案，昉思自丙寅南归后，客游衢州、江阴，至戊辰已"流浪两载"，诗当为本年所作。道贤武进人，诗盖作于武进。

〔五〕《稗畦集·逢恽南田感赠》："歧路忽惊逢故友，暂时欢笑复潸然。细看颜面才非梦，各诉遭逢尽可怜。贫病参差成白首，交游强半入黄泉。人生七十由来少，一别谁禁二十年。"昉思自戊申与格相别，至此已二十年。格武进人，诗盖本年初春昉思行经武进所作。

〔六〕《稗畦集·毗陵舟次有感》有"伤心作客三千里，屈指依人二十秋"之语，当亦本年北上行经武进所作。

〔七〕《稗畦集·江宁寓王昊庐先生园，时先生在都》："昨岁相期过石城，单车君已入燕京。名园客到逢花候，曲径云开半鹤行。"案，泽弘于壬戌请假归，已而寓居江宁，至本年始入都，参见《鹤岭山人诗集》壬戌至戊辰诗。昉思诗当为本年入京，道经江宁所作。

〔八〕《稗畦集·喜遇陈挹苍有赠，因悼杜宇（案，当作于）皇》："纷纷名士集蓬莱，何意还留草泽才。刻苦自将三径老，饥寒不乞五侯哀。清琴浊酒吟芳草，细雨轻风对落梅。惆怅我来时已晚，杜陵野老竟泉台。"杜濬卒于丁卯，诗当为本年经江宁所作。《稗畦集》又有《春游同陈抱苍》及《与陈抱苍登雨花台遗址眺望》二诗，与此当为后先之作。

《清史稿》卷五百六："杜濬，字于皇，号茶村。黄冈人。明季为诸生。避乱居金陵。少倜傥，尝欲著奇节。既不得试，遂刻意为诗，然不欲以诗人自名也。……金陵冠盖辐辏，诸公贵人求诗者踵至，多谢绝。钱谦益尝造访，至，闭门不与通。惟故旧徒步到门，则偶接焉。门内为竹关，关外设坐。约客至，视键闭则坐而待，不得叩关。虽大府至亦然。及功令有挑（当作排）门之役，有司案籍，欲优免，濬曰：是吾所服也。躬杂厮舆，夜巡绰，众莫能止。……濬诗最富，世所传不及十一，手定者四十七册。吴伟业尝云：吾五言律得茶村《焦山》诗而始进。阎若璩于时贤多所訾謷，独许濬五律，称为诗圣。已刻者曰《变雅堂集》。"案，排门之役，官绅可免。濬之"躬杂厮舆"而不欲免者，耻居于清官绅之列。鸿博之征，濬致书孙枝蔚，勉以勿作"两截人"，见《变雅堂文集》卷四《与孙豹人书》；其志固皎然可睹也。陈抱苍身世未详。当为杜濬友人，故昉思因遇抱苍而有悼于皇之作。其人又与孔尚任游，尚任《湖海集》有《秋分，蔡铉升、姜斌翼招同杜苍略、饶正庵、胡致果、余鸿客、王安节、陈抱苍、……集冶城道院，试太乙泉，分韵得泉字》及《冶城西山道院公宴，同程穆倩、杜苍略、戴务旃、饶正庵、郑谷口、余鸿客、胡致果、陈抱苍、……分咏秋江霁色》诗。

〔九〕《稗畦集·留别蔡龙文》："只因连夕论心久，翻觉临歧别恨多。同学几人怜骯髒？结交廿载悔蹉跎。草青北里寻春到，梅白东园冒雨过。底事一航人又去，日斜风涌大江波。"案，蔡厓江宁人；"草青"二句系初春景色，与昉思本年寓居江宁之节令相合；"底事"二句所写，显非还乡时之心情，此行当为北上。

诗盖作于本年由江宁赴京之时。

《饴山文集》卷二《酒令升官谱自序》："昔在长安，江宁蔡厓龙文携所制满汉品级考图谱以至，文繁而途备，盖仿明末倪鸿宝公百官铎之意。然观者骤不能了了，又中多讥讪，尤不为其乡人地，先达咸怒而排弃之。……后蔡竟摈斥终身。"其人当亦为愤世疾俗者。《稗畦集》又有《赠金陵蔡龙文国博》，或亦为本年作。余参见康熙十六年谱注二。

〔一〇〕《诗最》卷七署"云间倪匡世永清选定。吴门邓汉仪孝威、西泠洪昇昉思、崇川范国禄十山、海陵蔡观虎谈仝参。"该书卷首倪匡世序曰："岁丁卯，客又至，……客乃又发数十卷，以属余定。始观而骇，中而喜，终而跃然大叫曰：异哉，今之诗非昔之诗矣。余不黾勉以从兹役，是余之罪已夫，是余之罪已夫。因论次若干卷以问世。……时康熙戊辰仲春花朝前三日，松江倪匡世书于黄杨禅院。"知其纂辑始于丁卯，至戊辰仲春蒇事。倪匡世于丁卯、戊辰间寓居扬州，《湖海集》丙寅《仲冬，如皋冒辟疆、青若、泰州黄仙裳、交三、邓孝威、合淝何蜀山、吴江吴闻玮、徐丙文、诸城丘柯村、松江倪永清、新安方宝臣、张山来、谐石、姚纶如、祁门李若谷、吴县钱锦树，集广陵邸斋听雨分韵》、丁卯《前冬过建隆寺晤倪永清，今复同远峰访余舟中，赋赠》、己巳《陈丹文四雨山房听莺，同黄仙裳、胡继韶、倪永清、黄仪逋分韵，兼留别》等诗可证（尚任此数年在扬州佐孙在丰治河）。

昉思为之参阅第七卷,当为本年道经扬州时事。是书汪楫名下所附匡世评语,称昉思为"吾友",参见康熙十八年谱注五。又,卷首《书成凡例》有云:"唐诗为宋诗之祖。如水有源,如木有本。近来忽有尚宋不尚唐之说,良由章句腐儒,不能深入唐人三昧,遂退而法宋,以为容易入门,耸动天下。一魔方兴,众魔遂起,风气乃坏。是集必宗初盛,稍近苏陆者不得与选。"又云:"近今作者如林,类皆炼字炼句,至其章法,……弃而不论。……故此编特严章法。"昉思诗宗盛唐,又重章法,与此论大抵相合。

〔一一〕徐旭旦《世经堂诗钞》附《灵秋会填词钞》署"圣湖渔父徐旭旦谡、南屏樵者洪昇校"。剧系寿孙在丰者。案,在丰于丙寅六月奉命督修下河,戊辰三月降调,仍以翰林官用。见《康熙东华录》。剧中盛赞在丰治河之绩,且预言其"将来领取三十年太平宰相",必作于在丰降调之前。

《国朝杭郡诗辑》卷五:"徐旭旦,字浴咸,号西泠。钱唐人,副贡。官广东连平知州。有《世经堂集》三十卷。"据《世经堂初集》卷首毛奇龄序,旭旦尝先后佐靳辅及于成龙治河;孔尚任《湖海集》丁卯有《暮春张筵晋园北楼上,大会诗人汉阳许漱石、……钱唐徐浴咸、……各即席分赋》《将之海上,同社许漱石、……徐小韩、浴咸、……醵金张筵,折柳赠别,即席分韵,再唱叠和》及《又依韵答徐浴咸》诗,戊辰有《海陵寓邸,沽酒留许漱石、……徐西泠、朱天锦小饮,兼索诗送予还广陵,分得四豪》诗,知旭旦此数年在扬州。昉思为校《灵秋会》或即为本年经扬州事。

〔一二〕《稗畦集·将入都门,过维扬,留寄汪舟次检讨》有"问君何事宦情疏,两载高眠尚里间"之语。案,《曝书亭集》卷七十三《通奉大夫福建布政司使内升汪公墓表》:"……适闻本生祖讣,乞归治丧,里居三年,始就京师,补原官。是冬天子加意民牧,思得良二千石以为表率,乃以公出知河南府事。"又据《国朝词垣考镜》卷一《翰詹源流编年》,楫于康熙二十八年出知河南。由此上推三年,知其于丙寅乞归。诗当为本年所作。

〔一三〕《稗畦集·高邮晚泊》:"两年泛梗家仍寄,二月垂杨客再经。"与《正月十三夜饮吴道贤斋中感赋》之"流浪无端经两载"语相合,二诗当为同年所作。

〔一四〕《稗畦集》有《过宝应怀汤西崖,时已捷春闱》诗。右曾为戊辰进士,见《清史稿》本传。是昉思本年尝过宝应。

《稗畦集·赠石林乔侍读》有"昔年簪笔侍丹除"及"白云且办逍遥计"等语,知作于莱罢官之后。莱于丙寅罢官归里(《敬业堂诗集》卷八《人海集》丙寅有《题乔石林侍读梅花庄图兼送其罢官南归》诗可证),诗当为本年行经宝应所作。

〔一五〕《稗畦集·将入都门,途中忆房慎庵金宪、王黄眉(当作湄)都谏、吴志伊检讨、颜修来考功相次沦没,乔石林侍读,颜澹园、钱庸亭二编修,庞雪崖、张云子、徐电发、毛允大四检讨,汪季角(当作用)主事俱谪调归里,怆然感怀》:"两年不上长安道,冠盖交游已半非。地下故人多寂寞,天涯逐客各分飞。孤村残雨花空落,远水长天雁自稀。底事依人头渐白,征途吟望一沾衣。"案,颜光敏卒于丙寅,乔莱亦于丙寅罢官归里;知诗题所述,皆为昉思丙寅出都后事。据诗中"两年不上长安道"语,当作于本年。

《诗观》初集卷五房廷桢名下所注字号籍贯:"兴公、慎庵,陕西三原人。"廷桢为顺治己亥进士,由刑部郎中考选湖广道御史,长芦巡监;见《国朝御史题名》。

《曝书亭集》卷七十五《儒林郎户科给事中郘阳王君墓志铭》:"君讳又旦,字幼华,别字黄湄……顺治十四年以《易》举于乡,明年会试中式,又明年殿试,赐进士出身。当授推官,未除,改知安陆潜江县事。潜江居汉下流,长堤逶迤百里,水防一决,禾黍尽没。君躬巡堤上,先事预治。又田亩租赋徭役,多苦不均。君以乡规田,以田均亩,以亩定赋,于是无田者得免役,逃移悉复其居。期年,百废具举。……补吏科给事中,转户科掌印给事中。典广东乡试。……其诗兼综唐宋人之长,独不取黄庭坚。人有佳句,辄赏击不已。"案,又旦有《黄湄诗选》,今存。

《清史稿》卷四百八十九:"同邑(谓仁和)吴任臣,字志伊。志行端悫,强记博闻,为顾炎武所推。以精天官乐律,试鸿博,入翰林,承修明史志表。著《周礼大义》、《礼通》、《春秋正朔考辨》、《山海经广注》、《托园诗文集》,而《十国春秋》百余卷尤称淹贯。"

《清史稿》卷四百八十九:"(颜)光敏,字逊甫。曲阜人,颜子六十七世孙也。康熙六年进士,除国史院中书舍人。帝幸太学,加恩四氏子孙,授礼部主事。历吏部郎中。其为诗秀逸深厚,出入钱刘。吴江计东谓足以鼓吹休明。……有《乐圃集》、《旧雨堂集》。"又,《曝书亭集》卷七十五《奉政大夫吏部考功清吏司郎中颜君墓志铭》:"君讳光敏,字逊甫,更字修来,别字乐圃。"

《国朝词垣考镜》卷三《馆选爵里谥法考》康熙十二年庶吉士:"颜光猷,字秩宗,号澹园。山东曲阜人。授编修。官至山西河东盐法道。"案,光猷所著《水明楼诗》卷首附载昉思评语云:"骋沈思于宇外,撷流景于目前。志适则滔滔大篇,尚裁则寂寂数语。武陵人之不知有晋,夜郎王之汉孰与大,非虚语也。"《己未词科录》卷二《一等》:"钱中谐,字宫声,号庸亭。顺天昌平籍,江南吴县人。顺治戊戌进士,选湖广泸溪县知县。由庶吉士彭会淇荐举。改编修。著有《簏裯集》、《湘耘编》。"又引《苏州府志》:"钱中谐学问淹贯。为诸生时,请减苏松浮赋,条议三吴水利,皆切于国计民生。诗文敏捷,惜多散失。"

《清史稿》卷四百八十九:"庞垲,字霁公。任丘人。生有至性。……稍长,工为文。康熙十四年举人。试鸿博,授检讨。分修明史。明都御史某,诣附魏忠贤。其裔孙私馈金,乞阉党传讳其事勿书。力拒之。大考降补中书,洊擢户部郎中。出知建宁府。……未几告归。垲嗜吟咏,与同里边汝元以诗学相劘切。其所作醇雅,以自然为宗。有《丛碧山房集》。"又,《己未词科录》卷三:"庞垲,字霁公,号雪崖。"

《淮壖小记》卷三《张云子》:"先生名礽祎。……毛西河有《与淮之君子游杨氏淡园联句》诗:张礽祎云子、周山麟乔岳、刘汉中勃安、童衍蕃微、戴金龙质、黄世贵剡知、施有光尔宾、蔡尔趾子构。"案,《馆选爵里谥法考》无张礽祎。据该书所载,戊辰前淮人张姓授馆职者仅张鸿烈一人。《己未词科录》卷三:"张鸿烈,字毅文,号泾原,江南山阳人。廪监生。由兵马司指挥刘振基荐举,授检讨。以事降级。除国子监助教,迁大理寺副。以忧归。圣祖南巡,鸿烈献诗,复原职。"又,《西河文集》序二十四《送张毅文检讨归郁洲山序》:"予以入馆之七年,请假归里,未能乞官湖为栖息地也。同官张毅文以言事去职。"知《己未词科录》所谓"以忧归"者误,鸿烈实于丙寅以言事去职南返,亦与昉思诗所云"谪调归里"者合。或鸿烈一名礽祎,又号云子也。

《己未词科录》卷三:"毛升芳,字允大,号乳雪。浙江遂安人。康熙壬子拔贡生。由户部主事方元启荐举,授检讨。著有《古荻斋骈体》、《竹枝词》。"又引方象瑛《松窗笔乘》:"允大天才敏丽,词赋诗歌,滔滔不可穷止。"

〔一六〕《稗畦集·奉寄少宰李公》:"忆到龙门十四年,二毛依旧一青毡。鲤庭又见栽桃李,马帐虚陪听管弦。卧雪荒凉羁北地,望云辛苦向南天。平生自负羞低首,独冀山公万一怜。"昉思于甲寅与天馥订交,至本年凡十四年。诗题云"奉寄",当作于入京之前。

同书《上真定梁相公》:"微才那解学干时,空向长安寄一枝。声誉每教流俗忌,疏狂窃喜正人知。六卿半历清标著,三事初登沛泽垂。此日扫门多远客,自怜十载漫追随。"清标于本年二月甲寅为保和殿大学士,见《康熙东华录》卷四十一。诗有"三事初登"等语,当作于清标入相之初;盖本年抵京后所作,又案,李孚青于本年春暮尚有诗见怀,则昉思抵京当已在夏日。

〔一七〕《稗畦集·上合肥李尚书》有"卿贰优游已十春,一朝曳履上星辰"语,当作于天馥初任尚书时。据《康熙东华录》卷四十一,天馥于本年二月由吏部侍郎迁工部尚书;诗亦当为本年抵京后所作。

〔一八〕《稗畦集》有《送翁康贻表弟擢第南归》及《送陆冠周擢第南还》诗。嵩年、陆寅皆戊辰进士,见《清进士题名碑录》;二诗当为本年作。

〔一九〕王泽弘《鹤岭山人诗集》卷十戊辰《九日同昉思》:"燕台佳节感深秋,良友相将胜地游。断续河山三辅接,参差烟火九门稠。尽登高阜争前路,独对寒云忆旧丘。同在客中须烂醉,人生聚散总浮沤。"诗列于《九日过黑龙潭》后,知"胜地"即指黑龙潭。

《稗畦集·重游黑龙潭,同吴庐先生作》有"九日好携黄菊酒,十年重到黑龙潭"语,与泽弘诗当为同时作。

〔二〇〕袁启旭《中江纪年诗集》卷四戊辰《京邸留别十六绝句》之十二:"当年文酒盛燕台,座有洪生笑口开(洪昉思昇)。今日高梁重惜别,离筵还伴旧于戁。(朱悔人载震。忆辛酉十月,宋牧仲饯余京邸,二子同赋送行诗。今来长安,惟二子为昔日故人。)"案,启旭于本年夏来京,至秋南返。见同卷《赵北口四首》《燕市五首》及《竟归》诗。

〔二一〕《长生殿》卷首徐麟所撰序:"……尝作《舞霓裳》传奇,尽删太真秽事,余爱其深得风人之致。岁戊辰,先生重取而更定之。或用虚笔,或用反笔,或用侧笔、闲笔,错落出之，以写两人生死深情，各极其致，易名曰《长生殿》。"案，近人或以《长生殿》自序署康熙己未，且序中所述，偏于明皇、玉环之"情缘"，遂谓昉思改《舞霓裳》为《长生殿》始于己未。然徐麟既云"岁戊辰，先生重取而更定之"，则其不始己未明甚，自序当为《舞霓裳》旧序。又，《长生殿·例言》虽云"……因去李白，入李泌辅肃宗中兴，更名《舞霓裳》"，然顾名思义，《舞霓裳》自以明皇、玉环事为主，而不当以李泌事为主。则序中所述偏于情缘，亦为自然之理，固不得以此疑其非《舞霓裳》之旧序也。

《长生殿·例言》："余自惟文采不逮临川，而恪守韵调，罔敢稍有逾越。盖姑苏徐灵昭氏为今之周郎，尝论撰《九宫新谱》；余与之审音协律，无一字不慎也。"灵昭即徐麟，长洲人，见其为《长生殿》所撰序之署名。近人或云灵昭为灵胎之误。案，灵胎名大椿，生于康熙三十二年；昉思之卒，大椿仅十二岁，又安得"与之审音协律"？说殊未是。徐麟身世未详，《稗畦集》有《赠徐灵昭》及《秋夜静德寺同徐灵昭》诗。

《长生殿》吴作梅跋："昔陈子昂才名未高，于宣阳里中击碎胡琴，文章遂达宫禁。先生诗文妙天下，负才不遇，布衣终老。此剧之作，其亦碎琴之微意欤？世之人争演之，徒以法曲相赏，且将因填词而掩其诗文之名。孰知先生有龃龉于时宜者，姑托此以伴狂玩世，而自晦于玉箫檀板之间耶？"作梅为昉思门人，所说当有据。至毛奇龄《长生殿院本序》谓："原其初本不过自摅其性情，并未尝怨尤于人。"与此不侔。或毛奇龄惧重为昉思招祸，因为之讳也。参见附录《演长生殿之祸考》。

毛奇龄《长生殿院本序》："暨予出国门，相传应庄亲王世子之请，取唐人《长恨歌》事，作《长生殿》院本。"奇龄为昉思友人，所说似不至有误。然昉思从事此剧，实始于居杭之时。则所谓"应庄亲王世子之请"者，当是世子闻昉思有《舞霓裳》剧以写"钗盒情缘"，因请其改定而行之于世。至剧中所写兴亡之恨，当非出自世子意，或且为其始料所未及。

赵执信《饴山诗集》卷十六《怀旧集·怀旧诗》所附昉思小传云："……最后为《长生殿》传奇，甚有名，余实助成之。"似昉思撰《长生殿》，多借执信之助。案，曲与诗殊科，所谓"其间各有本色，假借不得"（黄宗羲《南雷杂著手稿·胡子藏院本序》）者也。执信虽有诗名，不闻能制曲，于昉思创作上未必能有大助；其述昉思事又多不雠（参见卷首、康熙十八年己未谱注十八及附录《演长生殿之祸考》），"余实助成之"云云，疑亦为自夸之词。焦循《剧说》卷四："秋谷年二十三，典试山西，回时骡车中惟携《元人百种曲》一部，日夕吟讽。至都门，值《长生殿》初成，因为点定数折。"执信典试山西在康熙二十三年，见《饴山诗集》卷一《并门集》吴雯序；"《长生殿》初成"则在二十七年，相去甚远。然则焦说亦颇杂影响附会之谈，未必可据。

〔二二〕查为仁《莲坡诗话》卷下："洪昉思……作《长生殿》传奇，尽删太真秽事，深得风人之旨。一时朱门绮席，酒社歌楼，非此曲不奏，缠头为之增价。"

〔二三〕《长生殿·例言》："曩作《闹高唐》、《孝节坊》诸剧，皆友人吴子舒凫为余评点。今《长生殿》行世,……"是《闹高唐》《孝节坊》之作,在《长生殿》之前。案,《小说考证》卷六引《见山楼丛录》:"《闹高唐》之本事,盖出于《水浒传》。自序云:观柴进则当思所以择交,观李逵则当思所以惩忿,观萧仁则当思所以报恩,观宋江等则当思所以反邪归正。观殷天锡而知势力之不足倚,观高廉而知妖术之不可恃,观高俅而知权奸之误人家国,观罗真人、公孙胜而知纷争扰攘之中未尝无遗世独立之人也。又谓:文官如柴进则不爱钱,武官如李逵则不惜死。故独为二人写照。其写皇城夫人之烈,柴大娘子之贞,公孙母之节,则以巾帼愧须眉,有《水浒》所未及者。关目亦不尽与《水浒》合,特借以抒写怀抱而已。"《孝节坊》本事无考。

〔二四〕金张《岕老编年诗钞》戊辰有《闻陈兴公讣》诗。

康熙二十八年己巳　一六八九　四十五岁

春,与王泽弘游张氏园,有诗〔一〕。

入京后,穷愁无计。以诗简高士奇,欲士奇为决去留〔二〕。又以诗上徐乾学,颂美甚至,其倾向"南党"愈益明显〔三〕。

陈訏以诗见寄〔四〕。

有以昉思荐于康熙帝者,不果用〔五〕。

八月,招伶人于宅中演《长生殿》,都下名士多醵分往观;值孝懿皇后佟氏于上月病逝,犹未除服。其剧素为明珠之党所恶,昉思又与"南党"中人善,明珠党人遂欲借此兴狱,排除异己。给事中黄六鸿劾昉思等于"国恤"张乐为"大不敬"。会康熙帝亦恶此剧,乃系昉思于刑部狱。已而狱决,昉思革去国学生籍。与会者朱典、赵执信、翁世庸革职,查慎行、陈奕培亦革去国学生籍,李澄中、徐嘉炎则幸免焉〔六〕。

赵执信、查慎行先后离京。昉思仍留京师。而婴此变故,悲愤郁结,欲向佛学寻求解脱;冬与智朴约游盘山以"叩净因",不果〔七〕。

王泽弘以诗见寄,劝返杭郡〔八〕。

金张获知昉思及查慎行以《长生殿》事被谴,有诗见怀〔九〕。

丘象升卒。　　李符卒。

康熙帝于正月二次"南巡",三月还京。

郭琇于九月疏劾高士奇与左都御史王鸿绪植党营私,高士奇等俱着休致回籍。

十月,副都御史许三礼劾徐乾学与高士奇相为表里,招摇纳贿。徐乾学寻上疏乞归,从之。

〔一〕王泽弘《鹤岭山人诗集》卷十一己巳《和洪昉思游张氏园因忆故山作》："去年马上度春华，今岁春深未见花。遥想故园香断续，只留空谷影横斜。身思济世非怀禄，梦到还山岂为家？但得忘机随地乐，此生何处是天涯。"昉思原诗已佚。

〔二〕《稗畦集·简高澹人少詹》："簪笔朝朝侍凤楼，一时异数有谁俦？出山宰相陶弘景，经世神仙李邺侯。盛代好文贫未遇，良朋念故礼偏优。青阳白发愁无计，欲向王维定去留。"据《清史列传》卷十《高士奇传》，士奇于康熙二十六年始任少詹事。至本年九月，着休致回籍。诗当作于上年昉思入京之后。又，诗有"青阳"语，昉思上年春尚未抵京，此盖本年所作。

〔三〕《稗畦集·上徐健庵先生》："二十余年朝宁上，九州谁不仰龙门？三千宾客皆推食，八百孤寒尽感恩。落落松筠霜后劲，阴阴桃李雨中繁。不才悔未依元礼，尘土青衫浥泪痕。"案，《国朝词垣考镜》卷三《馆选爵里谥法考》：康熙九年庶吉士："徐乾学，号健菴。"字亦作"健庵"（如《中江纪年诗集》卷二《放歌赠徐健庵赞善》诗即作"庵"字）。乾学于康熙九年入仕，至本年冬告假。诗云"二十余年朝宁上"，计算微误。然此若作于丙寅出都之前，与"二十余年"云云相距甚远，不至误计。诗当本年作，盖误计一年也。又案，演《长生殿》之祸，与乾学、士奇与明珠之党争有关。昉思虽与明珠党之余国柱亦有友谊关系，然不若与乾学党高士奇之密，所谓"良朋念故礼偏优"（《简高澹人少詹》）者也。至其政治态度实倾向于乾学党。若钱钰之劾穆尔赛，固为乾学党对明珠党之掊击；乔莱之论治河，虽驳斥靳辅之议，而其时固视辅为与明珠党相结者也。昉思则于钰及莱皆颂美甚至。及本年作《上徐健庵先生》诗，其倾向乾学党遂愈益明显。今述乾学生平于后。

《清史稿》卷二百七十七："徐乾学，字原一。江南昆山人。幼慧，八岁能文。康熙九年一甲三名进士，授编修。……迁左赞善，……充明史总裁官。……擢内阁学士，充大清会典、一统志副总裁。教习庶吉士。……二十六年迁左都御史，擢刑部尚书。二十七年典会试。初，明珠当国，势张甚。其党布中外，乾学不能立异同。至是明珠渐失帝眷，而乾学骤拜左都御史，即劾罢江西巡抚安世鼎，讽诸御史风闻言事，台谏多所弹劾，不避权贵，明珠竟罢相；众皆谓乾学主之。时有南北党之目，互相抨击。尚书科尔坤、佛伦，明珠党也，乾学遇会议会推，辄与龃龉。……"又云：湖广巡抚张汧亦明珠私人，御史陈紫芝劾汧贪黩，下法司严议。并诘汧行贿何人，汧指乾学。乾学寻乞罢，诏许以原官解任，仍领修书总裁事。二十八年，副都御史许三礼劾乾学潜住长安，乘修史为名，出入禁廷，与高士奇相为表里，物议沸腾，招摇纳贿。是年冬，乾学复上疏乞归，乃许给假回籍。"……未几，两江总督傅腊塔疏劾乾学嘱托苏州府贡监等请建生祠，复纵其子侄交结巡抚洪之杰，倚势竞利，……上置勿问。……三十年，山东巡抚佛伦劾潍县知县朱敦厚加收火耗，论死，并及乾学尝致书前任巡抚钱珏庇敦厚，乾学与珏俱坐是夺职。自是龃龉者不已。嘉定知县闻在上为县民评告私派，逮狱，阅二年未定谳。按察使高承爵穷诘在上，自承尝馈乾学子树敏金，事发后追还。因坐树敏罪，论绞。会诏戒内外各官私怨报复，树敏得赎罪。……"案，傅腊塔、佛伦之劾乾学，虽皆有事实根据，然从中亦可见南北党之相互倾轧。又案，钱珏即钱钰，清代官书中，于钱钰之"钰"字亦有写作"珏"者。

〔四〕陈讦《时用集》己巳《寄洪昉思都门四首》："我忆长安客，飘零寄此身。卖文供贳酒，旅食转依人。八口家仍累，双亲老是真。多年遥负米，辛苦踏京尘。""掉臂离桑梓，其如俯仰难。逢时多屈曲，避患且盘桓。士贱文为活，亲遥梦不欢。有家尤念切，弹铗甚冯驩。""佣笔为生拙，天涯口漫馎。有家归不敢，负罪了如无。行役何妨远，伤心独向隅。亲恩终浩荡，但返莫踟蹰。""大杖愁鸡肋，飘然跳此身。走非忘岁月，归竟屡逡巡。饮泣天涯泪，辞荣世外人。知君还不远，倚望慰天亲。"

〔五〕乾隆《武康县志》卷八《艺文》收昉思《封公洞》《下渚湖》《舞阳侯祠》三诗，署"国朝荐举洪昇昉思"。《长生殿》卷首周鼎题辞有"征君才调胜怜玄，为有清愁托《感甄》"语。李孚青《野香亭集》庚午《招洪稗村》："金马门前奉朝请，慈仁寺外望归云。"知昉思尝被荐于康熙帝；然亦仅得"奉朝请"于"金马门前"而已，盖终未授职也。案，己未鸿博之征，昉思"未膺荐举"，见陆次云《皇清诗选》卷五昉思《黄大司农御前作字歌》评语。《清史稿·高士奇传》谓士奇"以监生就顺天乡试，充书写序班，以明珠荐，入内廷供奉。授詹事府录事"，昉思之"金马门前奉朝请"，当亦为大臣所荐，其性质或与此略似。孚青诗作于庚午正月（参见明年谱），则昉思之被荐要不得迟于本年。

〔六〕演剧致祸之经过及朱典诸人获谴事见附录《演〈长生殿〉之祸考》。皇后佟氏于七月甲辰病逝，见《康熙东华录》。

《馆选爵里谥法考》："朱典，字天叙，号即山。江南吴县人。授检讨。官至侍读学士。"

《国朝杭郡诗辑》卷八："查慎行，初名嗣琏，字夏重；后更今名，字悔余。晚号初白老人。海宁人。康熙癸未进士，官编修。有《敬业堂集》五十卷。初白先生世居海昌袁化镇。五岁能诗，十岁作《武侯论》，同邑范文白骧称为旷世才。既长，游于黄宗羲之门，所学益进。领京兆荐。越九年方赴礼部试。值诏选耆儒，以宰臣李光地荐，入直南斋，年已将六十矣。……归里后，以弟嗣庭获罪，将连坐。世宗素稔先生端谨，乃独见原，放还田里。未几卒，年七十八。所著有《周易玩辞集解》十卷，《苏诗补注》五十卷，……"

同书卷一："翁世庸，字用公，号东山。钱唐人。顺治戊戌进士。历官贵州思南知府。有《东山草堂集》。东山令思恩七年，擢陇州牧。会王辅臣叛，上血书乞援。兵未至，城陷。被执不屈。王师将至，贼遂解散。东山走将军营，合兵进讨。以复陇功，擢思南府。丁艰归里。服阕，补台湾，未到官，卒。"案，世庸即介眉父，见姜宸英《皇清故桂林知府翁君合葬墓志铭》。

《鹤征录》卷二："李澄中，字渭清，号雷田。山东诸城人。康熙壬子拔贡生。由监察御史鞫珣等荐举，授检讨。官至侍读。著有《滇程日纪》、《艮斋文选》、《卧象山诗》、《滇南》《渔邨》等集。遇孙按,渔邨工诗文,远近学者多宗之。……毛西河《卧象山人集序》云:……其为人慷慨,厌世苟薄,以庞达自居。与人交,不沽激,恋恋多布衣欢,其视得一官如赘疣之附于身,而独以文章与山水为终生簿领。"

赵执信《怀旧诗》所附洪昇小传:"……非时唱演,观者如云。而言者独劾余。余至考功,一身任之,褫还田里,坐客皆得免。昉思亦被逐归。"案,核以朱典诸人之革职,所谓"一身任之"、"坐客皆得免",亦执信所以自夸之词,与事实不符。至其所谓"昉思亦被逐归",则与其自云"褫还田里"者同义,"被逐"指被国子监所斥逐,"归"则指被斥逐后自动返乡;非谓当时于彼等有驱逐出京、递解回籍之处分也。

〔七〕查慎行《敬业堂诗集》卷十一《竿木集》(原注:起己巳十月,尽庚午二月。)起首即为《送赵秋谷宫坊罢归益都四首》,题下原注:"时秋谷与余同被吏议。"知执信于本年十月离京。《敬业堂诗集》同卷《题壁集》(原注:起庚午二月,终六月。)小序曰:"玉峰大司寇徐公予告南归,奉旨仍领书局,出都日邀姜西溟及余偕行,两人日有唱和,旗亭埭馆,污壁书墙,率多口占之作,本不足存,存之所以记行迹也。"起首为《早出彰仪门,魏禹平、谈震方、沈客子追送于十里之外,马上留别,二首》,知慎行于庚午二月出彰仪门而南行。昉思于明年春往游盘山,作《将游盘山寄拙庵大师》诗:"残腊与师期,高松看雪敧。杜鹃花欲尽,真悔入山迟。"见《盘山志》卷九。足征昉思本年冬及明年春皆在北地,未尝还乡,故于残腊之时,与智朴订盘山看雪之约,事虽未果,而春日终往一游。昉思本挈家寓京师,其时既无递解回籍之事,而得以居留北地,则仍寓京可知。又,昉思于明年春在盘山所作《山中寄朱若始》云:"余生渐悔浮华误,近向莲宫叩净因。"知其所以欲往盘山晤智朴,实将于佛学中求解脱。昉思此一阶段之精神状态,详见明年谱。

〔八〕王泽弘《鹤岭山人诗集》卷十一己巳《寄洪昉思》:"贝锦谁为织?钳罗忽见侵。考功原有法,给谏本无心。一夕闻歌浅,诸贤获累深。当筵人散尽,谁是最知音?""故人无所嗜,竟夕苦吟诗。老气师天宝,希声学义熙。著书家难后,避地数穷时。莫厌山田薄,归耕正未迟。"

〔九〕金张《岭老编年诗钞》己巳《怀昉思夏重用进退格》:"饮酒休言罪累轻,从来国法有常刑。卷(字疑误)中词唱《长生殿》,意外株连苏舜钦。红烛虽豪邀走马,青毡差稳坐谭经。长安寄语争名者,学问无他求放心。"

康熙二十九年庚午　一六九○　四十六岁

正月,李孚青于杭州以诗见招[一]。

三月,以将游盘山,作诗寄智朴[二]。旋即启程,骑驴而行。三月五日抵山下,宿茅舍,有诗[三]。及入山,忆九年前与王泽弘同游事,有《再入盘山,忆与昊庐先生同游,口占寄之》诗[四]。

晤智朴于青沟禅院,作诗以述悲愤之情及欲求解脱之意[五]。又尝与智朴同游卫公庵,至天城寺,作《题天城寺》诗,智朴亦有《同洪昉思游卫公庵至天城寺作》[六]。二人并有《山行联句》[七]。

由僧德风陪同,遍历盘山诸胜,得诗甚多,时杂消极出世思想。德风亦有《同洪昉思遍历盘山之胜》诗[八]。

于山中作诗寄朱彝尊、朱溶,又采石花寄王泽弘。时彝尊谪官年久,与昉思同有沦落不偶之感,遂为脱略形迹之交[九]。

居盘山旬日而归,行前作《留别拙公》诗,别时智朴相送,有《拙公相送,临别口占》,又作《别盘山》诗[一〇]。

归后取曹学佺《名胜志》读之,作短文《驳名胜志》[一一]。

秋,吴雯以诗见贻,劝之归杭。又有《再示昉思》诗以寓慰藉之意[一二]。

恽格卒。　　陆寅卒[一三]。　　徐善卒[一四]。

六月,江南江西总督傅腊塔奏参大学士徐元文及其兄徐乾学,纵放子弟家人等纳贿害民。徐元文着休致回籍。

〔一〕李孚青《野香亭集》庚午《招洪稗村》:"金马门前奉朝请,慈仁寺外望归云。游时信带蔡碑命,贫日常挥诔墓文。东阁貂蝉谁好客? 西湖猿鹤苦思君。莫询白社诸朋旧,已似江流九派分。"其下一首为《元夕》,知当作于初春。味其词意,时孚青似在杭州。

〔二〕《盘山志》卷九洪昇《将游盘山寄拙庵大师》二首:"残腊与师期,高松看雪歇。杜鹃花欲尽,真悔入山迟。""山色潞河东,朝朝忆远公。青沟望不见,只在白云中。"时当在暮春三月,故有"杜鹃花欲尽"之语。案,昉思于康熙二十年春虽尝与王泽弘同游盘山,然游山时正当仲春,泽弘《同洪昉思游盘山三十韵》中"是时仲春交,风日况善诱"语可证(参见该年谱注四),与此诗所写"杜鹃花欲尽"时始将往游者不合,此二诗绝非康熙二十年作。考《盘山志》卷一洪昇《驳名胜志》:"庚午春,余游盘山。"诗当即作于本年春。

〔三〕《盘山志补遗》卷二洪昇《三月五日宿山下茅舍作》:"积岁堕尘网,灵襟坐迷惑。久思访名僧,人事苦羁勒。东风渐暄和,高兴遏不得。骑驴穿柳堤,新雨沙似拭。依微白云中,忽见青山色。入望犹遥遥,倏然豁胸臆。今宵孤岭下,茅屋聊偃息。明发候晨霞,攀萝事登陟。"诗题云"三月五日",与《将游盘山寄拙庵大师》中"杜鹃花欲尽"者合,当即此行所作。

〔四〕《盘山志》卷九洪昇《再入盘山,忆与昊庐先生同游,口占寄之》:"重寻白云来,独入青山去。青山笑问余,故人在何处?"

〔五〕《盘山志》卷四《青沟禅院》条引昉思诗两首,不载诗题。其一云:"两山忽断处,开士结精庐。门对青沟狭,池涵紫盖虚。云岚远近灭,松石互盘纡。侧首寻幽洞,荒榛虎旧居。"其二云:"苦为尘情累,蹉跎逾半生。譬如蛛作网,吐丝自缠萦。家食不自给,误入长安城。俛俛从时趋,面热中愤盈。学殖渐以隳,神智昏如醒。世俗憎兀傲,遂为祸所婴。吾师契真智,心源湛虚明。卓锡猛虎避,咒水神龙行。冀垂慈悲念,鉴兹归依诚。眼瞙藉金镴,回光豁我盲。"案,青沟禅院为智朴所建以"卓锡"者,诗中"吾师"即指智朴。据"遂为祸所婴"等语,当在演《长生殿》之祸以后,盖即本年游盘山所作。第二首尤可见昉思遭祸后之悲愤郁结及欲向佛教寻求解脱之心情。

〔六〕智朴《盘谷集·同洪昉思游卫公庵至天城寺作》:"幽谷扃禅房,跏趺忘岁月。门径恒萧条,春深草乱发。胜游久不萌,高兴今勃勃。出门失后先,踩践松针滑。过山复过山,险隘遭颠蹶。下上历招提,丹臒耀林樾。老僧注意殷,留客饭薇蕨。日午向天城,逢阴树底歇。快哉到寺门,胸臆自超越。"案,诗有"春深草乱发"语,当为暮春;盖即作于本年昉思游盘山时。卫公庵及天城寺皆在盘山,见《盘山志》;智朴此诗,亦见于《盘山志补遗》卷三。

《盘山志补遗》卷二洪昇《题天城寺》:"云抱塔形孤,天垂壁面削。两山当寺门,一水泻厓脚。"当即作于与智林同游天城寺时。

〔七〕《盘山志补遗》卷二洪昇《同拙公山行联句》:"青松乱插连云石,石面苔痕虎行迹。(拙庵)策杖来从飞鸟边,下视空蒙远烟碧。(昉思)"昉思于康熙二十年游盘山时,与王泽弘偕,不当仅昉思及拙庵二人联句而泽弘不与。此诗亦当为本年作。

〔八〕《盘山志》卷十德风《同洪昉思遍历盘山之胜》:"先生自悔入山迟,正是春光向暮时。策杖寻芳红烂熳,扪萝踏翠绿参差。厓边云气晴偏好,树里钟声晚更宜。此日相携同眺望,幽怀犹约后来期。"德风亦盘山僧。《盘山志》卷首:"德风,(字)石林,蓟州人。"案,此诗首句"先生自悔入山迟",承昉思《将游盘山寄拙庵大师》中"真悔入山迟"句而言,当即作于本年昉思游盘山时。昉思此行既与德风遍历盘山之胜,则其于盘山诸胜之题咏,要皆作于本年。至康熙二十年之游,系随王泽弘送皇后灵柩途中,便道至山;时泽弘迫于王事,必不容遍游诸胜。今录《盘山志》中昉思有关诸作于后,以见其当时思想状态。

《盘山志》卷一洪昇《眼甲石》:"唐宗黩武事辽阳,振旅东归到朔方。休说三军都眼甲,也知白骨半沙场。"

同书卷一洪昇《青杨峪》:"山行三四里,径转几百曲。偶采黄精苗,遂至青杨峪。杏林环寺门,麦田绕山足。松石静无人,风来自相触。境幽澹忘归,年衰渐寡欲。日与缁锡游,超然泯荣辱。"

同书卷一洪昇《松树峪》:"盘山石结成,松峪独有土。此中即沃壤,开田作场圃。黄犊晓耕云,绿蓑春带雨。遥听布谷鸣,杏花满村坞。"

同书卷一洪昇《盘泉》:"山行十余里,忽闻泉活活。彻底漾金沙,跳波溅银沫。纤鳞碧可数,弱藻绿堪掇。卷衣濯且沿,洗心洞以豁。此水万古清,其根出云末。"

同书卷一洪昇《龙潭》:"两壁几丈余,临潭势如削。奔瀑垂若练,跳波泻成壑。水碧杳深沉,石青峭参错。净可毛发鉴,怪疑鬼神凿。空天倒影深,冷日潜光薄。神物昔此蟠,于今旱不涸。"

同书卷四洪昇《同石林上人宿净业庵》:"山寺疏钟歇,清宵寂不喧。渐看明月影,移过古松根。地僻知僧俭,天空见佛尊。石床趺坐久,挥尘两忘言。"案,此诗亦收入《稗畦续集》。

《盘山志补遗》卷二洪昇《净业庵后夕望》:"春山处处佳,烟岚晚逾妙。白云静不行,青松立残照。涧水泻千回,严风号万窍。精舍倚峰颠,逌然发长啸。"

《盘山志》卷九洪昇《由青沟越山至云罩寺,登舍利塔眺望》:"策杖凌西岩,扪葛逾北岭。厓断径转危,林深路逾永。微窥白日光,乱踏青松影。巍峨启佛宇,阒寂隔人境。千寻舍利塔,独踞最高顶。铎响天风翻,云深石气冷。指点古长城,连山作门屏。幽蓟与青齐,微茫辨烟景。绝磴倦跻攀,禅房息俄顷。梦觉闻疏钟,翛然道心静。"

同书卷九洪昇《山中夜坐和王右丞韵》:"松风千万树,松月二三更。惟对一僧坐,讵闻群鸟鸣?形神都已敝,身世竟无成。不学空门法,真为负此生。"此诗亦收入《稗畦续集》,文字颇有异同,首二句改为"松风秋万树,松月夜三更"。考《盘山志》所收诗文,皆为关涉盘山者,诗题虽仅言"山中",必指盘山无疑;然昉思两度游盘山,皆非秋日,"松风秋万树"之句倘非后人刊刻时妄改(《稗畦续集》刊于昉思身后),则当谓万树松风仿佛如秋也。

同书卷九洪昇《山中杂题》三首:"踏遍红尘十载,赢来白发千茎。决计深山独往,喧嚣怕杀浮名。""八石余多怪石,五峰外有奇峰。始信古今高士,超然不列儒宗。""泉声三里五里,松影千层万层。红杏山山迎客,白云寺寺寻僧。"

《盘山志补遗》卷二洪昇《舞剑台歌》:"卫公东征返幽蓟,头白依然气精锐。酒酣拔剑舞高台,左盘右旋出奇势。青萍光射战袍赤,白日黄砂暗荒碛。掣电流虹若有神,百道金蛇散空碧。至今片石盘山头,长城坐扼如防秋。千岁苍松三两树,天风怒起声飕飕。凌烟图画销沉矣,建刹饭僧传故址。似是功名末路心,英雄末路多归此。"

《盘山志补遗》卷二洪昇《青峰庵》:"几日杏花春色尽,半山松影夕阳颓。难忘慧远留题处,重到青峰寺里来。"

其中如《同石林上人宿净业庵》《由青沟越山至云罩寺,登舍利塔眺望》《山中夜坐和王右丞韵》《山中杂题》等,皆可见其出世思想。

〔九〕《盘山志》卷一洪昇《登挂月峰寄朱竹垞检讨》:"五峰各各竞秀,挂月一峰独尊。仰视浮图天近,俯窥下界尘翻。蓟辽故国东镇,山海中原北门。恨不携君共眺,临风长啸云根。"案,"恨不携君共眺",著一"携"字,非用于长者之语,二人时当为脱略形迹之交。考彝尊年辈长于昉思,当时声望亦远出其上。康熙二十年昉思游盘山时,彝尊以布衣骤为翰林,入史馆,不仅为监修、总裁所引重,且见知于康熙帝,意得甚;其所撰《严绳孙墓志》云:"诏下,五十人(指康熙十八年博学鸿儒科所取中之五十人)齐入翰苑。布衣与选者四人,除检讨,富平李君因笃、吴江潘君耒,其二,予及君也。君文未盈卷,特为天子所简,尤异数云。未几,李君疏请归田养母,得旨去。三布衣者,骑驴入史局,卯入申出,监修总裁交引相助。越二年,上命添设日讲官知起居注八员,则三布衣悉与焉。是秋,予奉命典江南乡试,君亦主考山西。比还,岁更始,正月几望,天子以逆藩悉定,置酒乾清宫,饮宴近臣,赐坐殿上。乐作,群臣依次奉觞上寿。依汉元封柏梁台故事,上亲赋升平嘉宴诗,首倡'丽日和风被万方'之句,君与潘君同九十人继和,御制序文勒诸石。二月,潘君分校礼闱卷,三布衣先后均有得士之目。而馆阁应奉文字,院长不轻假人,恒属三布衣起草。"(见《曝书亭集》卷二十九)此康熙十八年至二十一年情状也。事后追述,其志得意满之态,犹见于言外;当时可想。昉思于得志之人,纵友谊颇深,甚或年事少于己者,亦皆不作此等脱略形迹语,其与高士奇、王泽弘、李孚青酬赠诸作皆可证;此盖当时位卑者不得不然。诗若作于康熙二十年,绝不至用"携君共眺"之语。复考彝尊以携带仆人入内廷钞经进书,于康熙二十三年为人劾奏,降级逐出内廷,至二十九年复官。彝尊于此期间,意颇抑郁,《稗畦集·赠朱竹垞检讨》云:"京华谪宦比何如?为忆当年直禁庐。《湛露》诗成曾赐和,凌云台就独教书。朝华世事谁长在,秋叶君恩未尽疏。消渴文园莫惆怅,有人山泽尚樵渔。"当作于彝尊降级以后、复官之前,故云"京华谪宦"。而诗中首询近状,似已久不问闻者,故必又作于康熙二十七年昉思入京之后;盖康熙二十三年彝尊降级至二十五年春昉思离京之二年间,两人皆居京师,非间隔遥远、不得相闻者,不当出以此等语气也。全诗词意亲切,末一句自指,以己之沦落不偶与彝尊之谪宦并举,用相慰勉,即当时顾贞观寄吴兆骞之名作《金缕曲》中"更不如,今还有"之意,诚《庄子》所谓涸泉之鱼,相呴以湿,相濡以沫者。昉思本年游盘山时,彝尊尚未复官,"穷交同调益情亲"(借用《稗畦集·遇椒峰中翰感赠》中语),故有此脱略形迹之句也。

《盘山志》卷九洪昇《山中寄朱若始》:"壮岁飘然辞绂冕,衰年勉尔傍风尘。鹿门居士安禅久,栗里先生乞食贫。江上雁稀书隔岁,山中花发病经春。余生渐悔浮华误,近向莲宫叩净因。"案,昉思于康熙二十年游盘山时,尚未与朱溶相识,诗必本年在盘山作。

同书卷五洪昇《采石花寄王昊庐先生》:"千年石上花,日月积光气。寄与玉堂人,山中有此味。"康熙二十年,昉思与泽弘同游盘山,采得石花,自必面交,不当寄赠;此诗亦本年游盘山所作。

〔一〇〕《盘山志补遗》卷二洪昇《留别拙公》:"我避尘嚣到幽境,一住浑忘旬日永。春风三月山不寒,饱看青松与红杏。半生词赋何所求?结社思陪慧远游。清泉白石信可恋,妻儿待米难淹留。劳生汩汩终何极?一梦百年如瞬刻。明日风尘下界行,回头只见青山色。"案,昉思前此之游在康熙二十年二月,此云"春风三月山不寒",当为本年作。

《盘山志》卷九洪昇《拙公相送,临别口占》:"老僧立松根,游子下岩际。挥手复回头,白云路迢递。"

同卷洪昇《别盘山》:"步步出烟霞,依依望林樾。纵抛石上泉,难负松间月。"二诗皆表现其恋恋不忍离去,与《留别拙公》诗之感情相同,当皆为本年离山时所作。

〔一一〕《盘山志》卷一洪昇《驳名胜志》:"庚午春,余游盘山,归,取曹能始《名胜志》读之,云:'上盘顶有巨石,以指摇之辄动。'今摇动石在千像寺后,与上盘无涉。又云:'上有二龙潭。'偕僧石林由松树峪入,盘折乱山几十余里,先得小龙潭一;复行,见巨石两傍,潭行若辅,为旧龙潭。又深入数里,历鹰岭、夸峰诸胜,抵山后将尽处,有三潭,蝉联不远,中一潭最深黑,云龙潜处,其去上盘几二十里。又云:'山南有砂岭,高二百余仞,陡绝难行。'今砂岭为入山孔道,亦不甚高。按,能始有《盘山》诗,似曾亲游历者,何以多谬若此?"案,曹能始名学佺,明侯官人,曾官按察使。又案,《盘山志补遗》卷四智朴《杂缀》:"砂岭,曹能始《名胜志》谓高二百余仞,洪昇昉思非之。按,砂岭自昔称险峭,万历中僧明澄募资鸠工,去其硗确,凿为坦途。昉思未见昔日之险峭,能始抑焉知今日之坦途耶?"

〔一二〕吴雯《莲洋诗钞》卷二《贻洪昉思》:"洪子读书处,静依秋树根。车马何曾到幽巷?肮脏亦不登朱门。坐对孺人理典册,题诗羞道哀王孙。长安薪米等珠桂,有时烟火寒朝昏。拔钗沽酒相慰劳,肥羊谁肯遗鸥蹲?呜呼贤豪有困厄,牛衣肿目垂涕痕。吾子摧颓好耐事,慎莫五内波涛翻。屈伸飞伏等闲在,总乎吾道无亨屯。前有万年后万古,刹那何用争莺鲲?君家西子湖,鸂鶒交文鸳。湖上诸山太苍翠,欻从海外飞昆仑。棹船载酒便亦足,天浆手挹神腾掀。少伯百计乃得此,胡为懊恼嗔山荪?红裈锦髻过萧寺,虎靴桃杖投烟村。颓然醉卧藉芳草,忽忽明月升金盆。"此诗前半言昉思寓京之贫困窘迫,后半则盛称杭州湖山之美及居杭之适,盖亦讽昉思归里隐居之作,因以范蠡(少伯)之隐退为喻。诗有"胡为懊恼嗔山荪"语,知昉思纵归,亦出于不得已,归必懊恼嗔怒,故雯先为之排解。是其时昉思实处于不欲归而又不得不归之境地;否则,昉思既不欲归,雯胡为必劝之归乎?考昉思明年还里,又,李天馥《容斋千首诗·送洪昉思归里》有"无端忽思谱艳异,远过百首唐宫词。斯编那可衮里巷,慎毋浪传君传之。揶揄顿遭白眼斥,狼狈仍走西湖湄"等语(参见康熙三十年、三十三年谱),知昉思遭《长生殿》之祸后,在京师备受白眼揶揄,不得不狼狈归里。故雯诗当即作于此际。——时既"揶揄顿遭白眼斥",已无从在京师度其"旅食"生活,故雯劝之归杭;然此系被迫而归,归后之懊恼嗔怒可以想见,故雯又于诗中预为之排解。又,诗有"静依秋树根"语,知作于秋日。《莲洋诗钞》卷四《放歌寄赵秋谷太史。秋谷罢官,余在山海,未能走送,特寄此奉慰,兼寓勉望云尔》:"……三日得君音,使我情咨嗟。知尔纵饮罢官去,归途雨雪车哑哑。京国急来问亲旧,忧尔负气神参差,……"是雯得执信罢官之讯后,立即来京,然执信已行,"未能走送";执信离京在上年十月,参见该年谱注七,故雯来京师必在上年十月之后,此诗自非上年秋所作。至明年秋,昉思决计携家返里,已不必雯作诗讽劝矣。此诗当作于本年秋。复考《莲洋诗钞》卷十二有《庚午三月偕幔亭王十一丈、蒋京少、查德尹同侍阮翁(王士禛)于一亩居,以华星出云间为韵,即席命赋,五首》诗,士禛本年在京,见其自撰年谱,足征吴雯本年确在京师。

《莲洋诗钞》卷二《再示昉思》："世事从来少定形，须弥未可蓺飞萤。縠音有辨复无辨，鲲化南溟更北溟。欲杀何尝非李白，闻歌谁更识秦青？豕零鸡壅当时药，暴贵新传又茯苓。"意殊愤慨，又有"欲杀"云云，用杜甫《不见》诗中有关李白之句："世人皆欲杀，吾意独怜才。"甫作此诗时，白以从璘事败，几遭杀身之祸；则昉思其时之处境，必有与白相仿佛者。雯此诗当亦作于演《长生殿》之祸后，与《贻洪昉思》盖后先之作。

〔一三〕见康熙五年丙午谱注一。

〔一四〕《碑传集》卷一百四十五《徐处士善传》："卒年六十。"参见顺治二年乙酉谱注十一。

康熙三十年辛未　一六九一　四十七岁

自演《长生殿》而遭斥革后，虽友人屡劝归杭，然以"家难"未释，归后恐为父母所不容，因一再迁延；而在京中备受白眼揶揄，势已不可再居，遂决计返里。春，自京南归，而家属仍暂留京师〔一〕。

道经江阴，值曹禾于漫园置酒大会宾客，昉思亦与焉；陶孚尹以诗纪之。已，返抵杭州〔二〕。

夏，与顾豹文、王嗣槐往处州访刘廷玑；五月五日，廷玑招三人宴集，有诗〔三〕。

秋，赴京接眷属，作《北发有感》诗；时其在京之家属生计愈艰，有饥冻虞〔四〕。道中往访李孚青，别后，孚青以诗见怀〔五〕。

既抵京，旋即携家返里，王泽弘、李天馥皆以诗赠行〔六〕。

归里后，愈益潦倒〔七〕。与金埴游处甚密，为忘年交。示以《长生殿》稿本，醉辄共歌之。尝谓埴曰：所作咏燕诗中有一洪昉思在焉，呼之欲出〔八〕。

与戴熙、黄元嘉游〔九〕。又尝往访景星杓，称道星杓诗不置〔一〇〕。

冯溥卒。　梁清标卒。　陆元辅卒。　黄虞稷卒。　沙张白卒〔一一〕。

山东巡抚佛伦，于四月疏劾徐乾学及钱钰徇庇贪吏，乾学及钰皆革职。

十一月，康熙帝下谕严禁臣僚结党倾轧，报复不已，党争始渐告平息。

〔一〕王泽弘、李孚青、吴雯作诗劝昉思归杭，已见前谱。考陈祊《时用集》己巳《寄洪昉思都门四首》之三："佣笔为生拙，天涯口漫馎。有家归不敢，负罪子如无。行役何妨远，伤心独向隅。亲恩终浩荡，但返莫踟蹰。"知昉思自早年为父母所不容，至康熙二十八年仍处于"有家归不敢"之境地。则其于演《长生殿》而斥革后，迟迟不归，当亦以此故。又据李天馥《容斋千首诗·送洪昉思归里》诗，知昉思之终于归里，实因斥革后在京备遭揶揄白眼，不得不狼狈而归，见上年谱注十二。

王泽弘于本年秋冬间作《送洪昉思归武林》诗有"相聚难尽欢,后会岂能遂"之语(见注六),知昉思于本年归杭,且此行非通常之省亲,而系挈家南返,嗣后不再来京,否则必不至有"后会岂能遂"之叹。然昉思于本年端午已在处州(见注三);处州处于杭州之南,其赴处必在抵杭之后;是昉思自京赴杭至迟在本年春。又,昉思去秋尚不欲南归,故吴雯作《贻洪昉思》以讽,纵于此后即决计南返,然其上年居盘山旬日,即有"妻儿待米难淹留"之叹,家贫可想。南行往返,需时数月,而妻儿留京(说见后),行前必须为筹处数月资粮,非仓卒可办,故上年秋冬间似不甚可能南归。因系其返杭事于此。

至昉思家属,若于春间随同南行,则昉思于秋日已无再赴燕京之必要。纵或春间挈家南归后,以衣食艰难,不得不于秋间重赴京师以谋升斗;然其挈家南归时,王泽弘绝不至预见及此,而必谓为昉思既阖家南归,后会维艰。泽弘为昉思"结交十六年,情好如一日"之挚友,不当于彼时无一字赠别,而于秋冬间昉思南返时乃忽生"欸忽将远归,寸心若有失"之悲感,发"后会岂能遂"之慨叹,并以之制为感情深厚之歌诗(见注六)。由是言之,昉思春间南行时,其家属当仍留京师,泽弘知其迅即北上,故无赠别之作;至秋冬间则携眷同行,故泽弘视为长别而以后会难遂为虑。盖昉思既欲携家南归,自须于杭州先事安排;春间南行,当即基于此一目的。

〔二〕陶孚尹《欣然堂集》卷一《曹颂嘉漫园大会宾客,即席分赋,得七言四绝》:"窈窕园林面水涯,玳簪珊管竞豪奢。南皮宾客风流甚,扶醉看花帽影斜。""曜灵匿景更华灯,泥饮何嫌夜色侵。倒尽绿醽春畹晚,东风催解玉壶冰。""吴山越水快同群,刻烛挥豪共夜分。九畹三湘看不厌,又教佳婿抹微云(原注:颂嘉世以兰竹擅名,其尊人兰谷先生墨迹为当代珍重,是日出卷轴遍观。其玉润邓君俸夏亦工画兰,故并及之)。""西泠词客寄情长,天宝遗音金屑香。鸡肋浮名等闲事,人间赢得《舞霓裳》(原注:座客钱塘洪丈昉思,曾谱《长生殿》传奇,携入都门,醵金觞演于山左赵秋谷执信行寓,为巡城者发其事,秋谷落职,洪君亦褫国子生云)。"漫园在江阴,见康熙二十六年丁卯谱。诗有"春畹晚"语,时当为暮春。孚尹于康熙二十五年任桐城训导,亦见丁卯谱;而《欣然堂集》卷七《归去来赋》云:"自来皖桐,儒官闲冷,……五稔于兹。"则其返江阴作此诗至早在本年春。颂嘉即曹禾,卒于康熙三十八年,故此诗之作必又在康熙三十八年前。昉思于此数年间,除本年外,康熙三十三年甲戌、三十五年丙子皆尝出游,亦皆有经江阴之可能;然甲戌之游不在春日,丙子虽于春间出游,然经武进尚有春雪,经江阴必在经武进之前,亦与"春畹晚"者不合。故其于江阴参与漫园之会,当为本年春返杭途中事。孚尹云演《长生殿》在赵执信寓所,则不确,参见附录《演〈长生殿〉之祸考》。盖孚尹与昉思本非至友,仅于康熙二十五年前昉思经江阴时,于五峰社集中偶一晤及(参见康熙二十六年谱所引《五峰社刻序》),本年复晤于宴集中,于昉思经历本不甚了然也。

《清史列传》卷七十一:"曹禾,字颂嘉,江苏江阴人。康熙三年进士,官内阁中书。……十八年召试博学鸿儒,授翰林院编修。二十年充日讲起居注官,典试山东。浠升祭酒。工诗,在京师时与田雯、宋荦等相唱和,称诗中十子。……罢归后,集后进孔毓玑、汤大绂、耿人龙、徐恪之、高玉行辈为文会。家故贫,至典衣鬻产以给饮馔。……著有《峨嵋集》。"案,曹禾于康熙二十八年解祭酒任,见《国子监志》卷四十五。

〔三〕刘廷玑《葛庄分体诗钞》七言律上《五日顾且庵、王仲昭、洪昉思谦集》:"与尔临风放好怀,古人事往不须哀。田公子亦等闲耳,屈大夫今安在哉。红折山花瓶里供,翠分邻竹雨中栽。呼童引满菖蒲酒,输却投壶客一杯。"案,廷玑另有《葛庄诗钞》,编年。此诗亦见于《葛庄诗钞》卷十辛未年诗中,题为《五日谦集》。故知其作于本年。又案,《葛庄分体诗钞》七言律下有《余于乙丑年除天台郡丞,戊辰移守处州,丙子奉命观察九江,适温处观察缺员,承制抚二公以山海重地特疏题留,得俞旨,调补之任,途中作》诗,知廷玑本年为处州知府。又据《葛庄诗钞》辛未年诗,廷玑本年春尝以谳事至杭州,然《五日谦集》列于《由松阳至遂昌道中作》后、《衙斋偶成》前,《衙斋偶成》且有"五月山城尚夹衣"语,是五月五日必已由杭返抵处州矣。足征昉思等其时皆在处州访廷玑。

《八旗通志》:"刘廷玑,汉军镶红旗人,任处州府知府。……累升至江西按察使,缘事降淮扬道。生平博学,留心风雅,所著有《葛庄诗集》、《在园杂记(志)》行于世。"案,《葛庄诗钞》编刊在先,时廷玑为现任地方官,而昉思则负"罪"斥革之人,故于诗之涉及昉思者,皆删其姓名。《葛庄分体诗钞》则系晚年重编,昉思之斥革既事过境迁,《长生殿》又享盛名于世,故又一一补入昉思姓名。盖皆势利之见为之耳。《今世说》卷二《政事》:"顾且庵官侍御,弹劾不避权贵,然卒无妄言。"原注:"顾名豹文,字李蔚,浙江钱塘人,乙未进士。"

〔四〕《稗畦集·北发有感》:"非商非宦两无营,底事飘蓬又北征?妻冻儿饥相促迫,猿惊鹤怨负平生。羞从幕下裾还曳,浪说门前屣倒迎。聚铁六州难铸错,白头终夜哭纵横。"案,昉思于康熙二十五年所作《衢州杂感》中自谓"头将白",康熙二十七年所作《奉寄少宰李公》自称"二毛";此云"白头",当更在其后。考李孚青本年秋所作《楼居怀昉思》有"故人憔悴走章台,经营斗粟妻孥哀"之语,知昉思本年尝赴京师,为"妻孥""经营斗粟",与此诗之所述"北征"及"妻冻儿饥相促迫"者悉合。此诗当即本年北上时作,参以李孚青诗,其北上当在秋日,见下注。盖昉思既南归,留居京师之家属生计愈艰,有"妻冻儿饥"之虞,故昉思不得不急急北上,不仅接其南归,且为之解决生活问题。而欲达此目的,自又不得不多方干谒,曳裾幕下矣。又,此诗之"妻冻儿饥相促迫"与其上年《留别拙公》中之"妻儿待米难淹留"同,系其对妻儿情状之估计,非其时妻儿亦在杭州,昉思目击彼等之饥冻也。

〔五〕李孚青《野香亭集》辛未《楼居怀昉思》:"楼后古柳黄欲秃,楼前芭蕉失故绿。栖迟一月未出门,旦暮楼居如缚束。故人憔悴走章台,经营斗粟妻孥哀。桂花已过菊花老,尺素不同边雁来。读书徒尔夸充栋,依然不可救饥冻。旧交官职类东方,谁能为汝分余俸?"时孚青当在南方。味其诗意,似昉思于入京途中,尝往访孚青。既入京,无"尺素"之寄,因以诗怀之。又,据"桂花已过菊花老"语,似昉思往访孚青在桂花初开之时,则其赴京约在秋日。

〔六〕王泽弘《鹤岭山人诗集》卷十二辛未《送洪昉思归武林》:"结交十六载,情好如一日。欻忽将远归,寸心若有失。兹行为老亲,多难不遑恤。所愿事庭闱,奚暇问家室?赠君惟一言,色养无他术。儃遂膝下欢,终老甘蓬荜。""年少耽声华,赋诗忘寝寐。既溯汉魏源,兼晰四唐义。性直与时忤,才高招众忌。何期朋党怒,乃在伶人戏!昔为声名误,今为妻子累。亲老思遄归,家难焉敢避?晚抱知非叹,追悔多内愧。闭户日穷经,先探羲文秘。送君登归舟,未拜先洒泪。相聚难尽欢,后会岂能遂?愿子希古贤,立身庶勿坠。"词意隐约,似在"归武林"问题上昉思与其"家室"尚有矛盾。然昉思时既"揶揄顿遭白眼斥",实已不得不挈家出京。或其家室不欲居钱塘,而欲别居(若丁巳之居武康),昉思则仍执意挈家返里以侍老亲,故诗有"兹行为老亲,多难不遑恤。所愿事庭闱,岂暇问家室"等语。

李天馥《容斋千首诗·送洪昉思南还》:"未荐深惭蚤见知,汉廷空羡骑郎赀。谁言此辈宜高束,不信斯人独数奇。南国烽烟萱草梦,西陵雨雪竹枝词。逢迎应有游闲遇,忆尔寒江击楫时。"篇末附毛奇龄评语:"知己之言,令人感泣。"案,"未荐"云云,当指未荐昉思应博学鸿儒科而言。应作于己未之后。诗中词意颇为沉痛,似其南还非为通常之省觐。当为本年昉思挈家返里时所作。

〔七〕景星杓《拗堂诗集》卷五《哭洪昉思三首》序:"昉思洪君,高才不偶。且以谪仙之狂,几蹈夜郎之放。归益潦倒,醉而沉水;……"案,昉思于甲戌后,人咸礼遇之;脯修所入,不下数千金;其境遇较初返里时已有所好转。然性落拓,所得金辄随手散尽,故仍甚潦倒。参见康熙三十三年甲戌谱。

〔八〕金埴《不下带编杂缀兼诗话》:"埴两为淳赘于杭,与洪君昉思昇游踪最密,乃忘年交也。尝谓予曰:'……吾微名颇蚤,而凋谢或迟。中年构家难出奔,所至颠踬,有咏燕云:衔泥劳远出,觅食耐卑飞。绣幕终多患,华堂讵可依?自谓此中有一洪昉思在焉,呼之欲出。'……"案,埴为淳赘于杭,始于康熙二十二年,见其所著《鏊门吟带·继娶示新妇陆少君》及《前悼亡为元配叶少君作》。昉思于本年前虽尝返里,而居留时间不长,纵已与之相识,未必遽成深交,故其与埴"游踪最密",为"忘年交",要当为本年返杭后事。所引诗见于《稗畦续集》,题为《燕》。埴字苑荪,一字小郏,自署会稽鏊门,山阴人。诸生。父煜,尝为郯城知县。埴精音韵训诂之学,亦工诗,王士禛誉为后进之秀。尤好戏曲,与昉思及孔尚任皆有深谊。晚岁颠踬,卒年七十八。见榭国桢先生《明清笔记谈丛·不下带编》。

又《巾箱说》云:"忆洪昉思谱《长生殿》成,以本示予,与予每醉辄歌之。"案,《长生殿》成于北京,时埴在杭。昉思以本示之,亦当为本年返杭后事。

〔九〕昉思之卒,戴熙以诗吊之(见康熙四十三年甲申谱);《稗畦续集》亦有《月夜过戴斐男》诗。知二人交颇密。然《啸月楼集》无关涉戴熙之诗,是昉思早岁乡居时,似尚未与熙订交。其与熙相识,纵或在本年前省亲南归之时,然与熙游处较密,要当为逐归后家居时事。

《国朝杭郡诗辑》卷十:"戴熙,字斐男,号鹫峰。钱唐诸生。有《鹫峰遗稿》。……郑筠谷侍读为其高第弟子,视学皖江,以书延之。笑曰:吾老于青毡矣,毋污我。竟谢不往。"案,熙有《匣剑集》,今存。

《国朝杭郡诗续辑》卷四:"黄元嘉,字柔则,号再岑。钱唐人。有《再岑老人集》。再岑体瘠善病,寡言笑。日闭户读书。与同里洪昉思昇、沈硐芳名荪为吟交。徐紫山称其诗不染俗论,自成机杼。"案,元嘉之卒,杭世骏为撰墓志铭,见《道古堂文集》卷四十四;《杭郡诗续辑》即据杭文言之。杭世骏云:"……年五十又二,以康熙某年月日考终牖下,……今将以雍正某年月日,葬君阡,……"虽不明言卒年,然至雍正时始葬,疑其卒或在康熙末年;则当生于康熙十年或稍前;故其与昉思为吟交,亦当为昉思逐归后事。

〔一〇〕景星杓《拗堂诗集》卷五《哭洪昉思三首》序:"归益潦倒,醉而沉水;时以捉月比之。忆尝访余于东城,诵诗啜茗,意甚欢洽。自是踪迹复远。……洪君称道余诗不置。"知昉思于逐归后尝访星杓,其年无考,姑系于此。

《国朝杭郡诗辑》卷六:"景星杓,字亭北,号菊公。仁和人。有《拗堂诗集》。……菊公工诗,能洪饮,兼解音律,书法绝类黄山谷。……性介,粒粟寸缣不苟取也。"

〔一一〕《江上诗钞》卷六十六:"沙张白,……康熙三十年卒。"

康熙三十一年壬申　一六九二　四十八岁

春,作《西湖竹枝词》,刘廷玑和之〔一〕。

夏,与廷玑同至虎跑烹茶,有诗〔二〕。

次子之益生,妾邓氏所出〔三〕。

潘汝奇卒〔四〕。

〔一〕《西湖志》卷四十一洪昇《西湖竹枝词》:"西湖风日春芳菲,桃花夹路莺乱啼。他乡客到尚难别,不道狂夫翻不归。"案,刘廷玑《葛庄分体诗钞》七绝有《西湖竹枝和洪昉思韵》:"云散花飞寺寺空,枉教惆怅两高峰。小姑牵嫂频频问,何故烧香禁阿侬。""涌金门外未昏黄,对对弓鞋上岸忙。谁不爱游明月夜,恐惊花里睡鸳鸯。"《葛庄诗钞》题作《西湖竹枝词》,凡三首,较《葛庄分体诗钞》多出一首,其起句为"红楼如旧倚斜阳",押"阳"字韵。见该书卷十壬申诗。又,此诗在《葛庄诗钞》中列于《游白云山三首》后、《三月二日早起即事》前,《游白云山》有"无那今春春色早,杨花二月绕亭飞"语,故廷玑作《西湖竹枝和洪昉思韵》当在本年二月底或三月初,昉思原作当亦在本年春。疑其时廷玑以事至杭州,故得与昉思相唱和。又案,《西湖志》所收昉思《西湖竹枝词》之韵与廷玑和作之三首全不相同,昉思原作当为一组若干首,廷玑仅和其三首,此三首原作今已亡佚,而《西湖志》所收之一首则为廷玑所未和。

〔二〕《葛庄诗钞》卷十壬申《虎跑泉用东坡原韵》:"一路松花柏叶香,到来心便觉清凉。光阴共向忙中短,滋味谁知淡里长。摸石浪传神虎事,煮茶闲试老僧方。武林城市人如蚁,若问曾游半未尝。"《葛庄分体诗钞》题作《虎跑泉用东坡韵同洪昉思赋》。此诗在《葛庄诗钞》中列于《张南村避暑白云山却寄》后;"到来心便觉清凉"亦为暑日口吻。当作于本年夏。

〔三〕《稗畦续集·己卯冬日代嗣子之益营葬仲弟昌及弟妇孙,事竣述哀四首》之四:"汝逝十年后,此儿吾始生。"昌约卒于康熙二十一年,见该年谱;则之益约生本年。又,《稗畦续集》有《姬人邓生子之益数岁,作此嘲之》诗。

〔四〕《岕老编年诗钞》本年有《挽潘澹若表姊丈》诗。

康熙三十二年癸酉　一六九三　四十九岁

王锡及沈用济、伊洄、朱虞夏、毛宗亶、蔡守愚、汪熷、吴作梅、郑江、钱泉、王起东、吴梅先后来受业〔一〕。

子之震婚,门人王锡有贺诗〔二〕。

四月,访高士奇于当湖,倩其题填词图〔三〕。又有赠士奇诗,士奇和之〔四〕。

秋,赵执信以诗见寄。中有"哀音还为董庭兰"语,至视昉思为门下客〔五〕。王士禛有和作。冯廷櫆亦有《读秋谷寄洪昉思绝句却寄》诗〔六〕。

颜光敦奉命典浙江乡试,来访昉思父,因代父作诗以赠〔七〕。

朱彝迈卒。　钱澄之卒〔八〕。

〔一〕《稗畦续集》有《早春斋居,示门人沈用济、伊洄、王钖(当作锡)、朱虞夏、毛宗亶、蔡守愚、汪熷、吴作梅、郑钱江、钱泉、王起东、儿子之震》诗,又有《讯吴生鹤邻病》。此诸人之身世可考者,皆为杭人,或侨寓于杭。昉思于辛未前流寓北京,间一返里觐省而已。此诸人之来受业,大率为昉思返里后事;具体时日无考。王锡有《贺洪洤修新婚》诗,约作于本年;其从昉思学,或亦在本年前后;姑系于此。其余诸人亦一并附系焉。

《国朝杭郡诗辑》卷十:"王锡,字百朋。仁和诸生。有《啸竹堂集》。百朋为毛西河太史所赏,朱竹垞称其集句诗为天造地设,自然浑成。生平寡交游,沈归愚尚书选《别裁集》已有姓氏翳如之叹。"案,《啸竹堂集》中五律及七律部分皆为昉思所评,又有关涉昉思及之震之作数首(皆见后谱)。《稗畦续集》亦有《初冬饮王百朋斋中作》,知昉思与锡过从颇密。王锡之名则不见于他书。诗题"钖"当为"锡"字之误。

同书卷十:"沈用济,一名宏济,原名溁,字方舟。汉嘉子。钱唐监生。有《方舟集》、《春江诗钞》。方舟为闺秀柴季娴静仪之子,儿时即工吟咏。……其诗持格甚严,而饶有思致,风人正则也。贫老无子,依三韩人张参议廷枚,遗稿数千篇,皆托参议收弃,殁后遂不可问。……近有某中丞刊方舟诗于粤东,选择不精,佳者概从删汰,原稿转致散佚,可叹也。"

同书卷十:"毛宗亶,字山颂,号南屏。钱唐监生。有《凝霜阁诗》。山颂豪迈不羁,其于诗则风发泉涌,随物赋形,若成构在中,无枯心落髻之苦。"

《国朝杭郡诗续辑》卷七:"汪熷,字次颜。钱唐人。有《倚楼》、《病已》诸集。次颜与樊榭、董浦诸公游契,诗三册,皆其手钞。"又,厉鹗《樊榭山房文集》卷三《汪次颜遗诗序》:"次颜居在葵巷之东,门径幽邃,有藤垂绹,有竹合阴,弦琴读书其中,意澹如也。其为人抑然如不胜衣,呐然如不出诸口,且上下古今之识,蟠屈于胸中,不屑突梯闪榆以求合于时,时亦无知之者。少游稗畦洪先生之门,先生故以词曲擅名,次颜好为移宫刻羽之学,不爽分刌。有所作必上薄风雅,而间涉嘲谐隐语。"

《国朝杭郡诗辑》卷九:"郑江,字玑尺,号筠谷。钱唐人。康熙戊戌进士,榜姓钱。官翰林院侍读,有《筠谷诗钞》、《续钞》。筠谷少孤贫,里中有商人张静远者助其膏火,用力精邃,于诸经皆有发明。……又言陆王未可轻议,不料顾亭林亦蹈此习云云,此尤有卓绝之见。九岁能诗,稍长,学于稗畦洪氏,中凡数变,卒归醇雅。"疑江一名钱江,故榜名即以钱为姓。与昉思诗之"郑钱江"盖即一人。

同书卷九:"钱臬,字景舒,号锦山。钱唐人。康熙乙酉举人。"参见康熙四十年辛巳谱。

《严州府志》卷十九《文苑》:"王起东,字震舒。遂安人。性警敏嗜学,工诗古文词。授徒西泠,与诸名士唱和。毛鹤舫、方渭仁深器重之。以明经终。所著有《得邻草堂文集》。"

上海图书馆藏本《稗畦集》末署"弟云津誉公,门人吴梅鹤邻、朱虞夏成文同校"。知虞夏字成文,而昉思之《讯吴生鹤邻病》即为梅作也。云津疑即云来之弟。

伊泂、蔡守愚、吴作梅无考。《长生殿》有作梅跋文。

〔二〕王锡《啸竹堂集·贺洪洿修新婚》:"嘉耦栽蓝玉,良缘系赤绳。雁鸣当旭日,鱼陟泮春冰。绮户三星咏,香车一夕乘。月光鸾镜满,花气雀炉凝。未试攀龙手,先惊射雉能。画眉持彩笔,刺绣映书灯。琴瑟声方叶,熊罴梦有征。闭门成博议,问世定交称。"案,之震约于明年生子,其婚至迟当在本年。又,之震本年约十六岁,其婚似亦不至更早于此。

〔三〕高士奇《独旦集》卷四《题稗畦填词图》:"旗亭一曲赌新词,赢得名高王涣之。旧事疏狂遭薄谴,又来番谱写乌丝。""抛掷微名似羽轻,只将宫徵教双成。他时若许帘前听,为我迟回作慢声。"案,此与下一首《过北墅和稗畦韵》皆为本年四月之作,说见后。

稗畦填词图未见,不知尚在人间否?《清尊集》卷三有此图题词数首,孙同元《题洪昉思填词图》之二:"闭户闲裁绝妙词,搓酥滴粉几番思。画师大有摹神笔,想象含豪点拍时。"汪远孙《望湘人·题洪昉思填词图》："正沈吟抱膝,兀坐撚髭,传神阿堵如现。枣核纤豪,蕉纹小砚,谱出新词黄绢。旧事疏狂,闲身落拓,愁深愁浅。赖竹丝、陶写幽情,悄把红儿低唤。　　商略宫移羽换,听珠喉乍啭,翠樽檀板。怕秋雨梧桐,滴尽玉箫清怨。灵均一去,旗亭凄断。只剩湘流呜咽。怎知道、林月溪花,旧日诗才尤擅。(原注:'林月前后人,溪花冬夏开',稗畦句也;樊榭尝亟称之。)"于此图尚可略见仿佛。又,姚伊宪《题洪昉思填词图》之一:"小鬟低按玉参差,自写中郎绝妙词。肠断婵娟花月里,风流诸老为题诗。"知此图题咏颇多。据《清尊集》该卷注,以上三人之《题洪昉思填词图》皆道光丙戌作;是此图道光时犹存。

〔四〕《独旦集》卷四《过北墅和稗畦韵》:"草草流光春又夏,林间非是爱闲行。才看解箨添阴密,静听鸣鸠破午声。当食最难忘举案,论交总是贵班荆。孤怀经岁谁能识,手把诗篇更怆情。"附稗畦原诗:"匆匆花事都凋谢,重到名园步屦行。芳草白云迷旧迹,绿阴黄鸟变新声。单居义重追摩诘,除服诗哀过子荆。一月柏堂来几度,非关林外寄闲情。"案,士奇为钱唐籍,平湖人,见《国朝杭郡诗辑》卷三十一。壬申夏五月,士奇妻卒,置其柩于平湖北墅;参见《独旦集》卷一《悼亡诗》。又案,《独旦集》编年。卷四原注:"癸酉四月至六月。"此诗之下五首为《午日过奠柏堂》诗,其作必在午日之前数日;且诗有"草草流光春又夏"句,似为初夏;当作于四月。《题稗畦填词图》列于此诗之前,当亦为四月所作。

〔五〕赵执信《饴山诗集》卷五《还山集下·寄洪昉思》:"垂堂高坐本难安,身外鸿毛掷一官。独抱焦桐俯流水,哀音还为董庭兰。"《饴山诗集》编年,然不注明年份。此卷之第一首为《壬申元日》,其下五首为《伏日》;又下三首为《野兴》,中有"春雪轻埋草半青"语,至早为癸酉初春所作。又下八首即为《寄洪昉思》,而其前一首《寄唐豹严先辈村居》有"分取秋光上素衣"语,其下一首《自郡归多病,索居两月,未尝著笔,雪后将赴新城,遽成长句》有"病来诗思不胜秋,红叶黄花索寞休"之语,则此诗之作,至早在癸酉秋日。王士禛《蚕尾集》有和作,列于《悼亡诗十二首》之前,该诗为癸酉所作(诗题下原注:"哭陈孺人及女宫。"据王士禛自撰年谱,陈氏卒于癸酉)。故《寄洪昉思》亦必作于本年秋。又案,《饴山诗集》卷二《闲斋集·出宫词》即秋谷所以自况者,有云:"起作辞宫妆,低头泪如雨。所悲入宫早,不恨出宫迟。……旧家送我时,愿妾承天眷;归去姊妹行,含羞说金殿。"则"身外鸿毛掷一官"云云,亦徒为豪语,非实录也。诗又以房琯自居,而视昉思为庭兰。故杨恩寿《词余丛话》卷三引此诗而论之曰:"(秋谷)直以门下客视先生。文人相轻,亦可不必。"

〔六〕王士禛《蚕尾集》卷二《和赵伸符宫赞寄门人洪昉思绝句》:"七条丝里赏音难,自拭龙唇玉轸寒。君是开元房太尉,一生留得董庭兰!"于秋谷原诗显有微词。

冯廷櫆《冯舍人遗诗》卷四《京集古今体诗·读秋谷寄洪昉思绝句却寄三首》:"一林秋竹水潺湲,坐水弹琴看竹还。未是庭兰解相负,先生元爱陆浑山。""西音东舞苦相仍,一曲《玄云》得未曾。除却风林张伯雨,阿谁更识赵吴兴。""依古无人解爱才,空山寂寂柘丝哀。请君暂辍松风引,试唤花奴羯鼓来。"

〔七〕《稗畦集·赠颜学山太史代父作》有"何意使车求竹箭,恰邀列宿照枌榆"及"古道复能敦旧好,不遗耋迈问潜夫"等语。《曝书亭集》卷七十《提督浙江学政翰林院检讨颜君清德碑》:"翰林院检讨曲阜颜君光敩学山,为复圣颜子六十七世孙,中康熙二十七年进士,改庶吉士,除今官。三十二年秋典浙江乡试。还,天子命提督浙江学政。近例:学院以翰苑兼坊局衔者充之。君以史官特简,异数也。士三年大比,浙东西就试者至万余人。主司之不公,士且攒议竦踧,有裂榜纸而以瓦砾击其后者矣。君来,榜既放,虽见抑者无怨,及闻君再至,交以手加额。君亦杜绝干请,惟真才拔擢。"案,诗不称学使,当作于三十二年学山典乡试之时。余参见明年谱。

〔八〕据钱扆禄《先公田间府君年谱》。姜亮夫先生《历代人物年里碑传综表》作康熙三十三年卒,计算偶误。

康熙三十三年甲戌 一六九四 五十岁

颜光敩按临会城,之震往应试;因致函光敩,乞予照顾〔一〕。之震旋入泮,且得一子。有《得蔗孙示儿之震》诗。王锡亦有贺诗〔二〕。

五月十一日,表弟妇林以宁四十初度。以宁小其夫钱肇修三岁,而皆五月十一日生。昉思为作《后同生曲》〔三〕。

七月,康熙帝命徐乾学、高士奇等至京修书。高士奇应召入京,昉思有《送高宫詹入都》一百韵〔四〕。

秋冬间往合肥访李天馥。车辙所止,人咸礼遇之。及归,天馥以诗赠别〔五〕。

道遇陈玉璂,赠以诗〔六〕。过苏州,有诗题唐寅墓〔七〕。返里后,于孤山筑稗畦草堂以居;李孚青有诗见寄〔八〕。

女之则为《吴人三妇评牡丹亭》作跋〔九〕。

吴绮卒。　　乔莱卒。　　李良年卒。　　徐乾学卒。

〔一〕上海博物馆藏洪昇札:"老先生玉尺清裁,犹悬越峤。诸生弦诵,家奉金科。乃幸上澈彤扉,重褰绛帐。衡文妙选,一岁再膺。九重特达之知,两浙起衰之运。似此遭逢,良为希觏。侧闻按阅以来,交颂廉明,一如撤棘。会稽竹箭,尽列公门。兹莅会城,尤欣亲炙。弟仰体清严,分应息心竿牍。只因儿辈就试,近造台端。愧无家学之承,敢辱宗工之赏?倘得垂之拂拭,策彼驽骀,则小子有造,皆归陶铸。弟里居拙守,久效澹台,乃以犊爱犹存,遂忘其丑。非敢牵率俗情,冀沾河润也。统惟慈照,不既虔瞻。弟名另单。慎余。"此札不署名,原藏者题为"洪昇札"。核其字迹,与昉思寿冯溥诗同。旧题是也。考康熙时浙江学政之合于此札所述者，仅光敩一人。此札当即致光敩者。据札中"玉尺清裁，犹悬越峤"等语，知是时距光敩典试浙江之事未远。然光敩于典试毕返京复命，复受命出京，途中颇费时日，札又有"按阅以来，交颂廉明"及"会稽竹箭，尽列公门"之语，似已尝按阅绍兴；此札之作，当已在光敩典浙江乡试之明年。

〔二〕王锡《啸竹堂集·贺洪洤修入泮，兼弄璋之喜》："桑户锥频刺，兰闱梦有征。父书非浪读，祖武自堪绳。鹊叠欢声噪，花重喜气凝。虎文新炳炳，螽羽早薨薨。蓬矢四方志，藜光五夜灯。燕知投白玉，饼料食红绫。门客无题凤，池鱼定化鹏。芹香初采泮，椒实渐盈升。天上麟称石，人间鉴遇冰。文章与子姓，从此日云蒸。"昉思既以札致光敩，乞为"拂拭"，之震或即以本年入泮。锡诗约亦作于本年。

《稗畦续集·得蔗孙示儿之震》："忽听呱呱泣，今朝喜得孙。尔当知父道，吾转忆亲恩。门户宁期大，琴书可幸存。何年绾双髻，扶醉踏花村。"与锡诗当为同年所作。蔗孙疑即鹤书。

〔三〕《杭城坊巷志》引《郭西小志》："稗畦……二十初度，友人为赋《同生曲》，……稗畦表弟钱杏山与妇林亚清，亦中表结姻者也。钱长林三岁，俱五月十一日生。至康熙甲戌，稗畦夫妇五十，亚清亦四旬，稗畦为作《后同生曲》，艺林传为佳话。"

《国朝杭郡诗辑》卷三十："林以宁，字亚清。钱唐人。进士纶女，御史钱肇修室。有《墨庄诗钞》、《凤箫楼集》。亚清能诗，能画梅竹，且善为骈四俪六之文。自序言：少从母氏受书，取古贤女行事，谆谆提命，而尤注意经学。且愿为大儒，不愿为班左。自命卓卓，绝不似闺阁中语。从宦河阳，退食萧闲，焚香相对，鸾酬凤唱，传播艺林，以为佳话。所著尚有《墨庄文集》、《墨庄诗余》。"

〔四〕《随园诗话》卷一："钱塘洪昉思昇，……《送高江村宫詹入都》五排一百韵，沉郁顿挫，逼真少陵。"《文献征存录》卷十《洪昇传》："其送高宫詹入都一百韵尤警策，人竞传之。"案，《清史稿·徐乾学传》："三十三年，谕大学士举长于文章、学问卓超者，王熙、张玉书等荐乾学与王鸿绪、高士奇，命来京修书。"昉思诗当本年所作。

〔五〕李天馥《容斋千首诗·送洪昉思归里》："武陵（当作林）洪生文太奇，穷年著书人不知。久工长句徒自负，持出每为悠悠嗤。一朝携之游上国，寂寞无异居乡时。我得把读亟叫绝，以示新城相惊疑。此子竟作尔馨态，得未曾有开宝遗。立格动辄讲复古，无怪不合今时宜。杜门风雅恣扬扢，昔之市隐非吾谁？无端忽思谱艳异，远过百首唐宫词。斯编那可亵里巷？慎毋浪传君传之。揶揄顿遭白眼斥，狼狈仍走西湖湄。别后消息顿阻隔，兹欣展谒庐隈祠。意致落落殊不恶，我意独怜狂非痴。治具移吾床近客，数日款饫菘与葵。新句益复异常贯，求之古贤堪肩随。居无何忽决计去，荒山行李难为资。跨卫匆匆留不得，目送伫立悲路歧。"末附毛奇龄评语："昉思传奇，自堪不朽。一经元公品题，倍增声价。"案，李天馥于康熙三十二年癸酉六月丁忧回籍，至三十四年乙亥十一月命入阁办事；见《清史稿·大学士年表一》。据"兹欣展谒庐隈祠"等语，诗应作于天馥以忧返里之时；而天馥既有赠诗，当已在小祥之后。故其访天馥，至早在本年秋，至迟在明年冬。考李孚青本年《怀洪昉思》诗有"夫子竟辞荣，西湖卜筑成"之语，与辛未所作《楼居怀昉思》所云"故人憔悴走章台，经营斗粟妻孥哀"者迥异。当是昉思尝于本年出游，颇受礼遇；而昉思不欲久事客游，旋即归杭，故孚青谓其"辞荣"而归也。天馥、孚青父子本年皆在故里，孚青既能知昉思"夫子竟辞荣，西湖卜筑成"之"消息"，天馥不应不知；若天馥此诗作于孚青《怀洪昉思》后，则不当云"别后消息顿阻隔"。故天馥诗必在《怀洪昉思》之前，不容迟至明年。昉思访天馥，当亦为本年秋冬间事。又案，康熙《钱唐县志》卷二十二《文苑》："洪昇，……车辙至止，公卿大人咸虚席以待。……顾性落拓，脯修所入，不啻数千金，随手散去。寻以老病归里而卒。"其所述亦与孚青辛未诗所言"憔悴走章台"、"谁能为尔分余俸"者不侔，而与本年诗"夫子竟辞荣"之语合；"车辙"云云，要当为本年及其后之事。盖昉思既以《长生殿》闻名于世，康熙帝寻亦谬为赞赏（参见附录《演〈长生殿〉之祸考》），而士奇等于本年复召入京，"南北党"之争业已结束，不至因礼遇昉思而遭党人之嫉，故"公卿大人咸虚席以待"也。

〔六〕《稗畦集·遇椒峰中翰感赠》："长安一别十余春，往事追思尚畏人。敢谓九阍严虎豹，似闻中野泣麒麟。文章合使功名薄，气岸惟添骨相屯。今日天涯重握手，穷交同调益情亲。"案，《鹤征录》卷六《与试未用》："陈玉璂，字赓明，号椒峰，江南武进人。康熙丁未进士，授内阁中书舍人。著有《学文堂集》。……后以戊午北闱事黜革。家居怫郁，益发愤著书，撰史论数百卷。"昉思诗所谓"往事"，当指"戊午北闱事"，详情俟考。《汉六科给事中题名》："康熙二十一年陈玉璂，由中书升兵科。"阎若璩《古文尚书疏证》卷一云：二十二年癸亥晤椒峰于武进。其离京返乡当在二十一、二年间。据"长安一别十余春"云云，诗当作于癸酉后。又案，昉思于丙子初春晤陈玉璂于武进（见康熙三十五年丙子谱），而诗有"今日天涯重握手"语，似为别后之第一次会面，且是时玉璂亦作客"天涯"，不在武进；故此诗之作，当在丙子之前。盖即作于本年游合肥途中。

〔七〕查为仁《莲坡诗话》卷下："唐六如墓在（苏州）桃花庵，日久废倾。商丘宋漫堂中丞荦重为修葺，一时名士吟咏甚多，有《重表唐解元墓遗诗》一卷。……（内）钱塘洪昉思昇曰：'予落拓浮名，虽不及六如万一，然后先境地，亦颇相似，不觉感慨系之。率成四诗，以写我心，殊不计工拙也。'今记其二：'吴兴僻性解怜才，踏雪唐家墓上来。豚栅鸡栖无觅处，独寻残碣洗荒苔（原注：宋中丞从沈客子所请也）。颇学吴趋年少狂，逃禅垂老悔词场。不知他日西陵路，谁吊春风柳七郎？'诵之使人心恻。"（据复旦大学图书馆藏精刻本《莲坡诗话》引；通行《清诗话》本《莲坡诗话》于此条颇多删节，不足据。）案，宋荦《西陂类稿》卷四十八《漫堂年谱》二："三十三年甲戌，三月，修复唐六如解元墓，建亭其旁，题曰才子亭。余为文祭之。诸名人题咏甚多。墓在桃花坞。"昉思诗当为本年道经苏州作。荦于康熙三十一年调江宁巡抚，亦见《漫堂年谱》。时江宁巡抚驻苏州。

〔八〕李孚青《野香亭集》甲戌《怀洪昉思》："夫子竟辞荣，西湖卜筑成。谁人下车揖,何处摘船行?亡岂同张俭,狂宁负窦婴?清宵思故态,一笑绝冠缨。"案,洪之则本年为《吴人三妇评牡丹亭》所作跋云:"今大人归里,将于孤屿筑稗畦草堂,为吟啸之地。"孚青所云"西湖卜筑成",当指稗畦草堂而言。

〔九〕《吴人三妇评牡丹亭杂记》有洪之则为《三妇评牡丹亭》所作跋一则。《撷芳集》卷三十钱宜《同梦记》:"甲戌冬暮,刻《牡丹亭还魂记》成。"钱宜即三妇之一。之则作跋,与刻书当为同年事。

康熙三十四年乙亥　一六九五　五十一岁

家难宁息,生活稍得安便〔一〕。

《长生殿》授梓,门人汪熷为之序〔二〕。已而毛奇龄医痹来杭,昉思遇之,又乞为作《长生殿》序〔三〕。

朱襄来杭,索观《长生殿》稿,仅得下半〔四〕。

作《悼陈康侯处士》及《寄怀友人》诗〔五〕。

汪鹤孙返里,以诗见赠。与昉思过从甚密〔六〕。于之震亦有所训诲〔七〕。

为郑景会评《柳烟词》〔八〕。

〔一〕赵执信《饴山诗集》卷十六《怀旧诗》所附《洪昇小传》:"……昉思亦逐归。前难旋释,反得安便。余游吴越间,两见之,情好如故。""前难"当指家难。味其词意,似晤昉思时,昉思家难业已宁息。执信明年来游杭州(见明年谱),则昉思家难之释,当在本年或稍前。

〔二〕传世稗畦草堂原刻本《长生殿》,其刊刻必在甲戌稗畦草堂筑成之后。然此本卷首仅汪熷序,而无毛奇龄序,盖以不及刊故。昉思乞毛奇龄作序在乙亥,是稗畦草堂本《长生殿》之付梓,亦不得迟于本年。其书之刊成则在甲申(见后谱),盖在刊刻期间尝以短于资而中辍。参见附录《演〈长生殿〉之祸考》。

〔三〕毛奇龄《西河文集》序二十四《长生殿院本序》:"康熙乙亥,予医痹杭州,遇昉思于钱湖之滨。道无恙外,即出其院本,固请予序。"暖红室刊《长生殿》卷首亦载有此序。

〔四〕《长生殿》卷首朱襄序:"往至武林,过昉思,索其稿,仅得下半。后五年为康熙庚辰岁,……"案,《长生殿》于原稿外,疑另有过录之副本以供刻工之用。时原稿或在毛奇龄许,而副本上半部又正在刊刻,故襄于本年仅得见其下半。

《无锡金匮县志》卷二十二《文苑》:"朱襄,字赞皇。诸生。尝与邑中吕庄颐、鲍景先辈为诗会,曰续碧山吟。又著有《易韦》,萧山毛奇龄序之。秀水朱彝尊致韩尚书菼书云:囊见无锡朱赞皇有集唐三十律,绝工。顷复见其《易韦》一编,立说皆本汉以前,不堕陈图南、邵尧夫窠臼。"案,襄有《织字轩诗》,参见康熙三十九年庚辰谱注二。

〔五〕《稗畦续集·悼陈康侯处士》："君亡已宿草，吾未荐生刍。嗣子胜衣未，遗文在箧无？羁魂湘水断，旅榇楚山孤。月落苍梧野，春风叫鹧鸪。"案，高士奇《清吟堂集》卷一乙亥《昔留敝箧于京师，内有书画小册，春夜检视，其人散亡过半矣，嗟叹成诗》："陈琳江上方归棺。"注："陈康侯卒于武昌幕。"昉思诗当作于本年春，时晋明柩尚未返杭。

《稗畦续集·寄怀友人》有"五年归旧丘，赖尔豁穷愁"语。昉思自辛未抵杭，至此首尾五年。

〔六〕汪鹤孙《延芬堂集》卷上《寓感呈洪稗村》："翩翩两仙人，共谪尘人间。一为希人爵，误戴进贤冠。干禄文偶工，巧宦术终难。浮沉仕隐际，意可避险艰。岂知含沙者，遂为谗构端。其一志千古，独立风骚坛。燎原烈烈火，水壑飕飕寒。大将临巨敌，老禅闭重关。正声骇聋耳，嚣然侧目看。遂撼脱略事，羽翮竟摧残。二子忽相聚，穷巷共门阑。局促类二鸟，呀嘤鸣悲酸。昔志轻鼎钟，今情营豆箪。荆棘幸已除，寝食获稍安。大文宇宙垂，放迹江湖宽。从兹百年役，可作一瞬观。共待谪限满，游戏三神山。"据"荆棘"二句，此诗之作，距昉思家难宁息未远。考王泽弘辛未所作《送洪昉思归武林》诗，尚有"家难焉敢避"之语，故此当作于辛未之后。《延芬堂集》卷上《奉简大兄孝猷，时居禾中》原注："予寓广陵。"诗有"行年俱五十"语，当作于壬申。又，《甲戌立春日寄怀雉皋冒辟疆先生》："羁客江潭畏岁芳，感时怀旧意难忘。"《乙亥初夏聂晋人自吴门过访》："嫩绿残香合断魂，把君诗卷共开尊。扬州风景虽如旧，只有心斋（张子）不闭门。"当作于扬州。是鹤孙自壬申至乙亥初夏皆不在杭州。其返里不得早于本年。而昉思家难宁息又不迟于乙亥，故此诗当为本年或稍后之作。

《延芬堂集》卷上《早春与洪稗村水亭闲坐》："残雪未嫌双鬓白，春风欲遗柳条青。水边亭子殊清绝，君但吟诗我解听。"又，《以旧评唐人诗集赠稗村》："屡徙家无定，残书辄自随。品评知未当，持赠冀相思。卷少公卿作，篇多愁苦辞。古今应一慨，吟罢转成悲。"又，《题稗村寓斋井》："古井何年凿，清寒水一洼。今同王粲宅，昔岂葛洪家？素绠堪频汲，银瓶底用夸？波澜不起处，相对自无哗。"三诗作年皆无考。第一首明言"双鬓白"，第二首"卷少"四句及第三首"波澜"二句皆感慨甚深，非鹤孙少日口吻；要当为晚年之作。《稗畦续集》有《微雪过汪梅坡》及《梅坡以手评古集见赠》二诗，亦当为鹤孙返里后之作。此皆足征其过从之密。

〔七〕《延芬堂集》卷上《示洪之震（原注：稗村子）》："制科文字未为精，为晰源流汝自成。莫虑东堂一枝桂，近来难作是公卿。"其平日于之震之训诲可见。

〔八〕郑景会《柳烟词》附昉思评语："《柳烟词》仿佛海上三山，奇葩历乱，异卉离披，紫翠千层，烟云万状。不烦雕琢，趣自天成。真可鞭挞顾韦，凌轹周柳。"是书所载序及评语，有年代可考者，以毛奇龄乙亥序为最迟；昉思评语盖亦作于本年前，姑系于此。

《国朝杭郡诗辑》卷三十一："郑景会，字慕韩，一字聚瞻，号海门。慈谿人，钱唐籍。诸生。有《醉愁》、《海门》、《鹧鸪》、《剑鸣》诸集。海门……侨居钱唐，其诗为朱竹垞太史所赏。所为古文,精邃奥衍。"

康熙三十五年丙子　一六九六　五十二岁

春,往游江宁。过武进,晤刘雷恒、陈玉璂,有《雪后访刘震修广文不遇》《遇刘震修学博感赠》《过陈椒峰中翰》诸诗;玉璂亦为二绝句以题其《长生殿》。又与孙凤仪游处〔一〕。

至江宁,邂逅杨友敬,相得欢甚。为友敬校勘白朴《天籁集》,怂恿版行。又以所作櫽括《兰亭序》散套,命门人书扇以赠。寻返杭〔二〕。

秋,赵执信往游粤东,道经钱唐,晤昉思。情好如故。有《晤洪昉思聊答赠》诗〔三〕。

〔一〕孙凤仪《牟山诗钞·昉思札来,病两月余,诗以怀之,却寄》:"半山春水桃花舫,百尺兰陵皓月楼。"原注:"俱丙子年事。"知昉思于丙子春在武进,尝与凤仪游处。案,昉思本年系游江宁道经武进,参见注二。

《稗畦集·过陈椒峰中翰》:"春阴黯淡暮山微,春雪初晴雨又飞。羁客独游殊怅怅,故人相见倍依依。文章传世谋元误,贫贱骄人语亦非。何似白鸥闲处好,江云海月淡忘归。"《鹤征录》谓玉璂于"黜革"后"家居","何似"云云,盖喻玉璂家居闲适之状,当作于武进。据昉思《遇椒峰中翰感赠》诗"长安一别十余春"语,知其与玉璂自京师别后,经十余年始重见,此诗亦必作于癸酉后。昉思于癸酉后,唯本年春在武进,诗即本年所作。

《长生殿》卷首《题辞》载有玉璂所作二绝句,而稗畦草堂原刻本未及刊入,盖亦作于本年。

《稗畦集·遇刘震修学博感赠》:"白头始就一青毡,落拓词场四十年。同学故人埋宿草,贵游新进着先鞭。五交著论穷刘峻,三绝成名老郑虔。歧路逢君□坎壈,一回自顾一凄然。"又,同书《雪后访刘震修广文不遇》有"折腰愁杀白头翁"等句,与"白头始就一青毡"语相合。二诗当为后先之作。《雪后访刘震修广文不遇》又云:"侵晓寻君入泮宫。"盖昉思先晤震修于他所,寻至"泮宫"访之,不遇。案,《无锡金匮县志》卷二十二《文苑》:"刘雷恒,字震修。以诸生贡。为本府训导,迁六安州。文行著大江南北间。所交游皆一时名士。"《六安州志·职官》无雷恒名,其迁六安之年份待考。据康熙三十三年所修《常州府志》卷十四《职官》,雷恒任常州府训导始于康熙二十二年,纂修府志时尚在任。又案,昉思本年在武进,且有春雪,与《雪后访刘震修广文不遇》所述情景相符,二诗盖皆本年作。

〔二〕杨友敬刊白朴《天籁集》跋:"稗畦丈近代词家第一流。他日邂逅白门,相得欢甚。时方刻《长生殿》传奇。为余校勘《天籁集》。又命门人金子书扇贻余,则其所为《兰亭》词,殊多佳趣也。期余重游湖上,事羁弗果。数载以来,音问不一。兼葭白露,大都不在烟火中矣。刻《天籁》工毕,因检出雕板,以公同好,兼志聚散之感云。雪萝隐人杨友敬题。"又,徐材仲堪跋:"雪萝与稗畦雅相善,尝共商订《天籁集》,其服膺仁甫甚至,亟怂恿版行。追今工竣,而稗畦竟没于水,不及见。"案,杨跋云"时方刻《长生殿》传奇",当在乙亥、丙子间。据孙凤仪《昉思札来……》诗注,知昉思本年确尝出游,故其邂逅杨友敬当为本年事;而其至武进,当为游江宁之所经。昉思既于"半山春水"时尚在武进,秋日已返杭州(见注三),当于春夏间抵江宁,返杭约在夏秋之际。至昉思甲申游白门,虽亦"方刻《长生殿》"(见附录《演〈长生殿〉之祸考》),然归途死于水,与"数载以来,音问不一"语不合。今录所附昉思檃括《兰亭》散套于后。

"〔双调新水令〕永和癸丑暮春期,向兰亭水边修禊。群贤欣毕至,少长喜咸集。胜事追陪,这一答会稽地。

"〔驻马听〕浅濑清溪,曲水流觞相映碧。崇山峻壁,茂林修竹翠成堆。虽无丝竹管弦催,一觞一咏多佳致。聚良朋、到坐席,幽情畅叙欢今日。

"〔雁儿飞〕碧沉沉天开气朗清,暖溶溶日淡风和惠。骋胸怀仰观宇宙空,极视听俯察群生细。

"〔得胜令〕呀,这其间乐事少人知,又只恐良会易收拾,想人生有时节披怀抱清言一室中,有时节放形骸独把千秋寄。难么齐,论取舍途多异,还悲:纷纷静躁岐。

"〔沽美酒〕当其遂所遇、欣然心自怡。忘老至暂时快于己。投至得兴倦情随事势移。猛回头念起,不觉的感慨系之矣。

"〔太平令〕俯仰间皆为陈迹,不由人兴叹不已。况修短百年无几,随物化总归迁逝。古今来生兮,死兮,这根由大矣。呀,怎不教痛生悲歔!

"〔收江南〕呀,须知道死生殊路不同归,彭殇异数岂能一?细寻思等观齐量总虚脾。试由今视昔,怕后来人亦将有感在斯集。"案,昉思此曲中颇含消极思想,可与康熙三十九年谱所引《扬州梦序》参读。盖昉思晚年,思想愈趋消极。又,"〔雁儿飞〕"当为〔雁儿落〕之误。

《六安州志》卷二十七《宦绩》:"杨友敬,字希洛,号晴麓。……博览群籍,能穿穴原本。诗文不染时趋。尝游历四方,舟车所至,名公宿儒恨相见晚。……乾隆元年,知州高淑曾举孝廉方正,授六品服。由恩贡授太和县教谕。……旋乞老归,闭户著书,启迪后学。搜罗耆旧人逸稿,寿之枣梨。两修志乘,综核精审。……有《困学日程》。"金子则不知为谁。

〔三〕《饴山诗集》卷七《鼓枻集上·晤洪昉思聊答赠》:"颇忆旗亭画壁时,相逢各讶鬓边丝。早知才薄犹为患,正使秋深总不悲。吴越管弦君自领,江湖来往我无期。只应分付亭中鹤,莫为风高放故迟。"案,此卷第一首《别兴》有"乘秋恣所寻"语,其三十四首为《晤洪昉思聊答赠》,至第七十首为《十月朔日雨中即事》,其间诸诗皆为秋日景色。自《十月朔日雨中即事》至卷八《除夜杂感四首》皆写冬日景色。是此诸诗为同年秋冬所作。《除夜杂感四首》后二十三首为《佛山别南村》,其间诸诗皆写春日景色,《佛山别南村》亦有"东风催上潮"语,当为次年春所作。该诗又有注云:"计南村今秋定至蜀矣。"南村即王煐,见其所著《忆雪楼诗集》。该集卷首屈大均序:"侯今者以副使分巡川南,将携兹集从三峡而出三巴。"其卷二亦有《丙子八月将之川南,自省旋郡,再登署楼志感》诗,似执信《佛山别南村》为丙子春所作;然该诗之前二首为《赠别广州诸子十二韵》,原注:"翁山已前逝。"《忆雪楼诗集》卷二有《丙子仲夏,余将入蜀,屈处士翁山病剧,赋诗六首,道诀别之意,情词凄切,不忍多读,数日后遂已长逝,卜筑有期,因次其韵挽之》诗,《佛山别南村》既列于《赠别广州诸子十二韵》后,当为丁丑春所作。盖王煐于丙子受命分巡川南,至丁丑始离粤东。故《晤洪昉思聊答赠》当作于丙子秋日。

《晤洪昉思聊答赠》之前三首为《西湖》,后一首为《凤凰山下感南宋遗事四绝句》,故知其作于钱唐。其后又有《富阳道中》《自龙游至衢州杂感四绝句》《彭蠡湖》《度大庾岭咏古》等诗,卷八《鼓枻集下》第一首为《暮抵广州》。知执信系由浙江经江西而入粤。

《饴山诗集》卷十六《怀旧诗》所附昉思小传:"余游吴越间,两见之,情好如故。"即指本年及明年事。

康熙三十六年丁丑　一六九七　五十三岁

春,刘廷玑以公事来杭,寻返任所,昉思送至富阳而别[一]。

暮春,赵执信自粤还,重经钱唐,与昉思及吴仪一相约,遍游湖上诸胜,有《答洪昉思、吴舒凫》诗[二]。

秋,至苏州。时吴之好事者醵分演《长生殿》传奇,江宁巡抚宋荦主之,极一时之盛,已,倩尤侗为作《长生殿》序[三]。

自苏州返,值郑兰谷由景宁教谕迁凤县令,道经钱唐,昉思以诗赠行[四]。

〔一〕刘廷玑《葛庄分体诗钞》七言律下《舟次富阳同昉思分赋》:"水阔天长入望低,双桡东上片帆西。傍严竹树春深鸟,隔岸人家日午鸡。客过船分新顾渚,童临流洗旧端溪。诗成预有苏堤约,一贯青蚨一杖藜。"《葛庄诗钞》题作《舟次富阳同友人分赋》,编入丁丑。据诗意,两人本同舟而行,至富阳乃约后会而别,故有"诗成"云云。考《葛庄诗钞》卷十二丁丑有《余由栝苍守量移浙东观察,宿岭下,五叠前韵》诗,知其本年任温处道。又,《葛庄诗钞》本年《舟次富阳同友人分赋》前四首《丽水舟中》云:"作客清山外,摇舟细雨中。云浓堆树白,花碎点溪红。我欲寻西子(原注:时以公事赴杭),人多畏相公(原注:滩名)。"知廷玑本年春尝以公事赴杭,其《舟次……》诗当作于赴杭途中或由杭返任所时,然廷玑自温处道任所来,其赴杭途中,昉思无缘与之同舟。纵昉思其时尝客游他方,途遇廷玑,附舟而行,然廷玑既系赴杭,昉思附其舟,自亦为返杭,则不当于舟抵接近钱塘之富阳时,又折而西行。故廷玑此诗必作于自杭返任所途中。盖其自杭返时,昉思送至富阳而别,廷玑西行,昉思东返,因云"双桡东上片帆西"也。

〔二〕《饴山诗集》卷八《答洪昉思、吴舒凫》(原注:拟同向湖头,遍游诸胜):"云泥踪迹半生尘,湖海襟情一梦新。天下应无他胜地,眼中能得几高人?邺侯井畔莳成径,伍相潮头月满轮。只合香山并玉局,能将文采照千春。"案,此为《佛山别南村》之后三十六首,其间诸诗皆写春日景色,当为同年春所作。又,此诗之前一首《湖上》云:"重来清绝处,容易惜余春。"是执信由粤东至钱唐已在暮春。

〔三〕王锡《啸竹堂集·闻吴门演〈长生殿〉传奇,一时称盛,不得往游与观有作(并小序)》:"盖死生贵贱,乾坤都是戏场。离合悲欢,今古自成杂剧。男女人之大欲,帝王不免钟情。一片坚心,世世愿为夫妇。千年长恨,匆匆遥隔幽明。方闻蟾窟之霓裳,顿委马嵬之锦袜。风流云散,从来声色原空。彩笔花生,写得精神活现。意欲痛惩后世,俾知炯鉴前车。伊昔燕台登徒,中伤夫宋玉;于今鹤市伯牙,欣遇乎钟期。妙舞清歌,绮帐重开茂苑;吴姬越女,青钱竞买兰舟。若令季札来观,亦有蒉加之叹;即使魏文久听,应无恐卧之情。但念胜地筵开,未与绝缨良会;徒念钧天乐奏,将寻堕珥闲游。""虎丘歌舞地,士女四时游。灯月原无夜,池台不易秋。忍寒辞半臂,扶醉赠缠头。况演《长生殿》,倾城倚画楼。""宋璟梅花赋,何嫌铁石肠(原注:宋大中丞命梨园演《长生殿》,水陆观者如蚁)。水嬉邀杜牧,曲误问周郎。豪杰生当代,风流每擅场。画船灯万点,争看《舞霓裳》(原注:《长生殿》原名《舞霓裳》)。""感事空相失,传闻心已驰。春风花月夜,绮席管弦时。牛女半宵感,马嵬千古悲。舞衣如未散,幽梦到鸡陂。"案,《长生殿》卷首尤侗序:"洪子既归,放浪西湖之上,吴越好事闻而慕之,重合伶伦,醵钱请观焉。洪子狂态复发,解衣箕踞,纵饮如故。……乃洪子持此传奇,要余题跋。余八十老翁,久不作狡狯伎俩,兼之阿堵昏花,坐难卜夜,虽使妖姬踏筵,亦未见其罗袖动香香不已也。聊酬数语,以代周郎一顾而已。西堂老人尤侗书于亦园之揖青亭。"尤侗长洲人,亦园即在苏州,见其自撰年谱。可知吴之好事者尝昉思至吴,醵钱为演《长生殿》。此与王锡诗所述吴门演《长生殿》疑即一事。至侗云昉思为应好事者之请而锡云"宋大中丞命演《长生殿》"者,盖此虽好事者"醵钱请观",而其事实宋荦主之也。尤侗本年八十岁,锡诗有"池台不易秋"及"忍寒辞半臂"语,演剧当在本年秋日(锡诗"春风花月夜"云云,系概述《长生殿》内容,非言演剧时日)。又案,王锡诗序,消极虚无思想颇为严重,盖取昉思《长生殿序》中表现消极思想之"情缘总归虚幻"诸语而张大之。

《清史列传》卷七十一:"尤侗,字展成。江苏长洲人。少博闻强记,弱冠补诸生,才名籍甚。历试于乡,不售。以贡谒选,除直隶永平府推官。吏治精敏,不畏强御,怙势梗法者逮治无所纵。坐挞旗丁降级归。康熙十八年召试博学鸿儒,授翰林院检讨,分修明史,撰志传多至三百篇。居三年,告归。……其诗词古文,才既富赡,复多新警之思,体物言情,精切流丽。"侗著有《西堂全集》《余集》。

〔四〕《稗畦续集·送郑在宜令凤县》之一:"二十余年别,三千里外行。披衣方款语,判袂竟长征。"其四:"南北风尘别,蹉跎五十三。一丘吾愿足,百里尔才堪。晓雾俄蒸雨,阴云暗结岚。离心与秋气,西去逐征骖。"案,《凤县志》甚疏略,其《职官》部分无郑兰谷之名。《处州府志》卷十五《职官表》:"景宁县教谕:郑兰谷,(康熙)二十八年任,秩满升陕西凤县令。陆光曜,三十六年由例贡任。"是兰谷迁凤县令在本年。此诗之三有"秋风黄叶下,头白遇西湖"之句,知时在秋末。王锡《闻吴门演〈长生殿〉传奇……》云"忍寒辞半臂",当非深秋。则昉思遇兰谷于西湖,当在自吴返杭之后。又,昉思自戊午春与兰谷别于武康,至此首尾凡二十年。诗云"二十余年别",计算微误。

康熙三十七年戊寅　一六九八　五十四岁

过汪园,时汪煜宰镇远,以诗怀之[一]。

秋,闻蟋蟀,自伤衰老,作《蟋蟀》诗[二]。

曹贞吉卒[三]。

七月,茶陵州以官吏私派,民情愤恨;吴三桂旧部黄明等乘之起事,寻先后溃败。

〔一〕《稗畦续集》有《过汪园怀寓昭,时宰镇远》诗。煜于明年由镇远知县升给事中,此诗至迟当作于本年。姑系于此。

〔二〕《稗畦续集·蟋蟀》:"蟋蟀当秋夜,声声逼户庭。吟风四壁暗,啼雨一灯青。齿发悲空老,家园幸稍宁。卅年孤客耳,半向病中听。"案,昉思于戊申始事客游,至此凡三十年。诗云"卅年孤客耳",当作于本年前后。

〔三〕据张贞所撰墓志铭,见《渠亭山人半部稿·潜州集》。

康熙三十八年己卯　一六九九　五十五岁

春,游湖上,作《己卯春日湖上》诗[一]。

以次子之益嗣与弟昌为子。冬,代嗣子之益营葬昌及昌妇孙氏,事竣,以诗述哀,凡四首。时昉思父母皆已弃世,妹亦前卒[二]。

汪煜由镇远知县迁礼科给事中,以诗勉之[三]。

为王锡评《啸竹堂集》。锡尝读《稗畦集》,悲昉思之遇,作《读稗畦集》诗,存于集中[四]。

为褚人获《坚瓠补集》作序[五]。

李天馥卒。　曹禾卒。　汪楫卒。　赵士麟卒。

二月,康熙帝三次"南巡"。次月抵杭州,五月还京。

六月,孔尚任撰传奇《桃花扇》成,遂盛行于世。秋,康熙帝命内侍索剧本观之。其后孔尚任罢官,世多疑其系以《桃花扇》贾祸。

十一月，御史鹿佑参顺天乡试正副考官李蟠、姜宸英纵恣行私，因命严加议处。姜宸英寻卒于狱中，李蟠论戍。

〔一〕《稗畦续集·己卯春日湖上》："西湖一勺水，阅尽古来人。清浅元如此，繁华一番新。……"感慨颇深。

〔二〕《稗畦续集·己卯冬日代嗣子之益营葬仲弟昌及弟妇孙，事竣述哀四首》之四："汝逝十年后，此儿吾始生。不曾承色笑，何幸继宗祊。"知以之益嗣与昌为子。又，其二："而今惟仗汝，泉路问亲安。"其三："哭弟悲无已，重经两妹亡。糜躯归烈焰，暴骨在他乡。降罚天昏醉，招魂地渺茫。为兄年老大，稠叠遇悲伤。"是父母及两妹皆已亡殁。

〔三〕《稗畦续集·送汪寓昭给谏入都》："粹品成秋赏，清名拜夕郎。乘时鸾翥汉，得路隼横霜。西北兵初靖，东南岁未穰。此官名补阙，慎弗减封章。"案，《汉六科给事中题名》："（康熙）三十八年，汪煜，由镇远县知县升礼科。"盖煜于受命后，先返钱唐，再至京师任职。故昉思作此贻之。

〔四〕王锡《啸竹堂集》五律及七律皆署"钱唐洪昇昉思父评"。集中诗有收至丁亥者。然附昉思评语诸诗，其写作年代可考者最晚为己卯之作，如《哭朱易州兆昌》之属。则昉思为锡评诗，约为本年事。

《啸竹堂集·读稗畦集》："西泠才子客幽燕，短剑悲歌二十年。乌鸟痛深寒雨夜，脊令音断白云天。关山暗洒思乡泪，花月都成恨别篇。无限声情幽咽处，灯窗一读一凄然。"作年无考，姑系于此。

〔五〕《坚瓠补集序》："遂安毛鹤舫先生归自吴门，出褚子稼轩《坚瓠全集》示余，且索余序其补集。余受而循览之，叹褚子好学不倦至于如此，而留心世道抑何深且笃！嗟夫，今天下文人不为少矣，其立言著书，大约以名心客气中之。故奋其笔舌，指瑕索瘢，甚至古先贤亦在所不免，开人心狙诈之端，启风俗陵傲之习，不至于畔道离经不止。余览其书不终卷，而奋袂长叹以起，复继之以怒然惧、愀然悲焉。今褚子之宅心也醇厚，其立言也和平，大要关于名教者凡惓惓加意焉。一编之中，轶事微词、诙谐谑浪虽复时时及之，不有博弈之乎，为之犹贤乎已，亦何损于大雅耶？尝谓明代诗文，病在模拟剽窃，制艺擅场而外，惟丛书为最，以其笔情冷隽，有颊上三毛之致。余浪游十余年，以客座所闻，亦欲笔之成帙，而性懒善忘，忽忽暮年，迄无就绪，而益服膺褚子用心之勤也。兹补集所载，专收有韵之文，较之前集为尤备。自兹以往，无毫发之遗憾，可云完书。独是余无用于世，以《稗畦》名集，而褚子以《坚瓠》名其书，不知余之取稗，褚子之名瓠，其寄托同异何如。他日过吴门，与褚子相遇，或有相视而笑、莫逆于心者乎！归而讯之毛先生，其亦以余为知言否？钱唐洪昇昉思撰。"案，《坚瓠秘集》有庚辰仲春尤侗序，云：其书"自初集始，全为十集，搜罗略备，更继以续集、广集、补集，今秘集又成焉"。是补集实成于秘集之前，广集之后。而《坚瓠广集》己亥孟冬陆次云序云："既成正集四十卷矣，因一时纸贵，问继刻者甚殷，又从而续焉。续之未已，又从而广焉。"据《坚瓠癸集》（即陆序所谓"正集"之最后一集）卷首所载戊寅序，其正集之刻成至早当在戊寅，续集、广集之撰当在戊寅、己卯二年，是补集之撰当不早于己卯；而庚辰仲春已成秘集，则补集至迟当在己卯年底杀青。又，秘集序作于庚辰仲春，广集序作于己卯孟冬，补集序之作当亦在己卯冬日。又案，《坚瓠集》作者褚人获，长洲人，亦即《隋唐演义》之作者。

康熙三十九年庚辰　一七〇〇　五十六岁

五月，与徐逢吉、陈煜、沈用济同泛西湖，遇毛际可于段桥，入席酣饮。逢吉有诗纪事[一]。

顾卓来杭，以岳端《扬州梦》见示。为之作序[二]。

六月，朱襄来杭，索《长生殿》上半读之。为作序文[三]。

李澄中卒。

[一] 徐逢吉《黄雪山房诗选·仲夏，洪昇、陈煜、沈用济邀同泛舟西湖，遇毛先生际可于段桥，入席酣饮，歌以纪事》："五月梅雨满大湖，湖中紫菱兼绿蒲。南风忽起湿云散，日轮倒射红珊瑚。诸子何来幽兴剧，邀（邀下疑脱'我'字）兰舟泛空碧。侧岸攲斜拂练光，中流荡漾陈瑶席。榜人为奏渌水歌，亭台高下何其多。辉煌不少金粉气，淡泊其如湖水何？回桡才过凤林寺，孤山半露修蛾翠。鹤背难招处士来，笋舆忽异陶公至。座中缓饮饮且酣，为我洗爵临三潭。神鱼可羡不可钓，灵风飒飒湖之南。此间白莲好颜色，疑是西施亲手植。西施已作姑苏游，暗香零落凄无极。诸君论诗诗兴豪，须臾月出南屏高。龙堂翠旗犹未下，水仙欲上愁风涛。此时揽衣色惆怅，明星在天各相向。人生饮酒能几时，请看白日如风驰。"案，张奕光《回文集》卷首毛际可序："岁己卯，余次子士储蒙特恩授扶风令，贻书命其问班氏父子遗址及马季长绛帐之村，与夫苏若兰织回文锦处，以慰吾望古之思。明年夏而西泠张子东亭出所著《回文诗集》见示。"知际可本年夏在杭，逢吉诗当为本年作。陈煜身世未详。

[二] 岳端《扬州梦》卷首载洪昇序："昔涵虚子论元人曲有十二科，一曰神仙道化。故臧晋叔《元曲选》此科居十之三。马东篱《黄粱》、《岳阳》诸剧尤佳，而临川《邯郸》亦臻其妙。岂非命意高、用笔神为词家逸品欤？前岁门人沈用济自都下归，盛称玉池生所撰《扬州梦》院本，词工律细，擅长旗亭。今年庚辰夏五月，吴中顾卓来，持此本见示。昇披翻穷日夕。其写杜子春豪荡穷愁，各极佳致。至老聃两番赠金，与三藏以酒色化三车事相类。盖人生快意一过，即兴味萧然，惟未得者想慕之焉耳。老聃锻炼子春，备极幻境，末云六情已忘，爱根难割。嗟乎，浮生天地间，微眇牵缠，为入道之障碍，爱河流浪，难陟仙都，职是故也。撰此者，殆即子晋后身，吹笙跨鹤，游戏人间，现神仙身，以填词为说

法。昉安得旦暮遇之？钱塘稗畦洪昇拜题。"案，此序推崇《黄粱》《岳阳》《邯郸》诸剧，又有"浮生天地间"云云，是知昉思晚年，消极虚无思想殊甚严重。

查为仁《莲坡诗话》："宗室红兰主人岳端，尝自制《扬州梦》传奇，遍招日下诸名流赏之。有少年王生善集唐，即席诗成。结句云：十年一觉扬州梦，唱出君王自制词。主人大喜，以黄金十四铤白玉巵三奉酒为寿，曰一字一金也。生饮酒受金，即以金分给梨园，曰同沾君惠。……主人又号玉池生，善画。"案，岳端为多罗安郡王岳乐子。见《清史稿》卷四百八十九。著有《玉池生稿》，今存。

《江苏诗征》卷一百三十二："顾卓，字尔立，吴江人。著《云笥诗稿》。"案，《云笥诗》与朱《织字轩诗》皆附刻于《玉池生稿》后。盖卓、襄皆为岳端客，而岳端于诸客中，尤重此二人也。

〔三〕《长生殿》卷首朱襄序："余于燕会之闲，时听唱《长生殿》乐府，盖余友洪子昉思之所谱也。往至武林，过昉思，索其稿，仅得下半。后五年为康熙庚辰岁，夏六月，复至武林，乃索其上半读之，而后惊诧其行文之妙。……窥其自命之意，似不在实甫、则诚、临川之列，当与相如词赋，上追律吕声气之元，而独乐府云乎哉？是岁嘉平月，弟无锡朱襄序。"

康熙四十年辛巳　一七〇一　五十七岁

为张奕光评选《回文集》。奕光尝与昉思唱酬，又有题《长生殿》诗，皆存于集中〔一〕。

金埴前以丧偶离杭，至是重来。所居寄亭，去昉思宅咫尺，时偕步于东园，昉思辄向之诵"明朝未必春风在，更为梨花立少时"之句〔二〕。

立夏前一日，同毛奇龄、朱襄、姚际恒、苏轮、顾之琬、柴世堂、钱昪、张奕光、吴陈琰、吴焯等二十三人集城东药园送春，分韵赋诗。又宴集吴焯瓶花斋，亦有诗。并尝同吴焯等暮泛西湖〔三〕。

与毛奇龄、朱襄、丁溁、陈清鉴、钱璜等集乌石山房，分韵赋诗〔四〕。乌石山僧得信亦尝与昉思游处〔五〕。

姜实节来游杭州，寓于西湖。昉思与毛奇龄为之填词，约歌者未至，实节有诗纪之〔六〕。

朱彝尊来杭，以诗相赠〔七〕。

秋，应王泽弘之邀，往游江宁。有《将次金陵作》及《舟次偶成》二诗〔八〕。时友人赵瑜亦在江宁，徐逢吉有怀瑜及昉思诗〔九〕。

冬，遇阮尔询于长干寺，赠以诗〔一〇〕。

与王蓍订交。其兄王概亦尝为诗以题《长生殿》传奇〔一一〕。

冬末自江宁返,于苏州度岁〔一二〕。

〔一〕张奕光《回文集》卷首所列选评姓氏,有王晫、洪昇、赵瑜等二十三人。其书卷首有毛际可庚辰序及曹封祖辛巳序,约刊于辛巳。则昉思为之选评,亦当在本年或稍前。《国朝杭郡诗续辑》卷四:"张奕光,字东亭,郡人。"案,据此书署名,奕光字兰佩,钱唐人。东亭当为其号,《续辑》所记微误。

《回文集·秋日小饮酬洪昉思先生韵》:"水池交藻荇,篱竹覆花藤。起看云边月,深藏树里灯。美人怀地远,闲事话亲朋。蚁绿浮樽满,狂歌笑跃腾。"昉思原诗已佚。《稗畦续集》有《灯夕张兰佩招饮》诗。《回文集》又有《书洪昉思先生〈长生殿〉传奇后》一首,见附录《演〈长生殿〉之祸考》。

〔二〕金埴《謦门吟带·亡室叶少君周忌》(原注:癸酉)有"失却荆妻岁忽周,未携两女离杭州"之句。同书《过历下访王进士秋史苹赠四绝句》序:"往予甲戌春,过阙里,……"《郯城感旧》序:"……丙子二月,埴重游其地。"是甲戌后即离杭。同书《继娶示新妇陆少君》小序:"埴于……壬申春仲丧妇叶少君,……迨四十年辛巳首夏,再就婚于陆氏。"参以《不下带编杂缀兼诗话》"埴两为淳赘于杭"语,盖本年重来杭州。

金埴《巾箱说》:"往予杭州寄亭,去昉思居咫尺,每风动春朝,月明秋夜,未尝不彼此相过,偕步于东园。游鱼水曲,欲去还留。啼鸟花间,将行且伫,昉思辄向予诵'明朝未必春风在,更为梨花立少时'之句,且曰:'吾侪可弗及时行乐耶?'迨甲申春杪,昉思别予游云间白门,甫两月而讣至。所诵二句,竟成其谶。至今追思,为之叹惋。"案,味其文意,似昉思于卒前不久尚为之诵"明朝"二句,则此条所记,当为埴重来杭州后事;"寄亭"亦当为埴婚于陆氏后之所居。东园为宋旧苑,见《东城杂记》。

〔三〕吴焯《药园诗稿》卷下《药园送春,同毛西河太史、谢东山、朱赞皇、郭河九、洪昉思、姚立方、王鲁斋、苏月槎、沈瑶岑、朱方来、顾摺玉、周层岩、王履方、柴陛升、钱景舒、张兰佩、胡逸薮、云浦、晓苍、家兄宝崖、快亭、弟皖轮分赋》:"忽忽春光九十过,翻从高会惜蹉跎。哺成巢燕催鹎鵊,老尽林花长薜萝。正借《玉台》诗思艳,且判金谷醉颜酡。游丝纵使垂千尺,欲系斜阳奈晚何。"案,《杭州府志》引吴焯《薰习录》,云朱襄康熙辛巳来游西湖,寓居东园精舍,与吴焯交二十年。是襄于乙亥、庚辰虽尝两度过杭,其与焯交实始于本年。毛奇龄《西河诗话》卷八:"康熙四十年三月,予同朱竹垞诸子过湖上作三日游,第一日舟中问宝叔塔故迹,……"知奇龄本年春亦在杭州。诗当为本年作。又案,《国朝杭郡诗辑》卷九钱泉小传云:"药园在城东隅。康熙中立夏前一日,毛西河、谢东山、朱赞皇、郭河九、洪昉思、姚立方、王鲁斋、苏月槎、沈瑶岑、朱方来、顾月田、周层岩、王履方、柴陛升、张兰佩、胡逸薮、云浦、晓苍、吴宝崖、快亭、尺凫、皖轮集此送春,时锦山(即钱泉)最少,在末座,成集唐二首,其一用王建、杜甫句:每度暗来还暗去,暂时相赏莫相违。其二用翁绶、白居易句:百年莫惜千回醉,一岁惟残半日春。各相顾惊绝。"

所述送春诸人,与焯诗所记悉同,当即一事。其事亦见于《西河诗话》《东城杂记》。昉思诗已佚。

《药园诗稿》卷下《清明后三日集瓶花斋,同蔡九霞先生、朱赞皇、洪昉思、项霜田、张锦龙、顾天臣、杨东崖、王鲁斋、柴陞升、金小郊、胡云浦、钱景舒、家宝崖限韵》:"可惜韶光一半阴,寒风吹雨过平林。漫辞剪烛分诗久,不厌看花对酒深。小径苔滋添屐印,曲廊香散上衣襟。就中遗老江南客,喜得留欢惬素心。"此与朱襄、金埴同集,当亦作于本年或稍后。昉思诗已佚。

《药园诗稿》卷下《暮泛同洪昉思、黄芝九》:"三客泛孤舟,人疑赤壁游。月生千嶂夕,风起一湖秋。"作年无考,姑与焯本年诗一并系此。

案,《国朝杭郡诗辑》卷七:"姚际恒,字立方,号首源。钱唐监生。首源博究群书,撑肠万卷。……年五十,曰:向平昏嫁毕而游五岳,予昏嫁毕而治九经。遂屏人事,阅十四年而书成,名曰《九经通论》,凡一百六十三卷。又著《庸言录》若干卷,杂论经史、理学、诸子,末附《古今伪书考》,持论极严核。"

同卷:"项溶,字霜田,景襄子。钱唐监生。有《耘业堂稿》。霜田居东街。少豪荡,及长,折节读书。以太学生赴京兆试。所交多四方名士,声称藉甚。然数奇,试屡踬,归而从酒人游。……"

同卷:"苏轮,字子传,号月查(查同槎)。钱唐诸生。有《月查诗钞》二卷。月查诗征材富有,造境神化,毛西河称其清雄博达,语警而气轶。"《长生殿》卷首有苏轮序,称昉思为"老友"。

同书卷八:"周崧,字层岩,一字岑年,号菊人。钱唐人。康熙丙子副贡,有《白燕楼集》。菊人工为四六。……尝与毛先舒、陆进辈二十人为《西湖讌会集》。"

同卷:"顾之斑,字摺玉,号茶园,又号月田。仁和人。豹文子。康熙己卯举人。官广东电白知县。有《丹井山房》、《十砚斋》诸集。……凡四宰剧县,……皆有政声。中蜚语罢归。"

同卷:"吴煐,字快亭。钱唐人。康熙癸未进士,官福建兴化同知。有《晚香堂集》。快亭在官有惠政,后卒于任。"

同卷:"吴陈炎(案,炎当作琰,见其所著《春秋三传异同考》署名及金埴《不下带编杂缀兼诗话》),字宝厓(亦作崖),号芋町。钱唐监生。康熙癸未,御试一等,官山东茌平知县。有《北征》、《江右》、《江东》、《聊复》等集。宝厓文名冠一时,四方贤士大夫咸忘分与之交。宝厓睥睨一切,兀傲自若。世风日鄙,所处富贵贫贱,相较有毫发尺寸之殊,则称谓顿改。俗例:自翰林科道官以上,即其向时故旧,致柬必书晚生,署名惟谨。宝厓投刺,则概书同学吴某。京师诸前辈笑之,谓为吴同学。……"

同书卷九:"杨嗣震,字东厓(崖)。海宁人。雍建从子。康熙戊戌岁贡,有《晚雷诗钞》。"《长生殿》卷首题辞有嗣震七律二首,或即本年作。

同卷:"吴问郯,字浣陵,初字皖轮。钱唐人。康熙庚子举人。官通州知州。浣陵与兄绣谷焯,叔子煃,皆有声于时。而绣谷、浣陵交游声气尤广。故《桂堂诗话》有缟纻遍天下之说。"

同书卷十四:"吴焯,字尺凫(亦作赤凫),号绣谷。钱唐人。有《药园诗稿》、《陆渚鸿飞集》。尺凫以诗古文擅名东南,尤工倚声,有《玲珑帘词》行世。喜聚书,凡宋雕元椠与旧家善本,若饥渴之于饮食,求必获而后已。故瓶花斋藏书之名,称于天下。……四方骚雅,游屐至武林,鲜不延接把臂,或下榻经年,讲求摩切。"

《国朝杭郡诗续辑》卷四:"柴世堂,字陛升。仁和人,绍炳子。郡诸生。雍正元年举孝廉方正,不就。"

《国朝杭郡诗三辑》卷三:"王维立,字履方,仁和人。"

《鹤征录》卷四《患病行催不到》:"蔡方炳,字九霞,号息关。江南昆山人。忠襄公懋德子。生员。……遇孙按,明末忠襄公死太原贼(谓李自成起义军)难,……先生性嗜学,涉猎群书,兼工篆草,韬晦穷居。尝绘有著书图,竹翁题句云:中年巾柴车,起应鹤书召。人多留嚣尘,君乃返蓬藋。立意在千秋,肯贻北陇笑?可见其征聘不出。"谢东山等无考。

〔四〕《国朝杭郡诗辑》卷七陈清鉴《乌石山房分赋得乌石峰前十一松,限韵五微(同人丁素涵、朱赞皇、郭河九、庄苏亭、徐孙谋、洪昉思、钱右玉、钱景舒、吴宝厓、钱恕白、毛大可)》:"路转溪回入翠微,岳王祠后弄晴晖。十松排户一株古,双岫携云片石稀。隔涧苍霞藏梵磬,当门清露滴人衣。衲僧曳杖来何暮,月起山坳有鹤归。"此与朱、郭、毛分赋,亦当为本年事。

《国朝杭郡诗辑》卷七:"陈清鉴,字也堂,号疑山。钱唐人。有《疑山诗集》。"

同卷:"钱璸,字右玉,号他石。钱唐监生。有《云起堂稿》。他石少年博学,善绘事,兼精岐雷之书。幼失恃,作思母诗十二章,声情凄惋,顾侍御豹文为之序。与汤西厓、王赤抒、洪稗畦、吴志上、沈方舟、徐映川、紫山友善。(志上名允嘉;映川名张珠,逢吉兄;皆钱唐人。)诗存自康熙丙子,盖中年以后作也。《碧山诗话》云:他石尝假友人三金,贫不能偿。岁暮遣仆坐索,词气横甚。……他石作诗云:豪奴真作横,侵晓打门呼。踞坐宣威命,高声索小逋。绝交书未就,哭世泪将枯。一诺千金赠,此风久已无。……"苏亭、孙谋、恕白无考。

〔五〕《国朝杭郡诗辑》卷三十二:"得信,字恬庵。钱唐人。西湖乌石峰僧。有《莲槎诗钞》。恬庵俗姓徐,为侍郎宝村族子。弃家为僧,所与游悉名公卿。飞锡所至,逾淮渡河,过江涉岭,地主莫不延接恐后。其在燕京邸第,王孙至欲以精舍供养,恬庵不屑也。其诗为徐紫凝、吴宝崖两公选定。紫凝,其兄也。"《诗辑》所录得信诗有《病起偶作柬洪昉思诸公》一首:"白露才过秋又分,终朝抱膝对斜曛。四山凉气全归树,一坞寒烟半化云。裁锦梦输萧颖士,瘦腰病似沈休文。严前晚桂花开好,那得题诗共数君?"作年无考,姑以集乌石山房事一并系此。

〔六〕姜实节《鹤涧先生遗诗·西湖寓楼,毛大可、洪昉思为予填词,约歌者未至》:"红幺点就新词谱,未遣尊前按拍歌。如此好山如此水,老翁相对奈愁何!"案,乙亥毛奇龄亦在杭州,然彼时实节尚未至五十岁,似与"老翁"云云不符。疑诗约作于本年前后。

《国朝画识》卷四:"姜实节,字学在,号鹤涧。莱阳人。前明礼科给事中垓子。垓……后寄居于吴,遂为吴人。学在工诗,善书画,山水橅法云林,涉笔超隽,为时所重。晚年建二姜先生祠于虎丘,又筑谏草楼于祠后,为栖息所。足不入城市。人称鹤涧先生。(《画征续录》)"案,明亡后,清廷搜访遗老,垓深避之。卒,私谥贞毅。见《国朝耆献类征》卷四百七十一。同卷又载有张符骧为姜实节所撰生圹志,谓实节"与祖父为体","以继贞毅之志"。其隐居终身,盖即秉父之志也。

〔七〕朱彝尊《曝书亭集》卷二十重光大荒落(辛巳)《酬洪昇》:"金台酒坐擘红笺,云散星离又十年。海内诗家洪玉父,禁中乐府柳屯田。梧桐夜雨词凄绝,薏苡明珠谤偶然。白发相逢岂容易,津头且缆下河船。"彝尊本年在杭州(见注三),诗当杭州所作。

〔八〕《稗畦续集·将次金陵作》:"频年髀肉生,复作据鞍行。马饿时衔草,人劳屡问程。晓霜辞句曲,斜日指台城。向夕哀笳发,秋风细柳营。"又,《舟次偶成》:"勉赴尚书约,将从建业游。烟霜凝薄暮,风日冷残秋。药物宜高枕,关河复小舟。湖光莺脰好,入眼豁羁愁。"二诗景色相同,当为先后之作。昉思友人官至尚书而又寓居江宁者,仅王泽弘一人。据《清史稿·部院大臣年表》二上,泽弘于康熙三十九年十一月自礼部尚书任休致;昉思诗至早当为本年秋作。且昉思明年游江宁系在夏日,与"残秋"语不符;若作于癸未秋,则上年方事客游,不当有"频年髀肉生"之语;至甲申秋昉思已卒;是此诗之作亦不得迟于本年。

〔九〕徐逢吉《黄雪山房诗选·怀赵瑾叔瑜、洪昉思昇》(原注:昉思著《长生殿》乐府,瑾叔号绣衲头佗):"仙舟何日去东吴,怜我西征病未苏。借问独骑青海马,何如同听白门乌。霓裳月里秋多少,绣衲灯前梦有无?千里凭谁传锦字,白云空扫华山图。"据诗中"何如"云云,知昉思及瑜同客江宁。诗又有"霓裳月里秋多少"语,当即作于本年秋昉思游江宁之时。

〔一○〕《稗畦集·长干寺逢宛陵阮于岳侍郎》有"蓟门一别苦相思,江寺重逢乐不支。携手深松残雪冷,置身高塔四天垂"等语。长干寺在江宁。《馆选爵里谥法考》康熙二十一年庶吉士:"阮尔询,字于岳,号澄江。江南宣城人。散馆,改监察御史。官至工部侍郎,国史有传。"又,《国朝耆献类征》卷六十"国史馆"《阮尔询传》:"(三十五年)九月迁右参议。……三十七年擢鸿胪寺卿。三十九年迁右通政,四十一年擢光禄寺卿,……四十六年……授工部右侍郎。"是尔询为工部右侍郎在昉思卒后。疑其于四十六年前已授侍郎衔,故昉思诗以侍郎称之。核以是时官制,尔询授侍郎衔至早当在官右通政时。故诗当作于三十九年以后。昉思本年寓江宁,至腊月始返,与"携手深松残雪冷"之语相合。诗当本年所作。时尔询或以公南来。

〔一一〕《两浙𬨎轩录》卷四王蓍《挽洪昉思》序:"余与昉思交差晚。"蓍上元人,又云"差晚",则其与昉思订交约在本年昉思游江宁之时。

《金陵通传》卷二十四:"王之辅,字左车,上元人。……(其父)自秀水迁金陵。……(之辅)子名曰概、曰蓍、曰臬。""概字安节。……笃行嗜古,工诗文。……绘事篆刻,并臻逸品。""蓍字宓草,号湖村。善隶书,工书。……著有《瞰浙楼集》。"案,《两浙𬨎轩录》谓蓍秀水人,盖就其先世籍贯言之,实则蓍父之辅已入籍上元也。

《长生殿》卷首题辞有王概七绝二首。据《金陵通传》所述,概当为蓍之兄。《两浙𬨎轩录》则云蓍诗"有与其弟安节唱和者"。案,李渔《一家言全集》卷六有《寄怀王左车暨长公安节次公宓草》诗,《通传》之说是也。概为昉思题《长生殿》,与其弟蓍纳交昉思或为后先之事。

〔一二〕孙凤仪《牟山诗钞·昉思札来,病两月余,诗以怀之,却寄》:"客腊满天吹雪片,冲寒双足走苏州。"原注:"新岁见辕抄,始知客腊尚留吴门。"诗为明年作(参见明年谱注三)。所述当为昉思本年自江宁南返事。盖昉思于腊月南返,留苏州度岁。

康熙四十一年壬午 一七〇二 五十八岁

自吴返,倩朱彝尊为作《长生殿》序。彝尊又有《题洪上舍传奇》诗〔一〕。

夏,往游江宁。以《长生殿》示王廷谟,廷谟大赞赏之,为作序〔二〕。

夏秋间卧病两月余,以札致孙凤仪,凤仪有诗却寄〔三〕。

冬,自江宁返,以诗赠北郭妓女吕氏,孙凤仪和之〔四〕。

金埴有《洪昉思昇归自金陵》诗〔五〕。

饮王锡斋中,有《初冬饮王百朋斋中作》〔六〕。

〔一〕《曝书亭集》卷二十玄默敦牂(壬午)《题洪上舍传奇》:"十日黄梅雨未消,破窗残烛影芭蕉。还君曲谱难终读,莫付尊前沈阿翘。"洪上舍当即昉思。盖是时彝尊尚留杭州。唯所题传奇,不知系何作品。又,《长生殿》卷首有朱彝尊序,与此诗当为后先之作。

〔二〕《长生殿》卷首王廷谟序:"……余尝自负能论文。壬午夏,洪子昉思自杭州来,持所作《长生殿》掷余前曰:闻子能论文,能识我文乎?余以为是名下士也,置案头三日不翻阅。偶朝起,俟水洗面,呆立案左,随手掀《定情》篇读之,不觉神为所摄。噫嘻异哉。昉思为谁也而能是文耶?是文也而竟出自昉思耶?急追次篇读之。不自禁又追其次之次读之,至昼午遂尽上卷。又急追下卷读之,不自知其拍案呼曰:昉思其耐庵后身耶?实甫、临川后身耶?殆玉环后身耶?抑明皇后身耶?何其声音悲笑毕肖其人耶?抑得乎天、得乎心而幻化百千万亿不可测之境情,假此游戏人间耶?固超乎冬烘先生之法而自为法者耶？虽然，何其多情也。多情而出于性，殆将有悟于道耶？然欢娱之词少，悲哀之词多，昉思其深情而将至忘情以悟情之即性即道耶？噫嘻异哉，此所谓心合乎天而发于真者耶？世有昉思之文，则吾侪之真能论文者可无寂寞之忧，然不免冬烘先生之谋之杀也。昔卓吾云：即为世人辱我骂我打我杀我，终亦不忍吾文藏之深山，投之水火。盖其意欲公诸天下，而不忍文之真种子断绝于世，使后人无所依归也。余于昉思之文亦然。金陵王廷谟议将拜序。"廷谟身世未详。其人思想似颇受李贽影响。行文略近金圣叹。

〔三〕孙凤仪《牟山诗钞·昉思札来，病两月余，诗以怀之，却寄》："一缄寄我话离愁，两月缠绵病未休。客腊满天吹雪片，冲寒双足走苏州。（原注：新岁见辕抄，始知客腊尚留吴门。）半山春水桃花舫，百尺兰陵皓月楼。（原注：俱丙子年事。）往事凄凉不堪问，秋风桂子醉湖头。"据末一句，知诗作于秋日，时凤仪在杭（湖头指西湖）。又据"俱丙子年事"注，知当作于丙子后。案，凤仪于康熙乙卯自杭州徙武进，见《牟山诗略》卷首孙念劬所撰行略；《牟山诗略·重整先大父茔，借宿石筼庵，感而赋此》："乙巳之冬十一月，为先大父茔窀穸。……屈指于今廿七年，重来借榻依萧寺。"知凤仪本年尝返杭州，诗当本年所作。疑凤仪来杭时，昉思已去江宁，故凤仪仅从辕抄获知昉思客腊行踪，否则，昉思当面告之也。

〔四〕《牟山诗钞·和洪昉思赠吕校书原韵三首》："北郭佳名著，何从月下看？碧梧栖弱凤，幽谷占香兰。一曲传觞易，千金买笑难。洪崖仙境里，玉暖不知寒。""扶病梁园下，应知骨力微。最怜寒月夜，犹着舞时衣。出岫云轻逗，依人鸟倦飞。霜浓愁马滑，缓缓陌头归。""久失章台路，凄凉十二桥。怕过苏小墓，愁听浙江潮。闻病肠应断，知名魂已消。相思莫相见，好梦或能邀。"据"缓缓"句及"怕过"二句，知吕氏时在杭州，盖新自外县归来。诗又有"洪崖仙境里，玉暖不知寒"（"洪崖"谓昉思）及"霜浓愁马滑"等语，作诗时当已在冬日。此盖本年冬在杭州所作。昉思原作已佚，然吕氏既在杭州，则昉思诗必作于本年自江宁返里之后。又，凤仪《昉思札来……》诗有"秋风桂子"语，约作于八九月间；诗中又有"病未休"语，是昉思尚未痊愈；俟其病愈返杭，至早当在初冬。

〔五〕金埴《瓺门吟带·洪昉思昇归自金陵》："秦淮水碧内桥斜，龚孔梳头对丽华。度曲若逢陈后主，《长生殿》谱《后庭花》。"案，昉思丙子客游江宁，埴已离杭。诗当为本年作。

《瓺门吟带》又有《与洪昉思昇探梅孤山》诗："结伴来探雪后春，逋仙亭畔几逡巡。岁寒不爽孤山约，只有梅花是故人。"作年无考。

〔六〕《稗畦续集·初冬饮王百朋斋中作》："四十已强仕，不官犹未迟。昔贤非浪出，吾道有深期。"案，王锡《啸竹堂集·秋雨书怀八首》（原注：壬午岁）有"四十成名笑已迟，那堪一售尚无期"语，昉思诗有"四十"云云，约亦作于本年前后。

康熙四十二年癸未　一七〇三　五十九岁

春，与孙凤仪同往皋亭观桃，凤仪有诗纪事〔一〕。

孙凤仪招伶于吴山演《长生殿》，昉思遇之，赠以诗；凤仪亦有《和赠洪昉思原韵十首》〔二〕。

撰杂剧《四婵娟》成，惠润为之序。剧中于世态仍有所讥讽〔三〕。

腊月，曹寅寄示所作杂剧《太平乐事》，为作序文〔四〕。

为吕熊评《女仙外史》，且欲取书中练霜飞、刘松碧事为作传奇〔五〕。

徐嘉炎卒。

康熙帝于正月四次"南巡"，三月还京。十月，又"西巡"至西安。时以频年来多方征取，"巡幸"所过诸地，人民生计甚艰。

〔一〕孙凤仪《牟山诗略·邀柱东、昉思、式如、宇惊皋亭观桃，得四绝句》："皋亭山下路偏长，树树桃花映夕阳。记得当年寒食候，画船相与绮罗香。(《牟山诗钞》此首下注云：'此予壬子年情事也。')""柳七疏狂感慨多，牢骚旧事恨如何。春风重溯桃源棹，一曲凉州叹逝波。(原注：昉思有'春风他日西陵路，谁吊填词柳七郎'之句。)""春雨连宵听小楼，旅怀落寞动新愁。扁舟沽酒联诗伯，不醉皋亭不肯休。""于邑惭愧比髯苏，老去诗颓酒不扶。犹喜清狂还未倦，可如赤壁夜游图。(原注：柱东有'风流只合让苏髯'之句。)"案，皋亭山在杭州，凤仪上年来杭，昉思已往江宁，至冬始返；诗当为本年作。柱东即汪舟溁，杭州人，为凤仪诗友；见孙念劬《先曾祖半庵公行略》。宇惊为凤仪弟，见《牟山诗略·初度日宇惊弟以诗见祝，依韵奉酬，并志感怀》诗。《国朝杭郡诗三辑》卷三诸殿锟(仁和人)《赠莲居庵主式如》云："东城有畸人，卓尔出尘表。静默砭时流，孤高驱俗扰。……"与凤仪诗所云式如或即一人。

《牟山诗钞·柱东复成九绝句，复和其韵》："桃花十里散流霞，波映红妆簇绛纱。情比汪伦潭水重，况逢仙友是洪崖(原注：谓柱东、昉思)。""《轮台》一曲酒千回，似泣还歌笑口开。白发青衫黄土客，仙乎我欲问天台(原注：昉思度《古轮台》曲即席放歌，中有'才子青衫，美人黄土，英雄白发'之句)。"当为皋亭观桃后作。

〔二〕《牟山诗钞·和赠洪昉思原韵十首》："我去天涯二十年，刘安鸡犬忆神仙。骚坛少日通名姓，《啸月》新词已遍传(原注：《啸月》，昉思词名)。""怜才谁料妒蛾眉，落拓疏狂竟放归。舞有《柘枝》歌有曲，独抛红豆教青衣。""兰陵美酒昔曾游，酣雪陶然未放讴。铩羽冥鸿君似否，还须怜我一沙鸥(原注：戊辰春雪，来游毗陵)。""风流遗事翻新曲，名擅词坛重一时。谱出几多肠断处，淋铃细雨滴梧枝。""吴山顶上逢高士，广席当头坐一人。短发萧疏公瑾在，看他裙屐斗妆新(原注：予于吴山演《长生殿》，是日恰遇昉思)。""萍踪偶合果然奇，艳曲明妆赛夜辉。虽是天涯沦落客，尊前未许湿罗衣(原注：昉思以此曲贾祸放归)。""至尊偏是占风流,午夜香盟七夕秋。已信曲中讹字少,周郎故故动星眸。""载酒江湖乘白舫,征歌花柳拍红牙。何如一曲《长生殿》,消尽离魂醉碧纱。""闻君已有《婵娟》曲,何日清歌听未央?自有雪儿能按谱,更无人似赵春坊(原注:新谱《四婵娟》已寿梓矣)。""宫商强按信难真,君破洪荒万古尘。花下酒边人自有,怜才岂少忌才人(原注:原倡有'酒边花下两三人'之句)。"案,昉思上年自江宁返,约已在冬日;吴山顶上演剧,似非寒冷之时所宜。此亦当为本年春事。昉思原作已佚。

〔三〕见前引孙凤仪《和赠洪昉思原韵十首》注。此剧今存钞本,卷首载有惠润序,未署年月,要亦为此一二年间所作。盖昉思于此一二年间尝遇惠润,因倩其作序。剧中于世态仍有所讥讽,如第二折叙王羲之欲拜卫茂漪为师,羲之僮儿云:"相公又来痴了。你看如今世上投认师生,无不希图富贵;则这卫夫人是个女人,又不是当朝宰相,又不是掌院翰林,又不是吏部天官,没来由也去拜甚门生?还是图甚么名、图甚么利来?可不扯淡!"又云:"相公,你既要拜老师,也要备些礼物,如今通行的,第一件是几匹真广缎。……兑一对镌名的杯儿,上面刻着门生王羲之百拜,恭为卫老夫人晋爵。"末云:"相公慢些走,还要带个门包是要紧的。"皆有慨于世之语也。唯此剧不闻有刻本,凤仪云"已寿梓",似不确。

〔四〕柳山居士撰《太平乐事》杂剧卷首载有昉思序:"昔汉唐始立乐府,有《景星》、《斋房》、《天马》、《赤雁》等曲,承《豳风》之绪余,歌咏太平。远被重译,贡琛献赞,无不闻风向化,则乐之感人深且远矣。后世衍为歌行,截为断句,再变而填词,递降而散曲,加以宾白,演以排场,成杂剧传奇。虽与古乐分途,然其纪风俗、颂熙皞,同一意也。金元以来,院本特盛。明代所纂《雍熙乐府》,多取御筵歌唱,不无猥杂。金陵陈大声点缀升平,旁摭逸事,亦琐亵不雅观。柳山先生出使江左,铃阁多暇,含风咀雅,酌古准今,撰《太平乐事》杂剧以纪京华上元。凡渔樵耕牧、嬉游士女、货郎村伎、花担秧歌,皆摩肩接踵,外及远方部落,雕题黑齿,卉服长鼓,儌佅兜离,罔不罗列院本。其传神写景,文思焕然;诙谐笑语,奕奕生动;比之吴昌龄村姑演说,尤错落有古致。而序次风华,即《紫钗》元夕数折,无以过之。至于日本灯词,谱入蛮语,怪怪奇奇,古所未有。即以之绍乐府余音,良不虚矣。吾知此剧之传,百世以下犹可见想其盛,而况身际昌期者乎!癸未腊月钱唐后学洪昇拜记。"柳山居士自序云:"……武林稗畦生击赏此词,以为劲气可敌秋碧。曾为稗畦说宫调,令其注《弹词·九转货郎儿》下。未几有捉月之游。……急切付梓,盖存故人之余意焉尔。己丑九月十五日柳山居士书。"案,曹寅自号柳山,见张云章《朴村诗集》卷四《奉陪曹公月夜坐柳下赋呈》诗"柳山先生性爱柳"句自注。时寅为江宁织造,与昉思序所云"出使江左"者亦合。且寅固擅剧曲者,尝撰《北红拂记》《虎口余生》及《后琵琶》诸曲(见尤侗《艮斋倦稿》卷九《题北红拂记》及刘廷玑《在园杂志》卷三)。则此撰《太平乐事》之柳山居士当即曹寅。又案,曹寅于明年春末,迎致昉思于江宁,集名流为胜会,以演《长生殿》。若昉思本年腊月在江宁,与寅游处,其离江宁当已在冬末或明年春初,距明年春末才二三月耳;寅何不即于彼时演剧,而必待张云翼为昉思演《长生殿》后,始"闻而艳之",于昉思甫离江宁之时又复迎致之而为是会(参见明年谱)?且昉思前二年皆尝客游江宁,似亦无连续三年、年年往游江宁之必要。疑此剧系曹寅慕昉思名而寄示之以索序者。昉思既激赏此剧而序之,寅故喜而迎致之于江宁,为演《长生殿》也。

《清史列传》卷七十一:"曹寅,字子清。汉军正白旗人。父玺,官工部尚书。寅官通政使、江宁织造、兼巡视两淮盐政。性嗜学,校刊古书甚精。尝刊音韵五种及《楝亭十二种》。工诗,出入白居易、苏轼之间。著有《楝亭诗钞》八卷。又好骑射,尝谓读书射猎,自无两妨。又著有《诗钞别集》四卷,《词钞》一卷。"案,寅为康熙帝亲信,多与诸文士游;孙霑,即《红楼梦》作者;又,寅为正白旗包衣人,《列传》所记微误;皆见周汝昌同志《红楼梦新证》。

〔五〕《女仙外史》第一、四、二十八、三十一、三十九、五十八等回皆有昉思评语。第一回批语:"洪昉思曰:斩除劫数,属之月姊,绝无所因,故以天狼求姻一事激之;乃为天子之心所必然者。于是降凡之后,种毒甚深,始终不许燕王为天子,即借劫数之刀兵以报怨,而作者亦即借彼之劫数以行其褒忠诛畔之微权。结撰一百回之大文章,其开辟混茫之手乎?"于《女仙外史》评价甚高。第五十八回批语:"昉思曰:练公子与松娘为婚,是前回配合忠臣之子女余波也。松娘感梦而得佳偶,即铁柔娘梦与刘炎订姻之余波也。从来文之余波,是强弩之末,断不能如初发。此则益加后劲,更有胜乎前茅,洵为妙才。予将以公子松娘,别作传奇,为千秋佳话。"尤可见其于此书之赞赏。练公子名霜飞,松娘谓刘松碧。又,第四回批语:"昉思曰:此回有暗针。如认鲍母为姊,与授林公子玄术,即一人也。出林氏之别业,入孝廉之堂中,亦一时也。名字既自各别,文章又复逆叙,伏此一脉,颠倒看者,疑鬼疑神,才人狡狯可杀。"第二十八回批语:"昉思曰:十一回奎道人去矣,至四十一、二回,尚有多少说话。此回卫都挥之去也,至四十三、四回亦尚有多少文章。方知《外史》节节相生,脉脉相贯,若龙之戏珠,狮之滚球,上下左右,周回旋折,其珠与球之灵活,乃龙与狮之精神气力所注耳。是故看书者须睹全局,方识得作者通身手眼。"皆可见昉思论文之着眼所在。

《女仙外史》卷首刘廷玑品题:"岁辛巳……叟对以将作《女仙外史》。……壬午,叟至洪都,余为设馆授餐,俾得殚精于此书。……甲申秋,叟自南来见余曰,《外史》已成。"是成书在壬午后、甲申前。昉思为作评语,亦当在本年前后。案,《咏归亭诗钞》卷八《感旧诗十三首·吕处士逸田》:"名熊,昆山人。与吴乔修龄友善,颇悉明末事。于忠襄公尝称其经济才。久客督抚大吏幕。于吴门梅隐庵购得一椽以居。子孙皆物故,君年八十二卒。即葬于庵旁。著有诗文稿及《女仙外史》。"

康熙四十三年甲申　一七〇四　六十岁

三月,应吴焯之招,与张远、顾嗣立等宴集于青萝书屋;又尝宴集于吴焯瓶花斋;皆有诗〔一〕。

春末,应江南提督张云翼之聘,往游松江。云翼延为上客,开长筵,盛集宾客,为演《长生殿》。曹寅闻之,亦迎致昉思于江宁,集南北名流为胜会,独让昉思居上座,以演《长生殿》剧。每优人演出一折,昉思与寅即雠对其本以合节奏,凡三昼夜始毕,一时传为盛事〔二〕。时梅庚亦与会,为诗以赠〔三〕。

曹寅读稗畦行卷,感而赠诗〔四〕。

自江宁返,行经乌镇,酒后登舟,堕水死。时为六月初一日;《长生殿》刊印甫成。王士禛、金埴、徐逢吉、吴陈琰、戴熙、景星杓、王蓍、郑景会等皆有哀挽之作〔五〕。

陈大章《玉照亭诗钞》本年有《寄洪昉思》诗,实取李孚青《怀洪昉思》改窜而成;盖是时昉思声名籍甚,因欲托为昉思知己以邀名〔六〕。

阎若璩卒。　　高士奇卒。　　吴雯卒。　　尤侗卒。

〔一〕顾嗣立《闾丘诗集》卷二十甲申《吴赤凫招饮青萝书屋,同张超然、洪昉思、王赤抒、吴宝厓、项霜田、汪无亢、家摺玉诸君即席分韵,得十二文》:"天开卵色变晴云,谷雨花香别院闻。小阁青枝留宿润,疏帘芳草映斜曛。品评古画横铺几,点检残书乱落芸。春色一分容易过,好凭尊酒伴殷勤。"诗有"谷雨"云云,当作于三月;昉思诗已佚。

吴焯《药园诗稿》卷下《瓶花斋谦集,招同张超然、顾侠君、洪昉思、王赤抒、许莘野、项霜田、顾天臣、汪无亢、周层岩、王握苍、顾摺玉、汪陛交、次颜、家宝崖、快亭、皖轮分韵,得深字》:"小院清幽蓺水沉,开颜最喜聚同心。半帘晴日晚云卷,一径落花春草深。盏唤鱼英推雅量,笺裁桐叶试清吟。豪情名饮应无匹,那羡东山丝竹音。"据上引顾嗣立诗,知嗣立与张远二人本年春俱在杭州;此与顾、张二人同集,亦当为本年事。据诗中"一径"句,时当在三月或稍前。昉思诗亦佚。

案,《清诗别裁》卷十九:"张远,字超然。福建人。康熙己卯解元。著有《无闷堂集》。超然旅寓常熟,久困举场,发解时年已老。……诗格大段疏朗,异于局束如辕下驹者。"

同书卷二十三:"顾嗣立,字侠君。江南长洲人。康熙壬辰进士,官翰林院庶吉士。著《秀野诗集》。秀野选元人诗集,搜罗殆遍,使百年文献,不致沦没,皆其功也。"

《国朝杭郡诗辑》卷五:"王丹林,字赤抒,号野航。仁和人。康熙年郡拔贡,官中书科中书。有《野航集》十卷。……遇畗才丰,世咸嗟惜。其为诗镂章琢句,婉丽清新,长安中公卿贵人谈诗者无不愿交野航。野航又善画,短章醉墨,画幅题识,落笔争为人传诵。"

同书卷八:"许田,字莘野,号甾农。钱唐人。康熙癸未进士,官四川高县知县。有《亦快阁》、《屏山》、《西征》、《燕邸前后》等集。"

同书卷九:"汪见祺,字无亢。钱唐人。霦子。康熙己丑进士。官礼部主事。"

同卷:"汪泰来,字陛交,号后山。徽州人,钱唐籍。康熙壬辰进士,官广东潮州同知。有《半舫集》。……工画花草,在白阳、青藤之间。尤长松石。"

〔二〕金埴《巾箱说》:"迨甲申春杪,昉思别予游云间白门,甫两月而讣至。"又,"昉思之游云间白门也,提帅张侯云翼开谯于九峰三泖间,选吴优数十人搬演《长生殿》,军士执殳者亦许列观堂下,而所部诸将并得纳交昉思。时督造曹公子清寅亦即迎致于白门。曹公素有诗才,明声律,乃集江南江北名士为高会,独让昉思居上座,置《长生殿》本于其席。又自置一本于席。每优人演出一折,公与昉思雠对其本,以合节奏。凡三昼夜始阕。两公并极尽其兴赏之豪华,以互相引重,且出上币兼金赆行。长安传为盛事,士林荣之。迨归至乌镇,昉思酒后登舟,而竟为汨罗之投矣。伤哉!予为文以诔,有云:陆海潘江,落文星于水府;风魂雪魄,赴曲宴于晶宫。西河毛先生颇称之。"

《不下带编杂缀兼诗话》卷一:"甲申春杪,昉思应云间提帅张侯云翼之聘,依依别予去。侯延为上客,开长筵,广集文宾□(疑为将)士,观昉思所谱《长生殿》戏剧以为娱。时织部曹公子清寅闻而艳之,亦即迎致白门,……"

《清史稿》卷二百六十一《张勇传》:"子云翼袭爵,官至江南提督,卒谥恪定。"案,勇,陕西咸宁人,进一等侯。云翼亦能诗,有《式古堂集》,今存。江南提督时驻松江,故埴称"云间提帅"。

〔三〕《长生殿》卷首题辞有梅庚七绝二首。其二云:"谁知白下司农第,又打《长生》院本成。"司农指曹寅(尤侗《艮斋倦稿》卷四《曹太夫人六十寿序》有"农部子清"语可证),盖庚亦与此会也。

〔四〕曹寅《楝亭诗钞》卷四《赞洪昉思稗畦行卷感赠一首,兼寄赵秋谷赞善》:"惆怅江关白发生,断云零雁各凄清。称心岁月荒唐过,垂老文章恐惧成。礼法谁尝轻阮籍,穷愁天亦厚处卿。纵横捭阖人间世,只此能消万古情。"《诗钞》编年,此系本年作。

〔五〕昉思卒于乌镇及金埴为文以诔事,见注二引《巾箱说》。又,《两浙輶轩录》卷四王著《挽洪昉思》并序:"昉思以《长生殿》传奇被劾,而才名愈著。余与昉思交差晚,读其旧稿《幽忧草》,乃知昉思不得于后母,罹家难,客游京师。哀思宛转,发而为诗,取古孝子以自勉。世第以词人目之,浅之乎知昉思矣。甲申夏,泊舟乌镇。因友人招饮,醉归失足,竟坠水死。""世传艳曲调清新,我爱高吟意朴淳。怨又自伤真孝子,性情不愧古风人。家从破后常为客,名到成时转累身。归老湖山思闭户,何期七尺付沉沦。""苕溪流似沅湘遥,又为骚人赋《大招》。漫把哀音翻《薤露》,便将新曲谱鲛绡。长生殿角薰风暖,小部歌声乳燕娇。此日沦亡君莫恨,太真生共可怜宵(原注:杨妃以六月朔日生,明皇于是日命梨园小部奏《荔枝香》新曲于长生殿上。今昉思适以六月朔日死,故及之)。"知卒于六月初一日。

王士禛《带经堂全集·蚕尾续诗》卷七《挽洪昉思》:"送尔前溪去,栖迟岁月多。菟裘终未卜,鱼腹恨如何?采隐怀苕雪,招魂吊汨罗。新词传乐部,犹听雪儿歌(原注:昉思工词曲,所制《长生殿》传奇刻初成)。"案,《国朝词综》卷十三吴仪一名下注:"厉樊榭云:……王新城晚年有寄怀西泠三子诗,曰:稗畦乐府紫山诗,更有吴山绝妙词。此是西泠三子者,老夫无日不相思。"是士禛于昉思感情极深。

徐逢吉《黄雪山房诗选·哭洪昇》:"不向深山带女萝,幽魂翻自逐风波。平生岂抱湘累怨,此日愁闻丽玉歌。红蓼花开人不返,白蘋风起泪还多。鲤鱼扬鬣水仙杳,手拂冰弦唤奈何。"又,《游慈云寺,因过亡友洪昉思故宅》:"偶诣空王界,因过亡友居。坏墙栖鸟雀,古木卧阶除。妻子流离久,琴筝想像余。邻钟催月上,清露湿衣裾。"当为本年后所作,一并系此。

金埴《不下带编杂缀兼诗话》卷一:"吴宝崖陈琰舟过乌戍吊昉思诗:'烟水依然拍野塘,饥驱客死倍堪伤。乌程酒酽漏将促,白舫灯昏风故狂(原注:昉思赴席归舟,风发烛灭,遂不可救)。失足久无人济溺,招魂剩有鬼还乡。江南儿女应传语,分取钗钿吊七郎。'——昉思题唐六如墓:'不知他日西陵路,谁吊春风柳七郎。'盖自况也。"

戴熙《匣剑集·吊洪昉思》:"名士生多阨,才人死亦奇。烟波空浩渺,魂魄竟何之?太白骑鲸日,三闾作赋时。茫茫天地阔,万古使人悲。"

景星杓《拗堂诗集》卷五《哭洪昉思三首》并序:"昉思洪君,高才不偶。且以谪仙之狂,几蹈夜郎之放。归益潦倒,醉而沉水,时以捉月比之。忆尝访余于东城,诵诗啜茗,意甚欢洽。自是踪迹复远。没后适遇朱赓唐,言洪君称道余诗不置。星杓风尘濩落,有同病骑。于君抱孙阳之感,哭之以诗。以其沉于水也,故语兼楚声焉。""宋室忠宣后,于今有一人。地灵钟此杰,天宝写残春(原注:昉思撰《长生殿》传奇)。美色恒招妒,奇才竟误身。堪将流俗恨,洒泪诉波臣。""见访柴荆日,吟诗为我留。岂烦长说项,翻悔失依刘。知己千秋感,哭君双涕流。何时把椒糈,一酹大江头。""津口公毋渡,冲风卷夕波。骑鲸宁自意?披发奈公何。作赋投湘水,登歌赛汨罗。魂乎急归只,浮浪蝮蛇多。"

《国朝杭郡诗辑》卷三十一郑景会《悼洪昉思》:"潦倒名场四十年,归途竟作水中仙。尊前顾曲无公瑾,邺下论交少仲宣。故国魂招乌戍月,新秋梦断白蘋烟。临流欲洒山阳泪,怅望西风倍黯然。"

汪鹤孙《延芬堂集》卷下《颜山赠赵秋壑太史》四首之二:"才名洪赵每相当,诗苑词坛各擅场。凄凉法曲成千古,焉得吟魂列坐旁(原注:昉思自苕霅间归,堕水死。其所著《长生殿》传奇,盛行于世)。"亦于昉思深致悼念。秋壑即秋谷。

李孚青《道旁散人集》卷五乙未《偶忆洪昉思己巳被斥事即题其集后》三首之三:"捶楚功名已放休,依然扣虱见王侯。网罗才脱蛟龙得,岂忆西湖是浊流(原注:昉思与客饮湖上,中夜大醉,堕水死)。"谓昉思沉于西湖。案,金埴、吴陈琰、郑景会皆谓卒于乌镇,汪鹤孙亦言"自苕霅间归,堕水死"。此诸人或为杭人,或流寓杭州,所说当可信。云沉于西湖者,盖传闻之误。袁枚《随园诗话》卷一:"钱唐洪昉思昇……性落拓不羁。晚年渡江,老仆堕水;先生醉矣,提灯救之,遂与俱死。"谓渡江而卒,亦当为传闻之误。

沈德潜《国朝诗别裁》卷十六:"洪昇,……五十余堕水而没。"焦循《剧说》卷四同。案,清初人于年岁有纪足岁者。如张丹《张秦亭文集》卷八《祭步青叔文》:"岁在丁未,……叔步青没于京师,……年未四十,忽焉溘逝。"同书卷二《越中寄四妹昊书》:"吾长于叔九年。"叔谓步青。张丹生于万历己未,见《从野堂诗自序》。康熙丁未,虚龄四十九,步青虚龄四十。云"年未四十",即以足岁纪之。昉思之卒,足岁尚未满五十九,故沈德潜云"五十余",非德潜于昉思生卒别有所据也。

〔六〕陈大章《玉照亭诗钞》卷八甲申诗《寄洪昉思》:"北阙囊书去,西湖种树成。谁能下车挥,自要摘船行。名岂同张翰,狂宁负窦婴?酒余思故态,大笑绝冠缨。"案,李孚青甲戌《怀洪昉思》诗:"夫子竟辞荣,西湖卜筑成。谁人下车挥,何处摘船行?亡岂同张俭,狂宁负窦婴?清宵思故态,一笑绝冠缨。"据诗意,作者当与昉思相交已久,故深知昉思情性,并有"思故态"云云。考孚青与昉思交甚密,集中诗涉及昉思者颇多,昉思集中亦有关涉孚青之作,皆见前谱。至陈大章,昉思集中绝无关涉其人之作;大章集中,除本诗外,于昉思生前亦无赠答之篇。此二人自以孚青为符合本诗作者之身份。又,昉思女之则甲戌为《吴人三妇评牡丹亭》所作跋云:"今大人归里,将于孤屿筑稗畦草堂,为吟啸之地。"孚青诗列于甲戌,而有"西湖卜筑成"云云,与昉思情状亦相密合;大章诗改作"西湖种树成",则不知所云矣。故此诗必为孚青所作。大章改窃孚青诗以为己作而收入集中者,盖是时昉思声名藉甚,欲令人视之为昉思知己以邀誉也。又案,大章字仲夔,号雨山,黄冈人,康熙二十六年进士,选庶吉士,乞假归,以教授为生,见其集中自述各诗。

《玉照亭诗钞》卷十八戊戌年诗又有《观演剧悼洪昉思作》四首,时距昉思之卒已十四年。诗中自注有涉及昉思生前情状者。然大章于昉思既系谬托知己,所述自未必足信。姑录以备考:"红烛高烧照酒舟,桂华香彻月华流。虹冠霞帔霓衣举,并作西宫一色秋。""旧曲新翻自性灵,哀丝急管遏行云。柔声入拍如将绝,眼见何人不哭君(原注:贾岛吊孟郊诗:'昔年遇事君多哭,今日何人更哭君。'昉思填词至得意处,更大哭不已)?""哀乐无端急转轺,人间天上两悠悠。千金一字淋铃曲,不比寻常菊部头。""万劫情缘一瞬间,才人薄命抵红颜。风流不是庭兰辈,漫把哀音付等闲(原注:秋谷诗'独抱焦桐俯流水,哀音还为董庭兰',为昉思作也)。"

附录一 演《长生殿》之祸考

一

清人杂著记述演《长生殿》之祸者甚夥,而语多异同。今录较重要诸说于后。

金埴《巾箱说》卷下:"先是康熙戊辰(二十七年),朝彦名流闻《长生殿》出,各醵金过昉思邸搬演,觞而观之。会国服未除才一日,其不与者嫉而构难,有翰部名流坐是罢官者。后其本遂经御览,被宸褒焉。"

厉鹗《东城杂记》卷下《洪稗畦》:"暇取唐人《长恨歌》事,作《长生殿》传奇。一时勾栏竞钞习之。会国忌止乐。贵人邸第有演此者,为言官所劾,诸人罢职,昉思逐归。山左赵宫赞执信亦在遣中,赵尝有绝句云:'牢落周郎发兴新,管弦长对自由身。早知才地宜江海,不道清歌误却人!'盖自悲也。"

查为仁《莲坡诗话》卷下:"洪昉思以诗名长安,交游谵集,每白眼踞坐,指古摘今,无不心折。作《长生殿》传奇,尽删太真秽事,深得风人之旨。一时朱门绮席,酒社歌楼,非此曲不奏,缠头为之增价。乃好事者借事生风,旁加指斥,以致秋谷、初白诸君子皆挂吏议,此康熙己巳秋事也。秋谷赠初白诗有'与君南北马牛风,一笑同逃世网中'之句。初白答以:'欲逃世网无多语,莫遣诗名万口传。'又云:'竿木逢场一笑成,酒徒作计太憨生。荆高市上重相见,摇手休呼旧姓名!'后庚寅九日郭于宫于花密居招同人社集,演《长生殿》传奇,初白老人不及赴,以二绝句答之云:'曾从崔九堂前见,法曲依稀焰段传。不独听歌人散尽,教坊可有李龟年?''上客红筵兴自酣,风光重说后三三。老夫别有烧香曲,凭向声闻断处参。'感慨系之矣(案,查氏原诗见《敬业堂诗集》卷三十九,题为《燕九日郭于宫范密居招诸子社集,演洪稗畦长生殿传奇,余不及赴,口占二绝句答之》。此云"九日",又云"于花密居",皆微误)。竹垞有赠洪句云:'梧桐夜雨词凄绝,薏苡明珠谤偶然。'亦实录也。"

王应奎《柳南随笔》卷六:"康熙丁卯、戊辰(二十六、七年)间,京师梨园子弟以内聚班为第一。时钱塘洪太学昉思昇著《长生殿》传奇初成,授内聚班演之。圣祖览之称善,赐优人白金二十两,且向诸亲王称之。于是诸亲王及阁部大臣,凡有宴会必演此剧。而缠头之赏,其数悉如御赐,先后所获殆不赀。内聚班优人因告于洪曰:'赖君新制,吾辈获赏赐多矣。请开筵为君寿,而即演是剧以侑觞,凡君所交游当延之俱来。'及择日治具,大会于生公园,名流之在都下者悉为罗致,而不及吾邑赵□□□。时赵馆给谏王某所,乃言于王,促之入奏,谓是日系皇太后忌辰,设乐张宴为大不敬,请按律治罪。上览其奏,命下刑部狱,凡士大夫及诸生除名者几五十人。益都赵赞善伸符执信、海宁查太学夏重嗣琏,其最著者也。后查以改名慎行登第,而赵竟废置终其身。"文中赵某名字原阙,据梁章钜《浪迹续谈》引,其人系赵星瞻徵介。

董潮《东皋杂钞》卷三:"钱塘洪太学昉思昇,著《长生殿》传奇,康熙戊辰中既达御览,都下艳称之。一时名士,张酒治具,大会生公园,名优内聚班演是剧。

主之者为真定梁相国清标，具柬者为益都赵赞善执信。虞山赵星瞻徵介，馆给谏王某所，不得与会，因怒，乃促给谏入奏，谓是日系太后忌辰，为大不敬。上先发刑部拿人，赖相国挽回，后发吏部。凡士大夫除名者几五十余人。海昌查太史慎行亦在其内，后改今名，先生诗所谓'荆高市上重相见，摇手休呼旧姓名'是也。赵竟以是废置终身。晚年有诗云：'可怜一夜《长生殿》，断送功名到白头。'闻当时有陈某者，已出都，行至良乡，闻有是会，星夜兼程回京。比到，席已散，值送客出，仅从中一揖而已。明日亦以与会削籍。"

阮葵生《茶余客话》卷九："赵秋谷以丁卯国丧，赴洪昉思寓观剧，被黄给事疏劾落职。时徐胜力编修亦与谦，对簿时赂聚和班优人，诡称未与，得免。都人有口号云：'国服虽除未满丧，如何便入戏文场？自家原有三分错，莫把弹章怨老黄。''秋谷才华迥绝俦，少年科第尽风流，可怜一出《长生殿》，断送功名到白头。''周王庙祝本轻浮，也向长生殿里游。抖擞香金求脱网，聚和班里制行头。'徐丰颐修髯，有周王庙道士之称。后官学士。闻黄给事家豪富，欲附名流。初入京，以土物并诗稿遍赠诸名士，至秋谷，答以柬云：'土物拜登，大稿璧谢。'黄衔之刺骨，故有是劾。"

戴璐《藤阴杂记》卷二："赵秋谷执信去官，查他山慎行被议，人皆知于国忌日同观洪昉思昇新填《长生殿》。昉思颠蹶终身，他山改名应举，秋谷一蹶不振。赠他山云：'与君南北马牛风，一笑同逃世网中。'竹垞赠洪句'梧桐夜雨词凄绝，薏苡明珠谤偶然'是也。近于吏科见黄六鸿原奏，尚有侍读学士朱典、侍讲李澄中、台湾知府翁世庸同宴洪寓，而无查名，不知何以牵及。又传黄以知县行取入都，以诗稿土宜送赵，答刺：'土宜拜登，大稿璧谢。'因之挟嫌讦奏。黄有《福惠全书》，坊间盛行，初仕者奉为金针。李字渭清，己未鸿博，与朱、毛倡和，世无知其被论何也？"

梁绍壬《两般秋雨盦随笔》卷四："黄六鸿者，康熙中由知县行取给事中入京，以土物并诗稿遍送名士。至宫赞赵秋谷执信，答以柬云：'土物拜登，大稿璧谢。'黄遂衔之刺骨。乃未几而有国丧演剧一事，黄遂据实弹劾。仁庙取《长生殿》院本阅之，以为有心讽刺，大怒，遂罢赵职；而洪昇编管山西。"

杨恩寿《词余丛话》卷三："洪昉思谱《长生殿》甫成，名动辇下。国忌日演试新曲，御史黄某纠之，先生革去监生，枷号一月，文人之厄，闻者伤之。然因此曲本得邀睿览，传唱禁中，亦失马之福也。"

以上诸书记述演剧之祸，说多歧异。叶德均先生著有《演长生殿之祸》（见《戏曲论丛》），于演剧年代、日期、地点、伶人、昉思结果等问题考证颇详。略云：

《清史列传》卷七十一《赵执信传》谓:"(康熙)二十八年以国恤中在友人寓宴饮观剧,为给事中黄仪所劾,遂削籍。"征以赵执信《饴山文集》卷十《亡室孙孺人行略》中"孺人生于康熙元年四月二十四日"及"二十八从余放归"等语,《清史列传》之说是也,演剧事当在二十八年,云在丁卯、戊辰者非也。又,查慎行《敬业堂集》卷十一《竿木集》原注:"起己巳十月,尽庚午二月。"此卷开首为《送赵秋谷宫坊归益都》四首。自注:"时秋谷与余同被吏议。"是其事在二十八年十月之前。据《康熙东华录》,太皇太后(即孝庄文皇后)逝于康熙二十六年十二月己巳,孝懿皇后逝于康熙二十八年七月甲辰;倘如《柳南随笔》等书所记于皇太后忌辰演剧,则当在二十八年十二月,与《竿木集》不合。故所谓"国忌"当指孝懿皇后之丧。《巾箱说》谓"会国服未除才一日",而《茶余客话》所引绝句则云"国服虽除未满丧",毛奇龄《长生殿院本序》亦云"其在京朝官大红小红已浃日,而纤练未除",当以后说为是。时制:群臣二十七日除服;见《皇朝通志》卷四十七《礼略》。毛云在已除丧服后之旬日,其时约为八月中旬左右。演剧地点,《巾箱说》《茶余客话》《藤阴杂记》皆谓在洪寓。味《藤阴杂记》文意,似戴氏所见奏折有宴于洪寓之明文,其说当较可信。云在贵人邸、生公园者似皆未确。《文献征存录》及《清史列传·洪昇传》又谓演于查楼,亦不足据。演剧伶人有内聚班及聚和班二说。据时人绝句"聚和班里制行头"语,以后说为可信。又,此绝句明为他人口吻,《东皋杂钞》谓执信晚年自作,非是。毛奇龄《长生殿院本序》云:"赖圣明宽之,第褫其四门之员,而不予以罪。"则昉思结果当以逐归之说为可信,云"编管山西"及"枷号一月"者皆影响傅会之谈。说多精当。唯毛序"纤练未除",实即丧服未除之意,参见《礼记·间传》及《汉书·文帝纪》,与金埴说合,与"国服虽除未满丧"之说不侔。案,绝句有"断送功名到白头"语,考《饴山文集》卷十《先府君行状》:"不孝年逾四十,稍知涉世。知己或欲相荐引,府君固止之。"是秋谷被劾后,本不无复起之可能;诗若作于二十八、九年间,又安能预知秋谷必"断送功名到白头"?此三绝句当为"都人"事后追述之词,故所叙未必尽确,要以毛、金之说为正。演剧约在八月上旬。至演剧地点,尚有演于赵执信寓一说,见陶孚尹《欣然堂集》。然戴璐既尝见黄六鸿原奏,金埴又为昉思斥归后过从甚密之友人,二人所说,不谋而合(金埴之书,为戴氏所未见,因其时无刊本行世),自最为可信。孚尹与昉思则并非知己,于昉思事本不甚了然。当以演剧遭祸诸人中,执信之名最著,传闻之词,遂以为演于赵寓也。参见康熙三十年辛未谱。又,叶德均先生之文用力甚勤,然于此一事件之若干重要问题尚未深考,今为补考于后。

二

《巾箱说》记演剧致祸之由云："其不与者嫉而构难。"说殊简略。疑其有所忌讳，故意隐约其辞。而《柳南随笔》及《东皋杂钞》遂实之以赵徵介。《茶余客话》《藤阴杂记》《两般秋雨盦随笔》则谓由黄六鸿衔秋谷而起。说虽不同，然视演剧肇祸之因为意气之争则一。夷考其实，二说皆未是。

毛奇龄《长生殿院本序》："才人不得志于时，所至诎抑。往往借鼓子调笑，为放遣之音。原其初本不过自摅其性情，并未尝怨尤于人，而人之嫉之者目为不平，或反因其词而加诎抑焉。然而其词则往往藉之以传。洪君昉思好为词，以四门弟子遨游京师。初为西蜀吟，既而为大晟乐府，又既而为金元间人曲子，自散套、杂剧以至院本，每用之作长安往来歌咏酬赠之具。尝以不得事父母，作《天涯泪》剧以寓其思亲之旨。余方哀其志而为之序之。暨余出国门，相传应庄亲王世子之请，取唐人《长恨歌》事作《长生殿》院本，一时勾栏多演之。越一年，有言日下新闻者，谓长安邸第每以演《长生殿》为见者所恶。会国恤止乐，其在京朝官大红小红已浃日，而纤练未除，言官谓遏密读曲大不敬，赖圣明宽之，第褫其四门之员而不予以罪。然而京朝诸官则从此有罢去者。或曰：牛生《周秦行纪》，其自取也；或曰：沧浪无过，恶子美意不在子美也。"是《长生殿》固被人目为"不平"之作。此剧每"为见者所恶"，其故当亦在此。至《周秦行纪》，为李德裕门客伪托牛僧孺所撰以诬僧孺者。中有"沈婆儿作天子也，大奇"语。德裕因作论攻之，谓《周秦行纪》自叙与后妃冥遇，欲证其身非人臣相，"及至戏德宗为沈婆儿，以代宗皇后为沈婆，令人骨战，可谓无礼于其君甚矣"。详见《李卫公外集》四。《长生殿》固非欲证其身非人臣相之作，则以《周秦行纪》为喻者，盖言"无礼于其君"也。又，《宋史》卷四百四十二《文苑·苏舜钦传》："舜钦娶宰相杜衍女，衍时与（范）仲淹、富弼在政府，多引用一时闻人，欲更张庶事。御史中丞王拱辰等不便其所为。会进奏院祠神，舜钦与右班殿直刘巽辄用鬻故纸公钱召妓乐，间夕会宾客，拱辰廉得之，讽其属鱼周询等劾奏，因欲摇动衍，事下开封府劾治，于是舜钦与巽俱坐自盗除名，同时会者皆知名士，因缘得罪，逐出四方者十余人，世以为过薄，而拱辰等方自喜曰：吾一举网尽矣。""沧浪无过"云云，谓欲借此而在政治上有所倾排。是演剧致祸之由，当时已有二说矣。而二说皆有据。

查慎行《敬业堂诗集》卷十一《竿木集》前小引云："饮酒得罪，古亦有之。好事生风，旁加指斥。其击而去之者，意虽不在苏子美，而子美亦不免焉。"慎行亦以观演《长生殿》而革去国子监生者,"饮酒得罪"即指此事而言。《长生殿》卷首梅庚题辞云:"会饮征歌过亦轻,飞章元借舜钦名。"又,金张《岘老编年诗钞》己巳《怀昉思、夏重,用进退格》:"卷(字疑误)中词唱《长生殿》,意外株连苏舜钦。"皆与"沧浪无过"之说合。足征昉思等人在此一事件中之地位,与宋庆历政争中苏舜钦相似,制造演剧案者所欲打击之主要目标,实不在于昉思及参与观剧诸人,而为政治上具有重要地位及影响者,若杜衍、富弼之属。查慎行"其击而去之者意虽不在苏子美"之语,所言甚明。是此一事件确有其政治背景。王泽弘《鹤岭山人诗集》卷十二辛未《送洪昉思归武林》有云:"何期朋党怒,乃在伶人戏?"虽就《长生殿》之内容言(说见后),然亦可知演剧之祸与党争有关。泽弘为昉思至友,且是时仕于京师,深知朝中情状,所说当无讹误。则时人以苏舜钦事为喻者,盖谓党人欲借此有所倾排也。

《清史稿》卷二百七十七《徐乾学传》:"时有南北党之目,互相抨击。""南"谓乾学等人,"北"谓明珠诸人。康熙二十七、八年间,正党争甚烈之时。泽弘诗所谓"朋党",非南党即为北党。考《稗畦集》有《寄大冶余相公》诗,余相公即国柱,为明珠私人;国柱前为江宁巡抚时,昉思亦尝往谒见,国柱且有所馈遗。然《稗畦集》又有《上徐健庵先生》《简高澹人少詹》诗,健庵即乾学,澹人为高士奇,乾学密友,许三礼劾乾学疏谓与乾学"相为表里"者也。是昉思与南北党中人皆有联系。而此一事件实系北党主之。《寄大冶余相公》云:"前春定省出长安,八口羁栖屡授餐。才拙敢言知己少,身微真愧报恩难。争传晏子彰君赐,谬荷姬公待士宽。总将孝思能锡类,庭闱聊尽彩衣欢。"此虽为称颂国柱之作,而味其词意,皆通常之客套语;与国柱殊非忘形之交。且昉思诗之涉及国柱者,亦仅此一首而已。以此例前,则昉思之谒余国柱于吴门,盖亦是时"旅食"文人干谒显贵之常事,非于国柱有甚密之友谊;且国柱之为江宁巡抚,劣迹尚未充分暴露,昉思谒见时,于国柱面貌固尚无确切认识。至国柱之馈,盖亦显者之豪举,非于昉思有特殊关系也。昉思所作《简高澹人少詹》,则云:"盛代好文贫未遇,良朋念故礼偏优。青阳白发愁无计,欲向王维定去留。"其与士奇绝非泛泛之交。《稗畦续集》又有《元夕饮高詹事清吟堂》二首;《独旦集》卷四附有昉思过高士奇北墅诗一首;高士奇于康熙三十三年复召入都,昉思有赠行诗一百韵,沉郁顿挫,见《随园诗话》卷一及《文献征存录》卷十;昉思丙寅出京,士奇有诗赠行;士奇《独旦集》卷四有《题稗畦填词图》二首及《过北墅和稗畦韵》一首。此皆可征昉思与士奇友谊之深厚。是昉思与南党高士奇之关系,实较其与北党余国柱之关系更为密切。此其一。昉思乙丑所作《赠朗亭侍御》诗,于钱钰之疏劾穆尔赛颂美甚至，而钰固乾学之党，疏劾穆尔赛亦南党对北党之掊击。是昉思在政治上实同情南党。此其二。昉思丙寅所作《长安》诗，尝言及河工事，与明珠党人之同于靳辅者迥异。且诗中于朝政隐含不满之意，而其时秉政者即为明珠。是昉思政治态度本与北党有别。此其三。昉思《寄大冶余相公》诗作于丁卯，至戊辰入京后乃有《上徐健庵先生》诗，云："二十余年朝宁上，九州谁不仰龙门？三千宾客皆推食，八百孤寒尽感恩。落落松筠霜后劲，殷殷桃李雨中繁。不才悔未依元礼，尘土青衫浥泪痕。"是昉思纵或于丁卯前尝与北党接近，而于戊辰入京后，必已显然倾向南党。此其四。徐乾学虽为南党魁首，而高士奇在南党中，地位几与乾学相埒，是以许三礼劾二人相为表里。设演剧案系南党主之，昉思于士奇自当怨恨入骨，何以"逐归"后仍与士奇友谊甚笃，往来甚密？且是时士奇既已失势，昉思亦已无功名之望，殊无虚与委蛇之必要。此其五。（以上皆见《年谱》。）查慎行于观剧革去国学生后，徐乾学约其同出都。《敬业堂诗集》卷十一《竿木集》庚午春有《奉送玉峰尚书徐公南归五十韵》，云："大儒出处途，秉道贵得正。行藏既自断，进退讵关命？我公如星云，一出朝野庆。皋夔奋事功，燕许娴诏令。放之弥六合，鸿业岂易竟？立朝二十年，风节严且劲。……小子学无成，风尘困趑趄。影惭舞袖短，颜让时妆靓。饥朔行自嘲，寒郊语尤硬。迂疏颇知量，斗捷肯争径？振翅无云霄，触藩有机阱。蹉跎曩悔失，卤莽行恐更。世自倾波涛，吾方涸泥泞。重来仰翦拂，郁抱实怲怲。公在士气伸，公归士气病。从公愿于迈，百感发孤咏。"倘演剧案实由南党主之，慎行方当视乾学如仇雠，何至颂美若此？若云：此慎行以"仰翦拂"故，不得不释怨诣事乾学；则又万无著"振翅"二句之理，盖观剧诸人所陷入之"机阱"倘为乾学或其党所设，著此二句即含怨望之意也。此其六。慎行为明珠子揆叙塾师，其集中关涉明珠、揆叙之作甚多，与揆叙往来尤密。自演剧获谴后，慎行于上陈廷敬等人诗中，皆尝倾诉悲愤（如《敬业堂诗集》卷十一《将出都门感怀述事上泽州冢宰陈公一百韵》），而为明珠父子所作诸诗中，不仅于此遭遇略无不满表示，甚且从未提及。设此事为南党欲以倾陷明珠诸人，则慎行以此获谴实系与明珠同病相怜，向明珠父子述其悲愤郁结之情，乃极自然之事，何竟缄默若此？唯演剧案系北党主之，此一现象始可获合理解释。盖慎行虽斥革，而热中如故，仍冀在政治上获明珠父子之助（其继续与明珠父子往来，及其后之赴试、出仕，皆足资证明），故不得不在明珠父子前深讳此事，唯恐偶一提及而令彼等疑其怨望也。此其七。由上述七端言之，此事之发动者当非南党，而为北党。然则何以将揆叙塾师牵入案中？答曰：黄六鸿原奏本无慎行姓名，后为昉思所供，遂一并斥革焉。说见后。

然于此尚有易滋误解者二事,需一辨释。

其一,赵执信《饴山诗集》卷三《还山集》上有《感事二首》,云:"碧山胜赏已全非,谁向西州泪满衣? 解识贵官能续命,可怜疏傅枉知机。""戟矜底事各纷纷,万事秋风卷乱云。谁信武安作黄土,人间无恙灌将军。"诗作于康熙三十年辛未,时徐乾学之弟元文新丧(元文卒于此年,见韩菼所作《行状》,收入《有怀堂集》卷十七)。首句"碧山",显指徐乾学别业碧山堂,堂在北京,清初文人吟咏及之者甚多(如查慎行《敬业堂诗集》卷二十七《同朱悔人、刘大山、魏禹平、钱亮功、冯文子、方灵皋、吴山仑、汪武曹诸子饮徐尚书碧山堂花下,分韵,得曹字》:"谢公别墅近城濠,载酒曾陪饮兴豪。""徐尚书"即乾学),则次句"西州"云云自就元文之卒而言。据《史记·魏其武安侯列传》,灌夫以依附故相窦婴而忤时相武安侯,为武安侯所陷,终至弃市。诗以武安拟元文,而以灌夫自居;似执信被劾事系由元文主之者,而元文之恶执信,又以其依附故相。执信《怀旧诗》有"每笑苏子美,终身惟一蹶","千秋觅同调,舍我更何人"语,自命为演剧案中唯一合于苏舜钦身份者,似此案实欲借执信个人以打击某一或若干显宦。合《感事二首》观之,颇似南党欲借此打击其所依附之故相。时明珠、余国柱皆罢相,故此案甚似由南党主之,欲借执信以挤故相明珠诸人。而揆之实际,则殊不然。演剧案之发生,为党人欲借此有所倾排,昉思与观剧获谴诸人,皆政争之牺牲;由此点言,彼等皆与苏舜钦有相似处,故上引金张诗于昉思、慎行均以舜钦比之。然自案情言,《长生殿》既昉思所撰,饮宴又在洪寓,昉思当为主犯,他皆从犯(赵执信《饴山文集》卷十《亡室孙孺人行略》:"余为饮席所邀,孺人尼之曰:'君才多忌,宜慎小节。'余不从,果被斥。既归,困甚。"此所云"饮席",当即觞演《长生殿》之席。是执信仅为应邀赴宴之来宾,非宴于赵寓及由执信具柬明甚)。此案所可借以倾排者,首为与主犯关系密切之人,而非从犯之所依附。而如上所述,昉思在政治上倾向南党,又为高士奇"良朋",于乾学亦颂美甚至。此案傥不扩大,绝不至累及从犯执信依附之人;傥扩大事态,则主犯昉思之"良朋"高士奇将首当其冲。故执信纵依附明珠,南党亦无从借演剧事以倾排其政敌之可能。此其一。刑部取昉思口供前,尝向执信索贿,若能餍其所欲,即可不列名案牍(说见后)。傥此案之主之者意在借执信而打击其所依附,刑部官员绝不敢解免之,否则,主之者必将穷究,而刑部官员必获严谴矣。换言之,刑部官员必已见及党人实非欲借执信个人以打击其政敌,即或案牍中无此从犯之名,亦不至产生严重后果,始敢有解免执信以取贿之计划。然则执信谓其于此案中为唯一符合苏舜钦身份之人,显系自夸之词,不足凭信。(执信述昉思及《长生殿》事多不雠,参见本谱卷首《传略》、康熙十八年谱及后文。)此其二。执信诗文集中绝无关涉明殊、国柱之作,当时人之记载亦无言及其依附明珠、国柱者;然与尝为宰相而致仕之冯溥则关系甚密。《饴山诗集》卷五《过郡城故座主冯文毅公宅》:"难凭楚些遣离忧,摇落非关怨素秋。梦断云烟还北阙,醉余城郭忽西州。……"感情殊甚沉痛深挚。其祭冯溥子协一文云:"弟康熙己未榜下,得厕先公之门,与兄相见。弟少于兄一岁,宛然雁行也。……先公致政东还,兄独在京邸,……文酒之会,仿佛西园。弟靦颜为上客,雄谈剧饮,殆忘形骸。"(《饴山文集》卷十一《祭冯退庵文》)足见其与冯溥父子,皆若家人。于溥不称先师而云"先公",此真《魏其武安侯列传》所云窦婴、灌夫"其游如父子然"者也。然则执信以灌夫自居,其心目中之故相窦婴当为冯溥;其于北党,实无依附之迹。固无从借执信以打击北党。(若云借执信以打击冯溥,则溥已致仕东归,执信在京饮宴观剧,绝不至累及冯溥。)此其三。执信以亲附冯溥而忤乾学、元文,或溥在朝时即与徐氏有隙,或尚有他故(如溥致仕后,徐氏于溥有轻侮言行之属),文献缺略,详情已无由考知。然溥既非明珠党人,告归又在党争之前,执信以溥故而得罪元文兄弟,自非由于南北党争。此其四。明乎此四者,可知演剧案之发生,绝非南党欲借执信以排击北党。复考《饴山文集》卷二《酒令升官谱自序》:"昔在长安,江宁蔡壓龙文携所制满汉品级考图谱以至,文繁而途备,盖仿明末倪鸿宝公百官铎之意。然观者骤不能了。又中多讥讪,尤不为其乡人地,先达咸怒而排弃之。余一见辄晓然,行之如夙昔。蔡生每拜服,谓一人知己也。偶与同好数子会饮,或语余曰:子则敏矣,吾侪贫不能为醵,徒手触忌自苦而已,曷变之以为酒令?余曰:可耳。即席凝思,删其烦、除其忌,间出新意,旁兼世法,口宣而手试之。众共参酌,一夕而成。遂盛传于时,人人欣赏。蔡生亦以为妙绝也。后蔡竟摈斥终身。而余旋被劾,亦有由。然还山后,与诸叔诸弟行之,欣赏如都人士。既而浪游南中,首尾三十载,以酒称豪,独不举是令,避也。而吾家行之不休。……"是执信之观剧被劾,实因其本蔡壓满汉品级考图谱以制酒令,获罪于图书之讥讪对象。执信虽未明言其人为谁,但一则云图谱"中多讥讪,尤不为其乡人地",再则云"浪游南中,首尾三十载,以酒称豪,独不举是令,避也",是其人必为南人。然执信游南中始于康熙三十五年丙子,时乾学、元文久已失势,且皆前卒,若以酒令而衔恨执信、致其被劾罢官者即为乾学、元文,执信已不必避而不举是令。故因酒令而致执信劾罢者,当另有人在。且据执信自述,其改图谱为酒令,系"会饮"间偶应友人之请,并非以冯溥故而特意与乾学、元文为难,其事实与灌夫依附窦婴而忤武安殊科。《感事二首》既引用灌夫、武安之典,显非就其观剧被劾而言,所述当为别一事。盖诗词用典,仅取其大体,非必其事悉与所用之典相合。故武安虽尝劾奏灌夫,然不得因此而谓元文亦尝劾奏执信;犹执信以灌将军自比,然不得因此而谓执信亦尝冲锋陷阵若灌夫之所为也。要之,执信尝以冯溥故忤元文,元文欲挤之而未成,故云"人间无恙灌将军";然此与观剧被劾并非一事。其以观剧而列名弹章,则因所制酒令触犯南中官僚(案,南中官僚非即南党,南党仅其中之一小部分)。然演剧案实北党主之,其意在打击南党,执信既与元文、乾学有隙,北党于执信实未尝在意;故执信倪肯纳贿刑部,即可解免也。

其二,有李光地者,亦康熙时仕于朝,与徐乾学、高士奇为同僚,其《榕村语录》续集卷十四《本朝时事》云:"郭琇先参明珠、余国柱,是高、徐先说明白。疏稿先呈皇上,上改几字而始上。在戊辰二月。郭琇再参王鸿绪、高士奇,是己巳南巡回十月,亦除为之也。……明、余既罢相,权归高、徐。徐又见高更亲密,利皆归高,于是又谋高。……九月,方使郭华野再参,其稿以徐健庵为之。稿方就,而高澹人已得之。送皇后灵路上,高即诉徐。徐仰天嘻吁,言谗人相构,至于此极。又呼郭华野至,告以云云,面质其事。别去,徐握郭手曰:事急矣,先发者制人。明日疏遂上。然高已将本稿呈上览矣。会许有三(案,即三礼)复参徐。皇上谓汉人倾险,可恶已极,始俱赶出。徐、高哀恳求留,上固婉转出之。……澹人是年冬归,东海直至庚午春始回。"似士奇初虽为乾学之党,旋又为乾学所挤;则昉思与士奇为密友之事,固不能作为南党不至排陷昉思之证。且唯其为士奇密友,更可借此以倾士奇矣。然光地之语殊不足信。郭琇劾士奇在二十八年九月壬子,许三礼劾徐乾学第一疏上于二十八年十月辛未之前,而送孝懿皇后灵至山陵则在十月甲戌;皆见《康熙东华录》卷四十四。是光地所言"送皇后灵路上,高即诉徐"云云,全属子虚。且乾学南归,途中有和士奇白沟驿题壁诗云:"别时记得灯前语,海曲湖湾约耦耕。"(《归田集》卷二附)是士奇被劾出都之时,尝与乾学相约归耕。又,高士奇《归田集》卷二庚午有《大司寇徐公南归,见和白沟驿题壁韵,遣使寄示,再用前韵代柬》、卷四有《中秋后六日,大司寇徐公枉过北墅,即事写怀》、卷六有《司寇徐公和前韵见寄,时岁寒闭户,聊以代柬》、卷九辛未有《大司寇徐公自洞庭山寄饷枇杷》、卷十四壬申有《晦日,大司寇徐公枉过北墅,时梓树放花,同艺初侍御、王令贻进士、卢素公秀才遍历亭圃,赋此纪事》及《雨中送大司寇徐公归武塘》诸诗,《独旦集》卷五癸酉有《蛛网落花和大司寇徐公》及《柳絮和大司寇徐公》诗,足征士奇于被劾后仍与乾学情好甚笃。《归田集》卷十四所附乾学《北墅歌酬江邨》有云:"对酒高谈思往事,俯仰不觉生哀吟。吁嗟乎,君昔禁林蒙眷厚,余亦叨陪牛马走。秉心款款欲酬知,覆雨翻云无不有。闵余涉险临危溪,鸱鸮鸣前兽嘷后。周旋患难风义深,数写寒暄慰衰朽。吾今酌酒为君歌,长负尧舜悲滂沱。惟君忠信凌风波,承明谒帝毋蹉跎,休恋林泉挂薜萝。倘藉余光及遗老,兹园岁岁杖藜过。"明言二人为患难之交。傥乾学确有谋高之事,为高所觉,二人又安能保持如是深厚之友谊? 盖光地素倾险,以陈梦雷事与乾学有隙(参见谢国桢先生《明清笔记谈丛·陈则震事辑》),因造作此语以污之也。

三

演剧之祸之酿成,实由明珠党人欲借以排除异己,已如上述。而李天馥《容斋千首诗·送洪昉思归里》云:"……无端忽思谱艳异,远过百首唐宫词。斯编那可亵里巷,慎毋浪传君传之。揶揄顿遭白眼斥,狼狈仍走西湖湄。"谓此剧不宜公之于世,而昉思终以"浪传"遭斥。是《长生殿》之内容固有触忌讳者在。王泽弘云:"何期朋党怒,乃在伶人戏。"盖其内容亦触党人之怒。故汪鹤孙《延芬堂集》卷上《寓感呈洪稗村》云:"其一(指昉思)志千古,独立风骚坛。燎原烈烈火,水壑飕飕寒。大将临巨敌,老禅闭重关。正声骇聋耳,嚣然侧目看。遂撼脱略事,羽翮竟摧残。"实以文字贾祸也。

不唯此也,李孚青《道旁散人集》卷五《偶忆洪昉思己巳被斥事,即题其集后》:"奉敕填词岁月多,飘零何处睹黄河? 六朝乐府平生熟,不记元嘉□(疑为读字)曲歌[一]!《长生殿》比《醉蓬莱》,桂子飘香是祸胎。即日杭城得归去,保安十载转堪哀。(原注:用钱塘罗长史事,昉思亦杭州人。)"案《湘水燕谈录》卷八《事志》:"柳三变……久困选调。入内都知史某爱其才而怜其潦倒。会教坊进新曲《醉蓬莱》,时司天台奏老人星见,史乘仁宗之悦,以耆卿应制。耆卿方冀进用,欣然走笔,甚自得意,词名《醉蓬莱慢》。比进呈,上见首有'渐'字,色若不悦。读至'宸游凤辇何处',乃与御制真宗挽词暗合。上惨然。又读至'太液波翻',曰:'何不言波澄?'乃掷之于地。永自此不复进用。"孚青以《长生殿》比《醉蓬莱》,其剧为康熙帝所恶可知。又,钱塘并无与保安发生关系之"罗长史",唯明初瞿佑,为周王府长史,永乐时以作诗事下诏狱,谪戍保安十年。与所谓"保安十载"及称之为"长史"者合。"罗"当作"瞿",倘非形近而刊误,则当以避忌而故为讹字以掩之。佑固以诗之内容而为永乐所恶,孚青以之拟昉思,则《长生殿》以内容而取憎于康熙帝又可知。孚青父子皆与昉思善,且皆仕于朝廷,熟知朝中事,所说当可信。而金埴云:"后其本遂经御览,被宸褒焉。"与此不侔。疑康熙帝以推行"怀柔"政策故，后又伪作赞赏以掩之也。至《柳南随笔》《东皋杂钞》谓《长生殿》先达内廷，康熙帝览之称善，剧遂盛行；此则后人传闻之词，不足据。

此剧之为康熙帝所恶，盖亦有故。《长生殿》卷首杜首言题辞云："开元盛事过云烟，一部清商见俨然。绣口锦心新谱出，《弹词》借手李龟年。"案，《弹词》折李龟年诗云："一从鼙鼓起渔阳，宫禁俄看蔓草荒。留得白头遗老在，谱将残恨说兴亡。"盖即此折主旨所在，故吴人评曰："白头宫女，闲说遗事，不如伶工犹能弦而歌之，感人益深也。"杜首言云"《弹词》借手李龟年"，则谓昉思之曲，乃借龟年以自写兴亡之恨者。又，阙名题辞（姓名挖去）："霓裳曲自禁中传，转眼春风事播迁。独抱琵琶流落去，空教肠断李龟年。"其意与杜首言略同。罗坤题辞："词笔娄东迥绝尘，排场我爱《秣陵春》。六朝感慨风流后，跌宕中原有几人？"以《长生殿》为《秣陵春》之后继；而《秣陵春》固写兴亡之感者也。又，吴来俅题辞："渔阳烽火照长安，院宇荒凉不忍看。蜀道离魂悲白练，蓬山密誓托青鸾。霓裳小院歌声歇，石马昭陵汗血干。莫向马嵬寻宿草，香囊钿盒事漫漫。"其着眼点亦偏于兴亡之感。张奕光《回文集·书洪昉思先生长生殿传奇后》："长恨有歌悲国破，返魂无术少仙游。伤心最是铃淋雨，读罢常呼大白浮。"倒读之为："浮白大呼常罢读，雨淋铃是最心伤。游仙少术无魂返，破国悲歌有恨长。"此则明言《长生殿》隐寓国破之悲。以上诸人皆与昉思同时，姑不论其所述是否合于《长生殿》之主旨，然时人颇有视此剧为抒写兴亡之恨者，则可断言。于此明清易代之际，所谓兴亡之恨，固易被目为故国之思；且安禄山为胡人，《骂贼》折《元和令》云："恨仔恨泼腥膻莽将龙座溓"，《收京》折《高阳台》云："九庙灰飞，诸陵尘暗，腥膻满目狼藉。"《弹词》折《转调货郎儿·八转》述禄山陷长安后情景云："长安内兵戈肆扰"，"叹萧条也么哥，染腥臊也么哥，染腥臊，玉砌空堆马粪高"，更易被误会为指斥清廷。康熙帝之恶《长生殿》，当以此故。此类内容，自清室视之，固无礼甚矣。故毛奇龄序所引或说以《周秦行纪》相拟；谓"无礼于其君"也。然若明令禁绝，则徒授人以口实，乃仅治其"国恤"演剧之罪，而《长生殿》遂盛行国中矣。

至明珠党人之恶《长生殿》，或亦以此故；盖明珠之党多满人，自不乐见此等抒写兴亡之恨之作。或以剧中有指斥权臣语，如《疑谶》折《醋葫芦》"怪私家恁借窃，竞豪奢，夸土木，一班儿公卿甘作折腰趋，争向权门如市附，再没有一个人呵，把舆情向九重分诉，可知他朱甍碧瓦总是血膏涂"之属，颇似讥刺时政，触其所忌。文献阙略，今已无可详考。

四

《柳南随笔》谓：演剧之祸，"凡士大夫及诸生除名者几五十人，益都赵赞善伸符执信、海宁查太学夏重嗣琏，其最著者也"。陈奕禧《虞州续集》卷二《得子厚兄京师近闻志感》："才人心有托，其迹似疏狂。约顾新翻曲，惊传劾奏章（原注：友人洪昉思编《长生殿》传奇，同人醵分往观。是时大行皇后之丧未满百日，为西台黄六鸿辈所劾，读学朱典、检讨赵执信、台湾太守翁世庸皆落职。至伯兄子厚辈，不列弹章，为昉思所供，故同时被斥焉）。姓名罹指证，湖海放凄凉。垂老投闲意，君恩厚莫忘。"知坐是除名者尚有朱典、翁世庸及奕禧兄奕培。（《东皋杂钞》所言陈某，未知即奕培否？）《藤阴杂记》云：黄六鸿原奏"无查名，不知何以牵及"。盖亦为昉思所供也。《柳南随笔》云"除名者几五十人"，不知何据；可考者仅此数人而已。

其与会而未落职，可考者凡二人。一为李澄中，亦列名于六鸿弹章；见戴璐《藤阴杂记》。赵执信《怀旧集·李澄中小传》云："与余同被论，独得解。"案，执信被劾后，西曹尝向之索贿，不遂，遂革职（说见后）。澄中之"独得解"，盖即以贿故。一为徐嘉炎胜力，见《茶余客话》。然嘉炎本不列于六鸿弹章，其赂伶人，或以防患未然故。梁绍壬云嘉炎亦尝往"对簿"，其说盖据《茶余客话》而又略事渲染者；疑未是。

又有史金跸者，亦与会。赵执信《饴山诗集》卷十《与史生升衢金跸对酒话京师旧事》："相逢不暇揖，日暮且饮酒。一言惊叔向，越席执子手。子言昔在长安居，歌筵秋夕曾同娱。我闻审视恍记忆，当年子尚未有须。竹肉相宣沸华馆，枚马金张坐中满。周郎从道恋红牙，阮籍由来少青眼。广寒乐罢天未明，墙阴黄犬为人声。……"据诗中"广寒乐罢"二句，知"歌筵秋夕"即觞演《长生殿》之事而言。至金跸身世及是否以与会获谴，则均无考。

据前所述，演剧致祸之由有二：一为《长生殿》之内容遭时所忌，一为明珠党人欲借以倾排异己。然坐此除名诸人，唯朱典品位略高，赵执信仅至赞善，翁世庸系外省知府，于政争中本为无足轻重者。当皆非明珠党人所欲"击而去之"之主要目标；故执信亦仅以子美自居。然王泽弘《送洪昉思归武林》云："性直与时忤，才高招众忌。何期朋党怒，乃在伶人戏。"李孚青《偶忆洪昉思己巳被斥事，即题其集后》且有"桂子飘香是祸胎"之语，"桂子飘香"用李清照嘲张九成事，盖谓昉思任意讥嘲也。是党人之意虽"不在子美"，然以昉思与时相忤，故亦为其所恶，因借昉思于"国丧"期间招客饮宴观剧事，而为打击政敌之举，昉思诸人遂一并得祸焉。

又，毛奇龄《长生殿院本序》："……赖圣明宽之，第褫其四门之员而不予以罪。然而京朝诸官则从此有罢去者。""从此"一词，极堪注意。傥所谓"罢去"之"京朝官"，仅指朱典、赵执信而言（翁世庸为外省知府，非京朝官），则皆因演剧案同时罢斥，似不当云"从此"；"从此"犹今言从此开始，其过程当延续相当时间。岂此后尚有为此罢去者欤？考演剧之祸发于八月，至九月而高士奇被劾休致，乾学寻亦以被劾告归；劾士奇及乾学者虽皆不及演剧事，然康熙帝对士奇、乾学态度之改变，此事是否为其原因之一，固亦大可玩味者也。

五

陈奕禧《得子厚兄京师近闻志感》诗注、戴璐《藤阴杂记》，皆谓劾昉思者为黄六鸿，而《清史列传》卷七十一《赵执信传》则云"为给事中黄仪所劾"。同书卷七十有黄仪传，略谓：仪字六鸿，常熟人，精舆地，尝纂修《一统志》。案，仪字子鸿，见胡渭《禹贡锥指·略例》、阎咏为其父若璩所撰行述。《清史列传》既误子鸿为六鸿，遂以为仪即劾昉思诸人者也。然仪实未尝为给事中，殊与演剧事无涉。

《汉六科给事中题名》："康熙二十八年：黄六鸿，江西新昌人。顺治辛卯举人。由行人升礼科，转工科掌印。"黄六鸿《福惠全书·自序》云："鸿昔待罪郯东二邑，值冲烦之地，处凋敝之余，日鞅掌于簿书，奔驰于负弩，一不幸而读礼，一未几而量移。求其所以仰副皇上爱民之盛心以施惠于百姓者，已茫无可举。及荷蒙御试，以行人特授谏垣，窃禄数载。……寻因沉疾乞假，南归经年，……"知其尝为郯东二邑县令，后由知县调行人，升给事中。又，《福惠全书》卷四《莅任部·交接寅僚》自注："鸿昔任郯，以丁艰卸事。……继任东光。"此即所谓"郯东二邑"。同卷《戒躁怒》："鸿在东光时，奉文修浚庄村墙壕，……迄今去东邑十有八载。"据卷首自序，书成于康熙三十三年，则其由东光县调任行人在康熙十五年。

《福惠全书》所述，颇有足见六鸿为人者。如卷一《筮仕部·荐托》云："凡要路有相识，恳其致札所辖上司，以求青照。……至于上司之尊辈，与虽亲而不浃者荐函，尤不可索，适足取其忌厌，反有损而无益也。或访彼都中所托照应者，求其嘱致；或与我相好，实心为我，有干济之人，外而上司出京，内而各衙门公事，以此托之，方关切无误。其余泛交，无庸混托。遇事居功，不报反为招怪。"卷四《莅任部·忍性气》："夫州县官遇地方公事，如乡邻释争，宜平心静气以处之。稍或不耐,则相助为斗,而释争者反受其伤矣。……凡地方大奸大恶,骗害乡民,侵蚀国赋,在彼视为常事。而官长一旦扶其良懦,彰其宪典,大呼而亟殄之。彼其素所桀骜恣横之气,岂肯俯首输心、甘就三尺以快为其鱼肉者之志?将必反而思所以制其官长矣。是则与释争者不能平心静气以处,又相助为斗而受其伤者何异?然此皆不能自耐,而任事太真,疾恶太甚之过也。"同卷《承事上司》:"其馈送土宜悉照旧规,务于先期躬亲简点(过期而送,上司以为慢己,故宜早办。币吊恐有霉迹,物色恐有低假,封签字迹恐有污斜错误,故必一一亲细点看),勿露吝形,致见挥斥。"又云:"然又有旌节经临,驷舆按部,厨传供帐丰盛宜加。册籍仗仪,整齐具备(……上司所临之处,预饬地方及差能事衙役巡逻,毋许藏留棍徒于村头市尾旷野荒郊呼冤喊告)。……此皆以卑奉尊,以下事上之正轨也。"卷三十二《升迁部·接新官》:"其迎启须检点名讳与引用典故,恐涉嫌疑开罪。措词宜卑谦婉曲,令头接衙役带去。临任时,虽或署篆接受交代,如尚未启行,仍应设席迎风,备仪致贺,以申款洽。毋谓交代无关,可以疏略。而去后搜求,旧官在任多年,保无丝毫之渗漏乎?"是六鸿实工于心计而巧于仕宦者。其劾昉思等,纵非明珠党人所主使,亦必揣知南党即将失势,而昉思又招众忌,故欲藉此以媚北党也。

六

昉思、执信等以《长生殿》致祸之事,虽为世所熟知,而于演剧致祸之由,则多影响傅会之谈。流传最广者有三。一云:黄六鸿之劾奏为秋谷璧稿而发;一云:赵星瞻为此案祸首;一云:《长生殿》以写顺治帝、栋鄂妃影事而得祸。今分别辨正于后。

于观剧获谴诸人中,赵执信既以才华为世所称,执信复喜自衒,《怀旧集》怀昉思诗所附小传云:"……非时唱演,观者如云。而言者独劾余。余至考功,一身任之,褫还田里;坐客皆得免。"其诗亦云:"每笑苏子美,终身惟一蹶。……千秋觅同调,舍我更何人?"与小传之说相呼应。似六鸿之劾,实为执信而发者。故于此案中尤为人所瞩目。案,《藤阴杂记》谓黄六鸿原奏尚有朱典、李澄中、翁世庸三人。其书虽后出,然核以陈奕禧之言及《怀旧集·李澄中小传》,戴璐之说是也。赵执信云"言者独劾余"者谬矣。且朱典、世庸、慎行、奕培皆坐是除名,云"余至考功,一身任之,……坐客皆得免"者,尤为谬说。而后人所以有执信璧还六鸿诗稿之说者,疑即以其自述为张本而夸大之也。

谓六鸿之劾奏为衔执信璧稿事者,其说最初见于《茶余客话》。自此说出,世人愈以执信为演剧案之主角。案,《茶余客话》有乾隆五十八年序,成书于乾隆末。所记实传闻之词,不足信。执信于所作《酒令升官谱自序》中述被劾之因甚明,与璧稿之说迥异。其证一也。陈奕禧《春霭堂续集》卷一《茂苑新侨集·观长生殿传奇有感》:"妆点真妃缋佛堂,传将遗事未荒唐。何人身后怜词笔,只负山东一赵郎。"原注:"《长生殿》,洪昇所为也。曲成,昇招挚下亲知,醵分试演,适当太皇太后之丧(案,当为大行皇后之误,同人《得子厚兄京师近闻志感》诗注可证),被台官劾奏。山东翰林赵执信,与昇友善,待昇极尽恩谊。赵亦在会中;西曹将取昇口供,索贿不遂,竟被指名革职。"是执信若能餍西曹之欲,即不致革职,可知其非言者之主要目标。盖执信傥为此案主角,西曹固不敢以贿而纵之。其证二也。言者之劾若确为执信而起,则昉思之逐归实为执信所累,执信怀昉思诗固不当有"当时共造迷,鬼神实假手。委曲以相成,君无道惭负"等语,陈奕禧亦不至云"只负山东一赵郎"矣。其证三也。《碑传集》卷四十五所收汪由敦为执信所撰墓志铭云:"……天才骏厉卓绝,俯视侪辈,少所可否,操觚家无足当意者。名益高,忌者亦益众。朝士某梓所为诗遍贻台馆,先生甫展卷,立返其使,一时喧传为口实。其人以此衔先生刺骨。……国学生钱塘洪昇以诗词游公卿间,所撰《长生殿》传奇初成,置酒大会,名流毕集。而时尚在国恤,忌先生者腾章上告,遍及同会。先生至考功,独以自任,在座者得薄谴,而先生以是罢职去。"此当执信后人据其所自述而为行状,汪由敦又据状而为之说,故亦以为言者之劾奏系为执信而发。然固未尝以"腾章上告"之"忌者"与璧稿之"朝士某"牵为一人。其证四也。《茶余客话》谓"黄给事(指六鸿)……初入京,以土物并诗稿遍赠诸名士。至秋谷,答以束云:土物拜登,大稿璧谢。"考六鸿于康熙十五年由东光知县调行人,二十八年由行人升给事中(说见前),"初入京"当指十五年调任行人之时。然是时执信仅十五岁,尚未入京,又安得有璧稿之事?其证五也。《茶余客话》卷九记演剧事又云:"乾隆己未秋谷游淮上,与邱天峰编修叙先后同年,以此事(谓璧稿事)问之,曰:非也。时方与同馆为马吊之戏,适家人持黄刺至,秋谷戏曰:土物拜登,大稿璧谢。家人不悟,遂书束以覆。秋谷被劾后始知家人之误也。"言之凿凿。而与墓志铭"甫展卷,立返其使"云云不侔;可知《茶余客话》述执信事本杂不经之说,不尽可信。其证六也。《柳南随笔》及《东皋杂钞》述演剧之祸,虽有舛讹,然皆不及执信璧还六鸿诗稿事。此二书为乾隆前期之作,是乾隆前期尚无六鸿衔执信璧稿之说。其证七也。由上述七端言之,《茶余客话》谓此事由执信璧还六鸿诗稿而起,殊未足信。盖执信虽尝璧人诗稿,而云其人即六鸿,则臆度之说也。六鸿于弹章中列秋谷之名,或即应衔恨酒令升官谱者之嘱,说已见前。

谓赵星瞻为此案祸首者,见于《柳南随笔》及《东皋杂钞》。案,此二书所述,至误黄六鸿为"王某",可知为辗转传闻之词,本不尽可信。且此事之起因若仅为星瞻不得与会,则与毛奇龄"恶子美,意不在子美也"、查慎行"其击而去之者意虽不在苏子美"、梅庚"飞章元借舜钦名"诸说皆相违戾;要当以昉思同时人之记述为正。《东皋杂钞》又谓:觞演之事,"主之者为真定梁相国清标,具柬者为益都赵赞善执信"。案,此承"大会生公园"而说。然觞演之所既为洪寓,则不当由执信具柬,亦不必由清标主之。至云"上先发刑部拏人,赖相国挽回,后发吏部",征以陈奕禧"西曹将取昇口供"及赵执信"余至考功"等语,其事确经刑、吏二部,所说庶几近实。

谓《长生殿》与栋鄂贵妃事有关者,见于李慈铭《荀学斋日记》。该书光绪十二年十二月初三日:"吴梅村《读史有感八首》其二云:重璧台前八骏蹄,歌残《黄竹》日轮西。君王纵有长生术,忍向瑶池不并栖。其三云:昭阳甲帐影婵娟,惭愧深恩未敢前。催道汉皇天上好,从容恐杀李延年。其八云:铜雀空施六尺床,玉鱼银海自茫茫。不如先拂西陵枕,扶下君王到便房。皆与《长生殿》传奇同意。至梅村《古意六首》,其一云:争传婺女嫁天孙,才过银河拭泪痕。但得大家千万岁,此生那得恨长门?其二云:豆蔻梢头二月红,十三初入万年宫。可怜同望西陵哭,不在分香卖履中。其四云:玉颜憔悴几经秋,薄命无言只泪流。手把定情金合子,九原相见尚低头。其五云:银海居然妒女津,南山仍锢慎夫人。君王自有他生约,此去惟应礼玉真。又仿唐人本事诗,其一云:聘就蛾眉未入宫,待年长罢主恩空。旌旗月落松楸冷,身在昭陵宿卫中。所指皆别是一事。盖孝陵末年,有被选入宫未得幸而遭国恤者。味其诗意,似当日栋鄂贵妃宠冠昭阳,故天眷虽深,而贯鱼未逮。《长生殿》中有《絮阁》一出,亦其微意也。"同书光绪十年十月二十日有云:"吴梅村七绝《读史有感八首》,盖亦为孝陵董贵妃作也。"董贵妃即栋鄂贵妃。盖以《长生殿》为写顺治帝与栋鄂贵妃影事之作。故后人或以为此剧即以言宫廷隐事而致祸。案,栋鄂贵妃为顺治帝夺自满洲军人者,当时"宠冠后宫"。尝赐浴温泉。既死,顺治帝伤悼甚。谓栋鄂贵妃事可与杨贵妃之事相比附者,即缘此数点而言。然栋鄂贵妃之亲属虽受恩遇,实未柄政;顺治帝亦未尝以宠幸贵妃故而荒废政事如玄宗之所为;皆与李杨事不侔。且顺治帝何尝"蒙尘"?栋鄂妃亦以病卒。此则其尤异于李杨者也。然则顺治帝、栋鄂妃之事,与玄宗、杨贵妃可比附者皆其末节,根本则大异。固不容以彼影此(尤侗于顺治帝死后所作挽诗,有"汉宫落叶伤罗袂,蜀道淋铃忆玉环。不信苍梧南狩日,湘妃先葬九疑山"等语,此则文人使事,与所谓写影事者殊科)。且李慈铭之释《絮阁》,显出于臆测;则其于《长生殿》所云云,当亦仅为一己揣测之词,非有确凿之依据也。(《荀学斋日记》谓《絮阁》为顺治帝"贯鱼未逮"而发。其所以言是时有"贯鱼未逮"之事者,则依据梅村之《古意六首》。然同书光绪十年十月二十日释《古意六首》云:"则皆不知何指矣。……疑章皇崩后,嫔御有出嫁之事。"其前后不同如此。故知其释《古意六首》,仅以己意度之耳,非有所受也。然则谓是时有"贯鱼未逮"之事,及谓《絮阁》即影此事者,亦皆慈铭揣测之词。至"聘就娥眉未入宫"一首,实写孔四贞事,见孟森先生《孔四贞事考》。)

邓之诚先生《骨董三记》卷六《长生殿》条,引毛奇龄《长生殿院本序》而论断之曰:"之诚案《清史稿·皇子世表》:硕塞,太宗第五子,顺治元年封承泽郡王,八年以功晋亲王,十一年薨。谥曰裕。博果铎,硕塞第一子,顺治十二年袭亲王,改号曰庄,雍正元年薨,谥曰靖。以圣祖十六子允禄为后。博翁果诺,硕塞第二子,康熙四年封惠郡王,二十三年缘事革爵。西河所谓庄王世子,不知何指。博果铎无子,故以允禄总袭,不得有世子。岂本有世子而先卒欤?抑误博翁果诺为世子,或世子即指博果铎而言?俱不可知。唯昉思《长生殿》出于庄邸之嘱,固可无疑。近人据汤若望纪事,谓董鄂妃夺自满洲军人,因附会为襄亲王,不如谓承泽为当。因襄从未领军,且与庄邸嘱撰《长生殿》一事为有关合耳。前人每谓《长生殿》为写董鄂影事,此何关于朱邸而为之装点?今传本《长生殿》传奇,无西河此序,或不及刊,或因有应庄亲王世子之请一语而删削之,二者必居一于此。演《长生殿》兴狱在康熙二十八年,时有孝懿皇后之丧,赵秋谷因此放废。实由给事中黄六鸿所弹。黄即撰《福惠全书》者。不知秋谷所璧谢者是否此书?当时未禁《长生殿》流行,只治国恤演戏者耳。"案,邓先生之说,系以"《长生殿》为写董鄂影事"为前提。唯此前提既不能成立,其所推断亦随之失去依据。稗畦草堂原刻本《长生殿》,仅载汪熷一序,不唯无毛奇龄序,并尤侗诸人之序、题辞及跋亦无之,而此诸人之序、跋、题辞,固皆无"应庄亲王世子之请"一语者。然则《长生殿》之序跋,为原刻本所不及刊者正多[一];其不载毛序,当亦以此故,非因有"应庄亲王世子之请一语而删削之"也。又,博果铎其时已袭亲王,自不得称世子;毛奇龄尝仕于京师,亦不至误博翁果诺为庄亲王世子;要以"本有世子而先卒"之说为是。又有引陈大章悼昉思诗中"千金一字淋铃曲,不是寻常菊部头",以为《长生殿》写栋鄂影事之佐证者,然陈诗亦唯言《长生殿》价值甚高,非寻常剧曲可比,与所谓栋鄂影事了无干涉,何能为之佐证?且陈大章本为于昉思谬托知己之妄人(参见康熙四十三年谱),其言殊无足采也。

注：

〔一〕《乐府诗集》："《宋书·乐志》曰：'《读曲歌》者，民间为彭城王义康所作也。'《古今乐录》曰：'《读曲歌》者，元嘉十七年袁后崩，百官不敢作声歌，或因酒宴，止窃声读曲细吟而已，以此为名。'"李孚青诗当用《古今乐录》之说，盖谓昉思何竟不知居皇后丧不宜"作声歌"也。

〔二〕《长生殿》序跋甚多，如尤侗、朱彝尊、朱襄诸人序，均显无违碍语，而稗畦草堂原刻本均不载，自系不及刊。然据王士禛云，昉思卒时，"《长生殿》传奇刻初成"（见康熙四十三年谱），而此诸序，有写作颇早者，何以均不及刊？窃意《长生殿》付刻必甚早，其时此诸序皆尚未作，故仅刻昉思自序及汪熷序，后虽陆续得此诸人之序跋，然未随时刊入，欲俟正文刻成后一并补刻（揆之常情，此自较随得随刻为便）。不幸在正文刊成前后，昉思失足堕水死。事出仓卒，自不及交代后事，家人不知尚有大量序跋未刻，遽以其本行世（由王士禛之言，亦可证其本行世即在昉思卒时），是以原刻本缺序跋甚多。然其正文刻成何以距其付刻若是之久？康熙《钱塘县志》谓昉思"脯脩所入""随手散去"，或即以刻资不继，中尝辍刻。

附录二 引用资料目

经部

古文尚书疏证阎若璩

史部

清史稿

清世祖实录

清圣祖实录

顺治东华录王先谦

康熙东华录前人

老父云游始末陆莘行

荀学斋日记李慈铭

小腆纪传徐鼒

清史列传

碑传集钱仪吉

国朝耆献类征初编李桓

武林耆献传佚名辑

武林先贤传佚名辑

金陵通传陈作霖

文献征存录钱林

国朝诗人征略张维屏

己未词科录秦瀛

鹤征录李集原辑，李富孙、李遇孙增辑

忠义录朱溶

隐逸录前人

清进士题名碑录

康熙十二年癸丑科会试一百五十九名进士三代履历便览

汉六科给事中题名戴璐

国朝御史题名曹秀先

国子监志

国朝词垣考镜吴鼎雯

福惠全书黄六鸿

乾隆杭州府志

康熙钱塘县志

康熙仁和县志

乾隆武康县志

康熙台州府志

光绪处州府志

乾隆严州府志

康熙江南通志

乾隆江阴县志

嘉庆无锡金匮县志

乾隆淮安府志

光绪宣城县志

同治六安州志

乾隆衡州府志

光绪零陵县志

道光济南府志

淮壖小记范以煦

杭城坊巷志丁丙

清波小志 徐逢吉
西湖志 傅王露等
湖壖杂纪 陆次云
东城杂记 厉鹗
净慈寺志 释际祥
盘山志 释智朴
四库全书总目提要
禁书总目
曲录 王国维
武林藏书录 丁申

子部
榕村语录续集 李光地
国朝画识 冯金伯
匡林 毛先舒
三冈识略 董含
居易录 王士禛
香祖笔记 前人
潜邱札记 阎若璩
渠丘耳梦录 张贞
巾箱说 金埴
不下带编杂缀兼诗话 前人
藤阴杂记 戴璐
心史丛刊初、二集 孟森
小说考证 蒋瑞藻
明清笔记谈丛 谢国桢
今世说 王晫
坚瓠集 褚人获
柳南随笔 王应奎
茶余客话 阮葵生
东皋杂钞 董潮
聊斋志异 蒲松龄
两般秋雨盦随笔 梁绍壬

女仙外史吕熊

集部
啸月楼集社会科学院文学研究所藏照片
稗畦集上海图书馆藏钞本、南京图书馆藏钞本
稗畦续集南京图书馆藏刻本
王文成公全书王守仁
梅村家藏稿吴伟业
佳山堂诗二集冯溥
南雷文定黄宗羲
宠寿堂集张竞光
田间诗集钱澄之
蒋山佣残稿顾炎武
旅堂诗选胡介
西堂杂俎二集尤侗
柴省轩文钞柴绍炳
张秦亭集张丹
应潜斋集应㧑谦
林蕙堂集吴绮
潠书毛先舒
思古堂集前人
东江集钞沈谦
孙宇台集孙治
一家言全集李渔
溉堂后集孙枝蔚
西河文集毛奇龄
鹤岭山人诗集王泽弘
岕老编年诗钞金张
青沟偈语释智朴
湛园未定稿姜宸英
湛园藏稿前人
曝书亭集朱彝尊
南斋诗集丘象升

抱经斋集徐嘉炎
日观集朱迹迈
梧园文选吴农祥
安序堂文钞毛际可
健松斋集方象瑛
带经堂全集王士禛
南海集前人
蚕尾集前人
黄山诗留法若真
西陂类稿宋荦
善卷堂四六陆繁诏
霞举堂集王晫
容斋千首诗李天馥
清芬堂存稿胡会恩
使粤集乔莱
学古堂诗集沈季友
延芬堂集汪鹤孙
莲洋诗钞吴雯
清吟堂集高士奇
城北集前人
苑西集前人
归田集前人
独旦集前人
梅东草堂集顾永年
瓯香馆集恽格
澄江集陆次云
巢青阁集陆进
楷庵诗略杨瑄
霁轩诗钞袁佑
倚晴阁诗钞魏坤
寒石诗钞沈绍姬
鹤涧先生遗诗姜实节

朴村文集、诗集张云章
虞州集、续集陈奕禧
春霭堂续集前人
葛庄诗钞刘廷玑
葛庄分体诗钞前人
湖海集孔尚任
冯舍人遗诗冯廷櫆
中江纪年诗集袁启旭
时用集陈訏
敬业堂集查慎行
思绮堂文集章藻功
逸我集钱肇修
杏山近草前人
拗堂诗集景星杓
世经堂诗钞徐旭旦
野航诗集王丹林
黄雪山房诗选徐逢吉
牟山诗钞孙凤仪
牟山诗略前人
丛碧山房诗庞垲
啸竹堂集王锡
楝亭诗钞曹寅
水明楼诗颜光猷
匣剑集戴熙
饴山诗集、文集赵执信
未庵初集曹禾
欣然堂集陶孚尹
玉照亭诗钞陈大章
忆雪楼集王煐
慎余堂诗集王元弼
壑门吟带金埴
野香亭集李孚青

道旁散人集前人
秋影园集吴阐思
药园诗稿吴焯
闾丘诗集顾嗣立
回文集张奕光
樊榭山房集厉鹗
咏归亭诗钞李果
小仓山房文集袁枚
道古堂文集杭世骏
鲒埼亭集全祖望
大云山房文稿恽敬
西泠怀古集陈文述
天籁集白朴,杨友敬刊本
鸳情集选毛先舒
东江别集沈谦
扶荔词丁澎
湖海楼词陈维崧
珂雪词曹贞吉
汇香词汪鹤孙
罨画溪词蒋景祁
柳烟词郑景会
秋林琴雅厉鹗
长生殿暖红室刻本,参校稗畦草堂原刊本
四婵娟清人杂剧二集景钞本
扬州梦岳端
太平乐事柳山居士
明诗综朱彝尊
皇清诗选陆次云
皇清诗选孙铉
清诗初集蒋钺、翁介眉
诗观邓汉仪
诗最倪匡世

清诗别裁沈德潜

箧衍集陈维崧

兰言集王晫

琴楼合稿胡大濚、张昊

国朝浙人诗存柴杰

两浙輶轩录阮元

国朝杭郡诗辑吴颢原本,吴振棫重编

国朝杭郡诗续辑吴振棫

国朝杭郡诗三辑丁丙、丁申

樵李诗系沈季友

续樵李诗系胡昌基

江苏诗征王豫

江上诗钞顾季慈

撷芳集汪启淑

枫江渔父图题词徐釚

迦陵填词图题咏陈维崧

清尊集汪远孙

昭代文选丁灝

今文大篇诸匡鼎

今文短篇前人

佳山堂寿册陈玉璂

留青新集陈枚

国朝词综王昶

东白堂词选佟世思

瑶华集蒋景祁

西陵词选陆进、俞士彪

国朝杭郡词辑阙名

众香词徐敏树、钱岳

渔洋诗话王士禛

谈龙录赵执信

柳亭诗话宋长白

随园诗话袁枚

莲坡诗话查为仁

吴兴诗话戴璐

词苑丛谈徐釚

古今词话沈雄辑，江尚质增辑

顾贞观寄吴汉槎金缕曲词征事夏承焘

三妇评牡丹亭杂记吴人

剧说焦循

词余丛话杨恩寿

今乐考证姚燮

顾曲麈谈吴梅

附记：

本来想对《洪昇年谱》作些修改，现由于身体情况不允许，只能一仍其旧。关于洪昇父亲的考证有问题，在我和谈蓓丽为山西古籍出版社2005年6月出版的《长生殿》所写的《代序》中对此情况已有所说明。今将该《代序》中关涉洪昇父亲的部分摘引如下：

在这期间，他的家庭也遇到了灾难：他的父亲犯了相当严重的罪。具体情况现在已经不清楚了，只知道他的家庭受到了很大的打击："风雨忽漂摇，旧巢已半圮。"(《稗畦集·送父》之四)在康熙十四年的秋末，已经出了事的父亲曾到北京来过一次，住在寺院中。洪昇前去看他，父亲已显得苍老而憔悴，洪昇心里很难受。可能由于有地位的亲友的庇护，洪昇的父亲在第二年平安回到了故乡。但家庭既已破落，洪昇就不得不同时负担父母的生活费用，他的日子就过得更加艰辛了。

……

然而，在这年(编者按，指康熙十八年)的冬天，洪昇又遭到了一个重大的打击：他父亲的老案又被翻了出来，并将跟他母亲一起被充军到远方。当时黄兰次的祖父黄机正担任着刑部尚书，但对此却无能为力，足见案情的严重。洪昇得到这个消息，正如天雷轰顶。他立即到京中他所认识的一些王公大人那里去哭求帮助，接着就匆匆离京，昼夜兼行，仅仅十余天就赶到了杭州，准备侍奉双亲同行。由于辛苦和悲痛，他到达时，面目黧黑，憔悴不堪，嗓子也嘶哑了。

到了年底，他的双亲向戍所出发了。他侍奉着他们，在杭州城外的一条小船上，度过了一个悲哀的除夕。他在船上作了一首诗：

漫道从亲乐,承颜泪暗流。明灯双白发,寒雨一孤舟。故国仍羁客,新年入旧愁。鸡鸣催解缆,从此别杭州。(《稗畦集·除夕泊舟北郭》)

他知道,他的双亲这一次离开故乡,以后也许就永远也不能回来了。他内心充满了痛苦,但为了不增加双亲的悲痛,他只能把眼泪流在肚里。但幸而在这年的十二月,北京皇宫的太和殿闹了一场火灾。按照惯例,皇宫里的这种灾祸被看作是"天心示儆"——政治上有了违失,上天借此来向统治者提出警告;在这种情况下,统治者应该反省一下,并在行动上有所表示。统治者当然不会真的反省,但也往往搞些官样文章,如赦免一部分犯人、减免一些税收之类,以显示皇帝对天意的尊重。所以,当洪昇在写这首诗的时候,康熙皇帝其实已经颁布了这样的"恩诏",只是由于当时交通不方便,洪昇还不知道而已。不久,"恩诏"传达到了杭州,洪昇的双亲也就蒙"恩"免罪,回到了故乡。这是康熙十九年初春的事。

2011年2月下旬章培恒口述于华山医院

论《红楼梦》的思想内容①

一

《红楼梦》②虽以大量篇幅描写了贾宝玉、林黛玉的爱情故事,或者说,贾宝玉和林黛玉、薛宝钗之间的微妙关系,但其更值得重视的一面却在于:围绕着这一事件所进行的一系列具体描写,在实际上暴露了封建贵族阶级的残酷、腐朽和没落。

曹雪芹主要生活在乾隆时期。这是清王朝的极盛时期,但也是清王朝由兴盛而走向衰落的一个转折时期。在繁荣的背面,是社会各种矛盾的渐趋尖锐,是统治阶级的日益腐烂。在《红楼梦》里,就正是通过贾宝玉等人物所由生活和活动的环境的描绘,通过贾、史、王、薛四大家族盛衰的历史,使人们有可能从中看到封建贵族阶级本身的溃烂及其没落的过程,从而也就有可能看到这一历史时期的社会的某些本质方面。

在《红楼梦》第四回中,曹雪芹以如下的"俗谚口碑"来叙述贾、史、王、薛四大家族声势的显赫:"贾不假,白玉为堂金作马。阿房宫,三百里,住不下金陵一个史。东海缺少白玉床,龙王来请金陵王。丰年好大雪,真珠如土金如铁。"③显然,这都是当时贵族阶级中具有代表性的家族。而《红楼梦》所着重描写的,却是贾家。这固然是因为贾家和史、王、薛三家都有密切的亲戚关系,——贾母是史家的,王夫人和王熙凤都是王家的,薛姨妈则和王夫人是姐妹,——通过贾家可以带动其他三家;所谓"这四家皆连络有亲,一损皆损,一荣俱荣"(第四回)。而另一方面,在这四家中,实以贾家的势力为最大,用秦可卿的话来说,"真是烈火烹油,鲜花着锦之盛"(第十三回);而且,贾家又是出名的"慈善宽厚

---

① 原载《复旦学报》(社会科学版)1964年第1期。
② 本文所论,以曹雪芹写作的前八十回为限,不包括高鹗的续书。引文以俞平伯先生校订的《红楼梦八十回校本》为主要依据,间也参用别本。
③ 《脂砚斋重评石头记》庚辰本,北京大学图书馆藏。个别脱误之处系据戚蓼生序《石头记》(1957年人民文学出版社影印)补正,不另作说明。

之家","从不曾作践下人,只有恩多威少的","从没干过这倚势仗贵霸道的事"(第十九回),"是最教子有方的""诗礼之家"(第二回)。因此,从反映贵族阶级的衰亡、丑恶和腐朽的角度来考察,贾家就更具有典型意义。——连这样"鲜花着锦之盛"的人家都如此没落了,连这样"慈善宽厚之家"都是如此残酷和干着种种见不得人的勾当,那么,贵族阶级其他家族的命运和本质也就可想而知了。从这一意义来说,贾、史、王、薛四家,尤其是贾家,乃是当时贵族阶级的一个缩影。

在具体的描写中,《红楼梦》正是通过深刻和细致的刻画,向人们提供了剥开贾家伪善的假面、揭示它作为贵族阶级代表的实质的丰富材料。

首先,我们在《红楼梦》里可以看到,这被称为"慈善宽厚之家"的贾家,是对农民进行着残酷剥削的。第五十三回所写乌庄头给贾珍送来的地租,其中包括着数百头鹿、獐之类的牲畜,一千几百只鸭、鹅、野鸡之类的禽鸟,成千担粮食,二千五百两银子和其他许多值钱的东西;宁国府一共有"八九个庄子",这仅仅是黑山村一个庄子的地租。那么,不难想象,贾家每年要从农民身上攫取一笔多么庞大的财富。

可是,就封建贵族阶级来说,他们在剥削农民方面是永不会感到满足的。随着他们的日益腐朽,对农民的剥削也就愈来愈严重。所以,贾珍不但对乌庄头送来的这笔数字极大的地租颇为不满,嫌送来的太少,说这严重影响了自己的生活,"真真是叫别过年了",——充分暴露了他的贪婪本性;而且,在他跟乌庄头谈到荣国府的情况时,还更露骨地说:"……那府里,这几年添了许多花钱的事,一定不可免是要花的,却又不添些银子产业。这一二年倒赔了许多,不和你们要,找谁去?"这真是封建贵族阶级的哲学:自己的开支大了,就必须加重剥削农民的血汗来加以弥补。同时,在这段话中,也透露了一个重要的秘密:原来,荣国府这几年来的奢侈生活和所花掉的大量金钱,都是向农民"要"来的;不消说,在这几年里,由于"添了许多花钱的事",向农民自然"要"得更多,掠夺得更多了。那么,在贾家上下所过的这种"花团锦簇"的生活里,是混合着多少农民的血泪,是包藏着多么残酷的榨取呵!这被称为"慈善宽厚之家"的贾家,就是这样把自己的幸福建筑在对于农民残酷剥削的基础上的。

其次,我们在《红楼梦》里可以看到,这"从没干过这倚势仗贵霸道的事"的贾家,是干着种种非法的事情来满足自己私欲的。王熙凤为了到手三千两银子,凭一封书信拆散了一对青年男女的婚姻,逼得女的悬梁自尽,男的也投河而死。贾赦为了夺取石呆子的古扇,通过贾雨村的关系,对石呆子横加诬陷,"弄

论《红楼梦》的思想内容①

一

《红楼梦》②虽以大量篇幅描写了贾宝玉、林黛玉的爱情故事,或者说,贾宝玉和林黛玉、薛宝钗之间的微妙关系,但其更值得重视的一面却在于:围绕着这一事件所进行的一系列具体描写,在实际上暴露了封建贵族阶级的残酷、腐朽和没落。

曹雪芹主要生活在乾隆时期。这是清王朝的极盛时期,但也是清王朝由兴盛而走向衰落的一个转折时期。在繁荣的背面,是社会各种矛盾的渐趋尖锐,是统治阶级的日益腐烂。在《红楼梦》里,就正是通过贾宝玉等人物所由生活和活动的环境的描绘,通过贾、史、王、薛四大家族盛衰的历史,使人们有可能从中看到封建贵族阶级本身的溃烂及其没落的过程,从而也就有可能看到这一历史时期的社会的某些本质方面。

在《红楼梦》第四回中,曹雪芹以如下的"俗谚口碑"来叙述贾、史、王、薛四大家族声势的显赫:"贾不假,白玉为堂金作马。阿房宫,三百里,住不下金陵一个史。东海缺少白玉床,龙王来请金陵王。丰年好大雪,真珠如土金如铁。"③显然,这都是当时贵族阶级中具有代表性的家族。而《红楼梦》所着重描写的,却是贾家。这固然是因为贾家和史、王、薛三家都有密切的亲戚关系,——贾母是史家的,王夫人和王熙凤都是王家的,薛姨妈则和王夫人是姐妹,——通过贾家可以带动其他三家;所谓"这四家皆连络有亲,一损皆损,一荣俱荣"(第四回)。而另一方面,在这四家中,实以贾家的势力为最大,用秦可卿的话来说,"真是烈火烹油,鲜花着锦之盛"(第十三回);而且,贾家又是出名的"慈善宽厚

---

① 原载《复旦学报》(社会科学版)1964 年第 1 期。
② 本文所论,以曹雪芹写作的前八十回为限,不包括高鹗的续书。引文以俞平伯先生校订的《红楼梦八十回校本》为主要依据,间也参用别本。
③ 《脂砚斋重评石头记》庚辰本,北京大学图书馆藏。个别脱误之处系据戚蓼生序《石头记》(1957 年人民文学出版社影印)补正,不另作说明。

之家","从不曾作践下人,只有恩多威少的","从没干过这倚势仗贵霸道的事"(第十九回),"是最教子有方的""诗礼之家"(第二回)。因此,从反映贵族阶级的衰亡、丑恶和腐朽的角度来考察,贾家就更具有典型意义。——连这样"鲜花着锦之盛"的人家都如此没落了,连这样"慈善宽厚之家"都是如此残酷和干着种种见不得人的勾当,那么,贵族阶级其他家族的命运和本质也就可想而知了。从这一意义来说,贾、史、王、薛四家,尤其是贾家,乃是当时贵族阶级的一个缩影。

在具体的描写中,《红楼梦》正是通过深刻和细致的刻画,向人们提供了剥开贾家伪善的假面、揭示它作为贵族阶级代表的实质的丰富材料。

首先,我们在《红楼梦》里可以看到,这被称为"慈善宽厚之家"的贾家,是对农民进行着残酷剥削的。第五十三回所写乌庄头给贾珍送来的地租,其中包括着数百头鹿、獐之类的牲畜,一千几百只鸭、鹅、野鸡之类的禽鸟,成千担粮食,二千五百两银子和其他许多值钱的东西;宁国府一共有"八九个庄子",这仅仅是黑山村一个庄子的地租。那么,不难想象,贾家每年要从农民身上攫取一笔多么庞大的财富。

可是,就封建贵族阶级来说,他们在剥削农民方面是永不会感到满足的。随着他们的日益腐朽,对农民的剥削也就愈来愈严重。所以,贾珍不但对乌庄头送来的这笔数字极大的地租颇为不满,嫌送来的太少,说这严重影响了自己的生活,"真真是叫别过年了",——充分暴露了他的贪婪本性;而且,在他跟乌庄头谈到荣国府的情况时,还更露骨地说:"……那府里,这几年添了许多花钱的事,一定不可免是要花的,却又不添些银子产业。这一二年倒赔了许多,不和你们要,找谁去?"这真是封建贵族阶级的哲学:自己的开支大了,就必须加重剥削农民的血汗来加以弥补。同时,在这段话中,也透露了一个重要的秘密:原来,荣国府这几年来的奢侈生活和所花掉的大量金钱,都是向农民"要"来的;不消说,在这几年里,由于"添了许多花钱的事",向农民自然"要"得更多,掠夺得更多了。那么,在贾家上下所过的这种"花团锦簇"的生活里,是混合着多少农民的血泪,是包藏着多么残酷的榨取呵!这被称为"慈善宽厚之家"的贾家,就是这样把自己的幸福建筑在对于农民残酷剥削的基础上的。

其次,我们在《红楼梦》里可以看到,这"从没干过这倚势仗贵霸道的事"的贾家,是干着种种非法的事情来满足自己私欲的。王熙凤为了到手三千两银子,凭一封书信拆散了一对青年男女的婚姻,逼得女的悬梁自尽,男的也投河而死。贾赦为了夺取石呆子的古扇,通过贾雨村的关系,对石呆子横加诬陷,"弄得人坑家败业"(第四十八回)。因此,所谓"从没干过这倚势仗贵霸道的事",只不过意味着这类事情干得比较隐秘,不大被人们所发觉;在事实上,他们正是凭借着权势,尽情胡作非为,把别人的痛苦作为自己享乐的资本的。

这里还应该指出,这种倚仗权势的、营私的勾当,在《红楼梦》里是作为贵族阶级的一种普遍情况而出现的。贾雨村的门子对贾雨村说:"如今凡做地方官者,皆有一个私单,上面写的是本省最有权有势极富极贵大乡绅的名姓;各省皆然。倘若不知,一时触犯了这样的人家,不但官爵,只怕连性命还保不成呢!"(第四回)这就可见贵族阶级的仗势霸道并不只是个别的事件,而是"各省"的共同现象。就贾家来说,贾政是被赞为"端方正直""谦恭厚道"的,但因"贪酷"而被革职的贾雨村,却正因他的"竭力内中协助"才得以复职;而雨村在复职以后,第一件事就是包庇贾政的外甥——打死人命的薛蟠,向贾府讨好。这又可见贵族阶级中所谓"端方正直"的人物,在这方面也并不是例外。这不仅是对贵族阶级的暴露,也间接反映了当时的政治现状。

第三,我们在《红楼梦》里可以看到,这被称为"从不曾作践下人,只有恩多威少"的贾家,是对"下人"进行着残酷迫害的。在表面上看来,他们对待"下人"固然好像很宽厚,但实际又如何呢?晴雯和金钏儿就是死在"善人"王夫人手里的,晴雯死了以后,王夫人还命她哥嫂"即刻送到外头焚化了罢。女儿痨死的,断不可留"(第七十八回)。在王熙凤的主持下,彩霞被许配给了来旺的儿子,一个"酗酒赌博,而且容貌丑陋,一技不知"的人(第七十二回);就彩霞来说,也就是断送了自己的终身。甚至连贾母所十分宠信的鸳鸯,虽然一时逃脱了贾赦的魔掌,但一旦贾母死掉,她除了如自己所说的"或是寻死,或是剪了头发当姑子去"以外,别无第三条路可走;因为她很明白,"凭我到天上,这一辈子也跳不出他的手心去"(第四十六回)。作为贵族阶级,他们根本不把"下人"当人看待,而只作为自己奴役和蹂躏的对象;"下人"的生死、苦乐,他们是丝毫不放在心上的,凭着自己一时的喜怒,就使"下人"含冤而死或陷入极其悲惨的境地。

第四,我们在《红楼梦》里可以看到,这被称为"诗礼之家"的贾家,其实只是其家庭成员为了个人欲望而从事激烈的明争暗斗的场所。固然,在其家庭成员之间,由于蒙着一层"温情脉脉的纱幕",好像真是长者慈爱,幼者孝顺,大家都遵循着封建伦理关系的信条似的;但揭开这层"纱幕",就可以发现他们之间尔虞我诈、矛盾深重的实质。探春说:"咱们倒是一家子亲骨肉呢,一个个不像乌眼鸡,恨不得你吃了我,我吃了你!"(第七十五回)这真是一针见血之论。赵姨娘的阴谋害死宝玉、凤姐不必说了,在贾琏和邢夫人母子之间、贾琏和王熙凤夫妇之间，又何尝不是在勾心斗角。贾琏要凤姐帮着向鸳鸯借一千银子的当头，凤姐就向他要一二百银子的谢礼；邢夫人得知了这事，也就赶着向贾琏要二百两银子。在这里，卑劣的物质欲望已经远远超过了母子、夫妇的感情。为了满足自己的私欲，他们使尽一切手段，阴谋倾轧，无所不用其极。——这一切不仅反映了封建伦理观念、封建道德的虚伪性，同时也深刻地暴露了贵族阶级的道德面貌、贵族阶级内部的相互关系。

第五，我们在《红楼梦》里可以看到，这被称为"是最教子有方的"贾家，他们所培育出来的，却是一些私生活腐烂到了极点的人物。用焦大的话来说："每日家偷狗戏鸡，爬灰的爬灰，养小叔子的养小叔子。"（第七回）薛蟠总算得是一个在私生活方面极其堕落的人物了，"终日惟有斗鸡走马"，"性情奢侈，言语傲慢"（第四回），但当他住到贾家去以后，"不上一月，贾宅族中凡有的子侄俱已认熟了一半，都是那些纨袴气习，莫不喜与他来往。今日会酒，明日观花，甚至聚赌嫖娼，渐渐无所不至"（同上）。那么，贾家子侄都是些什么人物，也就可想而知了。其实，对于贵族阶级，这原是不足为奇的。贾赦是被称为为人"中平"——虽然不太好，却也并不坏的，但在他老年的时候，还是"左一个小老婆右一个小老婆放在屋里"，"成日家和小老婆喝酒"，"略平头正脸的，他就不放手了"（第四十六回）。可见私生活的腐烂原是贵族阶级中一般人物的共同现象。所以，贾母在贾琏与鲍二家的发生不正当关系时，就这么说："小孩子年轻，馋嘴猫儿似的，那里保得住不这么着。从小儿世人都打这么过的。"（第四十四回）这自然是贵族阶级的哲学，但却也反映了贵族阶级荒淫无耻的实质。既然连"最教子有方"的贾家尚且如此，那么，其他的贵族家庭过着怎样的生活，就是不言而喻的了。

这样，把《红楼梦》的这一系列具体描写归纳起来，我们就看到了贵族阶级的丑恶嘴脸：这是一群进行着严重剥削的、自私、凶残、冷酷和淫乱的人物。他们对于人们的残酷剥削和迫害、内部的相互倾轧和生活的极端糜烂，必然要把他们引向灭亡；曹雪芹在《飞鸟各投林》曲中所说的："好一似食尽鸟投林，落了片白茫茫大地真干净。"（第五回）就正是他们的最终结局。所以，《红楼梦》既在实际上暴露了贵族阶级的丑恶本质，也使读者有可能进而预测他们的前途：除了灭亡以外，他们不可能有更好的命运。

二

曹雪芹在《红楼梦》第一回中说："虽我未学，下笔无文，又何妨用假语村言敷演出一段故事来,亦可使闺阁昭传,复可悦世之目,破人愁闷,不亦宜乎?"因此,他在作品里作为重点来描写的,除了贾宝玉以外都是女子。而且,一般说来,他所写的这些女子的"行止见识",大都在书中的男子之上。这样,在考察《红楼梦》的思想内容的时候,也就必须对其所塑造的妇女形象给予充分的重视。

假如说,人们在《红楼梦》里有可能看到贵族阶级的丑恶本质和预测到他们必然灭亡的命运,那么,《红楼梦》的这一思想意义在很大程度上是通过妇女形象而深入地表现出来的。在这方面特别值得注意的,是王熙凤、薛宝钗和探春的形象。

王熙凤是贾府的"当家"的。周瑞家的曾经对她作过这样的评价:"这位凤姑娘年纪虽小,行事却比是人都大呢。如今出挑的美人一样的模样儿,少说些有一万个心眼子。再要赌口齿,十个会说话的男人也说他不过。"(第六回)以贵族阶级的标准来说,王熙凤确是一个极其有才干的人物;在这一点上,贾府的男人没有一个比得上她的。不说别的,只要看她"协理宁国府",不到一个月的时间,就把原来"都忒不像了"的宁府,整治得"众人不敢偷闲。自此兢兢业业"(第十四回)。在贾府的男人中,有哪一个能具备这样的统治才能呢?

正因为她具有这种几乎是令人惊奇的才干,她也就更敢于肆无忌惮地作恶。当馒头庵老尼静虚求她拆散张金哥与守备公子的婚姻时,她斩钉截铁地说:"你是素日知道我的,从来不信什么是阴司地狱报应的。凭是什么事,我说要行就行。你叫他拿三千银子来,我就替他出这口气。"(第十五回)这也就是意味着:无论什么罪恶的事,只要我能得到好处,我都可以去做;而且,我是有权力的,只要我愿意,没有什么事情是我办不到的。这里,她不仅是不相信"什么是阴司地狱报应"而已,事实上,她把统治阶级用来标榜的法律、道德信条等等,通通踩到了脚下;她所相信的,只是自己的权力和现实的物质利益。——这也就是她的人生哲学,在其中充分反映了封建贵族阶级贪婪、凶恶、残酷的本质。

正是基于这样的人生哲学,她不仅应老尼的请求,拆散了张金哥的婚姻,逼得张金哥和她的未婚夫都自寻而死,而且,从此"胆识愈壮,以后有了这样的事便恣意的作为起来"(第十六回)。也正是基于这样的人生哲学,她既派人把尤二姐原来的未婚夫张华找来,命张华写状子去控告贾琏,在事情结束以后,为了怕把柄落在别人手里,又着旺儿"务将张华治死,方剪草除根,保住自己的名誉"(第六十九回)。至于她先用甜言蜜语把尤二姐诓进府来,然后用借刀杀人之计把尤二姐活活给折磨死,也同样是这种人生哲学的体现。总之,对于她来说,最重要的就是她自己和自己的利益,别人的幸福和生命则是毫无价值的。所以,只要她觉得需要,她就可以用任何残忍的手段把无辜的人害死,丝毫都不以为意。

在日常生活中,王熙凤也处处表现了工于心计和狠毒、卑劣的特色。兴儿说:"(她)心里歹毒,口里尖快。……如今合家大小,除了老太太、太太两个人,没有不恨他的,只不过面子情儿怕他。皆因他一时看的人都不及他,只一味哄着老太太、太太两个人喜欢。他说一是一,说二是二,没人敢拦他。又恨不得把银子钱省下来堆成山,好叫老太太、太太说他会过日子;殊不知苦了下人;他讨好儿。估着有好事,他就不等别人去说,他先抓尖儿。或有了不好事,或他自己错了,他便一缩头,推到别人身上来;他还在傍边拨火儿。""嘴甜心苦,两面三刀,'上头一脸笑,脚下使绊子','明是一盆火,暗是一把刀':都占全了。"(第六十五回)这确是对于王熙凤的相当深刻的概括。不过,兴儿到底是"二门上跟班的人",还不能完全了解王熙凤的隐私。她的"把银子钱省下来",并不仅仅是为了"好叫老太太、太太说他会过日子",更重要的是为的攒私房,放高利贷,用平儿的话来说:"放出去利钱,一年不到上千的银子呢!"(第三十九回)——归根到底,她只是为了自己一个人,根本不是在给"老太太、太太"增加财富,倒是在把贾家"官中"的钱化为一己的私产。另一方面,凤姐不但是贪婪和残酷的,而且也是淫乱的;她跟贾蓉之间存在着暧昧的关系,在第六回和十六回中,都用含蓄的笔法透露了其中的消息。——这当然更是兴儿所不知道的了。

假如说,从总的方面来看,《红楼梦》所描写的贵族阶级是一群对人们进行着残酷剥削和迫害的,自私、狠毒、冷酷和淫乱的人物,那么,贵族阶级的这些特征,在王熙凤身上是得到了高度集中的体现的。

比起王熙凤来,薛宝钗好像要"厚道"得多:她并不像凤姐那样被"合家大小"所怨恨,而是"深得下人之心"(第五回)。但这其实只是表现形式的不同;在本质上,她同样是自私和冷酷的。

薛宝钗"知书识字",深受封建教育的薰陶,具备着封建统治阶级所要求的种种德行:"品格端方","行为豁达,随分从时"(第五回)。她不仅积极劝导宝玉去追求功名,"辅国治民",而且,在知道了林黛玉曾经读过《西厢》等文学作品以后,又"款款"地劝告黛玉说:"所以咱们女孩儿家,不认得字的倒好;男人们读书不明理,尚且不如不读书的好,何况你我?……你我只该做些针黹纺绩的事才是。偏又认得了字。既认得了字,不过拣那正经的看也罢了,最怕见了些杂书,移了性情,就不可救了。"(四十二回)这纯粹是道学家的说教,充分证明了她是封建秩序的积极拥护者和宣传者。

正因为她是积极维护封建秩序的,所以,在金钏儿被逼得投井自杀以后,她劝慰王夫人说:"据我看来,他并不是赌气投井。多半他下去住着,或是在井跟前憨玩,失了脚掉下去的。他在上头拘束惯了,这一出去,自然要到各处去玩玩逛逛;岂有这样大气的理?纵然有这样大气,也不过是个糊涂人,也不为可惜。"又说:"姨娘也不必念念于兹。十分过不去,不过多赏他几两银子发送他,也就尽主仆之情了。"(第三十二回)在这里,她不仅巧妙地掩盖了金钏儿被迫害而死的真相,掩盖了王夫人的罪恶,而且还进一步论证说:当一个奴隶被统治者迫害得无法再生活下去而只得自杀的时候,那只不过说明了这奴隶是个"糊涂人",毫不值得"可惜",因此统治者是毫无责任的;假如统治者再肯多赏几两银子"发送他",那就更是莫大的恩典了。这样,逼死了金钏儿的凶手就变成了金钏儿的"恩主"。这真是贵族阶级的逻辑!由此,我们就可以看到,在薛宝钗的心目中,奴隶是只配服服帖帖地忍受着统治者的宰割的,连自杀的权利都没有。在薛宝钗美丽的外貌下隐藏着的,是一颗多么冷酷而自私的心呵!

是的,薛宝钗是冷酷而自私的。她不但对于被统治阶级的人物是这样,对于本阶级的人物也是如此。在尤三姐自刎、柳湘莲出家以后,连薛姨妈都"心甚叹息",而薛宝钗呢?"宝钗听了,并不在意。便说道:俗语说得好,'天有不测风云,人有旦夕祸福'。这也是他们前生命定。前儿妈妈为他救了哥哥,商量着替他料理,如今已经死的死了,走的走了,依我说,也只好由他罢了。"(第六十七回)在她身上,是连一点同情心都没有的。至于她的偷听小红和坠儿说话,又用"金蝉脱壳的法子"移祸于林黛玉,则更清楚地显示了自私自利的卑劣品性。

为了自己的利益,薛宝钗跟王熙凤一样,也是处处在讨好贾母和王夫人的。在贾母为她做生日,问她"爱听何戏,爱吃何物"的时候,"宝钗深知贾母年老人,喜热闹戏文,爱甜烂之物,便总依贾母向日所喜者说了出来。贾母更加欢悦"(第二十二回)。王夫人在金钏儿死后,想把林黛玉的新衣服给金钏儿去"装裹",又怕黛玉"忌讳",宝钗就赶忙对王夫人说,愿意把自己的新衣服拿来;这不仅讨了王夫人的欢心,而且也显得她比黛玉大度。应该说,薛宝钗对宝玉是很有意思的,所以,听得宝玉在梦中喊骂"和尚道士的话如何信得?什么是金玉姻缘,我偏说是木石姻缘",她就"不觉怔了"(第三十六回)。那么,她之要对贾母和王夫人处处讨好,把黛玉比下去,就不是毫无缘故的了。在这里充分表现了她的工于心计。

这就是"稳重和平""品格端方"的薛宝钗!就她的本质来说,跟王熙凤又有什么区别呢？要说有什么区别，那也不过是百步与五十步之差而已。

在《红楼梦》里，还有一个跟薛宝钗和王熙凤具有相通之处的人物，那就是探春。就其精明能干说，近于王熙凤；就其知书达礼说，又近于薛宝钗。

作者对于探春虽然着墨并不太多，但通过探春理家的描写，充分显示了她的统治才能；连王熙凤都赞叹地说："好，好，好！好个三姑娘！我说他不错。——只可惜他命薄，没托生在太太肚里。"（第五十五回）这真是"唯英雄能识英雄"了。而且，从贾家的立场来说，探春比起王熙凤来显然要识大体得多：从她的理家来看，她是真心实意地在为贾家谋利益的，而并不是像王熙凤那样地在营私。所以，探春也可说是贾家真正的贤臣了。《金陵十二钗正册》称赞她说："才自清明志自高。"这并不是偶然的。

因为探春在王夫人命人抄检大观园时，曾经给了王善保家的一个巴掌——尽管这在探春只是为了保卫自己作为主子的尊严，但在客观上却是大快人心的——这也就赢得了好些人对于探春的喜爱。但就探春的本质来说，却是跟王熙凤、薛宝钗同样地自私的。这在她跟赵姨娘的关系中清楚地表现出来。

探春是赵姨娘生的，但在她眼里却根本没有赵姨娘："我只管认得老爷太太两个人，别人我一概不管。"还说赵姨娘"忒昏愦的不像了"（第二十七回）。赵姨娘固然是一个否定形象，但探春的厌恶赵姨娘，却是另有原因的。她自己对赵姨娘说："太太满心疼我，因姨娘每每生事，几次寒心。我但凡是个男人，可以出得去，我必早走了，……""何苦来！谁不知道我是姨娘养的，必要过两三个月寻出由头来，彻底子翻腾一阵，生怕人不知道，故意的表白表白！也不知谁给谁没脸！"（第五十五回）原来，她的厌恶自己母亲赵姨娘，首先是因为赵姨娘妨碍了她在贾府的发展和在贾府的地位，使她觉得"没脸"。——在这里，我们所能看到的，只是一个极其自私的目的。因此，在人生观的最根本方面，探春和王熙凤、薛宝钗都是具有相通之处的。她们都在不同程度上体现了贵族阶级作为剥削者和压迫者的性格特征。

由于曹雪芹没有全部写完他的作品，我们也就不可能知道他为这三个人安排了怎样的具体结局。但从前八十回的某些暗示中，我们可以知道这三个人都是没有前途的。王熙凤是"机关算尽太聪明，反送了卿卿性命！……一场欢喜忽悲辛"（第五回）。薛宝钗虽然达到了成为宝二奶奶的目的，但宝玉却"终不忘世外仙姝寂寞林"，因而《金陵十二钗正册》说是"可叹停机德"，她的遭遇也仍是值得悲叹的。而且，她自己所做的灯谜"焦首朝朝还暮暮，煎心日日复年年"，也正是反映了她的未来的"谶语"（第二十二回）。至于探春，《金陵十二钗正册》

说:"才自清明志自高,生于末世运偏消。"无论她有怎样的才干,在作为贵族阶级缩影的她自己的家族已处于"末世"的时代,她既不能挽救自己的家族,也不能为自己争取到较好的命运。

这样,通过这三个人物,我们也就看到了:在贵族阶级中,无论是怎样有"才干"、也无论是怎样有"德行"的人物,都不可能脱离贵族阶级的最基本的特征:贪婪、狠毒、冷酷、自私、淫乱等等;只不过有的把这些特征体现得更为全面,有的则着重体现了其中的某一个或某几个方面。而且,无论是怎样有"才干"、也无论是怎样有"德行"的人物,都不可避免地在走向没落,——这也正是其阶级正在没落的反映。

三

《红楼梦》除了揭示贵族阶级的腐朽和没落以外,还以大量篇幅描写了贾宝玉和林黛玉的爱情。作者既对贾宝玉和林黛玉性格中的叛逆一面作了歌颂,又对封建制度的扼杀爱情进行了揭露。

贾宝玉虽然是贵族阶级的青年公子,但在他身上却存在着某些跟封建制度不相容的东西。首先,他对若干传统的封建观念表示了大胆的怀疑。他说:"只除'明明德'外无书,都是前人自己不能解圣人之书,另出己意混编纂出来的。"(第十九回)在孔子以后,历代的封建统治阶级为了适合自己统治的需要,把儒家思想发展得愈来愈严密,从而也就愈来愈严重地桎梏着人们的心灵,束缚着人们的思想。宋元理学就是一个突出的例子。在这里,宝玉虽然还没有否定孔子,但却对孔子以后的、诸如宋元理学这一类的思想已有所不满;这正表现了他企图在一定程度上从某些封建传统观念中解脱出来的愿望,从而也就违反了当时封建统治阶级的利益。其次,他对于封建秩序的若干方面采取了一种轻视的态度。兴儿批评他说:"再者,也没刚柔。有时见了我们,喜欢时,没上没下,大家乱玩一阵;不喜欢,各自走了,他也不理人,我们坐着卧着,见了他也不理,他也不责备。因此,没人怕他,只管随便,都过的去。"(第六十六回)这也就是意味着,他并不严格遵守封建秩序所规定的主奴关系的准则,具有一定的平等思想。而平等的观念却正是封建制度的对立物。第三,他不但不愿追求功名富贵,而且,"读书上进的人"他"就起个名字,叫作禄蠹"(第十九回)。追求功名富贵,不仅是贵族阶级一条必由的道路,而且,就最根本的意义说,贵族阶级也正是依靠这批追求和已经获得功名富贵的人物来维护自己的统治和保证对人民的剥削的。因此,宝玉的这种表现,不仅是他自己不愿走贵族阶级中一般人物的共同道路,而且也是跟贵族阶级的利益背道而驰的。

从这些方面来看,在宝玉的性格中存在着不可忽视的叛逆成分;贾政所以把贾宝玉视为"逆子",主要原因就在于此。在贾宝玉的那个时代里,能够具有这样的思想观念,正反映了封建秩序和封建观念已将趋向没落,已经失去了绝对控制的力量;这一形象所体现的社会意义必须给予充分的估价。

为贾宝玉所热爱的林黛玉,在性格中也体现了若干这样的成分。她鄙弃女子必须"稳重和平"之类封建道德的信条,"目无下尘",对贾府中极有权势的王熙凤,她也当面斥为"贫嘴贱舌,讨人厌恶罢了"(第二十五回)。她不遵守封建道德中那些扼杀爱情的清规戒律,不仅与宝玉一同以赞赏的态度阅读《西厢记》,自己也热烈地追求着爱情。尤其重要的是,在不愿追求功名富贵这一点上,她跟宝玉站在同样的立场。而且,她跟宝玉的爱情,就是建筑在这一思想基础上的:贾宝玉因"独有林黛玉自幼不曾劝他去立身扬名等话,所以深敬黛玉"(第三十六回)。林黛玉听见贾宝玉说:"林姑娘从来说过这些混账话(指劝他立身扬名的那些话)不曾?若他也说过这些混账话,我早和他生分了。"(第三十二回)心里也非常高兴:"果然自己眼力不错,素日认他是个知己,果然是个知己。"(同上)正是对于这个问题的共同认识,把他们的感情紧紧地联系在一起了。

生活在这样的社会条件底下的、贵族家庭里的青年女子,在思想上能达到如此的水平,是很不容易的。也许可以说,《红楼梦》以前的古典文学作品在描写贵族家庭里的青年妇女时,从不曾出现过具有这样思想意义的形象;在描写贵族家庭出身的青年男女的爱情时,也从没有赋予如此的反封建意义。

因此,毫无疑义,贾宝玉和林黛玉是当时贵族家庭中具有进步意义的人物,他们的爱情也是当时具有进步意义的爱情;然而,在贾府,那些丑恶的男女贵族及其淫乱的生活都是合法的存在,贾宝玉和林黛玉的爱情却被扼杀了,他们自己也得到了悲惨的结局——这在前八十回中是作了不止一次的暗示的。在这里,也就暴露了封建伦理制度、封建道德的不合理性和罪恶。

四

对于贾宝玉、林黛玉性格中的叛逆的一面,他们爱情的反封建意义,以及这一爱情悲剧所显示的深刻社会意义,我们必须给予充分的重视;然而,对于这些问题,已经有不少论文作了颇为详尽的分析,所以,我们除了在上文中所作的简略的叙述以外,不想再详细地进行讨论。我们想谈得较为具体的,是他们的性格和爱情中的另一个方面。

无论是贾宝玉或林黛玉,都是出身于贵族阶级的青年。他们性格和思想中的叛逆的一面,虽然使他们在若干点上和封建制度的要求相抵触或冲突,但却并没有也没能引导他们在最根本点上从自己的阶级中分化出来。因此,在他们的思想和性格中仍然铭刻着所由出身的阶级的烙印。他们的爱情固然具有一定的反封建意义,但由于他们思想和性格的上述特点,他们在爱情生活中的表现,也就不能不带着明显的封建贵族的阶级局限。

作为贵族公子,贾宝玉的养尊处优的生活,正是建筑在贵族阶级的特权的基础上的;这一特权保证着他们对于劳动人民的残酷剥削。贾宝玉对于自己的这种生活并不企图作任何改变,而只想维持现状。他劝告探春说:"事事我常劝你总别听那些俗话,想那俗事,只管安富尊荣才是。"(第七十一回)这也就是要探春尽可能地享受现有的生活。他还说:"我能够和姊妹们过一日是一日,死了就完了,什么后事不后事。……倘或我在今日明日、今年明年死了,也算是遂心一辈子了。"(同上)这又可见他把自己目前的生活看作是一种"遂心"的——满意的生活,而且希望一直到死都能保持这种生活。这里他固然是指能够跟姊妹们共同相处而言,但他的能跟姊妹们如此相处,却也正是其养尊处优生活的一个方面。我们当然并不要求贾宝玉明确认识其优裕的物质生活所体现的阶级剥削的实质,我们之所以指出这一点,乃是为了说明,贾宝玉虽然鄙弃对于功名富贵的追求,但却并不否定以功名富贵为标志的贵族阶级特权生活本身,而是安于这种生活。

贾宝玉虽然说过"只除了'明明德'外无书",对若干传统的封建观念表示了怀疑;从他对待"下人"的态度中,也反映了一定的平等思想和对于封建秩序若干方面的轻视。然而,他并没能从根本上加以突破。他以为"父亲伯叔兄弟中,因孔子是亘古第一人说下的不可忤慢,只得要听他这句话;所以弟兄之间不过尽其大概的情理就罢了"(第二十回)。尽管于弟兄间"不过尽其大概的情理",但到底还是遵守着"圣人"关于伦理关系的信条;所以,即使明知贾政不在室内,但他在经过其门口时,仍然要下马以示尊敬。而且,他在反对"文死谏,武死战"的封建信条时,却又大力推崇君权:"还要知道那朝廷是受命于天,他不圣不仁,那天地断不把这万几重任与他了。"(第三十六回)——在这里也还包含着"受命于天"的神权观念。这样,他就没能否定传统的封建观念中关于君权、族权的这些重要的方面,从而也就不能否定封建秩序中关于君臣、父子关系的这些重要方面。

从以上两点来看,在贾宝玉跟封建制度之间、跟封建统治集团之间,还没有产生"不共戴天"的冲突。他还不是自己阶级的彻底的叛逆者。也正因此,他跟林黛玉的爱情虽然具有一定的反封建的意义,但在其恋爱生活中,却又不能不铭刻着所由出身的阶级的烙印。这不仅因为他们都是过着贵族阶级的生活,而且更因为,这种爱情跟宝玉的过一辈子"遂心"生活的思想是密切联系的。林黛玉曾经担心贾府费用太大,恐将来"后手不接"。宝玉说:"凭他怎么后手不接,也短不了咱们两个人的。"(第六十二回)从这里可以看到,宝玉并不准备和黛玉共同去追求另外一种生活,而是准备跟她共同享受现成的生活——依靠贾府现有的经济关系来维持他们未来的生活。这样,在他们的爱情中,固然包含着某些被封建统治者视为"异端"的因素,但这种爱情对于封建制度的最根本的方面,却并不具有直接的冲击作用。

正因为他们的爱情并不是以追求某种异于目前而体现了进步社会理想的生活为基础,所以他们的爱情在好些方面都只表现为个人感情的纠缠,而没有能反映出更深厚的社会内容。也就是说,在许多场合都表现为黛玉唯恐宝玉有他心和宝玉怨黛玉不理解自己感情所形成的矛盾。第二十九回写宝玉和黛玉口角的情景说:黛玉心里想着:"可知你心里时有金玉,见我一提,你又怕我多心,故意着急,安心哄我。"宝玉心内想的却是:"别人不知我的心,还有可恕,难道你就不想我的心里眼里只有你。"这样,就形成了一次很激烈的冲突。作者对此进行评论说:"因你既将真心真意瞒了起来,只用假意,我也将真心真意瞒了起来,只用假意,……其间琐琐碎碎,难保不有口角之争。""看来两个人原本是一个心,但都多生了枝叶,反弄成两个心了。"应该说,宝黛的这一次冲突,在他们因爱情而产生的冲突中,是最富代表性的;作者的这两段话,也是对他们的爱情冲突的很好总结。在诸如此类的爱情生活中,我们除了看到在贵族阶级的悠闲生活中所形成的、细腻的但却极其狭窄的个人的感情活动之外,就不再能看到别的、与现实社会紧密联系的丰富动人的内容了。

既然在宝玉的性格和爱情中,都刻着很深的阶级烙印,那么,在他的思想中存在着消极虚无的浓厚成分也是可以理解的了。——这是指他在前八十回的表现,而并不是指后四十回所写的出家。——一方面,他跟自己阶级所依附的制度的某些方面不能一致,但另一方面,他又不能最终地脱离自己的这阶级,和它所依附的制度完全决裂。这使他既不能按照封建统治阶级的要求,去走飞黄腾达的路,又不能跟他所不满的事物进行斗争;而只能采取逃避现实的办法,把大观园作为自己的安身立命之处,把爱情作为自己生命的立足点。他对袭人说:"只求你们同看着我,守着我,等我有一日化成了飞灰,——飞灰还不好,灰还有形有迹,还有知识,——等我化成一股轻烟,风一吹便散了的时候,你们也管不得我,我也顾不得你们了。那时凭我去,我也凭你们爱那里去就去了。"(第十九回)就是这种生活态度的反映。然而,由于他的爱情的上述特点,在爱情生活中又经常出现由个人的感情纠葛而形成的波折,使他感到这个立足的去处也并不是真正安乐的,因而就企图逃入一个更深的所在——虚寂的境界,从而有"无可云证,是立足境"之偈,"茫茫着甚悲愁喜,纷纷说甚亲疏密"之词。在这里就更进一步暴露了他思想中的消极一面,而这也正是属于剥削阶级的思想体系的。

除此以外,在宝玉的性格中,还存着很浓厚的贵族阶级的习气,——他不但为一点小事把茜雪撵了出去,甚至晴雯,有一次也差点被他撵了出去;这正是统治阶级对待"奴才"的态度的表现。他也还存在着若干庸俗的生活作风,如他的对待秦钟、对待金钏儿都是;这则是贵族阶级的荒淫生活所给予他的影响。这一切也都明白显出阶级的烙印。

现在说林黛玉。

跟宝玉在最根本点上是贵族阶级的公子一样,黛玉在最根本点上也是贵族阶级的小姐。在探春理家——"兴利除宿弊"之后,黛玉评论说:"要这样才好。咱们家里也太花费了。我虽不管事,心里每常闲了替算着,出的多,进的少,如今若不省俭,必致后手不接。"(第六十二回)可见她对于贾家的命运是异常关心的;与这一典型贵族家庭的这种休戚相关的态度,正是其阶级属性的鲜明表现。而且,她对于自己是属于贵族阶级的这一点,不仅是意识到的,而且是把它跟自己的尊严紧密联系在一起的。当湘云等人说一个扮小旦的伶人模样很像林黛玉时,她是很气恼的。"黛玉冷笑道:……我原是给你们取笑儿的,拿着我比戏子,给众人取笑!"(第二十二回)这里不仅是由于她的"小性儿",而更重要的是在于:她在自己和社会地位低贱的人们——例如戏子——之间划下了一道鸿沟,从而认为把自己和这类人相比——虽则是无心的——乃是对自己的一种侮辱。这里,她的阶级的优越感也是很突出的。

另一方面,她虽然在性格中存在着叛逆因素,但却并不是意味着最终地从封建阶级的观念中摆脱出来了;或者说,她还不能从封建阶级的主要观念中摆脱出来。在贾政痛打宝玉的事件中,其实是反映了代表封建阶级传统观念的贾政和宝玉性格中叛逆一面的严重的冲突。但黛玉却在宝玉被打后,对宝玉说:"你从此可都改了罢!"(第三十四回)那么,林黛玉在这里是依据什么观念来劝告宝玉的呢?她偶尔说了两句《牡丹亭》和《西厢记》的曲文,被宝钗听到了,宝钗就对她进行了长篇大论的封建说教。黛玉对此不但没有反感,而且"心下暗服"(第四十二回),从此变得跟宝钗非常亲密。那么,林黛玉在这里又是依据什么观念来对待宝钗的这种劝告的呢?显然,跟她性格中的叛逆因素同时并存着的,乃是封建的传统观念。

正因为无论就社会地位或就其思想的主要方面来说,林黛玉都是属于封建贵族阶级的,所以,她的爱情生活也就不能不打着贵族阶级的烙印。她在听《牡丹亭》的曲文时:"……只听唱道:'则为你如花美眷,似水流年。'林黛玉听了这两句,不觉心动神摇。又听道:'你在幽闺自怜'等句,益发如醉如痴,站立不住,便一蹲身,坐在一块山子石上,细嚼如花美眷、似水流年八个字的滋味。……不觉心痛神驰,眼中落泪。"(第二十三回)由于"如花美眷,似水流年",即害怕年华的流逝而渴望着爱情,由于"在幽闺自怜",爱情不能得到满足而感到无限的悲痛,这在当时正是贵族小姐在对待爱情上所可能有的特定的思想感情。因为在她们,生活是悠闲的,物质条件是优裕的,既不必为衣食发愁,又没有对于生活的、体现出先进社会观念的理想,因而,在一定条件下,爱情便会成为她们生活中所首要的追求的对象,或者说生命的有力的支柱了。当然,她们在生活中幻想和渴望着爱情,这与封建礼教的观念是不相容的;也正因此,这类题材的文学作品就有可能表现出反封建的意义。但就其爱情生活的表现来看,却渗透着浓重的贵族阶级的情趣,体现了贵族阶级的特定的生活方式和特定的思想感情。

顺便在这里提一提,黛玉的多愁善感,跟她对待爱情的这种态度是密切相关的。她既如此地追求着爱情,但她在贾府的寄人篱下的地位,又使她担心着爱情的不能实现。这样,她就不能不是常常伤感的。《葬花词》的"试看春残花渐落,便是红颜老死时。一朝春尽红颜老,花落人亡两不知",其实只不过是"如花美眷,似水流年"的进一步引申。

这样,林黛玉在爱情中的许多表现,也往往只是个人感情上的纠葛,而并没有跟一定的社会理想相联系。她的每每与宝玉闹别扭,用作者的话来说,就是:"那林黛玉偏生也是个有些痴病的,也每用假情试探。"(第二十九回)这种在爱情生活中的"用假情试探"的做法,正是剥削阶级社会里上层人物的惯用的方法;而因为这种爱情的冲突,是建筑在"用假情试探"的基础上的,所以也就缺乏深刻的社会意义。另一方面,在这种冲突中,有许多又是由黛玉的所谓"小性儿"造成的。例如,史湘云说一个小旦像黛玉,宝玉怕黛玉生气,跟她使了个眼色,黛玉却因此而对宝玉大为生气。这种"小性儿",其实也正是黛玉作为贵族小姐的一种性格特征。

综上所述,无论是宝玉或黛玉,在他们的性格和爱情生活中,固然存在着若干反封建的因素,但又都打着贵族阶级的烙印。因此,我们固然要适当估价这些因素在当时的进步意义,但却不能对他们的性格和爱情作过高的、脱离实际的评价。

然而,在某些研究文章中和在《红楼梦》的某些读者中,这种过高的、脱离实际的评价却是存在着的。有的研究文章说贾宝玉、林黛玉"体现了封建社会崩溃前夕人民共同的典型性格特征",他们的爱情原则"在今天和将来都仍然适用"。一句话,贾宝玉、林黛玉和他们的爱情仍然是今天读者的仿效对象。而在实际上,有些《红楼梦》的读者也正是自觉或不自觉地受到贾宝玉、林黛玉的艺术形象的感染,把他们的爱情原则,把林黛玉的多愁善感或贾宝玉的消极虚无思想作为自己的仿效对象的。这是一个很值得重视的问题。

首先应该指出,贾宝玉和林黛玉的生活环境以及由这环境所形成的他们的性格,如上所述,乃是深深地刻着贵族阶级的烙印的。例如,林黛玉的阶级优越感、贾宝玉愿意在大观园里过一辈子的思想,与封建社会里的农民和一般平民的性格有什么共同之处呢?因此,说他们体现了那时人民共同的典型性格特征,乃是既不符合事实,又违反了马克思主义的阶级分析的原则的。在这一论断中,其实是包含了这样的观点:在贵族阶级和人民之间有着共同的性格特征。这正是资产阶级人性论的观念。

其次,由马克思主义看来,两性关系只是社会关系的一个方面。因此,不同的阶级总是有不同的两性关系的原则,而这种原则又总是依附于其阶级地位和体现出阶级内容的。对于过去、今天和将来的各种阶级都适用的爱情原则是从未出现过也不可能出现的。贾宝玉和林黛玉的爱情,是和他们的阶级地位以及这一阶级地位所提供给他们的生活条件紧密联系着的。他们的把爱情看得高于一切,也只能是剥削阶级的观念;——对劳动人民来说,被剥削、被压迫的地位赋予他们远比爱情远大的社会理想,艰苦的物质条件也根本不可能使他们把"卿卿我我"的谈情说爱作为生活中唯一的或首要的事件。失却了他们的阶级地位,他们的爱情原则也就失去了依附。

第三,假如生活在今天,而把贾宝玉、林黛玉的性格和他们的爱情原则作为自己的仿效对象,那将会产生严重的后果。

贾宝玉和林黛玉性格中的叛逆因素,假如在当时的历史条件下具有进步意义,那么,随着历史条件的改变,它们对于今天却已经失去了意义了。例如,他们的不愿意追求功名富贵,固然跟封建制度对他们的要求不相符合;他们的重视爱情,固然跟封建礼教不相容;然而,当社会制度再不强迫人们追求功名富贵、再没有封建礼教扼杀爱情的今天,这些对我们的生活原则还有什么作用呢?而且,在他们身上,这种叛逆因素是伴随着他们的阶级属性而存在的。他们的叛逆因素在今天既已不复有进步意义,那么,所剩下的就只有直接表现其阶级性的一面了。所以,在今天,仿效贾宝玉和林黛玉,其实也就是意味着仿效贵族阶级的生活和性格。

这里,第一,就有可能引导人们去羡慕剥削阶级的物质生活。有人在看了越剧《红楼梦》以后说:"贾宝玉真是好福气,生活好,安安逸逸的,又有那么多如花似玉、温柔多情的女子陪伴,多惬意。"(1963年10月16日《解放日报》)把贾宝玉的"生活好,安安逸逸的"当作"好福气",正是羡慕剥削阶级物质生活的突出表现。而许多事实表明:某些人的堕落,就是从羡慕剥削阶级的物质生活开始的。

第二,就有可能从爱情这一环上接受剥削阶级的人生观,这对于青年读者的危害性可能更大一些。无产阶级从来不一般地反对爱情,但却要求在爱情中体现无产阶级的阶级性,要以无产阶级的利益为前提。假如以为贾宝玉、林黛玉的爱情原则对今天仍然适用,那就会跟他们那样的把爱情当作生活的首要目的,如贾宝玉对林黛玉所说的:"你死了我做和尚去。"在今天,一个人把爱情作为生活的首要目的,假如不是意味着抛弃无产阶级的事业,也至少是把无产阶级的事业放在第二位,把无产阶级的利益放在个人利益之下。这归根到底是一种个人主义的、剥削阶级的人生观。从这里打开缺口,剥削阶级思想就有可能腐蚀人的整个灵魂。

第三,就有可能走上多愁善感或者消极颓废的道路。在今天,"我国社会主义和资本主义之间在意识形态方面的谁胜谁负的斗争,还需要一个相当长的时间才能解决"(毛主席《关于正确处理人民内部矛盾的问题》,1957年6月19日《人民日报》),在人们的思想中以各种形式进行着资产阶级和无产阶级思想的斗争。对于还存在着某种程度的资产阶级、小资产阶级生活情趣的人来说,是比较容易受到多愁善感的感染的;而在自己生活中遇到一些不如意的事情,或者自己不正确的思想、作风受到应有的批评时,就会从消极、虚无的思想中去寻找安慰。因而,看了《红楼梦》而为林黛玉的多愁善感、贾宝玉的消极虚无思想所俘虏，也并不是不能理解的。而当人一旦走上了多愁善感、消极虚无的道路的时候，他就会一味去玩味内心的这种狭隘情感，漠视轰轰烈烈的社会主义建设和革命，把自己和社会主义社会隔离开来，甚至与此相抵触。这在实际上也就是把资产阶级思想作为自己的世界观。

当然，以上这些只是就危害性的主要方面而说。但从这里，我们也就可以看到：在对待文学遗产方面，同样进行着两种倾向的斗争：以马克思主义的态度对待文学遗产，就可以使文学遗产为无产阶级事业服务；以资产阶级思想为依据来对待文学遗产，就会使文学遗产成为抵制无产阶级思想、扩大剥削阶级思想阵地的工具。

五

根据以上的分析，我们认为：从《红楼梦》的思想内容来说，由于它暴露了贵族阶级的残酷、腐朽和没落，塑造出了在一定程度上体现着反封建意义的艺术形象——贾宝玉和林黛玉，在我国文学史上它无疑是一部重要作品，值得我们珍视。然而，随着历史的进展，它所塑造的正面形象已经根本不能成为今天读者的仿效对象，在某种情况下还会对读者思想发生不良影响。所以，除了艺术上的借鉴之外，它在今天只具有一种认识上的意义：使读者可以从中看到封建统治阶级的凶残和丑恶。

然而，就是从认识作用来说，《红楼梦》也还有着不可忽视的局限。作为出身于封建统治阶级的作家，曹雪芹虽然在其作品中表现了某些与封建观点相抵触的东西，例如对于贾宝玉和林黛玉的赞美，但在根本上他却并没有背叛自己的阶级。这也就使他的作品在暴露贵族阶级方面存在着显然的不彻底性，并产生了若干谬误。

我们知道，贾家所过的这种"花团锦簇"的生活，是建筑在对于农民残酷剥削的基础上的。关于这点，《红楼梦》在写乌庄头缴租的这一节中，也是接触到了的。然而，《红楼梦》的写这一节，其原意是在点出贾府的不景气：宁国府和荣国府的庄地都收成不好，出现了如乌庄头所说的"有饥荒打呢"的现象；尤其是荣国府，"再两年再一回省亲，只怕就净穷了"（第五十三回）。这跟七十五回所写"这一二年旱涝不定，田上的米都不能按数交的"，以致连贾母所吃的饭"如今都是可着头做帽子了，要一点儿富余也不能的"等情况，以及第二回所说的"如今外面的架子虽未甚倒，内囊却也尽上来了"，都是前后相呼应的。在这里，作者的目的显然并不是在揭示贾府这种生活的不义性质。而且,在实际上,作者对贾府的这种豪华生活倒是怀着追慕的心情的。第十七、八回写元春归省的情况说:"……说不尽这太平气象,富贵风流。——此时自己回想当初在大荒山中,青埂峰下,那等凄凉寂寞;若不亏癞僧跛道二人携来到此,又安得能得见这般世面。本欲作一篇灯月赋、省亲颂,以志今日之事,但又恐入了别书的俗套。"就正透露了其中的消息。也正因此,《红楼梦》通过乌庄头缴租的描写,只是在客观上暴露了贾府的经济来源,但却并没有对此进行应有的批判和鞭挞;作者并不企图引导读者去否定和憎恨这种以残酷剥削为基础的"富丽堂皇"的生活。假如说,有些读者在阅读《红楼梦》以后,不但不能认识这种生活的罪恶实质,反而产生了羡慕之情,那么,这固然是由于这些读者在思想意识上原有不健康之处,但同时却也反映了《红楼梦》在这方面所存在的问题。

正因为曹雪芹原是贵族阶级出身,并对豪华的贵族生活怀着追慕、留恋的心情,所以,他对于自己的没落和书中所写贾府的没落,都感到深刻的痛苦和惋惜。他在《红楼梦》第一回中就责备自己,说自己在以前托赖"天恩祖德","锦衣纨袴""饫甘餍肥"的时候,"背父兄教育之恩,负师友规谈之德,以致今日一技无成半生潦倒","我之罪固不能免";又说:"今风尘碌碌一事无成,……实愧则有余、悔又无益之大无可如何之日也。"在这些词句中,渗透了没落贵族"抚今追昔"的悲痛之感。而且,跟统治阶级中好多没落人物一样,曹雪芹在这"大无可如何之日"也接受了宿命论观念和色空观念。这些观念一方面对人民具有欺骗、麻醉的作用,从而受到封建统治阶级的欢迎;另一方面也是对没落贵族的一种廉价安慰——既然自己的没落是命中注定的,既然荣华富贵都等于梦幻,那么对于自己的遭遇也就不必过于懊丧了。所以,从曹雪芹的阶级地位和处境来说,他的接受这些观念原是很自然的,但因此也就为《红楼梦》增加了许多封建糟粕。

《红楼梦》在具体描写中,虽然对贾府中这些贵族的荒淫、丑恶作了暴露,显示了贾府的必将没落和这些人物的没有前途,然而,曹雪芹却并不是根据社会现实关系,而是依据宿命论的观念来解释这一切的。在他看来,这些都是命定的。他在第五回中,以"宁荣二公之灵"的名义说:"吾家自国朝定鼎以来,功名奕世,富贵传流,虽历百年,奈运终数尽,不可挽回。子孙虽多,竟无一可以继业者。"就正是其宿命论观念的突出表现。

不仅如此,曹雪芹还进一步把书中所写的一切悲欢离合,都跟宿命论观念联系了起来。在《红楼梦》第一回中,他就向读者暗示:书里的一些主要人物,都是前去"造劫历世"的"风流冤孽";而其中最主要的,就是神瑛侍者和绛珠仙草——贾宝玉和林黛玉的前身,因为绛珠仙草曾受过神瑛侍者的灌溉之恩,所以要"下世为人",把"一生所有的眼泪还他"。这一种极其荒诞可笑的思想,在实际上却成为全书的一个主要线索。在第五回中,他更通过贾宝玉神游太虚幻境的情节,对此作了具体的描写。从这一回来看,"金陵十二钗"和香菱、晴雯等人的遭遇,包括贾宝玉和林黛玉的爱情悲剧,原来都是冥冥中早就前定的;而且,这种种遭遇,又都是各人自己的宿孽,所谓"春恨秋悲皆自惹"。在《飞鸟各投林》曲中,他又加以引申说:"为官的家业凋零,富贵的金银散尽。有恩的死里逃生,无情的分明报应。欠命的命已还,欠泪的泪已尽。冤冤相报实非轻,分离聚合皆前定。欲知命短问前生……"这也正是曹雪芹为书中这些人物和事件所作的总结。至于像第六十九回,写尤三姐托梦于尤二姐,说是"你我生前淫奔不才,使人家丧伦败行,故有此报",则不过是"冤冤相报实非轻,分离聚合皆前定"二语的印证。这样,曹雪芹不仅对书中这些贵族何以如此荒淫丑恶以至得不走向没落的原因,作了完全歪曲的解释,而且也在不同程度上削弱了书中所揭示各种悲剧的社会意义:既然一切都是命中注定的,那么,悲剧制造者——封建统治者和封建制度——的罪责就被减轻了。即以尤二姐来说,既是因为"生前淫奔不才,……天怎容你安生"(第六十九回),则其悲惨结局正是咎由自取,而凤姐的"借剑杀人"就不过是代天行罚罢了。

另一方面,曹雪芹又把贾府的没落和色空观念联系了起来。在第一回中,他就以作者的身份向读者叙述自己的感慨:"浮生着甚苦奔忙,盛席华筵终散场。悲喜千般同幻泡,古今一梦尽荒唐。"这也正反映了他的态度:他是把书中的人物和事件都视同梦幻的。接着,他又写了甄士隐的出家及其对"好了歌"的"解注",所谓"陋室空堂,当年笏满床。衰草枯杨,曾为歌舞场。蛛丝儿结满雕梁,绿纱今又糊在蓬窗上。说甚么脂正浓,粉正香,如何两鬓又成霜。昨日黄土陇头送白骨,今宵红灯帐底卧鸳鸯。金满箱,银满箱,转眼乞丐人皆谤。正叹他人命不长,那知自己归来丧。……乱烘烘,你方唱罢我登场。反认他乡是故乡。甚荒唐。到头来,都是为他人作嫁衣裳。"这里不仅进一步宣扬了"浮生若梦"的思想,而且也是作者对书中种种事件,尤其是对贾府没落这一事件所作的理论概括;从作者的意图看,固未始不可视为全书的解题。在以后的各回中,也有这样思想的流露。如第五回的《晚韶华》曲,第二十五回癞头和尚对贾宝玉"今日这番经历"的感叹,第六十六回跛腿道士对柳湘莲的点化,就都是的。按理说,从贾府这一典型贵族家庭终于没落的事件中,原应该显示出历史的进程,说明一切腐朽的东西总将被历史所抛弃,从而起一种鼓舞的作用,但曹雪芹却通过这一事件来宣扬色空观念,把人们带到消极出世的道路上去。

最后还应该说明,在人物形象的塑造上,《红楼梦》固然具有重要的成就;但由于作者的阶级局限,即使在这方面也并不是完美无缺的。例如探春,作者写她主持家务这一段时,显然持着赞赏的态度;他不仅把这一回的回目标作"敏探春兴利除宿弊",而且还借王熙凤和黛玉之口,对此加以赞美。探春的这一行动,纯是维护其贵族家庭的利益,所以,在作者对这一形象的塑造中,也正表现了他自己与这一贵族家庭休戚相关的立场。又如薛宝钗,书中对她固然有不少暴露,但作者对这一人物却缺乏强烈的憎恨。他不但在第五回中肯定了宝钗的"停机德",在某些具体描写中,甚至还加给她一些跟其整个性格相矛盾的优点。像第六十九回,王熙凤"用借剑杀人之法"作践尤二姐,作者写道:"然宝黛一干人,暗为二姐担心。虽都不便多事,惟见二姐可怜,常来了,倒还都悯恤她。"好像宝钗对尤二姐很同情和关心似的。但是,第一,宝钗是恪遵封建礼教的,"最怕见了些杂书,移了性情,就不可救了"(第四十二回);而尤二姐却是"淫奔不才"的。从宝钗的这种观点来看,应该鄙弃二姐才对。第二,如以前所分析,宝钗是冷酷无同情心的,何以独对这个从她观点看来应该鄙弃的尤二姐,却发了恻隐之心?第三,从个人利益出发,宝钗是"拿定了主意,不干己事不张口,一问摇头三不知"的(第五十五回);在偷听了小红等的讲话以后,她还怕小红"人急造反,狗急跳墙",于己不利,所以要用"金蝉脱壳"的法子移祸黛玉(第二十七回);她既连一个丫头都不愿轻易得罪,哪敢触凤姐之怒而去"悯恤"尤二姐呢?像这一类描写,不仅有损于人物性格的完整,而且也妨碍了读者对宝钗本质的认识。这种现象之所以出现,归根到底是因为作者并没有真正背叛自己的阶级,从而对于作为自己阶级中"完人"的薛宝钗,就不能不在某些方面流露出阶级的同情,以致影响了对宝钗性格的真实刻画。

综上所述,《红楼梦》虽对贾府的严重剥削有所暴露,但却并没有对他们这种以剥削为基础的豪华生活进行批判和鞭挞,反而流露出了某种欣赏的情绪;它虽显示了贾府的必将没落,但却又同时宣扬了宿命论观念和色空观念,而这两种观念则正是剥削阶级麻痹和欺骗人民的思想工具;它所塑造的一系列艺术形象,虽然有助于人们对贵族阶级本质的认识,但在形象的塑造中也并没有摆脱自己的阶级偏见并存在着某些与生活的逻辑不相一致的地方。因此,即使就《红楼梦》的认识作用来看,也仍然是蜜糖和毒药混杂在一起,必须经过彻底批判的过程,才能使作品所提供的暴露贵族阶级的丰富材料在今天发挥其积极的作用。

从这里，我们一方面可以具体体会到毛主席关于批判继承文化遗产的指示的无限正确，具体体会到越是精华越要批判的道理；另一方面，我们也可以从中看到作者世界观的落后成分给创作带来了多么严重的不良影响，而那些否认和降低世界观在创作中的作用的叫嚣，是多么违反历史事实和荒谬。

论晚清谴责小说的思想倾向[1]

晚清谴责小说是当时反动的改良主义思潮和洋务派思想在小说创作中的表现,其基本倾向是反对革命和抵制革命。当鲁迅在《中国小说史略》中对谴责小说进行评论的时候,由于他还不是马克思主义者,没有能依据历史唯物主义观点指明它们的阶级实质和反动倾向,但却也并未给予很高的评价。《中国小说史略》带有种种局限,原是可以理解的;鲁迅自己也深知这部著作有着缺陷,所以说"诚望杰构于来哲也"[2]。但是,今天的某些研究论著对晚清谴责小说所作的论述,不仅没有纠正《中国小说史略》的缺点,反而产生了更为严重的错误。例如,《中国小说史稿》写道:"改良主义小说中的优秀作品(指《官场现形记》《二十年目睹之怪现状》等谴责小说——引者)运用了批判现实主义创作方法,暴露了当时丑恶的社会现实,以愤怒的言词,谴责了那个腐朽溃烂的社会,客观上否定了封建制度,使人对清政府不抱任何希望,促使人向前走,启发人们变革现实的要求,寻找前进的道路。"[3]在研究者看来,这些谴责小说在客观上起着否定封建制度和清政府的作用;这比《中国小说史略》的评价就要高出不知多少倍了。我们认为,这是很值得商榷的;在这里不仅牵涉到晚清谴责小说的评价问题,而且还牵涉到一个更为重大的原则问题:当时已经趋于反动的资产阶级改良主义思潮到底是起着反对和抵制革命、引导人们跟封建制度和清政府妥协的作用呢,抑或起着否定封建制度和清政府、引导人们唾弃它们而"向前走"的作用?换言之,对于这种反动的改良主义思潮,我们是应该给予彻底的批判、加以清除呢,抑或是承认和肯定其客观上的"进步"意义?这虽是历史问题,但在改良主义思想尚未绝迹的今天,它同时也具有现实意义。

也正因此,我们认为:对晚清谴责小说的思想倾向,有重新加以探讨的必要。我们的探讨以所谓四大谴责小说——《官场现形记》《二十年目睹之怪现

---

[1] 原载《学术月刊》1964 年第 12 期。
[2] 鲁迅《中国小说史略·题记》。
[3] 北京大学中文系文学专门化 1955 级集体编著《中国小说史稿》,人民文学出版社,1960 年,第 496 页。

状》《老残游记》和《孽海花》——为主要依据,间也涉及其他的谴责小说。

一

谴责小说的代表作家为李伯元、吴趼人、刘鹗和曾朴。除刘鹗属于洋务派以外,其他三个都是改良主义者。他们的代表作品基本上都写于1903年以后①。资产阶级改良主义在戊戌变法时期虽曾起过进步作用,但戊戌变法的失败宣告了改良主义道路是走不通的;从此以后,资产阶级革命派的力量日益发展,在人民群众中的影响日益扩大,而改良主义则成为抵制革命、阻碍社会发展的反动力量。在1902至1903年间,资产阶级改良主义者已经开始对革命派进行攻击,妄图削弱和取消资产阶级革命派在群众中的影响;资产阶级革命派也对改良主义者进行了严厉的批判和抨击,展开了针锋相对的斗争,章炳麟在1903年所写的《与康有为论革命书》就是这一斗争的产物。从这时期起,资产阶级改良主义者越来越明显地暴露出他们的反动性质;在反对和抵制革命方面,他们实际上成了清政府镇压革命的同盟军。也正因此,以洋务派思想为指导的刘鹗《老残游记》的政治倾向固然是反动的;那些基本上写于1903年以后的、以资产阶级改良主义思想为指导的其他作家的谴责小说,其政治倾向同样是反动的。

这些小说的基本倾向,就是以明暗不同的各种方式,否定以革命的手段来改变现实。在这方面表现得最露骨的,首先是洋务派刘鹗的《老残游记》。刘鹗在该书第一回中,把当时的中国比作风浪中的一只破旧帆船,而把统治集团中的高级官僚比作驾驶、管帆的人。他很明确地说:"那八个管帆的却是认真的在那里管";"依我看来,驾驶的人并未曾错"。所以,不仅社会制度不必改变,甚至连统治集团中的高级官僚都不必更换,只要"送他一个罗盘,他有了方向,便会走了"②。这里所说的"罗盘",就是下文所说"外国向盘",也即西洋技艺的象征。在保存原有的社会制度和统治集团的头目的前提下,增加一些西洋的技艺,这正是洋务派所提倡的"中学为体,西学为用"的反动方针;而《老残游记》则对这种反动方针大肆宣扬,把它说成是当时唯一正确的道路。

---

① 在"四大谴责小说"中,除李伯元《官场现形记》是于1901年开始写作外,其他都写于1903年以后(包括1903年);但《官场现形记》系于1901至1905年间陆续撰写,故这些小说基本上可视为1903年以后的作品。
② 刘鹗《老残游记》,人民文学出版社,1957年,第5页。下引本书均据此本,不再出注。

不仅如此,《老残游记》还直接对资产阶级革命派和人民革命运动进行诬蔑。在第一回中,他把资产阶级革命派歪曲成"敛了许多钱,去找了一块众人伤害不着的地方,立住了脚",然后高声辱骂群众,命令他们去白白送死的卑污人物;指责革命派是在使"这船覆的更快",也即使国家亡得更快。在第十一回中,刘鹗更捏造出一个半神半人的黄龙子,并通过他来恶毒地咒骂义和团运动和革命派,说什么"北拳南革"都是"乱党";义和团运动"几乎送了国家的性命";革命派是"妒妇之性质","若搅入他的党里去,将来也是跟着溃烂,送了性命的"。与此同时,黄龙子还公开宣称,封建制度的那一套"天理国法人情"是永远必须遵守的,革命派由于"不管天理,不畏国法,不近人情,放肆做去;这种痛快,不有人灾,必有鬼祸,能得长久吗?"刘鹗写作《老残游记》始于1903年,这也正是革命派力量日益发展、清政府对革命运动加紧镇压的时候——革命派宣传家章炳麟和邹容都在这一年被捕入狱;刘鹗在这一时期大肆詈骂革命派,说他们是"阿修罗部下的妖魔鬼怪",是在把国家推上灭亡的道路,最后一定要失败,而封建秩序——"天理国法人情"——却将万古长存,这正是配合清政府对革命派的加紧镇压,妄图在思想战线上消除革命派的影响,并把读者引到反对革命的泥坑里去的反动用心。

然而,对于《老残游记》这种反动用心昭然若揭的作品,却仍有研究者在那里赞扬。有人说:《老残游记》"引起了人民对统治阶级的仇恨,所以这部小说的大部分是有着积极意义,应该正面予以肯定的"[1]。在清末那一革命和反革命激烈斗争的年代里所出现的正面反对革命的作品,我们却"应该正面予以肯定"!在这里,研究者的批评标准到底是什么呢?

比起刘鹗的《老残游记》来,李伯元的《官场现形记》和吴趼人的《二十年目睹之怪现状》在反对革命方面好像要显得隐蔽一些,但其实质却是一样的。

在《官场现形记》第六十回中,李伯元写道:"上帝可怜中国贫弱到这步田地,一心要想救救中国。然而中国四万万多人,一时那能够统通救得。因此便想到一个提纲挈领的法子,说:中国一般的人民,他们好像生来都是见官害怕的,只要官怎么,百姓就怎么,所谓上行下效。为此拿定了主意,想把这些做官的,先陶熔到一个程度,好等他们出去,整躬率物,救国救民。"[2]这就是说,中国的所以贫弱,并不是社会制度的问题,而是具体的人的问题;因此,要救中国,就不必也不该去改变社会制度和推翻封建主义、帝国主义的统治,只要在保存封

---

[1] 念如《应该以慎重严肃的态度来评价〈老残游记〉》,《明清小说研究论文集》,人民文学出版社,1959年,第408页。

[2] 李伯元《官场现形记》,北京宝文堂书店,1954年,第576页。下引本书均据此本,不再出注。

建官僚机构的前提下,对这些封建官僚加以"陶熔",使他们成为"好官"就行了。同时,他在这里还对中国人民进行公开诬蔑,把中国人民说成"生来都是见官害怕的"一群奴才,他们在推动社会发展方面毫无积极作用,只是一味"上行下效"地跟着官走;所以,救中国的希望不能寄托在人民身上,只能寄托在封建官僚身上,等到他们都成为"好官","二十年之后,天下还愁不太平吗"?既然如此,革命还有什么必要呢?纵或有人一定要起来革命,但在这种"只要官怎么,百姓就怎么"的社会里,革命又哪有成功的可能?由此可见,《官场现形记》同样包含着反对革命和抵制革命的内容,只不过没有《老残游记》那样表现得直接、明显。但是,假如把这部作品和李伯元的另一部谴责小说《文明小史》联系起来加以考察,我们就可以更清楚地看到李伯元反对革命的立场。在《文明小史》中,他一面宣扬"民可使由之,不可使知之"的愚民政策(第一回),一面诋毁革命党"破坏天理国法人情",义和团"几乎送了国家的性命"(第五十九回)①,与刘鹗如出一辙。

吴趼人的《二十年目睹之怪现状》,通过书中作为正面人物的王伯述,也提出了一套救中国的方案。他认为,"做官原是要读书人做的",所以,"倘使不把读书人的路改正了,我就不敢说十年以后的事了";至于怎样来"改正"读书人的路,那就是设立一些"专门学堂","讲究实学",让他们读一些基本上是封建性的而也包含着某些改良要求的《经世文编》之类的书籍。同时,"上下齐心协力的认真办起事来,节省了那些不相干的虚糜,认真办起海防、边防来",那就"可以挽回"危局了(第二十二回)②。这跟李伯元在《官场现形记》里所提出的方案,正是异曲同工的;不过一个主张对做官的加以"陶熔",一个主张对将来要做官的读书人加以"陶熔"而已。在这样的方案里,完全否定了变革社会制度的必要性,从而也就根本否定了革命的必要性。

书中所大力歌颂的蔡侣笙,就是作为这一方案的体现者而出现的。这个"讲究实学"、穷到摆测字摊而仍不忘阅读《经世文编》的读书人,等到做了县官,便"认真办起事来",居然得到了广大人民群众的无比"爱戴"。既然广大人民群众对作为封建统治具体体现者的蔡侣笙如此"爱戴",那不就是意味着,只要封建统治在某些具体措施上稍有"改善",就可以获得人民群众的支持和拥护,在人民群众跟封建统治之间并不存在不可克服的矛盾?这种矛盾调和论,是对于现实的严重歪曲,也是对于革命的根本否定。

---

① 李伯元《文明小史》,商务印书馆,1944年,第5、317页。
② 吴趼人著、张友鹤校注《二十年目睹之怪现状》,人民文学出版社,1959年,第172页。下引本书均据此本,不再出注。

在《二十年目睹之怪现状》中,还直接表现出对人民革命运动的仇恨和恐惧。也是被作为正面人物的"九死一生",在其题《金陵图》的《多丽》中就这样写道:"最销魂红羊劫尽,但余一座孤城。剩铜驼无言衰草,闻铁马凄断邮亭。举目沧桑,感怀陵谷,落花流水总关情。"这里的"红羊劫",就是指的太平天国革命。他把太平天国当作"劫数"——灾难,把南京的被破坏归咎于太平天国,而且对太平天国革命以前清代统治的"盛况",又流露了多么强烈的怀念之情啊!在这里,他完全是站在清代统治者的立场来反对太平天国革命的。应该说,"九死一生"的这种悲慨,其实也正是吴趼人自己的思想感情。

然而,对《官场现形记》和《二十年目睹之怪现状》的这种反对革命、抵制革命的性质,某些研究者却并没有以马克思列宁主义的态度来严肃、认真地对待。他们说:"李伯元的谴责小说,在客观上对于即将到来的资产阶级旧民主主义革命,起了一定的积极作用。"①吴趼人的《二十年目睹之怪现状》"对于加速封建制度的崩溃,推动历史的前进,起了一定的作用"②。我们认为:在当时的形势下,唯一能"推动历史的前进"的,就是革命运动;任何与革命相对立的思想行为,都只能阻碍历史的前进。李伯元的谴责小说和吴趼人的《二十年目睹之怪现状》,既然都是在改良主义思想指导下的反对革命、抵制革命的作品,又怎么能说是"推动历史的前进",甚至对资产阶级旧民主主义革命起了"积极作用"呢?在这里,研究者实际上抹煞了反对和抵制革命的改良主义跟革命的对立,美化了改良主义。

不过,在抹煞改良主义和革命的区别、美化改良主义方面,这还不是最典型的例子。在《孽海花》的评论中,还有更突出的表现。在实质上是反对和抵制革命的、反映改良主义思想要求的《孽海花》,却被不少研究者说成是"资产阶级民主主义革命小说"③。对于这一点,人们实在不能不感到奇怪:曾经搞过"预备立宪公会"以抵制革命、又曾做过清两江总督端方幕宾的改良主义者曾朴,怎么会忽然写起"资产阶级民主主义革命小说"来的呢?

在这里首先需要说明,《孽海花》的开头六回是由金天翮写的,以后才由曾朴接过来加以修改并续写。金天翮当时受了资产阶级民主革命思想的影响,所以在该书的开头部分,还有一些宣传资产阶级的自由、平等观念的内容;但从曾朴续写以后,这些内容就都不复出现了。也正因此,该书开头部分所表现的思想,并不能

---

① 《中国小说史稿》,第517页。
② 同上书,第529页。
③ 同上书,第554页。此外如游国恩等主编《中国文学史》、张毕来《孽海花·前言》等都有类似说法。

成为全书的主导思想,而只是该书的游离部分。例如,该书的第一回中,曾指责"奴乐岛"(影射当时的中国)的"那一种帝王,暴也暴到吕政、奥古士都、成吉斯汗、路易十四的地位,昏也昏到隋炀帝、李后主、查理士、路易十六的地位",但到了第二十一回,却就称颂起"当今皇上的英明"①来了。所以,我们不能根据其开头的部分来论断其政治倾向,而应根据对全书的分析来作出结论。

那么,某些研究者是怎样把它说成是"资产阶级民主主义革命小说"的呢?主要有两个依据:一、书中赞扬了俄国"虚无党";二、书中赞扬了资产阶级革命派。但这两个论据都是不能成立的。

《孽海花》所赞扬的俄国"虚无党",就是俄国的民粹主义者。《联共(布)党史简明教程》指出:"自'民意'党被摧残以后,大多数民粹派分子很快就放弃了反沙皇政府的革命斗争,而主张去与沙皇政府调和妥协。"②曾朴写作《孽海花》的时候,民粹派早就成了这种"主张去与沙皇政府调和妥协"的政治派别。曾朴所赞扬的俄国"虚无党"人,也正具有"调和妥协"的特征。试看,他所大力颂扬的"虚无党"人夏雅丽到底在要求什么?"(沙皇)方出内宫门,突有一女子(指夏雅丽——引者),从侍女队跃出,左手持炸弹,右手搁帝胸,叱曰:'咄,尔速答我,能实行一千八百八十一年二月十二日民意党上书要求之大赦国事犯召集国会两大条件否?不应则炸尔!'"(第十七回)要求由皇帝来召开国会,当然并不是意味着根本取消皇帝,而只是意味着由皇帝来实行君主立宪制。那么,书中的这些"虚无党"人,归根到底不过是以恐怖手段来要求立宪的立宪党人而已。1905年,清政府企图以虚伪的"立宪"来欺骗人民,派载泽等出洋考查宪政;资产阶级革命派吴樾就在北京车站中向他们投掷炸弹。这当然也是一种个人恐怖手段。但当资产阶级革命派以个人恐怖手段来反对"立宪"时,曾朴却大力赞扬以个人恐怖手段要求立宪,难道这不是跟资产阶级革命派唱对台戏,倒是宣扬资产阶级民主革命? 自然,在描写"虚无党"时,曾朴确也让俄国人毕叶说了些"百姓是主人翁"之类的话,但毕叶却又说:"……贵国(指中国——引者)的百姓仿佛比个人,年纪还幼小,不大懂得世事,正是扶墙摸壁的时候,他只知道自己该给皇帝管的,那里晓得天赋人权、万物平等的公理呢!"(第十回)原来,"百姓是主人翁"的原则,对于"年纪还幼小"的中国人民却是并不适用的;中国人民是只"该给皇帝管的"。这又难道不是在拥护"自由平等"的幌子下,实际上反对

---

① 曾朴《孽海花》(小说林本)。
② 《联共(布)党史简明教程》,苏联外国文书籍出版局,1953年,第27页。

在中国建立资产阶级的民主共和制么？

《孽海花》对资产阶级革命派的描写，只花了很少的篇幅。因为该书没有写完，不知它最后将给革命派安排怎样的结局。从现有的描写来看，该书在表面上似对资产阶级革命派人有些赞词，如说孙一仙"面目英秀，辩才无碍"（"小说林"本第五回）之类。但该书对出场的人物，大都运用此类陈词滥调的套语，连作为阴险小人的庄小燕，也被赞为"学富五车，文倒三峡"（第九回）。因此，不能根据这些词语来断定作者是肯定革命派的。其实，书中暗暗否定了革命道路而赞美、肯定了改良主义。让我们看一段革命派陈千秋和改良主义者王子度、云仁甫的对话：

子度道："我国第一弊政，就是科举，科举不废，真才决不能出，我们同志一朝得志，总以废科举、兴学堂为第一方针。"仁甫道："兴学堂以求人才，这句话还是专制政体的话。其实开了学堂，与其得一两个少数杰出的人才，不如养成多数完全人格的百姓有用的多哩。"千秋道："两君的话，诚然不差，然据兄弟愚见，现在我国根柢不清，就是政体好到万分，也是为他人作嫁，于自己国民无益，所以缓进主义都用不着，惟有以霹雳手段，警醒二百年迷梦，扫除数千万腥膻，建瓴一呼，百结都解，何患不为亚洲盟主呢？"子度道："只怕大事未举，列强干涉，反遭巨祸。波兰灭亡，就是前车之鉴。"千秋不好再说别的，知道云、王两人，还不脱官场羁绊，又谈些别话，就辞了出来。（"小说林"本第四回）

把这一段孤立起来看，作者似对他们的争论未置可否。但是，他在第二回中早已埋下了伏笔：说我国人民迷信"科名"到了"山崩雷震，也不能唤醒"的地步，"弄得一般国民，有脑无魂，有血无气，看着茫茫禹甸，是君主的世产，赫赫轩孙，是君主的世仆，任他作威作福，总是不见不闻，直到得异族凭陵，国权沦丧，还在那里呼声如雷，做他的黄粱好梦哩。……那里知道全国人，自从迷信了科名之后，什么都不管了，……"这一段是金天翮的原稿所没有而为曾朴特地加上去的。这里，他不仅在揭露科举制度危害的幌子下，对中国人民作了极大的歪曲，把勤劳勇敢，富于斗争性、革命性的中国人民说成是"有脑无魂，有血无气"的群氓、废物，而且，也正是对陈千秋所提出的革命主张的直接否定。试问，既然全国人民都是"有脑无魂，有血无气"，除了科名以外，"什么都不管了"，"山崩雷震，也不能唤醒"，"直到得异族凭陵，国权沦丧，还在那里呼声如雷"，那么，除了等改良主义"同志""一朝得志"，以"废科举，兴学堂"的办法来求根本解决外，又有什么办法能"警醒二百年迷梦"，依靠谁来"扫除数千万腥膻"呢？陈千秋的主张岂不是做梦？把第四回和第二回联系起来考察，我们就可以看到曾朴对陈千秋和云、王争论的真实评价：革命派陈千秋的主张是不切实际的幻想，并将带来严重的后果；改良派王子度和云仁甫的主张才是对症下药、切实可行的办法。这不也就是意味着，革命派是空想家和盲动家，改良派才是清醒的政治家么？

在该书的增订本中，曾朴把上述两段都删去了，但却对革命派进行了更恶毒的诬蔑。在一些新增的篇幅中，曾朴把革命派歪曲成为在"日本浪人"天羿龙伯及其好友的卵翼下进行活动的政治派别，甚至连那些最重要的组织工作都是"日本浪人"代为进行的。从书中的描写来看，这些"日本浪人"就是帝国主义分子。试看，天羿龙伯对日本帝国主义派到中国来盗窃海军地图的间谍清之介和花子是怎样赞美的罢！他说，清之介在盗窃到地图后，"可怜就在这一天，在轮船码头竟被稽查员查获，送到督署，立刻枪毙了。倒是花子有智有勇，……千辛万苦竟把地图带回国来。这回旅顺、威海的容易得手，虽说支那守将的无能，几张地图的助力，也就不小。……六之介先生，你想，令兄的不负国，花子的不负友，真是一时无两。"（第二十八回）这说明他完全站在日本侵略者的立场，跟日本帝国主义派来侵略中国的间谍是一鼻孔出气的；他的好友跟他当然也是一丘之貉。《孽海花》把革命派写成在日本帝国主义分子卵翼下活动，某些最重要的工作是在日本帝国主义分子直接主持下进行的，难道不就是暗示着革命派只是日本帝国主义分子手中的工具么？这哪里是对于革命派的赞扬？

跟《老残游记》等谴责小说一样，《孽海花》也是一部诋毁资产阶级民主革命的作品，不过表现得更为隐蔽而已。把它说成是"资产阶级民主主义革命小说"，是美化和"拔高"了书中所表现的改良主义思想，把改良主义和革命混淆起来的结果。因此，通过对上述几部作品的分析，我们可以得出这样的结论：反对革命和抵制革命，就是这些谴责小说的共同政治倾向。

二

晚清的谴责小说，在反对革命和抵制革命的同时，又对帝国主义进行了不同程度的美化，所谓四大谴责小说无一例外。

在这问题上性质最为严重的仍是《老残游记》，虽然它在这方面所花的篇幅并不算多。该书第十回有黄龙子所写的一首《银鼠谚》："东山乳虎，迎门当户。明年食獐，悲生齐鲁。残骸狼籍，乳虎乏食。飞腾上天，立豕当国。乳虎斑斑，雄据西山。亚当孙子，横被摧残。四邻震怒，天眷西顾。毙豕殪虎，黎民安堵。"这是诬蔑义和团运动的隐语。"银鼠"即指庚子——"八国联军"侵略中国和义和团进行英勇抵抗的 1900 年。在这隐语中,义和团对于帝国主义的正义斗争被说成是"亚当孙子(按,指居住中国的帝国主义分子),横被摧残";作为帝国主义强盗对中国罪恶侵略的"八国联军",却被说成是"横被摧残"以后的"震怒",——一种自卫行动;而这种"震怒"的结果,不是中国殖民地化的加深和中国人民愈益陷入悲惨痛苦的境地,却是迫使清政府"毙豕殪虎",从而给中国人民带来了"黎民安堵"的美好生活。难道还有比这更无耻的对帝国主义侵略的美化么?根据这样的逻辑,中国人民不仅不应该反对帝国主义的侵略,而是应该"感激"帝国主义的侵略了。刘鹗在当时,本是"汉奸之名大噪于世"的[①];这也正是十足的汉奸论调。

在该书的第十一回中,黄龙子又预言说:"甲寅(1914 年)之后文明大著,中外之猜嫌,满汉之疑忌,尽皆销灭。"这种预言的无据可笑,姑置不谈;值得注意的是,在他看来,当时帝国主义国家跟中国的关系,不是侵略和被侵略的关系,而只是相互"猜嫌"——由于相互了解不够而产生的误会、猜疑,所以,只要等中国"文明大著"以后,这种误会、猜疑就都可以消失了。就这样,他轻轻地开脱了帝国主义蓄意侵略中国的罪恶;这是对帝国主义的变相美化。

在美化帝国主义方面,李伯元也是很突出的一个。他的《官场现形记》有这样的故事:一家西菜馆无故受到官府的讹诈,幸得一个"教民"出头,才得平安无事(第五十回);有几个被遣散出来的姬妾,无依无靠,却很有钱,因而受到官府的暗算,损失了好多财产,后来她们"进了教",外国教士代她们出头,官府才不敢再奈何她们(第五十、五十一回)。这样,执行帝国主义侵略政策、残酷迫害中国人民的传教士和教会,就被写成了保护人们免受官府欺凌的救苦救难菩萨了。他的《活地狱》和《文明小史》也都有类似的情节。在《文明小史》中,他不仅着意渲染外国传教士"保护"人们免受官府迫害的故事,并还让那实际上是帝国主义分子的教士自我吹嘘:"我们做教士的,都是好人,并没有歹人在内",而这样的自吹自擂,在书中却被评为"说得正经,很有道理"(第八回)。这更是对当时以传教士身份出现的帝国主义分子的全盘肯定。

在吴趼人的《二十年目睹之怪现状》中,我们也可遇到类似的情况。该书第八十一回,写到重庆有一个道台大量收购煤斤,"一连三四个月,也不知收了多少煤,非但重庆煤贵了,便连四处的煤都贵了。在我们中国人,虽然吃了他的亏,也还不懂得去考问他为什么收那许多煤,内中却惊动起外国人来了。驻扎

---

① 罗振玉《五十日梦痕录·刘铁云传》。

重庆的外国领事,……便去拜会重庆道,问起这件事来。谁知重庆道也不晓得。领事道:'被他一个人收得各处的煤都贵了,在我们虽不大要紧,然而各处的穷人未免受他的累了。还求贵道台去问问……可以不收,就劝他不要收了,免得穷民受累。'"帝国主义派到中国来执行侵略政策的领事,竟被写成十分关怀中国人民的善士;连在这种日常生活的问题上,也能照顾到中国贫苦人民的利益。这跟李伯元的美化帝国主义传教士如出一辙。在该书的第六十七回中,也有美化帝国主义分子的露骨描写。

比起其他的三部谴责小说来,《孽海花》在这方面又有自己的特点。曾朴通过他的正面人物薛淑云,对帝国主义的侵略中国作了这样的解释:"现在各国内力充满,譬如一杯满水,不能不溢于外;侵略政策,出自天然。俄皇的话(指俄皇所说'不愿'侵略中国的话——引者),就算是真心,那里强得过天运呢?"(第十八回)原来,一个国家在国力充实了以后,就必然要向外扩展,去侵略别的国家;这是"天然""天运",无可阻挡的。因此,帝国主义虽然侵略了弱小国家,但也不过是按照"天然""天运"行事,它自己当然可以不负什么责任了。某些帝国主义理论家,为了给侵略政策辩护,就把帝国主义的侵略和压迫其他国家说成是符合所谓"自然法则"的。"天然""天运"的说法,跟这种理论是颇有近似之处的。也正因此,在曾朴看来,一些具体执行侵略政策的帝国主义强盗,也不过是在按照"天然""天运"行事罢了。

上述作品跟当时进步的历史潮流显然是背道而驰的,跟当时的时代精神是相对立的。晚清谴责小说之所以出现这样的内容,绝不是偶然的。洋务派本来就是封建统治阶级中投靠帝国主义的政治派别,改良主义者也随着自己的没落而越来越向帝国主义靠拢;晚清谴责小说既然是改良主义思潮和洋务派思想在小说创作中的表现,自然也就不可避免地要美化帝国主义。这正是其阶级本质所决定的。但有的研究者却无视书中的这些描写和这种抵制革命、美化帝国主义的倾向跟人民要求的根本对立,反而赞扬《孽海花》对"帝国主义的侵略野心,作了一定程度的揭露和批判"[1];说"人民性"是《官场现形记》"最主要的一面"[2];又说什么吴趼人在写作《二十年目睹之怪现状》时,"他的思想占主导地位的是鲜明的反帝反封建意识"[3]。甚至连《老残游记》中这种明显存在的汉奸

---

[1] 游国恩等主编《中国文学史》,人民文学出版社,1964年,第1231页。
[2] 文化出版社为《官场现形记》所写《本书说明》,见《官场现形记》,文化出版社,1957年。
[3] 北京大学中文系文学专门化1955级集体编著《中国文学史》,人民文学出版社,1959年,第4册,第305页。

论调,竟也有人采取闭着眼睛硬不承认的态度。说是把《老残游记》的"研究纠缠到证明作者是不是汉奸的问题上去","根本是没有什么意义的";"这样的说法并不是要在这里讨论刘鹗是不是汉奸的问题,而只是说明这种研究方法是不妥当的,对于《老残游记》的作者,我们只要认定他是一个对清朝统治集团有着不满的改良主义的人物就够了"[①]。这在实际上,也就是不承认和不容许别人揭露《老残游记》中存在着无耻歌颂帝国主义侵略的汉奸思想。我们认为,上述看法都是违反毛主席指示的对文化遗产的批判继承原则的。表现在这些作品中的对帝国主义的美化和幻想,是一种极其有害的观点;某些研究者不仅自己不承认、不批判,而且要求别人也不承认、不批判,显然是十分错误的。

三

在评价晚清谴责小说时,研究者往往强调它们在揭露现实方面的"积极作用",有的甚至认为它们在客观上已经否定了封建制度。然而,无论是作为封建统治阶级的一个政治派别的洋务派,也无论是跟封建统治阶级有着千丝万缕的联系,并越来越趋反动的改良主义者,基于他们的政治利益,他们都是不可能真正揭露封建制度的罪恶的,当然更不会从根本上去否定封建制度;研究者的上述评价是跟实际情况不符的。实际上,晚清谴责小说在暴露现实方面大致可以分为两类:一类是"小骂大捧",引导读者对腐朽的清政府产生幻想;一类是罗列某些丑恶的现象而不揭示本质,向读者散播悲观情绪。

第一种类型的谴责小说,可以《老残游记》和《孽海花》为代表。

在《老残游记》中,主要是暴露了两个"清官"的残忍,附带也暴露了清政府治理黄河的不得法。

先从"河工"说起。《老残游记》写当时官吏用"废民埝"的办法治理黄河,引起水灾,死了好多人。这当然也是对官吏治河不善的暴露。然而,书中明明说:"然创此议之人却也不是坏心,并无一毫为己私见在内";而且,主持这个工作的庄宫保,也不是不"关心"人民,他一则说这种办法"岂不要破坏几万家的生产吗",再则说"我舍不得这十几万百姓现在的身家"(第十四回)。只是在别无善法的情况下,才采取了这个办法。那么,无论是创议者或主持者,都是出于"好心",这最多只是一种工作上的错误。作者根本没有通过这一事件而揭示出清

[①] 念如《应该以慎重严肃的态度来评价〈老残游记〉》,《明清小说研究论文集》,第401—402页。

政府的反人民的实质。

刘鹗的写两个"清官",更纯粹是对清政府的小骂大帮忙。在这两个"清官"中,刘鹗着重写的是曹州知府玉贤,对他的残酷行为作了较具体的描绘。然而,第一,从《老残游记》来看,像玉贤这样的人物在封建官僚中是很个别的,并不具有什么代表性,所以,绝大部分官僚都是不赞同玉贤的行为的。第三回写当时一些官僚对玉贤的评论,就有的批评他"残忍",有的说他所杀的人绝大部分是冤枉,有的称他为"酷吏",有的更预言他将来要受恶报;只有一个人对他表示佩服,但却又声明说自己不会像他那样办事。可见玉贤在封建官僚中也是很孤立和受到非议的。第二,玉贤的残忍行为是为封建统治集团中的高级官僚所憎恶的。他虽然一时骗取了上司庄宫保的信任,但不久就被庄宫保知道了他的真相;庄宫保因此而"难受了好几天,说今以后再不明保他了"。并公开表示:"不料玉守残酷如此,实是兄弟之罪。将来总当设法(意谓总将给予处理)。"(第十九回)可见像玉贤这样的人物在统治集团中是不可能一直得意的,他必然要逐渐失势。至于另一个"清官"刚弼,虽然审错了一个案件并滥施酷刑,但跟他一同审案的官吏就很反对他的做法,出差路过该地的另一官吏也很不满意他的行为,他们就托人把这情况告诉了庄宫保,庄宫保马上另派一个"好官"来审理,于是冤情大白,无辜受害的人得到释放,刚弼也受了一通"教训"。在这里虽然批判了刚弼,但同时却也说明了刚弼这种糊涂、残酷的官吏在封建统治集团中是很孤立和不能为所欲为的,大多数官吏都是对"百姓""负责"的;而且,在大多数官吏都对"百姓""负责"的情况下,刚弼的错误得到了及时的制止,并未给"百姓"带来多少损失。因此,《老残游记》的"暴露"现实,其实也是歌颂现实。这种暴露显然不可能如有的研究者所说"在客观上帮助人们认识到对整个封建统治集团不能抱有任何希望"[①],而只会使人对清政府产生幻想。

在《孽海花》中,对封建统治集团也有所暴露。它写了金雯青的糊涂,庄小燕的阴险、媚外,然而,在曾朴的笔下,大多数封建统治集团分子,例如龚和甫、钱唐卿、章直蜚等,却都被写成是有着种种缺点的"好人"。甚至连极其反动的"威毅伯"(影射李鸿章)也都被写成"老成持重"、有远见的政治家。用种种办法把他打扮成为一个"英雄"人物,欺骗群众。

有人也许会说:"曾朴不是否定了慈禧太后么?那难道不也就是对于清政府的否定?"然而,曾朴在否定慈禧太后的同时,却又歌颂了光绪皇帝。他通过

---

① 《中国小说史稿》,第541页。

一个一字不识、靠着走门路而弄到道台位子的官员终于被光绪查明底细、"着降三级调用"的故事,来说明"当今皇上的英明","到底狗苟蝇营,依然逃不了圣明烛照"(第二十一回),从而显示出光绪是跟慈禧太后截然不同的人物,引导读者对之产生幻想。有的研究者说:《孽海花》"描述了清廷上上下下贪污无能腐化透顶,从这里说明清廷垮台的必然"[1]。从书中的描写来看,这样的说法显然是没有根据的。

第二种类型的谴责小说,可以《官场现形记》和《二十年目睹之怪现状》为代表。

在这两部小说中,都对封建官僚的贪婪、卑鄙等等有所暴露;因此,在帮助读者认识封建官僚的丑恶面目方面确也有一定的作用。然而,第一,封建官僚的贪婪、卑鄙等等,正是当时行将崩溃的封建制度的必然产物;只有揭示了这二者之间的关系,才能真正帮助读者认识现实的本质。可是,这两部作品却都只是把一些丑恶现象罗列起来,根本没有揭示它们和社会制度的关系。《官场现形记》最后说,要把"这些做官的,先陶熔到一个程度",然后由他们去"整躬率物,救国救民"(第六十回),《二十年目睹之怪现状》也以为"只要上下齐心协力的认真办起事来"就可以挽救国家(第二十二回),并未感到有改变制度的必要。所以,这两部书所写的丑恶现象,似乎都是由封建官僚个人的卑劣品格所造成,而看不到真实的社会原因。第二,随着革命形势的日益发展,这些封建官僚的统治地位已经越来越不稳固了。只有揭示出他们的貌似强大而实际已接近灭亡的处境,才能鼓舞读者跟他们进行斗争的信心。然而,在这两部作品中,这些反动的封建官僚却被写成在社会生活中可以为所欲为的、强大的社会力量,丝毫看不到代表历史进步潮流的社会力量在现实生活中有什么地位,反而把人民写成"驯服"得像羔羊一样。所以,这两部书并没有通过暴露而鼓舞读者与这些丑恶的社会现象进行斗争的信心,而是使读者感到对这些丑恶现象无能为力。这在实际上也就是拿丑恶现象来吓唬读者和散播消极悲观情绪,从而引导读者脱离现实的斗争,跟丑恶的现实妥协,跟《二十年目睹之怪现状》中的"死里逃生"一样,走上消极出世的道路;也即变相的抵制革命。这哪里像研究者所说的,是通过"谴责"而"促使人向前走,启发人们变革现实的要求,寻找前进的道路"[2]呢?

---

[1] 张毕来《孽海花·前言》,《孽海花》(增订本),中华书局,1962年,卷首。
[2] 北京大学中文系专门化1955级集体编著《中国小说史稿》,第496页。

洋务派本是封建统治集团的一个组成部分；由于封建统治集团的内部矛盾（跟封建顽固派的矛盾），他们也有可能对政治现状作某些暴露；但为了自己的阶级利益，他们必然不会从根本上揭露封建统治集团的腐朽反动，而要把他们所暴露的某些现状说成只是次要的和个别的东西，并把封建统治集团说成基本上是"美好"的。改良主义者虽跟封建统治集团存在着某些矛盾，从而有可能进行某些暴露，但却又对之存在很大的幻想，尤其在革命日益发展的形势下，他们更生怕人民群众认清了封建统治阶级的腐朽反动性质而用革命手段来推翻封建统治，所以，他们的暴露就只能或者采用洋务派那样的小骂大捧方式，或者罗列一些现象而掩盖本质，并以散播消极悲观情绪来抵制革命。谴责小说在暴露现实方面的这一切表现，正是由洋务派和改良主义的政治立场所决定的。

综上所述，我们认为：晚清谴责小说是反对革命、抵制革命、美化帝国主义的文学作品；它们虽对黑暗现实有不同程度的暴露，但根本没有揭示社会本质，而且，它们的暴露同时具有美化封建统治集团或散播消极悲观情绪的反动性质。对此，不仅不应盲目颂扬，抹煞或低估其反动性质，而且必须给予彻底的批判。

论黄遵宪的诗歌创作①

黄遵宪(1848—1905)是我国近代的著名诗人,曾经被改良派首领梁启超作为"诗界革命"的旗帜大加推崇。以后之论黄遵宪诗歌者,往往不能尽脱梁氏论点的窠臼;不仅对黄遵宪的诗作了不切实际的过高评价,而且对黄遵宪诗歌中那些适应改良主义反动政治要求的东西也大加赞美②。因此,对于黄遵宪的诗歌创作实有加以重新估价的必要。

一

黄遵宪出身于一个由经商致富的官僚地主家庭。在他的幼年时期,爆发了太平天国革命;太平军并两度攻克他的故乡广东嘉应州城。由于太平军对封建势力的打击,他的家庭在经济方面受到了严重影响③。从阶级本能和家庭遭际出发,他对太平天国革命极为仇视,诋为"腥膻""群贼";同时却也从太平天国革命军的浩大声势中,体会到了封建统治的危机,感到老一套的统治方法已经不完全适用了。他认为,这一"大乱"的造成,不仅仅是"吏惰窳"的缘故,而且是因为原来的统治方法已经"弊"了,不尽适合于当时人民力量强大——所谓"民殷阗"("殷阗",众盛之意)的新形势了;所以,他要求清廷从太平天国事件中吸取教训,从事"补弊偏"的工作,以便巩固封建统治(参见《感怀》诗)。

从二十九岁起,他先后被任命为清政府驻日本、美、英等国的外交官,接触了若干资本主义政治思想,进而理解到要"补弊偏"必须"变从西法"。"其变法也,或如日本之自强,或如埃及之被逼,或如印度之受辖,或如波兰之瓜分,则吾不敢知;要之必变。"(《己亥杂诗》自注)然而,他的要求"补弊偏",原是为了解决

---

① 原载《学术月刊》1966 年第 4 期。
② 例如游国恩同志等主编的《中国文学史》,就把《出军歌》《军中歌》《旋军歌》和《小学校学生相和歌》等实际上是反对革命的作品加以肯定,参见本文第三节。
③ 本文所述黄遵宪的生平和思想,凡不注明资料出处者,皆见古典文学出版社版《人境庐诗草笺注》卷首所载《年谱》。又,本文所引黄遵宪诗,除《出军歌》《军中歌》《旋军歌》和《小学校学生相和歌》见于梁启超《饮冰室诗话》外,余皆见于《人境庐诗草》,不另注明。

封建统治的危机以巩固封建统治。因此,他所主张的"变从西法",也以不损害封建统治阶级的利益和更有效地巩固清王朝的统治为前提。

在戊戌变法的前一年,黄遵宪在湖南跟巡抚陈宝箴一起推行"新政"。《清史稿》本传记载此事说:"遵宪首倡民治于众曰:亦自治其身、自治其乡而已;由一乡推之一县一府一省以迄全国,可以成共和之郅治,臻大同之盛轨。于是略仿西国巡警之制,设保卫局,凡与民利民瘼相丽,而为一方民力能举者悉属之……"所谓"倡民治于众",是指他在南学会的演说。他说:"所求于诸君者,自治其身、自治其乡而已矣。某利当兴,某弊当革,学校当变,水利当筹,商务当兴,农事当修,工业当劝,捕'盗'当讲求,以闹教滋祸者为家难,以会'匪'结盟者为己忧。……能任此事,则官民上下,同心同德,以联合之力,收群谋之益。……"那么,怎么能使这些"某利当兴,某弊当革"的意见为"官"所接受呢?这就依靠他的"保卫局"了①。他以为"保卫局"是"万政万事根本,诚使官民合力,听民之筹费,许民之襄办,则地方自治之规模,隐寓于其中,而民智从此而开,民权亦从此而伸"。但在实际上,他所邀请来与"官"合办"保卫局"的,都是些地方绅士,所以谭嗣同在《记官绅集议保卫局》一文中直截了当地说,他此举是"欲兴绅权";黄遵宪自己也承认谭氏此说"窥破"了他的"于此寓民权"的隐衷。因此,他的所谓"民权",其实就是"绅权"。他的提倡"民治",不过是要通过"保卫局"而使官绅密切合作,收到"群谋之益"。

当时的地方绅士主要是封建地主,但也有若干由地主向资产阶级转化的分子;在这些由地主向资产阶级转化的绅士中,有些人也确实有着"学校当变""工业当劝"之类的意见。因而"保卫局"的设立,就使某些由地主向资产阶级转化的分子得以向"官"提出一些代表他们利益的要求。然而,绅士之于"保卫局"仅是"襄办",当然没有权利命令官吏执行他们的意见,只能提出意见供"官"采纳执行,从而那些与封建统治阶级利益相冲突的资本主义要求也就不可能被"官"——封建统治阶级的代表所批准。所以,"保卫局"只是为封建官僚增加了一批咨询人员,一切仍被限制在封建政权和封建地主阶级所能容许的范围之内。至于他的要求"官民上下""同心同德"地去"讲求""捕盗","以闹教滋祸者为家难","以会'匪'结盟者为己忧",则是号召绅士与封建官僚密切合作,加强镇压人民的反帝反封建斗争,以巩固清王朝的统治,具有明显的反动性,也清楚

---

① 保卫局本即警察局,但黄遵宪既把"凡与民利民瘼相丽,而为一方民力能举者悉属之",其职权范围就远非一般警察局所可比拟。

地暴露了他的所谓"变从西法"和提倡"民治"的阶级实质。

由此可见,黄遵宪只是一个受有某些很微弱的资产阶级思想影响的地主阶级分子。也正因此,他虽然曾在戊戌变法时期接受过那些极不彻底的改良措施,然而,在变法失败以后,尤其是在义和团运动以后,他意识到自己正面临着一个"民权自由之说遍海内外,其势长驱直进,不可遏止"的时代,于是他就妄图挡住历史的车轮,在1902年写给梁启超的一封信中,提出了"奉主权以开民智",也即尊奉封建君权的反动主张,以与"民权自由之说"相对抗。在这里,黄遵宪积极维护封建统治阶级利益的立场是十分明显的。

理解了黄遵宪的政治立场,我们也就可以进而理解他对帝国主义的态度。在开始的时候,他感到帝国主义的侵略破坏了"八荒无事""七叶讴吟"的封建"盛世",因而有所不满〔《和钟西耘庶常(德祥)津门感怀诗》〕,但其出发点显然是为了封建统治阶级的利益。所以,即使在他对帝国主义侵略还有所不满的时候,他的反对矛头也首先是针对着人民大众的革命斗争。他在1897年对翁同龢说,当时的中国有"三大可虑",一是"教案"——人民群众的反帝斗争,一是"流寇"——反帝反封建的人民起义,一是"欧洲战事"①。反对"教案"和"流寇",在实际上就是帮助帝国主义镇压中国人民。而在义和团运动爆发以后,他认识到了不依靠帝国主义就无法镇压人民的反抗和维护封建统治,所以索性提出了"尊王弟一和戎策"(《再用前韵酬仲阏》)的主张,以向帝国主义投降、与之共同镇压中国人民作为维护封建统治的第一要着。毛主席指出:"于买办阶级之外,帝国主义列强又使中国的封建地主阶级变为它们统治中国的支柱。它们'首先和以前的社会制度的统治阶级——封建地主、商业和高利贷资产阶级联合起来,以反对占大多数的人民。……'"②这也就是黄遵宪提倡"和戎"的阶级根源与历史根源。

要之,在义和团运动以前,黄遵宪关于"变从西法"的某些主张虽跟封建顽固派的政治措施存在着某种矛盾,但其根本立场则是维护封建统治和敌视人民革命。在义和团运动以后,他不但顽固地维护封建君权,而且要求与帝国主义共同镇压中国人民的反抗,其反动立场也就暴露无遗。跟他在政治方面的表现相适应,他的诗歌创作也可以义和团运动的爆发为界线,划分为前后两个时期。

---

① 见《翁文恭公日记》,光绪二十三年五月三十日。
② 《毛泽东选集》第2卷,人民出版社,1952年,第623页。

二

黄遵宪前期的诗歌,对封建文化的某些方面有所批判,对封建顽固派破坏戊戌变法有所谴责,对帝国主义的侵略和清政府在这种侵略面前的腐朽无能表现了某些不满之情,但其基本倾向却是维护封建统治和敌视人民革命,并存在着直接攻击人民起义的作品。

在黄遵宪前期所写的《感怀》等诗中,曾对汉学、宋学、八股文和拟古的、形式主义的诗文分别予以批判。其于汉、宋学,则说:"均之筐箧物,操此何施设?"(《感怀》)其于拟古的、形式主义的诗文和八股文,则说:"古人弃糟粕,见之口流涎;沿习甘剽盗,妄造丛罪愆。""可怜古文人,日夕雕肝肾。俪语配华叶,单词画蚯蚓。古近辨诗体,长短成曲引。洎乎制义兴,卷轴车连轸。常恐后人体,变态犹未尽。吁嗟东京后,世荼文益振。"(《杂感》)所谓"世荼文益振",跟"操此何施设"是同样的意思。——"文"虽然愈"振",但"世"却愈为疲荼;这恰恰证明了这些"文"全都无补于世。

然而,黄遵宪是根据哪个阶级的利益而判定封建文化的这些组成部分为无用之物的?《杂感》诗说:"……宋祖设书馆,以礼罗措大。吁嗟制艺兴,今亦五百载。世儒习固然,老死不知悔。精力疲丹铅,虚荣逐冠盖。劳劳数行中,鼎鼎百年内。束发受书始,即已缚柸械。英雄尽入彀,帝王心始快。岂知'流寇'乱,翻出耰锄辈。诵经'贼'不避,清谈兵既溃。儒生用口击,国势几中殆。"原来,他之所以不满于这些东西,乃是因为它们在当时已不可能有效地阻碍人民革命力量的发展了;在强大的革命力量面前,它们显得无能为力——"诵经'贼'不避,清谈兵既溃。"因此,不仅八股文只能使人的精力疲于"丹铅",那些拟古的、形式主义的诗文和汉、宋学,对于封建统治阶级分子的治理国家——统治和镇压人民,也都是"所用非所习,只以丛骂詈"(《杂感》)。换言之,这些东西除了成为地主阶级知识分子的"柸械"以外,已并无维护封建统治的积极作用,如不进行改革,就只能造成"儒生用口击,国势几中殆"的危险局面。

由此可见,他对封建文化上述方面的批判,乃是为了使封建文化能更有效地巩固封建统治。所以,他的批判没有也不可能触及封建文化的反动本质——它帮助封建统治阶级在思想上压迫和毒害人民的反动实质,而且还对封建文化中最根本的东西——孔子本人的学说大加赞美:"大哉圣人道,百家尽囊括。……区区汉宋学,乌足尊圣哲?"(《感怀》)对孔子之"道"的赞美,也就是对君君、臣臣、父父、子子这一套封建伦理纲常的肯定,对封建文化最根本方面的美化。他之所以不满汉、宋学,乃是因为它们"乌足尊圣哲",而并不是他对孔子之"道"有什么怀疑或否定。

除了对封建文化这种不触及本质的暴露以外,黄遵宪的前期诗篇,如《感事》《仰天》《己亥杂诗》等,对封建顽固派的破坏戊戌变法也有所暴露和谴责。《感事》之八说:"太白星芒月色寒,五云缥缈望长安。忍言赤县神州祸,更觉黄人捧日难。压己真忧天梦梦,穷途并哭海漫漫。是非新旧纷无定,君看寒蝉噤众官。"这里,他不仅对那拉氏屠杀谭嗣同等"六君子"以后所造成的"众官"噤若寒蝉的局面表示不满,而且还为那拉氏等破坏戊戌变法所造成的严重后果——"更觉黄人捧日难"——而深感忧虑。

然而,黄遵宪又是从什么角度来批判封建顽固派破坏戊戌变法的行为的?属于资产阶级改良主义性质的戊戌变法,虽曾在历史上起过积极作用,但正如列宁所指出的:"改良就是在保持统治阶级统治的条件下从统治阶级那里取得让步。"[①]戊戌变法也是以保持封建统治阶级的统治为其先决条件的。所以,黄遵宪的赞成戊戌变法,并不就意味着他企图取消封建统治;恰恰相反,他是基于"补弊偏"的要求,把戊戌变法视为足以消弭人民反抗、巩固封建统治的有效措施的。在他看来,破坏了戊戌变法,封建统治就将重新面临严重的危机。他在变法失败后所写的《到家》诗中说:"处处风波到日迟,病身憔悴尚能支。少眠易醒藏蕉梦,多难仍逢剪韭时。""剪韭"用《太平御览》所引《晋书》的典故,隐喻"贼如韭柳,寻得复生";意谓在变法被破坏以后,他所面对的,仍是一个"贼人"——农民起义——很快就要卷土重来的、多难的时代。《感事》之八的"太白星芒月色寒",也是借用古代"天象示警"的迷信说法,隐喻在变法被破坏后"贼人"将要起来作乱了。从这里可以看出,他之所以憎恶封建顽固派破坏变法,仍是从维护清王朝统治、敌视人民革命的立场出发;而所谓"更觉黄人捧日难",其实也还是在为清王朝将更难于维持其统治而悲叹。

那拉氏等的破坏变法,原是以极端顽固的形式所表现出来的、封建制度的垂死挣扎;黄遵宪既是基于这样的立场,他的诗篇就不可能通过对这一事件的暴露而揭示封建顽固派的罪恶本质,从而使读者认识到封建制度跟人民之间的对立;与此相反,他的诗篇倒是在尽量模糊读者对这一事件的本质认识。《感事》之八虽对那拉氏有所不满,《感事》之七却说:"柏人谁白孱王罪,改子终伤慈

[①] 《列宁全集》第 29 卷,第 471 页。

母恩。金珙厐凉含隐痛,杯弓蛇影负奇冤。"似乎那拉氏的破坏变法,仅仅是由于她对光绪帝的误会,这就完全掩盖了封建顽固派的反动本质。至于《感事》之一中,则在描写了那拉氏破坏变法的事件以后,紧接着就说:"白头父老纷传说,上溯乾嘉泪欲垂。"更清楚地说明了他并不是要使读者从那拉氏破坏变法的事件中接受教训,认识到推翻封建制度和清王朝的必要性,而是引导人去缅怀封建"盛世",似乎乾嘉时代就一切都好;这其实也就是向读者散布对于封建制度和清王朝的幻想。

黄遵宪的以上两类诗篇,都曾经受到过一些不切实际的推崇①。然而,在他的前期创作中最受研究者赞扬的,却是那些对帝国主义的侵略和清政府在这种侵略面前的颠顶无能表现了某些不满之情的诗篇,它们被评价为"表现了强烈的爱国主义精神"的"史诗"②。所以,在叙述黄遵宪的前期创作时,对这类诗篇更必须进行具体分析。

应该承认,黄遵宪的前期诗篇,确曾为当时在帝国主义侵略下的"瓜分惟客听,薪尽向予求"(《书愤》之一)的局面而悲慨。然而,如上节所述,他是为帝国主义的侵略破坏了封建"盛世"而不满,所以,他所首先关心的,不是广大人民群众在帝国主义侵略下的深重苦难,而是封建统治的安危。例如,他的《和钟西耘庶常津门感怀诗》,在描写英法联军之役时,就仅仅致慨于"秋草木兰驰道静,白龙微服记为鱼。"——为咸丰帝的逃奔热河而悲痛;他的《锡兰岛卧佛》,则希望中国在打退帝国主义的侵略以后,封建统治者能受到各国的拥戴:"共尊天可汗,化外胥来航。"这也就是希望封建统治能进一步巩固,重新出现封建"盛世"。这跟人民群众反对帝国主义侵略的爱国主义精神具有根本不同的性质。

正因为他的立场跟广大人民群众的立场根本不同,他对人民群众反帝斗争的伟大力量也就绝对不会有正确的认识,并对人民群众的形象作了严重的歪曲。他的《台湾行》就大肆宣扬日本侵略军的"英勇无敌",而把人民群众写成不堪一击,好像台湾人民反抗日本侵略者的斗争只是一种白白送死的、毫无用处的举动。而尤其严重的是,该诗后半部分竟写台湾人民因无法抵御日本侵略军,全体向日本侵略者投降,"归依明圣朝"去了;他还在篇末质问说:"噫嚱呼,悲乎哉,汝全台,昨何忠勇今何怯?……"这更是对于人民群众的诬蔑。我们知

---
① 例如游国恩同志等主编的《中国文学史》,就把《感事》作为"揭露顽固派的残酷愚昧"的作品而加以推崇,但对该诗掩盖顽固派的反动实质、引导读者向往乾嘉"盛世"的内容毫不加以分析批判。见该书第 4 册,第 1189 页,人民文学出版社,1964 年。
② 见游国恩等主编《中国文学史》第 4 册,第 1187—1189 页。

道,帝国主义和中华民族的矛盾是近代中国各种矛盾中最主要的矛盾,而"帝国主义和中国封建主义相结合,把中国变为半殖民地和殖民地的过程,也就是中国人民反抗帝国主义及其走狗的过程"[①]。所以,只是反映帝国主义的侵略,而不能正确反映中国人民的反帝斗争,就不能认为是对帝国主义和中华民族的矛盾的正确反映;至于像黄遵宪这样,把中国人民写成投降帝国主义的孬种,更是对帝国主义和中华民族的矛盾的歪曲。

而且,就是单从反映帝国主义对中国的侵略来说,黄遵宪的诗篇也存在着严重的问题。《锡兰岛卧佛》说:"虎豹富筋力,故能恣强梁。凤凰太文彩,毛羽易摧伤。惟强乃秉权,强权如金刚。……弱供万国役,治则天下强。"在他看来,"弱肉强食"乃是一种天然的法则,帝国主义的侵略中国,是因为中国自己太弱、太不行的缘故。在描写帝国主义侵略中国的一些具体事件的诗篇中,他还表现了更荒谬的观点。例如,他的《羊城感赋》之四,就把英法联军之役,归因于"奸民教尉佗"和"祆庙火焚"。换言之,这事是由中国"奸民"教导他们来侵略祖国和清政府官吏捕捉并拷打法国教士而引起的,首先要怪中国"奸民"和"仇教"的清政府官吏不好,这就根本掩盖了帝国主义的侵略本质。他的《逐客篇》,则甚至说美国政府的迫害华工,是由华工的"同室戈屡操……日长土风恶"和清政府的"糊涂"所造成的,这更是为帝国主义者多方开脱罪责、歪曲事实真相的描写。

黄遵宪的这类诗篇,不但没有揭示帝国主义的侵略本质,而且也没有揭示清政府的卖国实质。他的《悲平壤》《东沟行》《哀旅顺》《哭威海》《度辽将军歌》等,虽都谴责了清军将领的昏庸腐朽,对清政府在应付帝国主义侵略方面的颟顸无能作了一定的暴露,但另一方面,黄遵宪又把清政府写成一个愿意并企图抵御侵略、关怀祖国安危的政府。《香港感怀十首》之二,就说道光帝在鸦片战争中本不愿屈辱投降,只是由于军力不敌,才不得不接受"城下之盟",临死还为此而"洒泪纵横";这就完全掩盖了道光帝对外屈辱投降的实质。他的《书愤》,虽对李鸿章签订卖国的中俄密约有所不满,但仍多方为之开脱,说是"岂欲亲豺虎?联交约近攻。……一着棋全败,连环结不穷"。换言之,李鸿章此举的本意,并不是要媚外,而是为了"联交约近攻",也即为了祖国的利益;他只是犯了一种策略上的错误,走错了一着"棋"而已。这恰恰掩盖了李鸿章"亲豺虎"的卖国本质。这些诗篇给人这样一个印象:清政府虽然颟顸无能,但却并不是一个

[①] 《毛泽东选集》第2卷,第626页。

卖国政府。就黄遵宪来说,这是很自然的:他的目的既在维护封建统治,又怎么敢揭示封建统治阶级的卖国本质呢?他虽然对本阶级的当权派流露出了某些轻微的埋怨情绪,但归根到底却是在帮助本阶级欺骗广大人民,为巩固本阶级的统治服务的。无论从哪个方面看,他的这类诗篇都不能称为"史诗",也根本没有什么"强烈的爱国主义精神"。

因此,黄遵宪的前期诗歌,虽对封建文化的一些方面作了某种程度的批判,对封建顽固派的破坏戊戌变法有所谴责,对帝国主义的侵略和清政府在这种侵略面前的腐朽昏聩表现了某些不满之情,但他所暴露的,只是一些表面现象,对于封建主义和帝国主义的本质却加以掩盖和粉饰,并又或明或暗地表现了维护封建统治和敌视人民革命的立场。至于他前期所写的那些直接诋毁太平天国和人民起义的作品,更是其反动阶级性的集中表现。他的《拔自"贼"中述所闻》,就恶毒地把太平军诬蔑为一群奸淫掳掠的恶徒;他的《喜闻恪靖伯左公至,官军收复嘉应,"贼"尽灭》,一面为清军镇压太平天国的"胜利"而欢欣鼓舞,一面又对捻军加以诅咒,说是"天下终无白头'贼',中原群'盗'漫纵横",其反动性都极强烈。有些文学史著作在论述黄遵宪时,却对他的这些诗篇一字不提,这是十分令人诧异的。

三

黄遵宪的后期诗篇,对人民群众的反帝反封建斗争表现了刻骨的仇恨,公开鼓吹投靠帝国主义,保存封建主义,其反动性十分露骨和强烈。

义和团运动的爆发,标志着人民力量的进一步发展。从自己的阶级本能出发,黄遵宪敏锐地感到义和团运动是一种必将危害封建统治的人民运动。《聂将军歌》说:"燕南忽报'妖民'起,白昼横刀走都市。欲杀一龙二虎三百羊,是何鼠子乃敢尔!"龙指光绪帝,二虎指庆亲王奕劻和李鸿章,羊指百官。正因为他看到了义和团运动所具有的这种"欲杀一龙二虎三百羊"的反封建压迫的性质,所以,尽管义和团在当时把斗争的锋芒主要指向帝国主义,但黄遵宪却一直把它跟嘉庆时反对清王朝统治的天理教起义相提并论,《初闻京师义和团事感赋》说:"无端桴鼓扰京师,犹记昌陵鼎盛时(以上两句即指嘉庆时的天理教起义)。今日黄天传角道,非徒赤子弄潢池。"这也就意味着,义和团跟天理教起义都是反对封建统治的"黄巾贼"——农民起义军。因而当李鸿章等帝国主义走狗奏称义和团"目无法纪"乃是"乱民",即使不与各国"开衅"也必须"痛剿"时,他就对这种反动主张大加歌颂："养'盗'原由十常侍，诘奸惟赖外诸侯。"（《初闻京师义和团事感赋》）显然，他也跟李鸿章等"外诸侯"一样，认为义和团是破坏封建"法纪"——危害封建统治的，必须对他们进行残酷的镇压。

  以那拉氏为首的清政府，对义和团原本也是进行武装镇压的，但由于义和团力量的迅速壮大，清政府感到自己已无力应付，不得不改用承认义和团的方式，企图以此来限制和利用义和团，并最终达到消灭义和团的目的。黄遵宪一面对清政府承认义和团的政策深感不满，以为这无异"开门揖盗"（见《述闻》之七），行将危及封建统治；另一方面，则把帝国主义的侵略——八国联军——看作是一种足以消灭义和团、重新巩固封建统治的力量而加以欢迎。他的诗篇就正反映了这种反动的政治态度。当义和团进入北京而八国联军还没有发动的时候，他在《初闻京师义和团事感赋》中说："竹筐麻瓣书团字，痛哭谁陈恤纬忧？"《感事又寄邱仲阏》更说："万目眈眈大九州，神丛争博正探筹。何堪白刃张拳党（自注：大刀会，义和拳），更扰黄花落地秋。石破真惊天压已，陆沉可有地埋忧？前番尚得安身处，莫说寒芜赤嵌愁。"这就是说，由于义和团运动的爆发，大地将要"陆沉"，国家将要灭亡（"恤纬忧"即指亡国忧），他和邱逢甲（仲阏）将要连安身之处都没有了。他在这里所说的"陆沉"和亡国，并不是指义和团的反帝斗争将要引起帝国主义的进攻，从而使国家亡于帝国主义，而是指的国家将要亡于义和团，——清政府将要被义和团所推翻。因此，一当帝国主义的八国联军进攻中国，攻陷大沽炮台，北京岌岌可危时，他的那种亡国之忧就消失了，在诗篇中反而表现出了一种比较乐观的情绪。《述闻》之八说："藉寇终除钩党祸，函图看送罪臣头。祖功宗德王明圣，岂有乾坤一掷休？""寇"指八国联军。在他看来，八国联军的进攻将迫使清政府投降，把"罪臣"的头颅献给帝国主义，并使清政府的政治清明起来，即所谓"藉寇终除钩党祸"；他不仅不因八国联军的节节进逼而感到有什么亡国的危险，却满怀信心地写出了"岂有乾坤一掷休"的诗句。而在清政府与八国联军相互配合镇压了义和团以后，尽管投降的条件还没有谈妥，八国联军仍驻在北京，但他却认为已经狼烟尽扫、日月重光了："狼角尽除尘尽扫，龙颜重奉日重光。到今北阙犹朝拱，岂有西邻妄责偿？"（《六用前韵》）这都很清楚地说明，他原来所存在的"恤纬忧"，并不是忧帝国主义的进攻，而是忧义和团的推翻封建统治。

  也正因此，他的诗篇还进而鼓吹跟帝国主义密切合作，共同镇压义和团运动。当清政府与各国宣战、义和团进行着英勇的反帝斗争的时候，南方各省的督抚却公开宣布他们不奉行宣战的"上谕"，坚持与帝国主义"友好合作"的路线。黄遵宪对此大加歌颂,说是"联盟守约连名奏,赖有维持半壁才"(《述闻》之五)。但同时却又觉得他们的这种行动还不够积极,所以在《三哀诗·唐赦臣明经》中又说:"各国会师来,长驱莫敢当。遂令春秋笔,天王狩河阳。呜呼当此时,国势如蜩螗。东南外诸侯,亟亟宜勤王。上以肃宫禁,下以靖欃枪。外以杜邻责,免索岁币偿。奈何裘蒙戎,失路迷伥伥。……"他的所谓"勤王",不是指派兵去抵抗八国联军,而是指的"靖欃枪"——镇压义和团运动。他是为南方各省督抚没有派遣军队去跟八国联军一起镇压义和团而感到遗憾。显然,他已经认识到了封建统治阶级和帝国主义在镇压人民力量方面具有共同的利益,必须采取共同行动,这也就无怪他要宣扬"尊王弟一和戎策"(《再用前韵酬仲阏》)的反动主张了。

既然他把义和团看作封建统治最凶恶的敌人,而把帝国主义看作清王朝在镇压义和团方面的帮手,他的诗篇就在丑诋义和团为"妖民""奸""盗""鼠子"的同时,又尽量为帝国主义开脱罪责。《六用前韵》说:"天何沉醉国何辜,横使诸华扰五胡。"《京乱补述六首》之五说:"不堪掘残冢,肆虐到神丛。"在《感事又寄邱仲阏》《述闻》《再述》等诗中,也都有类似的说法。《南汉修慧寺千佛塔歌》更说:"谁人秉国竟养'盗',坐引强敌侵畿疆。"这也就意味着,这次事件的责任应该由义和团来负,是义和团先"扰五胡"和向他们"肆虐",这才"引"来了八国联军的"侵畿疆"。于是,帝国主义对中国的侵略就成了一种受虐待后的自卫行动,而义和团所进行的正义的反帝斗争,则反而成了任意"肆虐"的暴行了。在这里,黄遵宪已经赤裸裸地以帝国主义辩护士的身份出现,清楚地表现出封建统治阶级与帝国主义"互相勾结以压迫中国人民"[①]的反动本质。

义和团运动虽被帝国主义和清政府所镇压,但资产阶级革命派的力量却在义和团运动失败以后日益发展起来;针对着这样的形势,黄遵宪又在诗篇中积极鼓吹拥护清王朝的统治和攻击资产阶级革命派。

黄遵宪的诗篇大肆宣扬清王朝对人民的"德泽",特别是光绪帝的"美政",企图以此来引导读者拥戴清政府。《三哀诗·唐赦臣明经》说:"呜呼汉家厄,十世到我皇。上承六七圣,德泽遍八荒。麋裘三月政,讴歌不能忘。"其实,不仅光绪帝以前的"六七圣"都对人民进行了残酷的统治和压迫,就是光绪帝的戊戌变法,即所谓"麋裘三月政",其根本目的也还是为了维持清王朝对人民的统治;在黄遵宪写这首诗的时候,戊戌变法的那一套改良主义主张已经毫无积极意义,

---

① 《毛泽东选集》第 2 卷,第 628 页。

而只剩下抵制革命、欺骗人民的作用了。黄遵宪对光绪帝的戊戌变法所作的这种颂扬,不过是向人民散布关于光绪帝的幻想,引导他们走上"保皇"的道路。而在《八用前韵》中,他更颠倒黑白地写道:"……中央土复尊皇帝,十等人能免黑奴。赖我圣君还我土,人人流涕说康衢。"明明是腐朽的清政府在八国联军之役中出卖了祖国和人民,订立了骇人听闻的卖国条约,黄遵宪却硬说光绪帝在这一事件中拯救了祖国和人民,要人民对光绪帝感激涕零,真可谓极尽歪曲捏造之能事。

在当时反清情绪日益高涨的情况下,黄遵宪除了直接为清政府捧场以外,又在诗篇中宣扬所谓"爱国",企图利用人民反对帝国主义的情绪来转移视线。梁启超所大肆吹捧的、写于1902年的组诗《出军歌》《军中歌》《旋军歌》和同年所写的《小学校学生相和歌》,就是这方面的代表作。这些诗一再叫喊跟西方列强"战战战",说什么"今日死生求出险"、"雪耻报仇在今日"(《出军歌》);并说是只要"死战向前",就可以战胜帝国主义,"降奴脱剑鞠躬迎,单于颈系缨"(《军中歌》)。看起来真是慷慨激昂。然而,在写这些诗的前两年,黄遵宪已经在高唱"尊王弟一和戎策"了,这时又怎么忽然要"战战战"了呢?原来,这是一个骗局。

在黄遵宪写这些诗的同一年,康有为写了猛烈攻击资产阶级革命派的《与南北美洲华侨辨革命书》,反对"革命者开口必攻满洲"。为了抵制资产阶级革命派的"反满"口号,改良派披起了"团结御侮"的外衣,鼓吹"满汉不分,君民同体"。资产阶级革命派的"反满"口号,没有对满族的封建统治阶级和满族人民加以严格的区分,反映了资产阶级的民族主义观点,具有严重的局限;但其斗争的矛头是指向清政府的,这一口号在当时起了一定的宣传革命的作用。至改良派的所谓"满汉不分",则是企图混淆满族的封建统治阶级与汉族人民群众的界限,以此来维护清王朝的反动统治。黄遵宪的这些诗篇,就是配合改良派的这种反革命活动,企图诱使人们放弃革命,跟清政府去"团结御侮"。《旋军歌》说:"秦肥越瘠同一乡,并作长城长。岛夷索虏同一堂,并作强军强。"就正是针对着"革命者开口必攻满洲"的历史特点而提出的所谓"满汉不分"的反动主张。在《小学校学生相和歌》中,他的这种反动用意表现得更为露骨。该诗一面也说些"虬髯碧眼独横行,虎视眈眈欲逐逐","开卷爱国心,掩卷忧国泪"之类的话头,一面就要人们在清政府的领导下去"救国",说是"……同生吾国胄吾民。南音北音同华言,左行右行同汉文。索头椎髻古异族,久合炉冶归陶甄。……愿合同化力,抟我诸色人。""……汝之司牧为汝君,尊如天帝如鬼神,伏地拜谒称主臣。汝看东西立宪国,如一家子尊复亲。於戏我小生,三月麛裘歌,亦曾歌维新。"这里就不仅是鼓吹"满汉不分",而且还要人们跟光绪帝"如一家子尊复亲"——"君民同体",在"尊"光绪帝的前提下来"挎我诸色人"。假如有谁不愿意这样做而企图反抗清王朝的统治,那就要被骂为"黑心肝":"既为国民忍作'贼'?国民贵保民资格,国民要有民特色,任锄非种任瓜分,心肝直比'黑奴'黑!"黄遵宪所说的"贼",乃是指反对清王朝的革命人民。因此,这也就意味着,谁要不跟光绪帝"君民同体"地去"救国",而要去搞反清革命,谁就是对帝国主义的侵略持着"任锄非种任瓜分"的态度,也就是不"爱国"的"黑心肝"。

然而,当时的清政府正在竭尽全力帮助帝国主义镇压中国人民的反帝斗争,要人民在清政府的领导下去进行反对帝国主义的战争和取得胜利,乃是对人民最卑鄙的欺骗。黄遵宪要全国人民"如一家子尊复亲"地去做清政府的顺民,也就是要全国人民都成为帝国主义的走狗的驯顺奴才,这又哪里还有什么反帝斗争之可言?因此,"战战战"之类慷慨激昂的诗句,不过是用以迷惑读者的假象;在"爱国"的幌子下反对革命才是这些诗篇的实质所在。令人奇怪的是,有些文学史论著却对这些作品极为赞美,说它们"大力鼓舞抗敌情绪",宣传"爱国思想",证明了"诗人的爱国热情始终是昂扬的"[①];这就完全掩盖了这些作品的反动本质。

除了这些诗篇以外,《三哀诗·唐韨臣明经》和《病中纪梦述寄梁任父》也都表现了明显的反对革命的倾向。前者把革命的会党称为"群盗",并明确地说,谁若进行反清的民主革命,就是"铸铁成大错,引刀还自戕"。后者则大肆吹捧梁启超及其君主立宪的主张,把立宪说成救中国的唯一正确的道路,所谓"睡狮果惊起,……将下布宪诏",又说梁启超是"在在神护持,天固勿忍诛",以此来显示"大骂"梁启超和反对"立宪"的资产阶级革命派的愚蠢无知和逆天而行。——在这里需要说明的是,由于革命形势的日益发展,封建统治阶级已逐渐认识到除了君主立宪以外,再没有别的可以抵制革命、欺骗人民群众的更好口号了;在黄遵宪写作这诗以后的几个月,连封建顽固派所把持的清政府也派载泽等"五大臣"出洋考查宪政去了。所以,黄遵宪在写作此诗的1904年冬天而提出"将下布宪诏"的希望,也正反映了封建统治阶级企图以立宪的口号来抵制革命的思想动向。

反对人民群众的反帝斗争和资产阶级的民主革命,鼓吹投靠帝国主义,保存清王朝的统治,这就是黄遵宪后期诗歌的思想倾向。

---

① 游国恩等主编《中国文学史》第 4 册,第 1188—1189 页。

总的就来，无论是前期或后期，黄遵宪的诗歌都是以维护封建统治阶级的利益和敌视人民起义为其基本倾向的；但其后期的诗歌，更从保存清王朝的统治、反对人民和革命的立场出发，公开主张投降帝国主义，其反动性就更为强烈和露骨。而这也就是黄遵宪所以能成为"诗界革命"的旗帜的原因所在。

梁启超的提倡"诗界革命"，原是为了反对和抵制资产阶级民主革命，维护清王朝的统治；黄遵宪诗歌所表现的反动思想倾向，恰恰符合了梁启超的这种政治要求，所以梁启超就对黄遵宪大肆吹捧。只要看一看梁启超的《饮冰室诗话》所特别推崇的是黄遵宪的哪些作品，我们对这一点就可以了解得更为清楚。例如，被梁启超称为"有诗如此，中国文学界足以豪矣"[①]的，是幻想清王朝能受到各国拥戴的《锡兰岛卧佛》；被称为"一代妙文"[②]的，是鼓吹"满汉不分、君民同体"以抵制资产阶级民主革命的《小学校学生相和歌》；被称为"诗界革命之能事，至斯而极矣"[③]的，是跟《小学校学生相和歌》同一性质的组诗《出军歌》《军中歌》《旋军歌》。这都很清楚地说明，梁启超之所以把黄遵宪作为"诗界革命"的旗帜，不过是把他的这些反动诗篇作为典范，诱使别的诗人走上跟黄遵宪相同的创作道路。

因此，无论对于黄遵宪的诗歌或是梁启超的"诗界革命"的理论，都必须进行深刻的批判。然而，有的研究者却跟着梁启超亦步亦趋，把黄遵宪说成是"爱国主义"的、"现实主义"的诗人，极口称赞，从而把"诗界革命"也作为"近代进步诗歌潮流进一步的发展"而大加赞美。我们认为，这种对于改良主义反动文学的美化，是违反马克思主义的阶级分析和批判继承的原则的。尤其需要指出的是：美化我国近代的资产阶级改良主义文学，是一个相当普遍的现象，无论是在近代文学批评、近代诗歌，抑或是近代小说、近代散文的研究中，都存在着对改良主义作家作品的美化。因此，这问题就更必须引起注意和加以纠正。

---

① 梁启超著、舒芜校点《饮冰室诗话》，人民文学出版社，1959年，第5页。
② 同上书，第60页。
③ 同上书，第43页。

从李贺诗歌看形象思维①

李贺是唐代的著名诗人之一。《毛主席给陈毅同志谈诗的一封信》在论述了形象思维的重要性后指出："李贺诗很值得一读。"研究李贺诗歌在运用形象思维方面的成就和特色，对理解形象思维的特点和文艺创作的某些规律性问题，都很有借鉴作用。

一

包括诗歌在内的一切文艺样式都必须运用形象思维，这是文艺创作的一条规律，但人们并不是一开始就认识这条艺术规律的，而是经过了长期的创作实践，不断地总结成功的经验和失败的教训，才逐渐从不自觉地接近和运用形象思维，进到有意识地掌握这一规律。因此，不但先秦两汉的人们不可能提出关于这一艺术规律的理论②，就是南朝刘勰的《文心雕龙》，虽然已在某些方面接触到了文学的艺术特征问题，却也还没有真正掌握这条规律③。以唐诗来说，

---

① 原载1978年7月21日《文汇报》。
② 有同志认为：《周易·系辞上》已提及"忘己之象"。"而'忘己之象'据唐孔颖达的解释，是'遗忘己象者，乃能制众物之形象也'，则是一种既非某一具体事物而又能引人想起许多同类事物的概括化的形象。其中已包括了艺术概括的思想的雏形。按，《周易·系辞上》从无"忘己之象"之说，唯晋人韩康伯在注释《系辞》时曾提及"夫非忘象者则无以制象"，孔颖达那两句话即是对韩说的阐发。又，韩氏此语是针对《系辞》中《易》无思也，无为也"等语而发，与所谓"艺术概括"并无关涉。所以，上述意见，恐是把韩康伯的观点误认作《系辞》，并又对韩的观点作了错误理解的结果。
③ 有同志认为：《文心雕龙·神思》中"神与物游"等语即指形象思维。案，《文心雕龙》原文说"故思理为妙，神与物游。神居胸臆，而志气统其关键；物沿耳目，而辞令管其枢机。""神与物游"的"物"，即"物沿耳目"的"物"。范文澜同志的《文心雕龙注》早就指出："物，谓事也，理也。"这是正确的。因为《神思》篇所论述的，并不只是文艺创作的神思问题，而是各类作品（包括哲学论著、应用文字）写作过程中的神思问题，其下文"王充气竭于思虑"、"阮瑀据案而制书"等语可证。故"思理为妙"等语，乃是对写作各类作品时的"思理"的概括，如认为此处的"物"仅仅指事物的具体形象，"神与物游"即形象思维，那就意味着刘勰要求人们写各类作品（包括哲学论文）时，其思想都不能离开具体形象，都必须按照形象思维的规律来写作。这样的理解显然是不确切的。至于同篇中"眉睫之前，卷舒风云之色"等语，同样不能作为刘勰已懂得形象思维的证据，因为，反对形象思维而主张"表象—概念—表象"论的人，也并不认为作家在创作时其脑子中不应该有"风云之色"之类表象，问题在于这些表象是否必须转化为抽象的概念，再由概念转化为表象。所以，承认作家在构思时"眉睫之前，卷舒风云之色"，并不等于主张形象思维。

在运用形象思维的问题上同样有一个演进的过程。一般认为唐代诗歌走上健康发展的道路是从陈子昂开始的，他确实写过不少在思想性、艺术性上都有成就的作品，但在其诗中也不乏违反形象思维、因而缺少艺术感染力的例子。如《感遇》诗的第一首："微月生西海，幽阳始化升。圆光正东满，阴魄已朝凝。太极生天地，三元更废兴。至精谅斯在，三五谁能征？"这其实是押韵和注意对偶的哲学短论。李白和杜甫的优秀诗篇运用形象思维当然很成功，但也不能说他们思想上已经非常明确地意识到这是一条诗歌创作非遵循不可的艺术规律，否则他们就不会写出某些以逻辑思维代替形象思维的诗篇（如李白《古风》第九首、杜甫《戏为六绝句》之六），尽管这类诗篇在他们的集子中为数甚少。李贺作品的思想内容固不能与李、杜并驾齐驱，但在掌握形象思维这一艺术规律方面却又前进了一步。这并不是说，李贺运用形象思维的诗篇比李、杜运用形象思维的诗篇写得更好，更不是说，后人运用形象思维的作品一定比前人更成功，而只是说，随着形象思维这一规律的进一步被掌握，曾经出现在李、杜集子中的少数抽象化、概念化的东西，诸如"未及前贤更勿疑，递相祖述复先谁？别裁伪体亲风雅，转益多师是汝师"（杜甫《戏为六绝句》之六）之类以逻辑思维代替形象思维的表达方式，在李贺的诗歌创作中都被摒弃了。

李贺生活在唐代中期，当时阶级矛盾和统治阶级的内部矛盾都很尖锐、激烈，朝政腐朽，藩镇割据，并不断发动叛乱，社会生产遭受严重破坏，人民生活异常痛苦。李贺诗歌的主要内容，是抒发他对于黑暗现实的强烈憎恶和要求加以改变的愿望，表现他对政治思想的执着追求和理想无法实现的悲哀。而这一切，完全是通过活生生的艺术形象来显示的。这些形象不仅跟生活本身一样具有个性化的形式，而且比生活中原来的那种样子更鲜明、更生动。"老夫饥寒龙为愁，蓝溪水气无清白。夜雨冈头食蓁子，杜鹃口血老夫泪。"（《老夫采玉歌》）这里写的是一个老人被迫到蓝田山的溪水中为封建统治阶级采玉的情况。在这些诗句中，我们不是可以清楚地看到这位饥寒交迫的老人，怎样在漆黑的山冈上，孤单地采食蓁子吗？风雨抽打着他的身体，一条龙在浑浊的溪水中以充满同情的忧愁目光注视着他，杜鹃鸟也悲哀地啼叫着，随着鸟的啼声，他的眼泪不住地往下淌。这正是在旧社会的劳动人民中经常会看到的生活画面。它是那样地逼真，我们仿佛可以触摸到这个老人的身体，听到他的啜泣。至于点缀其间的龙的哀愁、鸟的悲鸣，当然并不是事实，但却使读者更强烈地感受到了气氛的悲惨、老人的痛苦。所以诗中的这幅画图也就比实际生活更加形象鲜明。又如："咽咽学楚吟，病骨伤幽素。秋姿白发生，木叶啼风雨。灯青兰膏歇，落照飞蛾舞。古壁生凝尘,羁魂梦中语。"(《伤心行》)这是写诗人自己。"梦吟"指战国楚人屈原的作品。病骨支离的诗人呜咽地吟诵着屈原的诗篇,诗中倾诉的政治理想不能实现的深刻悲哀更加重了他的感伤。他意识到自己的生命进入了秋天,白发在头上生长;而自然界也正处在秋天,从树上飘坠的落叶被风雨吹打着,发出呼啸般的声音。已经是深夜了,灯油将尽,灯焰微微发青,扑灯蛾在幽暗的光线下飞动,古老的墙壁积满灰尘,陪伴着羁留异乡的诗人孤独的梦魂。在这短短的八句诗中,每一句都提供了一个栩栩如生的形象;这一系列形象的组合,又使我们清晰地看到了诗人多病的体态、哀怨的神情,明白了理想未能实现的悲忿是怎样地咬啮着他的心。呈现于我们眼前的,是一个在凄风苦雨的秋夜愁吟着的、活生生的诗人,他的个性是何等分明!

假如说,在实际生活中,上述"夜雨冈头食蓁子"等情景,都是人们凭借感觉、在认识的感性阶段就可以得到深刻的印象的,因而使它们成为具体、生动的艺术形象也就比较容易;那么,要把生活中的那些过程比较复杂,必须运用判断、推理,经过认识的理性阶段才能领会的情况,通过生动的形象再现于诗篇之中,就是比较困难的工作了。但李贺在这方面也同样获得了成功。比、兴手法给予他不少帮助。比如,当时的社会到处是一片黑暗。在实际生活中,人们要认识这一点,必须掌握大量的材料,并对这些材料进行深刻的分析,绝不是仅仅依靠感觉就能得到结论的。然则在篇幅不长的诗篇中又怎么以鲜明的艺术形象来加以表现呢?具体地写某个人的遭遇、某件事情,当然可以写得生动、形象,但其所反映的只是社会黑暗的一个方面;综述社会各个方面的种种残酷、丑恶的现象,加以分析批判,固然可以使人认识到处是黑暗,但那必然成为一册厚厚的调查报告,而且其中的许多叙述不得不流于概念化。而在李贺的诗篇《公无出门》中,我们却读到了这样的句子:"天迷迷,地密密。熊虺食人魂,雪霜断人骨。嗾犬狺狺相索索,舐掌偏宜佩兰客。帝遣乘轩灾自灭,玉星点剑黄金轭。我虽跨马不得还,历阳湖波大如山。毒虬相视振金环,狻猊㹭貐吐馋涎。"徐文长说:此篇写"四方上下俱不可往",说得很对。这些诗句告诉我们当时的整个社会是多么阴森可怕,四方上下都是吃人魂魄的熊虺,冻断人骨的霜雪,特别是像屈原(即"佩兰客")那样具有进步政治理想的人物,更是成群的恶狗所要吞食的对象,只有死亡("帝遣乘轩")才能使他们免除灾难。大地在一整郡、一整郡地沦为湖泽,水中的毒龙看到陷入湖中的居民,兴奋地振摇着它们的金环;处在陆地的恶兽狻猊和㹭貐则对陆上居民吐着馋涎。由于运用了比、兴手法,李贺通过这一系列可以感觉到的鲜明形象,生动地显示出:黑暗笼罩着全社会,人们无论逃到什么地方都不能避免被吞噬的命运。毛主席教导说:"诗要用形象思维,不能如散文那样直说,所以比、兴两法是不能不用的。"李贺的诗篇也正证实了这一点。

无论是哪种类型的社会现象,无论多么难于以形象来表现,在李贺诗中却都是用形象来反映的。自然,这并不意味着李贺诗中没有议论,但是,这些议论也正是构成形象的材料:"男儿何不带吴钩?收取关山五十州。请君暂上凌烟阁,若个书生万户侯?"(《南园十三首》之五)在这些议论中,我们不是可以深切地体味到李贺自己急于建功立业、为国家消灭藩镇割据的强烈愿望,甚至想象出他那鄙视章句的飒爽英姿吗?鲁迅说:好的小说"是能使读者由说话(指人物的对话)看出人来的"(《看书琐记》),抒情诗中的议论,实际上应是显示诗人自己形象的心灵的独白。在日常生活中的人物的对话,一般是运用逻辑思维的,但当这种运用逻辑思维的对话出现在好的小说中时,作家所运用的却是形象思维,因而显示了人物的性格;同样,议论本身是运用逻辑思维的,但当它出现在优秀的抒情诗中时,诗人所运用的也是形象思维,因而显示出了他自己的感情和性格。如果以为写诗既要用形象思维,诗中就不应该有议论,这固然是误解;但如认为诗中既可有议论,诗人在发议论时就可以而且必须离开形象思维而代之以逻辑思维,则更是误解。只要把李贺诗中的议论与上引陈子昂《感遇》诗第一首的议论相比较,其界限就很分明:前者是诗人的感情、性格的形象表现,后者却除了议论本身以外没有显示出别的东西,成为押韵的哲学短论。

二

那么,李贺诗篇中之所以充满生动的艺术形象,是按照"表象—概念—表象"的程序搞出来的吗?绝不。

与李贺时代相接的另一著名诗人李商隐,曾经根据李贺姊姊的叙述,对李贺如何从事创作的情况作过一个生动的记载:"未尝得题然后为诗,如他人思量、牵合以及程限为意。恒从小奚奴,骑距驴,背一古破锦囊,遇有所得,即书投囊中。及暮归,太夫人使婢受囊出之,见所书多,辄曰:'是儿要当呕出心乃已尔!'上灯,与食,长吉从婢取书(指日间所书诗句),研墨叠纸足成之,投他囊中。非大醉及吊丧日率如此,过亦不复省。……长吉往往独骑往还京雒,所至或时有著,随弃之,故沈子明家所余(长吉诗稿)四卷而已。"(《李贺小传》)由此可见,李贺不但在写诗之前并不确定题目,而且当其在驴背上动手写作诗句时,也并

从李贺诗歌看形象思维

不是按照一定题目的范围来构思的(所谓"未尝""如他人思量牵合","思量"指根据题目的要求思考作品内容)。换言之,他并不是先有了主题思想,再按照它去写诗和塑造形象,而是先有了若干诗句,然后把它们加以组织、补充,成为一首完整的诗。至于他在写诗时的"独骑往还京雒"和天天骑驴外出,则显然是在研究、分析、体验生活;他的这些诗句,正是从现实生活中得来的感受。

如上所述,李贺的诗句全是生动的艺术形象,他在驴背上写作诗句时既还没有确定主题,诗句中的形象自非由某些事先规定的概念演化出来,而是他在体验生活的过程中"有所得"而即记下来的,也即从生活中直接吸取来的。至其晚上的"足成之",则是对之进行补充,把它们组织成篇。在这"足成之"的阶段,他所思考的,当然是哪些诗句还不够,需要充实,这几句和那几句的关系如何,怎样把它们联系起来,等等。而这些诗句既全都是形象,他在这阶段所思考的,实际上就是哪些形象还不够,需要加强,怎样把这些形象和那些形象联系起来,等等,故在其脑中往复回旋的,仍是具体的形象而不是抽象的概念。他的工作,是一方面对形象作进一步的加工,另一方面则研究并发现形象之间的相互联系,将它们构成为有机的整体。这样,李贺从生活中取得形象直至诗篇写成的整个过程,就是形象在他的脑子中不断地丰富、发展和最终完成的过程,也即典型化的过程,在这里根本不必要也不可能插入一个把形象变成概念、再把概念变成形象的阶段,更没有任何"主题先行"的可能。所谓"表象—概念—表象"(或"概念—表象")的创作论,在李贺的创作实践中是找不到立足之地的。

李贺的诗当然并非篇篇都是从驴背上得到感受而写下来的,但从这类诗篇的创作中体现出来的形象思维的特点,对于李贺其他那些"未尝得题然后为诗,如他人思量、牵合以及程限为意"的作品,应该同样适用。正因如此,他的无论何种类型的诗篇不但都形象鲜明,而且,一切都是由形象本身的发展过程来展示的,绝不把逻辑思维作为其作品结构的依据,试以《吕将军歌》为例,从其内容来看,当是"往还京雒"时的作品。全诗共三大段。第一段写一个英武、勇敢的将军独自骑着骏马,到唐玄宗的墓上去痛哭;当时北方藩镇叛乱,他的宝剑在鞘中鸣叫,急于前去杀敌,而他却闲居后方;他拔出剑来,慷慨起舞,舞毕以衣袖拂拭剑锷,想去面见皇帝,请求任用,这时他脑子中出现了宫禁森严、一般人无法进入的景象,不得不废然而止。第二段,陷在痛苦中的将军从自己的处境想到了战场上的情况,他仿佛看到:像女郎一样怯懦无能的唐军统帅,面对着敌人的挑战,正在仓皇逃跑。第三段,将军的目光偶然接触到了他所骑的骏马,马正因饥饿而吃着郊外叶子如刺的寒蓬,这使他心里更加难受,不由想到马也跟人一样，骏马的命运是如此悲惨，一大批驽马却在华丽的马厩中享受着优厚的待遇。于是他发出了"圆苍低迷盖张地，九州人事皆如此"的绝叫，他懂得了：用锋利的宝剑来迫害英才，这就是当时的"天意"。——"天"借指唐王朝统治者。全诗只二十句，内容却十分丰富。读了这首诗，读者可以很快地引申出一系列逻辑严密的概念：将军在这次讨伐藩镇叛乱的战争中的遭遇，并不是个别现象，而是这一战争中具有普遍意义的事件；正因为有才能的将军在这次战争中全都未被起用，唐军的统帅尽是庸碌无能之辈，所以战争一触即溃，而这次战争的失败又不是偶然的，由于当时政治腐朽已极，贤愚倒置、黑白混淆的绝症已经遍及于一切人事，这次战争也必然只能出现这样的结果。这也正是此诗的思想意义所在。但诗中却不但绝无对这些概念的抽象表述，而且在结构上也全不遵循导致这些概念的逻辑思维，我们所看到的只是吕将军这个活生生的形象：他的报国无门的悲忿，他那如波涛般起伏的思潮，他对唐军统帅的鄙视，对自己所骑骏马的爱护、同情，由此所激发出来的更深刻的忿慨和对现实的进一步认识。在极度的悲忿和激动下，他的思想是跳跃式的，并不是按照三段论法在那里思考问题；出现在他脑子中的，一会儿是警卫森严的皇宫，一会儿是北方的战场，一会儿是马的命运；而这首诗却正是按照其思想感情的变化来展开的。作品的上述思想意义，就通过形象自身的发展过程（这种发展过程当然仍然是合乎逻辑的，然而是生活本身的逻辑），自然而然地呈现出来。从诗篇的内容到结构，都没有任何运用抽象概念来进行逻辑思维的痕迹。这也正是对"表象—概念—表象"的创作论的具体驳斥。

　　自然，没有必要也不应该把李贺的创作实践作为今天作家的典范。例如，骑着驴子在外面跑这样的体验生活的方式，对今天的作家是远远不够的；又如，作家如果已经在深入生活的过程中有了丰富的感受，形象已经在他的脑子里活起来了，那么，在动手写之前考虑和确定作品的主题思想，完全是无可非议的，不能因李贺"未尝得题然后为诗"而对此加以否定（实际上，李贺在驴背上所写的诗句，也只是记录形象的创作手记，并不意味着他始终没有主题思想）。但是，李贺的创作实践却向我们证明了一点：形象思维确实是存在的，而且，运用形象思维完全可以表现丰富的生活和复杂的思想。

三

　　从李贺的创作实践中，还可以看到：形象思维并不只是对于现实的冷漠的摹写,而是与作者的想象、爱憎等等紧密地联系在一起的。"吕将军,骑赤兔,独携大胆出秦门,金粟堆边哭陵树。北方逆气污青天,剑龙夜叫将军闲。将军振袖拂剑锷,玉阙朱城有门阁。"(《吕将军歌》)在塑造吕将军这个形象时,倾注了诗人的多少同情和爱:诗人跟将军一起为"北方逆气污青天"而焦急,为"剑龙夜叫将军闲"而悲忿。这也就是这个形象所以能打动人的原因。又如《公无出门》中的那种"天迷迷,地密密"的阴森可怖的景象,不仅是诗人充分运用其想象力的结果,而且也深刻体现了诗人对它的强烈憎恨;或者说,正因诗人对这种现实深恶痛绝,这才凭借丰富的想象,使其在作品中成为这样的景象。所以,在形象思维中的想象、联想,也是不能离开作者爱憎的。

假如说,逻辑思维必须具有冷静的科学态度,形象思维就必须饱和着热烈的感情。形象思维的这个特点,不仅不排斥或降低世界观的指导作用和理性认识的重要性,而且使这种指导作用和重要性更其突出。

这里首先有个选材的问题。正因形象思维的形象来自现实生活中的感受,那么,为什么作者对这种现象感受特别深,产生强烈的爱或憎,以至非把它写出来不可?这就取决于作者的政治立场和世界观。以李贺的《宫娃歌》来说,这是一首写宫女心情的诗,其结尾说:"梦入家门上沙渚,天河落处长洲路。愿君光明如太阳,放妾骑鱼撇波去。"唐人以宫女为题材的诗篇颇多,其中写得比较好的,也能反映出她们的苦闷、寂寞,但多限于爱情未能满足的幽怨,有的甚至是没有获得皇帝"恩泽"的哀愁。李贺此篇,却写她们对家人的系念和对自由的渴求,这就更加揭示出宫女制度强迫人们亲属离散、把青年女子投入华丽牢笼的罪恶,比起那些只是描写宫女不能满足爱情要求的诗作来,李贺此篇更能接触到问题的本质。所以他笔下的宫女的痛苦,远比一般"宫怨"诗中的深切得多。为什么有些作者只能感受到宫女爱情未能满足的苦闷,有的甚至只能感受到宫女中个别人物希望得到皇帝宠爱的心情,而李贺却能感受到这一点?还不是由于李贺的世界观中有着比另一些作者进步的成分,他对当时社会矛盾的认识比他们清楚!

除了选材以外,还有一个对题材的理解问题。作者对自己所塑造的形象爱得越深、恨得越切,这种形象才越能以它的迫人的真实、灼人的热情打动读者的心灵,而作者的爱憎又决定于他对其所描写的事物的理性认识的程度。不可能设想,当一个作家对其所写的对象的认识还停留在感性认识阶段的时候,他能够深入对象的本质,对之产生强烈的爱憎。例如本文第一节所引述过的《老夫采玉歌》,它之所以能够动人,就因为如此诗内容所告诉我们的,作者深切地了解到:老人在采玉时不仅忍受着饥寒之苦,而且冒着生命的危险,只要系身的绳子一断，就马上跌入深溪淹死；在老人之前已经有无数的人这样地死掉了,死者的怨恨千年百世永不会消失；现在轮到了老人，他不知自己还能不能活下去,想到自家的破茅屋中还有着靠他养活的婴儿，他的心碎了；那么，老人为什么要采玉呢？"采玉采玉须水碧,琢作步摇徒好色。"是当时的达官贵人为了满足其荒淫奢侈生活的需要，强迫他干的呀！这样，李贺从老人被迫采玉这一件事情上，不但看到了老人全家的悲惨命运,而且看到了无数跟老人一样的穷苦人的悲惨命运，看到了包含在其中的深刻的社会矛盾；换言之，对这一现象的认识已经达到了理性阶段。正因如此，诗中才能出现这样一个以自己的生命作着血泪控诉的老人形象，才能在字里行间充盈着作者对当时统治集团强迫老人采玉的强烈憎恨，才能使读者对诗中的描写深深感动。然则李贺这种在形象思维过程中的理性认识，跟逻辑思维中的理性认识又有什么区别呢？从现在所保存的思想史材料来看，当时并没有能向李贺直接提供这种结论的理论，这一切都来自李贺在现实生活中的切身感受，而不是来自某种抽象的概念。因此，老人也好，无数跟老人同样运命的人也好，他们之间的联系也好，在李贺脑子中都是活生生的形象；李贺在这过程中的理性认识，应该是对这些形象进行判断、推理，使之更加丰富，更典型化，而不是把这些形象抽象化而使之成为概念。

由此看来，当作家在运用形象思维从事创作的时候，他的思想感情、他的世界观和立场、他对事物认识的深度，都自然而然地流露或反映出来，你是无产阶级的文艺家还是资产阶级的文艺家，读者完全可以根据你的作品作出正确的判断，没有弄虚作假的可能。如果一个作家对无产阶级没有感情，就绝不可能用形象思维塑造出无产阶级英雄人物的丰满形象；即使勉强去写，也一定流于空洞、概念，与形象思维背道而驰。从这点来看，提倡形象思维，也就对作家世界观的改造提出了更高、更严的要求，杜绝了某些把非无产阶级思想遮盖起来而冒充无产阶级作品的现象。

综上所述，李贺在诗歌创作中摒弃了抽象化、概念化的表达方法，一切都通过鲜明的艺术形象，因而具有高度的艺术感染力；他的这一成就的取得，不是由于他遵循了"表象—概念—表象"的程序，而是因为严格地运用了形象思维；这种形象思维不但跟逻辑思维同样需要接受一定的世界观的指导，同样需要达到理性认识的阶段，而且必须植根于作家对现实生活的深切感受，饱和着他自己的热烈感情，来不得半点欺骗和虚假。所以，对今天的作家来说，要用形象思维从事创作，就必须真正深入到工农兵的火热斗争中去，真正以马克思主义来改造自己的世界观。

再论李贺诗歌与形象思维[①]
——答王文生同志

我在《从李贺诗歌看形象思维》[②]的一条脚注中,对王文生同志和另一位同志合写的《我国古代文艺理论中的形象思维问题》[③]里的一项知识性错误曾有所辨正。最近,王文生同志在《武汉大学学报》(哲学社会科学版)1979年第二期上发表了《再论古代文学中的形象思维问题——与章培恒同志商榷》[④]一文,除了在脚注中对我的脚注进行谴责外,其正文也是对我那篇文章的猛烈抨击,斥为"违反马克思主义的认识论"、"反对理性认识"、"重复艺术是感性的直觉的错误观点",而且硬把我的论点与胡风的"到处有生活,到处都有诗"的理论挂起钩来进行批判。至其手法,则断章取义、歪曲原意、深文罗织、无中生有皆有之。现在稍加回答。

一

王文生同志的文章分两大部分,其第二部分尤具特色。它一开始就指控我"对李贺几首诗和一些材料"作了"曲解",但根本不提出任何证据,这在正常的学术讨论中是没有先例的。接着,把我在批判"表象—概念—表象"论和"主题先行"论时所说"李贺从生活中取得形象直至诗篇写成的整个过程,就是形象在他的脑子中不断地丰富、发展和最终完成的过程,也即典型化的过程,在这里根本不必要也不可能插入一个把形象变成概念、再把概念变成形象的阶段,更没有任何'主题先行'的可能"这个复句的前半段割下来,硬说这是我对"什么是文学的典型化过程?典型化与形象思维的关系如何""这个问题"所作的"结论",

---

[①] 原载《复旦学报》(社会科学版)1979年第4期。
[②] 见《文汇报》1978年7月21日。
[③] 郭绍虞、王文生《我国古代文艺理论中的形象思维问题》,见《上海文艺》1978年第2期,第77—81页。
[④] 见《武汉大学学报》(哲学社会科学版)1979年第2期,第29—34页。

并进而指斥我在如何典型化的问题上"散布了许多难于令人同意的论点"。这篇文章的整个第二大部分,就是对其强加给我的三个所谓"难于令人同意的论点"的批判;上述的这些,则是其引子。实际上我的文章根本没有对他所说的"这个问题"作过探讨和结论,原文具在,可以覆按。所以,连这个引子也是王文生同志的虚构。

王文生同志硬栽给我的第一个论点,是"到处有生活,到处都有诗"。他说:"革命的文学艺术家,有出息的文学家,'必须长期地无条件地全心全意地到工农兵群众中去,到火热的斗争中去'。可是,章培恒从李贺诗歌创作中却总结出另一种经验,说什么'在写诗时的"独骑往还京雒"和天天骑驴外出,则显然是在研究、分析、体验生活;他的这些诗句,正是从现实生活中得来的感受。'请问,章培恒有什么根据证明,骑驴外出,就是体验生活?驴背上写的诗,就一定是生活的感受?如果这种论点能够成立,那岂不成了'到处有生活,到处都有诗'?!"其末两句显然是说我的"这种论点"就是胡风"到处有生活,到处都有诗"的理论。

王文生所引毛泽东同志的论述本来是对今天作家的要求,我自然无法说李贺已做到了这一点,也不能因为李贺做不到这一点而斥为没出息。因此而把我的文章与毛泽东同志的论述对立起来,斥为"总结出另一种经验",那不过是把毛泽东思想绝对化了以后再用来作为打人的棍子而已。而且,我的文章只是把李贺的诗歌创作作为例证,以提倡形象思维。在文章结论中我明确指出:"对今天的作家来说,要用形象思维从事创作,就必须真正深入到工农兵的火热斗争中去,真正以马克思主义来改造自己的世界观。"请问,这是"总结出另一种经验",鼓吹"到处有生活,到处都有诗"吗?

至于说到李贺体验生活的问题,我的那篇文章引用了李商隐《李贺小传》的一段话,其中说到:李贺在家居的时候,"非大醉及吊丧日",天天骑驴外出写作诗句,至暮方归。又说:李贺"往往独骑往还京雒,所至或时有著"。李贺家居昌谷,而他的诗却有不少篇是写京雒情况(包括一些政治上的情况)及往来京雒时的旅途中情况的,试问,如果他在"往还京雒"的整个过程中闭耳塞聪,不去研究、分析、体验生活,能够写出这样的诗来吗?同时,李贺又有不少写其家乡情状的诗篇,如《南园十三首》之二,写一"长腰健妇"①偷折福昌宫中的桑枝,实际上反映了当时的赋敛之重和人民生活的痛苦;作为破落贵族的李贺,如果在居

---

① 李贺著、叶葱奇疏注《李贺诗集》,人民文学出版社,1959年,第62页。本文所引李贺诗歌均据此书,不再出注。

住家乡期间闭门不出,不与本阶级以外的人接触,他能了解当地人民的生活情状、写出这样的诗篇来吗?即使是写他家乡的自然景色罢,老是关在家中,写得出吗?到现在为止,还没有任何材料可以证明李贺曾跟其家乡的贫下中农实行三同或者以别的方式深入到当地农民中去,而只知道他除了大醉及吊丧外天天骑驴外出。大醉只能提供醉酒的体验,吊丧的日子到底极少,所吊者也大抵是本阶级人物之丧。因此,在当时能够使他经常以亲身见闻接触到家庭与本阶级以外的现实生活的,就是他的天天骑驴外出了。他不但可借此看到、听到一些社会情况,也还可以与其所遇到的人物交谈,以增加感受。然则他为什么不应该和不可能在这过程中去研究、分析、体验生活呢?而且,据李商隐的记载,他在家居期间的创作,就是在骑驴外出时"遇有所得"而写下诗句,到晚上再"足成"全篇的。假如我们依据唯物主义观点,承认诗歌创作是社会生活的反映,李贺的诗篇是诗人研究、分析、体验生活的结果,那么,这里的所谓"有所得",不是指研究、分析、体验生活有所得,又是指什么呢?所以,在研究李贺的同志中,把他的骑驴外出看作是在体验生活,已经不算是什么新鲜意见了。倘若真是"到处有生活,到处都有诗",李贺只要整天关在其破落贵族的家庭里就尽够他体验生活、写作诗篇,为什么还要天天骑着驴子跑到外面去体验生活?因此,这一行动本身就是对"到处有生活,到处都有诗"的理论的否定。我的文章将这一行动告诉读者,怎么反而成了鼓吹"到处有生活,到处都有诗"?为了把我的"这种论点"跟胡风的理论等同起来,王文生似乎连基本事实和起码的逻辑都不顾了。

是的,我那篇文章曾指出了王文生的一项知识性错误,本文的第三部分将把该段文字全部引录,读者可以看出那完全是学术讨论中的正常现象,绝没有任何非同志式的态度;而王文生却用这种根本违反事实和逻辑的手法,硬把我那篇文章的论点与胡风的理论等同起来。这到底说明了什么问题?

现在请看王文生硬栽给我的第二个论点。他说:章培恒"把艺术形象看成感性形象的复合,成为非理性的东西"。据他说,这是章培恒"把典型化归结为无须主题思想的形象组合"的"必然""结果"。他所举出来的证据,是我文章中的这一段话:"假如说,在实际生活中,上述'夜雨冈头食藙子'等情景,都是人们凭借感觉、在认识的感性阶段就可以得到深刻的印象,因而使它们成为具体、生动的艺术形象也就比较容易;……"王文生对此分析批判说:"这段话承认在认识的感性阶段可以获得深刻的印象,这是不符合认识的客观规律的。""至于章培恒要把这种感性的东西变成生动的艺术形象,那只不过是重复艺术是感性的直觉的错误观点。"

在这里,第一,从我原文中可以清楚看出,我所说"使它们成为具体、生动的艺术形象"的"它们",是指"在实际生活中"的"'夜雨冈头食荠子'等情景"。王文生因此而指责我"要把这种感性的东西变成生动的艺术形象",很显然,他是把我所说实际生活中的这些情景当作"感性的东西"了。按照唯物主义观点,"实际生活中"的"情景"乃是客观存在。把客观存在说成是"感性的东西",正是把存在当作"感觉的组合"的唯心主义观点。但我绝不是说王文生有意宣传唯心主义,这不过是对哲学方面的一些常识性问题没有搞清楚而导致的误解。第二,《实践论》[①]指出:"认识的感性阶段,就是感觉和印象的阶段。"印象和感觉材料都是"属于事物之片面的、现象的、外部联系的东西"。但就其自身的比较(这个印象和那个印象、这个感觉材料和那个感觉材料的比较)而言,却可以有深刻与否的区别。《实践论》说:"感觉到了的东西,我们不能立刻理解它,只有理解了的东西才更深刻地感觉它。"这里所说的"理解",是就认识的理性阶段而说的。如果毛泽东同志认为只有到了理性阶段才能深刻地感觉事物,感性阶段一律不可能,那就应该说:"只有理解了的东西才深刻地感觉它",而不会说"更深刻地感觉它"了。由此可见,在认识的感性阶段是有可能深刻地感觉事物的,也有可能对事物获得深刻的印象的。——二者本来是一回事。王文生指责我的说法"不符合认识的客观规律",恐怕也是对这类常识性问题没有搞清楚而致的误解。

至于王文生说我"把典型化归结为无须主题思想的形象组合",这也就是他所硬栽给我的另一个论点。在这方面他提出了两个论据。第一个论据是我对李贺《伤心行》的分析。王文生说:"他(章培恒)说《伤心行》的八句诗,'每一句都提供了一个栩栩如生的形象',整首诗则是'一系列形象的组合'。这说明章培恒所谓形象丰富、发展、完成的典型化过程实际上是'一系列形象的组合'过程,……"并进而断言我所说的典型化实际上是"无需艺术概括的形象组合"。真实情况是:我在那篇文章中先指出:李贺作品的内容"完全是通过活生生的艺术形象来显示的。这些形象不仅跟生活本身一样具有个性化的形式,而且比生活中原来的那种样子更鲜明、更生动"。然后举《老夫采玉歌》和《伤心行》为例加以论证。在分析后一例子时,我曾说此诗的"每一句都提供了一个栩栩如生的形象;这一系列形象的组合,又使我们清晰地看到了诗人多病的体态、哀怨

[①] 毛泽东著、商英注释《实践论:论认识和实践的关系——知和行的关系》,商务印书馆,1971年重排版。

的神情,明白了理想未能实现的悲忿是怎样地咬啮着他的心"。很清楚,这是在论证李贺作品的形象性,根本不是在探讨"文学的典型化过程"。王文生竟然以此来指控我把典型化过程看作是"无需艺术概括的形象组合",其移花接木的手段实在高明!

　　王文生的第二个论据,是我对《李贺小传》中一段文字的说明。我在引用了《李贺小传》的一段原文后说:"由此可见,李贺不但在写诗之前并不确定题目,而且当其在驴背上动手写作诗句时,也并不是按照一定题目的范围来构思的。换言之,他并不是先有了主题思想,再按照它去写诗和塑造形象,而是先有了若干诗句,然后把它们加以组织、补充,成为一首完整的诗。"从上下文的联系看,此处所谓"先有了若干诗句"的"诗句",即李贺"在驴背上动手写作"的"诗句"。而且,这整段文字都是在介绍《李贺小传》所提供的现象,为了完整地解释这些现象,我在下文特地指出:"实际上,李贺在驴背上所写的诗句,也只是记录形象的创作手记……"在有了这样的创作手记,进而从事构思时,当然要形成主题思想的,所以我的原文在"创作手记"语下紧接着又说:"并不意味着他始终没有主题思想。"原文的意思十分清楚,根本不是主张创作毋需主题思想。然而,王文生却把我在介绍《李贺小传》提供的现象时所写的那段文字中"并不是"以下几句裂割下来,冒充是我自己的主张,而把我正面解释这些现象时所说的"创作手记"云云撇掉,从而硬说章培恒"所说的典型化,实际上是不要主题思想的形象塑造"、章培恒"鼓吹一种不要主题思想的艺术创造"。但这除了说明王文生善于断章取义、歪曲原意以外,还能说明什么呢?王文生还把我所说"并不意味着他始终没有主题思想",解释为我主张在创作过程的"某一阶段没有"主题思想,并说这"也必然形成混乱"。是的,我确实认为作家在写其"记录形象的创作手记"的阶段可以没有主题思想,但这不是在运用形象思维从事创作的作家中常见的情况吗?有什么"混乱"可"形成"?

　　王文生也许会说:你讲李贺"并不是先有了主题思想,再按照它去写诗和塑造形象",那不是"不要主题思想的形象塑造"吗?也不。按照高尔基的说法,当主题思想"需要用形象来体现时",它实在还未形成,而是"唤起"了"作家心中要形成这种思想的欲望"[①](《与青年作家谈话》)。根据法捷耶夫的经验,当作家由"积聚素材时期"进入"构思时期"之初,也还没有主题思想,而是"全部积聚起来的材料""和一些主要的思想与概念起一种有机化合",由此而使"现实的零

[①] 高尔基等《论写作》,人民文学出版社,1955年,第5页。

碎形象""开始形成一个整体"。这些和"材料"起"有机化合"的"思想与概念","是艺术家作为任何一个思想着、斗争着、有爱、有欢欣也有痛苦的活生生的人在自己的意识里原来就有着的",它们并不就是作品的主题思想;而且,这里说的是"有机化合"。所以,这种初步的形象的"整体"的形成,当然受着作家世界观的指导,但并不是按照作品的主题思想塑造出来的;而作品的最初的主题思想,则正是这种"有机化合"的结果。这以后,作家"就要开始做一件非常紧张的意识工作","在那样一个方向上浓缩事实和印象,以便尽可能全面地和清晰地表现出、传达出在意识中愈来愈定形的作品的主要思想"①(《和初学写作者谈谈我的文学经验》)。法捷耶夫这里所说"作品的主要思想"也即主题思想。所以,主题思想和艺术形象是基本上同时形成并相互渗透的,而不是先有了主题思想再按照它去塑造形象和写作;对形象思维来说,没有不体现主题思想的艺术形象,也不会有离开形象而产生的主题思想。

二

现在回过头来看看王文生文章的第一部分。它是这样开头的:"我国古代作家对形象思维的认识是从什么时候开始的?这种认识又是怎样发展的?对于这样的问题,章培恒没有提供任何有说服力的材料,就作出下列的结论:'先秦两汉的人们不可能提出关于这一艺术规律的理论';'南朝刘勰的《文心雕龙》虽然已在某些方面接触到了文学的艺术特征问题,却也还没有真正掌握这条规律';至于李白和杜甫,'也不能说他们思想上已经非常明确地意识到这是一条诗歌创作非遵循不可的艺术规律';只有到了李贺,才出现'形象思维这一规律的进一步被掌握'。按照这种说法,我国古代作家对形象思维有比较清楚的认识应以李贺诗歌创作为标志,它出现在公元九世纪以后。"与此段的末数语相呼应,他在该部分结论中还有"把李贺以前千余年的历史说成是对形象思维认识的'空白'"等语,其矛头所向,也很清楚。

在这里必须声明:我的文章并未"对于这样的问题"作过"结论"。他所引用的我关于李、杜和李贺的话,是我用来论证"以唐诗来说,在运用形象思维的问题上同样有一个演进的过程的";涉及李、杜的那一句,原意是说明他们在运用形象思维上还不是十分自觉,以致曾经"写出某些以逻辑思维代替形象思维

---

① 高尔基等著、曹靖华等译《苏联作家谈创作经验》,中国青年出版社,1956年,第46页。

的诗篇"；涉及李贺的"形象思维规律的进一步被掌握"一语，系就李贺与李、杜的比较而言，是指运用上的掌握，不是理论上的掌握。至于有关先秦两汉文艺理论和《文心雕龙》的那几句，则是就古代文艺理论方面的情况而言，与唐诗的演进是两个问题。原文具在，可以覆按。王文生把我论述不同问题的话，以斩头去尾及自己增入"至于""只有""才"等词的方式，硬扯在一起，并硬说这些都是所谓"对于这样的问题"的"结论"。而他又紧接着在下文中教训我："首先应该区别作家在创作中自觉或不自觉地运用形象思维，以及人们有意识地从理论上总结形象思维这两种不同的情况。"其用心之深细，手段之巧妙，真令人叹为观止。

不过，这倒还不要紧，尤其重要的是他"按照这种说法"推导出来的所谓"空白"论。因为这样一来，我岂不成了宣扬民族虚无主义？而民族虚无主义又恰巧是胡风的反动观点之一。是以不可不加辨析。还是先从事实说起。

首先，为了驳斥"先秦两汉的人们不可能提出关于这一艺术规律的理论"，王文生提出两个反证：一、《易经》"已包括了艺术概括的思想的刍形"，二、《毛诗序》"已经总结出了赋、比、兴的方法"。但是，关于《易经》一节，本是王文生的误解，我在上一文中已予指出，在本文下一部分还将作进一步说明。至于比、兴，与形象思维本非一个概念，此点已有同志指出，《文学评论》就刊载过这方面的文章。王文生说：毛泽东同志"明确谈到比、兴与形象思维的联系"。但甲与乙有联系不但并不意味着甲等于乙，而且恰恰证明了甲不等于乙。所以，《毛诗序》论及比、兴，并不能证明它已"提出"了关于形象思维的理论。王文生还说：郑众所说"比者，比方于物也；兴者，托事于物"，已"触及艺术思维的一个基本特点，那就是思维过程与具体物象的联系"。然而，逻辑思维的思维过程难道可以始终不与具体物象联系？因此，"艺术思维的一个基本特点"，恐怕应该说是思维过程始终与具体物象相联系，而主张运用比、兴手法时与具体物象联系，和主张在艺术思维的整个过程中都必须与具体物象联系，并不是同一概念，从而也就不能说郑众已经"提出关于这一艺术规律的理论"。

其次，为了驳斥我所说刘勰"还没有真正掌握这条规律"，王文生提出：刘勰"已接触到形象思维的实质问题，而且接近于对形象思维的科学解释"。他说："我们不知道章培恒所谓'真正掌握'的涵义是什么，如果指的是'彻底认识'，这无论对古人或今人都是不切实际的要求。如果指的是'确实有所认识'，那我们可以毫不含糊地说，刘勰对形象思维的认识提供了前人所没有提供的东西，在理论批评史上具有重要意义"。对此，我也"可以毫不含糊地说"：一、"真正掌握"不是指"彻底认识"，小学高年级学生也知道"真正"与"彻底"不是同义词;二、"真正掌握"也不是"确实有所认识",因为"掌握"与"有所认识"或"接近于科学解释"不是同一个概念。王文生大概感到正式宣称刘勰在理论上"真正掌握"了形象思维规律不太合适,但又非对我那句话加以抨击不可,这才不得不使用偷换概念的手法,把那句话解释得合乎批判条件然后再来"商榷",即使因此而被读者认为他连"真正"与"彻底"、"掌握"与"有所认识"之间的区别都不甚了然,也在所不计。

第三,我在文章中说:"李白和杜甫的优秀诗篇运用形象思维当然很成功,但也不能说他们思想上已经非常明确地意识到这是一条诗歌创作非遵循不可的艺术规律;否则他们就不会写出某些以逻辑代替形象思维的诗篇(如李白《古风》第九首、杜甫《戏为六绝句》之六),……"对此,王文生驳斥说:"章培恒却拿出李白、杜甫的一些论诗诗来证明他们对形象思维认识不足。这是经不起推敲的。"可惜的是:我用来作为例证的李白的诗,仅仅是《古风》第九首一篇,其中连一句论诗的句子都没有。这并不是一首冷僻的诗,而对于搞文学批评史的人来说,李白有哪几首论诗诗完全是一个起码的常识问题。想不到王文生对这些都不甚清楚,硬把它当作了论诗诗,从而对我作了驴头不对马嘴的"商榷"。

至于杜甫,王文生为了论证我的论点"经不起推敲",质问我说:"我们是否可以因为一个政治家写了诗就断定他的逻辑思维欠周详呢?"这是喻非其类。我如因杜甫写了政论或诗论而断定他形象思维不行,王文生自可提出这样的质问;而我说的是写诗应用形象思维,但杜甫的《戏为六绝句》之六这样的诗,却以逻辑思维代替了形象思维,可见他尚未非常明确地意识到形象思维是"诗歌创作非遵循不可的艺术规律"。这与王文生的比喻有什么相干?

此外,因为我曾述及李贺《南园十三首》之五的形象性,王文生就说:"那我们从杜甫的《戏为六绝句》之六'未及前贤更勿疑,递相祖述复先谁?别裁伪体亲风雅,转益多师是汝师',不是也可以想象出一个博采众长谦逊好学的诗人的形象吗?"实际上我们仅仅能从这首诗中推测出诗人的"博采众长谦逊好学",却想象不出他的形象,王文生自己也说:生活现象和艺术形象"都有具体感性的特点",而在这首诗里实在想象不出有"具体感性的特点"的诗人形象。至于能否从中推测出作者思想品质方面的某些情况,并不是区分形象思想与逻辑思维的标准。从某些所谓学术论文中,我们不是也可以推测出作者的为人吗?

综上所述,王文生在这三个问题上对我的驳斥都是不能成立的,至于我的这些论述是否宣扬民族虚无主义,事实俱在,不必词费。剩下来的,就只有一个李贺在运用形象思维方面是否比李、杜进一步掌握了这条规律(包括《南园十三首》之五是否运用形象思维的作品)的问题了。为了节省篇幅,我不想在这里对此多所论辩。不过,在运用形象思维方面并无顶峰,即使不是李贺,总会有后人比李、杜进一步掌握这条规律的。如果因为我说李贺比他们进一步掌握了这条规律,就意味着"我国古代作家对形象思维有比较清楚的认识应以李贺诗歌创作为标志",李贺以前"是对形象思维认识的空白",那么,倘说李贺还没能比他们进一步掌握,是不是意味着"我国古代作家对形象思维有比较清楚的认识"还不应"以李贺诗歌创作为标志",而应以李贺之后的某一人的创作"为标志"呢?那不是"空白"更多更多了吗?自然,我绝不是以此来要求别人承认李贺比李、杜进一步掌握了这一规律,我只觉得有些推论未免滑稽而已。

三

最后,再看看王文生同志文章的一条脚注。

这条脚注说:"我们在《我国古代文艺理论中的形象思维问题》(见《上海文艺》1978年第2期)一文中说过:'在我国《易经》这部较早的著作中,就已包含了区分"有形之象"、"无形之象"、"忘己之象"等不同的"象"的思想。……其中已(此字原缺,据《上海文艺》所刊原文增补——引者)包括了艺术概括的思想的刍形。'这里之所以用了'包含'、'包括'等词,是因为一、《易经》本文未直接提及'有形之象'等等。二、艺术概括的思想包含在哲学思想里,需发注而后见。我们的理解是否正确,欢迎同志们讨论。但是章培恒同志故意把我们文章中的'包含''包括'改为'提及',然后说我们把注解错当了正文,这种做法,不符合实事求是的原则,是不值得提倡的。"

现在请看我的原文:"有同志认为:《周易·系辞上》已提及'忘己之象','而"忘己之象"据唐孔颖达的解释,是"遗忘己象者,乃能制众物之形象也",则是一种既非某一具体事物而又能引人想起许多同类事物的概括化的形象。其中已包括了艺术概括的思想刍形'。按,《周易·系辞上》从无'忘己之象'之说,唯晋人韩康伯在注释《系辞》时曾提及'夫非忘象者则无以制象',孔颖达那两句话即是对韩说的阐发。又,韩氏此语是针对《系辞》中'《易》无思也,无为也'等语而发,与所谓'艺术概括'并无关涉。所以,上述意见,恐是把韩康伯的观点误认作《系辞》,并又对韩的观点作了错误理解的结果。"

两相比对,读者就可以看出:"其中已包括了艺术概括的思想的刍形"一句,我是一字不改地照引的,但王文生同志却指控我"故意"把"'包括'改为'提及'",并进而指责我"不符合实事求是的原则"。这真使人为王文生同志感到可惜:既然是学术"商榷",何必这样说谎呢?

至于王文生同志所说的"已包含了区分'有形之象'、'无形之象'、'忘己之象'等不同的'象'的思想"一句,我根本没有引用,"已提及"三字在我的注文中原无引号。根据写文章的通例,倘不是引用原文,只要不违背其原意,原可用自己的话来叙述。那么,我的这种说法歪曲了他们的原意没有呢?没有。第一,"忘己之象"四字在王文生同志他们文章中原有引号,而《周易·系辞》的正文和注疏中都没有这四个字,《注》只说"忘象者",《疏》则说"遗忘己象者"。所以,王文生同志他们使用"忘己之象"一词,并不是在引用《周易·系辞》或其注疏的原文,而是统指原作中以不同字样表达出来的这一特定概念。我也正是在他们这个意义上使用此词的,所谓"提及'忘己之象'",是指提及这个概念,而不是指提及这四个字。第二,按照常识,《易经》既"已包含了区分'有形之象'、'无形之象'、'忘己之象'等不同的'象'的思想",自应接触到"忘己之象"与"有形之象""无形之象"的区别问题,又怎能连"忘己之象"这一概念都未提及?第三,从我的脚注所引王文生同志他们的原文中,可以看出,他们是把"忘己之象"当作"既非某一具体事物而又能引人想起许多同类事物的概括化的形象",并由此而断言"其中(指《易经》中。王文生同志说:'先秦有的古籍中"已包括了艺术概括的思想的刍形"。'可资证明)已包括了艺术概括的思想刍形"的。倘《易经》连这种形象都根本未曾提及,又怎能肯定它"已包括了艺术概括的思想的刍形"?

总之,从王文生同志他们那段文字中,可以而且必然要得出《易经》中已提及"忘己之象"的概念这样的结论。对这一点,我是用自己的话来叙述的,不存在是否改动他们原词的问题。如果王文生同志认为这种说法违背了他们的原意,那他就必须证明:一、《易经》是怎样在根本不提及"忘己之象"这个概念的前提下而"包含了区分'有形之象'、'无形之象'、'忘己之象'等不同的'象'的思想"的?二、《易经》是怎样在根本不提及"忘己之象"的概念的前提下而"包括"了他们从这种"形象"中所看出来的"艺术概括的思想的刍形"的?

顺便提一下,王文生同志这次说:"艺术概括的思想包含在哲学思想里,需发注而后见。"为对科学研究和对读者负责起见,王文生同志应该具体说明这些"思想""包含"在《易经》的什么"哲学思想"里,它是由《易经》正文中的哪几句话表达出来的,而且具体地"发注"给大家看看。

以上就是我对王文生同志的"商榷"所作的回答。其实,在王文生同志的

"商榷"中，真正属于讨论学术问题的并不多见，大量的是对我的原意的歪曲，以及根据这种歪曲而作的抨击。最有意思的当然是硬把我的论点与胡风的理论等同起来。这种手法在今天已经是很少看到的了。但事情还不仅如此，在王文生同志所主持的、我没有出席的一次全国性的讨论批评史的会议上，我的那篇文章竟被攻击为"貌似高举毛泽东思想，实际上举到胡风那里去了"。还点名说我"为胡风翻案，办不到"。请读者想一想，这到底算是学术讨论呢，还是政治上的诬陷？在"四人帮"已经粉碎了两年多的今天，学术讨论中竟然出现这种乱打棍子的恶劣行径，实属骇人听闻！

也许有读者会感到奇怪，王文生同志为什么硬要把我的论点与胡风的理论等同起来呢？这在我自己倒并不新鲜，我曾一度被误定为胡风分子，虽然很快就得到了纠正，但个别人如王文生同志那样仍认为胡风问题是我的一根辫子，遇事总想把我跟胡风挂起钩来。似乎这么一挂，就可以独占真理了。这样做的动机是什么，岂不发人深思？我并不自封为批评史权威，也不想登什么宝座，为什么王文生同志竟不惜借用政治诬陷的手段，一定要对我加以扫荡而后快，我百思不解。然而，也正因此，我对王文生同志的文章和那次会议上对我的攻击，不仅并不佩服，相反，却感到痛心："四人帮"被粉碎已经两年多了，在我们的同志中却还有这样的现象出现！"四人帮"给我们的队伍所造成的内伤，确实是太严重了！

关于洪昇生平的几个问题[①]
——读《洪昇研究》

最近读到陈万鼐氏所著《洪昇研究》一书(台湾学生书局出版),书中对洪昇生平及著作的好多具体问题进行了研讨。从资料考证方面来看,陈氏此书用力甚勤,有些看法也很可显示出他的眼力。例如,他在未能看到黄六鸿《福惠全书》的情况下,却从《郯城县志》中找到了黄六鸿的传记,这是不容易的;又如,赵执信曾对洪昇作过一些不正确的评价和记述,后人颇有信从之者,而陈氏则依据事实,一一加以驳斥,此亦甚有见地。然而,由于陈氏身处台湾,北京、上海等地的许多有关重要资料,皆未能见到,以致书中可资商榷者殊不在少,故本着学术探讨的精神,胪陈管见于下。

一、关于洪昇结婚的年份

陈氏据洪昇的《闰七夕》诗,认为洪昇是在有闰七月的那一年结婚的,并把那一年定为顺治十八年(1661)。至于其结婚的月日,陈氏据洪昇《七夕,时新婚后》诗,认为在"该年七夕前不久"。《闰七夕》原诗如下:

乌鹊填桥会,荒唐事可疑。偶然逢闰月,重此说佳期。犊鼻羞仍曝,蛛丝喜更垂。不须频乞巧,吾道拙如斯。[②]

从全诗来看,所谓佳期实是说牛郎织女鹊桥相会的"佳期"。此诗前四句的大意是:鹊桥相会之事,本来就荒唐可疑;偶然逢到闰月,又一次说起他们的佳期。诗的后四句也是就闰七夕与上个月正式的七夕作比较,没有任何地方可以与他们当年结婚的事相联系(如"犊鼻羞仍曝",是说上月七夕已经曝过犊鼻了,羞于在这闰七夕里再曝一次;"不须频乞巧",是说上个月七夕刚乞过,不必频繁地乞)。陈氏把三四两句解释为洪昇夫妇畅述他们自己当年的佳期,与其前后诸

[①] 原载《复旦学报》(社会科学版)1980年第3期。
[②] 洪昇《稗畦集 稗畦续集》,古典文学出版社,1957年,第196页。后引此书皆据此本,不再出注。

句都无法衔接，实与诗意不符。当然更不能由此来论定洪昇是在闰七月之年结婚的。

其实，关于洪昇夫妇成婚的年份，张竞光《宠寿堂诗集》卷二十《同生曲，为洪昉思作》是最有力的证据。原诗如下："高门花烛夜，公子受绥期。里闬传光彩，宾阶吐妙词。仙郎重意气，静女整容仪。含思连枝树，定情合卺卮。扇摇扬比翼，衾锦织双丝。共饮一流水，相看并本芝。鸳鸯隐绣幕，鸾凤逐重帷。眷恋无穷已，绸缪有独知。永怀从此夕，初度竟何时！岁月无先后，芙蓉冒绿池。"①诗中的"花烛""受绥"等等一系列词语，都是用于结婚的，实是一首祝贺洪昇夫妇新婚的诗；最后四句才从新婚转到他们的诞辰，而"永怀从此夕"一句实际上又进一步点明了他们的结婚就在"此夕"——张竞光作《同生曲》之夕。那么张竞光作《同生曲》又在何时呢？《武林坊巷志》引《郭西小志》："康熙甲辰（七月初一日，洪昇）二十初度，友人为赋《同生曲》。"可见洪昇结婚实在康熙三年七月一日；其友人作《同生曲》乃是既贺其新婚，又贺其诞辰。故陆繁弨《同生曲序》也有"玉镜新开，情自深于披扇"之语，这同样是用于新婚的典故。

此外，陈氏还引用了《冯易斋先生年谱》等五种材料，欲以证明清初人多在十几岁结婚。其实相反的例子也不少，如《西河文集·墓志铭》卷十三《孝子声远王君暨节妇汪孺人合葬墓志铭》所记的王声远夫妇，结婚时声远二十一岁，其妻二十岁；《西河文集·墓志铭》卷十二《敕授文林郎沂州郯城县知县金君墓志铭》所载的金煜，也是二十岁结婚的。陈氏之所以对洪昇的结婚年龄发生误解，主要是因为他未看到张竞光《宠寿堂诗集》。

二、关于洪昇第一次寓居北京的年代

陈氏定洪昇第一次赴北京的年份为顺治十八年，即其所认为的洪昇结婚之年，理由是："因笔者以为中国人之伦理观念，常以'成家'视为'立业'起点，历代戏剧、小说，其男士大率在洞房花烛之后，即上京应取，然后再发展故事亨屯。此种事实不但戏剧小说如此，若干名人传状记述亦复如此。"至其赴京的季节，陈氏引用恽格《赠洪昉思北游》诗，定为深秋。此外，陈氏还认为洪昇此次入京，一直住到康熙十二年秋天（其中康熙九年曾一度返杭），但并未提出具体证据来证明。我认为，陈氏的上述论断很难成立。

---

① 张竞光《宠寿堂诗集》，清康熙初年石镜山房刊本。

首先,从洪昇《啸月楼集》卷一《寄内》诗来看,他在康熙三年成婚前并未去过北京(《啸月楼集》为洪昇早期诗集,凡七卷,卷首有康熙乙卯端阳后五日黄机序,所收诗皆作于乙卯五月前;此书现藏日本静嘉堂文库,为天下孤本。我国社会科学院文学研究所藏有此书的全部照片,据说系日本友人所摄赠)。该诗云:"少小属弟兄,编荆日游憩。素手始扶床,玄发未绾髫。嗣后缔昏因,契阔逾年岁。十三从父游,行行入幽蓟。……北望愁我心,踯躅俟还辙。"据"北望"二句,十三岁时从父入京者显为黄兰次而非洪昇。其下又云:"去冬子南还,饥渴慰心期。邂逅结大义,情好新相知。……念当赋归宁,恨恨叙我思。"由此可见,黄兰次是回到杭州来与洪昇成婚的;在此以前,洪昇一直是在杭州北望愁思,俟其还辙。

在这里附带说明一个问题。《同生曲序》:"于是梁园佳客,共吮霜毫;邺下文人,争传彤管。"①包括陈氏在内的有些研究者认为,"梁园佳客""邺下文人"都是在指京师的文人,从而断言"洪昇二十岁时已在京师"。实际上,"梁园佳客"系指枚乘、司马相如等人,"邺下文人"则指刘桢、王粲等人。在枚马的时代,京师与梁园相距颇远;在刘王的时代,邺下也非京师。所以,此二语并不是作为京师的文人的典故来使用的。《同生曲序》在这里不过是说:为洪昇写《同生曲》的,都是像枚马、刘王那样有才华的文人,并非说这些人都在京师(现在所能看到的《同生曲》,只有张竞光、诸匡鼎的两篇,这二人也都非京师的文人;张作已引于前,诸作收于其所著《说诗堂集》中)。怎能以此作为洪昇当时已在北京的证据?

其次,婚后"即上京应取"并不是明清时的普遍现象,即以陈氏引用过的《冯易斋先生年谱》《渔洋山人自订年谱》来说,易斋、渔洋都不是婚后就赴京师。洪昇同样如此。

《啸月楼集》卷七有《遥哭黄泰征妇翁》诗七首,其一云:"旅榇荒原未得归,遥天酹酒泪沾衣。江南蓟北三千里,一夜寒霜雁不飞。"其二云:"忆得河畔系缆时,孤云暮霭怨将离。早知一别难重见,旅食相随远不辞。"其三云:"寒到梅花旅病余,相思骨肉便欷歔。可怜垂死天涯夕,伏枕犹垂尺素书。"其五云:"梧叶萧萧堕井干,凉飔吹袖欲生寒。月斜闺里空相对,双照愁颜不忍看。"其七云:"曾闻簪笔向兰台,转眼松楸入望哀。浪说金茎能赐露,何曾留得马卿才。"考《善卷堂四六》卷八《祭黄庶常文》:"维我故友,泰征黄君,……孰知英英髦士,才

---

① 陆繁弨著、吴自高注、陈明善校《善卷堂四六》卷五,清乾隆三十五年(1770)亦园刻本。

登鸳鹭之班,而冉冉流光,正值龙蛇之岁。非因堕马,而贾傅伤生;不为请缨,而终军长谢。"①"龙蛇之岁"虽用后汉郑玄事,然若彦博之卒不在辰巳之年,则不当用此典故。彦博为康熙甲辰进士,选庶吉士,而祭文有"才登鸳鹭之班"语,故其卒必在甲辰或乙巳。洪昇诗所写为秋日景色,其时当初得彦博死讯,是彦博之卒当在甲辰夏、秋或乙巳夏、秋。又据其诗中"寒到梅花旅病余"等句,是彦博于梅花季节病已甚重。若卒于甲辰夏、秋,则在癸卯冬或甲辰春初已病重,于甲辰年当不能参加殿试,更不可能"簪笔向兰台"(此指其为翰林时事)。故"寒到梅花"云云当为甲辰冬或乙巳初春事,彦博当卒于乙巳夏、秋,而昉思诗当作于乙巳秋。据第一首,知其时彦博旅榇蓟北,而洪昇在江南。又据第二首,知彦博入京时,洪昇曾去送别,此后即未能再见,彦博既于甲辰冬或乙巳初春业已病重,其由杭赴京至迟在甲辰秋、冬二季,是洪昇甲辰秋冬间当在杭州(否则即无从送别),此后至乙巳秋间也未尝去过北京,否则即不至未能与彦博"重见"(倘彦博赴京在甲辰夏天或更早,根据诗中"一别难重见"之语,同样可以证明洪昇于甲辰秋后至乙巳秋天之前曾去过北京)。又,诗有"曾闻簪笔向兰台"语,是甲辰年彦博选庶吉士、入翰林院,洪昇皆不在北京,未曾目睹。总之,洪昇虽于康熙三年秋就已结婚,但直到康熙四年乙巳秋天写此诗时止,始终未曾去过北京。

那么,洪昇到底是哪一年去北京的呢?《啸月楼集》卷四有《恭遇皇上视学,释奠先圣,敬赋四十韵》,据《清圣祖实录》卷二十八,知康熙帝"幸太学""释奠"为康熙八年四月丁丑,是其至迟于彼时已在北京。复考张竞光《宠寿堂诗集》卷二十四《送洪昉思北上》诗,开首即云:"涉趣暂相许,论交久自深。何当临远别,那复可招寻?"知此为洪昇与竞光"论交"以来的第一次"远别",也即洪昇的第一次离乡远行(竞光亦杭州人)。诗又有"看花赴上林"语,知此次"北上"即赴北京。又,《啸月楼集》卷二《鲍家集大雪怀母》:"淮河已渡复驱马,大雪长风正飘洒。口噤无语舌在喉,手冻执鞭不能打。……因思往日在庭帏,百事都将阿母依。丁宁不住加餐饭,未降寒霜早授衣。如何经此行役苦,土坑愁眠泪如雨。"就"如何经此行役苦"语,知此诗为洪昇初事行役之作。因赴京为其第一次远行,故此诗亦即其赴京途中所作。据诗中所写景色,可知其时为季冬或正月。而《啸月楼集》卷五《寄张觉庵先生》:"忆昔征帆指帝畿,津亭杯酒话依依。黄云鸿雁愁难度,白雪梅花冻不飞。洒泪各惊千里别,牵裳悬计一年归。风尘久作长安客,始信交情在布衣。"觉庵即竞光。诗中所写其赴京时的景色,与第一次

---

① 陆繁弨《善卷堂四六》卷八。

赴京时的节令相同，可知即为其第一次赴京时事。又由"风尘久作长安客"之语，可知其"悬计一年归"的初计业已愆期。换言之，其第一次赴京时，在北京至少住了一年以上。但康熙五年秋天洪昇在杭州南屏，王晫辑《兰言集》卷九所收洪昇该年所作《秋日南屏怀王丹麓》散套可证（参见《中华文史论丛》第九辑枚坤《记洪昇佚曲一套》），是其第一次赴京绝不可能在康熙四年季冬或五年初。又，洪昇于康熙六年仲冬也在杭州，曾与张竞光等谶集，张竞光《宠寿堂诗集》卷九《谶集诗（原注：丁未仲冬十有七日作）》云："开馆延俊乂，佳会于斯堂。……昉思（原注：洪讳昇）新少年，笔札何纵横。蔼蔼众君子，謦折同欢康。"是其赴京也不可能在康熙五年季冬或六年初。至早当在康熙六年季冬或七年初，至迟则在康熙八年初，否则就不可能于该年初夏在北京作《恭遇皇上视学，释奠先圣，敬赋四十韵》诗了。

《啸月楼集》卷二又有《与毛玉斯》诗："去年临歧将揽辔，毛生相送忽垂泪。……如何经此远离别，梅花乱飘北风冽。白沙夜覆滹沱冰，黄云晓冻燕山雪。落魄逢春又历秋，怀人时复增离忧。断鸿一片入天际，长河落日寒悠悠。归帆昨已过东郡（原讹作'归帆昨过昌平郡'，据《稗畦集》改正），把袂班荆日已近。"诗中所写赴京景色，与《寄张觉庵先生》所写的相同，当也为第一次赴京时事。据此，可知其系于赴京次年的秋末离京南返。但若其赴京在上年冬天，则在京不过住了三个季度，与《寄张觉庵先生》不合，故其赴京必在离京的上一年春初，在北京住了一年又三个季度。也就是说，其赴京不可能在康熙六年冬或七年冬，而当在康熙七年初或八年初。《啸月楼集》卷三又有《奉赠东鲁王冰壶少司寇兼庆诞孙》诗，冰壶名清，见《国朝词垣考镜》卷三《国朝馆选爵里谥法考》[①]；其任刑部右侍郎始于康熙六年，至康熙八年正月癸亥迁吏部，见《清史稿·部院大臣年表二上》[②]。诗题云"奉赠"不云"奉寄"，知作此诗时洪昇在北京；若作于康熙八年正月癸亥后，则不当称"少司寇"。故其抵京必在康熙八年正月癸亥前。杭州与北京相距三千余里，洪昇此次入京又仅为入国子监肄业（见下引恽格诗），并非有甚紧迫之事，不会昼夜兼行，若于康熙八年春初启程，正月癸亥前不可能已到北京。故其第一次赴京必在康熙七年春初，而于八年秋末离京。

洪昇于此次赴京时，名画家恽格适在杭州，有《送洪昉思北游》诗："赠尔芙

---

① 吴鼎雯《国朝词垣考镜》卷三，清乾隆五十八年（1793）刊本。
② 赵尔巽等《清史稿》卷一八六，民国十七年（1928）清史馆排印本。

蓉剑匣霜，一声骊唱昼云黄。才翻乐府调宫羽，又戏金门和柏梁。白马沉秋歌瓠子，黑貂残雪度黎阳。遥知鼓箧初观礼，绵蕞诸生欲拜郎。"①由末两句，可知其此次入京为入太学。陈氏据"白马沉秋"语，谓洪昇系于深秋入京。按，古人从无把"沉秋"作为深秋来使用的，而且，其度黎阳既在"残雪"之时，过瓠子时怎么会在深秋？"白马沉秋"犹言"秋沉白马"，"沉白马"系用汉武帝沉白马祭河神以塞决河的典故。曹禾《未庵初集》诗稿二《淮水叹》诗自注："黄河决，淮水涨溢，人民飘流。县官役民夫筑堤，鞭楚之声数百里……丁未九月十四日。""白马沉秋"即指丁未秋河决之事，时距洪昇入京不过四月左右；此句意谓洪昇入京途中尚能见到去秋河决而留下来的惨状，会因"白马沉秋"之事而感慨地吟唱《瓠子》之歌（《瓠子歌》亦系汉武帝的典故）。

在这里还要说明的是：洪昇于康熙八年所写的《燕京客舍生日怀母作》，有"男儿读书亦何补"语，陈氏以为此可证明洪昇当时已在北京住了很长时间，他说："一个初入社会学习期间青年，既无功名，又无资望，试问朝廷对于此类青年，应给予何种职位？洪昇自云：'男儿读书亦何补'？语中充满抱怨，是不自量力。反之，既久居京华，学识不恶，尚未能出人头地，勉强感慨，较符事实也"。既然朝廷本不应给予何种职位，那么，无论洪昇当时是否已"久居京华"，都不应该写出这样的句子来；换言之，诗中有这样的句子，跟作者的是否"久居京华"毫无关系。与洪昇同时的另一个著名作家蒲松龄，一辈子都没有去过京华，但诗中的"充满抱怨"之语照样很多。

第三，洪昇在康熙八年秋天离京以后，并没有马上再到京师去。《啸月楼集》卷五《北归杂感四首》之一："碣石宫前沙草黄，黄金台上野云长。招贤自古称燕地，逐客今朝别帝乡。日射马头开晓雾，风吹鸦背落寒霜。故园极目遥天际，烟水秋来正渺茫。"之二："一过天津不见山，大河日夜水潺湲。天横白月孤鸿去，地接黄云万马还。乡信寥寥秋渐暮，壮心郁郁鬓将斑。拂衣归卧秦亭下，耻傍风尘学抱关。"因为《啸月楼集》所收诗皆作于康熙十四年五月之前，所以，此诗虽有"逐客"云云，但绝非其于康熙二十八年演《长生殿》致祸而"逐归"时所作，且其于康熙二十八年所作《简高澹人少詹》诗有"青阳白发愁无计"（见《稗畦集》）之语，此诗则云"鬓将斑"，在年龄上显然相去甚远。"逐客"盖与"招贤"相对而言，意谓燕京在当时已非招贤之地，而为逐客之所了。由此诗可知，洪昇在青年时期入京之后，又曾"拂衣归卧"家乡，决心不再奔走风尘。此诗所写节令

---

① 恽恪《瓯香馆集》卷二，清道光十八年（1838）别下斋刻本。

景色,与《与毛玉斯》相同,当亦为康熙八年秋离京时所作。所以,他于康熙八年秋天离京,并不是回去探亲,而是为了归隐。

从现有的材料来看,他这次的"归卧"并不长久。康熙十年秋后,他就从杭州出发,往游大梁,第二年的冬末从大梁回到故乡。康熙十二年的夏天虽然还在杭州,但很快又离家出游,从康熙十三年起又寓居北京了(说皆见后)。此外,《啸月楼集》卷七又有《北游天雄》诗:"短剑轻裘别故乡,黄河北去是黎阳。马头但饮三杯酒,踏尽秋原万里霜。"同书卷三有《魏州杂诗八首》,魏州即天雄,其第六首有"秋高苜蓿香"语,第七首有"霜雪换冬春"语,知其于秋天到达魏州,至少在该地逗留到第二年春天。康熙七年的赴京既为其第一次行役,此事自当发生在康熙八年自京返杭之时;又因此等诗收在《啸月楼集》中,故其游天雄至迟在康熙十三年秋天。但康熙十三年洪昇在北京,不在魏州。康熙十二年除夕,洪昇作《癸丑除夕》诗,有"客里逢除夕,凄然百感并","骨肉皆分散,形容半死生"之语,感情极为沉痛,而《魏州杂诗》之四则说:"鸤鹋陂百里,土俗实相依。鱼鳖冬深美,菰蒲雨后肥。山山衔汉月,处处着秦衣。顿使天涯客,欢游欲忘归。"与《癸丑除夕》的感情截然有别,此诗绝非癸丑冬末之作,故游魏州也不可能在康熙十二年。康熙十年秋后则往游大梁,康熙十一年冬末由大梁返杭州,游魏州也不可能在这两年。康熙八年秋天离京时已是"风吹鸦背落寒霜",至少在农历九月初,从北京回到杭州,再由杭州出发赴天雄,绝不可能在"秋高苜蓿香"的时候已到达该地。故其往游魏州实当在康熙九年秋天。他于康熙八年从北京归来后,真正在家"归卧"的,不过一年。

由上所述,可知陈氏谓洪昇自顺治十八年赴京,住到康熙十二年秋天,跟实际情况有很大距离。陈氏之所以作出上述结论,主要是因为他没能看到《啸月楼集》。至于陈氏谓洪昇于康熙九年曾一度自京返杭,乃因毛奇龄《送洪昇归里觐省》诗有"十载留京国,三春返故扉"[①]语,陈氏以顺治十八年为洪昇初次入京之年,由此下推十年,遂以为洪昇曾于康熙九年归里觐省。但洪昇实非顺治十八年入京,陈氏此说自亦不能成立。

三、关于洪昇寓居大梁问题

陈氏谓洪昇于康熙十二年癸丑秋天去大梁(开封),在那里一共住了四年,

---

① 毛奇龄《西河文集》五言律诗卷六,清康熙李塨刻西河合集本。

至康熙十六年冬始由开封至武康。又云:"笔者恒以为洪昇去开封,对其个人而言,亦视为生平重要之事",并举《戊午除夕》诗"六载异乡人"、《己未元日》诗"七年身泛梗"之语为证,谓"此两诗俱以'癸丑除夕'之年起算,则洪昇自视该年为其生命史上转捩点"。这有问题。

首先,陈氏引用了以下二诗:"客里逢除夕,凄然百感并。惊风穿四壁,大雪冻孤城。骨肉皆分散,形容半死生。家家传柏酒,箫鼓达天明。"(《癸丑除夕》)"寂寞梁园客,秋来百感生。依人淹废馆,寄食厌荒城。衣桁尘空积,书帏月自明。邻家有思妇,砧杵急三更。"(《客夜书感》)并论断说:"前者所谓'孤城',后者所谓'废馆'、'荒城',当然系对于一事一物之描述,由此以知《癸丑除夕》诗,为洪昇在开封之年秒。"这就是他定洪昇于癸丑除夕在大梁的唯一依据,并以此为理由,把《客夜书感》也定为癸丑秋所作,从而得出了洪昇于该年秋天去开封的结论。

然而,"孤城"和"废馆""荒城"并不具有必然联系。如萨都剌《满江红·金陵怀古》:"听夜深寂寞打孤城,春潮急。"①而被他称为"孤城"的金陵,在当时却既不"荒",又不"废"。所以,仅凭"孤城"一词,并不能断定该诗为大梁所作,更不能因此而认为洪昇系于癸丑秋去大梁的。

考《啸月楼集》卷四《喜汪雯远授太史,兼述近状,却寄三十二韵》:"……不才甘濩落,吾道叹迍邅。贫病攻原宪,诗书困服虔。依人偏傲骨,入世遂多愆。适越航空返,游梁车倦还。破琴违剚曲,市酒混炉边。去住踪无定,疏狂态自怜。愁来望日下,别久易星躔。当席思沉李,同舟忆折莲。江南书再四,蓟北路三千。苑柳荫驰马,宫槐夏噪蝉。赐冰来玉井,避暑侍甘泉。退食知多暇,离群定黯然。……"雯远名鹤孙,据汪鹤孙《延芬堂集》卷首所附薛颂唐所撰小传,知鹤孙于康熙十二年选授翰林院庶吉士,"即请假南旋"②。故洪昇此诗必作于康熙十二年,诗有"赐冰"等语,当作于该年夏天。复据诗中"江南"二句,知洪昇其时在杭州;而诗又云"游梁车倦还",是其时已游梁归来,则以"寂寞梁园客,秋来百感生"开头的《客夜书感》之作,自不得迟于康熙十一年秋天。《啸月楼集》卷五又有《酬顾立庵见送游梁》诗,中有"朝雨桃花扑马来,春风扬柳拂离杯"语。因洪昇至迟在康熙十一年秋已在大梁,故此诗亦至迟为康熙十一年所作;同卷又有《大梁客夜寄舍弟殷仲》诗,中有"雪冻黄河静月辉"语,知其于大梁至少住

---

① 陈耀文辑《花草粹编》卷九,明万历十一年(1583)刻本。
② 阮元辑《两浙輶轩录》卷七,清光绪十六(1890)至十七年浙江书局刻本。

到同年的冬天。洪昇于康熙八年秋天才从北京回杭,而《啸月楼集》卷七有《同陆荩思、沈逷声、张砥中宿东江草堂哭沈去矜先生二首》:"恸哭西州泪不干,一堂寥落白衣冠。愁鸱啼杀空山夜,月黑枫青鬼火寒。""忽然梦醒草堂中,唧唧蛩吟四壁空。我向缞帷呼欲出,寒灯一焰闪西风。"沈去矜名谦,卒于康熙九年二月(见沈谦《东江集钞》附毛先舒为谦所撰墓志铭),洪昇诗当作于该年秋天。东江草堂在杭州。洪昇既于康熙九年秋天在东江草堂哭沈谦,是《酬顾》诗绝非该年春之作,因如上所述,他在大梁至少住到作此诗的同年冬天。《啸月楼集》卷五又有《送都谏严颢亭先生还朝》诗,颢亭名沆,方象瑛《健松斋集》卷十三《少司农余杭严先生传》,言沆于顺治时补吏科都给事中,"康熙癸卯内升,以需次归里(谓返杭,沆自其大父时已迁居杭州,见《国朝杭郡诗辑》卷六),丁母江太夫人丧。辛亥,召内升候补科道官悉以次补用,先生以正四品服俸仍管礼科掌印给事中"①。洪昇此诗即送颢自里还朝者,当作于康熙十年辛亥,诗有"霜气渐催鹰翻动"语,当作于秋天。依据上述的同样理由,《酬顾》诗亦必非康熙十年春所作,而必作于康熙十一年春天。同时,此诗实作于洪昇赴大梁途中。因《稗畦集》有《答朱人远见送游梁》诗,中有"亲在宜调膳,饥来驱出门"语,可知其游梁系自杭州启程。人远名迈,撰有《日观集》,今存。该集之诗系按年排列,辛亥有《将之岭南,赋行行重行行》诗,壬子有《云梦城怀古》《出八里庄望西山》《题碧云寺壁》诸诗,是人远于抵岭南后又取道湖北而赴京师。徐釚《词苑丛谈》卷九:"壬子季夏,余同曹掌公、朱人远……集周鹰垂寓斋,时掌公初至都门……"②仅言"掌公初至都门",而不及人远,是人远当于仲夏前已抵北京。换言之,"朝雨桃花""春风扬柳"之时,朱迈迈当在北京或由岭南赴北京途中,不可能在杭州送洪昇游梁;其在杭送洪昇游梁必在辛亥赴岭南之前。故《酬顾》诗绝非洪昇由杭州出发时所作。该诗有"君探真气寻钟阜,我听遗音上吹台"语,知立庵亦在外客游者;当是洪昇在赴梁途中,逅邂立庵,彼此以诗酬答。至洪昇之由杭赴梁,当在康熙十年辛亥秋后,因其在"霜气渐催鹰翻动"之时尚在杭作诗送严颢,秋前自不可能离杭。

《啸月楼集》卷三又有《壬子除夕》诗,有"到家翻是客,有妇却如鳏"语,知其于康熙十一年除夕时业已到家。因"雪冻黄河"之时尚在大梁,返杭当在冬末。

其次,陈氏谓洪昇在大梁住到康熙十六年冬,其主要依据是王士禛的《送洪

---

① 方象瑛《健松斋集》卷十三,清康熙二十六年(1687)刻本。
② 徐釚《词苑丛谈》卷九纪事四,清道光二十五年(1845)至咸丰元年(1851)番禺潘氏刻、光绪十一年(1885)增刻汇印海山仙馆丛书本。

昉思由大梁之武康》诗。陈氏说:"该诗系年于康熙十六年丁巳稿,则知洪昇由十二年以迄十六年,先后四年余,俱在开封,尚有其他诗篇,可供佐证。"

士禛诗云:"泽腹坚冻冰峨峨,舳舻衔尾填漕河。北风吹雪如鹳鹅,急装结束尪驴驮。欲向夷门访朱亥,便从燕市辞荆轲。三年京国何所见?日中攘攘肩相摩。呢訾喔咿时所爱,肮脏讵免常人诃?亦知贫贱世看丑,耻以劲柏随蓬科。我衰于世百无用,僦屋深闭如蛮螺。苍苔被阶寒雀啄,汝何爱此频来过?……"(见《渔洋山人续集》卷十丁巳稿)①据诗中"欲向夷门访朱亥,便从燕市辞荆轲"语,知洪昇此次是从北京到开封去的,并非原来就住在开封;而在此两句后,紧接着又是"三年京国何所见"云云,更证明洪昇其时在北京已经住了三年。怎能以王士禛此诗作为洪昇当时已在开封住了四年多的证据呢?据《渔洋山人自订年谱》,士禛其时在北京;从诗的内容来看,亦显然作于北京,诗题所谓"由大梁之武康",乃是从北京取道大梁而至武康之意,并不意味着洪昇当时就在大梁。

关于这一点,还可以征引洪昇友人方象瑛《健松斋集》卷十八《展台诗钞》上丁巳《送洪昉思游梁,兼寄毛祥符会侯》诗来加以说明:"三载长安客,萍踪又汴梁。山川添壮气,风雪冷贫装。朔马归无日,南云黯自伤。不知贤令尹,何计慰疏狂。"②此与士禛诗同为丁巳年所写,季节也一样(士禛诗谓"北风吹雪如鹳鹅",此谓"风雪冷贫装"),其所述自为同一事。此诗称洪昇为"三载长安客",足征洪昇其时已在北京住了三年("长安"指京都);换言之,洪昇自康熙十三年起又已寓居北京了。至象瑛诗题与士禛不同,当因洪昇此次离京出游,其第一步是到大梁,第二步再由大梁到武康,士禛诗题系就其整个行程言,象瑛则仅就其行程之第一步言。又,毛会侯名际可,当时为祥符知县,见《开封府志·职官》。

因此,陈氏对洪昇寓居大梁问题的考证,与实际情况相差很远。其所以如此,不但是因为他未能看到《啸月楼集》,也因为他未看到《健松斋集》,以致对士禛诗意发生了误解。至于陈氏作为此一问题的"佐证"的所谓"其他诗篇"即洪昇的《京东杂感》,更与开封无涉。陈氏谓"'京东'即'东京'(指开封。——引者)",大误。自古无称东京为京东者。陈氏又谓"该诗所咏之事,可与开封府志等书相印证",但他未能举出任何一个实例;实际上,该诗内容处处与开封矛盾。如云:"白头遗老在,指点十三陵。"开封何来十三陵?又云:"故国开藩镇,防边节制雄。鹰揭屯蓟北,虎视扼辽东。"设在开封的"藩镇",怎能"屯蓟北""扼辽

---

① 王士禛《渔洋山人续集》卷十,清康熙二十三年(1684)金陵刊本。
② 方象瑛《健松斋集》卷十八,清康熙二十六年(1687)刻本。

东"？此"京东"显指京城（北京）之东。

洪昇在开封既只住了很短的时间，在他一生中实在说不上是什么重要之事，更说不上是"生命史上转捩点"。他于康熙十二年以后写的作品中，说到他的漂泊异乡，皆以康熙十二年癸丑起算，实因他在癸丑以前，虽亦数度客游（游燕、游天雄、游梁），但其基地仍在故乡，每次出游，至多一年多就回到家乡；但从癸丑离乡、次年抵京后，就长期在那里旅食，仅隔一段时期回乡探亲一次而已。所以他不把康熙七年的第一次赴京作为漂泊异乡的开端，而从癸丑起算。这跟他的寓居开封根本无关，——如上所述，他在康熙十一年冬末已从开封还乡了。又《癸丑除夕》诗中的"孤城"，疑与萨都剌《满江红》词所说的相同，亦指南京。因从上引方象瑛诗，可知其自康熙十三年起又寓居北京，此诗当作于其赴京途中，而南京亦即其自杭赴京途中所经之地。

四、关于洪昇的家世、"家难"及其他

由于材料不足，洪昇的曾祖父、祖父、父亲的名字目前还未能考出。陈氏据毛奇龄《洪赠君事状》，谓洪昇的父亲系洪超，祖父吉晖，曾祖瞻祖。他先引《洪赠君事状》的这一段文字："君讳超，字玉宋，别字逸庵，杭之上庠生也。先世籍乐平。洪氏自宋忠宣公以徽猷阁直学士赐第杭州，其仲子文安公，与兄尚书右仆射、弟端明殿学士，同中博学宏词科，而公以同知枢密院事就赐第家焉。"①而后加上按语说："钱塘洪氏，肇始于宋忠宣公洪皓。朱溶《稗畦集》甲本（指上海图书馆所藏《稗畦集》钞本。——引者）《序》：'昉思本忠宣公后裔。'《善卷堂四六·同生曲序》：'而况门皆赐第，家有珥貂。三洪学士之世胄，累叶清华，春卿大夫之女孙，一时贵介。'则知此《事状》为洪昇家系，可无疑义者。"但是，从洪昇到洪皓，相距好几百年，当时洪皓的后代不知已经有了多多少少，而从《洪赠君事状》此段文字及陈氏所引朱溶《序》、《同生曲序》中，除了可以知道《事状》状主洪超与洪昇都是洪皓后人外，根本无从知道他们血缘关系的远近，又怎能因此断言"此《事状》为洪昇家系"呢？

而且，洪超绝不可能是洪昇的父亲，其证据如下：一、《洪赠君事状》谓洪超"祖讳瞻祖"，"父讳吉晖"。考洪昇《稗畦续集》有《哭润孙族叔》诗，朱溶《稗畦集叙》也说"昉思为润孙族侄"，而《善卷堂四六》卷八《洪贞孙哀词》吴自高注：

---

① 毛奇龄《西河文集》事状卷四，清康熙李塨刻西河合集本。

"洪瞻祖……孙景融润孙。"①《尔雅·释亲》:"父之从祖昆弟为族父。"②可见洪昇的父亲与洪润孙是从祖昆弟,也就是说,润孙的祖父是洪昇父亲的从祖父。润孙既是洪瞻祖的孙子,洪昇父亲当然不可能是洪瞻祖的孙子,瞻祖之子吉晖、吉晖的儿子洪超,当然也不可能是洪昇的祖父、父亲。二、《洪赠君事状》谓洪超系"杭之上庠生",而张竞光《宠寿堂诗集》卷十《为洪昉思尊人作(原注:四十双寿)》:"抚志凌霄上,仗剑游京都。矫迹聊捧檄,恬旷每有余。"③"捧檄"用毛义的典故。是洪昇父亲在四十岁以前已"捧檄"出仕,与以"杭之上庠生"终老的洪超怎么会是同一个人?三、《洪赠君事状》:"君长子潢,……次承祥,……又次承禧、承祜、承祯。"其中根本没有提到洪昇。陈氏为调和此矛盾,乃言承禧为昇之"谱名"。但现有资料从无洪昇"谱名"承禧的记载,而且,洪昇《稗畦续集·己卯冬日代嗣子之益营葬仲弟昌及弟妇孙,事竣述哀四首》之一明言"同父三昆弟",是其父只有三个儿子,洪超却有五个儿子,怎么可能是洪昇的父亲?(陈氏谓洪超系"一子兼祧",同时可娶二妻,其五子为二妻分别所生。但即令如陈氏所说,这五个儿子也只是不同母、不同祖父,父亲却都是洪超,仍然是"同父五昆弟"。)至于《洪赠君事状》谓黄机"曾以子翰林公女,配君三子,而其女早卒",也显然不是指洪昇与黄兰次的婚姻,因一则洪昇不可能是洪超之子,已如上述;再则洪昇在三兄弟中为长子,故其诗称昌为"仲弟";三则黄兰次并未"早卒"。与洪超"三子"为配者,自是黄机的另一个孙女。

关于洪昇所遭受的"家难",现代研究者一般认为是政治问题。又因洪昇《除夕泊舟北郭》诗自注有"时大人被诬遣戍,昇奔归奉侍北行"之语,故又认为"家难"即指此事。陈氏的看法同样如此,但以为其"家难"发生于康熙六年,系其父牵涉于沈天甫"逆诗"案中,又把《洪赠君事状》叙述洪超情况的某些文字与此事联系起来;此则为陈氏之独特见解。但也殊值得商榷。

首先,陈氏确定洪昇"家难"发生于康熙六年的唯一证据,是洪昇的《南归》诗:"昔悔离亲出,今缘赴难归。七年悲屺岵,万死负庭闱。"陈氏以为洪昇入京始于顺治十八年,故据"七年"之句,定此诗为康熙六年之作。按,《南归》诗确作于昇父被诬遣戍、昇奔归奉侍北行之年。但是,第一,洪昇第一次入京始于康熙七年,而不是始于顺治十八年,已见上述,所以,《南归》诗绝非作于康熙六年。第二,据《除夕泊舟北郭》诗中"明灯双白发,寒雨一孤舟"、"鸡鸣催解缆,从此别

---

① 陆繁弨著、吴自高注、陈明善校《善卷堂四六》卷八,清乾隆三十五年(1770)亦园刻本。
② 郭璞注、邢昺疏《尔雅注疏》卷四释亲四,清嘉庆二十年(1815)南昌府学重刊宋本《十三经注疏》本。
③ 张竞光《宠寿堂诗集》卷十,清康熙初年石镜山房刊本。

杭州"之语,知其父遣戍系于除夕由杭州启程。又,朱溶《稗畦集叙》:"已而其亲罹事远适。昉思时在京师,徒跣号泣,白于王公大人,昼夜并行。钱塘去京师三千余里,间以泰岱江河,旬日余即抵家侍其亲北。会逢恩赦免。昉思驰走焦苦,面目黧黑,骨柴嗑嗄,党亲见者,皆哀叹泣下。"而从上引张竞光于康熙六年十一月十七日所作的《谦集诗》中,可知洪昇于当日参加竞光所设的宴会,"清醑竞广坐,肴俎充圆方。明灯照缇幕,相与乐徜徉。错说更四陈,辩论来风凉。……蔼蔼众君子,馨折同欢康。"若昇父遣戍之事发生于康熙六年,则该年除夕其父母就要赴戍,他自己是"长途四千里,一步一沾衣"(《南归》)地从北京赶回来的,弄得"面目黧黑,骨柴嗑嗄",赶回来以后,却跟朋友们去"相与乐徜徉"、"馨折同欢康",这难道符合情理么? 故其父遣戍之事,绝不会发生于康熙六年。第三,由洪昇初次入京的康熙七年,下推七年,为康熙十四年,但此年除夕,洪昇是与其父亲、仲弟在北京度过的,《稗畦集·丙辰除夕》诗中"昨岁逢除夕,他乡忘苦辛。班衣同弱弟,柏酒奉严亲。一送南天棹,孤羁北地尘"诸语可证。故《南归》诗的"七年悲屺岵"并非从其初入京之年起算。又,洪昇于康熙十二年以后所作诗言及其飘泊异乡的时间,皆自康熙十二年起算,说已见前;含有"七年悲屺岵"句的《南归》诗,与含有"七年身泛梗"的《己未元日》诗自当为同年之作。所以,其父遣戍实在康熙十八年己未,与康熙六年的沈天甫"逆书"案根本无涉。至于陈氏欲以《洪赠君事状》中的一段文字来论证洪昇的"家难"当然更不能成立,因为把洪超当作洪昇的父亲本来就只是陈氏的误解。

其次,把洪昇的"家难"与洪昇父亲的遣戍事件完全等同起来,也是不妥当的。王士禛《香祖笔记》卷九谓洪昇"遭家难,流寓困穷,备极坎壈"。而金埴《不下带编杂缀兼诗话》卷一:"渔洋山人(王士禛)云:昉思遭天伦之变,怫郁坎壈缠其身。"①金埴与洪昇来往颇密,又曾从王士禛游,故其所言,于洪昇的实际情况与王士禛的原意都不致有所误解。由此可见,王士禛所说的"家难",其实是指"天伦之变"。但金埴此书并未刊刻,现藏北京,陈氏自未能看到。又,陈讦《时用集·寄洪昉思都门》:"大杖愁鸡肋,飘然跳此身。"②陈讦的妻子是黄兰次的妹妹,他对洪昇的家庭情况当然知道得很清楚。"大杖"二句用《孔子家语》中"舜小箠则待,大杖则逃,不陷父于不义也"③的典故,实际上也就是把洪昇的父亲比作舜父瞽叟。瞽叟曾几次要把舜置于死地,这是大家都知道的传说;陈讦

---

① 金埴《不下带编》卷一,清稿本。
② 陈讦《时用集·己巳年诗》,清康熙刻本。
③ 王肃注《孔子家语》卷四,民国八年(1919)上海商务印书馆《四部丛刊》景明黄鲁曾覆宋刻本。

以此来比拟洪昇父子之间的关系,可见其情况的严重确实可称得上"天伦之变"。不过,在封建社会里,从"天下无不是的父母"这一观念出发,说到"天伦之变"很容易把罪责归于子女,所以王士禛用了"家难"这样一个意义比较含混的词。有的研究者以为,清初人所说"家难"都是指政治事件,其实并不尽然,如沈圣昭为其父沈谦所撰《行状》云:"明年家难起,南园焚掠几尽。"①(《东江集钞》附)此所谓"家难"乃指盗劫。因为"家难"本是家庭的灾难、变故之意,并非只有政治性事件才能使用此词。

最后,对陈氏书中的其他部分也简略地提一些商榷性的意见:一、陈氏在《长生殿传奇演出之祸》一章中,谓演剧地点在查楼,有云:"赵执信《饴山诗集》中《怀旧集》:'《长生殿》非时演于查楼,观者如云。'执信为斯案重要人物,所记自属正确。"按,《饴山诗集》中《怀旧集》仅言"非时唱演,观者如云"②,并未言其演于查楼,原书具在,可以覆按。又,金埴《巾箱说》、戴璐《藤阴杂记》皆云宴于洪昇寓所,金埴为洪昇友人,戴璐见到黄六鸿弹劾此事的奏摺,所言当无讹误。二、此书用了三分之一左右的篇幅考证洪昇交游,引用了好多材料,颇见功力,但受材料之限仍不无差错,如《稗畦集》有《赠朱近庵进士》诗(另有二诗亦涉及近庵),陈氏云近庵即一是:"据沈庆莲《梅里词辑》一书云:'朱一是字近修,一字近庵,海宁人,徙居梅会里,崇祯壬午举人,有《梅里词》三卷。'知'朱近庵'即'朱一是'其人。"又云:"如朱近庵即朱一是,悬揣一、二年之久,及读《梅里词辑》此海天孤本后,始定稿。"可见陈氏对此一考证颇为满意。然而,朱一是乃前朝举人,朱近庵却是当时进士,何得糅合为一?《江上诗钞》卷七十一收有朱廷铉《赠洪昉思》诗,并有廷铉小传:"字玉汝,号近庵,康熙己酉举人,选上元教谕,壬戌成进士,……历升奉天府丞、大理少卿,……"③"江上"指江阴。《稗畦集》又有《与盛靖侯、朱近庵登君山》诗,君山在江阴县北,而《江阴县志·文苑》亦云:"盛树廉,字靖侯,与朱大理廷铉相友善,联文酒之社。"④是《稗畦集》之"朱近庵"明系朱廷铉,而非朱一是。《江上诗钞》虽为习见之书,然此等乡土文献,在台湾的陈氏恐亦未看到。三、陈氏在谈到洪昇著作时,谓洪昇的《诗骚韵注》"未见传本,有关洪昇各项著述中,亦无残痕可寻"。此外,陈氏还做了洪昇著作的辑佚工作,从《西湖志》等书中辑得洪昇诗十首,从王昶《国朝词综》中辑得洪昇《更漏

---

① 沈谦《东江集钞》附录,清康熙十五年(1676)仁和沈氏刻本。
② 赵执信《饴山集》诗集卷十八怀旧集,清乾隆刻本。
③ 顾季慈辑《江上诗钞》卷七十一,清稿本。
④ 陈延恩修、李兆洛纂《江阴县志》,清道光二十年(1840)刻本。

子·渡瓜州》一词，从《美术丛书》中辑得散曲《北中吕粉蝶儿》一套，从《散曲丛刊》中辑得《新水令》散套残曲二只，从陆次云《湖壖杂纪》及《澄江集》中辑得短文十六则，从《国朝名人尺牍》中辑得洪昇亲笔函一通，最后则说："至于其他断简残缣，不复引录。"其实，洪昇的《诗骚韵注》，浙江图书馆及北京图书馆皆藏有残本，毛先舒《潠书》卷二收有《诗骚韵注序》，并非如陈氏所云。至于在洪昇著作的辑佚方面可补者更多，绝非只剩下"断简残缣"。如《盘山志》及《养素园集》中均有不少洪昇的佚诗，可于陈氏所辑之外增补三十余首；《西陵词选》及《东白堂词选》《瑶华集》中均有洪昇的词，可于陈氏所辑之外增补十余首，即以《更漏子》来说，《西陵词选》所收者除见于《国朝词综》的那一首外，尚有《重过瓜洲用前韵》一首；《兰言集》《迦陵填词图题咏》《渠丘耳梦录》中皆有洪昇的散套，《新水令》也并非只剩下了两只残曲，而是完整地保存于杨友敬刊本《天籁集》中，社会科学院文学研究所即藏有此书；在《今文短篇》、《使粤集》、《坚瓠集》原刊本、岳端《扬州梦》、曹寅《太平乐事》等书中，还有洪昇的文章。以上只是举例性质，并不完整。

总之，陈氏此书用力甚勤，但由于许多重要材料他都未能看到，书中的罅漏讹误殊不在少。对此，我们当然不能责怪陈氏，这是台湾与祖国隔绝的不正常状态所造成。我所看到的、台湾其他学者所写的文史考证著作中，也多有此类情况。如阮廷瑜氏所撰《高常侍诗校注》（中华丛书编审委员会出版），亦用力甚勤，而高适集的有些重要版本撰者却未能看到，明显影响了校注的质量。因此，即令单从文史考证之学来说，这种不正常状态也必须尽快改变。

论《金瓶梅词话》[①]

《金瓶梅词话》在我国小说史上是一部里程碑性质的作品,因为它显示出现实主义在我国小说创作中的进一步发展,标志着我国小说史的一个新阶段的开始。

一

作为现实主义在我国小说领域中的进一步发展,首先,《金瓶梅词话》对社会现实作了清醒的、富于时代特征的描绘。

关于《金瓶梅词话》的作者和成书年代,有种种不同的说法。黄霖同志的《〈金瓶梅〉作者屠隆考》(载《复旦学报》社会科学版1983年第3期)考证出书中的《祭头巾文》为明代后期屠隆作。又,明代顾起元《客座赘语》记载:饮宴时演奏南曲为万历以后之事,其前皆用北曲。而《金瓶梅词话》所写的盛大酒筵,如西门庆宴请宋巡按(四十九回),安郎中等宴请蔡九知府(七十四回),宋御史等宴请侯巡抚(七十六回),皆用"海盐子弟"演戏,显为万历时的习俗。所以,此书当写成于万历时期。作品所叙,虽假托为宋代的故事,但其反映的,实为明代后期的社会现实。

读者从《金瓶梅词话》中可以看到:当时政治的黑暗和腐朽已经达到了极点。作品的男主人公西门庆的经历,就是在这种特定环境里的典型事件。

西门庆是个开生药铺的浮浪子弟,凭借钱财,勾结官府,用毒药害死武大,娶了他的妻子潘金莲为妾。官府明知西门庆的罪行,不但不予惩办,反而将那个想为武大报仇的武松刺配远恶军州。后来,他的靠山杨提督倒台了,他本应拿问,却因送了太师蔡京的儿子蔡攸五百石白米、右相李邦彦"五百两金银",就安然无事,继续作恶:先是为娶李瓶儿,陷害了医生蒋竹山;又为霸占宋蕙莲,陷害来旺,迫使蕙莲自缢而死;蕙莲的父亲宋仁想为女儿报仇,又被西门庆勾结

[①] 原载《复旦学报》(社会科学版)1983年第4期。

官府害死。接着,因送了蔡京一份重礼,这个素无一官半职的白身人突然被任为"金吾卫左千户,居五品大夫之职",成为"本处提刑所理刑"(三十回)。于是,他一面加紧与蔡京的管家翟谦勾结,认为亲家;一面利用其提刑官的职务,作威作福,贪赃枉法,仅卖放杀人凶犯苗青一事,就得赃银五百两。他的这种行为虽遭到巡按御史曾孝序的弹劾,但由于翟谦、蔡京的包庇,结果是曾孝序倒霉,最后被"窜于岭表"(四十九回),西门庆却丝毫无损。不久,他又送重礼与蔡京,成了蔡京的干儿子,在地方上更其炙手可热。在这过程中,他通过送礼行贿等手段,跟蔡状元、安主事、宋巡按等来往甚密,倚仗他们的势力,兼为盐商,还偷漏税金,大肆贩运,开起了绸缎铺等,生意越做越兴旺。蔡京又为他冒功,升了正千户。由于他跟蔡京的关系和雄厚的财力,地方大僚诸如知府、都监等都要仰承他的鼻息,依靠他的门路来升官。正在他十分兴头的时候,因纵欲过度,得病身死,结束了罪恶的一生。

西门庆如此作恶多端,何以却能一帆风顺,步步高升?原因在于:当时的统治集团从上到下都烂透了。国家本来是一个阶级压迫另一个阶级的工具,封建社会的法律以及其他各项制度都是为了维护地主阶级的统治,其政权机关的各级人员也都应该为此而努力。然而,到了封建社会末期,随着地主阶级的腐朽没落,统治集团的成员已经把满足个人的私欲放在首位;他们可以为此而践踏原来用来保护本阶级利益的法律和别的制度,打击本阶级中坚持这些东西的成员,即使因此而危害本阶级的统治也在所不计。所以,不但对人民的榨取和迫害更加残酷,连统治阶级内部也已无是非曲直可言。从《金瓶梅词话》的具体描写来看,西门庆所处的正是这样一个时代。皇帝只求满足私欲,根本不顾天下安危。他建造艮狱,运花石纲,弄得"官吏倒悬,民不聊生","公私困极,莫此为甚"(六十五回),但他却因自己的这一欲望得到满足而"朕心加悦"[①],对于顺应其私欲的官僚大加封赠(七十回)。太师蔡京是个见钱眼开、什么都干得出来的人,第三十回写西门庆派来保、吴主管给蔡京送礼,就很深刻地表现出这一点:

  翟谦先把寿礼揭帖,呈递与太师观看。来保、吴主管各捧献礼物,但见:黄烘烘金壶玉盏,白晃晃减靶仙人,良工制造费工夫,巧匠钻凿人罕见。锦绣蟒衣,五彩夺目;南京纻缎,金碧交辉。汤羊美酒,尽贴封皮;异果时新,高堆盘槛。如何不喜?……太师因向来保说道:"礼物我固收了,屡次承你主人费心,无物

[①] 兰陵笑笑生《金瓶梅词话》卷七,万历四十五年(1617)刻本。后引《金瓶梅》皆据此本,不再出注。

可伸,如何是好?你主人身上可有甚官役?"来保道:"小的主人一介乡民,有何官役?"太师道:"既无官役,昨日朝廷钦赐了我几张空名告身札付,我安你主人在你那山东提刑所做个理刑副千户,……"……(又)向来保道:"你二人替我进献生辰礼物,多有辛苦。"……唤堂候官取过一张札付,(对吴主管说):"我安你在本处清河县做个驲丞,倒也去的。"……又取过一张札付来,把来保名字填写山东郓王府,做了一名校尉。

作为对西门庆屡次赠送厚礼的答谢,蔡京不但把"一介乡民"西门庆一下子封为执掌一省刑狱的理刑官,而且把送礼来的西门庆奴才也封了官。什么纲常法纪,在他眼里一文不值!他这样做的结果,当然是西门庆的礼越送越重。至五十五回蔡京做寿,西门庆送的礼物,就有黄金二百两、明珠十颗、玉杯犀杯各十对、赤金攒花爵杯八只以及其他的许多贵重东西。至于别的官僚,跟蔡京也是一丘之貉。他们对于广有财产、又跟蔡京关系密切的西门庆,勾结、奉承还来不及,哪里会跟他作对?曾孝序为了维护封建纲纪而毅然弹劾西门庆,结果自找倒霉。既然如此,心狠手辣又慷慨地向官僚们馈送财物的西门庆,又怎会不无往而不利呢?

所以,《金瓶梅词话》是把西门庆的经历放在特定的政治背景下来描写的,它深刻地显示出:西门庆的飞黄腾达并不是个别的、偶然的现象,而是当时政治环境的必然产物。尤其有意思的是:据七十八、八十七回所写,当地的一个想跟西门庆合作的富户张二官,在西门庆死后,立即采取跟西门庆同样的行贿手法,顶了西门庆的缺,做了提刑官;西门庆原拟利用其跟官府的关系包揽为朝廷购古器的买卖,已被张二官包揽去了;围绕在西门庆身边的帮闲已追随在张二官身后;连西门庆的小老婆李娇儿都成了张二官的妾。换言之,一个跟西门庆类似的人物已经继承了他的事业。在那个时代里,西门庆是死不绝的,西门庆式的罪行既不会停止,也不会间断。

应该说,在《金瓶梅词话》以前或同时的我国小说中,没有一部能够像它那样深切地揭示社会的黑暗、政治的腐败。就元明两代的著名小说来看,《三国志通俗演义》虽有若干处所涉及人民的苦难,但那是在动乱时期发生的,并不能代表封建社会的一般情况;《封神演义》虽也揭露了纣王的残暴和昏乱,但同时又歌颂了周文王、武王的仁德,而且最后是周取代了殷,所以它并不是对于社会的批判;《西游记》是神魔小说,更属于别一范畴;在这方面唯一可资比较的,只有《水浒传》。《水浒传》里被害死而又毫无抵偿的,其实仅林冲娘子一人。宋江、卢俊义虽被害死,但死后成了神,皇帝又为他们建庙,四时享受祭祀,实在不能算是怎么不幸(今天看来,死后成神云云当然只是鬼话;但在那个迷信盛行的时代,这却是颇可安慰的结局)。除此以外,如解珍、解宝之被毛太公陷害,宋江、花荣之被刘高陷害,柴进之被高廉陷害等等,其结局全都是被害者安然无恙,害人者遭受恶报,正义伸张,人心大快。自然,这是歌颂反抗,应该肯定。但另一方面,人们也不能不有点怀疑:在那样黑暗的社会、残酷的统治下,正义能这样频繁地得到伸张,社会的蟊贼能如此经常地被歼除,善良的人们多数都能得到若是美满之反抗结果吗?王国维氏在《〈红楼梦〉评论》中说:"吾国之文学,以挟乐天的精神故,往往说诗歌的正义,善人必令其终,而恶人必罹其罚:此亦吾国戏曲、小说之特质也。"[1]《水浒传》虽没有完全体现这种"乐天的精神",但却不可否认地受有它的影响,给那个黑暗的现实涂上了若干理想的色彩。说得明白一些,在对现实的揭露上,《水浒传》并不是充分现实主义的。

在《金瓶梅词话》中,我们却看到了许多无告的沉冤、难雪的不平:武大被毒死了,首犯西门庆却逍遥法外,虽英雄如武松,也只不过杀死了两个从犯——王婆与潘金莲;宋惠莲被害死了,她的父亲想给她报仇,于是也被迫害而死;苗员外惨遭杀害,主犯苗青却因此成了富豪;冯淮被孙文相等打成重伤身死,但凶犯只出了十两烧埋银完事(六十七回);来旺被西门庆霸占了妻子,自己还遭受酷刑,押回原籍,……所有这一切,都使人深深感到那个社会的暗无天日。尤其令人感到压抑的是:这个作恶多端的西门庆,却在荣华富贵中度过了一生,享尽了福,没有受到任何惩罚。虽然死时只有三十三岁,但那是因他纵欲过度,也即享受了过多的兽性的快乐,而并非"恶有恶报"的惨死。而且,他连在阴间也没有受到什么报应。在作品的最后一回,写他的鬼魂跟武大等人的鬼魂一起去投胎,同时说明他来世依旧做富户,被他害死的那些人也不会再对他报复,——因为普静禅师已经告诫过这些鬼魂:"汝当各托生,再勿将冤结","改头换面轮回去,来世机缘莫再攀"(一百回)。王国维氏所谓"诗歌的正义",在这里连影子都找不到了;人们所看到的,只是封建社会里常见的、能反映本质的现象:凶狠残忍的剥削者、压迫者终身受用不尽,善良的人们一辈子在苦难中煎熬、悲惨地死亡。从这点来说,《金瓶梅词话》所显示的,乃是中国小说史上第一次出现的、并未涂上理想色彩的、压得人喘不过气来的真实。这也就意味着:在中国小说领域中,现实主义向前跨进了一步。

---

[1] 郑振铎《晚清文选》,生活书店出版社,1937年,第697页。

还必须指出,这种真实是打着作者所处的那个特定时代的鲜明烙印的。此书的写成,距离明末的农民大起义至多五六十年。而且自嘉靖、隆庆时期以来,中小规模的农民起义时有发生。《金瓶梅词话》虽以暴露统治阶级的罪恶为主,但也写到了宋江率领的农民起义队伍,并明白交代了武松在杀死潘金莲、王婆后的去向:参加农民军。读者从中可以看出:遭受种种宰割的人民,同时也在反抗。至于反抗的规模不大,效果不突出,那是由于在作者所处的时代里人民的反抗原只达到这样的水平。另一方面,万历时期已经有了资本主义的萌芽,也就是说,市民的实力在增长。而《金瓶梅词话》里的西门庆,就其出身来说,正属于市民(当然是市民的上层)。第二回介绍西门庆说:"原是清河县一个破落户财主,就县门前开着个生药铺。""近来发迹有钱,专在县里管些公事,与人把揽,说事过钱,交通官吏。"可见其把揽衙门公事,乃在"发迹有钱"之后。换言之,他并不是依靠把持官府而发迹有钱的。第七回又说他"在县前开着个大生药铺,又放官吏债";更可见其所以能把揽公事、交通官吏,乃是"放官吏债"之故。而其所以能有钱"放官吏债",当是依靠其所开的生药铺。而且,在他做官以后,虽也贪赃枉法,其生活的主要来源还是商业收入。第三十回他对应伯爵说:"咱家做着些薄生意了,料着也过了日,那里希罕他这样钱(指行贿的钱——引者)?"这虽近于自夸,但他主要不是靠赃款过日,也是事实。总之,他是以市民的身份,靠经商致富,再以此为凭借,在政治上取得显赫地位的。他之与封建统治集团狼狈为奸,说明当时的市民阶层还不是一个独立的政治力量;而他之得以爬上这样的政治地位,又反映出当时的封建统治集团已不得不降尊纡贵,寻求市民中上层人物的助力,也就是反映了封建统治阶级力量的削弱和市民阶层的逐步壮大。由此看来,《金瓶梅词话》虽然显示了当时政治的黑暗、腐败,人民的深重苦难,但绝不意味着这种现实是不可改变的,因为,那将要导致变革的因素——农民起义的星星之火和市民阶层的兴起——也同时出现于作品之中。自然,由于历史的局限,作者和当时的读者都没有意识到这二者的重要性,从而作者未曾对此加以阐发,但我们并不能因此而说作者夸大了黑暗势力和抹煞了变革现实的力量。倒是应该说:《金瓶梅词话》对社会现实作了清醒的揭露和富于时代特征的描绘。

二

如同恩格斯所指出的:"现实主义的意思是,除细节的真实外,还要真实地再现典型环境中的典型人物。"①作为现实主义在我国小说领域中的进一步发展,《金瓶梅词话》在人物形象的塑造方面取得了显著的成功。

在《金瓶梅词话》以前的我国古代小说中,最以写人物擅场的是《水浒传》(百回本《西游记》的成书年代是否在《金瓶梅词话》之前,难以断言,姑不置论)。金圣叹甚至说:"《水浒传》写一百八个人性格,真是一百八样。"(《读第五才子书法》)虽不尽然,但其主要人物却确实各有性格。较之《水浒》,《金瓶梅词话》又有了新的特点和成就。

我国的通俗小说是从民间的"说话"发展而来。所谓"话",即故事之意。它首先是以故事情节来吸引人的。相形之下,对于人物性格的描写就成了次要的事,在作品中没有独立的地位和价值。即使是《水浒传》,也只是在那些根据情节需要而设计的事件中注意人物性格的描写,却没有仅仅为了显示人物性格而对情节发展并无多大意义的事件,这说明作者的主要着眼点还在于情节。例如,该书第三回写鲁达和史进同去酒楼,路上遇见李忠在使枪棒卖膏药,鲁达要李忠一起去喝酒,李忠想等膏药卖完了再去,鲁达就把围着李忠看热闹的人都赶跑,使李忠没了主顾,只得马上跟他们走。及至到了酒楼上,因周济金翠莲,鲁达向李忠借钱,李忠拿出二两来银子,鲁达嫌少,"把这二两银子丢还了李忠"。这都很能表现鲁达的性格。但作者之设计鲁达跟李忠见面的事件,其目的却不仅在此。其后鲁智深打周通,周通请李忠来报仇,李忠因与智深是旧日相识的朋友,遂和平解决了此一争端。若没有第三回鲁达与李忠见面的一幕,打周通以后的情节就不可能成为现在这种样子了。可见这一幕乃是为后来的情节发展准备条件的。但在《金瓶梅词话》中,却有不少仅仅为了显示人物性格而对情节发展并无什么意义的事件,说明作者的主要着眼点已在于人物的性格描写而不在故事情节了。这在我国小说史上是一个极为重要的进步。例如,《金瓶梅词话》第八回,写潘金莲因等西门庆不来,拿迎儿来出气:

……于是不由分说,把这小妮子跣剥去了身上衣服,拿马鞭子下手打了二三十下,打的妮子杀猪也似叫。……打了一回,穿上小衣,放起他来,吩咐在旁打扇。打了一回扇,口中说道:"贼淫妇,你舒过脸来,等我掐你这皮脸两下子。"那迎儿真个舒着脸,被妇人尖指甲掐了两道血口子,才饶了他。

这个事件,对作品的情节发展毫无影响,但却深刻显示了潘金莲的凶残、暴戾。

---

① 北京师范大学中文系文艺理论教研室编《文学理论学习参考资料(上)》,春风文艺出版社,1981年,第800页。

当然，在这以前，潘金莲已经毒死了武大，其狠毒的一面已经暴露出来，但那还可说是由婚姻不如意所造成，跟虐待迎儿的性质有所不同。所以，为了充分揭示潘金莲的残忍，此等描写是不可或缺的。此外如五十四回写西门庆与应伯爵等游郊园，五十七回写道长老募缘、西门庆施银五百两，等等，也都很能表现人物性格，但对整部作品的情节发展来说，却都并无意义。

总之，在《金瓶梅词话》之前的我国古代小说，以情节为主，力争故事的曲折离奇、引人入胜，《金瓶梅词话》则以描写人物为主，故事情节也转为平淡无奇。从这点来说，《金瓶梅词话》在我国古代小说中开辟了一个新的方向，《儒林外史》和《红楼梦》乃是它的后继。《石头记》的脂评说它"深得《金瓶》壶奥"（甲戌本十三回第五页眉批），实非无见。

那么，《金瓶梅词话》的这种新的创作原则带来了什么结果呢？简言之，是作品中的人物性格趋于复杂化，从而更为真实、生动和丰满。

在《金瓶梅词话》以前，即使是像《水浒》这样的优秀作品，其人物性格也是单一的：在坏人身上，除了恶德以外没有别的东西；在好人身上，纵有缺点，都无损于其作为好人的基本品质，如鲁达的性急、好酒等等，在某种意义上正是草莽英雄的本色。但实际生活当然并不如此简单。在阶级社会里，统治的思想就是统治阶级的思想。虽是劳动人民中的英雄人物，也难免或多或少地染上剥削阶级的坏思想、坏作风，何况古代小说中的所谓好人，许多都是剥削阶级中的人物，岂能如此单纯、完美？至于所谓坏人，也都有其发展过程，其思想感情中也不会毫无矛盾，正如毛泽东同志所指出的："矛盾存在于一切过程中。"①因此，这种单一的人物性格至少是不完整的，有时甚至可说是没有说服力的、不真实的。而《金瓶梅词话》中的主要人物形象，却都克服了这样的缺点。让我们举几个例子。

这部作品里的第一主角应该说是西门庆。他自私、狠毒、贪婪、好色，这是每个读过《金瓶梅词话》的人都留有深刻印象的。但这些恶德的表现形式极为复杂，有时看起来甚至像是与此相反的东西。以他跟李瓶儿的关系来说，他先奸骗了李瓶儿，又得了李瓶儿的许多钱财，本已跟李瓶儿约好，"（五月）二十四日行礼，出月初四日准娶"（第十七回），后因其所投靠的杨提督倒台，他怕连累，在家避祸不出，对李瓶儿却连个信都不给。到了约定行礼之日，李瓶儿派人送头面来，他不见来人，只叫小厮对那人说："教你上覆二娘（李瓶儿），再待几日

---

① 北京师范大学中文系文艺理论教研室编《文学理论学习参考资料（上）》，第77页。

儿,我爹出来往二娘那里说话。"(同上)但却根本不把李瓶儿放在心上,不但到了原定迎娶的六月初四日仍然不理不睬,甚至在他知道自己已经平安无事之后,也不立即跟李瓶儿联系。等到得知李瓶儿因他没有消息,染病将死,经蒋竹山治愈,已与竹山成婚,他不但不为自己对李瓶儿不负责任、害得她差点死去而内疚,却对瓶儿十分痛恨,用计陷害了蒋竹山,使李瓶儿成为他的第六个妾。李瓶儿一进门,他又故意在精神上加以折磨,迫使李瓶儿上吊。救活后,他还把瓶儿毒骂一顿,并用马鞭抽打,瓶儿苦苦哀求才罢。在这些地方,充分显示了他的自私与狠毒。但到第二天,李瓶儿给他看了她所带来的许多金银财宝,他对李瓶儿就变得言听计从了,以致潘金莲取笑他说:"使的你狗油嘴鬼推磨,不怕你不走。"(二十回)这就暴露了他的贪婪本性。第二年,李瓶儿给他生了个儿子,他对瓶儿更加宠爱了,但实际上不过把李瓶儿作为泄欲的工具。即使在李瓶儿的经期,他也要满足自己的兽欲(见第五十回)。李瓶儿就是被他和潘金莲共同害死的。第六十一回通过良医何老人交代李瓶儿得病致死的原因说:"这位娘子乃是精冲了血管起(的病),然后着了气恼。气与血相搏则血如崩。……""气恼"是潘金莲给她受的,作为起病主因的"精冲了血管",则是西门庆的罪行。这又显示了他的自私与好色。然而,李瓶儿临终和死去之时,西门庆却表现了真诚的悲痛之情。瓶儿将死时,潘道士曾嘱咐西门庆:"今晚官人切忌不可往病人房里去,恐祸及汝身。慎之,慎之!"但西门庆还是进瓶儿房里去了,他想的是:"法官戒我休往房里去,我怎坐忍得!宁可我死了也罢,须得厮守着,和他说句话儿。"及至李瓶儿一死,他不顾污秽,不怕传染,抱着她,脸贴着脸哭:"宁可教我西门庆死了罢,我也不久活于世了,平白活着做甚么!"(六十二回)拿出许多银子来给她办丧事。还在李瓶儿房中伴灵宿歇,于李瓶儿灵床对面搭铺睡眠。然而,这种悲痛的感情和惊人的慷慨是建筑在什么基础上的呢?深知西门庆心腹的玳安说得好:"俺爹(西门庆)饶使了这些钱(指李瓶儿的丧葬费用),还使不着俺爹的哩。俺六娘(李瓶儿)嫁俺爹,瞒不过你老人家,是知道该带了多少带头来。别人不知道,我知道。把银子休说,只光金珠玩好、玉带绦环狄髻、值钱宝石还不知有多少。为甚俺爹心里疼?不是疼人,是疼钱。"(六十四回)西门庆的悲痛感情,其实是李瓶儿用巨额财富买来的;他慷慨地为李瓶儿使钱,是因为李瓶儿给了他更多的钱。而尤其有意思的是:他为李瓶儿伴灵还不到"三夜两夜",就在李瓶儿灵床对面的床铺上,奸污了奶子如意儿,不但进一步暴露了他的好色,而且充分显示了他对李瓶儿的所谓深厚感情不过是一时冲动,那种"我也不久活于世了,平白活着做甚么"之类的哭喊,只是自欺欺人而已。要之,在跟李瓶儿的关系上，同样表现了西门庆的自私、狠毒、贪婪、好色。这并不意味着西门庆对李瓶儿没有感情，恰恰相反，这种感情有时甚至到了貌似忘我的地步，但归根到底是自私、狠毒、贪婪、好色者的感情。正因西门庆的形象是这样塑造出来的，所以，这个形象并不是恶德的图解，而是一个在灵魂中渗透了恶德的、具有复杂思想感情（其中包含着某些好像与这些恶德矛盾的思想感情）的活生生的人。

作为女主角之一的李瓶儿，可以说是善良到多少有些懦弱的、富于同情心的女子，但也具有泼辣、凶狠的一面，以封建道德的标准来衡量，则堪称淫妇。她本是花子虚的妻子，子虚在外嫖妓，"整三五夜不归家"（第十回），她劝告无效，为此"气了一身病痛"（三十回）。但她仍然希望花子虚回心转意，哀求花子虚的朋友西门庆劝子虚改变行为。西门庆假装同情她，答应给予帮助，博得了她的好感，同时却要他的狐群狗党经常把花子虚留在妓院过夜，以便他勾引李瓶儿。这当然使李瓶儿对花子虚更加失望，终于被西门庆勾引上了。后来，子虚因故入狱，李瓶儿把子虚的三千两银子都交给西门庆，要他给子虚托人情。西门庆说："只消一半足矣。"她却说："多的大官人收去。"（十四回）及至子虚出狱，产业和住宅都由官府"估价变卖"。花子虚穷了，"因问李瓶儿查算西门庆那边使用银两下落"，反被李瓶儿"整骂了四五日"。西门庆本"还要找过几百两银子"与花子虚，李瓶儿却不同意，要西门庆开一篇花帐与花子虚，"只说银子上下打点都使没了"。花子虚由此而气成重病。李瓶儿开始还请太医给他看病，"后来怕使钱，只挨着。一日两、两日三，挨到三十头，呜呼哀哉"（十四回）。其实，这时李瓶儿还是相当有钱的。子虚死后，由于西门庆没有准时履行婚娶之约，害得李瓶儿染病将危，她嫁给了蒋竹山。但竹山在性欲上不能满足她，"渐渐颇生憎恶"，"于是一心只想西门庆，不许他（竹山）进房中来"（十九回）。及至竹山被陷害入狱，她虽用钱搭救了他，但误以为他真的在外面借了很多钱，就把竹山赶出去了。接着，自动向西门庆提出，要嫁到他家去。到了那里，先受西门庆折磨，后被潘金莲欺侮，连儿子都被金莲害死。但她只是默默忍受，对全家大小都照顾体贴，用玳安的话来说："说起俺这过世的六娘性格儿，这一家子都不如他。又有谦让，又和气，见了人只是一面儿笑。俺每下人，自来也不曾呵俺每一呵，并没失口骂俺每一句奴才，要的誓也没赌一个。使俺每买东西，只拈块儿。俺每但说：'娘，拿等子你称称，俺每好使。'他便笑道：'拿去罢，称甚么？你不图落，图甚么来？只要替我买值着。'"（六十四回）尽管潘金莲这样欺凌她，但她对金莲的母亲却十分关怀。在临死之前，为冯妈妈、如意儿、迎春、绣春的未来，都尽可能作了安排。她跟这些人诀别时说的那些洋溢着感情的话,使得她们全都哭了(六十二回);那些话也确实催人泪下。综观她的一生,她是善良而富于同情心的,还有些懦弱;她之与西门庆通奸,也是一个被丈夫所冷落的善良少妇的上当受骗;但在与西门庆热恋后,她对花子虚是十分狠毒的,在某种意义上甚至可以说花子虚的命断送在她手里;她对蒋竹山的态度也称得上泼辣,而促使她采取这种态度的动机,在当时更应受到强烈谴责。这是一个性格多么复杂的人!而这种复杂性格是符合生活逻辑的、高度真实的。在《金瓶梅词话》之前,我国小说中从来没有出现过像李瓶儿这样的典型形象。

再看一看作为配角的宋蕙莲。她本是厨役蒋聪的妻子,却与西门庆的家人来旺通奸。蒋聪死后,她嫁了来旺,却又贪图钱财,与西门庆通奸。于是打扮得妖妖娆娆,装腔作势,跟另外一些男人打情骂俏;西门庆女婿陈经济,见她如此,"两个言来语去,都有意了"(二十四回)。为了便于跟西门庆来往,她希望西门庆把来旺派出去,说是:"休放他在家里,使的他马不停蹄才好。"(二十五回)但当她发现来旺遭到西门庆陷害,她就当面斥责西门庆:"你原来就是个弄人的刽子手,把人活埋惯了!害死人,还看出殡的!"(二十六回)西门庆想再跟她和好,派人百般劝她,她坚决不肯就范,最后终于自杀。这是一个怎样的人呢?在美丽的外貌下,隐藏着轻浮、淫荡的灵魂,但在这个灵魂的深处,却又蕴含着"富贵不能淫,威武不能屈"的高尚品质。不但在《金瓶梅词话》以前的小说中,没有出现过类似的形象,就是在《金瓶梅词话》以后的我国古代小说中,也很难看到。鲁迅说:陀思妥夫斯基对其作品中的人物,"不但剥去了表面的洁白,拷问出藏在底下的罪恶,而且还要拷问出藏在那罪恶之下的真正的洁白来"(《且介亭杂文二集·陀思妥夫斯基的事》)[①]。《金瓶梅词话》之写宋蕙莲,虽未达到这样的程度,却有某些相似之处。

上述的三个形象,代表了《金瓶梅词话》中人物的三种类型。这种对于人物性格的复杂性的揭示,打破了在这以前的小说中普遍存在着的人物性格单一化的格局,为塑造内涵更丰富的艺术形象开辟了道路。而其所以能做到这一点,一方面是由于作者世界观中所出现的新的因素(具体说明见后),另一方面则是由于把描写人物性格放在第一位,而不是把情节放在第一位的创作原则。以《水浒传》来说,潘金莲的性格是单一的:淫荡、残忍。但他在大户人家做使女时,"那个大户要缠她,这女使只是去告主人婆,意下不肯依从"(二十四回),可

[①] 鲁迅《且介亭杂文二集》,人民文学出版社,1958年,第155页。

见她原是很重视自己贞操的人,而且颇有点不受威胁利诱的气概。但在嫁了武大以后,为什么会很快变成"爱偷汉子"的"婆娘"了呢?这必然有个思想过程。揆以通常的情理,当是对她这种屈辱、悲惨的遭遇的反拨。如把这个思想过程加以描述,潘金莲的性格就不会这样单一,除了可恨的一面以外,也还有值得同情的一面的吧!但如上所述,《水浒传》是根据情节发展的需要来安排事件的,描述潘金莲的这种思想过程并非情节发展的需要,自然不会在作品中出现。因此,《水浒传》里的潘金莲的性格,单一到近于不真实。而《金瓶梅词话》既以描写人物性格为主,那就可以不受限制了。如上述道长老募缘、西门庆施银五百两的事,显非情节发展的需要。此事表明自私、贪婪的西门庆还有慷慨的一面,但其所以慷慨,乃是因为听和尚说:"以金钱喜舍庄丽佛像者,主得桂子兰孙,端丽美貌,日后早登科甲,荫子封妻之报。"(五十七回)骨子里仍是自私和贪婪。这跟他在对李瓶儿的关系中的那种自私、贪婪与慷慨相结合的特点,彼此呼应,进一步突出了他的性格的复杂性。又如李瓶儿关怀潘金莲母亲的事,同样不是情节发展的需要,但却深刻表现了李瓶儿的善良与富于同情心;跟其狠毒泼辣的一面相对照,也就更突出了她的性格的复杂。

综上所述,《金瓶梅词话》在形象的塑造方面取得了超越前人的成就,它以刻画人物为主,它所描绘的性格是复杂而非单一的。

三

最后,简单地谈一谈《金瓶梅词话》中的那些关于性行为的描写。由于这些描写,此书被有的研究者目为自然主义;也就是说,不承认它为现实主义的作品。

首先必须指出,在今天的创作中完全不应该作这样的描写。但同时也要看到:此类描写在当时出现,有其复杂的历史背景。有一种意见:那个时代的统治者荒淫无耻,方士、文臣竟有以进房中术而得宠的,以致士大夫渐以纵谈闺帏为耻,在文学创作中也带来了这样的风气。然而,哪个时代的封建统治者不荒淫无耻呢?南朝的皇帝在这方面即使不超过明朝,至少也不相上下;在《隋书·经籍志》中还著录着好几种房中术的书,可见它们在南朝是公开流行的,并未被认为下流东西。那么,为什么在南朝的文学创作中就没有这样的风气呢?我们虽然骂宫体诗荒淫无耻,宫体诗中却并没有性行为的描写。所以,我想,这种文学风气恐怕并不仅仅是封建统治者荒淫无耻的反映,而当与当时以李贽为代表的、把"好货好色"作为人类自然要求加以肯定的进步思潮有关(详见拙作《试论凌濛初的"两拍"》,载《文艺论丛》第十七辑)。正因把"好货好色"作为人类的自然要求,所以,就不会用封建教条把人一棍子打死,也才能显示人物性格的复杂性。例如,按照"万恶淫为首"的封建教条,李瓶儿这个人自然坏透了,应该彻底否定,哪里还谈得上什么善良等等?但如把"好色"——男女之欲——作为人的正常要求,那么,李瓶儿的某些行为就是可以理解的,就不会因这些问题而对她全盘否定了。然而,也正因把这作为自然要求来肯定,所以,在作品中描写性行为也就被认为无可厚非了。金圣叹在《西厢记·酬简》总批中说:"有人谓《西厢》此篇最鄙秽者,此三家村中冬烘先生之言也。夫论此事(指《酬简》写及的性行为),则自从盘古至于今日,谁人家中无此事乎?……谁人家中无此事,而何鄙秽之与有?"①这很能代表晚明接受这种思潮的人的一般看法。文学作品中的此一风气也就由此而形成。不但《金瓶梅词话》、"三言"、"两拍"、《牡丹亭》中都有这类描写,仅程度有别而已。可以说,这其实是那个进步思潮本身带来的历史局限。

还应该看到,《金瓶梅词话》之写这些,虽然是一种历史局限,但其中却也包含暴露的成分。有些描写显然是为了揭示西门庆等人的自私、丑恶。如上文提到的使李瓶儿"精冲血管"的那一幕,实际上揭露了西门庆是杀害李瓶儿的凶手。

那么,这是否妨碍《金瓶梅词话》成为现实主义的小说呢?第一,这类描写在作品中仅占很小的一部分。即使它们是自然主义的,也并不妨碍整部书的现实主义性质。第二,在现实主义和自然主义之间,本来并不存在一条不可逾越的鸿沟。朱光潜先生的《西方美学史》就曾指出:"法国现实主义不但朝过去看没有和浪漫主义划清界线,朝未来看也没有和自然主义划清界线。"②在一部现实主义作品中有些自然主义的描写实在没有什么可以奇怪的。

---

① 《如是山房增订金批西厢》卷四,清光绪二年(1876)刻本。
② 朱光潜《西方美学史》,人民文学出版社,1979年,第731页。

关于洪昇生年及其他
——读《洪昇生平考略》

在《戏曲研究》第五辑(文化艺术出版社1982年版)中收有刘辉先生《洪昇生平考略》一文。其最大的贡献,在于证实了洪昇的父亲为洪武卫;此外,如指出洪昇为容安九子之一,因观《长生殿》而致祸者尚有顾子昌等,皆为以前的研究者所未及。但文中也还有若干值得商榷之处,其最重要者为关于洪昇生年的考订。故特草为此篇,以就正于刘辉先生及其他同道。

一

现代的研究者一般都定洪昇生于清顺治二年(1645),刘辉先生则以为这是错误的。他定洪昇生于顺治十四年(1657)。其论证是这样的:汪鹤孙《延芬堂集》卷下《洪昉思见访维扬,出所制新乐府见示》诗之四自注:"余长昉思二岁。"《康熙十二年癸丑科会试一百五十九名进士三代履历便览》(以下简称《便览》)载:汪鹤孙"乙未年五月八日生"。故洪昇当生于顺治十四年丁酉。

按,《便览》所载年岁并不可信,这在拙著《洪昇年谱》(1979年上海古籍出版社版)中已经指出。为论述方便起见,今姑据《便览》推断洪昇生于顺治十四年,然后再从以下七点来考察这个推断能否成立。

一、洪昇《啸月楼集》卷三有《登识舟亭,同表兄江谕封、李美含、表弟钱石臣》诗。康熙《钱塘县志》卷十九《名臣》:"钱肇修,字石臣,号杏山。……登辛未科进士,授河南洛阳令。"又,《众香词》礼集:"顾之琼,字玉蕊,仁和人,翰林钱绳庵配,洛阳令石臣尊慈。"知顾之琼即钱肇修之母。而据《国朝词垣考镜》卷三《馆选爵里谥法考》顺治九年壬辰庶吉士:"钱开宗,字绳庵,浙江仁和人。"是开宗即肇修之父。开宗于顺治十五年以科场案被杀,见孟森先生《心史丛刊》初集《科场案》。而钱肇修《杏山近草·惜阴亭有作》云:"七岁为孤雏,哀哀泣路隅。"

---

① 原载扬州师范学院《曲苑》第一期,江苏古籍出版社,1984年。

由此上推，钱肇修实生于顺治九年。若洪昇生于顺治十四年，怎会称顺治九年所生的钱肇修为"表弟"？

二、洪昇《稗畦集》（上海图书馆藏本）有《送翁康饴表弟南归》诗。康饴名嵩年，生于顺治四年，见李果所撰传及张廷玉所撰墓志铭（分别收入《在亭丛稿》卷六及《澄怀园文存》卷十二）。若洪昇生于顺治十四年，怎会称生于顺治四年的翁嵩年为表弟？

三、吴仪一《三妇评牡丹亭杂记》收有洪昇之女洪之则所撰跋，其中说："吴与予家为通门，吴山四叔又父之执也。予故少小，以叔事之，未尝避匿。忆六龄时侨寄京华。四叔假舍焉。"是吴山必小于洪昇，所以洪之则一再称之为"叔"。吴山即仪一，见《国朝杭郡诗续辑》卷二："吴仪一，……又字吴山，……"而吴仪一实生于顺治四年，见王晫所撰传（收入《霞举堂集》）。若洪昇生于顺治十四年，其女之则怎会对生于顺治四年的吴仪一"以叔事之"，称为"四叔"？

四、陈枚辑《留青新集》卷五柴绍炳《贺洪昉思新婚》诗，有"年少能吟绝妙词，况今燕尔是佳期"语，自是贺洪昇结婚之作。刘辉先生以为这是祝贺洪昇"正式缔订婚约"，是不确的。"新婚"一词，最早见于《诗·邶风·谷风》："宴尔新昏（婚），如兄如弟。"显指成婚以后。柴绍炳诗的"燕尔是佳期"语，亦显用"宴尔新昏"之典（"燕""宴"通）。且无论古今，从不见称订婚为"新婚"者。故洪昇成婚，必在柴绍炳生前。绍炳字虎臣，卒于康熙九年庚戌（1670）正月，沈谦《东江集钞》附毛先舒所撰沈谦墓志铭中"先舒己酉春病剧，困甚。乃明年正月虎臣死"之语可证。又，洪昇《啸月楼集》卷七有《七夕闺中作四首》，洪昇《稗畦集》选录其中"忆昔同衾未有期，逢秋愁说渡河时。从今闺阁长携手，翻笑双星惯别离"一首，改题为《七夕，时新婚后》。此一则可再次证明"新婚"乃是就"闺阁长携手"而言，不能释为订婚，再则可见洪昇结婚当在七夕前数日，故诗题如此。张竞光《宠寿堂集》卷二十《同生曲，为洪昉思作》亦云："高门花烛夜，公子受绥期。……永怀从此夕，初度竟何时。岁月无先后，芙蓉冒绿池。"知洪昇成婚，即在其诞日（洪昇生于农历七月初一，这在学术界是没有争议的）。故其结婚，至迟在康熙八年（1669）秋天；若在康熙九年秋天，柴绍炳就无从写贺诗了。而洪昇《啸月楼集》卷一《寄内》："少小属弟兄，编荆日游憩。素手始扶床，玄发未绾髻。嗣后缔昏因，契阔逾年岁。十三从父游，行行入幽蓟。……去冬子南还，饥渴慰心期。邂逅结大义，情好新相知。……"所云"结大义"，显指成婚。是洪昇成婚在十三岁其妻黄兰次"入幽蓟"（刘辉先生释为洪昇入幽蓟，不确，说见后）并由幽蓟"南还"之后；兰次南还既在冬天，至早当为十三岁那一年的冬日，则其成婚至早在十四岁的秋天。若洪昇生于顺治十四年，则其十四岁时为康熙九年，此年正月柴绍炳已死，又怎会有《贺洪昉思新婚》之作？

五、陆繁弨《善卷堂四六》卷五《同生曲序》："及门洪子昉思，暨妇黄氏，两家亲谊，旧本鸳萝，二姓联姻，复称婚媾。……三洪学士之世胄，累叶清华；春卿大夫之女孙，一时贵介。"知其时黄兰次的祖父黄机正为"春卿大夫"。据《善卷堂四六》吴自高注，"春卿大夫"指礼部侍郎，则此文当作于康熙六年之前（黄机自顺治十七年至康熙六年为礼部侍郎，见《清史稿·部院大臣年表》）；纵或把"春卿大夫"释为礼部尚书和礼部侍郎，则此文亦当作于康熙七年之前。因黄机于康熙六年由礼部侍郎升礼部尚书，康熙七年迁户部尚书，康熙八年迁吏部尚书（亦见《清史稿·部院大臣年表》），《同声曲序》若作于康熙七年之后，就不会再称黄机为"春卿大夫"了。而《同声曲序》又有"是日也，大火初流，凉飙始振。……尔乃进衣初罢，昏定余闲。葡萄织锦，枝蔓相交；迷迭煎香，氤氲不散。玉镜新开，情自深于披扇；章台归去，事或甚于画眉"等语，其时洪昇与黄兰次必已成婚。故其成婚，实不能迟于康熙七年（1668）秋天。

不但如此，《啸月楼集》卷七有《遥哭黄泰征妇翁七首》，其第一首云："旅榇荒原未得归，遥天酹酒泪沾衣。江南蓟北三千里，一夜寒霜雁不飞。"知其时泰征死于蓟北，"旅榇""未归"，而洪昇则在江南（杭州）遥奠。其第五首云："梧叶萧萧堕井干，凉飙吹袖欲生寒。月斜闺里空相对，双照愁颜不忍看。"最后两句，显然是指他与黄兰次得到泰征死讯后，"闺里"相对悲愁的情景。可见泰征死时，两人必已成婚。泰征即黄彦博，康熙三年甲辰进士，选庶吉士，见《国朝词垣考镜·馆选爵里谥法考》（此点刘辉先生亦无异议）。而《善卷堂四六》卷八《祭黄庶常文》（原注：代）云："维我故友，泰征黄君……，既而鹿鸣奏曲，雁塔题名。……方欣王谢，不专美于晋年；正谓韦平，岂独夸于汉世。孰知英英髦士，才登鸳鹭之班，而冉冉流光，正值龙蛇之岁。非因堕马，而贾傅伤生；不为请缨，而终军长谢。"其中"龙蛇之岁"虽用郑玄的典故，但若泰征死时不在辰巳之年，则不当用此典故。又据"才登鸳鹭之班"语，其时泰征才入翰林，则当在甲辰、乙巳间（若在下一个辰年——丙辰，泰征入翰林已十二年，与"才登"语不合）。换言之，洪昇至迟于康熙四年（1665）已经结婚。若生于顺治十四年，不仅结婚时至多只有九岁，而且与其《寄内》诗自述十三岁时尚未成婚之语显相抵触。

六、《啸月楼集》卷七有《为沈去矜先生悼亡四首》，去矜为沈谦之字，其妇卒于顺治十六年二月二十九日（见沈谦《东江集钞》卷六《先妻徐氏遗容记》），洪昇此诗当即作于该年（《悼亡》诗始于潘岳。清何焯因古代有丈夫为妻服丧一年的规定,故以为潘岳作诗当在服阕之后,也即妻死的第二年。然洪昇此诗是代沈谦悼亡,不受服丧的限制,不必俟至第二年)。若洪昇生于顺治十四年,至顺治十六年时只有三岁,岂有三四岁的小孩能写这样的诗歌之理?又,《啸月楼集》卷七有《为陆太师母五旬作二首》:"化碧于今二十秋,朝朝含泪掩空楼。黄云城上悲风急,一夜霜乌尽白头。""回首横山落月孤,吴宫花草久荒芜。□□欲化千年石,不独伤心为望夫。"陆太师母即陆繁弨母陈氏,其五十岁时为康熙四年,见毛先舒《潠书》卷一《陈夫人五十序》。同卷尚有《为毛继斋太先生八旬作二首》,亦作于此年,见《潠书》卷七《先考继斋公行略》。若洪昇生于顺治十四年,康熙四年为九岁,九岁的小孩怎么写得出这样的诗?且柴绍炳《柴省轩文钞》卷十《与洪昉思论诗书》云:"足下以舞象之年,便能鸣笔为诗。"《礼记·内则》:"成童舞象。"郑注:"成童,十五以上。"则洪昇之能"鸣笔为诗",不可能在十五岁以前,更足证上述诗篇绝不会是九岁甚或三四岁时的作品。

七、洪昇卒于康熙四十三年(1704),这是大家(包括刘辉先生)所公认的。若生于顺治十四年,则死时仅四十八岁。但洪昇《稗畦续集·送郑在宜令凤县》之四云:"南北风尘别,蹉跎五十三。一丘吾愿足,百里尔才堪。晓雾俄蒸雨,阴云暗结岚。离心与秋气,西去逐征骖。"其"蹉跎五十三"一句,实包括洪昇与在宜两人而言,故紧接于其下的三、四两句分述"吾"、"尔";又,其第一句的"南北风尘别"亦显系兼包两人,谓一人在南,一人在北。洪昇当与在宜同岁,写诗时两人皆为五十三岁。换言之,洪昇死时绝不止四十八岁,从而也绝不可能生于顺治十四年。

二

汪鹤孙与洪昇从青年时代起就是很好的朋友,他说自己比洪昇大两岁,自不致弄错。现既知道洪昇绝不会迟至顺治十四年始生,则汪鹤孙自然也不会迟至顺治十二年始生。所以,《便览》载鹤孙生于顺治十二年显然是不对的。至于《便览》何以会错的原因,我在拙著《洪昇年谱》中已作了说明,现引录如下:"《康熙十二年癸丑科会试一百五十九名进士三代履历便览》载汪鹤孙履历云:'乙未年五月初八日生。'案,是时士大夫履历例减年岁,不足据;参见王士禛《池北偶谈》卷二《官年》条。"王士禛的原文是:"近世士大夫履历例减年岁。"

对此,刘辉先生是这么说的:"封建社会的士大夫为了讨官,会试时隐瞒少报年岁的现象是存在的,但并非一概如此,皆不可信。"不过,从上面的论证中,

关于洪昇生年及其他

可见《便览》关于汪鹤孙生年的记载,应该是属于"不可信"之列的。

自然,刘辉先生还举出了另外一个证据,以证明《便览》所载鹤孙生年的可信。现引其说于下:

一九六四年九月,在北京大学图书馆找到了汪汝谦(鹤孙祖父。——培恒)的《松溪诗集》四卷,经向觉明先生鉴定,是集为清初刊本无疑。《卷四》乙未纪年,有诗一首,题为:《余家建兰,昔称极盛,开有八、九瓣。甲午严冬,一夕尽萎。忽于乙未仲夏,先抽五箭。时玉立生子,余因以兰名之鹤孙,觅得茧纸求书,嘉其志,遂书之。时预称八十矣。家有手书卷子》。

刘辉先生以为,从汪汝谦的这一诗题,可以证明鹤孙确实生于乙未。

不过,刘辉先生关于这一诗题的断句,恐怕是有问题的。照我看来,"时玉立生子"以下实应断作"余因以兰名之,鹤孙觅得茧纸求书"。换言之,乙未年所生的那个小孩是兰而不是鹤孙;鹤孙在那一年则已能"觅得茧纸求书",远非初生的婴孩了。由于此一诗题的断句问题比较重要,现稍作讨论。

刘辉先生曾经指出:以"鹤孙"二字属下句读,"与事实、情理皆不合"。他在这方面举出了四条理由,但似都不能成立。现逐一说明如下(为了行文的方便,在我的说明中,并不按照刘辉先生四条理由的原来次序,但对刘辉先生的原文绝不作任何更动)。

一、刘辉先生说:"何以因'兰'而名之'鹤孙'?其典出《左传》宣公三年:'郑文公有贱妾曰燕姞,梦天使与己兰,曰:"余为伯儵。余,尔祖也,以是为而子。以兰有国香,人服媚之如是。"既而文公见之,与之兰而御之,辞曰:"妾不才,幸而有子,将不信,敢征兰乎?"公曰:"诺。"生穆公,名之曰"兰"。'这里,兰即天使之孙。'鹤'者,'仙人之骐骥也'。因是名之'仙鹤'。故'鹤孙'亦即天使之孙也。'兰'即'鹤孙',盖源于此。"按,刘辉先生的这一解释,殊难令人信服。首先,如《左传》所记,作为"天使之孙"的"兰",乃是郑文公之子穆公,而非兰花。换言之,从《左传》中绝寻不出兰花是"天使之孙"的典故。而汪汝谦诞孙的时候,却是兰花(建兰)萎而复生,这跟作为"天使之孙"的郑穆公有什么关系?他为什么要以所谓"即天使之孙"的"鹤孙"作为自己孙子之名?其次,"鹤孙"根本不能释为"亦即天使之孙"。"骐骥"为骏马。因此,"鹤者,'仙人之骐骥也'",其真正的含义就是:鹤者,仙人之卓越的坐骑也。从而"鹤孙"即仙人的坐骑之孙。即使把仙人跟天使等同起来,也只能说"'鹤孙'即天使的坐骑之孙"。而"天使"跟"天使的坐骑"是无论如何也等同不起来的。鹤虽可称为"仙鹤",但

"仙鹤"与"仙人"也是等同不起来的。既然如此,纵或把兰花作为天使之孙,"鹤孙"与兰花仍拉不上关系。"余因以兰名之鹤孙"这样的话实在是不通的。汪汝谦是个很有才华的人,想来不至于做这样不通的事,说这样不通的话。而若断作"余因以兰名之",那就很合情理了。——这个孩子生时,恰值汝谦心爱的建兰萎而复生,故遂名此子为"兰",以示庆贺,以作纪念。

二、刘辉先生说:"'觅得茧纸求书,嘉其志,遂书之'的主语应为玉立,绝不能是鹤孙。否则与情理不合。"但是,"与情理不合"的原因是什么呢?刘辉先生没有作任何说明。在我看来,此句主语若不是鹤孙,倒是"与情理不合"的。其一,如上所述,其上句断作"余因以兰名之鹤孙"是不通的,"鹤孙"二字只能属下,则"觅得茧纸求书"的主语自是鹤孙。其二,洪昇生于顺治二年乙酉(说见下),汪鹤孙比他大两岁,则顺治十二年乙未时已十三岁。汪鹤孙《延芬堂集》卷首所附小传云:"虞山目为间钟之才。""间钟"即"间气所钟",是很高的评价。"虞山"指钱谦益。谦益卒于康熙三年,其时鹤孙为二十二岁。可知鹤孙也必早慧,故在二十二岁之前即受到当时极有声望的钱谦益的高度赞扬。那么,他在十三岁时,见到建兰萎而复生和弟弟出世,感到高兴,"觅得茧纸"乞祖父作书,正是情理之常,何谓"与情理不合"?其三,据诗题中"嘉其志,遂书之"之语,"觅得茧纸求书"者自当为鹤孙。正因他当时还是个孩子,但却已能为建兰萎而复生和弟弟的出世感到如此高兴,以至"觅得茧纸求书",所以可"嘉";若是玉立,顺治乙未时至少已五十岁左右(因其弟继昌为明代天启五年——也即1625年的进士,见钱谦益《有学集》卷三十二《新安汪然明合葬墓志铭》;则玉立于天启五年至少二十岁左右),他因自己生子和建兰萎而复生向父亲"求书",有什么特别值得嘉许之处?

三、刘辉先生说:"鹤孙并无兰孙这位弟弟。按:汪玉立共有四子。长子汪鹤孙。次子汪麒孙,……三子汪夔孙。四子汪鹏孙。……(见《春星堂诗集》卷一《小传》)"按,诗题作"余因以兰名之",并非"余因以兰孙名之"(《丛睦汪氏遗书》本《春星堂诗集》卷五收此诗,诗题作"余因以兰孙名之";这样,"鹤孙"就更应属下读了。故刘辉先生以为"兰"下的"孙"字系衍文,今姑从之);浙江人于初生的小孩往往起一乳名,其后再另外起名,所以,此一小孩于长大后未必就名为兰孙。也正因此,《春星堂诗集》所附小传中无兰孙之名,并不能作为此句不应断作"余因以兰名之"的证据。

四、刘辉先生说:"《康熙十二年癸丑科会试一百五十九名进士三代履历便览》明明写着汪鹤孙生于乙未年五月八日,而不是汪兰孙。"按,关于《便览》所载

关于洪昇生年及其他

汪鹤孙生年的不足据,已如上述;所以,要把《便览》作为依据,就必须先证明《便览》之可信。刘辉先生举出汪汝谦此诗的诗题,正是想做到这一点。但诗题的断句又有问题,必须先证明刘辉先生这种断句的正确,才能证明《便览》的可信。现在刘辉先生却是以可信性有待证明的《便览》为依据来证明其断句的正确,然后以这种断句来证明《便览》的可信,这实在是逻辑学所反对的乞贷论证。

那么,汪鹤孙在填写自己的履历时,为什么要把弟弟的出生年月作为自己的出生年月(甚至其所填的出生日子也可能是他弟弟的)呢?这其实也很容易回答:一方面,当时士大夫履历例减年岁;另一方面,一个人对于凭空捏造的出生年月日是不大容易记住的,假如有另一个人(例如皇帝)突然问起,就难免会记忆不清而出问题,但如借用自己弟弟的出生年月日,因其脑子中本来就有这个印象,那就比较容易记住了。

综上所述,此诗诗题不能断作"余因以兰名之鹤孙"。它并不能证明鹤孙生于顺治乙未,倒是证明了鹤孙早在乙未之前就已出生。

三

现在再回过头来说一说洪昇生于哪一年的问题。

刘辉先生说:关于洪昇的生年,"陈友琴先生根据《武林坊巷志》引姚礼《郭西小志》云:'康熙甲辰,二十初度',定为生于一六四五年。""此后,各文学史专著及其他研究洪昇文章中,皆沿用是说,似成定论。"但是,"这个稿本不仅时间晚出,而且颇多错舛,间又零乱。八〇年秋,又再次仔细地看了这个稿本,发现许多研究者引用的这条材料,原文竟是:'康熙甲辰,二月初度。'根本不是'二十初度'。把'月'字,径直改为'十'字,而且从没有一个人向读者交代清楚改动的原因。对于比较带关键性的材料,这种轻率的态度,是不足为训的。原书具在,请专家、读者覆按。"

根据刘辉先生的这种说法,好像把洪昇生年定为1645年是研究者"轻率"地"改动"《武林坊巷志》原文的结果,而且《武林坊巷志》也是不足信的。对此,必须略加说明。

现先引《杭城坊巷志》(即《武林坊巷志》)所引《郭西小志》此段文字如下:

稗畦生于七月一日。妻黄兰次,其中表妹也,迟生一日。康熙甲辰,二月初度,友人为赋《同生曲》,一时和者甚众。陆拒石《善卷堂集》有《同生曲序》。稗畦表弟钱杏山与妇林亚清,亦中表结姻者也。钱长林三岁,俱五月十一日生。

至康熙甲戌,稗畦夫妇五十,亚清亦四旬,稗畦为作《后同生曲》,艺林传为佳话。

由于此段文字一开始就说"稗畦生于七月一日",而且这也确是洪昇的生日,可见《郭西小志》的作者是清楚知道洪昇的"初度"之时的,则下文"二月初度"的"二月"两字中必有抄写之误。又从下文"康熙甲戌,稗畦夫妇五十"的记载中,可知作者清楚知道洪昇生于顺治乙酉(1645),从而他也必然知道康熙甲辰是洪昇的二十初度。许多研究者大概就是根据这两个原因而定"二月初度"为"二十初度"之误,并据以校改的。而且,即使这种校改不确,但从"康熙甲戌,稗畦夫妇五十"之语,同样可以推算出洪昇生于一六四五年。换言之,许多研究者的这种推算,并不是依靠把"二月"改为"二十",更重要的是依靠"康熙甲戌……"这一明确的记载。刘辉先生在否定1645年说时,引用并强调了显然存在传写之误的"二月初度"一语,却对"康熙甲戌,稗畦夫妇五十"这样的证据一字不提,这是很令人费解的。

其次,我曾于二十年前至浙江图书馆仔细看过《杭城坊巷志》稿本,其中颇有涂乙及重复之处,实在是一部未定稿。存在错舛是难免的。但说它"颇多错舛",却不知何所依据。同时,上引的关于洪昇的记载,并不是《杭城坊巷志》作者的叙述,而是引录乾隆时姚礼的著作《郭西小志》。因此,问题是在于它引用前人著作是否忠实。但即使是刘辉先生,也并未能指出其引用前人著作时有什么篡改或歪曲之处,则目前恐还不能认为这段记载不出于《郭西小志》或其中加入了《杭城坊巷志》作者的私货。自然,《杭城坊巷志》作者丁丙的时代较晚,他也没有交代过是"如何得到"《郭西小志》的,不过,钱塘丁氏是著名的藏书家,收藏乡邦文献甚多(其藏书之归于南京、浙江图书馆者,就有不少不见于他处的清代杭州人的著作),因此,丁丙曾见到过罕见的《郭西小志》,也并无可怪之处。

至于姚礼,他的时代既跟洪昇较为接近,又与洪昇是同乡,其所看到的乡邦文献、知道的故老传说,自然更多得多。我们虽无从知道他这条记载何所依据,但可以相信他绝不是信口雌黄。例如,他说康熙甲戌林亚清四十岁,钱肇修长林亚清三岁,据上文所考,肇修确生于顺治九年;他说洪昇夫妇分别生于七月一、二日,与陆繁弨《同生曲序》完全相同;他说洪昇夫妇于康熙甲戌五十岁,也是不错的,因为洪昇在《送郑在宜令凤县》诗中有"蹉跎五十三"语,知他其时为五十三岁,在宜名兰谷,见乾隆《武康县志》卷三,而《处州府志》卷十五《职官表》:"景宁县教谕:郑兰谷,(康熙)二十八年任,秩满升陕西凤县令,陆光曜,三十六年由例贡任。"是郑在宜之由景宁县教谕升任凤县知县在康熙三十六年,洪昇的《送郑在宜令凤县》当即该年所作。洪昇于康熙三十六年既为五十三岁,则

关于洪昇生年及其他

康熙三十三年甲戌恰为五十岁,与《郭西小志》的记述完全吻合。

也正因此,《郭西小志》关于洪昇年岁的记载是正确的,可以据以推定洪昇的生年;同时,我在拙著《洪昇年谱》中之所以定洪昇生于1645年,实不仅依据《杭城坊巷志》所引的《郭西小志》,而更重要的还在于洪昇的《送郑在宜令凤县》诗。

刘辉先生为了否定洪昇生于1645年之说,还举出了一个旁证:"现存与洪昇交游的同代人诗文中,时间最早而又明确系年的诗,首推张竞光的《宠寿堂诗集》卷九《宴集诗》。诗有注,'丁未仲冬十月(按,当作"有"。——培恒)七日作'。……诗云:'昉思新少年,笔札何纵横。'说他少年时代,能诗能文,才气纵横。……如按原生年,洪昇丁未年二十三岁,已结婚数年,以这样的年纪,张竞光当不会称为'新少年'。"按,古人称二三十岁之人为"少年",并不罕见。如岳飞《满江红》:"三十功名尘与土,八千里路云和月。莫等闲、白了少年头,空悲切。"其时岳飞当为三十岁左右,但仍以少年自居,故以"莫等闲、白了少年头"之语自戒。又如《聊斋志异·庚娘》云:"途遇少年,亦偕妻以逃者,……"而据下文,此"少年"乃"三十许男子"。然则洪昇于二十三岁时,张竞光称之为"少年",有何不可?其所以著一"新"字,则当是跟参与此一宴集的其他诸人相对而言。竞光此诗,在"昉思"二句以前,历举与宴诸人,而以洪昇为殿。他们是:李式玉、丁澎、沈叔培、陆繁弨、张振孙、周禹吉。李、沈、周三人与洪昇老师毛先舒合称"八子",李式玉且长于洪昇二十三岁,张振孙为洪昇师执张丹之弟,约较洪昇长十七八岁,陆繁弨较洪昇长十岁,且是洪昇的老师〔参见拙著《洪昇年谱》顺治二年谱文及注(一一)、康熙六年谱注(六),以及康熙七年谱注(一三)〕。跟以上这些人相比,洪昇自然是"新少年"了。——称之为"新",当是他在诸人中年辈最后。

四

假如以上的论证尚无大谬,那么,刘辉先生定洪昇生于1657年实是不正确的。而由于把洪昇的生年搞错,该文在考证与此有关的其他问题时,就难免存在错误。另一方面,在跟生年无关的问题上,也偶有疏误之处。现择要略作论辨。

一、关于洪昇结婚的年份和年龄。

据上引《郭西小志》,知康熙三年甲辰(1664),洪昇友人为赋《同生曲》;又据张竞光的《同生曲》,知当时既是洪昇的诞生之日,又是其结婚之时。由此可知,洪昇是于二十岁结婚的。但是,按照刘辉先生所定洪昇生年,康熙三年洪昇只有八岁。所以,他把洪昇结婚的年份改定为康熙十三年甲寅(1674)。其论证如下:

> 艺林传为佳话的另一对同生夫妇、洪昇表弟钱石臣之妻林亚清(以宁),在《寄表姊黄兰次燕都》诗中云:"君不见会稽有高士,庑下常依栖。举世人莫识,知者乃为妻。"透露出洪昇婚后,与兰次同在北京生活,依栖于黄机门下。那么,洪昇是何时去京的呢?
>
> ……我们现在所能看到的说明洪昇在京定居时间的记载,是王士禛与方渭仁在康熙十六年丁巳所写的诗。一是《送洪昉思由大梁之武康》:"三年京国何所见,日中攘攘肩相摩。"一为《送洪昉思游梁兼寄毛祥符会侯》:"三载长安客,萍踪又汴梁。"都明言洪昇在京三年。三年前应为康熙十三年甲寅,正是这一年他与兰次成婚。

按,《后汉书·梁鸿传》:"(鸿)遂至吴,依大家皋通,居庑下。"又,梁鸿为汉章帝时人,其时吴属于会稽郡,为郡治所在地。所以,"会稽有高士,庑下常依栖"等句,乃是言东汉梁鸿、孟光的故事,并以安慰和劝勉黄兰次;"君不见"的"君",即指兰次。刘辉先生把这几句诗理解为洪昇"依栖于黄机门下",恐是不确的。而且,即使如刘辉先生所说,这几句诗"透露出洪昇婚后,与兰次同在北京生活",但诗中也绝未说明洪昇是在北京结婚或一结婚就与兰次同在北京生活,那么,虽然洪昇是从康熙十三年起"在京定居"的,又怎能证明"正是这一年他与兰次成婚"呢?

为了证成洪昇于康熙十三年结婚之说,刘辉先生还说张竞光的《同生曲》是庆贺洪昇订婚的。按,竞光此诗一开始就说:"高门花烛夜,公子受绥期。"《仪礼·士昏礼》:亲迎时,"婿御妇车,授绥"。诗中所说,明为结婚之事,何得云为订婚?

二、关于洪昇初次入京的年份和年龄。

我在《洪昇年谱》中,考定洪昇于康熙七年二十四岁时首次入京,刘辉先生则认为他于康熙八年十三岁时初次入京,其证据是洪昇《寄内》诗中的"十三从父游,行行入幽蓟"二句。

但是,这两句诗乃是说黄兰次于十三岁入京,并非说洪昇自己,不能用来作为洪昇于十三岁入京的证据。现先引刘辉先生的有关论述如下:

> 《啸月楼集》卷一《寄内》组诗实际上概述了他们从幼年至新婚而又暂时分

离的整个过程。《其一》云:"少小属弟兄,编荆日游憩(按,刘辉先生原文并未引此两句。因考虑到文意的完整,代为补引。——培恒)。素手始扶床,玄发未绾髻。嗣后缔昏因,契阔逾年岁。十三从父游,行行入幽蓟。"说明他们原是两小无猜,待正式缔为婚姻,就分离开了,不能够整天在一起耳鬓厮磨了。因此在《其二》里,洪昇北望京华,思念兰次:"嗟哉双鸳鸯,如何久离别。虽有合欢被,独眠为谁设。北望悲我心,踯躅俟还辙。"

但是,既然"十三从父游,行行入幽蓟"是指的洪昇自己于十三岁入京,那么,到了京华以后的洪昇,为什么还要"北望京华,思念兰次"?这岂非自相矛盾?刘辉先生也许会说:洪昇于十三岁随父入京后,不久又回到了杭州,而兰次仍在北京,所以他要"北望京华,思念兰次"。但是,此诗在什么地方提到过洪昇后来又回到杭州而兰次仍在北京这样的事呢?在这"实际上概述了他们从幼年至新婚而又暂时分离的整个过程"的诗篇中,洪昇何以偏偏要略去这样重要的事件,弄得全诗脉络不清呢?而若把"十三"两句理解为黄兰次随父入京,那就毫无扞格之处了。其时兰次既随父入京,洪昇自然要"北望京华,思念兰次"了。

刘辉先生还说:"有的同志说这是黄兰次十三岁从父游,非。前已谈到黄兰次祖父黄机三年前已是礼部侍郎,其父黄彦博在康熙三年选庶吉士入翰院。甲辰,兰次八岁,祖、父都在京师为官,不可能十三岁才到北京,更不能说是从父去游。"按,兰次与洪昇同岁,这是刘辉先生也承认的。由于洪昇生于顺治二年(1645),兰次十三岁时为顺治十四年;至于康熙三年甲辰,兰次已二十岁了。黄机为礼部侍郎则始于顺治十七年,刘辉先生所说:"祖父黄机三年前已是礼部侍郎",不知究何所指。又按,据《清史稿·黄机传》,机举顺治四年进士,其后一直在京师为官。而从洪昇的《寄内》诗看,黄兰次小时是在杭州生活的,所以洪昇能与她"编荆日游憩"。到了十三岁,她才随父入京。这有什么不可以?刘辉先生之认为"非",乃是由于他搞错了洪昇和黄兰次的生年。

三、关于洪昇写《长生殿》的年份与年岁。

洪昇自述其撰写《长生殿》的经过说:这部剧本凡"三易稿"。最早为《沉香亭》,后改为《舞霓裳》,最后"以《长生殿》题名"(《长生殿例言》)。我在《洪昇年谱》中考证其创作过程时曾指出:写《沉香亭》当在康熙十二年(1673),改《沉香亭》为《舞霓裳》在康熙十八年(1679),改《舞霓裳》为《长生殿》则在康熙二十七年(1688)。对此,刘辉先生批评说:

……《长生殿》脱稿于康熙二十七年戊辰,徐灵昭序言说得清楚明白:"尝作

《舞霓裳》传奇,尽删太真秽事,予爱其深得风人之旨。岁戊辰,先生重取而定之……易名曰《长生殿》。"戊辰重取而定之,说明原来已经写好了一个本子,只是在戊辰这一年重新改定。那么,这个稿本到底在那一年写成的呢?……观洪昇自序,《舞霓裳》在康熙十八年己未作者二十三岁时,已经开始动笔修改为《长生殿》,最重要一点是"凡史家秽语,概削不书。"而不是像有些同志认为的这一年由《沉香亭》改写为《舞霓裳》。

按,在"洪昇自序"中,绝未提及"《舞霓裳》在康熙十八年己未作者二十三岁时,已经开始动笔修改为《长生殿》"。不过在今本《长生殿》所收洪昇自序的末尾,署明"康熙己未仲秋稗畦洪昇题于孤屿草堂"。大概刘辉先生认为这是洪昇为《长生殿》写的自序,故以为洪昇在康熙十八年己未时已动笔改《舞霓裳》为《长生殿》了。不过,这现象也可作另一种解释:洪昇在写成《长生殿》后,未再另写序言,而仍然使用了他为《舞霓裳》所写的自序。倘若如此,刘辉先生的上述推断就不能成立了。

考徐麟《长生殿序》:"(稗畦洪先生)好为金元人曲子,尝作《舞霓裳》传奇,尽删太真秽事,余爱其深得风人之旨。岁戊辰,先生重取而更定之。或用虚笔,或用反笔,或用侧笔、闲笔,错落出之,以写两人生死深情,各极其致。易名曰《长生殿》。"这里"重取而更定之"的"之",是个代词;而在此句之前,除了提到《舞霓裳》以外,并未提及洪昇的任何其他作品,所以,此一"之"字所代的,只能是《舞霓裳》。由此可见,洪昇是在戊辰年把《舞霓裳》重加"更定"而易名为《长生殿》的,从而康熙十八年写的那篇序言只能是《舞霓裳》的旧序,并不能用来证明洪昇于康熙十八年已动笔改《舞霓裳》为《长生殿》。刘辉先生所说"戊辰重取而定之(按,'定'上脱'更'字。——培恒),说明原来已经写好了一个本子",这是不错的,不过,如上所述,这个"本子"就是《舞霓裳》,而不是由《舞霓裳》修改的《长生殿》。至于刘辉先生所说的"最重要一点是'凡史家秽语,概削不书'",似要用洪昇《自序》中的这两句话来证明其为《长生殿》序而非《舞霓裳》序,则恐不妥。因为徐麟明明说"《舞霓裳》尽删太真秽事,余爱其深得风人之旨",这跟《长生殿》所载《自序》的"凡史家秽语,概削不书,非曰匿瑕,亦要诸诗人忠厚之旨(按,此即'风人之旨'——培恒)云尔",正是若合符节的,安见其不是《舞霓裳》旧序?

当然,这里还存在一个改《沉香亭》为《舞霓裳》在哪一年的问题。由于康熙十八年的那篇自序实是《舞霓裳》序,则《舞霓裳》的写成(也即改《沉香亭》为《舞霓裳》)自当即在该年。刘辉先生对此作了如下的反驳:

……洪昇在《例言》里已经作了明确交代："忆与严十定隅坐皋园,谈及开元、天宝间事,偶感李白之遇,作《沉香亭》传奇。寻客燕台,亡友毛玉斯谓排场近熟,因去李白,入李泌辅肃宗中兴,更名《舞霓裳》,优伶皆久习之。"可见寻客燕台之后,就着手修改《沉香亭》。前论洪昇于……甲寅婚后定居(北京)。那么,至迟在乙卯年即十九岁时就修改《沉香亭》了,此其一;其二,"优伶皆久习之。"说明《舞霓裳》在己未年前已经排习演出。可见由《沉香亭》改为《舞霓裳》经历的时间较短。

按,就文字本身说,"亡友毛玉斯谓排场近熟"之下既可用逗号,也可用句号。若用逗号,那就意味着洪昇一听到这个批评,就立即"因去李白,入李泌辅肃宗中兴";若用句号,那么,毛玉斯提出批评是一回事,洪昇加以修改又是一回事,而这两件事之间不妨有相当长的距离。而且,甚至在"寻客燕台"句下也不妨用句号,从而在"寻客燕台"和毛玉斯提出批评这两件事之间也可能隔开相当长的时间。所以,我们实不能根据这一段话来考证洪昇改《沉香亭》为《舞霓裳》的年份,恰恰相反,我们倒是应该根据其他材料考证出了改《沉香亭》为《舞霓裳》的年份以后,才能确定这段文字后如何标点。如上所述,洪昇改《沉香亭》为《舞霓裳》当在康熙十八年,所以,刘辉先生对这段文字的标点似不甚妥当,至少在"排场近熟"下似应用句号。至于"优伶皆久习之"语何以能"说明《舞霓裳》在己未年前已经排习演出",也很不易理解。《长生殿》脱稿于康熙二十七年,在这之前,优伶当然只能演《舞霓裳》而不可能演《长生殿》。若自康熙十八、九年开始演《舞霓裳》,到康熙二十七年也已演了八九年,不可谓不"久",何以一定要在"己未年(即康熙十八年)前已经排习演出"才能算是"久"呢?

关于洪昇创作《沉香亭》的年代,我在《洪昇年谱》中定为康熙十二年,并具体论证了不可能创作于康熙十三年的理由;刘辉先生定为康熙十三年,但并未对我所提出的理由作任何反驳。我的理由既未曾被否定,刘辉先生的这一推定似也难以成立。

四、关于汪鹤孙《洪昉思见访维扬,出所制新乐府见示》诗的写作年代及其与《长生殿》的关系。

我在《洪昇年谱》中定此诗写于康熙二十五年丙寅,刘辉先生则以为此诗必作于康熙二十三年之前。他说:"汪鹤孙在维扬的时间尤应注意。按:汪鹤孙曾为迎送康熙南巡,离开了扬州,一去就是十年,十年后的九月方才返回,这是汪鹤孙在他自己给张潮的一封书信中告诉我们的。书云:'因迎送圣驾至钱塘,复以十年未归。事如擢发,忆夏间嵩辰,竟未申祝,至今抱歉之甚。菊月返扬,当补叩尊前也。'查：康熙第一次南巡为康熙二十三年甲子九月，……汪鹤孙参加了两次南巡，故又必在甲子年之前。"刘辉先生的意思是：汪鹤孙于康熙二十三年至三十三年皆在钱塘，不在维扬，故此诗不可能作于康熙二十五年。不过，按照文言文的通常用法，"复以"的"以"乃是"由于"之意，所以"未归"下是不应用句号的。此信的意思是说：由于十年未归钱塘（汪为钱塘人），一回到家里就"事如擢发"，忙得连你（张潮）的生日都未能前来祝贺，抱歉之至。换言之，此信绝不能作为汪鹤孙"离开了扬州，一去就是十年"的证据。又，《延芬堂集》卷上《过漂母祠（原注：丙寅）》："一饭王孙事亦奇，淮流森森夕阳时。炎凉一载俱尝尽，舣棹来题漂母诗。"可知汪鹤孙于康熙二十五年确在维扬一带，而不在钱塘。

刘辉先生因汪鹤孙此诗小注中有"时昉思自都门还武林"之语，而洪昇于康熙二十二年又曾游大梁，遂定此诗写于康熙二十二年。他所用来证明洪昇于该年游梁的诗是顾永年《梅东草堂诗》卷一的《送洪昉思游大梁》。但是，第一，顾永年此诗通篇未曾说到洪昇要由大梁还杭州，而且还说"岁晚兔园霁雪满，多才司马正游梁"，可知洪昇到达大梁时当在岁暮。而他于次年正月上旬已在北京〔参见《洪昇年谱》康熙二十三年谱文及注（一）（二）〕，则于到达大梁后当即返回北京，不可能再返钱塘。与汪鹤孙所云"时昉思自都门还武林"之语不合。第二，自北京游梁不经过维扬。所以，刘辉先生所推断的此诗作年恐不确。

刘辉先生还认为，诗题所言的"新乐府"就是《长生殿》，并由此得出了"正是这一年，《长生殿》基本写成"的结论。他是这样来论证的：

"夙昔穷研在词赋，壮心徒耗苦难成。"十几年的惨淡经营，难道还不苦吗？自然，洪昇一生写了不少剧作，但哪一部如此"苦难成"呢？

这就是刘辉先生用来证明此诗所言"新乐府"即《长生殿》的全部证据。按，"词赋"二字连用时，"词"通作"辞"，李白《江上吟》的"屈平词赋悬日月"即是显例。"壮心徒耗苦难成"既紧接在"夙昔穷研在词赋"之后，其所"苦难成"者自是"词赋"，也即"辞赋"，而《长生殿》却并非辞赋。所以刘辉先生的论证是无法成立的。又，此诗的后面两句是"直拟低头拜东野，岂论年长合称兄（原注：余长昉思二岁）"。其"直拟低头拜东野"句的主语显然是汪鹤孙，"东野"借指洪昇，故其上两句实鹤孙自谦之语。意谓自己在文学创作上并无成就，"壮心徒耗苦难成"，所以对洪昇佩服到"直拟低头拜"了。

最后，简单说一说洪昇因演《长生殿》致祸时的演剧地点问题。

刘辉先生据李孚瑞《后圃编年稿》中《太平园》一诗，定《长生殿》之祸的演剧地点为太平园,并说"至于演于洪昇寓、查楼云云,皆不确"。按,李孚瑞此诗虽亦写于演《长生殿》致祸的康熙二十八年,诗题下并有"京师演出之所"的小注,但诗中并无一字涉及《长生殿》。现引刘辉先生用作证据的诗句如下:"新曲争讴旧谱删,云璈仿佛在人间。诸郎怪底歌喉绝,生小都从内聚班。"从这些诗句中,丝毫都看不出《长生殿》即在此演出,即使确如《柳南随笔》等所载,当时演《长生殿》的为内聚班,而太平园也确为内聚班的上演场所,但这并不排斥另一种可能性:内聚班还可以在私人的邸宅中演出。如所周知,唱堂会的制度一直延续到解放前夕。而据洪昇友人金埴的记载,那一场给洪昇带来灾难的演出是在"昉思邸"进行的(见《巾箱说》),又据戴璐《藤阴杂记》,弹劾昉思等人的黄六鸿的奏疏中,似也明言洪寓(戴璐说:"近于吏科见黄六鸿原奏,尚有侍读学士朱典、侍讲李澄中、台湾知府翁世庸同宴洪寓。")。所以,演于洪昇寓所之说,恐怕并不是可以凭借李孚瑞诗而否定的。

除此以外,刘辉先生文中还有一些可以商榷之处,这里就不再一一赘陈了。

对中国古典文学研究的展望①

建国三十五年来,在中国古典文学研究领域内取得的成就是重大的,力图以马克思主义观点来指导研究已经成为这一领域的主流。当然,也存在着缺点和错误,十年浩劫所带来的破坏更令人怵目惊心。然而,在整个三十五年中,这到底是第二位的东西。发扬成绩,克服缺点和错误,把研究工作推向一个新的高度,已经成为几乎可以触到的前景。下面以明代文学研究为例,对此略作展望。

我想,根据马克思主义的基本观点,进一步阐明中国古典文学的发展过程,将是贯穿于今后这一领域的主线。

作为意识形态的一种,文学归根到底是由经济基础决定的,同时又与其他的意识形态相互联系、相互制约。把文学如实地放置在这样的背景中来探究其发展过程,才符合马克思主义的要求。而在这方面,过去虽也作了努力,取得了成绩,但所注意到的似还只是那些容易被觉察的现象,并没有深入到整个文学的发展过程中去。例如,由于市民的经济力量的成长,明代的文学出现了一种新的特色,这是今天业已成为定论了的正确观点。但是,从目前的一般论著来看,这种新的特色似乎只是体现在小说、戏曲(而且是很少一部分小说、戏曲)中,至于在诗文方面,则公安派等虽在文学主张(抒写性灵)上存在着与其相通之处,作品的内容却与这种特色很少联系。换言之,明代的诗文似乎很少这种新的特色。但在实际上,市民的经济力量的发展不能不影响到诗文;也许可以说,这种影响从元末明初就开始表现出来了,只是由于表现形式没有小说、戏曲那样直接,不曾受到普遍的重视。试举高启的《青丘子歌》为例:

> 青丘子,……研元气,搜元精,造化万物难隐情。冥茫八极游心兵,坐令无象作有声。

在这里,诗人把自己(青丘子)看作宇宙的主宰。他不仅能参透造化万物,而且

---

① 原载《复旦学报》(社会科学版)1984年第5期。

能加以改变。对于自我的这种强调,在这以前的我国文学中似乎是没有见到过的。这正是随着市民经济力量增长而来的个人意识之初步觉醒的体现。当然,在当时的社会中市民阶层远没有占统治地位,所以,诗人之作为宇宙的主宰,不能不是一种虚幻的境界,那"令无象作有声"的,归根到底只是"心"造的幻影。不过,对于"心"的作用的这种无限的夸大,虽然只是现实生活中的市民阶层的力量还不强大的反映,但跟汤显祖的认为"情"的力量大到足以使人由生而死、由死而生的观点(《牡丹亭记题词》)却是一脉相通的。假如说,我们以前对明代诗文中的这类新的内容注意得还不够,那么,这也就意味着我们还未能深入地阐明明代文学的发展。

为了改变这种局面,目前已有不少研究者一方面致力于研究的面的扩大,另一方面要求研究的角度的更加准确。关于前一点是容易理解的。我们之所以没能充分发现明代诗文的新的内容,乃是因为对它们的研究比较忽略,研究的主要精力集中在一部分小说、戏曲上。关于后一点,则其实是进一步贯彻马克思主义的下述观点的问题:"判断历史的功绩,不是根据历史活动家没有提供现代所要求的东西,而是根据他们比他们前辈提供了新的东西。"(列宁《评经济浪漫主义》)[1]我们过去并非无视列宁的这个意见,比如,我们都知道要古代作家站在无产阶级立场来写作是荒谬的,但是,对古代作家的研究要真正把着眼点放在他是否比前辈提供了新的东西这一点上,却还是我们的努力方向。

这是因为我们对古代作家的评价往往集中在诸如他的作品是否反映了人民的痛苦、政治的黑暗,是否对封建礼教有所反抗,是否具有爱国思想之类的问题上。如果是的,就加以肯定;不是的就给个较低的分数,甚至不予及格。这样,对于相距数百年乃至二千多年的作家,实际上是放在同一个平面上,用同样的几把尺子来衡量。应该说,这样的几把尺子并不能概括文学史上的一切值得重视的内容。例如明代后期出现的《蒋兴哥重会珍珠衫》[2]这样的作品,用上述的几把尺子来衡量,似乎都量不出什么积极意义(当然,勉强可以说它对封建礼教有所反抗,但仅仅从这一点来看,其积极意义可谓微乎其微),然而,渗透在这一作品里的市民意识,却使它别开生面,引导读者用一种与传统有所区别的眼光去看待人生,在那个历史阶段,其价值是不言而喻的。同时,在用这些尺子衡量时,重点在于作品是否符合尺度,而对于它们是否提供了比前人之作新的东

---

[1] 列宁《评经济浪漫主义》(1897 年),《列宁全集》第 2 卷,第 150 页。转引自北京师范大学中文系文艺理论教研室编《文学理论学习参考资料(下)》,春风文艺出版社,1982 年,第 1168 页。
[2] 冯梦龙编《喻世明言》,人民文学出版社,1958 年,第 1 页。

西这一点,就容易忽略。也举个例子吧。汤显祖的《牡丹亭》是已有定评的杰作。它是写青年男女的爱情、婚姻问题的,而在元代,已经有了也是写这问题的名著《西厢记》。我们把它们都作为反封建礼教的剧本加以肯定,但《牡丹亭》有没有提供比《西厢记》新的东西? 如果有的话,提供了什么? 又是怎样提供的? 对于这一些,却还缺乏足够的研究。至于作家的艺术成就,我们也往往用几把共同的尺子来衡量,诸如形象是否鲜明、情节是否生动之类,而对每一个具体作家在艺术上是否和怎样提供了比前人新的东西,同样未曾进行深入的探讨。

正因如此,文学发展过程本来应是新陈代谢的过程,然而中国古代文学在思想内容和艺术表现上到底是怎样新陈代谢的,至今难于作具体、深刻的说明。由于此种现象已经引起了大家的注意,并正在进行新的探索和努力,今后在扩大研究的面的同时,必将有越来越多的人从事于比较的研究,特别是将各个历史时期的文学及其代表作家作品加以比较,从中寻找发展的线索。

在作这样的比较时,我们曾更加深切地体会到马克思主义的重要性。因为,不是从马克思主义的唯物史观出发,我们就无从判断文学作品中的哪些内容是与社会前进的方向相一致的新的东西,哪些是陈旧的乃至反动的东西,从而也就看不出文学是怎么发展过来的。像晚明文学中的那些把"好货好色"作为人的正常欲望来描写的作品,不仅从封建的传统观念来看应予否定,就是依据貌似马克思主义的"左"的观点,那些也都是毫无可取的封建糟粕。只有用马克思主义来分析,我们才能认识到那正是跟当时的资本主义萌芽联系在一起的市民意识的体现,是那时文学中值得赞扬的新的事物,虽然不可避免地带着市民意识的历史局限。所以,越是进行这样的比较,马克思主义也就越加成为我们这个领域的灵魂和血肉。

另一方面,这也一定会使我们的研究更为细致。既要进行比较,我们就必须说明这一阶段的文学跟前一阶段的有什么不同,不但要指出明显的差别,尤其需要分辨同中之异。由于中国封建社会的长期持续,中国古代文学的发展是很缓慢的,在后一阶段所出现的反复,只有细致地剖析其同中之异,才能显示出前后的发展关系。以《牡丹亭》来说,表面上好像跟《西厢记》一样,都是歌颂青年男女对爱情和婚姻自由的追求,但如仔细探索,我们就能发现它是更直接、更勇敢地肯定男女之欲,在这点上,比起《西厢记》来,它朝着《十日谈》《坎特伯雷故事》的方向前进了一步,或者说,中国文学中的市民意识在这里又有了进一步的表现。至于作品的艺术性,那当然更只有通过细致的比较,才能把捉其进展的脉络。

伴随着这一领域中的上述进程,我们不但将对许多东西从无所知进到有所知,从知之甚浅进到知之较深,而且必将推翻或改变某些现有的结论。这是认识深化的必然结果。例如,"前后七子是晚明文学革新思潮的对立面",这在目前似乎已成定论。然而,作为前七子之首的李梦阳,主张诗歌必须从真实的感情出发,真诗在于民间,推崇民间小曲和《西厢记》,这都是跟晚明文学革新思潮一脉相通的,由于他的时代较早,在这些方面甚至可说是晚明文学革新思潮的先驱。而且,李贽对李梦阳的作品评价极高,袁宏道在《答李子髯》其二中说:

> 草昧推何李,闻知与见知。机轴虽不异,尔雅良足师。后来富文藻,诎理竟修辞。挥斥薄大匠,裹足戒旁歧。模拟成俭狭,莽荡取世讥。直欲凌苏柳,斯言无乃欺!当代无文学,闾巷有真诗。却沽一壶酒,携君听《竹枝》。[①]

"何李"指李梦阳和前七子的另一领袖何景明。袁宏道所作的评价虽没有李贽那样高,但仍认为他们"尔雅良足师"。他所反对的,其实只是李、何的后辈,这从"后来富文藻"等句可以清楚看出。而诗中的"当代无文学,闾巷有真诗"两句,正是李梦阳的观点。那么,李梦阳到底是否是晚明文学革新思潮的对立面呢?随着研究的深入,目前在这问题上的结论,在将来也许会有若干的修正吧。

总之,在庆祝建国三十五周年的欢乐的日子里,展望中国古典文学研究领域的未来,我认为:马克思主义必将进一步成为这一领域的灵魂和血肉;在这前提下,通过扩大研究面和广泛使用比较的方法,我们必将逐步深入地阐明中国古代文学的发展过程,我们的研究必将越来越细致,越来越具有科学性;而目前在这领域中还存在着的那些跟马克思主义不一致的研究方法和似是而非的观点,必将遭到淘汰。

---

① 袁宏道著、钱伯城笺校《袁宏道集笺校》上册,上海古籍出版社,1981年,第81页。

再谈《金瓶梅词话》的写作时代

《复旦学报》1986年第1期所载朱建明君《也谈〈金瓶梅词话〉的作者》一文,对拙作《论〈金瓶梅词话〉》中关于《金瓶梅》写作时间的看法提出了不同意见。拙作因限于篇幅,对这问题语焉不详。故拟借此机会稍作补充,兼以答复朱君。

明顾起元《客座赘语》卷九《戏剧》云:"南都万历以前,公侯与缙绅及富家凡有谯会,小集多用散乐,或三四人或多人唱大套北曲,……若大席则用教坊打院本,乃北曲大四套者。……后乃变而尽用南唱。……大会则用南戏,……"在这里有两点值得注意:一、"后乃变而尽用南唱"的"后",显然是与"万历以前"相对而言的,所以,"变而尽用南唱"乃是万历以后的事。但朱建明君为了把这种变化说成在嘉靖年间就已开始,竟然说:"顾起元《客座赘语》所叙南北曲的演变,也不像章氏所理解的那样,仅指万历年间,而是指嘉靖至万历这一历史时期。"我实在不知道朱君为什么对顾起元写得这样清楚明白的"万历"二字,硬要别人"理解"为"是指嘉靖至万历这一历史时期"?这不是任意改变古人的原意吗?二、顾起元把"谯会"分为三类:小集、大席、大会;并明确指出,万历以前用北曲的乃是小集、大席,大会则于万历前就已用南戏。而在《金瓶梅词话》中,如三十六回的西门庆宴请蔡状元,四十九回的西门庆宴请宋巡按等,皆属于大席的性质。前者用"苏州戏子",后者用"海盐子弟",皆为"南唱"。所以,这应该是万历以后的习俗。诚然,顾起元所记是南京的情况,而《金瓶梅词话》所写的事则发生在山东,但南方人对"南唱"的爱好本超过北方人,小集、大席之由北曲改为"南唱"自应首先出现在南方,山东人不可能反而走在南京人前头。因此,《金瓶梅》的上述描写当出于万历以后。

但是,朱建明君却企图使人相信万历以前的小集、大席已在用南唱。他所引的史料跟他的论断之间并不完全一致。例如,作为"南曲在明嘉靖朝前已""取北曲而代之"的唯一证据的,是杨慎的《丹铅总录》:"近日多尚海盐南曲,士

---

① 原载《复旦学报》(社会科学版)1986年第2期。

大夫禀心房之精,从婉娈之习者,风靡如一,甚者北土亦移而耽之。"杨慎所谓"风靡如一",显然是就一部分士大夫而言(即"禀心房之精,从婉娈之习者"),朱君却把它解释为南曲已"一统天下",殊与杨慎原意不符。又如,他为了证明北曲在嘉靖时的败落,引了何良俊《四友斋丛说》卷三十七中的这一段话:"余家小鬟记五十余曲,而散套不过四五段,其余皆金元杂剧词也,南京教坊人所不能知。"粗粗一看,似当时的南京教坊人已不能唱金元杂剧词——北曲,其实并非如此。因何良俊在同书同卷中又说:"乐府词,伎人传习皆不晓文义。……如《两世姻缘·金菊香》云:'眼波眉黛不分明。'今人都作'眼皮'。一日小鬟唱此曲,金在衡闻唱'波'字,抚掌乐甚,云:'吾每对伎人说此字,俱不肯听。公能正之,殊快人意。"《两世姻缘》为元代乔吉所作杂剧。从这一条,可知这本元杂剧是何良俊家里小鬟和教坊中伎人都在唱的,金在衡还一直在就此曲的一句唱词向教坊伎人提意见。所以,上引何良俊所谓"南京教坊人所不能知",仅说是教坊人不能知小鬟所记的五十余曲,并非说他们对所有"金元杂剧词"已"不能知"了。总之,在嘉靖时期,南曲还不曾做到"取北曲而代之",北曲也仍然在唱。因此,朱君若举不出确切的证据来证明万历以前的小集、大席已不尽用此曲,就不能推翻顾起元的此一记载;朱君所引的"史料"虽能证明南曲在嘉靖时确在发展,从而我们也可以同意当时它应"已进入公候、缙绅的宴会",但这与顾起元所记也并无矛盾。因顾起元本就说大会在万历前已用南戏,也即已进入公候、缙绅的宴会。所以,这也不能否定顾起元记载的可靠性。

朱君还企图从《金瓶梅词话》本身来证明其不可能写于万历时期。他说:"小说中提到的《笑乐院本》的搬演(20回),及刘太监观看《陈琳抱妆盒》杂剧(31回),恰恰是嘉靖朝前的社会风俗,而为'尽用南唱'的万历年间所没有的。""到了万历年间,海盐腔急转直下,迅速衰落,并被昆山腔取代。……(《金瓶梅》所写)在酒筵中海盐子弟演戏应是嘉靖年间的习俗。"因而,他认为《金瓶梅》为嘉靖时期的作品。但我想,这样的论证在逻辑上是很成问题的。《金瓶梅词话》所写,至少从表面上看来是宋代的故事,尽管作者意在反映现实,作品中有意无意地写到了一些当时的习俗(如大席用南唱之类),使我们可借以窥知其写作时间,但为什么作品中的一切细节描写都必须跟写作此书的万历时期的情况相一致呢?为什么不能把嘉靖时期的某些习俗写入书中呢?要知道,他从来没有宣布过他仅仅是在再现他写作此书的万历时期的生活!再说,朱君所举出来的这些事是否在万历时期就不能出现,也还是问题。例如,所谓"笑乐院本",既非北曲,又非南唱,为什么在"尽用南唱"的万历时期就不会有？又如,他用来证明"在酒筵中海盐子弟演戏应是嘉靖年间的习俗"的材料共两条。第一条是《云间据目抄》:"戏子在嘉、隆交会时,……弋阳人复学太平腔、海盐腔以求佳,而听者愈觉恶俗,故万历四、五年来遂屏迹,仍尚土戏。"第二条是王骥德《曲律》:"旧凡唱南调者,皆曰海盐,今海盐不振,而曰昆山。"按,第一条是说弋阳人学海盐腔未能成功,并未说海盐腔在万历四、五年就已屏迹;《曲律》是王骥德于万历三十八年写的,所以,其中的"今海盐不振"语,只能作为万历后期海盐腔衰落的证据,却不能用来证明万历前期在酒筵间已不唱海盐腔。因此,朱君所谓"在酒筵中海盐子弟演戏后是嘉靖年间的习俗",实在也不过是主观臆断。

朱君还说,《金瓶梅》提到的海盐子弟演出剧目,如《玉环记》《香囊记》等"皆为嘉靖朝前的传奇,没有一部是隆庆后的作品,显而易见小说不是万历年间的产物"。这更令人诧异。《红楼梦》大概是乾隆时期的产物吧,但它提到的剧目却都是元、明和清初的,没有一部康熙后期的;为什么写于万历时期的《金瓶梅》就必须提到隆庆后的剧本？

最后,再补充一条材料:西门庆宴请蔡状元是用"苏州戏子"。而书中所说某地戏子,实不仅指戏子的籍贯,且与其演唱的声腔连在一起。如六十四回写西门庆留薛内相看戏,薛内相问:"是那里戏子？"西门庆道:"是一班海盐戏子。"薛内相道:"那蛮声哈剌,谁晓的他唱的是甚么？"可见"海盐戏子"也即意味着唱海盐腔的戏子,所以薛内相一听说"海盐戏子"就有这样的评论。那么,"苏州戏子"自然也意味着唱苏州腔——实际上就是昆山腔(因昆山属于苏州,而苏州除昆山腔外,当时别无其他声腔)——的戏子。据徐渭写于嘉靖三十八年的《南词叙录》说:"昆山腔止行于吴中。"可见嘉靖三十八年时昆山腔连江苏的常州、镇江等地都还没有打入。像《金瓶梅词话》所写的那种昆山腔在山东也能站住脚跟的情况,必然要在嘉靖三十八年的好多年以后——也即万历时期——才能发生。赵景深先生说:"万历以后,昆剧就渐次流行。初时的发展范围是江、浙两省,继而沿长江流域发展,向北就到山东、河北等地。"(《谈昆剧》)[①]我想,这是可信的。

[①] 赵景深《戏曲笔谈》,上海古籍出版社,1980年,第193页。

关于中国文学史的思考[1]

新编三卷本《中国文学史》印行以后,受到社会的广泛关注和欢迎,许多专家学者也给予了很高的评价。对此,我们作为主编(也包括其他撰稿人)虽不免感到某种欣慰,却也清楚:这并不意味着我们的工作取得了多么大的成绩(事实上此书与我们期望的目标尚颇有距离,更谈不上完善),而是更多地反映了社会对文学史乃至更大范围的学术研究应有之变化的期待。正如在近期由《文汇读书周报》和复旦出版社联合主办的专家研讨会上许多与会者所指出的那样,改革开放政策不断深入人心,以及近年来关于许多理论问题的讨论,是本书产生的大背景。尽管本书还存在不少有待改进之处,但我们相信这种重新描述中国文学发展流程的尝试和一系列的问题的提出,是必要和适时的。在此,我们想简要地谈谈关于编写这部《中国文学史》的一些基本想法,以期引发进一步的讨论,并得到广大读者的批评指正。

一

要编写一部系统的文学史,首先必然会遇到的问题是:文学的根本价值何在?推动文学发展的核心因素是什么?在这方面,如果说早期的文学史著作比较忽视理论分析,解放以后的同类著作,则又太多受到政治因素的干扰。在50年代,强调文学的政治标准第一,强调文学是阶级斗争的工具,是一种强制性的理论,学者即使有个人的真知灼见,也不敢冒天下之大不韪。因此一般文学史研究对上述问题的回答,就不免产生偏差。

实际上,按照那时的阶级斗争学说来描述文学史,存在极大的困难。即使把历史上无主名的歌谣大都归之为"民间"乃至"劳动人民"的创作而拔高它们的意义,也只涉及古代文学中极少一部分作品,这显然是说不过去的。而另一种更普遍的做法,是把古代关心政治、揭露社会矛盾、反映民生疾苦之作挑选出

---

[1] 原载《复旦学报》(社会科学版)1996年第3期,署名章培恒、骆玉明。

来,称之为具有"人民性"或谓"民主性精华"而加以表彰。但是,且不说这种类型的作品往往写得浮露简单,这种评价方法也很容易陷入一个怪圈——封建时代的统治者也是要求实现良善的政治的,也是强调士大夫忠君爱国忧民之责任的;代表官方意志的正统文学观,也正是把文学服务于政教的功能放在首位。于是在这里产生奇怪的重合:现代人所写的文学史,其褒贬取舍在相当程度上与古代正统意识相一致。如对六朝文学的鄙薄,对以"崇道""明道"为核心的"古文"传统的高度推崇,对许多用忧国忧民的辞面写成而实际仅仅是表现士大夫政治姿态的作品的肯定等等。

造成这样的结果,是因为回避了文学中的人性因素。解放以来,对"人性论"进行过反复的批判。批判者指出:只有阶级的人性,没有超阶级的一般人性;而"阶级的人性",又被认为主要表现为不同阶级的政治意识和政治态度。文学就这样地被高度政治化了。这被宣称为马克思主义的观点。

然而,事实上马克思曾反复使用"人性""人的本性""人类本质"这一类概念。在《资本论》中他说过:"首先要研究人的一般本性,然后要研究每个时代历史地发生了变化的人的本性。"所谓"人的一般本性"又是指什么?同在《资本论》中马克思又说,将使人们"在最无愧于和最适合于他的人类本性的条件下"进行生产的共产主义社会,是"以每个人的全面而自由的发展为基本原则的社会形式"[①]。从这里我们可以知道,马克思所理解的"人类本性"或谓"人的一般本性",也就是要求自己——每个人——的"全面而自由的发展"。当然,在物质生产水平有限的具体历史条件下,这种"人类本性"不可能不受到限制,甚至常常受到扭曲,所以它在"每个时代历史地发生了变化"。

人自身而非某种政治或道德理念才是历史的本体。可以说,整个人类历史就其本质意义而言,就是人性的发展史,就是"人的一般本性"透过其在不同时代中的变化而渐进地、持续地并最终充分地得到实现的过程。

而文学的发展根本上取决于人性的发展,并反映着人性的状况。在社会生产水平不断提高的前提下,个人越来越多地获得其作为个体存在的价值,人性中原来被抑制的东西会日渐活跃,因而文学中所反映出的生活面貌、人物性格和感情等等也就越来越丰富复杂,它的成就不断提高了。同时,文学为人类的创造性活动,它并不是被动地反映生活、反映人性的变化。它是一种积极的力

[①] 马克思、恩格斯《马克思恩格斯文集》,人民出版社,1972年,第7卷第928—929页,第23卷第649页。

量,是人类创造自身生活的方式。文学中的喜怒哀乐,归根结底表现着人性的欲求;而优秀的作品总是能够深刻地揭示人性的困境、人性欲求与僵化的社会规制的矛盾,伸张个人的权利,要求给人的自由发展以更大的空间。

在我们看来,一部比较理想的文学史,首先应该抓住上述核心环节,深入地揭示出文学所反映的人性发展的过程和文学在人性发展中所显示的积极作用。——当然,这只是我们的努力方向。

二

文学的基本特征是以情感人。一部文学作品,不管它反映了多么重大的事件、表现了何等"正确"的思想,倘不能以情感人,它就不能作为优秀的文学作品被读者接受——那些内容,作者完全可以用非文学的形式诸如历史著作、哲学论文来表现。杜甫的诗曾被赞誉为"诗史",但它之所以具有文学上的价值,并不是因为记载了某种史实,而是因为这些诗乃是杜甫的生命与历史相随而饱经忧患的结晶,是浸透他个人的辛酸血泪的。后世的诗人往往有意为史,由于不能使人感动,也就不能被承认为好的文学作品。

当然,历史研究者也常常从古代诗歌中觅取材料,但这只是说明这一类诗歌同时具有史料价值,这种史料价值与诗歌本身的文学价值并不是一回事。

不过,同样是以情感人,情况也有不同。

有些感情,是人性扭曲状态下的感情。譬如一个奴才忠心耿耿地为主子效命,乃至牺牲自己,文学表现这种感情在特定情况下也会使人感动的。但只要读者能够意识到其中的奴性人格,这种感动也就消失了——也许会剩下一点怜悯。而有些感情,则只能在特定人群、特定时间和空间范围中发生作用,离开这些条件,它的作用也会消失。

而真正有价值的优秀作品,总是和人类本性相关联的;它的以情动人,根本上是基于人类自由本质的人性欲求的共鸣。因此,我们认为评价作品的标准,应是作品感动读者的程度——越是能在漫长的世纪、广袤的地域,给予读者以巨大的感动的,作品的成就愈高,在文学史上就愈应有它的地位。

三

简单地说文学的历史与人性的发展相关联,并不能真正解决如何描述中国文学发展流程的问题。这一观点,还必须和中国历史、中国文学的具体情况密切结合,而这里又有许多必须仔细考虑的问题。下面,就是我们尝试重新加以描绘的自魏晋至元明文学变化的大势。

从魏晋到盛唐,中国社会中存在着一个士族即贵族阶层,他们对文学的趋向具有支配的力量。因此,谈这一时期的文学,又要首先对贵族文化价值的问题作些论述。

以前在狭隘的阶级斗争学说的支配下,产生了一种习见的然而细加分析却又是很奇特的评判标准:以贫苦农民的经济与政治地位为坐标,认为愈接近于此的社会阶层,其思想文化即愈具有进步性,反之即愈有反动性。过去人们在评论一个作家时,往往就他的家庭出身反复争论(如关于陶渊明是否属于士族的争论),就是出于这一原因。

但人类的第一次分工,就是体力劳动与脑力劳动的分工。在这种分工下,尽管被统治者是推动生产力发展的基本力量,却成为历史的牺牲者,他们在精神领域的创造力受到巨大的限制;而那些居于优越地位的人物,才可能在精神领域内从事丰富的创造活动,其成果实际是在牺牲劳动者的基础上获得的人类全体的精神财产。而倘若按照上述评判标准推导下去,必然得出取消以往一切人类文化成果的结论——"大革文化命"是符合这一逻辑的。

而按照马克思的观点,所谓历史的进步归根结底表现为人类自由本质的实现。这里所说的自由,既是指人类整体而言,也是指个体而言。换言之,人的个体独立性是随着历史发展而加强的。但在理想社会实现以前,所谓个体独立性和个人的自由发展,都只能存在于(逐渐扩展的)有限范围和有限程度内。而较高的地位,总是意味着更个体化、更突出和更自由的活动。

这样来看待历史,就比较容易认识到贵族文化的价值。从魏晋到盛唐时期士族阶层所享有的特殊社会地位,对于平民而言当然是不公正的。但另一方面,由于这个阶层相对独立于皇权,占据着优越的地位,也就在一定程度上保护了注重个人尊严的意识。像陶渊明的名言——"吾岂能为五斗米折腰向乡里小儿",就是贵族气很重的自我表白。这种态度在那个时代毫不希罕,如稍后的范晔就必定要等到皇帝亲自唱歌时才肯为他弹琵琶。而正是由于士族个体意识的强化和对个人尊严的重视,才使魏晋以后的文学获得绝大的发展。像阮籍的《咏怀诗》,就是在哲理的深度上探讨:人到底是怎样活在这个世界上?人的内在意志怎样受到外部力量的压迫?生命为什么无法得到自由?这种探讨使中国古典诗歌开始显得厚重起来。由于整个魏晋南北朝文学是在相对自由的文化氛围中发展起来的,因而总体上显得富于创造力,并为唐代文学的发展奠定了重要的基础。而贵族文化中有价值的也就是与"人类本性"相关联的东西,也会成为一般平民所向往的东西。代表士族人格理想的"魏晋风度",就一直是后人羡慕的对象。

大致到中唐以后,贵族逐渐失去了存在的基础,社会有一种平等化的趋势,这也可以理解为一种历史进步。但历史在获得的同时往往又需要付出。中唐以后社会一般成员的身份差别缩小,而强化代表国家权力的皇权的意识逐渐浓厚,到了宋代,形成以前所没有的高度集权的专制政治体制,文人越来越自觉地(也是不能不如此地)依附于国家政权,这对社会思想文化显然存在着弊害的一面。在我们看来,中唐文学已经呈现衰退之势,只不过因为这是从高峰上有起伏的衰退,所以它仍具有相当的高度和一定的活力。中唐许多文人把文学视为政治、教化的工具,使之离开其本体而成为附庸性的东西。如古文运动,其解放文体的积极意义暂且不谈,在理论上,它取消六朝已经有的区别文学与非文学的意识,而强调文学对于政治、道德的工具性,这对文学的发展显然有害。到了宋代,文人的个性愈加敛束,文学的衰退也愈加显著。词因为不算是严肃庄重的文学形式,所以受影响较小,宋诗则明显缺乏激情,也缺乏活跃的创造力(只不过宋诗在语言的运用方面比前人更讲究更精细,也是一种成绩)。

再反过来说,历史在一面付出代价,又在另一方面得到补偿。贵族消失以后,平民中的优秀人物有了晋升的机会,整个社会的知识阶层扩大了;同时随着农业的发展,促进了城市工商业经济,市民阶层不断扩大,而最终形成一种市民的文化力量。所以宋代诗文虽处于低谷,戏曲和通俗小说却开始成长起来。进入元、明时期,市民文化不断发展壮大,与封建正统文化相疏离的趋向也越来越明显。它要求对人的平凡的本性、世俗的欲望予以更多的承认,要求使个人得到更大的追求生活幸福的权利。在此影响下,文学所表现的人性的状态也日益显得丰富复杂,并由此在文学形式、题材上带来一系列变化。

四

以人性的发展为核心来描述文学史,还牵涉到怎样分析艺术形式的变化问题。在这方面固然不宜说得太牵强,但两者之间大致的关系是确实存在而且能够描述的。

拿诗歌来说,首先和表达情绪的需要有关。《诗经》所用的四言形式,节奏平稳单调,从中能够体会出先秦时代中原地区文化对感情的克制。孔子说"诗教"能够使人"温柔敦厚",实在是不错的。到了汉代流行的五言诗,节奏相比于四言诗显得灵动多变,这和汉代人在诗中表现的起伏较快较大的感情是相适应的。七言诗的形成经历了很长年代,在《荀子》的《成相篇》中就有很典型的上四下三的音节形式,但一直不见流行。到了南朝的梁代,七言诗在很短的时间中成为流行的诗体,它的基本特点就是语言华丽而音节流荡,其风格正如后人所说的"轻靡",其情绪的解放显然又比五言诗更甚。再拿元代散曲为例,从它那颇为自由的形式(可以随意加衬字)、多变的节奏、尖新浅露的语言中,能够直接感受到元人恣肆的生活情感。总之,人们的生活情绪越来越活跃,诗歌就得用形式的变化来满足它。而当古诗整个地显得过于程式化时,就会产生破坏它的尝试,而最终自由体的白话诗就起来了。

过去的文学史对元明清时期"雅文学"和"俗文学"的区分往往看得太绝对,从事实来看是有问题的。在我们主编的《中国文学史》中,对元明清诗文与戏曲小说相互影响、同步发展的现象作了较多的说明。而这一时期戏曲小说的成就之所以显得较高,也就是因为这种新兴的文学形式与人性的发展与丰富更相适应。

以白话小说为例。它一开始确实只是一种面向大众的通俗文艺形式,艺术上很粗陋。但白话作为鲜活的生活语言,它比程式化的文言更有可能深入地、真实地表现人们的生存处境和人性的复杂状态。所以到了一定的阶段,当优秀作家参与白话小说创作以后,它的这种优点就会被发挥出来。倘把元明清最具代表性的《三国演义》、《水浒传》、《金瓶梅》、"三言"、"两拍"、《儒林外史》、《红楼梦》、《海上花列传》排成一个系列,可以发现其发展趋向是传奇性不断减少,故事情节逐渐淡化,人物性格越来越平凡,人物形象和生活场景越来越富于真实性。在这过程中,起决定作用的已不是提供大众娱乐的需要,而是人们自我关注、自我审视不断深入的需要。当作家摆脱传奇故事模式,把人的情绪、心理描写得越来越充分和细致,这一方面表明文学的成就在提高,另一方面也说明人本身的心理活动越来越丰富和微妙。这是作为个人在群体的压抑下逐渐摆脱出来的结果。

所以可以说:文学形式的发展在根柢上也离不开人性的发展。

五

通常以"中国文学史"命名的著作,都只写到五四新文学运动以前;通常"古代文学"与"现代文学"又被分割为不同的两个学科,并且被认为是不相联属的。我们认为这里也有很大的疑问。

如果确认文学的发展与人性的发展相一致,那么它就必然有一种按自身的需要持续下去的趋向。

当然,五四新文学的兴起是接受了外来的影响的。但是,如果没有中国文学自身发展的需要,外来影响也是起不了多大作用的。

就白话的形式而言,正如我们前面所说,在五四以前,文学已经要求以白话为载体适应人性发展的需要。只是白话文学的范围有限,其地位也未受到应有的重视。但到底来说,五四时期对白话文学的提倡是沿承了中国文学的历史方向的。

在文学的内在精神方面,五四时期与"白话文学"的口号相对应提出了"人的文学"的口号。后来郁达夫又总结说:"五四运动的最大的成功,第一个要算'个人'的发见。"(《中国新文学大系·散文二集导言》)①这里确实有西方思想文化激发的作用,但同时也是中国文学发展的内在需求。自元、明以来,个性解放的思潮随着城市经济的发展多次高涨,虽屡经挫折,却顽强延伸。它在文学中也有鲜明的表现。五四新文学的许多重要主题,如通过赞颂爱情和情欲来张扬受压抑的个体意志,揭露封建势力对热爱自由的青春生命的扼杀,都可以在历史上找到源头。

从鲁迅的《阿Q正传》《祝福》《故乡》等小说开始出现的反映下层民众生活、揭示其人性遭到扭曲的悲哀命运的作品,确实具有以前的文学所不曾具有的性质和深度,但也并非与中国文学内在的发展趋势毫无关系。个性解放的思潮发展到一定的深度和广度,就必然会引起对整个社会的非人道状态、广大民众的非人道处境的关注,而要求对整个社会包括文化传统加以改造。只是在五四时期,由于西方思想和西方文学的影响,这一过程被加速了,因此提前出现了上述性质的作品。

总之,无论从元明清文学中背离正统的变异因素的发展方向来看,还是从五四以后的陈旧力量的巨大惯性来看,都需要把古代文学作为一个整体来研究。我们编写的文学史,在《终章》中尝试将两者作了一种简要的沟通,但这种整体的研究,还有待很多人长期的努力。

---

① 郁达夫编选《中国新文学大系·散文二集导言》,上海良友图书印刷公司,1935年,第5页。

六

以人性的发展核心来描述中国文学史,应该说是一项新的工作,牵涉的范围极广,有待解决的问题很多。资料的重新发掘与清理、一系列作家作品的重新分析评价,需要投入繁巨的劳动。我们这些编写者虽尽了自己的努力,但限于水平和精力,成就有限,而不如人意的地方却不少。但我们坚信:问题的提出和这一种尝试是必要的。我们希望以此为引玉之砖,给中国文学史的研究带来某种改变。

论五四新文学与古代文学的关系①

五四新文学是五四新文化的重要组成部分,对文化的发展、民族的进步固有重要意义,对中国文学本身的前进也有重大的推动作用。但是,近若干年来有种论调,认为五四新文化(包括文学)是从外国引入的,在中国并没有根,只是对中国优秀的传统文化起了严重的破坏作用,导致了中国文化的断裂;有人甚至认为"文化大革命"就是这种文化断裂的恶果。这里牵涉到许多对中国文学、文化的演进具有很大关系的问题,非短时期内所能取得一致意见;本文只拟就五四新文学在中国是否有根这一点略加阐发。

一

对于中国新文学的提倡,最早而且影响最大的是胡适和陈独秀;最早付诸实践并获得最重大成绩的是鲁迅。所以,我们的考察就从这三人的有关论文和作品入手。只是考虑到刊物的篇幅,本文将只谈胡适和陈独秀的理论,鲁迅的创作则将留至《再论五四新文学与古代文学的关系》中去讨论。

胡适在1917年1月《新青年》2卷5号《文学改良刍议》中,其所要求于文学的改良,共八项:"一曰,须言之有物","二曰,不摹仿古人","三曰,须讲求文法","四曰,不作无病之呻吟","五曰,务去烂调套语","六曰,不用典","七曰,不讲对仗","八曰,不避俗字俗语"。

在这八项中,其三、六、七、八项都属于形式问题;第二、五项虽主要就内容言,但也牵涉到形式。中国文学之以文言为主流转变成以白话为主流,胡适的这次发难起了很大的作用。他这篇论文的主要功绩即在于此。在这方面,胡适的主张中最重要的是"不摹仿古人"和"不避俗字俗语"两项。其"二曰不摹仿古人"说:

文学者,随时代而变迁者也。一时代有一时代之文学:周秦有周秦之文

---

① 原载《复旦学报》(社会科学版)1996年第4期,署名章培恒、谈蓓芳。

学,汉魏有汉魏之文学,唐宋元明有唐宋元明之文学。此非吾一人之私言,乃文明进化之公理也。即以文论,有《尚书》之文,有先秦诸子之文,有司马迁、班固之文,有韩、柳、欧、苏之文,有语录之文,有施耐庵、曹雪芹之文;此文之进化也。……吾辈以历史进化之眼光观之,决不可谓古人之文学皆胜于今人也。左氏、史公之文奇矣,然施耐庵之《水浒传》视《左传》、《史记》何多让焉?……

既明文学进化之理。然后可言吾所谓"不摹仿古人"之说。今日之中国,当造今日之文学,不必摹仿唐宋,亦不必摹仿周秦也。……

吾每谓今日之文学,其足与世界"第一流"文学比较而无愧色者,独有白话小说(我佛山人,南亭亭长,洪都百炼生三人而已)一项。此无他故,以此种小说皆不事摹仿古人(三人皆得力于《儒林外史》、《水浒》、《石头记》。然非摹仿之作也),而惟实写今日社会之情状,故能成真正文学。

其"八曰不避俗语俗字",又说:

吾惟以施耐庵、曹雪芹、吴趼人为文学正宗,故有"不避俗字俗语"之论也(参看上文第二条下)。盖吾国言文之背驰久矣。……及至元时,中国北部已在异族之下,三百余年矣(辽、金、元)。此三百年中,中国乃发生一种通俗行远之文学。文则有《水浒》、《西游》、《三国》……之类,戏曲则尤不可胜计。……当是时,中国之文学最近言文合一。白话几成文学的语言矣。……不意此趋势骤为明代所阻……于是此千年难遇言文合一之机会,遂中道夭折矣。然以今世历史进化的眼光观之,则白话文学之为中国文学之正宗,又为将来文学必用之利器,可断言也(此"断言"乃自作者言之,赞成此说者今日未必甚多也)。以此之故,吾主张今日作文作诗,宜采用俗语俗字。与其用三千年前之死字(如"於铄国会,遵晦时休"之类),不如用二十世纪之活字;与其作不能行远不能普及之秦汉六朝文字,不如作家喻户晓之《水浒》、《西游》文字也。

由此可见,他的提倡"不避俗语俗字"——实际上也即以白话写作——是以"不摹仿古人"为前提的。正因作文不应摹仿古人,而应表达自己的感情,说自己的话,自然也应用"二十世纪之活字"——白话了。

其实,在胡适以前早就有人在提倡白话。例如,裘廷梁在 1897 年的《苏报》上就发表了《论白话为维新之本》一文,极力主张废除文言,使用白话。胡适较诸前人进步之处,在于前人(包括裘廷梁)只是说文言太难,要用许多时间和精力才能读懂和学会写作,以致损害了对其他有用的学问的学习、掌握和发展,妨碍了社会的进步,但却不敢说白话文学优于文言文学,从而仍给人造成文言文的水平高于白话文的水平的印象;胡适却从文学进化的观念出发,不但认为《水浒传》等白话小说"视《左传》、《史记》何多让焉",并以白话小说为当时"文学之正宗","足与世界第一流文学比较而无愧色"的唯一作品。换言之,作为中国文学进化的结果,后出的白话小说实代表了中国文学的最高水平。既然如此,中国此后的文学自应在白话文学的基础上继续向前发展,而不应以文言文学作为出发点了。这就使胡适的论据较前人更加充分和有力。

至于文学何以不应摹仿古人,胡适在该文的"一曰须言之有物"中说:"吾国近世文学之大病,在于言之无物。今人徒知'言之无文,行之不远',而不知言之无物,又何用文为乎?吾所谓'物'非古人所谓'文以载道'之说也。吾所谓'物',约有二事:(一)情感:……情感者,文学之灵魂。文学而无情感,如人之无魂,木偶而已,行尸走肉而已(今人所谓'美感'者,亦情感之一也)。(二)思想:……既然文学必须表达作家自己的情感、思想,自应把摹仿古人列为最大的禁忌。"

胡适的具有这种文学进化观念和视小说、戏剧为文学之上乘的认识,就他个人来说,自然是受了西方文化的影响,但从中国文学发展的角度来看,则在明、清时代就已有了与此相类似的素朴的感受。

明代后期袁宏道的提倡"性灵",反对模拟,在当时曾起过相当大的作用。他评价袁小修的诗说:"大都独抒性灵,不拘格套,非从自己胸臆流出,不肯下笔。有时情与境会,顷刻千言,如水东注,令人夺魄。其间有佳处,亦有疵处,佳处自不必言,即疵处亦多本色独造语。然予则极喜其疵;而所谓佳者,尚不能不以粉饰蹈袭为恨,以为未能尽脱近代文人气习故也。"(《叙小修诗》)[①]在同一篇中,袁宏道又说:

> 盖诗文至近代而卑极矣,文则必欲准于秦、汉,诗则必欲准于盛唐,剿袭模拟,影响步趋,见人有一语不相肖者,则共指以为野狐外道。曾不知文准秦、汉矣,秦、汉人曷尝字字学《六经》欤?诗准盛唐矣,盛唐人曷尝字字学汉、魏欤?秦、汉而学《六经》,岂复有秦、汉之文?盛唐而学汉、魏,岂复有盛唐之诗?唯夫代有升降,而法不相沿,各极其变,各穷其趣,所以可贵,原不可以优劣论也。[②]

袁宏道的主张"独抒性灵",不仅与胡适的要求文学表现作家自己的思想感情有可以相通之处,且较胡适之说更接近文学的特质(具体说明见后)。他虽没

[①] 袁宏道著、钱伯城笺校《袁宏道集笺校》,上海古籍出版社,1981年,第187—188页。
[②] 同上书,第188页。

有胡适那样明确的文学进化观念,但却也认识到了"代有升降,法不相沿"。而且,他在《听朱生说〈水浒传〉》中说:"少年工谐谑,颇溺《滑稽传》。后来读《水浒》,文字益奇变。《六经》非至文,马迁失组练。"①那也就意味着与《水浒》相比,《六经》算不上"至文",司马迁的《史记》在结构上也有明显的缺陷,他显然是把《水浒》的文学价值放在了《史记》《六经》之上。在《董思白》中又说:"《金瓶梅》从何得来?伏枕略观:云霞满纸,胜于枚生《七发》多矣。"(《锦帆集》之四)②枚乘的《七发》先极写人的各种享乐方式,最后以正道使人觉悟;《金瓶梅》也先是极写西门庆等人的享乐,最后以佛家的因果说使西门庆的妻子幡然醒悟,同时也含有点化读者之意。袁宏道大概是因此而将二者加以比较的;比较的结果,则认为《金瓶梅》远胜《七发》。所以,袁宏道实在也已朴素地感受到了《水浒》《金瓶梅》等白话小说较之《史记》《七发》等名作有所超越。

  在袁宏道之后,清代的金圣叹以《离骚》、《庄子》、《史记》、杜甫诗、《水浒传》、《西厢记》合称"六才子书",并在其所批的《水浒》《西厢》两书中,对它们极力推崇,说"《水浒传》并无之乎者也等字,一样人便还他一样说话,真是绝奇本事"。"别一部书,看过一遍即休。独有《水浒传》只是看不厌。无非为他把一百八个人性格,都写出来。"说"《西厢记》不同小可,乃是天地妙文。自从有此天地,他中间便定然有此妙文。不是何人做得出来,是他天地直会自己劈空结撰而出。若定要说是一个人做出来,圣叹便说此一个人即是天地现身"③。所谓"六才子书",实是他所认为的我国到他那时为止的文学中最优秀的六部作品,而在宋以后的文学中,他只举出了《水浒传》和《西厢记》,这也就意味着他认为宋以后的最优秀的文学出于小说、戏曲,而那并不意味着我国文学在走下坡路,因为《水浒》那样的"绝奇本事"是"别一部书"——包括它以前的任何一部文学作品——所没有的,《西厢记》的作者更是"天地现身"。换言之,作为我国后期文学最优秀的代表的《水浒传》《西厢记》,较之前代是进步了而非退步了。这与胡适的文学进化观念和推崇小说、戏曲等文学作品的观点也是相通的。

  金圣叹以后的焦循,在《易余籥录》卷十五中说:"夫一代有一代之所胜,舍其所胜以就其不胜,皆寄人篱下者耳。余尝欲自楚骚以下至明八股撰为一集,汉则专取其赋,魏、晋、六朝至隋,则专录其五言诗,唐则专录其律诗,宋专录其

---

① 袁宏道著,钱伯城笺校《袁宏道集笺校》,上海古籍出版社1981年版,第418页。
② 同上书,第289页。
③ 金圣叹《第五才子书》《第六才子书》贯华堂本卷首。

词,元专录其曲,明专录其八股,一代还其一代之所胜。"①这种"一代有一代之所胜"的理论,也与胡适所说"一时代有一时代之文学"有其相通之处。

在这里需要补充说明的是:金圣叹的思想与袁宏道"性灵说"是一脉相承的。袁宏道的"性灵说"出于李贽的"童心说"②,而金圣叹的推崇《西厢》《水浒》也正本于李贽,其《童心说》中说:"苟童心常存,则道理不行,闻见不立,无时不文,无人不文,无一样创制体格文字而非文者。诗何必古选,文何必先秦,降而为六朝,变而为近体,又变而为传奇,变而为院本,为杂剧,为《西厢曲》,为《水浒传》,为今之举子业,皆古今至文,不可得而时势先后论也。"③可见李贽已把《西厢》《水浒》推许为"古今至文"。至于焦循之说,在上引李贽这段文字中固可找到其影子,袁宏道《诸大家时文序》里的如下论述更为其于明代独取时文之所本:

> 且所谓古文者,至今日而敝极矣。何也? 优于汉谓之文,不文矣;奴于唐谓之诗,不诗矣。取宋、元诸公之余沫而润色之,谓之词曲诸家,不词曲诸家矣。大约愈古愈近,愈似愈赝,天地间真文渐灭殆尽。独博士家言,犹有可取。其体无沿袭,其词必极才之所至,其调年变而月不同,手眼各出,机轴亦异,二百年来,上之所以取士,与士子之伸其独往者,仅有此文。④

总之,从李贽、袁宏道、金圣叹、焦循等的主张中,已可看到胡适上述观点的零星的痕迹。只是李贽等人并无科学的进化论作为理论武器,更没有依据文学进化观念而提出以白话取代文言的要求。但从这样的历史联系中,我们可以认为:胡适的理论绝不是在中国古代文学中没有根的东西。

二

在胡适的《文学改良刍议》发表以后,紧接着陈独秀又在《新青年》2卷6号上发表了《文学革命论》,称赞胡适为"文学革命"中"首举义旗之急先锋",他自己则为声援胡适,进而提出了"革命军三大主义":"曰,推倒雕琢的阿谀的贵族文学,建设平易的抒情的国民文学;曰,推倒陈腐的铺张的古典文学,建设新鲜

---

① 焦循《易余籥录》卷十五,《丛书集成续编》本,新文丰出版公司,1989年。
② 参看章培恒、谈蓓芳《袁宏道"性灵说"剖析》,载《明代文学研究》第1辑,江西人民出版社,1990年。
③ 李贽《焚书》卷三,中华书局,1975年,第99页。
④ 《袁宏道集笺校》,第184—185页。

的立诚的写实文学;曰,推倒迂晦的艰涩的山林文学,建设明了的通俗的社会文学。"

关于"贵族文学"与"古典文学",他是这样解释的:"两汉赋家,颂声大作,雕琢阿谀,词高而意寡,此贵族之文古典之文之始作俑也。"其后虽有种种变化,但仍未脱"贵族文学""古典文学"的窠臼;唯"元明剧本,明清小说,乃近代文学之粲然可观者。惜为妖魔所厄,未及出胎,竟尔流产,以至今日中国之文学,委琐陈腐,远不能与欧美比肩"。其所谓"妖魔",指"明之前后七子及八家文派之归、方、刘、姚"①(其说与胡适在《文学改良刍议》中的有关论述略同)。由此,他进而指出:"今日吾国文学,悉承前代之敝","求夫目无古人,赤裸裸的抒情写世,所谓代表时代之文豪者,不独全国无其人,而且举世无此想"。

从这里我们可以看到,在对于文学内容的要求上,胡适与陈独秀之间存在着微妙的差别。陈独秀所要求的,是"目无古人,赤裸裸的抒情写世"。他在下文批判"贵族文学"与"古典文学"时又说:"贵族文学,藻饰依他,失独立自尊之气象也;古典文学,铺张堆砌,失抒情写实之旨也。"因此,他在这方面的主张也可以用"独立自尊""抒情写实"来概括,因"目无古人"原可包括在"独立自尊"之中。这与袁宏道的反对模拟,要求"独抒性灵",可谓前后相承。反对模拟,其前提就是"目无古人",如对古人顶礼膜拜,当然非模拟不可。同时,正因"独立自尊",也才能"独抒性灵",若是奴颜婢膝,屈己就人,又何能尊重自己的"性灵"?袁宏道《叙小修诗》说:"且夫天下之物,孤行则必不可无,必不可无,虽欲废焉而不能;雷同则可以不有,可以不有,则虽欲存焉而不能。"②尊"孤行"而鄙"雷同",这才是真正的"独立自尊",才能真正地"独抒性灵",也才能"赤裸裸的抒情"。所以,陈独秀的这些理论,原与袁宏道的"性灵说"相通。至于他所说的"赤裸裸的""写世",则显然是受到西方的写实主义(现实主义)理论的影响;从下文所引的他给胡适的信中提及"写实主义"之处,更可证实这一点。中国古代虽无写实主义的理论,但一则已有了与"写实主义"基本相通的创作,如《水浒》《金瓶梅》《儒林外史》《红楼梦》等;再则对于这些"写实"之作也已不乏评价,如上引袁宏道之评《金瓶梅》,金圣叹之评《水浒》的人物性格和《西厢记》。西方的写实主义或自然主义的创作,原以人为中心,金圣叹以《水浒》的"一样人便还他一样说话"为"绝奇本事",把《水浒》的"只是看不厌"的原因归结为"无非为他把

---

① 指归有光、方苞、刘大櫆、姚鼐。
② 《袁宏道集笺校》,第188页。

一百八个人性格,都写出来",与西方写实主义理论原有相通之处。所以从历史情况来考察,西方的写实主义在当时的中国原也不是与中国本土的整个文学理论传统截然对立的东西。至于金圣叹与袁宏道之间的关系,前已有所阐述,此不复赘。在这里值得注意的,倒是陈独秀与胡适的文学思想的异同。胡适对于文学作品的内容,要求既有感情,又有思想。其关于感情的论述,已引于上段。至于思想,他说:"吾所谓'思想',盖兼见地、识力、理想三者而言之。""思想之在文学,犹脑筋之在人身。人不能思想,则虽面目姣好,虽能笑啼感觉,亦何足取哉! 文学亦犹是耳。"①而在陈独秀的文章中,胡适所要求于文学的"思想"却不见再提。

这并不是陈独秀的疏忽,而是由于在这问题上,陈独秀与胡适其实存在着分歧。沈永宝先生《〈文学改良刍议〉两种版本及其由来》一文(载《文艺报》1993年5月29日)对此已有论述。原来,在写作《文学改良刍议》之前,胡适曾写信给陈独秀,将这八项主张告诉了他,但在信中只提出了原则而无具体解释,八项的次序也与后来发表的不同。陈独秀对其主张的绝大部分均予赞同,但也有表示怀疑的:

> 尊示第八项"须言之有物"一语,仆不甚解。或者足下非古典主义,而不非理想主义乎? 鄙意欲救国文浮夸空泛之弊,只第六项"不作无病之呻吟"一语足矣。若专求"言之有物",其流弊将毋同于"文以载道"之说? 以文学为手段的器械,必附他物以生存。窃以为文学之作品与应用文字作用不同。其美感与伎俩,所谓文学、美术自身独立存在之价值,是否可以轻轻抹杀,岂无研究之余地? 况乎自然派文学,义在如实描写社会,不许别有寄托,自堕理障。盖写实主义与理想主义不同也以此。②

陈独秀之所以赞同其"不作无病之呻吟"一语,可能因胡信中对此并无具体解释之故,若该信中对此也有像《文学改良刍议》中所作的那种解释,陈独秀是否还会赞成,就不得而知了(具体说明见后)。至于其不满"须言之有物"这一点,则是因为陈独秀认为文学"不许别有寄托,自堕理障"。换言之,文学不仅不是以"理"来打动人的,而且根本不应涉于理路。所以,若强调"言之有物",就很容易把"思想"——"理"——引入。但胡适在写《文学改良刍议》时,不仅仍然保留"言之有物"这一条,并把"思想"作为"物"的必不可少的内容之一。这跟陈独秀

---

① 胡适《文学改良刍议》,原载于1917年1月《新青年》第2卷第5号。
② 陈独秀1916年10月1日致胡适书信,原载于《新青年》第2卷第2号。

的看法显然是有距离的。因此,陈独秀在接着该文而写的《文学革命论》中批评韩愈等人"误于'文以载道'之谬见"时说:

> 文学本非为载道而设,而自昌黎以讫曾国藩所谓载道之文,不过钞袭孔孟以来极肤浅极空泛之门面语而已。余尝谓唐宋八家文之所谓"文以载道",直与八股家之所谓"代圣贤立言",同一鼻孔出气。①

"道"即"理",也即"思想"。陈独秀此段话的意思是:文学本非"载道"之具,而韩愈等人所要载的"道"又只是孔孟之陈言,自更不足取。所以,他在这里实不仅批评了韩愈等,而且也否定了把文学作为"道"——"理"或"思想"——的载体的观点,从而与《文学改良刍议》之向文学要求"思想"显然有所不同。

在这方面,陈独秀的文学观较诸胡适,还存在一个较为根本的分歧。由上引陈独秀给胡适的信可知,陈独秀是承认"文学,美术自身独立存在之价值"的,而胡适则于1916年就强调"凡世界有永久价值之文学,皆尝有大影响于世道人心者也"。他的朋友"(梅)觐庄大攻此说,以为Utilitarian(功利主义),又以为偷得Tolstoi(托尔斯太)之绪余;以为此等十九世纪之旧说,久为今人所弃置"。胡适对此的反应是:"余闻之大笑。夫吾之为中国文学,全从中国一方面着想,初不管欧西批评家发何议论。吾言而是也,其为Utilitarian,其为Tolstoyan又何损其为是?"②(胡适《逼上梁山》)正因为要求文学"影响于世道人心",自不免重视文学作品的"思想",而且在《文学改良刍议》的"四曰不作无病之呻吟"项下说:

> 此殊未易言也。今之少年往往作悲观,其取别号则曰:"寒灰","无生","死灰";其作为诗文,则对落日而思暮年,对秋风而思零落,春来则恐其速去,花发又惟惧其早谢;此亡国之哀音也。老年人为之犹不可,况少年乎? 其流弊所至,遂养成一种暮气,不思奋发有为,服劳报国,但知发牢骚之音,感喟之文;作者将以促其寿年,读者将亦短其志气;此吾所谓无病之呻吟也。国之多患,吾岂不知之? 然病国危时,岂痛哭流涕所能收效乎? 吾惟愿今之文学家作费舒特(Fichte),作玛志尼(Mazzini),而不愿其为贾生、王粲、屈原、谢皋羽也。其不能为贾生、王粲、屈原、谢皋羽,而徒为妇人醇酒丧气失意之诗文者,尤卑卑不足道矣!③

---

① 陈独秀《文学革命论》,原载于1917年2月《新青年》第2卷第6号。
② 胡适《逼上梁山——文学革命的开始》,原载于1934年《东方杂志》。
③ 胡适《文学改良刍议》,原载于1917年1月《新青年》第2卷第5号。

原来,他的"所谓无病之呻吟",不是指感情的虚假,而是指一种"不思奋发有为,服劳报国,但知发牢骚之音,感喟之文"的"悲观"态度。不过,当社会黑暗、统治阶级腐朽、人民连爱国都会成为罪名的时候,能够奋起反抗,为国家民族而流血牺牲,固然值得敬佩,但在这样的情况下而"不思奋发有为,服劳报国",满腹"牢骚",一腔"感喟",倘能以真挚的心,将这些"牢骚""感喟"发而为诗文,那么,即使从功利主义的角度来看,这样的作品也还具有一定的暴露黑暗的作用。胡适将此斥为"无病之呻吟"而一概否定,其标准未免过于狭隘。同时,这也显然与其"须言之有物"的要求有关。因为其所谓"物"的一个重要方面是"思想",而且其"思想"是"兼见地、识力、理想三者而言之"的。在这些"不思奋发有为,服劳报国"者的身上,"理想"当然看不到;即使他们是被迫而出此,其"见地、识力"也就差劲之至了,因为有"见地、识力"的人是不会也不应该轻易消沉的。所以,像胡适这样地向文学作品要求"思想",也就必然会提出这一类"不作无病之呻吟"的告诫。

在这方面,胡适比他的前辈王国维反而后退了。王国维在《宋元戏曲考》的《元剧之文章》中说:

> 古今之大文学,无不以自然胜,而莫著于元曲。盖元剧之作者,其人均非有名位学问也;其作剧也,非有藏之名山,传之其人之意也。彼以意兴之所至为之,以自娱娱人。关目之拙劣,所不问也;思想之卑陋,所不讳也;人物之矛盾,所不顾也;彼但摹写其胸中之感想,与时代之情状,而真挚之理,与秀杰之气,时流露于其间。故谓元曲为中国最自然之文学,无不可也。①

在王国维看来,"思想之卑陋"并不影响其为"大文学""中国最自然之文学";而在胡适看来,"思想之在文学,犹脑筋之在人身",这种思想卑陋的文学当然没有价值。其所以如此,不仅由于王国维对这些思想"卑陋"的文学的研究较胡适深入,更由于王国维是主张"纯文学"——文学有其"自身独立存在之价值"的,胡适却着重文学对"世道人心"的"影响"。

再进而言之,胡适在这方面甚至较袁宏道也有所后退。袁宏道对诗文要求"各极其变,各穷其趣",但"趣"是怎样来的呢?"当其为童子也,不知有趣,然无往而非趣也。""孟子所谓不失赤子,老子所谓能婴儿,盖指此也。""愚不肖之近趣也,以无品也,品愈卑故所求愈下,或为酒肉,或为声伎,率心而行,无所忌惮,

---

① 王国维《宋元戏曲考》,六艺书局,1932年,第100页。

自以为绝望于世,故举世非笑之不顾也,此又一趣也。迨夫年渐长,官渐高,品渐大,有身如梏,有心如棘,毛孔骨节俱为闻见知识所缚,入理愈深,然其去趣愈远矣。"(《叙陈正甫会心集》)①所云"无品""近趣",与王国维所说不顾思想卑陋的"大文学",显然有相通之处;"入理愈深"则"去趣愈远"之说,又与陈独秀的反对堕入理障可谓异曲同工。在袁宏道的这种理论中,是着不得胡适所要求于文学的"思想"的(当然,这并不意味着五四新文学之提倡思想改革是不必要的)。何况袁宏道这一派的理论,发展到清代,已成为龚自珍所说的:"虽天地之久定位,亦心审而后许其然。苟心察而弗许,我安能领彼久定之云?"(《定庵八箴·文体箴》)②所以,他的"性灵说"实较胡适的要求作家表现自己的思想感情更接近文学的特质。——在这里顺便说一说,陈独秀的反对堕于理障,虽似近于严羽"诗有别趣,非关理也"的主张,但陈独秀所要求的"独立自尊",在严羽的理论里却是找不到的;袁宏道则倡言"举世非笑之不顾也",这同样是"独立自尊"的一种表现。所以,从文学思想演变的角度来看,我们实可视袁宏道之说为陈独秀之说的滥觞。

也正因此,不但周作人说五四新文学乃是晚明文学运动的发展,胡适自己也承认他的"历史进化的文学观""固然是达尔文以来进化论的影响,但中国文人也曾有很明白的主张文学随时代变迁的。最早倡此说的是明朝晚期公安袁氏三弟兄"(《中国新文学大系·建设理论集导言》)③。甚至新文学的反对者林纾在其小说《荆生》中,也把胡适、陈独秀等人比作李卓吾——袁宏道提倡"性灵说"的导师。

不过,陈独秀的上述理论在注意文学本身的特点和价值方面虽较胡适有所前进,却又批判"山林文学"为"深晦艰涩,自以为名山著述,于其群之大多数无所裨益也",并进而提倡"明了的通俗的社会文学",则似仍不脱托尔斯泰学说之余绪,因为托尔斯泰论艺术的价值,也是以能懂的人的多少为标准的。这同时也与中国传统文学思想中占主导地位的观念一脉相承。把文学作为教化的工具、政治的手段,是从《诗大序》起就加以传播,并在后来一直具有广泛、深远的影响的看法,而文学为了起到这种作用,就必须为大多数人所了解。所以,陈独秀的建设"明了的通俗的社会文学"的主张,如果确实受了托尔斯泰理论的影

---

① 《袁宏道集笺校》,第 463—464 页。
② 龚自珍《龚自珍全集》,上海人民出版社,1975 年,第 418 页。
③ 胡适编选、蔡元培总序《中国新文学大系·建设理论集导言》,上海良友图书印刷公司,1935 年,第 19 页。

响,那么,他之所以接受托氏此种学说,恐也因这与其从小所接受的传统的文学思想相近,易受感染;倘若他并未接触过国外此种学说,那就完全是从中国传统文学思想中吸取过来的了。其后文学研究会的主张"为人生的艺术",实可视为陈独秀"三大主义"的继续;创造社开始虽然高举"为艺术而艺术"的大旗,但后来转而提倡"革命文学",那也仍是把文学作为政治的手段,并强调了文学的通俗性。由此言之,不但中国古代文学中非主流派的"性灵"文学家对五四新文学具有重要的影响,就是中国古代文学中主流派的文学和文学思想,对五四新文学的影响也不容忽视。

传统与现代：且说《玉梨魂》①

在关于中国古代文学跟现代文学的关系的问题上，这几十年来都存在着两种不同的看法。一种看法是认为中国古代文学跟现代文学的关系是割裂的，另外一种观点就是认为中国现代文学跟中国古代文学之间，尽管是有着差异，有着倾向性的差异，但是没有一个截然的分界。

我想以《玉梨魂》为例来说明中国古代文学跟现代文学的关系问题。

《玉梨魂》这个恋爱的故事中的女方是个寡妇，这样的恋爱故事在中国传统的才子佳人小说（明末清初的）里，就已经出现，比如在李渔的小说跟戏曲里边都有着寡妇作为恋爱女主人公而得到成功的例子。从故事的悲剧来说，《红楼梦》中宝黛爱情就是以悲剧做结束的，所以，从这一点上看，实际上是一种传统的东西。女主人公的小姑，迁就嫂嫂的要求，订了婚约以后，觉得内心很痛苦，因为她觉得在这个事情上，丧失了独立的人格，最后她死掉了，这一种觉得自己丧失了独立人格因而痛苦的思想，是我们传统的文学里面所没有的，这是一种新的思想，但是比较起来这样的内容在《玉梨魂》里是次要的，主要的还是男女主人公的恋爱以及他们的痛苦。所以，我们基本上可以说，《玉梨魂》是传统文学的一个继续，但是，有了若干新的内容。

这个新的内容，从根本上说跟西方有关系，但是，如果我们考虑到，从清末以来，从洋务运动开始，特别是经过戊戌变法，已经在意识形态上逐渐地产生了新的东西，这种意识形态上的新东西，应该说在当时的社会上已经有了基础，不是突然从国外引进的东西，从这一点上来说，可以说《玉梨魂》是在传统的基础上又按照当时的社会的发展出现了若干跟当时的社会发展相应的内容。从这个意义上来说，《玉梨魂》还是中国自己土地上的产物。

从《玉梨魂》的形式来看，当然完全是传统的。作者后来又用日记体的形式重写了一遍，但是日记这种形式本来也是中国传统的一种体裁，至于"自叙"的形式来写恋爱方面的一些痛苦，与感情方面的纠葛，这个在中国以前的作品里

---

① 原载《中国现代文学研究丛刊》2001年第2期。

也出现过,大概最有名的恐怕就是《浮生六记》,尽管它不是用日记的形式。

《玉梨魂》跟现代文学的作品相比较,主要的差别实际上倒是在形式上的差别,而不是在内容上的差别。叙述爱情的痛苦,包括不敢爱的痛苦,其实不但是五四新文学以后的一种主要内容,甚至在当代文学里面我们也可以找到类似的例子,譬如张洁的《爱,是不能忘记的》。有意思的是张洁的小说里面也采用了很多日记体的表现方式。所以,如果我们从中国文学自身的发展来看,在内容上,实际上像《玉梨魂》这样的小说和许多现代小说是相通的,它的一个主要的区别是在形式上,也正是从这一个意义上来说,我觉得胡适当时所提倡的文学革命实际上也是对于推动中国文学的发展有很重要的意义的运动。

关于五卷本《东坡志林》的真伪问题[①]
——兼谈十二卷本《东坡先生志林》的可信性

《志林》流传至今的主要有三种:《百川学海》(咸淳本)丙集收录的《东坡先生志林集》一卷;万历二十三年赵开美刊刻的《东坡志林》五卷;《稗海》(万历本)收录的《东坡先生志林》十二卷,《四库全书》所收也即此本。其中一卷本所收为十三首史论,五卷、十二卷本所收主要为杂记、杂说,但五卷本也收有一卷本的史论,十二卷本则无一卷本的史论,其他内容与五卷本有许多重出之处。三种《志林》不仅卷数、内容不同,刊刻的时代也不同。除一卷本《志林》出现在宋代,五卷本、十二卷本则都出现在明代。

1919年涵芬楼以赵刻五卷本《东坡志林》为底本进行校印,并附夏敬观氏《跋》,对其评价是"要为宋人所辑,则可信也"。以后,1981年出版的王松龄氏校点本《东坡志林》(中华书局),1983年华东师范大学古籍研究所点校注释的《东坡志林 仇池笔记》(华东师范大学出版社),2000年刘文忠氏评注的《东坡志林》(学苑出版社)等皆以涵芬楼校印本为《志林》底本,承袭了夏氏对赵刻五卷本的版本属性的判断。

那么,这个出现于明代的五卷本《东坡志林》的可信性到底如何呢?本文将就这个问题稍作考辨,并涉及与之相关的十二卷本《东坡先生志林》的真伪问题。

一

《志林》在宋代见于著录的,除了一卷本外,还有三卷本。这两种《志林》分别见于苏轼文集在宋代的两个系统:一为分集编订本;一为分类合编本,主要

[①] 本文原为北京大学古文献研究中心、台湾淡江大学中文系、上海复旦大学中国古代文学研究中心于2002年6月在上海联合举办的"海峡两岸古典文献学研讨会"上所宣读的论文,原题为《试论丛书所收图书的可信性问题——以〈东坡志林〉为例》;后刊载于《南京师范大学文学院学报》2002年第4期,署名章培恒、徐艳。刊载时除改为今题外,在文字上也略有改动。

为麻沙本《大全集》。

据陈振孙《直斋书录解题》卷十七,宋代分集编定的苏轼文集为《东坡集》《后集》《内制》《外制》《奏议》《和陶》《应诏》,故也称"东坡七集"①。而苏辙《亡兄子瞻端明墓志铭》曰:"有《东坡集》四十卷,《后集》二十卷,《奏议》十五卷,《内制》十卷,《外制》三卷;公诗本似李、杜,晚喜陶渊明,追和之者几遍,凡四卷。"②文中有"明年(指苏轼逝世的次年。——引者)闰六月癸酉葬于汝州郏城县钓台乡上瑞里"的记载,而墓志是置于墓道中的,必须在落葬前写成和刻好;苏轼卒于建中靖国元年秋七月,可知该文写于苏轼逝世不到一年的时间里,其中所述诸集,当是苏轼生前已编定者;至其不言《应诏集》,当是其非苏轼生前所编定,而系后人纂辑。故《直斋书录解题》卷十七在著录上述苏轼七集后又说:"杭、蜀本同,但杭无《应诏集》。"③同卷又说:"盖杭本当坡公无恙时已行于世矣。"④也可为《应诏集》后出的佐证。而现存的宋刊《东坡后集》中即有《志林》,除个别文字有出入外,均与《百川学海》本的《志林》相同。《后集》的编定既在苏轼生前,则《百川学海》所收一卷本《志林》的编纂不仅出于苏轼之意,而且总标题"志林"也为苏轼所定。

三卷本《志林》见于陈振孙《直斋书录解题》卷十一。该卷著录《东坡手泽》三卷,并云:"今俗本《大全集》中所谓《志林》者也。"⑤可见麻沙书坊《大全集》中所收《志林》为三卷本的《东坡手泽》。三卷本《志林》中不包含一卷本《志林》的内容,一卷本《志林》被麻沙书坊《大全集》的编辑者删去了《志林》的总标题,而为其每一首都加上了篇名(《东坡后集》中的《志林》原为十三则,除总标题外,每则都无篇名;《百川学海》与之相同),并收到了"论"的部分。我们之所以这么说,是因为成化刻本《东坡七集》的《续集》卷八载有"论"三十二首,其中十三首同于《后集》所载《志林》,唯每篇都有篇名;而据李绍为该本所撰序,成化本《东坡七集》中,其《续集》以前的六集均据宋刊"东坡七集"系统的曹训刻本翻刻,最后一集为《续集》,则出于宋刻麻沙本系统的明代仁宗时的翻刻本,即其所说"旧本"(指宋曹训刻本)无而"新本"(指出于宋刻麻沙本《大全集》系统的仁庙新本)有者,"则为续集并刻之";此十三首既然"旧本"已有,原不该重见于《续集》;其

---

① 陈振孙《直斋书录解题》卷十七,清乾隆武英殿木活字印武英殿聚珍版本,第16b—17a页。
② 苏辙《栾城后集》卷二十二,清道光十二年眉山三苏祠刻三苏全集本,第13b页。
③ 陈振孙《直斋书录解题》卷十七,第17a页。
④ 陈振孙《直斋书录解题》卷十七,第17b页。
⑤ 陈振孙《直斋书录解题》卷十一,第13a页。

造成此等讹误，当是"新本"删去了《志林》的总标题，而为其每一篇都加上了标题，列入了"论"的一类，是以在据"新本"编"续集"时，遂误以为此系"旧本"所无，而将其收入《续集》了。而"新本"的这种将一卷本《志林》列入"论"的分类方式，当出于其底本——宋本麻沙书坊《大全集》系统的本子(说见后)。由此可见麻沙书坊本所收的三卷本《志林》是不包含一卷本《志林》的内容的。

三卷本《志林》今不见流传；《东坡手泽》虽在陶宗仪时代尚存，后亦不见踪迹；麻沙书坊《大全集》现亦不可见，故无由考知三卷本《志林》的原貌。其实，麻沙书坊《大全集》在明成化年间已较为稀有或已不可见，正如成化刻本《东坡七集》卷首李绍序中所言："求其全集(指欧阳集、苏轼全集。——引者)，则宋时刻本虽存，而藏于内阁，仁庙亦尝命工翻刻，而欧集止以赐二三大臣，苏集以工未毕，而上升遐矣。故二集之传于世也独少，学者虽欲求之，盖已不可易而得者矣。……盖公(指苏轼——引者)文全集初有杭、蜀、吉本及建安麻沙诸本行于世，以岁既久，木朽纸弊，至于今，已不复全矣。"[①]正因为麻沙书坊《大全集》其时已较为罕见，成化刻本《东坡七集》的编辑者才只能以据"宋时刻本翻刻"且"未完"的仁庙新本为底本，将其所得"宋时曹训所刻旧本"以外的苏轼诗文编为《东坡七集》中的《续集》。在这里需要说明的是：成化本《东坡七集》中并无《和陶》一集；宋刊"七集"中的其他六集则都收入，当是其所获宋曹训刻本已佚去了《和陶》。但成化本《东坡七集》的《续集》中却有《和陶》，只是未单独成卷，而与其他作品合为一卷；同时，《续集》中所收不见于前后集的诗文数量不少，均分类编列。倘若"仁庙"新本是据宋刊"东坡七集"翻刻，那么，"仁庙"新本亦必分为七集，除《和陶》单独成为一集外，其余作品也必分别编为六集，纵或曹训刻本已有佚失，但"仁庙"新本所有而不见于曹训所刻六集本中的作品也必分别见于其他六集的各集之中。既然如此，成化本《七集》自当将《和陶》单独编为一集，而将另六集中多出的作品分别补入其原隶的各集之中，何必将另六集中多出的作品归并后重新分类而与《和陶》编在一起呢？何况《和陶》原为四卷，《续集》何以要将它与其他作品合并为一卷呢？所以，"仁庙"新本当是分类合编之本，《和陶》在其中也只是与其他作品合为一卷，而非单独的一集。换言之，其所依据的宋本，当是分类合编的麻沙本《大全集》一系。至于三卷本《志林》之不见于成化本《东坡七集》中的《续集》，当是因其所据的仁庙新本未刻完，三卷本《志林》则

---

① 《重刊苏文忠公全集序》，《东坡七集》，清光绪三十四年至宣统元年宝华庵翻刻明成化本，第1b—3a页。下文所引《东坡七集》皆据此本，不再一一注明。

在其未刻之列。

除了见于宋代著录并传到现在的一卷本《志林》、与上述的今已亡佚的三卷本《志林》外,明万年历年间又出现了五卷本、十二卷本的《志林》。这两种《志林》既不出自宋刊《东坡七集》,也与宋刊麻沙书坊《大全集》中的三卷本《志林》有别,故必为宋以后人所纂辑,而非宋本之旧。其中十二卷本《志林》以见于《稗海》者为最早,较五卷本多出几乎一倍的篇目。那么,这两种《志林》来源于何处呢?

二

五卷本《志林》现所知者以万历二十三年赵开美刊本为最早,卷首有其父赵用贤《刻东坡先生志林小序》,其中说:"余友汤君云孙博学好古,其文词甚类长公,尝手录是编,刻未竟而会病卒。余子开美因拾其遗,复梓而卒其业,且为校定讹谬,得数百言。庶几汤君之志不孤,而坡翁之在当时,其赵赵于世途、轇轕于穷愁者,亦略可见云。"[①]可见五卷本《志林》为汤云孙手录,并在汤云孙卒后为赵开美最终刊成。汤云孙手录所据的到底是什么本子呢?这是首先必须辨析的问题。如前所述,宋代只有一卷本、三卷本的《志林》,并无五卷本存在,那么,汤云孙以前的元明时期是否已有五卷本《志林》的存在呢?无论根据前人的著录或现存的实物,都不见有早于赵刻五卷本《志林》的踪影,唯《重编东坡先生外集》八十六卷、《苏文忠公全集》七十五卷收录了《志林》的绝大多数篇目,明刻一百十五卷本《东坡全集》,收有五卷《志林》,与赵刻基本相同。故需要对这些文集的出现时间略作考辨。

《重编东坡先生外集》并不如有些学者所认为的那样是宋本之旧。其卷首有万历三十六年戊申康丕扬序,描述了该书的编撰缘起:"往余于京邸见一学士家尚有《外集》一书,系抄册,非完本,字多鲁鱼不可读,而其文往往亦多《全集》所未载。"[②]"余同年李涛川氏前游金陵时,录一全册寄余辽左。余携之欲授梓人久矣。岁丁未,余来淮上,因出所藏两书,令别驾毛君九苞合而校之,为刻于维扬之府署。"[③]校编者毛九苞亦有序,简述了编撰过程:"参考经史及先生《全集》、《志林》诸书,若原本,若誊本,若刻本,凡三历心目,订定讹谬。必不可解,

---

① 苏轼《东坡志林五卷》,民国十二年(1923)涵芬楼据明万历赵开美刊本校印本。
② 苏轼《重编东坡先生外集》,明万历三十六年(1608)刻本,第 6a—6b 页。
③ 苏轼《重编东坡先生外集》,第 7b 页。

存旧阙疑。"①康丕扬见到的只是"非完本"的"抄册"及友人所录之"一全册";经过毛九苞"参考经史及先生《全集》、《志林》诸书",方编辑成八十六卷的《重编东坡先生外集》(其书名本就表明是"重编")。该书中固然含有宋本《东坡外集》的内容(《脉望馆书目》即载有《东坡外集》四本,可见当时尚有流传),但肯定已掺入了其他内容,书中出现的篇目的多处重出即表明其材料来源的多渠道性。而毛九苞所说的作为参考书之一的《志林》,当是指五卷本《志林》,因为《重编东坡先生外集》中不包含一卷本《志林》的内容(所谓"外集",原指《东坡集》及《东坡后集》以外的作品,《东坡后集》本有《志林》一卷,是以《外集》不收一卷本《志林》),而完整的三卷本《志林》当时已不存在(说见下)。就编纂年代来讲,该书亦出现在赵开美所编刊的五卷本《志林》之后十多年。所以,《重编东坡先生外集》是因为辑入了五卷本《志林》的内容,方形成了现在所见到的包含了五卷本《志林》中除一卷本《志林》以外绝大多数篇目的情况。

《苏文忠公全集》同样出现在五卷本《志林》之后。其卷首载有茅维作于万历丙午(三十四年)的序,其中说:"丐诸秣陵焦太史所藏阁本《外集》。太史公该博而有专嗜,出示手板,甚覼。参之《志林》、《仇池笔记》等书,增益者十之二三,私加刊次,再历寒燠而付之梓。即未能复南宋禁中之旧,而今之散见于世者,庶无挂漏。"关于其中提及的焦竑所藏《外集》,焦竑所作《刻苏长公外集序》中的有关材料可作为对此的说明:"最后得《外集》读之,多前所未载,既无舛误,而卷帙有序,如题跋一部,游行、诗、文、书、画等,各以类从,而尽去《志林》、《仇池笔记》之目,最为精覼。其本传自秘阁,世所罕睹。侍御康公以醝使至,章纪肃法,敝革利兴,以其暇铨叙艺文,嘉与士类,乃出是集,属别驾毛君九苞校而传之,而命余序于简端。"②可知茅维从焦竑处得到的所谓"阁本《外集》",为焦竑从康丕扬处得来,而康丕扬所拥有的《外集》情况一如前引其为《外集》所作的序中所交代。既然康丕扬据此而编辑的《重编东坡先生外集》参照并采录了当时流传的五卷本《志林》,那么,与康丕扬采用了同样底本的《苏文忠公全集》的编定当也不会有收入完整的三卷本《志林》的可能,而其所谓"参之《志林》……等书,增益者十之二三",也不过是采纳了其时流传的五卷本《志林》等书的内容,茅维序中所说的"今之散见于世者,庶无挂漏"云云当已包含了这方面的信息。

需要着重辨析的是一百十五卷本的《东坡全集》的出现时间。有关簿录于

---

① 苏轼《重编东坡先生外集》,第 4a 页。
② 苏轼《重编东坡先生外集》,明万历三十六年(1608)刻本,第 2b—3b 页。

此《东坡全集》均著录为明刻本,而没有更为明确的刊刻时间的记载。

《东坡全集》"凡例"云:"长公全集旧惟江西、京本二刻行世,其间鲁鱼亥豕之讹互有短长,今酌其善者从之。"①所云"京本",自是"仁庙"未完新本,似乎《东坡全集》是参酌"仁庙"未完新本与江西本而编成。但其《凡例》又云:"江西本旧作前、后、续、奏议、应诏、内外制六集,既非编年,殊乖类聚,今并细为分类,以便观览者云。"②可见《东坡全集》虽是分类合编本,但却并不是以它之前已有的分类合编本东坡集为依据,而是根据明江西刻的《东坡七集》,由《东坡全集》的编者自己加以归并分类的。倘若该集编者见到过成化本《东坡七集》以前的东坡集分类合编本,自应以那种分类合编本为依据,而不当由他自己把江西本《东坡七集》打乱了再来分类合编。所以,他不仅没有见过宋刻的麻沙本《大全集》一系的本子,也没有见过"仁庙"未完新本;因为如上所述,"仁庙"未完新本也是分类合编的,他如见过,就可以此种分类为依据而在各类中补入"仁庙"新本所无的作品。因此,其《凡例》所谓系据"江西、京本二刻"参酌而成,乃为自夸之语而非事实。

至其所谓"江西本",在明代实有两种,一即成化时江西吉州府知府程宗刊七集本,一为嘉靖十三年江西布政司重刊成化本。嘉靖本之义例云:"旧本(即指成化本。——引者)模糊及元写差错,今有证据无疑者,方填补改正,凡二千余字,其无据而难明者,仍旧阙疑,盖二什之一耳。""旧本《续集》所载多与前后集及奏议重出,今删其全同者诗五十一首,论十三首(即一卷本《志林》。——引者),序一首,奏状六首,赞十六首,铭三首,启十首,书十一首,记六首,其文虽同而题目首数兼摄不可辄除者仍刻。"可见嘉靖本以成化本为基础又有所删改。那么,《东坡全集》依据的究竟是哪一种江西本呢?将《东坡全集》与成化本、嘉靖本的有关内容相对照,可以得知,《东坡全集》对成化本、嘉靖本皆有参照。例如成化本《前集》卷十九的《后杞菊赋》中有"先生听然而笑曰"的语句,嘉靖本将"听"改为"忻",按,《史记·司马相如列传》中有"亡是公听然而笑"语("听"为笑貌,音"拟引切"),《后杞菊赋》当据此而来,嘉靖本的修改是失当的;成化本《续集》卷四《与陈传道五首》中又谓:"但有废旷不迨之忧耳。"《说文解字》:"迨,遝也。""遝,迨也。"又,《方言》:"遝,及也。"《玉篇》:"迨,遝,行相及也。"可见"迨"有达到、相及的意思,嘉靖本将其改为"治",同样是失当的;而《东坡全集》于此

---

① 苏轼《东坡全集》,明刻本,《凡例》第1b页。
② 同上。

二处均同于嘉靖本。又如，成化本《前集》卷十九《滟滪堆赋》中有"城坚而不可取，天尽剑折兮，迤逦徇城而东去"语，嘉靖本将"天"改为"矢"，成化本《续集》卷三《思子台赋》中有"甘泉咫人而不通兮"的句子，嘉靖本将"人"改为"尺"，这些改动即较为合理；《东坡全集》于此二处也同于嘉靖本。但《东坡全集》也有同于成化本而异于嘉靖本的，如成化本《滟滪堆赋》中有"江河之大，与海之深，而可以意揣"，嘉靖本"揣"误为"拂"，成化本《续集》卷三《复改科赋》中有"讴歌归吾君之子"，嘉靖本误为"讴歌归吾之君子"，《东坡全集》此二处皆同于成化本。所以，《东坡全集》实为参校成化、嘉靖两种本子而成。

从《东坡全集》所依据的底本，可以判断其出现的时间上限为嘉靖十三年，因此，这也是一个出现很迟的本子。无论其出现于万历二十三年赵刊五卷本《志林》之前还是以后，既然如上所述，《东坡全集》的编者并未见到过宋刊麻沙本一系的分类合编本，则其所收《志林》五卷显然不出于麻沙本《大全集》；与赵刊五卷本《志林》同样来历不明。而且，即使它们之前确有五卷本《志林》的存在，也是来历不明的本子，因各家藏书簿及诸家目录书中从未著录过在嘉靖以前的五卷本《志林》。

对于此种来历不明的本子，若究其来源，不外四种可能：一、将三卷本《志林》分为五卷；或将三卷本《志林》分为四卷，再加上一卷本《志林》；总之，虽然卷数增加了，但其内容则确同于宋代的《志林》。二、据《志林》残本编纂，或由辑佚所得，或据残本而辅以辑佚，因而其内容虽已较原来的《志林》减少，但其所收则都出于《志林》。三、在残本、辑佚的基础上，再添加若干内容，因而是一种半真半假的本子。四、纯出伪造。但由于如下所述，五卷本《志林》中确有相当数量的内容是出于原来的《志林》的，其第四种可能自应予以否定。那么，它到底出于前三种可能的哪一种呢？

三

《四库全书总目》所收"《东坡志林》五卷"提要（文渊阁本《四库全书》所收《志林》为十二卷本，而《四库全书总目》所载则为《志林》五卷本的提要，其故待考）云："此本五卷，较振孙所纪多二卷，盖其卷帙亦皆后人所分，故多寡各随其意也。"即认为此本是将《直斋书录解题》所言及的三卷本《志林》重新分卷而成。这不仅没有注意到五卷本《志林》又收入了三卷本《志林》中没有包含的一卷本《志林》，更忽视了五卷本中的其他情况。

关于五卷本《东坡志林》的真伪问题

首先应该辨析的是,五卷本《志林》是否收入了三卷本《志林》的全部内容。

三卷本《志林》今不可见,但陶宗仪《说郛》卷二十九收有《东坡手泽》十五则。五卷本只收入了其中的八则:《论孙卿子》(五卷本《志林》卷四《辨荀卿言青出于蓝》)、《汉武帝》(五卷本《志林》卷四《武帝踞厕见卫青》)、《绝欲为难》(五卷本《志林》卷一《养生难在去欲》)、《妇姑皆贤》(五卷本《志林》卷三《先夫人不许发藏》)、《妻作送夫诗》(五卷本《志林》卷二《书杨朴事》)、《祭春牛文》(五卷本《志林》卷一《梦中作祭春牛文》)、《卦影》(五卷本《志林》卷三《费孝先卦影》)、《何国》(五卷本《志林》卷二《僧伽何国人》)①。换言之,《说郛》所收《东坡手泽》——《志林》的将近一半不见于五卷本《志林》。这说明五卷本《志林》远非三卷本《志林》之全②。

此外,夏敬观为五卷本《志林》作跋曰:"又考宋椠朱子《名臣言行录》,引《志林》凡五则。'李沉言梅询非君子'及'吴育不相'实为一则,而分载二处,五卷本《志林》所有也;'杜正献焚圣语',则见《仇池笔记》中;'孔道辅为张士逊所卖'及'欧公证范文正墓碑之误',两书皆未载,而商刻《志林》五则悉备。"《名臣言行录》中所载《志林》,不见于一卷本《志林》,当出于三卷本《志林》。五卷本《志林》只收入了其中的两则,也即《名臣言行录》所引《志林》的五分之二,更可证明五卷本《志林》远非三卷本《志林》之全③。

---

① 以五卷本《志林》中的有关篇目与《东坡手泽》相校,除个别字句外,二者内容大致相同。唯《东坡手泽》中《何国》一文,只为五卷本《志林》卷二《僧伽何国人》的一个部分,其未引到的部分则见于王宗稷《年谱》"绍圣四年丁丑"条,这亦不违反《说郛》"略存大概,不必求全"的编纂原则。

② 若五卷本《志林》出于汤云孙、赵开美的辑集和增窜,那么,登录赵开美家藏书的《脉望馆书目》,其"来字号·子·小说"类著录的第一部即为《说郛》廿八本,赵开美等该是见过此书,何以未将其中的《东坡手泽》收全呢?因为《说郛》的版本情况较为复杂。现存收有《东坡手泽》十五则的《说郛》为民国十六年上海商务印书馆排印的涵芬楼一百卷本,此为张宗祥汇辑六种明抄本整理而成(包括原北平图书馆藏约隆庆、万历间残钞本,傅氏双鉴楼藏明抄本三种[弘农杨氏本、弘治十八年抄本、吴宽丛书堂抄本],涵芬楼藏明抄残存九十一卷本,瑞安孙氏玉海楼藏明残抄本十八册)。关于该书的流传情况,《四库全书总目》除著录可以肯定较为接近原貌的一百卷外,又曰:"都印《三余赘笔》又称《说郛》本七十卷,后三十卷乃松江人取《百川学海》诸名足之,与孙作、杨维桢所说(二人皆称《说郛》为一百卷。——引者)又异。岂印时原书残阙,仅有七十卷耶?考弘治丙辰上海郁文博序,称与《百川学海》重出者三十六种,悉已删除。而今考《百川学海》所有,此本仍载。又卷首引黄平倩语,称所录子家数则,自有全书,经籍诸注,似无深味,宜删此二号,以盐官王氏所载《学庸古本》数种冠之云云。今考此本已无子书经注,而开卷即为《大学石经》、《大学古本》、《中庸古本》三书,目录之下各注补字,是竟用其说,窜改旧本。盖郁文博所编百卷,已非宗仪之旧。"又《增订四库简明目录标注》于《说郛》条引孙诒让语:"黄岩王子裳孝廉咏霓购得汲古阁钞本《说郛》六十卷,有毛斧季校语。余辛未春在京寓曾从藉阅,与俗本迥异,真秘笈也。"皆可见《说郛》的各种版本差异较大。若五卷本《志林》出于赵开美等的编辑,当是其家所藏廿八本《说郛》中的《东坡手泽》只有八条。

③ 朱子《名臣言行录》传到明代,已颇有增损,《四库全书总目》中引叶盛(1420—1474)《水东日记》曰:"今印行宋《名臣言行录》前集、后集、续集、别集、外集,有景定辛酉浚仪赵崟砼引,云其外(转下页)

又，宋王宗稷所撰《东坡先生年谱》也可以与之参证。这是现存宋人所撰苏轼年谱中引用《志林》文章较多者①。王宗稷《年谱》中标明出于《志林》的有七则，由于其援引多以麻沙书坊《大全集》为据②，此《志林》当指三卷本《志林》。从表面来看，五卷本《志林》收入了其中的六篇，条例如下：

1. "景祐三年丙子"条："又按《志林》云：'退之以磨蝎为身宫，而仆以磨蝎为命。'"（此二句见五卷本《志林》卷一《退之平生多得谤誉》）

2. "庆历三年癸未"条："按《志林》云：'吾八岁入小学，以道士张易简为师。师独称吾与陈太初者。'"（此数句见五卷本《志林》卷二《道士张易简》）

3. "嘉祐七年壬寅"条："及按《志林》有论太白山旧封公爵，为文记之，是岁嘉祐七年也。"（五卷本《志林》卷三有《太白山旧封公爵》，似即《年谱》所云）

4. "元祐元年丙寅"条："按《志林》云：'元祐元年，余为中书舍人。'"（此语见五卷本《志林》卷二《禁同省往来》）

5. "元祐六年辛未"条："及《志林》载《梦中论左传说》及《论子厚瓶赋》。"（五卷本《志林》卷一有《梦中论左传》，未见《论子厚瓶赋》）

6. "绍圣四年丁丑"条："按《志林》云：'余在惠州，忽被命责儋耳。太守方

（接上页）孙李幼武所辑，且云朱子所编止八朝之前，士英所编则南渡中兴之后四朝诸名臣也。今观后集一卷有李纲，二卷有吕颐浩，三卷有张浚，皆另在卷前，不在目录中。又阙残脱版甚多。颇疑其非朱子手笔，为后人所增损必多。"可见叶盛对该书当时流传的版本已有怀疑。到晚明时期，该书的版本情况则更为复杂，崇祯甲戌刻本前载有张采所作《纪事》曰："即今行事卷集，其应天府学小版既日久漫灭，扬州版差明了，然皆讹乱倒错，令人读不能句。"杨以任所作《重修宋名臣言行录序》中又有"是书也，残缺已甚"云云。《四库全书》所收为浙江郑大节家藏本，即与这个崇祯年间由张采"一一校正，间即考补"的《名臣言行录》内容相同，可见夏敬观所说的宋椠本在当时已颇为难得。而崇祯刻本中，标注《东坡志林》的只有被五卷本收入，并合为一则的"李沆言梅询非君子"及"吴育不相"这两则的内容（见崇祯本《前集》卷二、卷八，没有篇名）。此外，又有标注为《志林》的"杜正献焚圣语"一则中的内容，当与标注《东坡志林》来源不同。而夏敬观提到的另外两则，则未被崇祯本《名臣言行录》收入。可见五卷本《志林》的编撰者看到的《名臣言行录》当是只收有"李沆言梅询非君子"及"吴育不相"两则。而十二卷本《志林》的编撰者又获见宋椠《名臣言行录》（现有宋淳熙刻本，藏于北京图书馆），故将其余诸条补入。又，五卷本《志林》卷二《记告讦事》与崇祯本《名臣言行录后集》卷十一中标明录自《东坡集》的一条内容基本一致，五卷本《志林》卷三《修身历》中间一段文字"晁无咎言，司马温公有言：'吾无过人者，但平生所为，未尝有不可对人言者耳'"与崇祯本《名臣言行录后集》卷七注明录自《东坡集》的文字几乎相同。又可知五卷本《志林》因为无法收全三卷本《志林》中的内容，而辑录了东坡文集中的其他非三卷本《志林》的内容加以补充。

① 王水照先生编《宋人所撰三苏年谱汇刊》（上海古籍出版社，1989年）中有关苏轼的年谱有四种，除王宗稷《年谱》外，仅有抄《眉阳三苏先生年谱》中有一处提到《志林》，即"庆历三年癸未"条："又《志林》云：'吾八岁入小学。'"王宗稷《年谱》"庆历三年癸未"条中亦包含这样的文字。

② 成化本《东坡七集》收录了王宗稷《东坡先生年谱》，并于其后这样说明："右王宗稷编次《东坡先生年谱》，其援引多以《大全集》为据，虽若未尽善，然稽考先生出处大略，用心亦专矣。"又，该年谱中所标明出于《志林》的内容，不见于一卷本《志林》，当见于三卷本《志林》，而三卷本《志林》为麻沙书坊《大全集》所收入，亦可见该年谱所据为麻沙书坊《大全集》。

子容自携告身来吊余曰：此固前定。吾妻沈事僧伽甚诚，一夕梦和尚来辞，云：当与苏子瞻同行，后七十二日有命。今适七十二日矣，岂非前定乎。'"（见五卷本《志林》卷二《僧伽何国人》）

在这七条中，有一条确为五卷本《志林》所失收①；而五卷本《志林》所有的《太白山旧封公爵》又颇有伪造的嫌疑（说见后）。是以除记及僧伽的一条（五卷本《志林》中的这一条，其文字分别见于《说郛》及王宗稷《年谱》）外，五卷本《志林》所收的其他五条的真实性也难于遽定。

总之，以《说郛》《名臣言行录》《东坡先生年谱》所引与五卷本《志林》比照，皆可见五卷本《志林》较之三卷本《志林》已颇有亡佚。故其所据，至多是三卷本《志林》残本，甚或只是辑佚所得。

那么，五卷本《志林》是否掺入了其他作品，甚至含有并非出自东坡之手的后人的伪作呢？回答是肯定的。今举证如下。

一、五卷本《志林》卷二收有《记刘梦得有诗记罗浮山》一则，文云：

> 山不甚高，而夜见日，此可异也。山有二楼，今延祥寺在南楼下，朱明洞在冲虚观后，云是蓬莱第七洞天。唐永乐道士侯道华，以食邓天师枣仙去。永乐有无核枣，人不可得，道华得之。余在岐下，亦得食一枚云。唐僧契虚，遇人导游稚川仙府，真人问曰："汝绝三彭之仇乎？"虚不能答。冲虚观后，有米真人朝斗坛，近于坛上获铜龙六，铜鱼一。唐有《梦铭》，云"紫阳真人山玄卿撰"。又有蔡少霞者，梦遣书牌，题云："五云阁吏蔡少霞书。"②

该文内容不仅颇为零散，前后不相贯连，且根本未提篇名所言及的刘梦得诗，显得文不对题。按，此处所云刘禹锡"记罗浮山"诗为《有僧言罗浮事因为诗以写之》："君言罗浮上，容易见九垠。渐高元气壮，汹涌来翼身。夜宿最高峰，瞻望浩无邻。海黑天宇旷，星辰来逼人。是时当胐魄，阴物恣腾振。日光吐鲸背，剑影开龙鳞。倏若万马驰，旌旗耸斋沦。又如广乐奏，金石含悲辛。疑其有巨灵，怪物尽来宾。阴阳迭用事，乃俾夜作晨。咿喔天鸡鸣，扶桑色昕昕。赤波千万里，涌出黄金轮。……知小天地大，安能识其真。"就内容而言，与该文所载亦无

---

① 宋代傅藻编撰的《东坡纪年录》于"元祐七年壬申"条载：二月"十七日书柳子厚瓶赋后"（见《宋人所撰三苏年谱汇刊》），可见该文在宋代确实存在，只是到明代已经不易找到，不仅五卷本《志林》未载，刊刻于其后的《重编东坡先生外集》八十六卷、茅维编辑的《苏文忠公全集》七十五卷、明刊《东坡全集》一百十五卷皆未载此文。但该文见于宋刊世绦堂《河东先生集》（民国上虞罗振常曾据以影印）附录，题为《又书柳文瓶赋后》，后被十二卷本《志林》收入（见卷九，截取了该文的后半段）。

② 苏轼《东坡志林五卷》卷二，第11a页。

直接关联。但《东坡七集·后集》卷四有《游罗浮山一首示儿子过》一诗,诗中颇多夹注,抄录如下〔()中语皆为苏轼原注〕:

人间有此白玉京,罗浮见日鸡一鸣。南楼未必齐日观,郁仪自欲朝朱明(刘梦得有诗记罗浮山夜半见日事。山不甚高,而夜见日,此可异也。山有二石楼,今延祥寺在南楼下,朱明洞在冲虚观后,云是蓬莱第七洞天),东坡之师抱朴老,真契蚤已交前生。玉堂金马久流落,寸田尺宅今归耕。道华亦尝啖一枣(唐永乐道士侯道华,窃食邓天师药仙去。永乐有无核枣,人不可得,道华独得之。予在岐下,亦尝得食一枚),契虚正欲仇三彭(唐僧契虚,遇人导游稚川仙府,真人问曰:"汝绝三彭之仇乎?"契虚不能答)。铁桥石柱连空横(山有铁桥石柱,人罕至者),杖藜欲趁飞猱轻。云溪夜逢喑虎伏(山有哑虎巡山),斗坛昼出铜龙狞(冲虚观后,有朱真人朝斗坛,近于坛上获铜龙六,铜鱼一)。小儿少年有奇志,中宵起坐存黄庭。近者戏作凌云赋,笔势仿佛《离骚经》。负书从我盍归去,群仙正草新宫铭。汝应奴隶蔡少霞,我亦季孟山玄卿(唐有《梦书新宫铭》者,云紫阳真人山玄卿撰,其略曰:"良常西麓,原泽东泄。新宫宏宏,崇轩嚗嚗。"又有蔡少霞者,梦人遣书碑,略曰:"公昔乘鱼车,今履瑞云。蹋空仰途,绮辂轮囷。"其末题云:"五云书阁吏蔡少霞书")。还须略报老同叔,赢粮万里寻初平(子由一字同叔)。

五卷本《志林》中的《记刘梦得有诗记罗浮山》一文正是将该诗中所加注释拼接而成。这些文句既是针对各相关诗句所作的注释,在各条注释之间自无内在的逻辑联系,难怪要读得人莫名其妙了;而且,若不联系其所注的诗句,就不能理解各条注释的原意所在,例如,其提及山玄卿,本是为"我亦季孟山玄卿"一句作注,其原意是以山玄卿自许,离开了原来的诗句,就使人弄不明白苏轼何以要无缘无故地提到这位真人了。特别离谱的是,在把这些注释拼接起来时竟简单化地将注释的最初几个字定为题目,并省去了"夜半见日事",以致文与题目全不相干,使人读后如坠五里雾中。当然,拼接者为了使这些拼接起来的文字稍像一篇完整的文章,也略去了注释中的部分内容,如"山有铁桥石柱,人罕至者"、"山有哑虎巡山"、"子由一字同叔"。又将注释中的"唐有《梦书新宫铭》者,云紫阳真人山玄卿撰,其略曰:'良常西麓,原泽东泄。新宫宏宏,崇轩嚗嚗。'又有蔡少霞者,梦人遣书碑,略曰:'公昔乘鱼车,今履瑞云。蹋空仰途,绮辂轮囷。'其末题云:'五云书阁吏蔡少霞书'"一段加以删改,但也不过进一步露出了他的心劳日拙而已。正如前文所说,《后集》的编定出于苏轼本人之意,《游罗浮山一首

关于五卷本《东坡志林》的真伪问题

示儿子过》一诗为苏轼作品当属无疑;而这种把诗中注释拼起来以成文的荒唐事自不可能出于苏轼自己。五卷本《志林》中的《记刘梦得有诗记罗浮山》一定是后人做的手脚。

类似的伎俩而尚不致如此诞妄的,则有五卷本《志林》卷四《勃逊之》。全文为:

> 与朱勃逊之会议于颍。或言洛人善接花,岁出新枝,而菊品犹多。逊之曰:"菊当以黄为正,余可鄙也。"昔叔向闻鬷蔑一言,得其为人,予于逊之亦云然。①

按,此实为《东坡后集》卷二《赠朱逊之》一诗的《引》,唯略有删节及讹字而已。《引》的原文为:

> 元祐六年九月,与朱逊之会议于颍。或言洛人善接花,岁出新枝,而菊品犹多。逊之曰:"菊当以黄为正,余可鄙也。"昔叔向闻鬷蔑一言,知其为人,予于逊之亦云。

《东坡手泽》本为东坡偶有所感或所见而随手写下的文字;此既为赠人之诗的《引》,自当为作此诗而特地撰写的,并不属于随手摘记的性质。且此诗及《引》既已留有底稿(否则就不能编入《东坡后集》中),也没有将《引》另纸写存的必要。所以,此条显非出自《东坡手泽》,而是后人将它从《后集》所收此诗中抄录出来,冒充为《志林》之文的。

二、五卷本《志林》卷三有《梁上君子》一文:

> 近日颇多贼,两夜皆来入吾室。吾近护魏王葬,得数千缗,略已散去,此梁上君子当是不知耳。②

宋代之封魏王者,仅魏悼王赵廷美,《宋史》卷二百四十四有传,略云:"咸平二年闰二月,诏择汝、邓,改葬汝州梁县之新丰乡。仁宗即位,赠太师、尚书令。徽宗即位,改封魏王。"咸平二年苏轼尚未出生(苏轼生于景祐三年),而徽宗即位的第二年苏轼即去世,以其当时身份,根本不可能去为魏王护葬,是以刘文忠氏评注《东坡志林》于此已有怀疑③。而尤值得注意者,则为"近日颇多贼"一句,古人对"盗""贼"是有区别的。《荀子·正论》:"盗不窃,贼不刺。"杨倞注:"盗贼通名,分而言之,则私窃谓之盗,劫杀谓之贼。"可见在单独使用"贼"字时,是指

---

① 苏轼《东坡志林五卷》卷四,第10a—10b页。
② 苏轼《东坡志林五卷》卷三,第13a页。
③ 参见刘文忠评注《东坡志林》,学苑出版社,2000年,第191—192页。

"劫杀"而非"私窃"。唐、宋文言文仍是如此用法。以单独的"贼"字为小偷,始于《水浒》一类通俗作品,明代后期的文言作品之较新颖者(如晚明小品)也有这种用法。此处的"贼"既称"梁上君子",自系小偷,因而绝非宋人手笔。

三、五卷本《志林》卷三有《太白山旧封公爵》一文:

> 吾昔为扶风从事,岁大旱,问父老境内可祷者,云:"太白山至灵,自昔有祷无不应;近岁向传师少师为守,奏封山神为济民侯,自此祷不验,亦莫测其故。"吾方思之,偶取《唐会要》看,云:"天宝十四年,方士上言,太白山金星洞有宝符灵药,遣使取之而获,诏封山为灵应公。"吾然后知神之所以不悦者。即告太守,遣使祷之。若应,当奏乞复公爵;且以瓶取水归郡。水未至,风雾相缠,旗幡飞舞,仿佛若有所见。遂大雨三日,岁大熟。吾作奏检具言其状,诏封明应公。吾复为文记之,且修其庙。祀之日,有白鼠长尺余,历酒馔上,嗅而不食。父老云:"龙也。"是岁嘉祐七年。①

王宗稷《东坡先生年谱》"嘉祐七年壬寅"条载:"及按《志林》,有论太白山旧封公爵,为文记之,是岁嘉祐七年也。"粗粗一看,似乎五卷本《志林》此则即是王宗稷《年谱》所提及的《志林》中之文。但《年谱》所说的是《志林》"有论太白山旧封公爵,为文记之",其所记的是对"太白山旧封公爵"一事或由此事引出的论述,而五卷本《志林》的《太白山旧封公爵》则是对太白山从旧封公爵到恢复公爵的过程的记述,毫无"论"的痕迹,其文章的性质实与《年谱》所言《志林》中关于太白山之文大相径庭。而尤堪注意者,则是五卷本《志林》此文所涉及的事实,实与《东坡集》中《奏乞封太白山神状》一文所言严重冲突。今引该文如下:

> 伏见当府郿县太白山,雄镇一方,载在祀典。案唐天宝八年,诏封山神为神应公,迨至皇朝始改封侯而加以济民之号。自去岁九月不雨,徂冬及春,农民拱手,以待饥馑,粒食将绝,盗贼且兴。臣采之道途,得于父老,咸谓此山旧有湫水,试加祷请,必获响应。寻令择日斋戒,差官莅取,臣与百姓数千人,待于郊外。风色惨变,从东南来,隆隆猎猎,若有驱导。既至之日,阴威凛然,油云蔚兴。始如车盖,既日不散。遂弥四方,化为大雨,罔不周饫。破骄阳于鼎盛,起二麦于垂枯。鬼神虽幽,报答甚著。臣窃以为功效至大,封爵未充。使其昔公而今侯,是为自我而左降。揆以人意,殊为不安。且此山崇高,足亚五岳,若赐公爵,尚虚王称,校其有功,实未为过。伏乞朝廷更下所司,详酌可否,特赐指

---

① 苏轼《东坡志林五卷》卷三,第4b—5a页。

挥。(《东坡七集·前集》卷三十四)

"旧有湫水"的"旧",是"久"的意思(在《诗经》时代,"旧"即有此种意义,见《诗经·大雅·抑》的"於乎小子,告尔旧止"句及其注释);意为此湫水久已存在。而就父老们的"试加祷请,必获响应"等语来看,是他们确信,它在当时仍然极其灵验——"响应"为"如响斯应"的简化,有见效极快之意。倘如五卷本《志林》该文所言,父老们认为从太白山神被封为侯爵以来,"自此祷不验",他们又何敢对太守说"试加祷请,必获响应"之类的满话(苏轼此状是代当地太守所作,文中所称的"臣",乃是太守)？由此看来,父老们仍是坚信其有祷必应的,五卷本《志林》的"自此祷不验"的记载乃是无中生有;而其接着所说的苏轼由此而寻求"祷不验"的原因,并在《唐会要》中找到了答案,又请求太守向山神祈祷并许愿复其公爵云云,则是在上述虚构事实的基础上的进一步创造;因为若无"自此祷不验"之类的说法,苏轼就根本不必去寻求"祷不验"的因由,也就不会有后来那些事情了。而且,从《奏乞封太白山神状》来看,太守之向太白山湫水祷请,乃是采纳父老的建议,并非出于苏轼的提议。倘使苏轼是为了给自己脸上贴金而造此谰言,他又何以要在《东坡集》中收入《奏乞封太白山神状》一文以拆穿自己的谎言？而且,从苏轼的生平行事来看,他并不是那种吹牛撒谎的人。

由此看来,五卷本《志林》此篇,并非《年谱》所提及的《志林》中的那一篇,而且也并非出于苏轼,乃是后人据《年谱》中关于《志林》的那条记载而伪造,故其标题即为《太白山旧封公爵》。只是伪造者忽视了《年谱》引述《志林》的有关之文时有一"论"字,又没有思考其所虚构之事与《奏乞封太白山神状》是否会发生冲突,以致露出了马脚。

四、五卷本《志林》卷一《涂巷小儿听说三国语》一则云:

王彭尝云:"涂巷中小儿薄劣,其家所厌苦,辄与钱,令聚坐听说古话。至说三国事,闻刘玄德败,颦蹙有出涕者;闻曹操败,即喜唱快。以是知君子小人之泽,百世不斩。"彭,恺之子,为武吏,颇知文章,余尝为作哀辞,字大年。①

这是常被中国小说史、文学史研究者所引用的,并从中引出种种重要结论。然而此条的内容却存在诸多疑点。

这里首先要弄清楚的是对孩子们"说古话"的人的身份:是孩子们的家长抑或职业的说书人——宋代的"说话人"？从其能使孩子们"颦蹙""出涕""喜

---

① 苏轼《东坡志林五卷》卷一,第 4b—5a 页。

唱快"来看,其说书艺术是颇为高明的,恐非一般家长所能;何况当时作为印刷品的小说远未普及,像元明时期流行的那样类型的历史剧又未产生,一般的"涂巷"人家的家长既不可能知道多少历史故事,自也没有那么多的"古话"可经常对孩子们说(从"辄与钱,令聚坐听说古话"之语,可见这是那些孩子们能经常享受到的待遇——"辄"为"往往、总是"之意);至于家长们是否能有那么多的时间一直给孩子们"说古话"自然也是问题(即使是几家家长联合起来,轮流值班,这些问题同样存在)。由此看来,"说古话"者当是职业的"说话人";家长之所以要把钱给了孩子,再让他们聚坐"听说古话",乃是让孩子们用来付给"说话人"作为报酬的,否则,何以要先给了钱再让他们"听说古话"?

那么,职业的"说话人"是否可能在一般的"涂巷"为"聚坐"的"小儿""说古话"呢?宋代的说话表演主要在瓦子勾栏、茶肆酒楼等固定场所;在那些繁华热闹的中心地带,也常有较为流动的表演场所。关于宋代艺人在街道上表演的记载,《东京梦华录》卷六《元宵》说:"游人已集御街两廊下。奇术异能,歌舞百戏,鳞鳞相切,乐声嘈杂十余里。……槊柮儿,杂剧。……尹常卖,五代史。"①《都城纪胜·市井》说:"此外如执政府墙下空地,诸色路歧人,在此作场,尤为骈阗。又皇城司马道亦然。候潮门外殿司教场,夏月亦有绝伎作场。其他街市,如此空隙地段,多有作场之人。"②《西湖老人繁胜录》说:"十三军大教场、教弈军教场、后军教场、南仓内、前权子里、贡院前、佑圣观前宽阔所在,扑赏并路歧人在内作场。"③这些材料记载了宋代说话等技艺流动表演的状况。但不管是"御街两廊下""执政府墙下空地""皇城司马道""候潮门外殿司教场",还是"十三军大教场"等地方,都属闹市的宽阔地带,而并非像《涂巷小儿听说三国语》中所描述的那样在一般的"涂巷"中。即使是"涂巷小儿"亦可随时"聚坐听说古话",且说话者技艺如此之高,让小儿们非常投入、感动,这大概需要在城市更为繁华、说话技艺有了更为充分发展的明代方可做到。

此外,该文的所谓"说古话",自是"说话"中的"讲史";"说三分"(讲讲三国故事)也确是"讲史"的一大部门。从孩子们的"闻刘玄德败,颦蹙有出涕者;闻曹操败,即喜唱快"的反应看来,"说三分"在当时已有浓厚的尊刘反曹倾向;而尊刘反曹倾向的产生,乃是由于把曹操作为欺君罔上之贼,视刘备为对汉献帝忠心耿耿的汉室宗亲的结果。不过,这与宋代"说三分"的情况是相反的。元刊

---

① 孟元老《东京梦华录》卷六,《东京梦华录(外四种)》,文化艺术出版社,1998年,第37—38页。
② 《都城纪胜》,《东京梦华录(外四种)》,第79页。
③ 《西湖老人繁胜录》,《东京梦华录(外四种)》,第105页。

关于五卷本《东坡志林》的真伪问题

《三国志平话》虽然刊于元代,但却是从宋代以来"说三分"艺人的世代累积型的成果,从中不但看不到丝毫尊刘反曹的倾向,在其开篇中还立场鲜明地为曹操的欺君罔上辩护。——在其开篇司马仲相阴司断案的故事中,说汉高祖做了皇帝后,残杀功臣,韩信、彭越、英布三大功臣全都惨死,三人的鬼魂向天帝告状,司马仲相负责断案。最后汉高祖、吕后的罪名成立,玉皇敕道:"汉高祖负其功臣,却交三人分其汉朝天下:交韩信分中原为曹操,交彭越为蜀川刘备,交英布分江东长沙吴王为孙权,交汉高祖生许昌为献帝,吕后为伏皇后,……交蒯通生济州,……复姓诸葛,名亮字孔明,……交仲相生在阳间,复姓司马,字仲达,三国并收,独霸天下。"①在被汉高祖所杀的三人中,韩信的功劳最大,也最获得后人的尊崇、同情,他既受到汉高祖夫妇如此残酷的迫害,那么,他在转世以后对其前世的仇人加以报复,正是天道好还,报应不爽。——严格说来,曹操之对汉献帝,远不如汉高祖对韩信之甚。《三国志平话》的这种设想,正体现了民间的正义。所以,在《三国志平话》中找不到尊刘反曹的倾向乃是正常的事,作为其前身的宋代的"说三分"当同样如此。何况在宋代人的一般认识中,对曹操是颇有好感的。尽管苏轼自己对曹操的个人品德颇有非议,说他"阴贼险很,特鬼蜮之雄者耳",甚至指责他之"分香卖履,区处衣物"为"平生奸伪,死见真性"(《前集》卷二十《孔北海赞》),但仍称赞曹操"功盖天下"(《前集》卷二十二《试馆职策题三首》)。其弟苏辙更对曹操称颂甚至,其所作《历代论三·晋宣帝》《上昭文富丞相书》等文皆可为证②。至于一般舆论则正像苏轼所说:"世以成败论人物,故操得在英雄之列。"(《孔北海赞》)"说话"在当时并非所谓"精英"文学,它只能以从众为前提,因而不可能对曹操持如此强烈的否定态度,以致连它的小听众也听到曹操打了败仗就"喜唱快"。由此看来,这条所言的情状不可能出于苏东坡的时代,与《三国志通俗演义》和尊刘反曹的戏剧大量流传开来的明代情

---

① 见《古本小说集成》第一册,上海古籍出版社,1990年,第7页。
② 苏辙《历代论三·晋宣帝》(《栾城后集》卷九)曰:"汉自董卓之后,内溃外畔,献帝奔走困踣之不暇,帝王之势尽矣,独其名在耳。曹公假其名号以服天下,拥而植之许昌,建都邑,征畔逆,皆曹公也。虽使终身奉献帝,率天下而朝之。天下不归汉而归魏者,十室而九矣。曹公诚能安而俟之,使天命自至,虽文王三分天下有其二以事纣,何以加之?惜其为义不终,使献帝不安于上,义士愤怒于下,虽荀文若犹不得其死,此则曹公之过矣。"可见曹操在苏辙眼里虽不免有过,但终是瑕不掩瑜。《上昭文富丞相书》(《栾城集》卷二十一)一文曰:"辙读《三国志》,尝见曹公与袁绍相持久而不决,以问贾诩,诩曰:'公明胜绍,勇胜绍,用人胜绍,决机胜绍。绍兵百倍于公,公画地而与之守,半年而绍不得战,则公之胜形已可见矣,而久不决,意者顾万全之过耳。'夫事有不同而其意相似,今天下之所以仰首而望明公者,岂亦此之故欤?"若不是以对曹操才能的百般推崇为前提,何以能用之比拟自己所敬慕的长者?

况则甚为相近。再参以以上四条,可知五卷本《东坡志林》本不尽可信,则此条亦当为后人所造。

由以上诸条可见,五卷本《志林》不仅未能将三卷本《志林》收全,还掺入了后人或者就是五卷本《志林》编纂者的许多伪作。

四

除了上述诸条以外,五卷本《志林》中所收,还有一些是王宗稷《东坡先生年谱》、傅藻《东坡纪年录》中曾经提及但未说其出于《志林》的,有的且明言其不出于《志林》。因为五卷本《志林》本就可疑,所以此等文字也以存疑为妥。现举一例。

《东坡纪年录》"元符三年庚辰"条有:"正月朔,记养黄中,曰:'岁次庚辰,朔日戊辰,是日辰时,则丙辰也。三辰一戊,四土会焉。丙土母,而庚其子也,土之富未有过于斯时,吾当以斯时肇养黄中之法。'又曰:'非谪居岭外,安得此庆耶!'又曰:'十二日天门冬酒熟。'"五卷本《志林》卷一有《记养黄中》一文,与《东坡纪年录》所引大同小异:

> 元符三年,岁次庚辰,正月朔,戊辰;是日辰时,则丙辰也。三辰一戊,四土会焉。而加丙与庚,丙土母,而庚其子也,土之富,未有过于斯时也,吾当以斯时肇养黄中之气。过此,又欲以时取薤姜蜜作粥以啖。吾终日默坐,以守黄中,非谪居海外,安得此庆耶?东坡居士记。[①]

按,王宗稷《年谱》于元符三年载其有《养黄中说》之文,显即《东坡纪年录》所说"记养黄中";二书均不言此篇出于《志林》,而王宗稷《年谱》引《志林》类皆标明,本文第三节所引《年谱》诸条可以为证。则此条是否出于《志林》,本就可疑。且五卷本《志林》的编者显然未见过宋刻麻沙本《大全集》(否则当也见过三卷本《志林》,其五卷本《志林》于三卷本《志林》就不致失收很多,且窜入许多非《志林》之文了),是以五卷本此条也非出自《大全集》的《志林》而系据他书转引。而据《年谱》,苏轼此文的标题实为《养黄中说》,是以《东坡纪年录》所云"记养黄中",犹言"记述其养黄中之举",并非标题。五卷本《志林》却以此为标题,可见其所载此条实自《东坡纪年录》出。何况就《东坡纪年录》所引来看,"记养黄中"

---

① 苏轼《东坡志林五卷》卷一,第8b—9a页。

关于五卷本《东坡志林》的真伪问题　　　　　　　　　　　　　　　　379

尚有"十二日天门冬酒熟"等内容，被五卷本《志林》删去了。其所以删去，当是《东坡纪年录》于此颇有删节（其加"又曰"，即表明了这一点），将《东坡纪年录》所引这些零散文字编为一篇完整短文者，不知道如何将此句与上文相连接，就索性删去了。而"过此"至"以守黄中"诸字，不见于《东坡纪年录》，当系后加。另外多出的"而加丙与庚"不仅多余，且使文意松弛，恐也属后加。

　　五卷本《志林》中还有三十六则见于《类说》所引《仇池笔记》（见赵开美《仇池笔记序》）。《仇池笔记》虽有少数几条与《东坡志林》重出，但二者本非一书，则此三十六则中的绝大部分，当也不属于《志林》。

五

　　由上所述，可知五卷本《志林》实系真伪杂糅之书。其伪的部分，情况也极复杂：有的根本不出于苏轼；有的虽出于苏轼，但不出于《志林》；有的在同一条中真伪交杂。

　　至于十二卷本《志林》，不仅出于五卷本《志林》之后，且将五卷本中除"论"的一卷外的绝大多数文章收入（五卷本《志林》计二百零二篇，十二卷本《志林》三百六十二篇，两者共有的为一百六十篇），包括上文提到的那些并非出于《志林》的掺入之作，以及出于后人的伪作。可见也是一部真伪杂糅的书，其编者也显然未见过宋刊麻沙本《大全集》中的《志林》或其翻刻本，否则就不至于将五卷本中的那些伪造、伪添者也一并收入了。其较五卷本多出的部分，有些当出于辑佚，如陶宗仪《说郛》所引《东坡手泽》十五条，五卷本只收了八条，十二卷本《志林》则将其遗漏的七条中六条都收入了（但还遗漏了一条），当即辑自《说郛》。朱熹《名臣言行录》所引五条，五卷本只收了两条，十二卷本也收全了，也当自《名臣言行录》出。但其多出的部分是否全部为辑佚所得，仍是有待进一步探考的问题。

试论吴伟业的文学创作[①]
——以其与晚明文学思潮的关系为中心

本文的副标题原应作"以其与晚明具有积极意义的文学思潮的关系为中心",但太长了,是以稍加压缩。晚明的此类文学思潮实有两端,以出现的时间先后而言,则为:一、由李梦阳等所开创,经王世贞、李攀龙等人而发扬光大的注重"真情"而又强调文学的艺术特征的思潮,常遭到误解的李攀龙所谓"视古修辞,宁失诸理"[②]("宁"为"岂"的意思)中的"修辞",就是今天所谓文学的艺术特征的一部分。二、李贽所倡导而由袁宏道在文学领域内加以推演的"童心-性灵"说,其核心为尊崇自我,反对以既成的社会规范来束缚心灵;但对文学形式的相对独立性及其重要意义则多少有所忽视。若光有前一端,诗歌所表现的感情就难以具有新的冲击力;若光有后一端,则诗歌又难以具有强烈的艺术感染力,而这当然同时也就减弱了其所表现的感情的撼人之力。所以,只有把这二者很好地结合起来,才能有力地推动诗歌创作的前进。但这种结合却迟至清初才由吴伟业来完成。只是吴伟业对王、李一派的尊重虽可以通过其自己的表白而被发现,其与"童心-性灵"说的相通则只有通过考察他的创作实践才能认识到,而且不能撇开其戏曲创作实践,尽管他在戏曲创作方面的成就不如诗歌。

壹

吴伟业的思想当然不可能不受传统的束缚,但对其创作起了重大积极作用的,则是其突破传统束缚的一面。后者也就是他与尊崇自我,乃至不惜与既成的社会规范相冲突的"童心-性灵"说的相通点。不过,他在这方面是受了某个或某些思想家的具体影响,抑或仅仅是不自觉地卷入了当时在一定范围内存在着的敢于独立思考的风气的结果,尚有待于进一步考索。

[①] 原载《长江学术》2004 年第 6 辑。
[②] 《送王元美序》,见李攀龙《沧溟集》卷十六,台湾商务印书馆影印文渊阁《四库全书》本。

吴伟业的这一特点最突出地表现在其杂剧《临春阁》中。

《临春阁》的主要人物是南朝陈冼夫人与张丽华。虽然这两个人物皆是历史上实有的,但所写之事则出于虚构。剧本之最值得重视的,是植基在新的对女性的态度之上的人物描写。

已故郑振铎先生为收入《清人杂剧初集》的吴伟业《临春阁》《通天台》所写的跋语说:"陈氏之亡,论者每归咎于张丽华诸女宠。伟业力翻旧案,深为丽华鸣不平。"①这是符合剧本实际的。所谓"力翻旧案"表现在以下两个方面。

其一,否定"女宠"亡国论。张丽华自述:"左班官儿势头不好,便说女宠乱朝,都推在俺一人身上罢了。"(《临春阁》第四折)冼夫人完全赞同张丽华的观点,而且其反应更为强烈:"〔鬼三台〕娘娘,你虽是风流种,世不曾将官家弄。要则要闲谈冷讽,老君王做哑妆聋。好夫妻耽惊受恐,知他从也未必从?便从了,那外边官儿同也未必同?甜话儿把官里趋承,转关儿将女娘作诵。"(同上)后来冼夫人听到她的部下转告:"闻得众文武说两个贵妃许多不是。"她驳斥道:"都是这班人把江山坏了,借题目说这样话儿。〔麻郎儿〕他锁着雕房玉笼,五言诗怎卖卢龙?我醒眼看人弄醉翁,推说道里头张孔。"(同上)

其二,不但把陈朝的灭亡归咎于陈后主和两班文武,而且把张丽华及女性官员作为维系陈朝的唯一力量。

在陈亡以前,"如今江上紧急文书,万岁爷终日沉醉,那个不由娘娘(指张丽华)调遣"(第二折,女学士袁大舍语)。换言之,如果不是张丽华从中维持,陈朝早就无法防御对江隋军的攻击了。

而且,张丽华之所以要去主持这些军国大事,是因为皇帝固然"终日沉醉",由男性构成的两班文武也都不行。她曾指着大臣江总、孔范对冼夫人说:"他外头全然不济。尽文章弓马,我辈占风流。"(第二折)这倒不是张丽华自夸,得道高僧智胜禅师看到冼夫人和女学士袁大舍时也说:"如今朝中臣宰,左班挤轧右班,后手挨帮前手,像这两位官员,从何处得来?"(第三折)智胜最终并把挽救陈朝的万一之望寄托在冼夫人身上,嘱咐她"须早整本路军兵,频参京师动定"(第三折)。但后来她得到隋军大举来攻的报急文书,连夜起兵往救时,陈军却已全线崩溃了。所以张丽华的鬼魂感叹道:"(冼夫人)原来见报急文书,星夜起马。咳,那萧摩诃、任蛮奴(陈军统帅)一辈人,可是支持得住、待得你来救的?夫人、

---

① 郑振铎《〈临春阁〉〈通天台〉跋》,《清人杂剧初集》,长乐郑氏影印本,1931年,第1页。后文所引《临春阁》内容皆据此本(影印顺治年间原刻本),不再出注。

夫人,你纵有救主忠心,一些不济事了。"(第四折)

在这里,我们不但看到了对女性的才能——包括治理国家的才能——和品格的高度评价,而且更看到了对相关社会既成规范的无视。可以说,他对女性的观点和对这些社会既成规范的勇敢态度都与李贽有相通之处。为了节省篇幅,关于李贽对女性的观点这里只引述力图阐明李贽思想与西方思想的不同点的日本沟口雄三教授的意见来证明:"我研究中国是从阅读李贽的文献开始的,在连续一、二年的阅读中,发觉容肇祖以来的李贽评价——即女性解放、肯定欲望、合理的精神、反儒教等——都非常偏向于'欧洲的近代'。当然李贽并不是没有这一侧面,但只提出来近似于'欧洲近代'这一部分而予以评价的研究方法,完全无视了李贽思想的固有的历史价值。"①

正因吴伟业是从这样的角度来观察女性的,也就有可能对她们的感情获得迥异于前人的体验。所以,出现在剧本中的女性的感情以及由此所引起的读者的反响均是崭新的。试看冼夫人在得知张丽华被杀后的唱词:

〔紫花儿序〕……娘娘,你死得其所,也索罢了。从容,肠断琵琶曲未终。寄语那黑头江总,还亏我薄命昭阳,点缀了诗酒江东。

…………

〔东原乐〕娘娘,你恨血千年痛,悲歌五夜穷。便算是有文无禄,做个诗人冢,消不得一碗凉浆五粒松。谁似你魂飘冻,止留得女包胥向东风一恸。(第四折)

这里既有为张丽华的绝世才能和从容赴死而产生的自豪,又有因其凄绝人寰的遭遇而引起的无限悲痛;而在这种感情根底里的则是将女性作为与男性处于平等地位的对手而作的衡量:她之认为张丽华死得其所,是因为她从容赴死,并不像当时的著名男性文士江总他们那样地屈辱偷生,这才使"诗酒江东"(指陈朝宫廷中的诗酒之会)的形象不致被全盘葬送;她之认为张丽华的遭遇无比悲惨,也是由于张丽华较"有文无禄"的诗人(那都是就男性而言)更其不幸,除了"女包胥"——冼夫人自己——外,没有人为她衰痛。前者显示了女性之优于男性,后者则显示了女性地位的卑贱——而与前者相形,更显出了社会对待女性的不公。所以,上面的这种比较,实体现了初步觉醒的女性(当然不是张丽华时代的,而是吴伟业时代的)的观念;在这里所发出的乃是在其以前的戏剧里所没有听到过的声音。可惜的是:在这以后的一段相当长的时间里,这种声音又消失了——只要读一读《长生殿》就可

---

① 见沟口雄三《中国前近代思想的演变》中译本卷首《致中国读者的序》,索介然、龚颖译,中华书局,1997年。

以知道,吴伟业的后辈洪昇对杨贵妃的态度就与吴伟业对张丽华的大异其趣。

贰

吴伟业的《临春阁》虽然富于新意,但人物的感情较为单一,结构上也不无可议之处,如第三折大部分为赘笔。所以,其艺术成就实与他的诗歌不可同日而语。本文之首先论及《临春阁》,乃是为了证明其思想中已存在着与社会既成规范相异之处。——虽然《临春阁》之赞扬女性也许是出于对明朝灭亡时所表现出来的男性官员的无能甚或无耻的嘲讽,但若仅是出于这样的动机,又何至为张丽华翻案呢?

关于女性的这种新观念,在吴伟业身上是与其尊重个人的观念相结合的。当时有一姓瞿的女子,美丽而有才气。丈夫姓钱,是患痨病的。其娘家与夫家都与吴伟业有些关系。她不满意自己的婚姻状况,爱上了吴伟业,于顺治十年(1653)坐船前来,投诗拜访。吴伟业不能接受她的爱情,却在河边设宴招待,并写了四首《无题》诗送给她,表现出充分的尊重和赞扬[①]。这四首诗都保存在他的集子中,今录第四首于下:

> 钿雀金蝉笼臂纱,闹妆初不斗铅华。藏钩酒向刘郎赌,刻烛诗从谢女夸。天上异香须有种,春来飞絮恨无家。东风燕子知多少,珍重雕阑白玉花。

按照传统的伦理道德,这个女子实在是淫贱之至,理应痛斥;再者她是良家女子,为吴伟业亲友家的内眷,她孤身前来,吴伟业却与她诗酒唱和,这又是违背礼教,会给吴伟业带来不利影响的。吴伟业之所以在河边设宴,却不在家里招待她,大概也是怕进一步引起流言蜚语。但从《无题》诗来看,吴伟业对此人不但毫无鄙视之意,而且非常尊重。这也就体现了他对个人的权利和要求的肯定。而这又正是晚明进步思潮中重个人的观念的弘扬。

理解了这一点,也就可以进而探讨吴伟业的诗歌。

叁

吴伟业的诗常被赞为"诗史",但若从史的角度看,他的诗也没有什么了不

[①] 见程穆衡原笺、杨学沆补注《吴梅村诗集笺注》卷三《无题四首》笺,上海古籍出版社,1983年影印清保蕴楼抄本,第217页。

起。以其杰构《圆圆曲》来说,作为"史"的价值还不如陆次云的《圆圆传》。他自己对诗歌的意义有如下说明:"夫诗者本乎性情,因乎事物。政教流俗之迁改,山川云物之变幻,交乎吾之前,而吾自出其胸怀与之吞吐,其出没变化固不可一端而求也。"①他于诗本以性情为本,且所谓"吾自出其胸怀与之(指事物的变迁)吞吐",则已注意到了创作过程中主观与客观的错综复杂的关系。主观固不得不赖于客观的供应才有物可"吞",但其所"吐"出而见于作品中的,则已经过主观的融化,而非事物本身的实录;至于文学创作的"不可一端而求"的"出没变化",既是作者的"胸怀与之吞吐"的结果,它首先自是"胸怀"的创造、性情的表现。因而其诗的价值,实在于诗中之情(因为离开了"情"也就无从见"性"),而不在"史"。就吴伟业的现存诗歌来看,也确是如此。

他的诗有不少是写个人的悲惨命运的;被称为"诗史"的名篇,基本都包括在内。而在他所写的不幸的受难者中,既有平民,也有帝王将相、文人学士和美女。写平民的,如《堇山儿》《直溪吏》《临顿儿》等,由于诗人对他们缺乏理解,难免流于表面化;写得富于特色的,是后一种。如《琴河感旧四首(并序)》《听女道士卞玉京弹琴歌》《过锦树林玉京道人墓(并传)》《永和宫词》《白燕吟(并序)》《鸳湖曲》《悲歌赠吴季子》《圆圆曲》等,皆传诵甚广。吴伟业在文学史上的地位,就是由这些诗篇所奠定的。

在这后一种作品中,诗人所写的,或是自己亲近的人,如情人、朋友,或是在社会上有重大影响而与自己无直接交往的人,如吴三桂、陈圆圆。虽然都是显示个人的生存困境,但前者更着重于身受者的具体遭遇,后者则尤着力于大的背景。当然,这二者也并非截然分割,只是有所偏重而已。而且,在这些诗里都表现了他对这些在生存困境中备受煎熬的个人的深刻同情以及他自己由此所产生的深重悲哀。这其实正是其重个人的观念的体现;又由于其上述关于妇女的观念——尊重其才能,以社会对女性的压抑为不合理,肯定其对个人幸福和爱情的追求,此类诗之关涉妇女者甚多。

在此类诗篇里,就数量说,吴伟业写得最多的是关于卞玉京的诗②。玉京名赛赛,秦淮人,为著名歌妓。"知书,工小楷,能画兰,能琴。年十八,侨虎丘之山塘。所居湘帘棐几,严净无纤尘。双眸泓然,日与佳墨良纸相映彻。见客初亦不甚酬对,少焉谐谑间作,一坐倾靡。与之久者,时见有怨恨色。问之,辄乱

---

① 《梅村家藏稿》卷五十四《与宋尚木论诗书》,《四部丛刊》本。
② 除本文将述及的《听女道士卞玉京弹琴歌》《琴河感旧》《过锦树林玉京道人墓》之外,尚有《画兰曲》等。本文以下所引吴伟业诗文皆出于《四部丛刊》本《梅村家藏稿》,文中只注卷数。

以他语。其警慧虽文士莫及也。"(卷十《过锦树林玉京道人墓》附《传》)她与吴伟业一见钟情,欲以身相许。吴伟业大概存在实际困难,"固为若弗解者"(同上)①;但两人仍然情深爱重。后来遭乱分别,玉京回到秦淮。过了七年,她寄居常熟,吴伟业也经过那里,为她写了《琴河感旧四首》(卷六)。其写作背景是这样的:

> 枫林霜信,放棹琴河。忽闻秦淮卞生赛赛,到自白下,适逢红叶。余因客座,偶话旧游。主人命犊车以迎来,持羽觞而待至。停骖初报,传语更衣。已托病痁,迁延不出。知其憔悴自伤,亦将委身于人矣。予本恨人,伤心往事。江头燕子,旧垒都非;山上蘼芜,故人安在?久绝铅华之梦,况当摇落之辰。相遇则惟看杨柳,我亦何堪;为别已屡见樱桃,君还未嫁。听琵琶而不响,隔团扇以犹怜,能无杜秋之感,江州之泣也?漫赋四章,以志其事。(《琴河感旧四首》附《序》)

这四首诗写得哀艳而沉痛,是对于被扼杀的爱情的挽歌。今录其第三、四首于下:

> 休将消息恨层城,犹有罗敷未嫁情。车过卷帘劳怅望,梦来携袖费逢迎。青山憔悴卿怜我,红粉飘零我忆卿。记得横塘秋夜好,玉钗恩重是前生。(其三)

> 长向东风问画兰,玉人微叹倚栏杆。乍抛锦瑟描难就,小叠琼笺墨未干。弱叶懒舒添午倦,嫩芽娇染怯春寒。书成粉奁凭谁寄,多恐萧郎不忍看。(其四)

前一首虽写彼此的怜念,但诗人笔下的卞玉京对他的感情却是基于想象。后一首更纯以想象出之。而在这种想象中,正渗透着深重的爱和心心相印的体贴。在这里没有以身相殉的浪漫激情,却可听到在现实压迫下与所爱者分袂的痛苦呻吟、由难忘的爱情与无尽的怀念而导致的深沉叹息,同时却又给人以一种哀艳的美。

诗中所想象的卞玉京对吴伟业的款款深情并非诗人的一厢情愿,而是符合实际的。在写这四首诗之前,卞玉京虽然托病不见,但吴伟业还没有把写成的诗送给她,她就主动到太仓来看他了。当然,由于二人无法结合,卞玉京终于不

---

① 当时如要娶名妓,都得具有雄厚财力;例如伟业友人冒襄为了娶名妓董小宛为妾,就先花了一千多两银子为她还债,见冒襄《影梅庵忆语》。而吴伟业"衰门贫弱"(《秦母于太夫人七十序》),并不具备娶名妓的条件。

得不另嫁别人,其处境也就更其悲惨。《过锦树林玉京道人墓》所附《传》说:

> ……逾数月,玉京忽至,有婢曰柔柔者随之。尝着黄衣,作道人装。呼柔柔取所携琴来,为生(指吴伟业)鼓一再行。……柔柔庄且慧。道人画兰,好作风枝婀娜,一落笔尽十余纸,柔柔承侍砚席间如弟子然,终日未尝少休。客或导之以言,弗应;与之酒,弗肯饮。逾两年,渡浙江,归于东中一诸侯。不得意,进柔柔奉之,乞身下发,依良医保御氏于吴中。保御者年七十余,侯之宗人,筑别宫资给之良厚。侯死,柔柔生一子而嫁。所嫁家遇祸,莫知所终。道人持课诵戒律甚严。生(指吴伟业自己)于保御中表也,得以方外礼见。道人用三年力,刺舌血为保御书《法华经》。既成,自为文序之,缁素咸捧手赞叹。凡十余年而卒。墓在惠山祇陀庵锦树林之原。

就这样,卞玉京度过了她的悲惨而短暂的一生。她的刺舌血写经,与其说是出于佛教徒的虔诚,不如说是为了以肉体的苦痛来缓解精神的苦痛。在上引小传以后,诗篇这样抒写诗人经过她的坟墓时的感受:

> 龙山山下茱萸节,泉响琤淙流不竭。但洗铅华不洗愁,形影空潭照离别。离别沉吟几回顾,游丝梦断花枝悟。翻笑行人怨落花,从前总被春风误。金粟堆边乌鹊桥,玉娘湖上蘼芜路。油壁曾闻此地游,谁知即是西陵墓!乌桕霜来映夕曛,锦城如锦葬文君。红楼历乱燕支雨,绣岭迷离石镜云。绛树草埋铜雀砚,绿翘泥涴郁金裙。居然设色倪迂画,点出生香苏小坟。

> 相逢尽说东风柳,燕子楼高人在否?枉抛心力付蛾眉,身去相随复何有!独有潇湘九畹兰,幽香妙结同心友。十色笺翻贝叶文,五条弦拂银钩手。生死栴檀祇树林,青莲舌在知难朽。

> 良常高馆隔云山,记得斑骓嫁阿环。薄命只应同入道,伤心少妇出萧关。紫台一去魂何在?青鸟孤飞信不还。莫唱当时渡江曲,桃根桃叶向谁攀?

全诗回还往复,哀艳而迷离。前六句表现的是卞玉京在爱情方面所经历的痛苦及其无奈的"悟";第七、八句似是悟后的解脱,但接着的"金粟堆边乌鹊桥"[①],则说明她虽在死后仍幻想着爱情之桥,从而突出了解脱感的短暂与虚幻,她的内心与其处境的剧烈冲突。然后写她的死亡,以"乌桕"六句抒发诗人对她的逝世与遭遇的深切哀悼。自"相逢"以下的两大段,进一步悲叹卞玉

---

① "金粟堆"为唐玄宗墓地(见宋敏求《长安志》),此句用唐明皇、杨贵妃的爱情故事借指生死不渝的恋情。

京这类才女的命运。前一段是说,像她这种身份的人,如继续为人姬妾,那么,等男方一死,她也必须跟着死去,否则就要受到"枉抛心力付蛾眉,身去相随复何有"之类貌似感喟的责难。后一段借着柔柔的灾祸,点明玉京倘不出家,难保没有更惨的结局。因此,诗中尽管出现了"青莲舌在知难朽"之类的安慰之句,但从"薄命只应同入道"句可知,这种"入道"后的不朽也不过是薄命人的慰情聊胜于无而已。——在生前既已饱尝了苦难,以舌血所写的经即使在死后长存于世,又有何补?

总之,《过锦树林玉京道人墓》所写的是诗人对两个被环境扼杀的妇女的伤悼。她们在当时的社会地位都很低,但在吴伟业诗篇里,类似的可悲的妇女绝不只存在于社会地位低下的人群中。他的《听女道士卞玉京弹琴歌》(卷三)就以卞玉京的口吻,叙述了中山王府的小姐等大家闺秀在南京被攻破时的惨境和玉京的悲痛之情:"……羊车望幸阿谁知,青冢凄凉竟如此。我向花间拂素琴,一弹三叹为伤心。暗将别鹄离鸾引,写入悲风怨雨吟。……贵戚深闺陌上尘,吾辈飘零何足数!"

不过,把个人的悲剧仅仅归因于清兵的入关和南下,显然并不符合吴伟业的原意。他的《永和宫词》(卷三)所咏叹的,就是崇祯帝宠爱的田贵妃的凄哀的命运。诗中的田贵妃美丽、温柔、才华出众,但皇后周氏与她发生了摩擦。崇祯帝在周皇后的压力下不得不对她加以"诘问"。接着,由于她的娘家倚势横行,她也被打入了冷宫。尽管崇祯帝一度曾对她重加怜爱,但不久她所生的、深为崇祯所喜欢的小儿子死了,其时崇祯帝的处境日见险恶,他既为此而烦躁,又为爱子的死而悲痛,宫中一片萧索,田贵妃也就很受冷落,历尽凄凉,终于悲哀地死去。诗中对此是这样表现的:

……君王内顾惜倾城,故剑还存敌体恩①。手诏玉人蒙诘问,自来阶下拭啼痕。外家官拜金吾尉②,平生游侠多轻利,缚客因催博进钱,当筵便杀弹筝伎。班姬才调左姬贤,霍氏骄奢窦氏专。涕泣微闻椒殿诏,笑谭豪夺灞陵田。有司奏削将军俸,贵人冷落宫车梦。永巷传闻去玩花,景和门里谁陪从? 天颜不怪侍人愁,后促黄门召共游。初劝官家伴不应,玉车早到殿西头。两王最小牵衣戏③,长者读书少者弟。闻道群臣誉定陶,独将多病怜如意。岂有神君语帐中,漫云王

---

① 这两句是说:崇祯帝虽然内心怜惜田贵妃("倾城"),但对周皇后故剑恩深,而且从名分上说,皇帝与皇后乃是"敌体",贵妃则低了一等,所以不得不在周田的摩擦中支持周皇后。
② 自此句至"笑谭豪夺灞陵田",写田妃娘家的倚势横行。
③ 自此句至"金锁雕残玉箸红",写田贵妃所生两个儿子的情况及其幼子之死。"如意"是汉高祖宠爱的戚姬所生儿子,此处借指田贵妃所生的幼子。

母降离宫,巫阳莫救苍舒恨,金锁雕残玉箸红。从此君王惨不乐,丛台置酒风萧索,已报河南失数州,况经少子伤零落!贵妃瘦损坐匡床,慵髻啼眉掩洞房。豆蔻汤温冰簟冷,荔枝浆热玉鱼凉。病不禁秋泪沾臆,裴回自绝君王膝。苔没长门有梦归,花飞寒食应相忆。……

诗中的田贵妃,实在是个可怜的弱女子。仅仅"自来阶下拭啼痕"一句,就含有无限伤心。至于"贵妃瘦损"以下诸句,其中所显示的贵妃临终前的愁惨哀凄和对生命的眷恋、对亲人的系念,其深婉感人,较之《长恨歌》写杨贵妃临殁的"宛转蛾眉马前死"等句显然有了不可否认的进步。同时,上引这些诗句又清楚表明:田贵妃之获得这样的结局,并不是她本人的责任,她既没有去冲撞皇后,更没有唆使其娘家去干不法的勾当,她只是在环境的逼捱下的无告的弱者。但对她起了逼捱作用的皇后,又何尝不为丈夫爱情的转移而痛苦?何况后来又主动采取了"后促黄门召共游"的妥协行动。至于崇祯帝对田贵妃的处分和冷漠,也都是迫于环境的压力。因此,我们在这首诗里看到了环境对于众多个人的普遍的压迫;但清兵的南侵却并没有在此诗中作为环境的组成部分而出现,其所涉及的倒是李自成部队。诗篇在叙述田贵妃死亡后有这样一段:"头白宫娥暗噭蹙,庸知朝露非为福?宫草明年战血腥,当时莫向西陵哭。穷泉相见痛仓黄,还向官家问永王。幸免玉环逢丧乱,不须铜雀怨兴亡。"就透露了其中消息①。

说得更明确一些,政治力量在吴伟业诗里是压迫个人的因素,其中既包括了清朝政权和李自成的部队,也包括了明朝政权:它们在吴伟业诗中往往是分别出现的。至于明政权与清政权在这方面的共同点,可从《白燕吟》(卷十)中看出。该诗的《序》说:

> 云间白燕庵,袁海叟丙舍在焉。吾友单狷庵隐居其傍,鸿飞冥冥,为弋者所篡。……狷庵解组归田,遭逢多故,视海叟之西台谢病、倒骑乌犍牛、以智仅免者,均有牢落之感。俾读者前后相观,非独因物比兴也。

其诗则为:

> 白燕庵头晚照红,摧颓毛羽诉西风。虽经社日重来到,终怯雕梁故垒

---

① 这几句是说:李自成军在第二年攻破北京,田妃若还未死,就会遭到更大的不幸;但尽管如此,田妃所生的永王还是被李自成军掳走了,使她在地下深感痛苦。又,崇祯帝及其皇后均死于李自成军入京之时,不可能再为他们造陵墓,便打开了田贵妃的墓,把他们三人安葬在一起,故有"穷泉相见痛仓黄"等语。

空。……缟素还家念主人,琼楼珠箔已成尘。雪衣力尽蓝田土,玉骨神伤汉苑春。衔泥从此依林木,窥帘讵肯樊笼辱?高举知无鸿鹄心,微生幸少乌鸢肉。探卵儿郎物命残,朱丝系足柘弓弹。伤心早已巢君屋,犹作徘徊怪鸟看。漫留指爪空回顾,差池下上秦淮路。紫颔关山梦怎归,乌衣门巷雏谁哺?头白天涯脱网罗,向人张口为愁多。啁啾莫向斜阳语,为唱袁生一曲歌。

诗中以白燕的遭遇象征作为士大夫的个人在政治权力逼拶下的悲惨的处境和痛苦的心情。这些人并无"鸿鹄"之心,更无反叛之意①,只不过不想进入"樊笼"而已,但却横遭迫害,终于落得个"摧颓毛羽诉西风"的下场。这不得不令人战栗和深思。而且,单恂(狷庵)的悲剧发生在清初,以《白燕》诗驰名的袁凯却是朱元璋屠刀下的幸存——"以智仅免"——者;诗人把这二人相提并论,要"读者前后相观",其结句"啁啾莫向斜阳语,为唱袁生一曲歌"也含有以袁凯的遭逢来安慰单恂之意,犹言此等悲剧历来皆然,你也看开一些吧!这就意味着:无论在明代或清代,政治力量都是逼拶个人的环境的重要组成部分。

值得指出的是:就吴伟业诗来看,《白燕吟》中的单恂固然因"窥帘讵肯樊笼辱"而为"探卵儿郎"所厄,但甘入"樊笼"的人物同样受环境的摆布,并且有过之而无不及。《鸳湖曲》(卷三)所写吴昌时和《悲歌赠吴季子》(卷十)所写吴兆骞的命运就说明了这一点。

吴昌时在明末任吏部文选司郎中,依附首辅周延儒。延儒本非正人,但在他于崇祯十四年再度为相后却采取了一些颇得人心的措施,因而得罪了厂卫——当时的特务机构,终于被厂卫抓住了把柄,免职而归。但他的政敌还不甘心,便通过攻昌时而继续攻他。"御史蒋拱宸劾昌时赃私巨万,大抵牵连延儒;而中言昌时通中官李端、王裕民,泄漏机密,……""帝怒甚,御中左门,亲鞫昌时,折其胫,无所承,怒不解。拱宸面讦其通内,帝察之有迹,乃下狱论死,始有意诛延儒。"(《明史·周延儒传》)②吴昌时就此被杀,延儒也被勒令自尽。所以,吴昌时的落得如此结局,并不是由于他做了坏事,而是由于他所依附的周延儒干了些好事③;崇祯帝之处死昌时,主要也不是由于他的贪污(在这方面并无

---

① "伤心早已巢君屋,犹作徘徊怪鸟看"二句,就表明了他们对于自己被误认为异端的悲哀。
② 张廷玉等《明史》,中华书局,1974年,第7930页。
③ 《明史·周延儒传》:"初,延儒奏罢厂卫缉事,都人大悦。……而厂卫以失权,胥怨延儒。……掌锦衣(卫)者骆养性,延儒所荐也。养性狠狠,背延儒与中官结,刺延儒阴事。……居数日,养性及中官尽发所刺(延儒)军中事,帝乃大怒。"(第7929—7930页)可见延儒倒台的根本原因,在于"奏罢厂卫缉事"。"厂"为宦官(中官)主持,"卫"即锦衣卫。

实据），而是由于认为他与宦官相交结——"通内"。世事就是如此颠倒，个人只能任凭环境的摆弄；《鸳湖曲》对此不胜悲慨：

> ……欢乐朝朝兼暮暮，七贵三公何足数！十幅蒲帆几尺风，吹君直上长安路。长安富贵玉骢骄，侍女薰香护早朝。分付南湖旧花柳，好留烟月伴归桡。那知转眼浮生梦，萧萧日影悲风动！中散弹琴竟未终，山公启事成何用？东市朝衣一旦休，北邙抔土亦难留。白杨尚作他人树，红粉知非旧日楼。

诗篇先写吴昌时在其家乡嘉兴南湖的欢乐生活，继写其在京师（长安）的富贵，然后写其突然被杀。其中"十幅蒲帆"二句，虽似写实，而实含有象征意味：既是被"风""吹"上长安路，就有身不由己之意。曹植的《吁嗟篇》所说的"吁嗟此转蓬，居世何独然，……卒遇回风起，吹我入云间。自谓终天路，忽然下沉渊"，可以参看。至于"东市朝衣"是用晁错被杀的典故。不过晁错是真的穿着朝衣在东市被杀的，吴昌时却"下狱论死"，由监狱押送法场，当然不会再让他穿朝衣，所以，这假如不是隐喻昌时如晁错似的忠而获咎，至少也是隐喻他是与晁错相类似的政争的牺牲品。总之，吴昌时生命历程中的这种迅疾的变化，正说明了个人在环境驱使下不由自主的无奈和悲哀。《鸳湖曲》的结句说："君不见白浪掀天一叶危，收竿还怕转船迟。世人无限风波苦，输与江湖钓叟知。"在他看来，个人之在人世，不过是"白浪掀天"的大江中一叶危殆的小舟而已。

《悲歌赠吴季子》所写的吴兆骞，为江南名士。顺治十四年应乡试，被录取为举人。继而清廷认为这场考试有作弊的情况，就把录取的举人押送到京城去，在皇宫的大殿覆试，把覆试不合格的举人都作为行贿而得中的，重责四十板，家产籍没入官，其本人及父母兄弟妻子均流徙宁古塔。江南乡试的考官全处死刑，主考、房考的妻子籍没入官。而覆试时每个举人身边都有手执武器的士兵监视，有些举人实是因精神紧张而写不出或写不好文章的，吴兆骞就是其中的一个[①]。《悲歌赠吴季子》即为此而作：

> 人生千里与万里，黯然消魂别而已。君独何为至于此！山非山兮水非水，生非生兮死非死！十三学经兼学史，生在江南长纨绮。词赋翩翩众莫比，白璧青蝇见排抵。一朝束缚去，上书难自理，绝塞千山断行李。……

诗中充满悲愤之情，"君独何为"句的诘问尤为深刻、尖锐，这意味着他的悲惨处境

---

① 顺治十四年，顺天与江南皆发生严惩考官及举人的科场案，实际上是清廷向汉族士大夫立威，详见孟森《心史丛刊》初集《科场案》。

绝不是其行为所应导致的后果；而且，在陷入了这种处境以后就再也无从辩白和解脱——"上书难自理"。所以，在这首诗中我们再一次看到了个人在环境压迫下的无可避免的痛苦。尽管此类科场案的发生含有清廷向汉族士大夫立威的因素，但在清廷推行民族压迫之前，个人又何尝不是在环境的摆布下经受种种惨痛？

在吴伟业作于顺治九年左右的名篇《圆圆曲》（卷三）里，这样的惨痛以更为集中与惊心动魄的形式呈现在读者之前。

鼎湖当日弃人间，破敌收京下玉关。恸哭六军俱缟素，冲冠一怒为红颜。红颜流落非吾恋，逆贼天亡自荒谵。电扫黄巾定黑山，哭罢君亲再相见。相见初经田窦家，侯门歌舞出如花。许将戚里箜篌伎，等取将军油壁车。家本姑苏浣花里，圆圆小字娇罗绮。梦向夫差苑里游，宫娥拥入君王起。前身合是采莲人，门前一片横塘水。横塘双桨去如飞，何处豪家强载归！此际岂知非薄命？此时只有泪沾衣。薰天意气连宫掖，明眸皓齿无人惜。夺归永巷闭良家，教就新声倾坐客。坐客飞觞红日暮，一曲哀弦向谁诉？白皙通侯最少年，拣取花枝屡回顾。早携娇鸟出樊笼，待得银河几时渡！恨杀军书底死催，苦留后约将人误。相约恩深相见难，一朝蚁贼满长安。可怜思妇楼头柳，认作天边粉絮看。遍索绿珠围内第，强呼绛树出雕栏。若非壮士全师胜，争得蛾眉匹马还？蛾眉马上传呼进，云鬟不整惊魂定。蜡炬迎来在战场，啼妆满面残红印。专征箫鼓向秦川，金牛道上车千乘。斜谷云深起画楼，散关月落开妆镜。传来消息满江乡，乌桕红经十度霜。教曲伎师怜尚在，浣纱女伴忆同行。旧巢共是衔泥燕，飞上枝头变凤凰。长向尊前悲老大，有人夫婿擅侯王。当时只受声名累，贵戚名豪竞延致。一斛明珠万斛愁，关山漂泊腰支细。错怨狂风飏落花，无边春色来天地。常闻倾国与倾城，翻使周郎受重名。妻子岂应关大计，英雄无奈是多情！全家白骨成灰土，一代红妆照汗青。君不见馆娃初起鸳鸯宿，越女如花看不足。香径尘生鸟自啼，屟廊人去苔空绿。换羽移宫万里愁，珠歌翠舞古梁州。为君别唱吴宫曲，汉水东南日夜流。

此诗所写，是吴三桂与陈圆圆的遭遇。陈圆圆是苏州名妓，被外戚田弘遇（一说为周奎）①强买至京，献给崇祯帝，但没有引起崇祯帝的重视，就又回到田（或

---

① 田弘遇为崇祯帝的妃子田贵妃的父亲，周奎则为其皇后周氏的父亲。按，记陈圆圆与吴三桂事者以吴伟业《圆圆曲》为最早（作于顺治九年左右），而吴诗于此仅言"田窦家"，用汉代外戚田蚡、窦婴的典故。虽未明言为田家抑周家，但必为二家之一。后来关于陈圆圆被强买的传说，或言周家，或言田家，恐均为从《圆圆曲》派生的臆测之词。

周)家,后归吴三桂。三桂镇守山海关,其家属及陈圆圆均留在北京。李自成军入京后,圆圆被李自成(一说为其将领刘宗敏)所得。自成令三桂父亲吴襄招降三桂,吴三桂本已同意,后来得知圆圆之事,遂举兵反对李自成,并引清兵入关,终于导致清王朝的建立。吴三桂虽夺回了陈圆圆,但满门均为李自成所杀。

全诗包含两条线索。一条线索是陈圆圆的身世,在这里我们清楚地看到了个人在环境的驱使下所经历的种种深沉的痛苦和突然降临的荣华。另一条是吴三桂的两难处境和惨痛经历。正如诗中所明确指出:他是为了陈圆圆而反对李自成的,并为此而付出了"全家白骨成灰土"的代价;倘若他要避免这样的结果,就必须眼看着爱人被夺,而且向夺取其爱人者卑躬屈节、偷生取容,但这难道是一个具有自尊心的人所能忍受的吗?何况即使他肯这样无耻地活下去,夺去了他爱人的权力者能对他放心,让他活下去吗?他无论选择哪一条路,都只能是一场悲剧。而此诗的最后一段更进一步指出:他的悲剧还不止于全家死绝而已,另有更可怕的命运在等待着他。那就是春秋时期越国灭吴时吴王夫差的下场。"馆娃宫""响屟廊"都是春秋时吴宫的建筑,"越女"指西施——《圆圆曲》是明确地把陈圆圆作为西施后身的[①],诗的末句"汉水东南日夜流"则用李白《江上吟》"功名富贵若长在,汉水亦应西北流"的诗意,隐喻吴三桂的功名富贵不能长在,转瞬就将是"香径尘生乌自啼,屟廊人去苔空绿"的惨况,等待着吴三桂的将是可怕的灭亡,陈圆圆的结局当然也不会美好。换言之,个人无论怎样地挣扎,最终都只能受环境的摆弄,甚或被环境压得粉碎。

如上所述,在吴伟业的许多诗歌里都写了个人的痛苦。它们有的与历史大事件、社会的动乱有关,有的仅是日常生活中的现象。《圆圆曲》则把这两类痛苦结合起来(陈圆圆在被李自成军所获以前的痛苦属于后者),而且使个人与环境的冲突处于最尖锐的形式,集中地表现了个人的不幸,从而成为此类诗歌中最突出的一篇。倘与吴伟业之前的诗歌相比较,就可发现:其前的诗人从无如此广泛而深入地倾诉个人——以个人为本位——的悲惨命运的,更没有创作过类似《圆圆曲》那样揭示个人困境的作品。

而且,在这些诗篇里,包括像《圆圆曲》那样的诗中的两个主人公都与吴伟业没有亲友之谊的作品里,吴伟业都对其主人公的命运表现了很深的同情和悲痛,这些诗都笼罩着哀惨的色彩。所以,这些诗的基调都是个人为环境所逼拶

[①] 此诗中的"梦向夫差苑里游,宫娥拥入君王起。前身合是采莲人"等句即就此而言。相传西施入吴后曾与吴宫宫女在采莲泾采莲(见高启《采莲泾》诗),故以"采莲人"隐喻西施。说陈圆圆是西施后身,大概是当时苏州的传说。

的哀歌。而唱出这些哀歌的前提,则是个人意识的初步觉醒,也即对个人的权利和利益的肯定。举例言之,《圆圆曲》中的"恸哭六军俱缟素,冲冠一怒为红颜",常被认为是对吴三桂的讽刺,顾师轼的《梅村先生年谱》至有"三桂赍重币求去此诗,先生弗许"之说。但无出处,不知何据。按,伟业顾惜身家,以致被迫出仕;其《王母徐太夫人寿序》(卷三十八),即为三桂额驸之母而作,文中于三桂及其额驸均颂扬甚至。当三桂势焰熏灼之日,伟业岂敢与之相抗?师轼此说,殊不足据。而这两句之所以被后人认为讽刺三桂,是因其显示出了吴三桂不把君父放在第一位,却把爱人放在第一位,那在当时是为道德所不容的。但若细读全诗,就可知其对三桂的两难处境实是充分理解并给予同情的,所谓"妻子岂应关大计,英雄无奈是多情",也正提示了"情"与"理"的冲突,而且将吴三桂的把情置于理之上视为"英雄"的情难自已的行为;也正因此,此诗才充满了悲剧色彩。否则,按照传统观念,三桂置君父于不顾,最终自食其果,又有何悲剧可言?而吴伟业之所以把《圆圆曲》写得如此动人,就正因为他对个人的利益和幸福采取了肯定的态度。

肆

处于吴伟业诗歌根底里的上述对个人的肯定,显然与晚明的"童心-性灵"说一脉相承。但他又对王世贞、李攀龙评价甚高,说是"弇州先生专主盛唐,力还大雅,其诗学之雄乎"(卷五十四《致孚社诸子书》),又说:"伊昔嘉隆时,文章尚丹臒。矫矫济南生,突过黄初作。"(卷九《送宛陵施愚山提学山东三首》之三)所以,他其实又继承了王、李的传统,注重诗歌的艺术特征,所作均精心经营。今试以《圆圆曲》为代表,对其诗歌的艺术特色稍作探讨。

大致说来,他的优秀诗篇——包括《圆圆曲》——皆以哀艳为基调,并常具迷离之致。具体地说:第一,这些作品以写美丽而柔弱的景色及人物——包括形态、行为、感情——为主,而且着重写他(它)们的被压抑、衰败和毁灭,因而"哀"是其本质的方面,但由此又形成一种凄惨的美。《圆圆曲》中就不仅充满了"出如花""油壁车""浣花里""娇罗绮"之类给人以柔美之感的词语,而且,其末一段的"香径尘生乌自啼,屟廊人去苔空绿"二句,虽然显示了美的消失,却仍蕴含着美的残余。这除了此段中的当前景物仍具有某些美的因素(如"香径"、绿苔)外,更借助于历史现象和读者的联想。像"屟廊人去"之语,其"人去"是与传说中的西施曾在屟廊行走相对照而言的,因而在读者脑子中会紧接着出现两个画面：正在廊中走着的绝世美女和人去廊空的现状；从而使读者为美的逝去而惆怅。这其实也就是将已经消失的昔日的美，转化成在读者脑中残存的美；而读者的惆怅之感因为是与此种残存的美联系在一起的，所以也是一种美感，虽然不免凄凉。

第二，诗中在不得不涉及一些与哀艳违戾的情状时，通过独具匠心的配置，仍能不破坏哀艳的基调，并具相得益彰之妙。如诗的第二句"破敌收京下玉关"、第七句"电扫黄巾定黑山"，若孤立地来看，皆颇雄健，但前者的上句为"鼎湖当日弃人间"，下句为"恸哭六军俱缟素"，均写悲哀之情，因而此句只是对悲哀起了某种缓解作用，免其流于尖锐，并非喧宾夺主，后者也与其下的"哭罢君亲再相见"相互制约，构成威武而茌弱的整体。至于"冲冠一怒为红颜"句，前四字固然极富英雄气概，但与后三字相结合，就显得风流旖旎了。尤其是把表现极凄厉的"全家白骨成灰土"与"一代红妆照汗青"相配，使之转为凄艳，更是此类手法的极致。这一切都给予本诗所体现的哀艳以相应的力度，从而不沦为柔靡。

第三，诗中所写的柔美及其被摧残，糅合得自然而紧密，相反相成。其形式大致有二：一是将二者分别叙述，由前者突然转入后者，以鲜明的反差，造成强烈的效果。在写陈圆圆身世时，先以"家本姑苏浣花里"六句交代陈圆圆的来历，处处点出她的艳丽，再以"横塘双桨去如飞"等句写她忽遭凌逼，使读者在阅读时，犹如正处于风和日丽之际，骤变为阴霾弥天的境地，就是一个典型的例子。一是同时兼写二者，彼此映衬。如"关山漂泊腰支细"，在一句中既写她的艰困，又写她的美丽；且以腰肢细的弱女而历关山漂泊之苦，也就更显出她所受的凄惨。其"可怜思妇楼头柳，认作天边粉絮看"两句，虽写她的厄运，但"楼头柳"和"天边粉絮"仍具轻盈之美，这与"关山"句实为异曲同工。

第四，多运用隐喻和象征手法。这既可以避免对某些事实的烦琐说明，以求洗练，在多数场合还能增加美感。如写陈圆圆被强载归以后进入宫廷，又重返豪家而成为其家伎之事，只以"薰天意气连宫掖，明眸皓齿无人惜。夺归永巷闭良家，教就新声倾坐客"四句来交代，那就比直叙其事简洁得多了。而且其第二句既点出了陈圆圆在宫中的遭受冷落，又与这四句之前的"何处豪家强载归"等句和紧接其后的"坐客飞觞红日暮，一曲哀弦向谁诉"二句遥相绾连，凸现了她的娇弱无依。与此相关的吴三桂在"田窦家"见到陈圆圆后就爱上了她并终于把她带走的过程，诗人也只以"白皙通侯最少年，拣取花枝屡回顾。早携娇鸟出樊笼，待得银河几时度"这样几句来叙述，于简练以外，更使整个过程显得十分美丽,并给予读者以充分的想象空间。其他如"遍索绿珠围内第,强呼绛树出雕栏"、"错怨狂风飏落花,无边春色来天地"等句,也都具有增加美感的作用。诗篇的迷离恍惚之致即由此而形成。

第五,注重炼字造句,尤其注重用典,这在造成吴伟业诗歌哀艳基调方面是基础性的工作。属于炼字的,如"乌桕红经十度霜",其色彩感甚为鲜明,且具冷丽之致,这是由"红"与"霜"的配置所导致;"乌桕红"在吴伟业当时固是常见景象,但配上"霜"字,就可以见其匠心了。属于造句的,如"一斛明珠万斛愁",不仅控诉了豪家给陈圆圆制造的无穷痛苦,而且在众多美丽明珠的映衬下,那广大的哀愁也笼上了一层冷艳的光。至于用典,更是吴诗的一大特色。王国维虽说:"以《长恨歌》之壮采,而所隶之事只小玉、双成四字,才有余也。梅村歌行,则非隶事不办。白吴优劣,即于此见。"(《人间词话》)①但这是他对用典加以否定的结果;其实,此种艺术手段并非全无积极意义的。吴诗的大量用典固然使不少读者索解为难,对熟悉原典的读者却也有增加联想、获得更为丰富的感受的作用。在形式上,对强化哀艳的基调也很有助益。如"家本姑苏浣花里"的后三字是用唐代名妓薛涛的典故,这不仅交代了陈圆圆的出身,意味着她具有薛涛那样的美丽和出众才华,而且"浣花里"之名及其后的"圆圆小字娇罗绮"等句均给读者带来美的印象,交汇成一幅和谐的画面。而"前身合是采莲人"句,不以一般人都熟悉的"浣纱人"指代西施,却用了"采莲人"的典故,虽较生僻,但"采莲"的意象显比"浣纱"为美,而且古代描绘"采莲"之美的诗文很多,由此还可引起一系列美的联想。这些都加强了"哀艳"中"艳"的一面。

由吴伟业诗的这些艺术特征,可知其诗皆精雕细刻之作,这是与公安派很不同的。所以,其诗歌的高度艺术成就,乃是"童心-性灵"说与前、后七子的传统相结合的结果。

---

① 王国维著、徐调孚注《人间词话》,人民文学出版社,1960年,第219页。

关于《古诗为焦仲卿妻作》的形成过程与写作年代①

以现存文献而论,《古诗为焦仲卿妻作》最早见于南朝末期的《玉台新咏》,北宋时所编《乐府诗集》也收入了此诗。一般认为它是汉末建安时期或其稍后的作品。陆侃如先生曾主张其出于南朝,并获得了张为骐先生的支持,但却遭到了绝大多数人的反对(说见下)。我虽不完全赞同陆说,却认为陆先生的意见是很有启发性的。我想,此诗并非一气呵成,而是分阶段累积而成;其中仅有一小部分出于汉代,大部分则出于魏晋及以后。现陈鄙见于后,期望读者加以教正。

一

陆侃如先生于1925年发表《〈孔雀东南飞〉考证》②,以《古诗为焦仲卿妻作》中的某些事物与地域的名称出于魏晋以后为理由,主张此诗应作于南朝。胡适反对这一看法,认为此诗应作于"建安以后不远",但在收入《玉台新咏》以前曾"经过了无数民众的增减修削"。他说:

> 我以为《孔雀东南飞》的创作大概去那个故事本身的年代不远,大概在建安以后不远,约当三世纪的中叶。但我深信这篇故事流传在民间,经过三百多年之久(公元二二〇年——公元五五〇年)方才收在《玉台新咏》里,方才有最后的写定,其间自然经过了无数民众的增减修削,滚上了不少的"本地风光"(如"青庐"、"龙子幡"之类),吸收了不少的无名诗人的天才与风格,终于变成了一篇不朽的杰作。③

---

① 原载《复旦学报》(社会科学版)2005年第1期。
② 陆侃如《〈孔雀东南飞〉考证》,原载《时事新报·学灯》1925年5月7—8日,后收入《陆侃如古典文学论文集》,上海古籍出版社,1987年。
③ 胡适《论孔雀东南飞考证》,原载《国学月报》第2卷第12期,据《陆侃如古典文学论文集·〈孔雀东南飞〉考证》附录三转引。

关于《古诗为焦仲卿妻作》的形成过程与写作年代

胡适的意思大概是:《古诗为焦仲卿妻作》基本上是汉末魏初(即所谓"在建安以后不远")人所作,但又经过了"公元二二〇年——公元五五〇年"间"无数民众的增减修削",诗中的那些魏晋以后才有的事物与地域名称就是这样"增减修削"的结果,但这些并不能改变此诗基本上是汉末魏初人所作的结论。这以后的反对陆说的人也多沿用此说;也可以说这是反对陆说的最重要的依据。尽管胡适这种说法其实是有问题的(见后),但他意识到收入《玉台新咏》的《古诗为焦仲卿妻作》实是在长期流传过程中形成的文本,这一文本乃是经多次"增减修削"的结果,这却是很有见地的。那么,现在是否还保存着《玉台新咏》所收的文本之前的、较接近其原始状态的本子呢?我想,见于《艺文类聚》卷三十二的一首诗就是这样的本子中的一个。现引此诗全篇如下:

后汉焦仲卿妻刘氏为姑所遣时人伤之作诗(以上文字特地不代加标点。——引者)曰:"孔雀东南飞,五里一徘徊。十三能织绮,十四学裁衣,十五弹箜篌,十六诵书诗。十七嫁为妇,心中常苦悲。君既为府史,守节情不移。鸡鸣入机织,夜夜不得息,三日断五匹,大人故言迟。非为织作迟,君家妇难为!妾有绣腰襦,葳蕤金缕光,红罗复斗帐,四角垂香囊,交文象牙簟,宛转素丝绳。鄙贱虽可薄,犹中迎后人。"①

再将《玉台新咏》中《古诗为焦仲卿妻作》②的相应部分引录于下:

古诗为焦仲卿妻作并序　无名氏

汉末建安中,庐江府小吏焦仲卿妻刘氏,为仲卿母所遣,自誓不嫁,其家逼之,乃没水而死。仲卿闻之,亦自缢于庭树。时伤之,为诗云尔。

孔雀东南飞,五里一徘徊。"十三能织素,十四学裁衣,十五弹箜篌,十六诵诗书。十七为君妇,心中常苦悲。君既为府吏,守节情不移,贱妾留空房,相见常自稀,彼意常依依。鸡鸣入机织,夜夜不得息,三日断五匹,大人故嫌责。非为织作迟,君家妇难为。妾不堪驱使,徒留无所施。便可白公姥,及时相遣归。"府吏得闻之,堂上启阿母:"儿已薄禄相,幸复得此妇。结发同枕席,黄泉共为友。共事三二年,始尔未为久。女行无偏斜,何意致不厚?"阿母谓府吏:"何乃

---

① 欧阳询撰、汪绍楹校《艺文类聚》卷三十二,上海古籍出版社,1982年,第562—563页。后文所引《艺文类聚》皆据此本,不再出注。
② 《玉台新咏》卷一,据《四部丛刊》影印五云溪馆活字本引录。因为此本是现存唯一出于南宋陈玉父本的本子,自明末清初以来就备受推崇的寒山赵氏本则不可据。见谈蓓芳《〈玉台新咏〉版本考——兼论此书的编纂时间和编者问题》,《复旦学报》(社会科学版)2004年第4期。

太区区。此妇无礼节,举动自专诸,吾意久怀忿,汝岂得自由?东家有贤女,自名秦罗敷,可怜体无比,阿母为汝求。便可速遣之,遣去慎莫留。"府吏长跪告:"伏惟启阿母:今若遣此妇,终老不复取。"阿母得闻之,槌床便大怒:"小子无所畏,何敢助妇语!吾已失恩义,会不相从许。"府吏默无声,再拜还入户。举言谓新妇,哽咽不能语:"我自不驱卿,逼迫有阿母。卿但暂还家,吾今且报府。不久当归还,还必相迎取。以此下心意,慎勿违吾语。"新妇谓府吏:"勿复重纷纭!往昔初阳岁,谢家来贵门。奉事循公姥,进止①敢自专?昼夜勤作息,伶俜萦苦辛。谓言无罪过,供养卒大恩。仍更被驱遣,何言复来还?妾有绣腰襦,葳蕤自生光,红罗复斗帐,四角垂香囊。箱帘六七十,绿碧青丝绳。物物各自异,种种在其中。人贱物亦鄙,不足迎后人。留待作遗施,于今无会因。……"

粗粗一看,很容易认为《艺文类聚》所引此诗是《玉台新咏》的《古诗为焦仲卿妻作》的摘录。但仔细一对,就可知《艺文类聚》此诗出自一个较《玉台新咏》所载之诗为早的文本,而且二本有很大差别。

首先,从诗的标题来看,就可知其依据的是一个较《玉台新咏》所收此诗为早的文本。

《艺文类聚》引录诗歌,皆列举作者的时代、姓名(作者为女性的,则举其丈夫的姓名及其本人的姓)及作品篇名;如"后汉张衡《四愁诗》曰……"(卷三十五)、"晋王凝之妻谢氏《拟嵇中散诗》曰……"(卷八十八)之类,不胜枚举。篇名无考而作者姓名可知的,则称为某朝某人诗,如"梁江洪诗"(卷二十七)、"晋枣据诗"(卷二十八)等;其作者姓名、时代皆无考的古诗,则称《古诗》。根据这样的体例,那么,上引《艺文类聚》的"后汉……"那一段文字实有三种标点法:第一种是:"后汉焦仲卿妻刘氏《为姑所遣,时人伤之,作诗》曰……"其中的"焦仲卿妻刘氏"为作诗者姓名,《为姑……作诗》是标题,刘氏于诗题中写明"时人伤之",意在表明其姑的这种行为是不合情理的,所以"时人"都为她哀伤。既然如此,《艺文类聚》所引诗就是刘氏自作,而非时代、作者皆无可考的"古诗"。第二种标点法是把"后汉……作诗"就作为标题,这也显然与《玉台新咏》的标题《古诗为焦仲卿妻作》迥异。第三种标点法是:"后汉焦仲卿妻刘氏为姑所遣,时人伤之,作诗曰……"那么,这只是交代作诗缘起,而未标举篇名,那也就意味着此诗在当时尚未被加上《古诗为焦仲卿妻作》或其他的标题,是以只能述其写作缘起,而举不出诗题。所以,无论采取哪一种标点法,《艺文类聚》此诗都是后汉时

---

① "止",原误作"心",据《玉台新咏》嘉靖郑玄抚刻本改。

的作品,而其标题都与《玉台新咏》的《古诗为焦仲卿妻作》不同;甚或该诗根本就没有标题。

造成这种差异的原因,不外两个:第一,《艺文类聚》收载此诗所依据的文献本非《玉台新咏》;第二,《艺文类聚》所依据的其实是《玉台新咏》所载该诗(或与之相同的诗),但在收录时对其标题部分作了相应的改动。但后一种可能性实难以成立。

唐初负责编纂此书的欧阳询为《艺文类聚》所作的序说:

> 皇帝命代膺期,……爰诏撰其事且文,弃其浮杂,删其冗长。金箱玉印,比类相从。号曰《艺文类聚》,凡一百卷。其有事出于文者,便不破之为事;故事居其前,文列于后。俾夫览者易为功,作者资其用,可以折衷今古,宪章《坟》、《典》云尔。

由此可见,《艺文类聚》对其所收录的古代作品,最多只是删弃其"浮杂""冗长",却并不为了压缩原文而改换字句(其"文"的部分[①],更有很多篇是收录全文不加删节的)。倘若《艺文类聚》所收此诗的标题原像《玉台新咏》似的为《古诗为焦仲卿妻作》,那就不会被改换成上述那种样子。何况无论怎么说,总不能把一首诗的标题全部视为"浮杂""冗长"而删弃掉;再就《艺文类聚》所收诗来看,以《古诗》为标题的不少,紧接此诗之前就列有三首《古诗》(见后),足见《古诗》这个标题并不属于"浮杂""冗长"之列,所以其标题如原为《古诗为焦仲卿妻作》,最多把"为焦仲卿妻作"六字作为"浮杂""冗长"而删除,何至连《古诗》的标题也不保存?

也许有人认为:《玉台新咏》中的《古诗为焦仲卿妻作》既有诗题又有序,《艺文类聚》在据以引录时,为了节省篇幅,所以把诗题删去,序也被改成了写作缘起。但是《艺文类聚》所引之诗把诗题与序都收入的并不少,如卷三十一《人部》十五《赠答》中就收有晋傅咸的《答潘尼诗并序》《答栾弘诗并序》,同卷的潘尼《答傅咸诗》也是连序一起收的,有的序较《古诗为焦仲卿妻作》的还长,如《答潘尼诗》的序:"司州秀才潘正叔,识通才高,以文学温雅为博士。余性直而处清论褒贬之任,作诗以见规。虽褒饰之举非所敢闻,而斐粲之辞良可乐也。答之虽不足以相酬报,所盍各言志也。"这样的序可以引录,为什么《古诗为焦仲卿妻作》的序就要改为写作缘起并把诗题也删去呢?何况这样的改动已经是重写而

[①] 《艺文类聚》各门类皆分"文"与"事"两部分,上引关于焦仲卿妻之诗即属于"文"。

非仅删弃了，违背了《艺文类聚》的上述编撰原则。

由此来看，《艺文类聚》此诗并非据《玉台新咏》所载《古诗为焦仲卿妻作》收录。而且，以现有文献可考者而论，《艺文类聚》所收诗篇凡正文与《玉台新咏》所收者相同而标题不同的，其所依据实非《玉台新咏》而为早于《玉台新咏》的文献。以上面提到过的《艺文类聚》中列于此诗之前的三首《古诗》来说，虽然也均见于《玉台新咏》，但除第二首（首句为"上山采蘼芜"）在《玉台新咏》中标作《古诗》外，其第一首（首句为"青青河畔草"）和第三首（首句为"兰若生春阳"）在《玉台新咏》中都标为"枚乘诗"，而《文选》卷二十九收"青青河畔草"一首则标为"古诗"，列于该卷的《古诗十九首》中；又，《文选》卷三十的陆机《拟〈古诗〉十二首》，其中以"嘉树生朝阳"句开端的一首即是拟"兰若生春阳"发端的那一首的（该十二首每首皆有小标题，以表明其为拟《古诗》的哪一首）①，可见该诗在陆机时代即标作《古诗》。《艺文类聚》收此二诗不据《玉台新咏》标作"枚乘诗"而标作《古诗》，自当是《玉台新咏》的时代较后，所以以时代较早的文献为依据。

《艺文类聚》所收此诗，其标题既与《玉台新咏》不同，也许根本没有标题，自也是由于其所依据的为较《玉台新咏》所载《古诗为焦仲卿妻作》更早的文献。

其次，从文字来看，《玉台新咏》此诗较之其以前的文本实已作了较大增润。

这种增润集中表现在《古诗为焦仲卿妻作》的如下十二句："妾有绣腰襦，葳蕤自生光。红罗复斗帐，四角垂香囊。箱帘六七十，绿碧青丝绳。物物各自异，种种在其中。人贱物亦鄙，不足迎后人。留待作遗施，于今无会因。"而在《艺文类聚》中与此相应的是如下八句："妾有绣腰襦，葳蕤金缕光。红罗复斗帐，四角垂香囊。交文象牙簟，宛转素丝绳。鄙贱虽可薄，犹中迎后人。"那么，这两种中哪一种更接近其原始面貌呢？

在汉末魏初，妇人被夫家所弃时，其嫁妆是可以带着走的，至少床前帐子之类是可以带走的②。所以《艺文类聚》的那首是说把床帐等三件物品留赠丈夫，供其迎娶新人之用。而《玉台新咏》的那首，却是说把"物物各自异，种种在其中"的"箱帘六七十"全都留在夫家了。既然如此，"绣腰襦""复斗帐"自然都在这"箱帘六七十"之中，何以要特地提出来置于"箱帘六七十"之前来叙述呢？若说这两件特别珍异，所以特地点出，但在一个有如此富盛的嫁妆的女性眼里，这样的东西应该是很平常的，有什么值得郑重其事地加以强调的呢？何况"斗帐"

---

① 今传《文选》原作《拟兰若生朝阳》，逯钦立先生辑校《先秦汉魏晋南北朝诗》考定为《拟兰若生春阳》。
② 《艺文类聚》卷二十九曹丕《代刘勋出妻王氏诗》："翩翩床前帐，可以蔽光辉。昔将尔同去，今将尔同归。缄藏箧笥里，当复何时披。"所说床前帐，就是她带到夫家去的嫁妆，被弃后又带回来。

只是小帐①,更不值得炫耀了。

这种不合情理的叙述方式,显然是因《古诗为焦仲卿妻作》在这里只对其早期文本(也即《艺文类聚》所载者)的"妾有……"等句只作了少量增润而未作根本性的改写所造成的:虽把原文的"交文象牙簟"改成了"箱帘六七十"并加了"物物"两句以显示其嫁妆的富盛,但对"交文"以前的四句则基本仍而不改,以致出现了上述的矛盾;甚至连原有的"宛转素丝绳"也只被简单地改成了"绿碧青丝绳",使人难以理解这些丝绳与箱帘有什么关系;若理解为这些丝绳是用来捆扎箱帘的②,又不免使人诧异于为什么这些箱帘都不用锁钥而用丝绳捆缚,每开一次都得把丝绳解掉,然后再重新捆好,这位女性何其不惮烦!

总之,若把"箱帘"四句说成是出于原创,那就很难解释其何以会写成这种模样。而"箱帘"四句既然出于后来增改,那么,见于《艺文类聚》的此诗早期文本之"鄙贱"两句在《古诗为焦仲卿妻作》中成了"人贱"四句自然也是后来增改的结果。

若以"妾有……"这一段为例,那么,《古诗为焦仲卿妻作》所多出的,实为原来文本的二分之一(原来八句,增加四句),但其实远远不止;说见后。

第三,就两本所述写作缘由来分析,《古诗为焦仲卿妻作》中逼嫁和夫妇自杀之事恐是后来所增。

《古诗为焦仲卿妻作》的序中说"……焦仲卿妻刘氏,为仲卿母所遣,自誓不嫁,其家逼之,乃没水而死。仲卿闻之,亦自缢于庭树。时伤之,为诗云尔。"但《艺文类聚》的开端(无论其为标题抑写作缘起)只说"后汉焦仲卿妻刘氏为姑所遣时人伤之作诗",并无刘氏自誓不嫁、被迫自杀、仲卿也以死殉之事。倘其所依据的文献原述及此等重大事件,《艺文类聚》编者似无视之为"浮杂""冗长"而加以删除之理。所以,现在固然无从据此认定《艺文类聚》所依据的文献于写作缘由也未述及逼嫁等事,但却根本不能证明其原已述及此等事件而被《艺文类聚》的编者删掉了——因为前已证明《艺文类聚》此诗所依据的是比《玉台新咏》为早的文献,而《古诗为焦仲卿妻作》则已较此一早期文献作了增润,所以不能因为《古诗为焦仲卿妻作》的序已述及这些事件就肯定原来的文献在述及写作缘由时也已有这些事件。换言之,其早期文本的写作缘起中并未述及此等事件的可能性是必须郑重考虑的。而如果原来的文献在叙述写作缘由时并无这

---

① 刘熙著、王先谦撰集《释名疏证补》卷六《释床帐》:"帐,张也,张施于床上也。小帐曰斗帐,形如覆斗也。"上海古籍出版社,1984年,第291页。
② 北京大学中国文学史教研室选注《两汉文学史参考资料》(中华书局,1977年)即释此句为"那些箱匣都用青色绳子捆扎着"(第547页)。

些事件,那也就意味着该诗本身原就没有叙述此类事件,《艺文类聚》所收此诗之无这些内容,实非《艺文类聚》编者删削所致。

二

在有了上述的认识以后,也就可以进而检查《古诗为焦仲卿妻作》中叙述逼嫁、自杀等部分是否为此诗的早期文本形成以后由后人所增润的了。

这可分作两个方面来论述。

第一个方面就是陆侃如先生所说《古诗为焦仲卿妻作》中某些事物与地域名称出于魏晋以后的问题,我在这里要特别指出的是:这些都出现于刘氏被逼嫁及其以后的部分,而不见于以前的部分。现在把陆侃如先生已经举出和我所增补的有关例证列后(一、三两条为我所增)。

一、《古诗为焦仲卿妻作》写太守打发人去迎亲时有"青雀白鹄舫"之语。青雀、白鹄皆为船名,见梁元帝《船名诗》:"池模白鹄舞,檐知青雀归。"(《艺文类聚》卷五十六)而东晋郭璞《方言注》说:"鹄,鸟名也。今江东贵人船前作青雀,是其像也。"这就可见青雀舫是郭璞时代的江东贵人所用;若在郭璞以前的江东贵人即已用青雀舫,郭璞只要说"江东贵人船前作青雀,是其像也"就够了,不必特地提出"今江东贵人"。故这种描写不能早于西晋末、东晋初。

二、《古诗为焦仲卿妻作》叙太守家送给刘家的聘礼,有"杂彩三百匹,交广市鲑珍"之句。交、广指交州、广州。广州初设于三国吴黄武五年(226),旋废,复设于永安七年(264)。因黄武五年设立广州后旋即废止,非广州以外的一般人所能知,且如非此诗恰巧写于黄武五年,也不应该使用这一地名。所以,此诗当写于永安七年以后,远非"建安中"了。此点陆侃如先生已经指出。其后逯钦立先生据《诗纪》所收此诗于此句下"(广)一作用"之注,谓"作'用'者是。钱与杂彩皆是货币,故下言'交用'也。作'广'者,后人不谙币制故妄改"。并以此来否定陆先生据"交广"语来论证此诗出于永安七年后的意见①。按,宋本《乐府诗集》及明诸本《玉台新咏》皆作"广",甚至《诗纪》正文也作"广",仅《诗纪》所引"一本"作"用",又不注明"一本"为何本,安能遽据之以改《乐府诗集》《玉台新咏》的宋明各本,且何以证明作"广"是后人妄改?虽然作"交用"也可通,但"交广市鲑珍"

---

① 逯钦立《先秦汉魏晋南北朝诗·汉诗》卷十《乐府古辞·古诗为焦仲卿妻作》,中华书局,1983年,第285页。

(谓其聘礼中有自"交广"所市的"鲑珍")又何尝不可通？逯先生所言似嫌无据。

三、《古诗为焦仲卿妻作》述焦、刘二人死后所合葬的坟墓情况说："东西植松柏，左右种梧桐。枝枝相复盖，叶叶相交通。中有双飞鸟，自名为鸳鸯。仰头相向鸣，夜夜达五更。"按，晋干宝《搜神记》载：韩冯夫妇死后，分葬于二墓，"冢相望也。……宿昔之间，便有大梓木生于二冢之端，旬日而大盈抱。屈体相就，根交于下，枝错于上。又有鸳鸯，雌雄各一，恒栖树上，晨夕不去，交颈悲鸣"。二者颇为相似，倘非《搜神记》受其影响，就是《古诗为焦仲卿妻作》受《搜神记》的影响。核其实际，当是《古诗为焦仲卿妻作》受《搜神记》影响。因为，在坟墓四周所种植的树，倘非互相"屈体相就"，是不可能"枝枝相复盖，叶叶相交通"的。而树木能这样地"屈体相就"并非一般人所能想象，作者自当写出其所以会枝枝相盖、叶叶交通的原因；但竟不写。这就意味着作者在写这些诗句的当时，《搜神记》所载殉情夫妇坟上的树木"屈体相就"之事已颇流行，故不必再交代焦、刘坟上的树木枝叶何以能如此之故了。——顺便说一下，此诗曾一再用"秦罗敷"的典故，则其暗用《搜神记》事其实也并不值得奇怪。

四、在上引"东西植松柏"等句之前尚有两句："两家求合葬，合葬华山傍。"陆侃如先生已经指出：据《古诗为焦仲卿妻作》的序，这一故事发生在庐江府，而据地志，庐江府并无华山，所以这当是用乐府《华山畿》事。《华山畿》出于南朝宋少帝时，故此种叙述不可能出现在宋少帝时之前。其后反对陆侃如先生这一意见的人说，庐江府可能有名为"华山"的小山，只是地志不载罢了。但地志既然不载，又怎能以这种不能证实的"可能"来否定陆先生之说呢？何况这两句之后的"东西植松柏"本已暗用《搜神记》事，足征其不可能早于东晋，那又凭什么来证明其不可能使用出于宋少帝时的典故呢？

如上所述，《艺文类聚》所引此诗的逼嫁、自杀等事不但为《艺文类聚》所载此诗所无，《艺文类聚》所叙此诗写作缘由也无逼嫁、自杀，所以《艺文类聚》所依据的文本中有无这些部分本是疑问。而从以上例证看来，《古诗为焦仲卿妻作》的这些部分一再出现建安以后乃至宋少帝时的物品和典故，离开"后汉""建安"很远，自非其时的此诗文本所有。所以，这些部分为后来所加的可能性很大。

现在再考察第二个方面：《古诗为焦仲卿妻作》中的逼嫁等部分与其上文的矛盾。主要有二：

第一，《古诗为焦仲卿妻作》在刘氏被逐归前皆称之为"新妇"[①]，在被逐归

---

① 新妇在当时并非都用来指称新娶的媳妇。参见《辞海》的"新妇"条(中华书局，1936年，第208页)。

后则称之为兰芝。因而一般都认为她的姓名为刘兰芝。但在太守遣人说媒这一节却有如下的句子：

> 媒人去数日，寻遣丞请还。说有兰家女，承籍有宦官。云有第五郎，娇逸未有婚。遣丞为媒人，主簿通语言。直说太守家，有此令郎君。既欲结大义，故遣来贵门。

这里的"说有"两句与"云有"两句对举。"云有第五郎"既是指来向兰芝求婚的太守家的郎君，则"说有兰家女"自当指兰芝。但这与《古诗为焦仲卿妻作》的序所说"焦仲卿妻刘氏……"显然相互矛盾，刘氏家的女子怎能称为"兰家女"呢？

对此，前人有种种说法。或云"兰"为"刘"字之误；但这只是猜测，并无证据。有人说"兰家女"并不是指兰芝，而是另外一家姓兰的女子；但与其上下文又无从联系。所以从目前的文献来看，只能说此处是把兰芝当作了"兰家女"，因而与该诗的序相矛盾了。

第二，《古诗为焦仲卿妻作》所述向兰芝求婚的县令公子是"年始十八九"的青年，另一个求婚人——太守的郎君也"娇逸未有婚"，至多不过二十左右。而兰芝是十七岁结婚的（其母说"十七遣汝嫁"），在她被逐离开焦家时，《古诗为焦仲卿妻作》有这样一段描写："却与小姑别，泪落连珠子。新妇初来时，小姑始扶床。今日被驱遣，小姑如我长。"一个"始扶床"的小孩子长大到跟一个成年女子一样高，总得十好几年。然则兰芝被遣时应已三十岁左右了。为什么十八九岁、二十岁左右的社会地位颇高的未婚男子，要争着向三十岁左右的女子求婚呢？

当然，"新妇初来时"四句不仅与这两位男青年向她求婚之事相矛盾，跟《古诗为焦仲卿妻作》开头部分的刘氏被遣归前焦仲卿所说的"结发同枕席，黄泉共为友。共事三二年，始尔未为久"也是矛盾的。因为今人所常见的影宋本、影汲古阁本《乐府诗集》所载此诗于"新妇初来时"句下均无"小姑始扶床，今日被驱遣"两句，而《玉台新咏》之传世者则无宋、元刊本，而且明刊本中除五云溪馆活字本印行年代不详外，最早的也已是嘉靖本。故传世《玉台新咏》诸本中虽多数有此二句，但研究者一般均据宋刊、汲古阁刊《乐府诗集》认为此两句为后人窜入，非《古诗为焦仲卿妻作》所原有。

然而，谈蓓芳教授最近发现：北宋晏殊（991—1055）所编《类要》的"小姑始扶床"条引用了《古诗为焦仲卿妻作》的"新妇初来时，小姑始扶床"[①]，可见晏殊

---

① 谈蓓芳《〈玉台新咏〉版本考——兼论此书的编纂时间和编者问题》，《复旦学报》（社会科学版）2004年第4期。

所见此诗已有此两句①。既然宋代早期传本《玉台新咏》原有"小姑始扶床,今日被驱遣"两句,而《乐府诗集》的编纂不但远后于《玉台新咏》,而且也后于晏殊,那么,《乐府诗集》之无此二句,自不能否定此二句为《玉台新咏》所原有。至于此二句与"共事三二年"句的矛盾,留待后述。

综上所述,可对《古诗为焦仲卿妻作》的逼嫁、自杀等部分作如下结论:《艺文类聚》据此诗早期(早于《玉台新咏》)文本所录之诗无这些部分犹可诿诸《艺文类聚》的删节,但其所述写作缘由也只说是为"伤""刘氏为姑所遣"而作,毫不涉及逼婚、自杀等事,就不能不导致如下疑问:该早期文本中到底是否有逼婚、自杀等事?而根据以上考察,在逼婚、自杀等部分中不仅屡次出现建安以后——尤其是东晋及其以后——的物品名、地名和典故,且颇有与其前文矛盾之处,故当是在这一早期文本后陆续增入的。

三

《艺文类聚》所引此诗不仅没有《古诗为焦仲卿妻作》的后半部分,而且该诗的开端部分也有很多为《艺文类聚》所不收。那么,开端部分的诗句究竟是《艺文类聚》所据的文本原来没有的,抑或系《艺文类聚》的编者所删,又是一个重大问题。

在这里必须注意的是:《古诗为焦仲卿妻作》的序明明说"焦仲卿妻刘氏,为仲卿母所遣",但诗的开头部分却是:"鸡鸣入机织,夜夜不得息。三日断五匹,大人故嫌迟。非为织作迟,君家妇难为。妾不堪驱使,徒留无所施。便可白公姥,及时相遣归。"她是自己要求遣归的。

接下来的诗句是:"府吏得闻之,堂上启阿母:'儿已薄禄相,幸复得此妇。结发同枕席,黄泉共为友。共事三二年,始尔未为久。女行无偏斜,何意致不厚?'"联系上文的"便可白公姥,及时相遣归",此处的"致不厚"也是指其母对刘氏不好,并不是指其要驱遣刘氏。所以,这其实是要求其母对刘氏改善待遇,以打消刘氏"及时相遣归"的要求。

但不料这却遭到了其母的驳斥:"阿母谓府吏:'何乃太区区。此妇无礼节,举动自专诸,吾意久怀忿,汝岂得自由。东家有贤女,自名秦罗敷。可怜体无

---

① 《类要》虽未引"今日被驱遣"句,但既有"小姑始扶床"句,自不会没有"今日被驱遣"句,因"小姑如我长"句是各本都有的,晏殊所见本不可能没有,而"小姑始扶床"是不能与"小姑如我长"直接相接的。

比,阿母为汝求。便可速遣之,遣去慎莫留。'"这里分作三层意思。第一层是说自己对刘氏怀忿已久,你在这事情上不能自作主张(指把她挽留下来)。第二层是说你不必怕她走,我为你找一个更好的。第三层是说便可乘此赶快把她打发走,不要留她。这里值得注意的是"便可速遣之,遣去慎莫留"二句。"留"是留下刘氏之意。因刘氏自己提出了遣归的要求,其夫家可有两种对待的办法:一种是就此同意她走,一种是把她留下来。焦母是要焦仲卿采取第一种办法,所以有此二句。

再往下的"府吏长跪告:'伏惟启阿母:今若遣此妇,终老不复取。'阿母得闻之,槌床便大怒:'小子无所畏,何敢助妇语!吾已失恩义,会不相从许。'"乃是仲卿以自己今后不复娶来要求(其实是威胁)焦母改变态度,但不被焦母所允许。

就这些叙述来看,焦母并未主动要"遣"刘氏,而是刘氏自己要求遣归,焦母只是并未留她,却顺水推舟地让她走了。

而且,焦母虽然让她走了,却并未正式加以驱遣。因在刘氏走前,焦仲卿对她说:"卿但暂还家,吾今且报府。不久当归还,还必相迎取。"这一建议开始被刘氏拒绝,后来同意了,说是"君既若见录,不久望君来"。倘已正式被驱遣,又怎能轻易回来呢?所以焦母的表态应是"她要走就走好了"之类,并无"走了就不许回来"之类的表态,也即并未正式宣布将她逐归(倘说我的此一推测不确,那么诗中所写焦仲卿的上述建议和刘氏竟然允诺的这些描写,就是与刘氏这个被遣之妇的身份、处境相矛盾的,因而当是后加)。

以上的这些描写,跟序所说的刘氏"为仲卿母所遣"是不能协调的。

再看《艺文类聚》的那一首:"……鸡鸣入机织,夜夜不得息,三日断五匹,大人故言迟。非为织为迟,君家妇难为!妾有绣腰襦,……"因为"妾有"以下诸句所言即为留赠丈夫三件物品以供其迎娶后人之事,已是即将离去的临别赠言,所以在"妾有"句之前当已言及其被遣之事,而"三日"四句就正起到了这样的作用,其点睛之笔则是"君家妇难为"——这是已经做不成"君家妇"的哀叹;至于"为关织作迟"一句既透露了她被遣的罪名,又是对这一罪名的抗议。我们也许会感到对其被遣过程的叙述太不充分,但这都是刘氏在遭驱遣后对丈夫的倾诉,她的丈夫当然已经知道她的被遣以及被遣的理由,自不必再予复述。否则,这些话就不是对丈夫说而是对读者说了。当然,如果写作技巧再成熟一些,是会使读者知道得更具体一点的吧,但这是时代的局限。总之,从这些叙述中可知她确是"为姑所遣",并非自己请求遣归的,与《艺文类聚》所述"为姑所遣"、《古诗为焦仲卿妻作序》所言"为仲卿母所遣"均相一致。想来序中此语原系承早期文本的"为姑所遣"而来,但其诗却已作了很大变动,所以序与诗之间有了裂隙。

由此就可明白:《古诗为焦仲卿妻作》的刘氏自己请求遣归既与《艺文类聚》所载该诗早期文本所述"为姑所遣"抵牾,也与《古诗为焦仲卿妻作序》的"为仲卿母所遣"相矛盾,当是后增;与此相联系的描写当也非原有①。"共事三二年"两句正属于此一部分;其与"小姑"等句的矛盾自也不能证明那二句系后增。

所以,《古诗为焦仲卿妻作》的较原始的文本当与《艺文类聚》所引录者相去不远。其他的都是后来陆续增入的。其中"小姑"等句可能增入较早(因为增入两个青年男子向刘氏求婚的诸段者对"小姑"这样一带而过的描写可能忽略,而若先有了关于求婚的大段描写,则增入"小姑"几句者就不会不注意到刘氏离开焦家时还很年轻,否则不会有两个青年男子先后要求娶她)。

还要补充说明的是:《艺文类聚》所收之诗的写作缘由和《古诗为焦仲卿妻作》的序皆明言仲卿妻为刘氏,后来的增入者为什么要使她姓兰名芝呢?想来是因为此诗曾被长期传唱(所以被《乐府诗集》列入《杂曲歌辞》),有许多内容是在传唱过程中被增加的,增加者只注意歌辞,未必留意到本文所附的写作缘起或序,以致连女主人公的姓也与缘起、序相矛盾了。而且,写及兰芝的几段也可能不是一次增入的,最早增入者也许是把兰芝作为她的名的,后来的增入者却以兰芝为她的姓名了。当然,这些都是推测,唯一可以肯定的是:以她为"兰家女"乃是后人增入的结果。

最后,把我的意见综述如下:《古诗为焦仲卿妻作》是在自东汉(可能为建安时期)至南朝(不早于宋少帝时)的漫长时期里逐渐形成的。其较早的文本,大概就是《艺文类聚》所收载的那种样子;《古诗为焦仲卿妻作》中的刘氏自求遣归以及以此为中心的各种描写和被遣后的逼嫁、自杀等事固为此种文本所无,对她在离开刘家前的精心打扮及其形状的甚为细致的大段描绘与此一文本的粗线条式的叙事方式也难以相容。所以,《古诗为焦仲卿妻作》的创作,虽发端于东汉(可能是建安时期),但其主要部分则完成于魏晋至南朝时期;胡适谓其主体部分完成于汉末魏初,似非确论。此一早期文本的艺术水平大致与《古诗》("上山采蘼芜")相仿佛。从见于《艺文类聚》的那种早期文本,发展到《古诗为焦仲卿妻作》,体现了我国诗歌从魏晋到南朝的巨大进展。假如以上推论可以成立,那么,我们对魏晋,尤其是南朝文学的重大意义实有进一步加以研讨的必要。

---

① 包括焦仲卿的为此而向焦母请求改善刘氏待遇的几段和仲卿要求刘氏回娘家后再回来的许多描写(因为这是以刘氏还可能回来为前提的)等。

从《红楼梦》看中国文学的古今演变①

中国的现代文学发端于 20 世纪初。至 1917 年提出"文学革命"口号并进而形成"新文学"(早期的"新文学"也称"五四新文学"),现代文学遂呈现出崭然有异于古代文学的特色和面貌。由于新文学的产生受到外来文化的深刻影响,有些学者认为在中国古代文学和现代文学之间存在着"断裂",并把这种"断裂"视为中国现代文学的一个致命的缺陷。其实,就中国古代文学演进的总体辙迹而论,本来就是在朝着新文学的方向发展的;外来文化的影响只是使之突然加快了速度,成为飞跃。所以,中国古代文学与现代的新文学之间实有内在的联系;作为其有力证据的,是在文学革命发生的许多年以前,古代文学中就已陆续出现了一些在不同程度上存在着新文学的萌芽的作品。就其与新文学的出现在时间上距离较近的此类作品而言,曹雪芹的《红楼梦》(这里是指该书的前八十回,下同)和龚自珍的诗文等都是重要的代表。关于龚自珍诗文与现代的新文学的内在联系,谈蓓芳教授的论文《龚自珍与 20 世纪的文学革命》②已作了较全面的阐述;本文拟对《红楼梦》的有关情况加以探讨③。

对于文学革命以降直至 1937 年抗日战争爆发二十年间新文学的基本特征,笔者曾作过如下的描述:"第一,它的根本精神是追求人性的解放;第二,自觉地融入世界现代文学的潮流,对世界现代文学中从写实主义到现代主义的各种文学潮流中的具有积极意义的成分都努力吸取;第三,对文学的艺术特征高度重视,并在继承本民族的文学传统和借鉴国外经验的同时,在这方面作了富于创造性的探索——不但对作为工具的语言进行了勇敢的革新,在继承本民族白话文学传统的前提下作出了突破性的辉煌的成绩,而且使包括描写的技巧、深度、结构、叙述方式等在内的文学的形式改革在总体上现代化了,使文学的表

---

① 原载《杭州师范学院学报》(社会科学版)2005 年第 3 期。
② 谈蓓芳《龚自珍与 20 世纪的文学革命》,《复旦学报》(社会科学版)2005 年第 3 期。
③ 本文所引《红楼梦》系据《古本小说集成》(上海古籍出版社)影印《脂砚斋重评石头记》(通称"庚辰本",因书中有"庚辰秋定本""庚辰秋月定本"字样),个别脱误之处据《古本小说集成》影印戚蓼生序《石头记》补正,不另作说明。

现能力也达到了足以进入世界现代文学之林的程度。上述这三者在新文学中是彼此联系、相互渗透的……"①至于《红楼梦》里的新文学的萌芽成分,也可分作三点来阐述。

首先,在《红楼梦》对一系列人物的描写中,至少在客观上体现了人性与环境的冲突以及人性被压抑的痛苦;这与上述新文学基本特征中人性解放的要求显然有相通之处。

以《红楼梦》的男主人公贾宝玉来说,这是一个有文学天才、"任情恣性"(第十九回)而又性早熟的男孩;他所要求的,是心灵活动的广大空间和温馨的感情世界。但环境却逼迫着他,要他改变自己的兴趣、爱好和追求,投身于冷酷的仕途。为了改造他,他的父亲甚至不惜加以痛打,几乎置他于死地。这使他的内心深处深感孤独乃至绝望,他只企望在青年女性的爱抚和哀痛中早日死去,形骸化为飞灰乃至轻烟(参见下引第十九、三十六回有关文字)。

他在书中第一次出场时只有(虚岁)七岁(第三回)②。到十一岁时,他父亲带着他和一众清客到刚建造的别墅大观园去,为其中各处题匾额和对联③。在这一场合,他不仅显示了自己的才华,而且因不愿改变自己的看法而与父亲贾政发生了冲突——这也正是其"任情恣性"的表现之一。先看其显示才华的一个例子:

……步入门时……只见许多异草……味芬气馥,非花香之可比。贾政不禁笑道:"有趣!只是不大认识。"有的说:"是薛荔藤萝。"贾政道:"薛荔藤萝不得如此异香。"宝玉道:"果然不是。这些之中也有藤萝薛荔,那香的是杜若蘅芜,那一种大约是茝兰,这一种大约是清葛,那一种是金䔲草,这一种是玉蕗藤,红的自然是紫芸,绿的定是青芷。想来《离骚》《文选》等书上所有的那些异草,也有叫作什么藿蒳姜荨的,也有叫作什么纶组紫绛的,还有石帆、水松、扶留等样,又有叫什么绿荑的,还有什么丹椒、蘪芜、风连,如今年深岁改,人不能识,故皆

---

① 章培恒《关于中国现代文学的开端——兼及"近代文学"的问题》,《复旦学报》(社会科学版)2002年第1期。
② 据该回林黛玉自述,贾宝玉"比我大一岁"。又据第二回所写,林黛玉跟贾雨村读书时为五岁,"堪堪又是一载的光阴",林黛玉母亲死了,她父亲就委托贾雨村送她到贾府去,所以她进贾府与宝玉见面时为六岁。
③ 据《红楼梦》第十七至二十三回所写,贾宝玉等人于此次题匾额及对联的第二年就搬入大观园。他在大观园中写了《春夜即事》《夏夜即事》《秋夜即事》《冬夜即事》等诗,"因这几首诗,当时有一等势利人见荣国府十二三岁的公子作的,录出来各处称颂"(第二十三回)。按,这些诗当是搬进大观园后在两年间陆续所作,故称之为"十二三岁的公子";然则其题匾额对联时为十一岁。

象形夺名,渐渐的唤差了,也是有的。"未及说完,贾政喝道:"谁问你来?"唬的宝玉倒退,不敢再说。

　　贾政因见两边俱是超手游廊,便顺着游廊步入。只见上面五间清厦连着卷棚,四面出廊,绿窗油壁,更比前几处清雅不同。贾政叹道:"此轩中煮茶操琴,亦不必再焚名香矣!此造已出意外,诸公必有佳作新题以颜其额,方不负此。"众人笑道:"再莫若'兰风蕙露'贴切了。"贾政道:"也只好用这四字。其联若何?"一人道:"我倒想了一对,大家批削改正。"念道是"麝兰芳霭斜阳院,杜若香飘明月洲"。众人道:"妙则妙矣,只是斜阳二字不妥。"那人道:"古人诗云'蘼芜满手泣斜晖'。"众人道:"颓丧颓丧!"又一人道:"我也有一联,诸公评阅评阅。"因念道:"三径香风飘玉蕙,一庭明月照金兰。"贾政拈髯沉吟,意欲也题一联。忽抬头见宝玉在傍,不敢则声,因喝道:"怎么你应说话时又不说了?还要等人请教你不成?"宝玉听说便回道:"此处并没有什么兰麝明月洲渚之类,若要这样着迹说起来,就题二百联也不能完。"贾政道:"谁按着你的头叫你必定说这些字样呢?"宝玉道:"如此说,匾上则莫若'蘅芷清芬'四字,对联则是'吟成豆蔻才犹艳,睡足酴醾梦也香'。"贾政笑道:"这是套的'书成蕉叶文犹绿',不足为奇!"众客道:"李太白《凤凰台》之作全套《黄鹤楼》,只要套得妙。如今细评起来,方才这一联竟比'书成蕉叶'犹觉幽娴活泼,视'书成'之句竟似套此而来!"(第十七回)

他不仅知道《离骚》《文选》等书中的许多奇花异草之名,并且能辨认生活中的许多异草,显示了他对生活本身的热情——对生活中的这些美好东西的真诚爱好;较之他父亲与清客们对生活中的美好事物的淡漠或无知,显然是另一种人生态度。至于他对"兰麝""三径"两副对联的批评及其自己所作,则体现了他对生活中的美的高度感受力和表现力;清客们的对联之所以只能用眼前根本不存在的兰麝洲渚之类拼凑,就因为他们没有感受到其所处身的景物的美。而他则不但感受到了这种美,而且还想象着他如在这里生活将是怎样一种情景:他将能写出绮艳的诗,在梦中也闻到酴醾的芬芳。而且,尽管"吟成"句受到了前人"书成蕉叶文犹绿"之句的启发,但较之"书成蕉叶"确实"犹觉幽娴活泼",视为青出于蓝而胜于蓝并不为过;同时也可看出这个十一岁的男孩已经读了许多古人的诗篇,并能自由运用于自己的创作中。

　　在这个例子里其实已可看到他的"任情恣性"以及由此所受到的压抑:当他漫无拘束地显示出自己在植物方面的知识远远超过其父亲和清客们时,他就受到了严厉的呵斥。然而,与以下的一个例子相较,这还算是轻的了。

……说着引人步入苑堂,里面纸窗木榻,富贵气象一洗皆尽。贾政心中自是欢喜,却瞅宝玉道:"此处如何?"众人见问,都忙悄悄的推宝玉,教他说好。宝玉不听人言,便应声道:"不及'有凤来仪'(大观园中的另一处建筑名。——引者)多矣!"贾政听了道:"无知的蠢物!你只知朱楼画栋、恶赖富丽为佳,那里知道这清幽气象!终是不读书之过。"宝玉忙答道:"老爷教训的固是,但古人常云'天然'二字,不知何意?"众人见宝玉牛心,都怪他呆痴不改,今见问"天然"二字,众人忙道:"别的都明白,为何连'天然'不知?'天然'者,天之自然而有,非人力之所成也。"宝玉道:"却又来!此处置一田庄,分明见得人力穿凿,扭捏而成。远无邻村,近不负郭;背山山无脉,临水水无源。高无隐寺之塔,下无通市之桥。峭然孤出,似非大观。争似先处有自然之理、得自然之气?虽种竹引泉,亦不伤于穿凿。古人云'天然图画'四字,正畏非其地而强为地,非其山而强为山。虽百般精而终不相宜……"未及说完,贾政气的喝命:"出去!"(第十七回)

很明显,贾宝玉的这种见解实在比他父亲高明,但他说出了自己看法后,所受到的却是如此无情的待遇。尽管如此,他仍然不愿违心地附和父亲的意见,而且坚持自己的看法,无畏地跟父亲辩论。由此而言,他的"任情恣性"正是一种可贵的尊重理性的精神。

也正因"任情恣性",他跟父亲以及整个环境的矛盾远不止在对"自然"的理解上,更重要的是在人生道路上。过了不久,他就围绕着"仕途经济"问题和史湘云、袭人发生了激烈的争论。

湘云笑道:"还是这个情性不改。如今大了,你就不愿读书去考举人进士的,也该常常的会会这些为官做宰的人们,谈谈讲讲些仕途经济的学问,也好将来应酬世务,日后也有个朋友。没见你成年家只在我们队里搅些什么!"宝玉听了道:"姑娘请别的姊妹屋里坐坐,我这里仔细污了你知经济学问的!"袭人道:"云姑娘快别说这话。上回也是宝姑娘也说过一回,他也不管人脸上过的去过不去,他就咳了一声,拿起脚来走了。这里宝姑娘的话也没说完,见他走了,登时羞的脸通红……那要是林姑娘,不知又闹到怎么样、哭的怎么样呢。提起这个话来,真真的宝姑娘叫人敬重……谁知这一个反倒同他生分了。"……宝玉道:"林姑娘从来说过这些混账话不曾?若他也说过这些混账话,我早和他生分了。"(第三十二回)

可见他始终没有改掉"小时"的"信口"之语,仍把"读书上进""仕途经济的学问"看作"禄蠹"的"混账话"。而他之憎恶这些,显然并不是怕读书。如上所引,他对《离骚》《文选》就读得很熟,书里的奇花异草之名都能记得;对于《庄子》也很喜爱,"……看至外篇《胠箧》一则,其文曰:'故绝圣弃知,大盗乃止;摘玉毁珠,小盗不起。焚符破玺而民朴鄙,掊斗折衡而民不争,殚残天下之圣法而民始可与论议。擢乱六律,铄绝竽瑟,塞瞽旷之耳,而天下始人含其聪矣!灭文章,散五采,胶离朱之目,而天下始人含其明矣!毁绝钩绳而弃规矩,攦工倕之指,而天下始人有其巧矣!'看至此,意趣洋洋……"(第二十一回)对诗、词他更为用心,曾以"花气袭人知昼暖"的诗句为一个姓花的丫头取名袭人,以致贾政批评他"不务正,专在这些浓词艳赋上作功夫"(第二十三回);至于《西厢记》等作品,尤其让他废寝忘餐,他对林黛玉说:"真真这是好书,你要看了,连饭也不想吃呢!"(第二十三回)所以,他并不是厌恶读书,而只是厌恶那些"禄蠹"们必读的关于"仕途经济"之书。换言之,他的"任情恣性"既导致了他对于主流的意识形态的怀疑,也使他追求着精神世界的广阔空间——从《庄子》直到《西厢记》。

这种"任情恣性"跟他的性早熟相结合,更使他成为当时现实中的另类,也更加深了他与环境的冲突及其痛苦。究其性早熟的原因,一则是这等富贵之家的孩子所难免的营养过剩,二则是滋补药的作用(例如第二十三回就有宝玉母亲王夫人嘱咐宝玉"天天临睡的时候"吃丸药的描写;宝玉并未生病,此等药自是滋补性的;当时宝玉十二岁);三则因其从小就和一群女孩子一起生活,并由好些丫鬟服侍,其中还包括了"本是个聪明女子,年纪本又比宝玉大两岁,近来也渐通人事"的袭人(第六回);在《红楼梦》八十回本中,惟一与宝玉有过性关系的女子就是她。总之,由于性早熟,加之所处的又是一个实行多妻制的社会,他不但很早就与林黛玉之间产生了刻骨铭心的爱,而且还深深地爱着丫鬟晴雯,当然也爱袭人。另一些丫头如金钏、芳官、四儿等与他虽无暧昧,却亲密到不拘形迹。而且,受社会风气的影响,他还有同性恋的倾向,跟秦钟、蒋玉菡都已不只是一般的朋友,虽然未必有肉体关系。而这一切在他父母眼中都是不可宽恕的。他母亲虽然舍不得责打他,却把金钏儿、晴雯、芳官、四儿先后赶了出去,只留下了向她告密、从而获得了她信任的袭人;其结果是金钏、晴雯悲惨地死去,芳官也被迫出了家。他父亲因蒋玉菡是忠顺王的优伶,而且是王爷所"断断少不得"的人,贾宝玉竟与他亲厚,以致忠顺王遣人前来诉告,连累了自己,更是"气的目瞪口歪",又误以为金钏儿是因宝玉"强奸不遂"而自杀的,气愤之下竟要把他活活打死,后来虽被阻止,宝玉已受了重伤(第三十三回)。这一切都强化了贾宝玉与环境的冲突。在被父亲责打以后,林黛玉来看他,抽抽噎噎地说道:"你从此可都改了罢!"宝玉长叹一声道:"你放心,别说这样话,就便为这些人死了也是情愿的。"(第三十四回)可见他已决定以死来维护自己的生活道路。另一方面,由于处在这样的压抑之中,他本来就已深感到生活的灰暗,只有从其所亲爱的几个青年女性那里才能得到慰藉,因而希望她们"同看着我、守着我,等我有一日化成了飞灰——飞灰还不好,灰还有形有迹,还有知识——等我化成一股轻烟,风一吹便散了的时候,你们也管不得我,我也顾不得你们了"(第十九回),到金钏自杀、他自己被父亲毒打以后,他的厌世思想进一步凸现出来,竟对袭人说:"比如我此时若果有造化,该死于此时的,趁你们在,我就死了,再能够你们哭我的眼泪流成大河,把我的尸首漂起来,送到那鸦雀不到的幽僻之处,随风化了,自此再不要托生为人,就是我死的得时了。"(第三十六回)及至晴雯等都落了悲惨的结局,他更感到生活只是受罪:"余犹桎梏而悬附。"(第七十八回,"悬附"即"附赘悬疣"之意,出《庄子·大宗师》)所以,在宝玉身上所体现的,乃是"任情恣性"所导致的个人与环境的剧烈冲突及其无尽的痛苦——人性在环境压抑下的深刻悲哀。

而且,在《红楼梦》里这样的悲剧并不只发生在宝玉身上,黛玉、晴雯、芳官等也都是由于不能克制自己的情性才为环境所不容的。就黛玉来说,她毫不掩盖自己对宝玉的爱情以及在爱情中产生的矛盾乃至争吵,而这一切正是为当时注重礼教的环境所不容的。所以,尽管贾母本来很爱黛玉,但后来也对她日益不满,认为她不能做宝玉的妻子,曾想为宝玉向薛宝钗的妹妹宝琴求婚,只是宝琴已订了婚,这才作罢(第五十回)。所以,《红楼梦》八十回以后宝玉与宝钗成婚、黛玉悲惨而死之事虽是高鹗续写的,但林黛玉与贾宝玉的爱情只能以悲剧结束、黛玉的命运极为悲惨却是曹雪芹预定的结局。

《红楼梦》通过这么多人物所显示的人性与环境的冲突和人性被压抑的痛苦,跟以文学革命为开端的新文学要求人性的解放显然是相通的:既然已感到了被压抑的痛苦,接下来自然是解放的要求。

其次,在《红楼梦》的写作中已含有写实主义的成分,这为自觉地融入世界现代文学的潮流、积极吸收西方写实主义创作方法的新文学提供了必要的基础。众所周知,在新文学的发展过程中,至少其前二十年的小说是以写实主义为主流的,而且取得了较大的成功。

写实主义虽是西方传入的写作方法,但"如果最简略的说,写实主义乃是要求恰如其分地真实描写现实的文学主张。倘若再稍作阐释,那也可以说,它还使文学至少具有如下的特色:第一,写实主义的'真实描写现实',乃是以文学的手段,具体、细致、丰富、深入地写出现实的真实;第二,这样的'真实描写现实',主要是通过对人物的描写来实现的,因而作品中的人物——至少是主要人物——必然是像实际上的那样丰满、复杂、生动"[1]。正因如此,作为自成体系的创作方法的写实主义固然是从西方传入的,但在我国古代小说中实已包含了写实主义的成分。在这方面最突出的代表就是《金瓶梅词话》《儒林外史》和《红楼梦》。而《红楼梦》里的写实主义成分较之前两部,都已有了明显的增长。限于篇幅,这里只举一个例子:《儒林外史》里的杜少卿是以作者吴敬梓为原型的,《红楼梦》里的贾宝玉是以作者曹雪芹为原型的,但贾宝玉的性格要比杜少卿丰富得多。杜少卿慷慨、豪迈,虽然愤世嫉俗,有时甚至显得有点傻乎乎,不必要地将大把银子周济别人,以致家业败落,但他自己却洁身自好,律己甚严;这跟贾宝玉的生活态度很不一样。也正因此,他的性格较为单一。而在实际上,吴敬梓的家产败落与他的流连妓院等生活有关,如同胡适所说:"吴敬梓的财产是他在秦淮河上嫖掉了的。"[2]换言之,吴敬梓在将原型发展为作品中的人物杜少卿时,把他认为不光彩或不重要而其实很能显示人物性格复杂性的部分删掉了。曹雪芹却相反,正如鲁迅论《红楼梦》所说:"其要点在敢于如实描写,并不讳饰……所以其中所叙的人物,都是真的人物。总之自有《红楼梦》出来以后,传统的思想和写法都打破了。"[3]也正因此,贾宝玉的性格就远较杜少卿丰富。从贾宝玉与杜少卿的比较中,可以清楚看出《红楼梦》的写实主义成分较之《儒林外史》的有了长足的进展。而明清小说中的这种不断增长的写实主义成分,也正是新文学中获致较大成功的以写实主义为主流的小说所可资凭依的遗产。

第三,《红楼梦》的高度艺术成就体现了对文学的艺术特征的积极追求,这跟新文学对文学的艺术特征的高度重视也是相通的。《红楼梦》的艺术成就表现在许多方面,即使对它作蜻蜓点水式的介绍也不是本文所能承担的任务。这里只谈三点。

一是白话的熟练运用。中国的白话小说在语言上取得突出成就的,在《红楼梦》以前有《水浒传》《金瓶梅词话》《西游记》和《儒林外史》,《红楼梦》较之它们又迈进了一大步。作者叙述的简洁、明快和人物对话的生动及个性化,都可

---

[1] 章培恒《明清小说的发展与写实主义》,李丰懋主编《文学、文化与世变》,台北"中研院"中国文哲研究所,2002年,第274页。
[2] 胡适《吴敬梓年谱》,《胡适全集》第2卷,安徽教育出版社,2003年,第624页。
[3] 鲁迅《中国小说的历史变迁·清小说之四派及其末流·人情派》,《鲁迅全集》第9卷,人民文学出版社,1981年,第338页。

谓前无古人。试以第五十二回"晴雯病补雀金裘"一段为例。那段说的是：宝玉因要去祝贺舅父的生日，贾母给了他一件雀金呢的氅衣，"是哦啰嘶国拿孔雀毛拈了线织的"，不料宝玉穿上的第一天就在"后襟子上烧了一块"，当夜拿出去织补，却无人敢揽这个活。宝玉房中的晴雯倒是会补，却又病得不轻。但最后她还是不顾病体沉重，补好了它。

……麝月道："这怎么样呢？明儿不穿也罢了！"宝玉道："明儿是正日子，老太太、太太说了，还叫穿这个去呢，偏头一日烧了，岂不扫兴！"晴雯听了半日，忍不住翻身说道："拿来我瞧瞧罢！没这个福气穿就罢了，这会子又着急。"宝玉笑道："这话倒说的是。"说着便递与晴雯，又移过灯来细看了一会。晴雯道："这是孔雀金线织的，如今咱们也拿孔雀金线，就像界线似的界密了，只怕还可混得过去。"麝月笑道："孔雀线现成的，但这里除了你，还有谁会界线？"晴雯道："说不得我挣命罢了！"宝玉忙道："这如何使得！才好了些，如何做得活！"晴雯道："不用你蝎蝎螫螫的，我自知道。"一面说一面坐起来，挽了一挽头发，披了衣裳。只觉头重身轻、满眼金星乱迸，实实掌不住；若不做，又怕宝玉着急，少不得恨命咬牙捱着。命麝月帮着拈线。晴雯先拿了一根比一比，笑道："这虽不很像，若补上也不很显。"宝玉道："这就很好。那里又找哦啰嘶国的裁缝去？"晴雯先将里子拆开，用茶杯口大的一个竹弓钉牢在背面，再将破口四边用金刀刮的散松松的，然后把针纫了两条，分出经纬，亦如界线之法，先界出地子，后依本衣之纹来回织补。补两针又看看，织补两针又端详端详。无奈头晕眼黑，气喘神虚，补不上三五针，伏在枕上歇一会。宝玉在傍，一时又问："吃些滚水不吃？"一时又命："歇一歇！"一时又拿一件灰鼠斗篷替他披在背上，一时又命："拿个拐枕与他靠着！"急的晴雯央道："小祖宗，你只管睡罢！再熬上半夜，明儿把眼睛抠搂了怎么处？"宝玉见他着急，只得胡乱睡下，仍睡不着。一时只听自鸣钟已敲了四下，刚刚补完。又用小牙刷慢慢的剔出绒毛来。麝月道："这就很好！若不留心，再看不出的。"宝玉忙要了瞧瞧，说道："真真一样了！"晴雯已嗽了几阵，好容易补完了，说了一声："补虽补了，到底不像。我也再不能了！""嗳哟"了一声，便身不由主倒下。（第五十二回）

在这一大段文字中，除了"界线之法""本衣之纹"和"又命"还剩有书面语的痕迹外，其余几乎全是以北京话为基础的口语。不但交代过程简洁而又具体、细致，人物的对话更是肖其声口；尤其是晴雯所说，不但显示了她对宝玉的深厚感情，而且深具个性。就白话文的运用来说，这样的文字不但在我国古代白话小说中具有经典性,对后来的新文学也是宝贵的启示。

二是结构。在《红楼梦》以前的四部白话长篇巨制中,《水浒》和《儒林外史》都可分成若干段落,每个段落以描绘一个人物为中心,全书则是各个段落的缀合。其间的区别是:《儒林外史》并无贯穿全书的中心人物,《水浒》则以宋江为中心把各个段落串连起来。但无论是哪一部,在结构的严密性上都有所欠缺,只不过《儒林外史》更为明显而已。《西游记》虽以唐僧师徒四人为中心,全书也都围绕着他们或其中的一人而展开,但除开始写孙悟空出身至被镇压的一部分外,其余都是对唐僧劫难的逐个描绘,在结构上不免单调。《金瓶梅词话》在总体结构上虽有中心人物,全书也是围绕着他们的命运与相互关系而展开的,但在具体的叙述上却常有赘笔,如在写到宣卷及"说因果,唱佛曲儿"时,每每把宝卷、佛曲等内容一一记录下来;在写到吃饭时又多次记述菜单;诸如此类,均累赘不堪。因为有这么多赘笔插入,结构就显得松散。而《红楼梦》则不但结构紧密,而且以作品中主要人物的命运及其环境的逐步呈现、人物性格的逐步深化及展示作为其主要脉络,因而具有不断地把读者引入新的境界、使其对人物的认识和感情不断增进的作用。以有关晴雯的部分来说,主要可分作四大阶段:先是晴雯跌坏了扇子,宝玉说了她几句,她很生气,引发了与宝玉的剧烈冲突,最后以宝玉对她的婉转批评并异想天开地逗她高兴而作结(第三十一回);其次就是上述她在病中为宝玉补雀金裘的事;第三是王夫人为谗言所惑,把她斥责了一顿,已经意味着凶多吉少,但当晚凤姐带王善保家的到她们所住的怡红院来抄检时,晴雯仍然勇敢地反抗,"只见晴雯挽着头发闯进来,'豁'一声将箱子掀开,两手端着,底子朝天,往地下尽情一倒,将所有之物尽都倒出。王善保家的也觉没趣"(第七十四回);第四是她在重病中被王夫人赶逐出去后,住在其姑舅哥哥家中,宝玉去看她,"……(宝玉)一面想,一面流泪问道:'你有什么说的?趁着没人告诉我。'晴雯呜咽道:'有什么可说的,不过挨一刻是一刻,挨一日是一日!我也知横竖不过三五日的光景就好回去了。只是一件,我死了也不甘心的:我虽生的比别人略好些,并没有私情密意勾引你怎么样,如何一口死咬定了我是个狐狸精!我太不服!今日既已耽了虚名,而且就要死了,不是我说一句后悔的话,早知如此,当日也另有个道理。不料痴心傻意,只说大家横竖是在一处,不想平空生出这一节话来,有冤无处诉!'说毕又哭。宝玉拉着他的手,只觉瘦如枯柴,腕上犹戴着四个银镯,因泣道:'且卸下这个来,等好了再戴上罢!'因与他卸下来,塞在枕下。又说:'可惜这两个指甲!好容易长了二寸长,这一病好了必损好些。'晴雯拭泪,就伸手取了剪刀,将左指上两根葱管一般的指甲齐根铰下,又伸手向被内将贴身穿着的一件旧红绫袄脱下,连指甲都与宝玉,道:'这个你收了,以后就如见我的一般。快把你穿的袄儿脱下来我穿,我将来在棺材内独自躺着,也就像还在怡红院的一样了。论理不该如此,只是耽了虚名,我可也是无可如何了!'宝玉听说,忙宽衣换上,藏了指甲。晴雯又哭道:'回去他们看见了要问,不必撒谎,就说是我的。既耽了虚名,索性如此,也不过是这样。'一语未了,只见他嫂子笑嘻嘻掀帘子进来……"(第七十七回)大体说来,第一阶段显示的是她的强烈的自尊心和倔强;第二阶段是出于对宝玉的深情而不顾死活的"挣命";第三阶段是刚勇不屈的精神,因她当时的处境已很危殆,却仍无所顾忌地抗争;第四阶段是至死不渝的对宝玉的热爱和即使死了也要反抗的刚烈。通过这四个阶段,晴雯的性格就不断完整和深化,并愈益引起读者的感动。所以,就《红楼梦》的结构来说,乃是以人物为中心的逐步开展和深入的有机整体;尽管全书没有写完,但就其总体趋势仍可看出这一点。在《红楼梦》以前,中国的长篇小说没有一部能在结构上达到这样的水平。

三是对人物的描写。《红楼梦》在人物个性的突出方面较之《金瓶梅词话》和《儒林外史》有了重大的发展。不要说贾宝玉、林黛玉、薛宝钗、王熙凤等主要人物了,就是较次要的人物晴雯,其个性的丰富、独特和鲜明也是在《红楼梦》以前的小说中从未见到的。上文已经引了晴雯的若干表现,这里再引两段。

第一段是:宝玉房里的小丫头红玉,因被王熙凤差遣去做事,回来只见"晴雯、绮霞、碧痕、紫鹃、麝月、待书、入画、莺儿等一群人来了。晴雯一见了红玉,便说道:'你只是疯跑罢!院子里花儿也不浇、雀儿也不喂、茶炉子也不爤,就只在外头逛。'红玉道:'昨儿二爷说了,今儿不用浇花,过一日浇一回罢;我喂雀儿的时候,姐姐还睡觉呢!'碧痕道:'茶炉子呢?'红玉道:'今儿不该我爤的班儿,有茶没茶别问我。'绮霞道:'你听听他的嘴,你们别说了,让他逛去罢。'红玉道:'你们再问问我逛了没有?二奶奶使唤我说话取东西的。'说着将荷包举给他们看,方没言语了。大家分路走开,晴雯冷笑道:'怪道呢!原来爬上高枝儿去了,把我们不放在眼里,不知说了一句话半句话,名儿姓儿知道了不曾呢?就把他兴的这样!这一遭半遭儿的算不得什么,过了后儿还得听呵。有本事从今儿出了这园子,长长远远的在高枝儿上才算得。'一面说着去了。这里红玉听说,不便分证,只得忍着气来找凤姐儿……"(第二十七回)

第二段是:宝玉房里的小丫头坠儿,偷了别人的镯子。晴雯其间正在生病,知道后就要叫坠儿来,被宝玉劝住了。过了两日,病仍然不好,晴雯先是"急的乱骂大夫说:'只会骗人的钱,一剂好药也不给人吃。'……又骂小丫头子们:

'那里钻沙去了?瞅我病了,都大胆子走了,明儿我好了,一个一个的才揭你们的皮呢!'唬的小丫头子篆儿忙进来问:'姑娘作什么?'晴雯道:'别人都死绝了,就剩了你不成?'说着只见坠儿也偵了进来。晴雯道:'你瞧瞧这小蹄子,不问他还不来呢!这里又放月钱了,又散果子了,你该跑在头里了!你往前些,我不是老虎,吃了你!'坠儿只得前凑。晴雯便冷不防欠身,一把将他的手抓住,向枕边取了一丈青,向他手上乱戳,口内骂道:'要这爪子作什么?拈不得针、拿不动线,只会偷嘴吃!眼皮子又浅,爪子又轻,打嘴现世的,不如戳烂了!'坠儿疼的乱哭乱喊。麝月忙拉开坠儿,按晴雯睡下,笑道:'才出了汗,又作死!等你好了,要打多少打不的?这会子闹什么?'"接着,晴雯就假借宝玉的名义,把坠儿赶逐出去了(第五十二回)。

在这两段里,我们清楚看到了与上面所介绍过的晴雯显然相异的一面:对小丫头的欺凌、褊狭甚至残酷。在第一段中,她先是不分青红皂白地对红玉加以责骂,及至发觉红玉实在并无可以责骂之处,却仍然说了一大通尖酸刻薄的话以发泄怨气。在第二段里,由于自己生病而心情不好,就痛骂小丫头,甚至说"一个一个的才揭你们的皮",则其平日对小丫头的态度可想而知。至于拿一丈青向坠儿的手上乱戳,还骂着说"要这爪子作什么?……不如戳烂了",那却流于凶狠了——尽管坠儿不应偷东西,但她又有什么权力去折磨坠儿呢?何况坠儿已"疼的乱哭乱喊",她却仍然无动于衷!也许可以这样说:晴雯自己有强烈的自尊心,但她却并不把地位比她低的人的尊严当一回事;她自己对贾府的等级制度并不驯顺,但她又心安理得地依据这种等级制度凌驾于小丫头们之上。这些既体现了晴雯性格中的矛盾,也显示了晴雯个性的丰富与复杂。

在《红楼梦》的人物描写中还有一点值得注意的,是其已经通过梦境接触到了人物的潜意识,而这也是新文学中常见的手法。对此,笔者在《明清小说的发展与写实主义》中已经指出,本文不再赘述。由此可见,通过梦来表现人的潜意识在我国古代文学中不是无迹可寻的。

综上所述,《红楼梦》从内容到形式都有其重大的成就和特色,并在不同程度上跟新文学的三个基本特征分别有其相通之处。所以,中国的新文学并不仅仅是西方文化影响下的产物,而是在中国古代文学中有其基础的。再举个具体的例子,巴金的《家》里有三少爷觉慧与丫头鸣凤的恋爱悲剧,尽管这未必是巴金先生受《红楼梦》影响的结果,但跟《红楼梦》中宝玉与丫头晴雯的恋爱悲剧都体现了环境与人性的冲突以及人性被压抑的痛苦,足证在《红楼梦》中确实存在着通向未来、通向新文学的因素。

所以,在新文学与《红楼梦》等中国古代文学作品之间确实存在着内在的联系,两者之间并未"断裂"。当然,新文学的出现是中国文学的一种跳跃式的进展,但不能因此认为它与中国古代文学之间是割裂的,打个跛脚的比喻,两者实是一种藕断丝连的关系;中国古代文学中的此类与新文学相通的因素,就是这样的丝——也可以把中国古代文学中存在这样的丝的作品视为中国古今文学间的桥梁。

关于《大招》的写作时代和背景[①]

《楚辞》中的《大招》，旧以为屈原或景差作。游国恩先生据其中"青色直眉"之句，谓其写作时间不可能早于秦末。自此之后，《楚辞》研究者就很少重视《大招》了。但我以为，游国恩先生的这一重要发现，实在有助于我们去理解《大招》的真价值和在文学史上的重大意义，而不是否定《大招》的价值。因此，本文拟在游先生研究的基础上，进一步查考其写作时代和背景，并初步提示它的价值。

一

王逸《楚辞章句》的《大招》篇《解题》说："《大招》者，屈原之所作也。或曰景差，疑不能明也。屈原放流九年，忧思烦乱，精神越散，与形离别，恐命将终，所行不遂，故愤然大招其魂，盛称楚国之乐，崇怀、襄之德，以比三王，能任用贤，公卿明察，能荐举人，宜辅佐之，以兴至治，因以风谏，达己之志也。"[②]对此，游国恩先生提出两点反驳意见。

第一，他据《大招》中"鲜蠵甘鸡，和楚酪只"、"吴醴白蘖，和楚沥只"、"代秦郑卫，鸣竽张只。伏戏《驾辩》，楚《劳商》只。讴和《扬阿》，赵箫倡只"等句，以与《招魂》中的描写饮食、歌舞、女性、珍物等句相比较，而得出结论说："我们试看这些例子，便可发现一个绝大的暗示，即《招魂》所举的七国中独无楚国，而《大招》七国之中，说及楚者三次，这个暗示明明白白地告诉我们说：《招魂》的作者屈原是楚人，故列举四方的嘉殽异味，清歌妙舞……照例不须叙及本国；《大招》的作者非楚人，故可以不拘了。看他既说楚酪，又说楚沥，又说楚《劳商》，这简直是把楚国和郑卫秦吴等国一样地当作对方看待。若《大招》真是屈原或景差，或任何楚人作的，决不如此。所以我从这一点看出他决不是楚产。"[③]

[①] 原载《复旦学报》（社会科学版）2006 年第 2 期，后收入刘柏林、胡令远编《中日学者中国学论文集——中岛敏夫教授汉学研究五十年志念文集》，复旦大学出版社，2006 年。
[②] 洪兴祖《楚辞补注》卷十，《四部丛刊》影印明翻宋本。以下所引《楚辞》，均据此本，后文不再出注。
[③] 游国恩《楚辞概论》第三篇，商务印书馆，1934 年，第 193 页。

第二,他对《大招》中写美女的"青色直眉"一句作了合理的解释。王逸《楚辞章句》释此句为"体色青白,颜眉平直"。但原文明明是"青色",并无"白"的含义在内;释为"青白"显与原文之意不符。以"青色"为指"体色"自无所不可,但体肤青色岂不可怕?哪里还是"美女"? 所以游国恩先生说:"《礼记·礼器》:'或素或青,夏造殷因,'郑康成《注》云:'变白黑言素青者,秦二世时,赵高欲作乱,或以青为黑,黑为黄,民言从之,至今语犹存也。'《礼记》出于汉人的手,所以以黑为青,若《大招》是战国时的产品,决不作秦以后语。"①他的意思是:这里的"青"实指黑色,为眉毛的颜色,但"以青为黑"始于秦末,所以《大招》至早作于秦末。

游先生提出的第一点意见,是否足以证明《大招》不出于战国时的楚人似还可以进一步研究。因为《大招》并未说明它所列举的东西不包括本国之所出,而只是要举出饮食、歌舞、物品中的珍美者,以证明享受的豪奢、舒适。所以,既可举楚国以外的,也可举楚国所出的。但其所提的第二点意见却是确凿无疑的,何况这一点还有旁证,参见下文。至于游先生在论述这一问题时又引用了蒋骥《山带阁注楚辞》的相关意见并加以驳斥,则似乎简单了一些,因他仅仅说"蒋骥反据此(指《大招》中'青色直眉'句。——引者)谓以青为黑,不始于秦,乃是信古之过"②,但郑玄的时代距秦亡已四百年左右,他的《礼器》注中关于"以青为黑"始于秦末之说又未注明依据,那么其说存在讹误的可能性也不能排除;仅仅"信古之过"之语似还不足以驳倒蒋骥的意见。不过,蒋骥此说确也存在单向思维的缺点:既然《大招》以青为黑,而郑玄说以青为黑始于秦末,那就存在着两种可能性:一种是郑玄搞错了,在屈原或景差的时代已出现了以青为黑的现象;另一种是郑玄没有搞错,因而《大招》当作于秦末甚或更后。蒋骥既没能证明郑玄此说是错误的,又怎能仅据《大招》此句就说"以青为黑,不始于秦"呢?而且,若与下文所举的旁证相参看,则蒋骥之说显然难以成立。

二

现在进而考察《大招》本文所提供的信息。

首先,此篇中的被招对象显然为王者。这从其末段的"雄雄赫赫,天德明只。

---

① 游国恩《楚辞概论》,第193页。
② 同上。

三公穆穆,登降堂只。诸侯毕极,立九卿只。昭质既设,大侯张只。执弓挟矢,揖辞让只。魂乎徕归!尚三王"可以看得很清楚。倘非王者,又何以"尚三王"?

其次,被招对象生前是生活于楚的,因为篇中有"自恣荆楚,安以定只。逞志究欲,心意安只。穷身永乐,年寿延只。魂乎归徕!乐不可言只"等句,是要把魂招回"荆楚",以"逞志究欲""穷身永乐",则此一被招对象生前自然只能是生活于楚而不可能生活于别地。

第三,这位王者或其后裔——现在的王者——的疆域或其势力范围极其广大:"名声若日,照四海只。德誉配天,万民理只。北至幽陵,南交趾只。西薄羊肠,东穷海只。魂乎归徕!尚贤士只。"因作为被招对象的王者原本生活于楚,现在又要将其魂魄招回楚地,他在生前自然是楚王;这里所说的疆域或势力范围,倘不是其生前的情况,就是其后嗣的某一位王者在位时的情况。

在这里要特别注意的是"北至幽陵,南交趾只。西薄羊肠,东穷海只"四句。先看"幽陵",王逸注:"犹幽州也。"按,《周礼·职方》:"东北曰幽州。其山镇曰医无闾,其泽薮曰貕养,其川河、泲,其浸菑、时。"①医无闾即今辽宁境内医无闾山,其余皆分别在今山东、河北境内。又,《尔雅·释地》:"燕曰幽州。"郭璞注:"自易水至北狄。"②要之,自今山东、河北至辽宁一带在古代皆属于幽州。再看"交趾",《墨子》卷六《节用》中:"古者尧治天下,南抚交趾,北降幽都,东西至日所出入,……"③《韩非子·十过》也有"尧有天下,……其地南至交阯(按,即交趾),北至幽都,东西至日月之所出入者"④之说。至于交趾的具体的地域,在后世研究者中有不同的说法,一种意见认为其初原指五岭以南地区,也有以为原指长江下游一带的。最后看"羊肠",王逸注:"羊肠,山名。"洪兴祖《补注》:"《战国策》注云:羊肠,赵险塞名,山形屈辟,状如羊肠。今在太原晋阳之西北。"其以羊肠为赵险塞,于《史记》中可以找到根据。《史记·魏世家》:"昔者魏伐赵,断羊肠,拔阏与。"同书《范睢蔡泽列传》之《蔡泽传》:"决羊肠之险,塞太行之道。"至其所在,《史记集解》:"徐广曰,在上党。"《正义》:"羊肠坂道,在太行山上,南口怀州,北口潞州。"⑤又,《汉书·地理志》上"上党郡""壶关(县)""有羊肠阪"⑥。二者虽有所不同,但在今山西省境内则无疑义。

---

① 《周礼》卷八,《四部丛刊》影明翻宋相台岳氏本。
② 《尔雅》卷九,《四部丛刊》影宋本。
③ 《墨子》卷六,《四部丛刊》影明嘉靖癸丑刊本。
④ 《韩非子》卷三,《四部丛刊》影黄荛圃校宋本。
⑤ 司马迁《史记》卷四十四,卷七十九,南宋黄善夫刊本。以下所引《史记》,均据此本,后文不再出注。
⑥ 班固《汉书》卷二十八,南宋黄善夫刻本。以下所引《汉书》,均据此本,后文不再出注。

但问题就来了：在春秋、战国时代，楚的疆域或其势力范围何曾到过幽州和羊肠？倘说战国时曾有尧时的疆域"南至交趾，北至幽都"之说（见上文），《尚书·禹贡》又有"东渐于海，西被于流沙，朔南暨声教，讫于四海"①之语，所以《大招》的这四句是暗用尧、禹之事，希望楚王以后能成就尧、禹一样的事业。但在用典时把尧、禹的疆域拼凑起来使用本就令人诧异，何况无论尧或禹的疆域的西面都远远超过羊肠。所以，要把《大招》的这四句释为用典是不行的。

这四句既不是用典，就只能理解为是《大招》中这位"荆楚"之王（作为被招对象的王者或其后嗣中的某一位王者）的疆域或势力范围。但其疆域或势力范围既与春秋、战国时楚国的情况不符，那就说明了他不是春秋、战国时的任何一位楚王，当然也与《楚辞章句》的《大招》解题所说的"怀、襄"二王不相干。那么，他应该是谁呢？

三

从郑玄《礼记·礼器》注，可知"以青为黑"始于秦二世之时。虽然这是郑玄的讹误的可能性并不能排除，但这种可能性的存在是以《大招》为屈原或景差"崇怀、襄之德"之作为前提的；既然《大招》所写这位疆域或势力范围如此广大的"荆楚"之王并不是战国时的楚怀王或楚襄王，这种前提就已发生了动摇，虽然并不能因此就否定上述可能性，但郑玄在这点上并无讹误的可能性至少是同样不能排除的。换言之，这位"荆楚"之王乃是战国以后之王的可能性也是存在的。不过，《大招》既收在《楚辞》中，而《楚辞》是刘向所编的，所以，假如在刘向以前、战国时期的楚国灭亡以后，在历史上确曾有过一位其疆域或势力范围"北至幽陵，南交趾只。西薄羊肠，东穷海只"的楚王，那么，《大招》就是一篇与这位楚王有关的作品，它之为那个时期或稍后的作品也就是不言而喻的了。

那就有必要考察一下历史上是否有这样的楚王了。

战国时的楚国灭亡以后，秦就统一了全国。秦所实行的是郡县制，当然不可能有这样的楚王。

到了汉代，最早被封为楚王的是韩信。关于韩信为楚王时的疆域可从《汉书》卷三六《楚元王传》和同书卷三五《荆燕吴传》获知。《楚元王传》说："汉六

---

① 《尚书》卷三，《四部丛刊》影宋本。

年,既废楚王信,分其地为二国,立(刘)贾为荆王,(刘)交为楚王,王薛郡、东海、彭城三十六县。"又,《荆燕吴传》:"……乃下诏曰:'将军刘贾有功,及择子弟可以为王者。'群臣皆曰:'立刘贾为荆王。王淮东。'〔按,此事亦见于《史记》卷五一《荆燕世家》,于贾、交封地,作'(贾)王淮东五十二城'、'(交)王淮西三十六城'〕。"然则韩信为楚王时的疆域远小于《大招》所说,刘交为楚王时的疆域就更小了。刘交之后,楚的封地并未扩大过,也见《汉书·楚元王传》。至于他们的势力范围,也只限于自己的封地。

再回过头来看秦末群雄并起至西汉王朝建立的数年间。

这时期最显赫的自是楚霸王。但当其自立为西楚霸王时,他所直接统治的地区为以彭城为中心的西楚之地和梁地。《史记》卷七《项羽本纪》:"项王自立为西楚霸王,王九郡,都彭城。"《史记正义》:"《货殖传》云:'淮以北、沛、陈、汝南、南郡为西楚也;彭城以东、东海、吴、广陵为东楚也;衡山、九江、江南、豫章、长沙为南楚。'孟康云:'旧名江陵为南楚,吴为东楚,彭城为西楚。'"虽然不知项羽所直接统治的九郡是哪九郡,但三楚中的许多地方都已是别人的分地,如黥布为九江王,都六;吴芮为衡山王,都邾;共敖为临江王,都江陵(皆见《史记·项羽本纪》),所以其疆域实不如战国时楚的全盛时期。又,《史记》卷八《高祖本纪》说:"项羽自立为西楚霸王,王梁、楚地九郡,都彭城",则其所直接统治的还有梁的地区。但无论怎么说,这都与《大招》的"北至幽陵"等句有很大的距离。当然,《大招》的这四句也可能是就其势力范围而说。但就此而言,则正如司马迁在《项羽本纪》的最后所说:项羽"分裂天下而封王侯,政由羽出,号为霸王"。那就不但说"北至幽陵,南交趾只"并无不可,说"东穷海只"也毫无问题;然而又为什么要说"西薄羊肠"呢?要知道,关中的三王——雍王章邯、塞王司马欣、翟王董翳——也是他所封(亦见《项羽本纪》),那都比羊肠更加朝西,又怎能说"西薄羊肠"呢?所以,无论从哪个角度看,"北至幽陵,南交趾只。西薄羊肠,东穷海只"对项羽都不合适。

然而,与项羽同一时代的楚怀王却似乎符合这个条件。

《史记·项羽本纪》:"……于是项梁然其言,乃求楚怀王孙心,民间为人牧羊,立以为楚怀王,从民所望也。陈婴为楚上柱国,封五县,与怀王都盱台。项梁自号为武信君。……项梁起东阿,西北至定陶,再破秦军,项羽等又斩李由,益轻秦,有骄色。……秦果悉起兵益章邯,击楚军,大破之定陶。项梁死。……楚兵已破于定陶,怀王恐,从盱台之彭城,并项羽、吕臣军,自将之,以吕臣为司徒。……王召宋义与计事而大说之,因置以为上将军,项羽为鲁公、为次将，范增为末将，救赵。"可见这位楚怀王虽然原是在民间为人牧羊的，但在被项梁所立之后，一度却确实掌握了实权，而且掌握了军事实权，连项羽也不得不听他的命令。只可惜委用非人，其所任用的上将军宋义斗不过项羽，被项羽借故杀了，但项羽在杀宋义时还是假借楚怀王的命令。《项羽本纪》说："项羽晨朝上将军宋义，即其帐中斩宋义头，出令军中曰：'宋义与齐谋反楚，楚王阴令羽诛之。'当是时，诸将皆慴服，莫敢枝梧。皆曰：'首立楚者，将军家也。今将军诛乱，……'乃相与共立羽为假上将军。……使桓楚报命于怀王，怀王因使项羽为上将军。"这时楚怀王虽已大权旁落，但在名义上他还是王，而项羽只是他所任命的上将军。

不但如此，在项羽率军救赵获得成功之后，秦末共同起兵并自立为诸侯、又与楚一起救赵的群雄，见到楚军这样的强大力量，就都臣服于楚了。《史记·项羽本纪》说："当是时，楚兵冠诸侯。诸侯军救巨鹿下者十余壁，莫敢纵兵。及楚击秦，诸将皆从壁上观，楚战士无不一以当十，楚兵呼声动天，诸侯军无不人人慴恐。于是已破秦军，项羽召见诸侯将，入辕门，无不膝行而前，莫敢仰视。项羽由是始为诸侯上将军，诸侯皆属焉。"这里的"项羽由是始为诸侯上将军"，是说项羽可以调遣、指挥诸侯，统率其部队，而不是像战国时苏秦挂六国相印似的由各个诸侯封项羽为自己的上将军；倘是如此，那就是项羽成了诸侯共同任命的上将军，就要臣属于诸侯，而不是"诸侯皆属焉"了。关于此点，《史记》卷九十一《黥布列传》说得更清楚：救赵之役，"籍使布先涉，渡河击秦，布数有利，籍乃悉引兵涉河从之，遂破秦军，降章邯等。楚兵常胜，功冠诸侯。诸侯兵皆以服属楚者，以布数以少败众也"。无论"诸侯兵皆以服属楚"的原因是什么，但总之是诸侯兵皆服属楚了；这就更进一步地说明了项羽之"为诸侯上将军"，并不是诸侯均任命项羽个人为他的上将军，而是诸侯兵服属于楚的结果。既然诸侯兵皆服属于楚，而怀王乃是楚王，那也就意味着楚怀王成了诸侯的共主，不但项羽、刘邦等人，连当时并起反秦的诸侯在名义上也隶属于楚怀王了。而且，他们所攻取的原属于秦的土地在名义上也是属于怀王的。

关于土地的事，可从《史记·项羽本纪》的如下记载得到消息：灭秦之后，"项王使人致命怀王，怀王曰：'如约。'乃尊怀王为义帝。项王欲自王，先王诸将相。谓曰：'天下初发难时，假立诸侯后以伐秦。然身被坚执锐首事，暴露于野三年，灭秦定天下者，皆将相诸君与籍之力也。义帝虽无功，故当分其地而王之。'诸将皆曰：'善。'乃分天下，立诸将为侯王。"这里有几点值得注意：第一，在项羽灭秦以后,仍要遣人"致命"于怀王,由怀王发布指示——"如约"①,可见怀王仍是他的君主。第二,灭秦之后,项羽尊怀王为义帝,这也就进一步证实了怀王原有诸侯共主的身份,否则项羽其时已对楚怀王很不满②,又何必再给怀王这样的名义?而且诸侯也不会同意把一个原与他们无统属关系的人突然安在他们头上,成为他们的"天子"③。第三,项羽在"分天下,立诸将为侯王"之前,先对他们说:"义帝虽无功,故当分其地而王之。"可见所分的"天下"乃是怀王——"义帝"——之地,故曰"其地":"其"在这里是"他的"之意。又,此处"虽无功"的"虽",乃是"唯"的意思,故《汉书》卷三一《陈胜项籍传》将此句改作"怀王亡功,固当分其地王之"。

综上所述,在秦亡以前,不但项羽与楚怀王有君臣关系,而且诸侯也"服属"楚——虽然《黥布列传》说的是"诸侯兵皆以服属楚",但在秦末的群雄逐鹿之时,军队乃是诸侯的命根子,倘若不是诸侯皆服属楚,其部队又怎会"服属"楚呢?因此,在秦亡以前,楚怀王至少在名义上乃是项羽与其他诸侯的共主。

那么,在秦亡以前,楚怀王的势力范围所及之地(或在名义上的势力范围所及之地)有多少呢?首先是项羽之所统辖。如所周知,江东乃是项羽的根据地;江东当然属于楚。怀王都彭城,彭城一带当然也属于楚。其次是魏,秦末魏咎为魏王,后为秦兵所破,咎死,咎弟"魏豹亡走楚,楚怀王予魏豹数千人,复徇魏地"(《史记》卷九十《魏豹彭越列传》)。则魏当也是"服属"于楚的诸侯之一。再次是齐。齐的内部矛盾比较严重。先是田儋为齐王,既而田儋为秦兵所杀,齐人立田假为齐王,而田荣又"击逐齐王假,假亡走楚","田荣乃立田儋子市为齐王"(《史记》卷九十四《田儋列传》)。田市当然不会"服属"楚,但齐王田假却当然是"服属"楚的,齐将田都也随项羽共同破秦并入关,后被项羽立为齐王;由于齐王田假(虽然后来已是名义上的齐王)及齐将田都都是"服属"于楚的,那么,齐在名义上固然是楚的势力范围,在实际上,楚怀王的势力范围也已部分达到了齐。至于燕、赵,则赵被秦军所围时,燕尝派兵救赵(见《史记》八十九《张耳陈

---

① 关于"如约"的事,参见《史记》卷八《高祖本纪》:"怀王乃以宋义为上将军,项羽为次将,范增为末将,北救赵。令沛公西略地,入关。与诸将约,先入定关中者王之。"
② 项羽当时对怀王的不满,亦见《史记·高祖本纪》:"……怀王曰:'如约。'项羽怨怀王不肯令与沛公俱西入关而北救赵,后天下约。乃曰:'怀王者,吾家项梁所立耳,非有攻伐,何以得主约?本定天下,诸将及籍也。'乃详尊怀王为义帝,实不用其命。"在对怀王如此不满的情况下,仍不得不"详尊怀王为义帝",自当是因为"诸侯兵皆""服属楚"之故。所以,项羽要在与诸将取得了分怀王之地的默契后,才能进而对付怀王。
③ 《史记·项羽本纪》载:项羽要义帝从其原来的都城彭城迁至长沙郴县时,派人对他说:"古之帝者,地方千里,必居上游。""古之帝者"也就是所谓的"天子"。

余列传》),项羽既破秦军而存赵,诸侯皆服属楚(见前),其中自必包括燕、赵,所以项羽率兵灭秦后,分封跟他一起破秦的诸将,就有赵相张耳、燕将臧荼(见《项羽本纪》),可见燕、赵也是"服属"于楚的。此外,在灭秦后被封的还有吴芮:"鄱君吴芮,率百越佐诸侯,又从入关,故立芮为衡山王。"(《项羽本纪》)吴芮既率百越从项羽入关,则吴芮与百越也都是服属于楚的了。

现在可以回过头来看《大招》中的那四句话了。"北至幽陵"的"幽陵",属于燕;"南交趾"的"交趾",属于百越;"西薄羊肠"的"羊肠",属于赵;"东穷海"的"海"自是东海,项梁、项羽所由起的会稽郡东边就濒临大海。所以,就灭秦前夕的楚怀王势力范围而说,确是与这四句相符合的。又因其时尚未入函谷关,关中尚是秦所统治的地区,所以楚怀王的势力范围——至少是名义上的势力范围——往西只能到羊肠为止。

既然《大招》这四句所反映的情况只适用于秦末的楚怀王,那么这篇作品的写作自不可能早于秦末;游国恩先生以郑玄《礼记·礼器》注中关于"以青为黑"的说明来阐释"青色直眉"之句,实是卓见。他批评蒋骥为"信古之过"虽然简单了些,但确是符合实际的。至于此篇的作者当是楚人,这从其要把魂招回荆楚,说其地"乐不可言",就足以见出其对荆楚感情之深。想来是他见到自己的国家即将复兴,并且自己的君主楚怀王有可能统一全国,因而无比兴奋,写出了这样一篇作品——《大招》作者的兴奋心情,在作品的一开始就已表露无遗:"青春受谢,白日昭只。春气奋发,万物遽只。冥凌浃行,魂无逃只。魂魄归来,无远遥只。"王逸《章句》解释开头两句说:"言岁始春,青帝用事,盛阴已去,少阳受之,则日色黄白,昭然光明,草木之类,皆含气芽蘖而生。"这是说得很好的。但释"冥凌浃行,魂无逃只"为"言岁始春,阳气上升,阴气下降,玄冥之神循行凌驰于天地之间,收其阴气,闭而藏之,故魂不可以逃,将随太阴下而沉没也",则似并不妥当。因在原文中并无"收其阴气,闭而藏之"的意思,这是王逸加上去的;而且,既然玄冥之神行天地间以收其阴气闭而藏之,作为阴气的魂若不逃脱,岂不要被玄冥之神所收去,沉沦于暗昧之中了么?何以要魂"无逃"呢?所以,"行"应释为去(参见《故训汇纂》的"行,去也"、"行,亦去也"、"行者,去也"、"行,犹去也"诸条)[①]。这两句是说,玄冥之神凌驰尽去(指尽去诸地),魂不要逃了。这几句所表现的,乃是严冬已去、春光明丽、魂已用不着再东藏西躲的欢快心情。当

[①] 宗福邦等主编《故训汇纂》,商务印书馆,2003年,第2043页。按,"凌"固可释为"驰"(王逸《章句》即用此解释),但亦可释为"懔"(见《尔雅·释言》),因此,若释"冥凌浃行"为暗昧、恐惧尽皆离去,似更妥当。

然，开头的这几句还是象征的写法，其后写到"名声若日，照四海只。德誉配天，万民理只"等句，那更是对秦末楚怀王的即将建成的太平盛世的热烈讴歌了。可是作者的这种理想最后却幻灭了。

至于其所招的魂，自然是战国时的楚怀王。从项梁特地把他的孙子找来为王并号为"楚怀王"这点，就可看出原来楚国的民众对他怀着怎样的感情了；项梁的这种做法不过是顺乎民心罢了。正因如此，在秦末的楚怀王似乎即将成就伟大事业之时，招战国楚怀王的魂魄归来，与活着的楚怀王一起来"尚贤士""尚三王"实是自然不过的事。也正因为是在如此伟大的时刻为之招魂，是以名为《大招》。

最后说一说此篇在文学史上的意义。现在所知道的秦王朝（指秦统一全国之后的时期）留存下来的文章，只有对秦始皇歌功颂德的碑刻勉强可算文学作品（李斯的《谏逐客书》只是应用性文字），实在太单薄了。现在有了《大招》，不仅使秦王朝有了一篇重要的文学作品，而且使我们可以看到从战国时楚国的辞赋到秦末的辞赋之间的演变的脉络。

附记：本文为庆贺日本爱知大学中岛敏夫教授从事汉学研究五十周年而作。中岛教授致力于中日文化交流，曾与我校中文系王运熙教授联合培养中国古代文学博士生，对我校赴爱知大学的留学生和访问学者也多所照应。谨此致贺，兼志谢忱。

《玉台新咏》的编者与
梁陈文学思想的实际[①]

在对梁代文学研究较深入的学者中,有一种颇具影响的看法:萧纲(及其弟弟萧绎)的文学思想是与萧统对立的。萧纲代表着一种新的文学思潮,萧统则比较保守[②]。作为这种看法的支撑的,是通常认为由萧纲令徐陵所编的《玉台新咏》;此书的选录标准不但显然有别于《文选》,而且据说甚至不收萧统的诗歌。不过这一支撑恐怕是难于成立的,而就萧统与萧纲本身的文学思想来看,似乎也并不存在这样的对立。所以想就此稍作论述,以供切磋。

一

现在所见的各本《玉台新咏》都标明为徐陵撰;现在所见的《隋书·经籍志》以降的中国许多目录书著录此书的也都明署其为徐陵编;署唐刘肃撰的《大唐新语》更说《玉台新咏》为萧纲命徐陵所撰。《玉台新咏》的选录标准既显然有别于《文选》,那么,说萧纲的文学思想与萧统相对立也似乎确凿有据。但在实际上,《玉台新咏》并非徐陵所编,而且此书除了收录萧纲的作品外,其编选本身与萧纲毫无关系,所以上引的说法也就难以成立。

关于《玉台新咏》非徐陵所编的问题,我曾写过两篇论文——《〈玉台新咏〉为张丽华所"撰录"考》和《再谈〈玉台新咏〉的撰录者问题》,但所举证据尚有所遗漏,又分作两篇,论述上的互补之处不易看得明白,故在这里再予简要复述并补充一条新的证据——韩偓《香奁集序》。

现把我的看法概括如下。

一、从《玉台新咏》卷首徐陵为此书写的序来看,《玉台新咏》乃是深受皇帝

[①] 原载《复旦学报》(社会科学版)2007年第2期。
[②] 参见林田慎之助教授《〈文选〉和〈玉台新咏〉编纂的文学思想》(中译文载《上海师范大学学报》2006年第1期,曹旭译)。林田教授是研究六朝文学成就突出的专家;在日本的中国古代文学研究者中持有这种看法的不止林田教授一人。

宠爱的一位妃子所编。而且，书中称萧衍为梁武帝，必然编在萧衍死后，否则不可能称他的谥号。而在萧衍死后八年，梁就灭亡了；何况此书又称萧纲为简文帝①，"简文"谥号的确定距梁亡只有五年；其时又处在战乱剧烈之际，梁代皇帝的妃子不可能去编《玉台新咏》这样的"艳歌"（《玉台新咏序》中语）集；加以徐陵在梁武帝末年出使北魏，至梁元帝死后才回梁地，即使简文帝或元帝的妃子在当时编了这部"艳歌"集，也不可能请远在北魏的徐陵作序。所以，从序来看，此书实是陈代一位妃子所编。

二、《玉台新咏》所收作品的诗人署名，除皇帝、太子和情况特殊的王融外，均直书姓名，却称徐陵为"徐孝穆"。王融何以要称字，固然有待于进一步研究②；但若此书是徐陵所编，他绝不会对书中绝大多数人都称名，称自己却用字。赵均曾说：这种现象的造成是因传世的《玉台新咏》经过徐陵"子姓"的抄录，他们不敢直书徐陵之名，所以把徐陵改作"徐孝穆"了。但是，第一，此书卷首序的作者仍署"徐陵"，不署"徐孝穆"；若说此书经过徐陵"子姓"抄录，序当然同样如此，为什么对序的署名敢直书"徐陵"而不改作"徐孝穆"？第二，《玉台新咏》中收有一首何曼才的《为徐陵伤妾》诗，若说此书经过徐陵"子姓"抄录，为什么此首的题目不改作《为徐孝穆伤妾》？所以赵均的解释是不能成立的。此书的称徐陵为徐孝穆并不是因其经过徐陵"子姓"的抄录，而是书中原称徐陵为徐孝穆。换言之，此书编者是一个尊重徐陵的人而非徐陵自己。但编者只是尊重徐陵，并没有对徐陵之名避讳的义务，所以对其收录的别人作品中之直称"徐

---

① 今见《玉台新咏》的版本有两种系统，均称萧衍为梁武帝；但对萧纲，则一种系统的本子称梁简文帝，另一种本子则只收"皇太子"诗而无简文帝诗，自明末赵均以下均以为此"皇太子"即指萧纲（见《玉台新咏》赵均刊本卷首）。但谈蓓芳教授据北宋晏殊所编《类要》所引《玉台新咏》，指出北宋前期晏殊所见《玉台新咏》实收有梁简文及"皇太子"二人之诗，"皇太子"指萧统；今见《玉台新咏》另一系统的本子之所以只有"皇太子"诗而无梁简文诗，乃是佚去了梁简文的作者署名之故，故其所谓"皇太子"的诗中，实包含了萧统、萧纲两人的作品。参见谈蓓芳教授《〈玉台新咏〉版本考》（《复旦学报》2004年第4期）、《〈玉台新咏〉版本补考》（《上海师范大学学报》2006年第1期）。

② 《玉台新咏》收王融诗，署作"王元长"。署纪容舒撰《玉台新咏考异》卷四于王元长《古意》云："王融独书其字，疑齐和帝宝融，当时避讳而以字行，入梁犹相沿未改。钟嵘《诗品》曰：'近任昉、王元长等，词不贵奇，竞须新事。'又曰：'王元长创其首，谢朓、沈约扬其波。'是齐、梁之间融以字行之明证。即此一节，知此书确出梁代也。"按，纪氏所引钟嵘语，皆出《诗品》之序，而《诗品》下正文则明标"齐宁朔将军王融"。考嵘书体例，其标目中除皇帝外皆称名，序及评语中则也常有称字的，如《诗品》中标目所书"刘琨""郭璞"，序中则谓"郭景纯用隽上之才"，"刘越石仗清刚之气"。岂得不顾《诗品》正文的标目，仅据其序中语而谓王融于梁代犹"以字行"？倘这样的论证也可以成立，那就不妨说刘琨、郭璞在梁代也"以字行"了。又按，为避齐和帝萧宝融讳，王融在齐末曾以字行当为事实。疑《玉台》编者据以收入王融诗的资料出于齐和帝时，故称之为王元长；编者不知其为王融之字，也就照署（但若此书为徐陵所编，则似不应有此讹误），否则当是编者对王融特示尊崇。但无论此书为徐陵或张丽华编，似都没有对王融特加尊崇的理由。

陵"者并无改作"徐孝穆"的必要。至于序之署徐陵，当是徐陵自己所署，编者更无改动的必要。

三、《玉台新咏》原书本不署"徐陵撰"。日本藤原佐世《日本国见在书目录》的编写时间约当中国的唐昭宗时，日本现在所存的此书抄本的时代也相当于中国的宋代。此书于《玉台新咏》即著录为"徐瑗撰"，可见唐昭宗时期或其以前的《玉台新咏》本不署"徐陵撰"。有人以为"陵""瑗"形近，《日本国见在书目录》的"徐瑗"乃"徐陵"之误。然而唐代韩偓为其所撰《香奁集》写的自序说："遐思宫体，未敢称庾信工文；却诮《玉台》，何必倩徐陵作序。"①其第一句实际上是对自己《香奁集》中的诗的称赞，因《香奁》诗与宫体诗都是艳诗，说他对庾信的艳诗——宫体诗——不想恭维，也即意味着自己的艳诗——《香奁》诗——写得比庾信的好，至少不比他的差；其第二句则是间接说明自己的《香奁集》不请别人写序的原因——他觉得像《玉台新咏》那样"倩徐陵作序"是可笑的事（至其所以以《玉台新咏》与《香奁集》作比，当是因为《玉台》是艳歌集，《香奁》是艳诗集）。但如果《玉台新咏》是徐陵所编，此序就是徐陵的自序，哪有什么"倩徐陵作序"的问题？《玉篇·人部》："倩，假倩也。"慧琳《一切经音义》卷十五引《韵英》："假借他人力，名为借倩也。"只有别人编了书，编者请徐陵作序，韩偓才会这样说。而且，韩偓显然是看到过《玉台新咏》的，所以他不但知道此书所收的作品与自己的《香奁集》是同样的性质，而且知道此书有徐陵的序。因此，从他所说的"却诮《玉台》，何必倩徐陵作序"的这句话中，可以清楚知道他所看到的《玉台新咏》不但没有署"徐陵撰"，而且必然是署别一人撰。韩偓主要活动在唐昭宗时代，与藤原佐世编《日本国见在书目录》的时代相近。这也就可以证明《日本国见在书目录》之署"徐瑗撰"并无误字，因为韩偓所见的《玉台新咏》所署的撰人也非徐陵②。

而且，宋代严羽、刘克庄提到《玉台新咏》时都称此书为"徐陵序"而不称为徐陵编，足见他们所见的《玉台新咏》也只有徐陵序而不署"徐陵撰"③。同时，在出于宋陈玉父本的明代五云溪馆活字本《玉台新咏》④中也只有卷首的序署

---

① 韩偓《香奁集叙》，《四部丛刊》影旧抄本。
② 有人说：《香奁集》实是和凝所写，托名于韩偓。此说并不可信。但若此书及序真出于和凝之手，那也就意味着五代时人所见《玉台新咏》所署的撰人尚非徐陵。
③ 这问题我在《〈玉台新咏〉为张丽华所"撰录"考》《再谈〈玉台新咏〉的撰录者问题》中都已作过论述，可参看。
④ 明赵均刻本也有陈玉父序，故曾被普遍认为其出于宋陈玉父本，但这实在是赵均的弄虚作假，参见谈蓓芳教授《〈玉台新咏〉版本考》及〈玉台新咏〉版本补考》。

徐陵撰，而不署此书为何人所撰，却在卷末引用了《郡斋读书志》中关于《玉台新咏》的记载，该记载中才明确地说《玉台新咏》为徐陵撰。如果这是宋陈玉父本的原貌（现在并无证据可以证明这是五云溪馆本漏署编者之名），那么，在《玉台新咏》书上署"徐陵撰"实是相当晚的事；很可能是在陈玉父本引录了《郡斋读书志》的记载之后，才逐渐有了明署此书为"徐陵撰"的《玉台新咏》的本子。

四、今本《大唐新语》并非唐代刘肃所撰的原书，而是明人参考《太平御览》等类书所引《大唐新语》并加以增窜而成的伪书，故其所言萧纲命徐陵编《玉台新咏》事不足征信。详见吴冠文所撰《关于今本〈大唐新语〉的真伪问题》《再谈今本〈大唐新语〉的真伪问题》《三谈今本〈大唐新语〉的真伪问题》，分别载于《复旦学报》（社会科学版）2004年第1期、2005年第4期、2007年第1期。

五、《玉台新咏序》中所写的那样美丽、有才气而且受到皇帝的特别宠爱——她竟然可以"倩徐陵作序"（没有皇帝的允许，妃子固然不敢与外廷的臣僚交往，徐陵更不敢擅自为妃子所编诗集作序）——的妃子，无论其为陈代甚或梁代的人，在《陈书》《梁书》的后妃传中都不可能毫不提及，但在这两部书的后妃传中都没有提及徐瑗；其与《玉台新咏序》所述的"撰录"《玉台新咏》的妃子情况相似的，从现有资料来看，仅有张丽华一人。所以，此书当是张丽华所编；在张丽华被杀后，不得不托名以行于世，"徐瑗"当为托名。

二

《玉台新咏》既非萧纲命徐陵所编，自不能以此书与《昭明文选》的差异为依据来议论萧统与萧纲文学思想的矛盾了。如果从现存的萧统论文之语来看，那么，两人在基本上是一致的。

萧统的文论影响最大的自是其为《文选》所作的序，今引其要者如下：

……若夫椎轮为大辂之始，大辂宁有椎轮之质？增冰为积水所成，积水曾微增冰之凛？何哉？盖踵其事而增华，变其本而加厉。物既有之，文亦宜然，随时变改，难可详悉。

尝试论之曰："《诗序》云：'《诗》有六义焉，一曰风，二曰赋，三曰比，四曰兴，五曰雅，六曰颂。至于今之作者，异乎古昔。古诗之体，今则全取赋名。荀、宋表之于前，贾、马继之于末。自兹以降，源流实繁。述邑居则有凭虚、亡是之作，戒畋游则有《长杨》、《羽猎》之制。若其纪一事、咏一物，风云草木之兴，鱼虫禽兽之流，推而广之，不可胜载矣。

又楚人屈原含忠履洁。君匪从流,臣进逆耳,深思远虑,遂放湘南。耿介之意既伤,壹郁之怀靡愬。临渊有怀沙之志,吟泽有憔悴之容。骚人之文,自兹而作。

诗者,盖志之所之也。情动于中而形于言。《关雎》、《麟趾》,正始之道著。桑间、濮上,亡国之音表。故风雅之道,粲然可观。自炎汉中叶,厥途渐异,退傅有《在邹》之作,降将著《河梁》之篇。四言,五言,区以别矣。又少则三字,多则九言,各体互兴,分镳并驱。

颂者,所以游扬德业,褒赞成功。吉甫有穆若之谈,季子有至矣之叹。舒布为诗,既言如彼;总成为颂,又亦若此。

次则箴兴于补阙,戒出于弼匡,论则析理精微,铭则序事清润,美终则诔发,图像则赞兴。又诏诰、教令之流,表奏、笺记之列,书誓、符檄之品,吊祭、悲哀之作,答客、指事之制,三言八字之文,篇、辞、引、序、碑、碣、志、状,众制锋起,源流间出。譬陶匏异器,并为入耳之娱;黼黻不同,俱为悦目之玩。作者之致,盖云备矣。

……自姬汉以来,眇焉悠邈,时更七代,数逾千祀,词人才子,则名溢于缥囊;飞文染翰,则卷盈乎缃帙。自非略其芜秽,集其清英,盖欲兼功,太半难矣!

若夫姬公之籍、孔父之书,与日月俱悬、鬼神争奥,孝敬之准式,人伦之师友,岂可重以芟夷,加之剪截。老、庄之作,管、孟之流,盖以立意为宗,不以能文为本,今之所撰,又亦略诸。

若贤人之美辞、忠臣之抗直,谋夫之话、辩士之端,冰释泉涌,金相玉振。所谓坐狙丘,议稷下,仲连之却秦军,食其之下齐国,留侯之发八难,曲逆之吐六奇,盖乃事美一时,语流千载。概见坟籍,旁出子史。若斯之流,又亦繁博,虽传之简牍,而事异篇章。今之所集,亦所不取。

至于记事之史、系年之书,所以褒贬是非,纪别异同,方之篇翰,亦已不同。若其赞论之综缉辞采、序述之错比文华,事出于沉思,义归乎翰藻,故与夫篇什杂而集之。远自周室,迄于圣代,都为三十卷,名曰《文选》云尔。(据《四部丛刊》影宋本《六臣注文选》)

在这篇序文中有三点值得注意:第一,强调"文"是不断发展的,不能以前人为准;而所谓发展,则是踵事增华,变本加厉。第二,初步划分了"文"与非"文"的界限。在他看来,"经"与"子"都不属于"文"的范围,见于记载的忠臣、贤人、辩士等的议论同样如此,史籍的记事部分也不属于"文",只有其"赞论""序述"的重在"辞采""文华"——"事出于沉思,义归乎翰藻"——的,才属于"文"。

在这里需要说明的是:他虽然说自己的不选经部之作,是因其崇高,不可"芟夷""剪截",但就其所说子部之书、史籍的记事和贤人、忠臣等人的议论都不属于"文"的原因来看,则经书同样是"不以能文为本","事异篇章","方之篇翰亦已不同"的。所以他的不选经部之作,显然不只是由于尊经。第三,他所认为的"文",与今天所说的"文学"已比较接近。这是因为:其一,从序的前半部分来看,他在"文中"最重视的实是诗、赋、辞(楚辞)、颂,而把箴、铭之类置于次要的地位,故在说了诗、赋、辞、颂以后才说到它们,而且特地指出:"次则箴兴于补缺……"主次分得很清楚。再就其所选的分量来说,全书六十卷(原为三十卷,为便于说明起见,故以今本的六十卷为依据),诗、赋、辞占了三十三卷,而三十四卷以下的枚乘《七发》、宋玉《对楚王问》、汉武帝《秋风辞》等从今天来看也属于文学的范围。所以在《文选》中符合文学标准的约占全书的三分之二。其二,另外的三分之一左右虽不属于今天的文学范围,但他之所以选录它们,一则是由于"辞采""文华",如其论史部的"赞论""序述"时所说的,再则是因其可为"入耳之娱""悦目之玩",具有娱悦作用,如其论"箴""戒"等时所说的;用今天的话来说,也就是具有不同程度的文学性。

由此言之,《文选》的所谓"文"与陆机《文赋》的所谓"文",虽似内涵相同,都没有对文学与非文学作严格的区分,但因萧统对"文"有主、次之分,而且在具体的选录中对不属于文学的作品也注重其所含的文学性成分,所以他在对文学与非文学的划分上,实较陆机有了较大的进展。

也正因此,《文选序》的基本精神与萧纲所说的"若夫六典三礼,所施则有地;吉凶嘉宾,用之则有所。未闻吟咏情性,反拟《内则》之篇;操笔写志,更摹《酒诰》之作;迟迟春日,翻学《归藏》;湛湛江水,遂同《大传》"①实是一致的。在具体作品的选录方面,《文选》与萧纲的意见也并无矛盾。《与湘东王书》说:"比见京师文体,懦钝殊常,竞学浮疏,争为阐缓。……吾既拙于为文,不敢轻有掎摭。但以当世之作,历方古之才人,远则杨、马、曹、王,近则潘、陆、颜、谢,而观其遣辞用心,了不相似。若以今文为是,则古文为非;若以昔贤可称,则今体宜弃。俱为盍各,则未之敢许。"②他显然是把杨、马、曹、王和潘、陆、颜、谢作为古代文人中成就最高的人来看待的,并以此为依据来批判当时的"懦钝殊常"之作,而在《文选》中,杨雄、司马相如、曹植、王粲与潘岳、陆机、颜延之、谢灵运这

---

① 萧纲《与湘东王书》,严可均辑《全上古三代秦汉三国六朝文·全梁文》卷十一,中华书局,1958年,第3011a页。
② 同上。

八人也正是主干作者。

当然,《文选序》对"文"与非"文"的划分,还不如萧绎——通常认为他是萧纲的同调——《金楼子·立言》所说的"……吟咏风谣,流连哀思者,谓之文。……至如文者,惟须绮縠纷披,宫徵靡曼,唇吻遒会,情灵摇荡。"更接近今天的文学的义界,但萧绎之说在《文选序》之后,乃是在《文选序》对"文"与非"文"的划分的基础上的进一步发展,二者并不是对立的关系。

三

现在再看一看在对待"艳诗"问题上的萧统与萧纲是否存在着对立。

萧纲写过艳诗,并以此闻名。由于以前认为《玉台新咏》这部"艳歌"集是徐陵受萧纲之命所编,而《玉台新咏》的五云溪馆本、赵均刻本一系的版本只有"皇太子"诗,以前的研究者又误认为"皇太子"就是萧纲,从而产生了《玉台新咏》这部"艳歌"集中不收萧统诗的错觉。也正因此,以前在论述萧统与萧纲的文学思想的分歧时,对待"艳诗"的态度也就成了焦点之一。《玉台新咏考异》更以《玉台新咏》的不收萧统艳诗作为此书确为徐陵所编的确证之一,说是"盖昭明薨而简文立,新故之间意有所避,不欲于武帝、简文之间更置一人,故屏而弗录耳"(《玉台新咏考异》卷七)。

然而,谈蓓芳教授已以确凿的证据证明,《玉台新咏》所收的"皇太子"乃是昭明太子萧统之诗,故北宋晏殊所见《玉台新咏》是收有"皇太子""梁简文"两人之诗的,只是在出于南宋陈玉父本的五云溪馆一系的本子中,把《玉台新咏》原有的梁简文帝萧纲的诗也混入了"皇太子"名下,以致书中再无"梁简文"之名①。所以,《玉台新咏》这部"艳歌"集是既收萧统的诗,也收萧纲的诗的。换言之,两人都写"艳歌",而且《玉台新咏》的编者对这二人的"艳歌"都给予肯定的评价。

其实,萧统不但自己写过"艳歌",而且对其当时的一位主要"艳歌"作者颇为赞赏:"近张新安又致故。其人文笔弘雅,亦足嗟惜!随弟府朝,东西日久,尤当伤怀也!比人物零落,特可伤惋。属有今信,乃复及之。"(《全梁文》卷十九萧统《与晋安王纲令》)②"张新安"即张率(见《梁书·张率传》),这是萧统在听到

---

① 见其所撰《〈玉台新咏〉版本考》与《〈玉台新咏〉版本补考》。
② 严可均辑《全上古三代秦汉三国六朝文·全梁文》,第3060a页。

张率死讯后主动向萧纲说的。而张率现存的诗共二十四首(据逯钦立先生《先秦汉魏晋南北朝诗》),收入《玉台新咏》的共七首:《远期》、《对酒》、《相逢行》、《长相思》二首、《白纻歌》二首,另外十一首(《日出东南隅行》、《楚王吟》、《清凉》、《玄云》、《白纻歌》七首)也是"艳歌";也即二十四首中有十八首为"艳歌"。这样的诗人都被萧统赞为"文笔弘雅",可见他对"艳歌"并无排斥之意。

萧统除《文选》外,还编选过一部《诗苑英华》,见《隋书·经籍志》。其《答湘东王求文集及〈诗苑英华〉书》云:"又往年因暇,搜采英华,上下数十年间,未易详悉。犹有遗恨,而其书已传,虽未为精覈,亦粗足讽览。集乃不工,而并作多丽。汝既须之,皆遣送也。"(《全梁文》卷二十)①所云"上下数十年间",当是与其时代最为相近的几十年,在他来说,可谓"近代诗选"。而从"集乃不工,而并作多丽"(意谓虽编集并不精善,而所收的多为丽诗)之语来看,其选诗的标准实在于"丽";所以,他对张率一类"艳歌"作者的赞赏也正是自然的事。

不过,萧统对陶渊明的《闲情赋》颇有非议,似可作为他反对"艳诗"的旁证。今先引其《陶渊明集序》有关原文如下:

白璧微瑕,惟在《闲情》一赋,杨雄所谓劝百而讽一者。卒无讽谏,何足摇其笔端?惜哉,亡是可也。(《全梁文》卷二十)②

因为赋中有"愿在丝而为履,附素足以周旋"等句,世多以此赋为写艳情之作;萧统既对此赋加以非议,遂被认为是对艳情的否定。然而,陶渊明在《闲情赋》的序中说得很明白,其作此赋是"始则荡以思虑,而终归闲正,将以抑流宕之邪心"。可见此赋本身是"抑流宕之邪心"——否定艳情——之作,但其结果,却是进一步引起了对艳情的羡慕,也即滋长了"邪心"。所以,萧统的这些话到底是对陶渊明的这种创作动机与作品的客观效果的矛盾的批判还是对其所写艳情的否定,是一个先须弄清楚的问题。而从《文选》收入《高唐赋》《神女赋》这样的写艳情之作以及他自己的诗也被收入"艳歌"集来看,很难说萧统是排斥艳情的;所以,他对《闲情赋》的不满,恐怕主要是就此赋序中的那些话而说。换言之,如不能否定前一种设想,则不能说萧统对此赋的不满是针对赋中所写的艳情而发。

总之,在弄清了《玉台新咏》为陈代的一位宫廷女性所编纂而非徐陵奉萧纲之令而撰这一点以后,说萧统与萧纲、萧绎的文学思想存在矛盾、对立的论据也

---

① 严可均辑《全上古三代秦汉三国六朝文·全梁文》,第 3064b 页。
② 同上书,第 3067a 页。

就消失了。就文学思想说,从萧统到萧纲、萧绎乃是朝着同一个方向的演进过程,而非在斗争中前进。

当然,《文选》与《玉台新咏》的编选标准确有较大的不同,从中也确实体现了这两部书的编者的文学思想的差别。大致说来,《玉台新咏》编者的文学思想不但较之萧统,而且较之萧纲、萧绎的也有了重大的发展。其突出的表现就在对于"艳歌"的大力张扬。三萧虽然也写"艳歌",但从现有的材料来看,却并未正面加以鼓吹。而《玉台新咏》的编者却选了一部完整的"艳歌"集,这至少表明了此人公然承认其对"艳歌"的喜爱超过其他类型的诗篇。这本是我国文学思想史上的一种大胆的行为;而更需要注意的是:其所谓的"艳歌",不但是对爱情的几乎全面的肯定,而且包含着对于女性的高度的赞美和对于她们的悲惨命运的无限愤懑(其对待女性态度上的具体表现,谈蓓芳教授的《〈玉台新咏〉选录标准所体现的女性特色》[①]已作了较深入的剖析,此不赘陈)。与此相应,在文学批评的标准上也就有了较大的变化。例如傅玄诗,《文选》只收了一首《杂诗》,钟嵘《诗品》将他的诗列入下品,其评价只有简单的一句话:"繁富可嘉";但《玉台新咏》收他的诗至少有十五首(不包括作者问题有两说的《盘中诗》),其中并无《文选》所收的《杂诗》,可见其批评标准与萧统的固然很不相同,与钟嵘的也大有区别。而其所选入的傅玄诗中,许多都是赞美女性、为女性呼不平的。把这些诗作为"艳歌"收入,也意味着编者认为这些诗是美的。所以,《玉台新咏》的出现,意味着一种有利于梁代的文学思想、文学批评标准和审美标准的形成。这一方面反映了梁、陈文学思想的变异,另一方面也是女性文学观与男性文学观的违戾的表现。

---

① 谈蓓芳《中国文学古今演变论考》,上海古籍出版社,2006年,第19—32页。

《大业拾遗记》《梅妃传》等五篇传奇的写作时代①

鲁迅《中国小说史略》第十一篇《宋之志怪及传奇文》以《大业拾遗记》《开河记》《迷楼记》《海山记》及《梅妃传》为宋传奇，所见甚是。但没有就此作较具体的考证，故后来学者颇有怀疑或否定其说的。如李剑国先生《唐五代志怪传奇叙录》即以此五篇为唐传奇。李书用力甚勤，是研究唐、五代志怪传奇者必备的参考书之一。故就此五篇的时代略作考证，以申鲁迅之说，并以质诸李剑国先生。

一、《大业拾遗记》

《大业拾遗记》又名《隋遗录》，也有误称为《南部烟花录》的。今本篇末有跋，云："右《大业拾遗记》者，上元县南朝故都梁建瓦棺寺阁，阁南隅有双阁，闭之，忘记岁月。会昌中诏拆浮图，因开之，得笋笔千余头②，中藏书一帙，虽皆随手靡溃，而文字可纪者，乃《隋书》遗稿也。中有生白藤纸数幅，题为《南部烟花录》，僧志彻得之。及焚释氏群经，僧人惜其香轴，争取纸尾拆去，视轴，皆有鲁郡文忠颜公名，题云手写。是录即前之笋笔，可不举而知也。志彻得录前事（周南《山房集》卷五《南部烟花录题跋》所录此跋，此句作'志彻因将《隋书》草稿示予，遂得录前事'，似应据补），及取《隋书》校之，多隐文，特有附会，而事颇简脱。岂不以国初将相争以王道辅政，颜公不欲华靡前迹，因而削乎！今尧风已还，德车斯驾，独惜斯文湮没，不得为辞人才子谈柄，故编云《大业拾遗记》。本文缺落凡十七八，悉从而补之矣。"③

此跋大意是说：唐代会昌（841—846）时，在上元县瓦棺寺中发现了颜鲁公手写的《隋书》遗稿和《南部烟花录》。《南部烟花录》为僧志彻所得。而跋文作

---

① 原载《深圳大学学报》（人文社会科学版）2008 年第 1 期。
② "笋"原作"荀"，据《郡斋读书志》等所引改。
③ 《隋遗录》，明覆宋《百川学海》本，本文所引《大业拾遗记》皆据此本，不再出注。

者从志彻处所得"录前事"颇有为《隋书》所简脱或隐讳者,故以之编为《大业拾遗记》。而《大业拾遗记》所取资的《南部烟花录》(或"录前事")缺落已达十分之七八,在编《大业拾遗记》时皆予以增补。由于颜鲁公(真卿)为颜师古五世从孙,师古在唐初曾参与修《隋书》,此"《隋书》遗稿"既从颜真卿家流出,自为颜师古编《隋书》时的旧稿,跋中特为点明"国初……颜公"云云,更突出了这一点。至于《南部烟花录》,不仅也从颜真卿家流出,且跋文中又有"颜公……因而削乎"之语,也意味着颜师古知道"录前事",只是不把此等事件收入《隋书》而已;因此,此录若非颜师古所著(或其所编《隋书》的删余),就是其编《隋书》时用过的参考资料。但若是后者,颜真卿不必手写,找个抄手抄一遍即可。由此言之,《南部烟花录》也是颜师古的作品。《郡斋读书志》等书以《南部烟花录》为颜师古撰,实与此跋之意相合。然而,"录前事"当指《南部烟花录》所载前面部分之事;再联系后文,则《大业拾遗记》所述,是否已包括《南部烟花录》后面部分的事迹,尚难确定。且《大业拾遗记》的内容十之七八为作跋者所补,更意味着已非颜师古撰《南部烟花录》原书。所以说《大业拾遗记》即《南部烟花录》,系颜师古撰,皆不符合作跋者的原意。如照其原意,至多说《大业拾遗记》中有十分之二三的内容出自颜师古的《南部烟花录》。

然而,宋代的目录书对此却颇有误解,以为《大业拾遗记》即颜师古所撰《南部烟花录》。《郡斋读书志》卷二著录《南部烟花录》云:"右唐颜师古撰。……僧志彻得之于官寺阁笋笔中。一名《大业拾遗记》。"①即是一例。不过,宋人已怀疑此书非颜师古作。《诗话总龟》前集卷二引北宋蔡宽夫《诗史》说:"《南部烟花录》文理极俗,又载陈叔宝诗云:'夕阳如有意,偏傍小窗明。'此乃唐人方棫诗。……唐末人伪作此书尔。"②姚宽《西溪丛语》卷下言此书之为伪托,大致同于蔡宽夫《诗史》,但说成"流俗伪作此书"③,而不云"唐末人伪作",则似以为宋人伪作。鲁迅以此书为宋人伪撰,或亦据此。李剑国先生则据跋中"今尧风已还,德车斯驾"语,以为指唐宣宗大中(847—859)时事,因断此书为大中年间作。

要之,自蔡宽夫、姚宽直至鲁迅、李剑国先生都认为此书非颜师古作,而出于作跋者之手。不过有人以为作跋者是唐末人(或唐大中时人),有人以为是宋人。持前说者认为大中或唐末的某一时期确当得上"今尧风已还"等语,持后说者则认为北宋前期和中期比起大中或唐末的其他时期来更符合"尧风已还,德

---

① 晁公武《郡斋读书志》卷二,清康熙六十一年(1722)刻本。
② 阮阅辑《诗话总龟·前集》卷二,《四部丛刊》影明嘉靖刻本。
③ 姚宽《西溪丛语》卷下,清嘉庆十年(1805)刻本。

车斯驾"的条件。所以,必须有其他证据,才能确定哪一说可以成立。

按,唐人避讳相当严格。"虎""渊""治"等字均当避,而此书说到"韩擒虎""致治""岂非渊字乎""虎贲郎将司马德勤"。若为唐末人或大中时作,这些字何以不避(颜师古生前李治尚未做皇帝,"治"字可以不避;但即使《大业拾遗记》确有十分之二三的内容出于颜师古原稿,而且"致治"之词即在原稿中,但在会昌时发现原稿后,经过唐代人的重抄及增补,"致治"也应已改为"致理"了)?而且《隋书·炀帝纪》记司马德勤之官本为"武贲郎将",唐人自然沿用此称,此书若出于唐人,何以要改"武贲"作"虎贲"?倘说此书的唐人原本原是避讳的,经宋人传抄或刊刻,把避讳字改正过来了,这种说法也不能成立。因宋版唐人著作,其避讳字只要不会引起歧义的,均仍而不改;即使会引起歧义的,不改的也很多。而"致理""武贲"等都是不会引起歧义的,何以要把它们改掉?所以,这些字当是本未避讳。换言之,这实非唐人所作。而五代时期又称不上"尧风已还,德车斯驾"。北宋末的蔡宽夫《诗史》既已言及此书,则此书实当出于北宋。

二、《隋炀帝海山记》

《隋炀帝海山记》亦题《炀帝海山记》《海山记》。根据现有资料,此篇最早见于北宋刘斧《青琐高议》后集卷五,不署作者及时代。宋元书目皆不载。元末明初人陶宗仪编《说郛》,其卷三二收入此书,题《海山记》,始以为唐人所作,但不说明其所据,也不署明作者。《唐人说荟》《唐代丛书》收此书则均署唐韩偓撰。按,《唐人说荟》《唐代丛书》的作者署名本不可据,且自《说郛》以后,《古今说海》《历代小史》《古今逸史》《五朝小说》《艳异编》等皆收此篇,从没有署韩偓撰的,《唐人说荟》《唐代丛书》对此篇之为韩偓撰又无片言只词的考证,其为妄署可知。

李剑国先生说:"隋炀三记(指此篇及《开河记》《迷楼记》。——引者)分记隋炀三事,鲜有重复,风格一致,当出同一人。《说郛》云《海山记》唐阙名撰,陶宗仪多见唐宋古本,必有据。……今按隋炀之事晚唐盛传,文士颇喜道之,罗隐尝有《迷楼赋》(见下),高彦休《唐阙史》佚文《炀帝纵鱼》事同《海山记》所载者,李匡文《资暇集》卷下云麻祜开汴河(见下),洵为唐人所作。"①所以,他把此篇

---

① 李剑国《唐五代志怪传奇叙录》,南开大学出版社,1993年,第895—896页。

作为晚唐"广明(880)中讫唐末"的作品①。

然而,就作品本身来看,陶宗仪虽然"多见唐宋古本",以此篇为唐人作恐怕是有问题的:第一,此篇也不避唐讳,如"道州贡矮民王义"、"帝知世祚已去"、"逢圣明为治之时"、"还往民间"、"士民穷乎山谷"、"万民剥落"、"生民已入涂炭"、"特加爱民"之类,不一而足。唐太宗名世民,故唐人于"世""民"二字均避讳甚严("治"字之避讳,说已见上)。此篇若出唐人,岂会出现上述现象?第二,此篇叙隋炀帝在长安时遇见陈后主鬼魂,"帝乃起逐之。后主走曰:'且去,且去。后一年吴公台下相见。'"②但下文却不再述及炀帝与陈后主在吴公台下相见之事。这当是此事已见于其他记载,而且颇为人知,作者认为不必再在篇中重复记述,否则《海山记》篇幅不长,不当前后失于照应,疏舛若此。按,炀帝幸扬州时,"尝游吴公宅鸡台,恍惚间与陈后主相遇",出于《大业拾遗记》。所以,《海山记》之作当在《大业拾遗记》流传之后。上文已说明《大业拾遗记》为宋人所作,《海山记》自不可能反而出于唐代。第三,李剑国先生举出晚唐时的若干言隋炀事的作品,以见"隋炀之事晚唐盛传,文士颇喜道之",但这并不能证明《海山记》"洵为唐人所作"。因为即使晚唐时确有"文士颇喜道"隋炀事的风气,但并不能排除某位或某些宋人也"颇喜道之"的可能性。而且《隋炀帝海山记》前有序文:"余家世好蓄古书器,故炀帝事亦详备,皆他书不载之文,乃编以成记,……"这显然是此记作者所写,第一句就赫然一个"世"字,作者非唐人可知。倘是唐人,当说"余家代好蓄古书器"了。但它既已被收入《青琐高议》,其作者时代自也不可能迟于北宋。

三、《炀帝开河记》

此篇最早著录于《遂初堂书目》,《宋史·艺文志》亦著录,注云不知作者。据现存资料,本文最早见于《说郛》卷四四,不署作者。《唐人说荟》及《唐代丛书》始题韩偓撰。从作品的内证来看,此篇并非唐人所作。篇中多次说到"民间",其不避唐讳可知。在作品的开头部分,有"时游木兰庭,命袁宝儿歌《柳枝词》"③的记载,对袁宝儿究为何许人则一无说明。按,袁宝儿是否实有其人不

---

① 李剑国《唐五代志怪传奇叙录》,第48—49页。
② 刘斧《青琐高议·后集》卷五,董氏诵芬室刻本。后引《隋炀帝海山记》皆据此本,不再出注。
③ 陶宗仪《说郛》卷四四,上海涵芬楼校印本(据明抄本)。后文所引《炀帝开河记》皆据此本,不再出注。

可知。但据现有资料,最早对袁宝儿进行介绍的,乃《大业拾遗记》。《炀帝开河记》以上述方式记及袁宝儿,显然把袁宝儿作为读者已熟悉的人物,自当出于《大业拾遗记》之后,至早为宋代作品。尤其可注意的是:作品一开头就说:"睢阳有王气出,占天耿纯臣奏:后五百年当有天子兴。炀帝已昏淫,不以为信。"后虽命麻叔谋开河,欲以破坏睢阳王气,但终于没有破坏成。按,此实指赵匡胤当为天子。周恭帝禅位给赵匡胤的诏书,称匡胤官为"归德军节度使、殿前都点检"(《旧五代史·恭帝纪》)①,是赵匡胤实以归德军节度使的身份一跃而为皇帝。归德军治所在当时的宋州。宋州始置于隋开皇十六年(596),治所在睢阳县。是睢阳确"有天子兴"。赵匡胤之定国号为"宋",自因其起于宋州之故;《开河记》叙麻叔谋欲破坏睢阳王气时,宋司马华元及宋襄公加以阻挠,麻叔谋只好屈服,也系影射宋室当兴乃是天意,非人力所可改变。当然,自隋炀帝至赵匡胤为帝还不足五百年,但"后五百年当有天子兴"的"五百年"本是用典,源于《孟子》所谓"五百年必有王者兴",并不是一个实在的数字。根据现在的科学知识,大概没有一个认真的学者会相信隋唐时人能预先推算出五代末年的宋州要出开国皇帝;只有宋代(或宋代以后)的人才能依据已经发生的历史事件给隋末人制造出这样正确的预言来。

所以,《开河记》的创作不能早于宋代;但它已著录于南宋时的《遂初堂书目》及《宋史·艺文志》,所以,它的出现也不能迟于宋代。

四、《隋炀帝迷楼记》

此篇不见宋元书目著录,但宋光宗绍熙元年(1190)完成的胡穉笺注《简斋诗集》三十卷附《无住词》一卷,其注《无住词·虞美人("邢子友会上")》的"冰盘围坐此州无"句云:"《士林纪实》:'《隋炀帝迷楼记》:帝虚败烦燥,诸院美人各市冰盘,俾帝望之以蠲烦燥。'"《无住词》的作者陈与义卒于绍兴八年(1138),而此词作于其逝世前八年的建炎四年(1130)。陈与义于建炎四年已将《隋炀帝迷楼记》中的句子作为典故运用,此记之出自必在该年之前。又,建炎时期兵荒马乱,若此记出于建炎元年,陈与义未必能很快看到;纵或看到,他也不可能将同时人的作品作为典故运用(除非那是很有名的作者的作品,但建炎年间没有这样的名人)。所以,《隋炀帝迷楼记》至迟为北宋时所作(建炎元年为南宋的第

---

① 薛居正等撰《旧五代史》卷一百二十,清卢氏抱经楼抄本。

一年)。

　　据现有资料,此记的原文最早见于《说郛》卷三二,不署作者,题作《迷楼记》。《古今说海》及《历代小史》收此篇,题作《炀帝迷楼记》,亦不署作者。《唐人说荟》及《唐代丛书》所收始题为唐韩偓撰,其妄可知。

　　从其本文来看,此篇也不可能出于唐代。篇中有"民间""世代"等词,其不避唐讳与另两篇正同。又有"唐帝提兵号令入京"①云云,亦显非唐人语气。文中还说:"臣有友项昇,浙人也。"唐代并无一个可以简称为"浙"的地区。虽有浙江东道、浙江西道,但那是两个独立的方镇,从未合并过;若单用一个"浙"字,怎能知道是指浙江东道或浙江西道呢?至宋代设两浙路,两浙成为一个统一的地区,始可简称为"浙"。换言之,"浙"在宋代是一个大的行政区划的简称,在唐代却使人不知其何所指。尤须注意的是:文中的"磨以成鉴"、"纤毫皆入于鉴中"的两个"鉴"字,核以文义,自当作"镜";其所以作"鉴",乃是避赵匡胤祖之讳。但宋人自己虽以"鉴"代"镜",在纂集和翻刻古人著作时,对其文中的"镜"字一般并不径改。宋刊《太平御览》卷九一二引王度《古镜记》不作《古鉴记》;《文苑英华》卷七三七所收顾况《戴氏广异记序》,其中言及"王度《古镜记》","镜"亦不作"鉴"②,皆其明证。至于《崇文总目》著录《古镜记》作《古鉴记》,则因该书系北宋人所著,与纂集古书者不同。所以,倘若《迷楼记》为唐或五代人所作,上述两个"鉴"字自当作"镜",宋人抄录或翻刻时亦不至径改为"鉴"。只有此记出于宋人,才会在该用"镜"字之处写作"鉴"。

　　综上所述,这四篇关于隋炀帝的传奇实都出于宋代。《大业拾遗记》《隋炀帝海山记》《隋炀帝迷楼记》均出于北宋。《炀帝开河记》既著录于《遂初堂书目》,至迟为南宋前期所作;但另三篇写炀帝的传奇既皆出于北宋,则此篇也以出于北宋的可能性较大。

五、《梅妃传》

　　此篇为《遂初堂书目》所著录。《说郛》卷三八收入,题作唐曹邺撰。李剑国先生因《说郛》既明署作者,《遂初堂书目》著录时,其"前后均为唐人书"(549页),故认为此篇确为唐曹邺所撰。

---

① 陶宗仪《说郛》卷三二,上海涵芬楼校印本。后文所引《隋炀帝迷楼记》皆据此本。
② 我所见《文苑英华》虽为明刻本,但此书为北宋人编,若已改"镜"作"鉴",明人翻刻时不可能再改为"镜"。

按，此篇附有宋人所作跋："汉兴，尊《春秋》，诸儒持《公》、《穀》角胜负，《左传》独隐而不宣，最后乃出。盖古书历久始传者极众。今世图画美人把梅者号梅妃，泛言唐明皇时人，而莫详所自也。盖明皇失邦，咎归杨氏，故词人喜传之。梅妃特嫔御擅美，显晦不同，理应尔也。此传得自万卷朱遵度家，大中二年七月所书①，字亦端好。其言时有涉俗者，惜乎史逸其说，略加修润，而曲循旧语，惧没其实也。惟叶少蕴与予得之，后世之传或在此本。又记其所从来如此。"②是在作跋者作跋之前，此传并未流行于世；换言之，此传实与跋同传于世。遂初堂所收此传，自亦附有此跋。跋中既有"大中二年七月所书"云云，此传自被认为唐人作品。《遂初堂书目》著录此传，其"前后均为唐人书"，原为极自然之事。至于《说郛》之署唐曹邺撰，或因此传传世时本有此署，或为后人所加，今已无由详考。在这里需要注意的是两个问题：第一，跋所言是否可靠？第二，此传本身是否具有伪托唐代的痕迹？

关于第一个问题，鲁迅已经指出其症结所在。他在引述跋文后说："案朱遵度好读书，人目为'朱万卷'。子昂，称'小万卷'，由周入宋，为衡州录事参军，累仕至水部郎中，景德四年卒，年八十三，《宋史（四三九）·文苑》有传。少蕴则叶梦得之字，梦得为绍圣四年进士，高宗时终于知福州，是南北宋间人，年代远不相及，何从同得朱遵度家书？盖并跋亦伪，非真识石林者之所作也。今即次之宋人著作中。"（《稗边小缀》）③其所谓"并跋亦伪"，是指跋的内容也虚假不可信，并非说跋也是后人伪托，因为此跋本不署名。鲁迅的意思是：作跋者如与叶梦得同为南北宋间人，其实不但朱遵度，连朱昂都早已死了，在世的应是距离朱遵度已经二百年左右的后裔，何得仍称朱遵度家？揆诸常情，此书若得于朱遵度后人，作跋者应该指出此传得于朱某人处，同时说明朱某人为朱遵度后裔，而不应含糊地说得于朱遵度家。这正好像我们今天如果有人从黄丕烈后人处得到了某一部书，绝不会再说此书得于黄丕烈家。所以，鲁迅指出的确是跋中的一个很大漏洞。跋之出现这一问题，其实意味着此传的来源不明，作跋者无法说出其得于朱遵度的哪一个后裔。笼统地说得于朱遵度家，就使人们无法查究。因其时既已相距二百年左右，朱遵度后裔繁多，又何能一一质证其是否藏有《梅妃传》？李剑国先生说此跋"并无纰漏，止言惟叶少蕴与予得此本，而此本

---

① 此据《说郛》本。《顾氏文房小说》所收《梅妃传》，此句作"大中戌年七月所书"。
② 陶宗仪《说郛》卷三八，上海涵芬楼校印本。后文所引《梅妃传》皆据此本，不再出注。
③ 鲁迅《唐宋传奇集》，鲁迅先生纪念委员会，1941年，第133页。

原出朱遵度家藏,中间辗转未言,非谓与朱同得之"①。唯如李剑国先生所言,则跋文的"此传得万卷朱遵度家"实为"此传出万卷朱遵度家"之意,然则作跋者何以"中间辗转未言"——不交代明白其得自朱遵度的哪个后人呢?

如果细读跋文,就可发现,作跋者强调《左传》在汉初"隐而不显",并以此来证明"古书历久始传者极众",其实也就从反面说明了《梅妃传》也经过了长期的"隐而不显"的过程,"历久始传"。若如李先生所言,此书原出朱遵度家,经过"辗转"流传而到了作跋者手中(只是作跋者"中间辗转未言"),那么,在这两百年左右的辗转流传的过程中,何以人们对此传都讳莫如深,无人提及呢?尤其是,既经过两百年左右的辗转流传,作跋者怎能保证在这期间没有别人抄录过此传,而敢于说"惟叶少蕴与予得之"呢?所以,作跋者的意思明明是说,此传一直保存在朱遵度家族手里,从未外传过,只有他与叶梦得才各自得到了一份(可能是一人得到了原本,一人得到了抄件;也可能两人得到的都是抄件)。所以,李先生对跋文此句的理解恐不确,鲁迅的理解则是对的,从而上述的漏洞也就无法解释。

倘再结合此传的内容,我们对这问题就能看得更清楚。此传的最后,有一段议论。根据传奇文的惯例,此等议论均出于作者之手。其中既指责玄宗"浊乱四海,身废国辱",又说他"耄而忮忍,至一日杀三子,如轻断蝼蚁之命。奔窜而归,受制昏逆,四顾嫔嫱,斩亡俱尽,穷独苟活"。所谓"昏逆",指肃宗和李辅国,也即昏君逆臣之意。唐人议论虽较少顾忌,但也何敢这样肆无忌惮。不但《长恨歌》《长恨传》《东城老父传》等作品中均无此等内容,就连《周秦行记》,是李德裕门客假托牛僧孺所作,用以诬陷牛僧孺的,李德裕说它"令人骨战,可谓无礼于其君甚矣",但也不过"戏德宗为沈婆儿,于代宗皇后为沈婆"(见李德裕《周秦行记论》),而且那些话都出于作品中人物之口(见《周秦行记》),并非作者自己说的。大中二年(或"大中戊年")以前的唐传奇中,作者何敢这样地指斥玄、肃二宗?因此,跋中所言"大中二年(或'戊年')七月所书"云云,显非事实。

换言之,在作跋者"修润"之前,此篇并未流传过,作跋者虽说此传一直藏于朱遵度家,只有他与叶梦得才各得到一份,但其时距朱遵度之死已二百年左右,他又不说是从朱遵度哪一个后裔手里得到的,其渊源所自极为可疑;何况此篇并非唐传奇,作跋者却硬说它是"大中二年(或'戊年')七月所书",则其弄虚作假,显而可见。此传若非作跋者所撰而欲假托唐人,他没有必要写这样的跋来

---

① 李剑国《唐五代志怪传奇叙录》,第 550 页。

欺骗读者。至于作此跋的时间，当在叶梦得死后。因为此传既是作跋者所撰，叶梦得自不可能从朱遵度家得到"大中二年七月所书"的《梅妃传》，作跋者在叶梦得亡前绝不敢造这个谣。但《遂初堂书目》既已著录此传，则其出现当不至迟至南宋后期。

　　了解了这一点，也就可以知道，跋文之所以要拿《左传》作例子来证明"古书历久始传者极众"，实是一种"此地无银三百两"的心理。他之所以要说叶梦得也在朱遵度家得到过此传，同样是出于此种心理，想使读者相信此传并非他所伪造。但倘非叶梦得实在并未得到过此传，他又怎敢肯定叶所得的那一本不大可能传下去，而"后世之传或在此本"呢？——自然，据他所知，他对此本曾"略加修润"，比原本有所提高，但叶梦得是有名之人，他又怎敢保证叶梦得不会去"修润"并比他"修润"得更好呢？

　　现在就可以进一步回答他为什么不说"出万卷朱遵度家"而要说"得万卷朱遵度家"的问题了。如说"出万卷朱遵度家"，那么，人们就会想，从朱遵度到叶梦得相距二百年左右，此传经过二百年左右的辗转流传，为什么从无人记述过？而且，它是经过怎样的辗转流传而到作跋者手中的？跋中对此何以毫无交代？这样一来，疑点就更多了。

龚自珍《和归佩珊诗》本事考①

本文题目中的《和归佩珊诗》乃是龚自珍《寒夜读归佩珊夫人赠诗,有"删除芸奁闲诗料,澌洗春衫旧泪痕"之语,怃然和之》诗的简称;这在他的集子中是一首值得重视的诗。但因其含义不易理解,很少被研究者提及。其实,此诗所写的是他与其第一个非婚的恋人的悲惨结局,而这一悲剧似还没有引起注意,连迄今所见最为翔实的樊克政先生的《龚自珍年谱考略》②也未予记载,所以实有加以抉发的必要。

现先据《定盦集外未刻诗》③引原诗如下:

风情减后闭闲门,襟尚余香袖尚温。魔女不知侵戒体,天花容易陨灵根。蘼芜径老春无缝,薏苡谗成泪有痕。多谢诗仙频问讯,中年百事畏重论。④

就此诗的最后两句来看,归佩珊的赠诗必然关涉到龚自珍的往事——或者是他以往的经历,或者是他的与其往事有关的现状甚或是含有由此引出的希望。龚自珍则在对她——"诗仙"(指归佩珊,龚氏《百字令·苏州晤归佩珊夫人,索题其集》原注谓其"有女青莲之目")的关心表示感谢之余,又以"中年百事畏重论"一句来婉转地向她表示:以后不要再向他提及自己的往事。所以,为了弄清此诗前六句的具体内涵,必须逐句加以考察。

第一句的"风情"指男女之情,"闲门"的"闲"是清闲之意,意谓客人来往很少,大门很少打开。"风情减后"其实意味着原来曾有过热烈的恋情,后来却消减了;从那以后,他干脆不与人来往,连"闲门"也长闭不开。

第二句是说:"风情"虽已消减,但以前的恋人的香味仍留在他的衣襟上,他的衣袖也似还保存着她与他以手相握时的温热。

---

① 原载《上海大学学报》(社会科学版)2008年第5期,署名黄毅、章培恒。
② 樊克政《龚自珍年谱考略》,商务印书馆,2004年。
③ 此书为邓实所辑,收入《风雨楼丛书》。按,邓实所辑《定盦集外未刻诗》实本于龚橙校编《定盦文集》中的诗集,此诗的编年也出于龚橙。又,关于龚橙所编此书,参见本页注④。
④ 邓实辑《定盦集外未刻诗》,风雨楼丛书本,宣统二年(1910)排印,上海图书馆等藏。龚橙编录《定盦文集》,抄本,分藏于北京大学图书馆及上海图书馆。

第三句中的"魔女"指摩登伽女。佛教传说：摩登伽女曾去引诱阿难（释迦牟尼的十大弟子之一），最后没有成功。"戒体"，受佛教之戒，不为色欲引诱的身体；这里借喻龚自珍自己意志坚定，不会受美女的诱惑。第四句的"天花"，借喻慧美非常、人世罕见的女子；"灵根"，与生俱来的灵性。第三、四句是说："魔女"无论怎样美丽都不能使他动心，但像他以前的恋人那样的"天花"却最易毁掉他的"灵根"——从表面来看，"陨灵根"是指使他昧却了"色即是空"的真谛而陷入狂热的爱，但在就他的此事（详见下文）来看，这里恐还含有使他神智昏乱，以致轻易相信谗言，干出蠢事之意。

第五句的"蘼芜径"即吴伟业《过锦树林玉京道人墓》①诗"玉娘湖上蘼芜路"的"蘼芜路"之意②，指与丈夫离异的女子所经常来往的路径。原典为汉代的《古诗》："上山采蘼芜，下山逢故夫。"③通常把这个"逢故夫"的女子视为被夫家所弃之妇，但吴诗所歌咏的玉京道人——卞玉京是自己要求离开丈夫的（见吴伟业该诗前的序），与原典略有不同。"春无缝"的"春"指春心、春情，也即《诗经》所说"有女怀春"的"春"。此句是说，这位已与丈夫离异的女子即使在离异之后过了很久（连"蘼芜径"也"老"了），仍然坚贞自守。

第六句的"薏苡"用《后汉书·马援列传》的典故。马援南征归来，带了一车的薏苡作为种子，但权贵们却向皇帝说他带了一车的明珠文犀。皇帝一度相信了他们的谗言。"泪有痕"则可作两种理解。因为联系上句来看，"薏苡谗成"的受害者很可能是指诗中那位与丈夫离异的女子，她是因受到谗毁而与丈夫离异的，所以她心中痛苦，流下了眼泪。但如上所述，归佩珊赠龚自珍的诗的"湔洗春衫旧泪痕"之句当与龚自珍的往事有关，那么，这里的"泪有痕"也可能是就龚自珍自己而言。

总之，在此诗的八句中，最后两句的含义是很明白的。至于前面的六句中，五、六两句最为关键，但却较为费解，由于前六句是与龚自珍的往事相联系的，这位与丈夫离异的女子也必与龚自珍有关。然而，到底是什么关系呢？有两种可能：其一，是龚自珍的妾或外室，后来因受谗言之害，龚自珍与她离异了（龚自珍妻子的情况有明确的记载，并无与他离异之事），最终查明真相，

---

① 见《四部丛刊》本《梅村家藏稿》卷二。
② 龚自珍自小在其母亲的亲自教导下读吴伟业的诗，对吴诗印象很深，还仿效吴伟业诗体写过诗（分别见《三别好》诗前的序与《秋夜听俞秋圃弹琵琶赋诗，书诸老辈赠诗册子尾》诗，王佩诤校辑《龚自珍全集》，上海古籍出版社，1999年，第466、500页）。由于其与吴诗关系如此密切，"蘼芜径"当源自吴诗的"蘼芜路"。
③ 徐陵编、吴兆宜注、程琰删补、穆克宏点校《玉台新咏笺注》卷一，中华书局，1985年，第1页。

龚自珍为此很感痛苦;其二,有一位已婚的女子与龚自珍关系密切,甚至龚自珍可能对她暗怀爱意,但二人并无暧昧,却因受谗言之害,她的丈夫终于与她离异了,龚自珍为此深感悲痛。而无论是出于哪种情况,归佩珊的那两句诗——"删除苡箧闲诗料,渐洗春衫旧泪痕"——都是希望他从这种伤痛中摆脱出来,将它忘却,把衣襟上旧日的泪痕洗涤干净,更不要再为此作诗("删除苡箧闲诗料")。

现在我们就进而探讨此诗所涉之事的真实情况。

首先,此事应发生在嘉庆二十五年庚辰(1820)之前,因为龚自珍这首《和归佩珊诗》写于此年(据邓实所辑《定庵集外未刻诗》的编年)。

其次,在龚自珍的现存作品中,与上述事件可说完全相符的,是其《影事词选》。此为吴煦所刻《定庵文集补》中《定庵词选》的第三种。商务印书馆曾加以影印,收入《四部丛刊》。吴刻本的《影事词选》共六首,但后来王佩诤编《龚自珍全集》时,擅自加入了《法曲献仙音》一首,打乱了《影事词》的体系。其实,《影事词》是龚自珍自己编定和选刻的,这六首词完整地记述了他与一个女子的恋爱与最后分手的过程。加入了不相干的《法曲献仙音》,就将原来的内涵破坏了。

现据《四部丛刊》本将《影事词选》的最前三首引录如下:

暗　　香

姑苏小泊作也。红烛寻春,乌篷梦雨,一时情事,是相见之始矣。

一帆冷雨,有吴宫秋柳,留客小住。笛里逢人,仙样风神画中语。我是瑶华公子,从未识露花风絮。但深情一往如潮,愁绝不能赋。　　花雾,障眉妩。更明烛画桥,催打官鼓。琐窗朱户,一夜乌篷梦飞去。何日量珠愿了,月底共商量箫谱?持半臂亲也来,忍寒对汝。

摸　鱼　儿

二月八日,重见于红茶花下,拟之明月入手,彩云满怀。

笑银釭一花宵绽,当筵即事如许!我侬生小幽并住,悔不十年吴语。凭听取,未要量珠,双角山头路。生来蓬户。只阿母憨怜,年华娇长,寒暖仗郎护。

筝和笛,十载教他原误。人生百事辛苦。五侯门第非侬宅,剩可五湖同去。卿信否?便千万商量,千万依分付。花间好住。倘燕燕归来,红帘双卷,认我写诗处。

浪淘沙　书愿

云外起朱楼,缥缈清幽,笛声叫破五湖秋。整我图书三万轴,同上兰舟。

镜槛与香篝,雅憎温柔。替侬好好上帘钩。湖水湖风凉不管,看汝梳头。①

第一首所写为龚自珍与她的初会。就词牌下的"姑苏小泊作也",可知其地在苏州。又据"有吴宫秋柳,留客小住"语,可知其时在秋天。龚自珍自称为"未识露花风絮"的"瑶华公子",说明他还很年轻,对方则是个风尘女子。但龚自珍一见就爱上了她,想要娶她,故有"何日量珠愿了,月底共商量箫谱"两句。

第二首写龚自珍与她的第二次相见。据词牌下"二月八日,重见于红茶花下"的小注,则其"重见"已在第二年的春天。这次相见,他们已谈论到了嫁娶问题。所谓"凭听取,未要量珠,……寒暖仗郎护",是说她不要什么聘钱,只要龚自珍好好待她就好。龚自珍也信誓旦旦,说是"便千万商量,千万依分付"。她的允诺使龚自珍感到意外的欣喜,题下小注的"拟之明月入手,彩云满怀"便是这种心情的表达。

第三首则是描述龚自珍对二人未来的共同生活的憧憬,题下小注和词的内容都很明白;其"替侬好好上帘钩"一句则意味着要她谨守门户,不要有越轨的言行。

现在再看第四首:

洞仙歌　云缬鸳巢录别

高楼灯火,已四更天气,吴语喁喁也嫌碎。者新居颇好,旧恨堪销,壶漏尽,侬待整帆行矣。　从今梳洗罢,收拾筝箫,匀出工夫学写字。鸩鸟倘欺鸾,第一难防,须嘱咐莺媒回避。只此际萧郎放心行,向水驿寻灯,山程倚辔。

"云缬鸳巢"当是二人同居后龚自珍为她所置的住所,所以说"者新居颇好,旧恨堪销"。而其时龚自珍即将远行,故有"向水驿寻灯,山程倚辔"之语。然而,龚自珍却由于她的出身,担心她在自己走后有不良的言行,故谆谆叮嘱:"鸩鸟倘欺鸾,第一难防,须嘱咐莺媒回避。"与前引《浪淘沙》的"替侬好好上帘钩"相呼应。至于所谓"只此际萧郎放心行",不过意味着只有这样,他才能放心前去。

但正是这种担心,导致了二人以后的悲剧。现在看第五、六首。两首的词牌都是《清平乐》,题下无注。

人天辛苦,恩怨谁为主?几点枇杷花下雨,葬送一春心绪。　梦中月射啼痕,卷中灯灺诗痕。一样嫦娥瞧见,问他谁冷谁温?(《影事词》出,有属和者

---

① 龚自珍《影事词选》,《四部丛刊》影印同治七年吴煦刻《定庵文集》本。

《齐天乐》下半阕云:"人天何限影事,待邀他天女,同忏同证。狂便谈禅,悲还说梦,不是等闲凄恨。钟声梵韵,便修到生天,也须重听。底怨西窗,佛灯深夜冷?"前半不录。)

万千名士,慰我伤谗意。怜我平生无好计,剑侠千年已矣! 西溪西去烟霞,茆庵小有梅花。绣佛长斋早早,忏渠燕子无家。

第二首末句"忏渠燕子无家"的"渠",是第三人称"他(她)"的意思。龚自珍从未沦落到"无家"的地步,因而此句的被省略的主语——为"渠"的"无家"而忏悔者自是龚自珍自己;其上句的"绣佛长斋早早"的主语显然也是他。这意味着这位"无家"的"燕子"一定是与他关系很密切的人,而且在其"无家"的事件上龚自珍一定负有极大的责任,以致他有一种深重的负罪感,宁可早日为此而长斋礼佛,以忏悔自己的罪孽。由此看来,这个"燕子"只能是《影事词选》前四首所写的他的情人,因为他对她确是情深爱重。另一方面,由那几首来看,她其实只是他的外室,所以她并不跟他的家庭住在一起——当时他与妻子都住在其父亲的官署——而独自住在"新居",他当然完全有权使自己的外室"无家";而当他这样做了又发现她其实是无辜的,她的悲惨结局完全是他的错误造成的时,他自必悲痛欲绝,并深感罪孽深重。那么,他为什么要迫使她"无家"——其实是把她赶走呢?这在其片已经作过交代——"万千名士,慰我伤谗意";他是为谗言所惑。而一旦弄清了这乃是谗言,他又无限悲愤,甚至希望有"剑侠"把谗人杀死。可惜这样的剑侠在当时已经没有了——"剑侠千年已矣。"至于这种谗言的内容,则当是说她不贞,因为如前所述,这本是龚自珍最担心的事,也是当时社会所公认的女性的最大罪恶,所谓"万恶淫为首";否则龚自珍也不至不调查清楚就把他所深爱的这个女子赶走。

理解了第二首《清平乐》的内涵后,回过头来再看第一首。"几点枇杷花下雨,葬送一春心绪",其实是说:在枇杷开花季节(那一般是冬天,有时也延至春初)的一个下雨天,他遇到了一件事(也许是得到了一个消息),以致他"一春"的心绪都很坏;否则,枇杷开花季节下雨何至造成如此严重后果?联系这以前的四首词和后一首《清平乐》,这事(或消息)必然与她有关。至于是说她不贞还是说她并非不贞而是为谗言所害,必须联系下片来分析。下片的"梦中月射啼痕,卷中灯烬诗痕"①当是分别写他们二人的情况,因为其后还有"问他谁冷谁温"的发问。而这发问的真实意思则是说连嫦娥对此也回答不了,正如"如鱼饮水,

---

① 此句意为诗卷中留下了灯灰的痕迹,意味着他深夜还在写诗。

冷暖自知"。在这里他显然已意识到她也很痛苦,梦里还在哭泣,而其痛苦的深重则只有她自己才能知道。这样的心情自非龚自珍只知其不贞时所能产生。换言之,当时他已明白了她的遭受诬陷。

尽管《清平乐》第一首及其篇末的注还有些问题需要在下文交代,但由上所述已可知龚自珍曾与一青楼女子同居,情深爱重,后为谗言所惑,以为她与别人有不正当的关系,把她抛弃了;及至明白这是谗言,却已无从补救,痛苦得只想早日长斋礼佛,忏悔自己的罪孽。这与他的《和归佩珊诗》所写完全吻合。"蘼芜径老春无缝",说这个被抛弃的女子一直别无恋情,正是《影事词选》中的他的恋人的情况;"薏苡谗成泪有痕",则对《影事词选》中的女子以及他自己也都适合,二人都为这谗言而极为痛苦。

不过,《影事词选》所写的事是在什么时候发生的呢?倘若发生在龚自珍写作该诗的嘉庆二十五年之后,那就不能把两者扭合在一起了。

现在所能看到的《影事词选》的最早刻本为吴煦所刻,收入《定庵文集补》;但在《定庵文集补》的总目中题为《词选》,而《词选》正文的各卷卷首则题为《定庵别集》。该本共收词五种:《无著词》《怀人馆词》《影事词》《小奢摩词》《庚子雅词》。卷末有吴煦短跋:

> 同治己巳(1869)补刊龚定庵先生遗文及《破戒草》①、《己亥杂诗》②,承何青士观察惠假定公词钞本。正在付梓,适赵益甫孝廉过杭,携有定公词四卷,乃先生手定,刻于道光癸未。取校何本,增多不少。惟《庚子雅词》一卷,则未刻本也。遂改依原刻本重刊,而以《庚子雅词》附后,共为《别集》五种。得窥全豹,亦一快事也。晓帆吴煦记。③

前四种的卷末都有龚自珍自己的附记,说明其刻于道光癸未(1823)。如《影事词选》的附记说:"右《影事词》一卷。原集十九首。辛巳春选录六首,癸未六月付刊。"④按,谈蓓芳教授已在《龚自珍集版本源流考》⑤中指出,吴刻的前四种就是龚自珍在道光三年癸未(1823)刊刻的《定庵文集》⑥所附总目所列并注

---

① 龚自珍《破戒草一卷破戒草之余》,道光间自刻本,中国国家图书馆等藏。
② 龚自珍《己亥杂诗》,道光二十年(1840)羽琌别墅刻本,中国国家图书馆等藏。
③ 吴煦辑《定庵文集补·词选》,同治七年(1868)吴煦刻本。
④ 同上。
⑤ 这是其在北京大学古文献研究中心、台湾成功大学文学院、复旦大学中国古代文学研究中心、古籍研究所联合召开,由北京大学古文献研究中心承办的中国古代文献研究国际研讨会上发表的论文。
⑥ 龚自珍《定庵文集》,道光三年自刻本,复旦大学图书馆等藏。

明已经刊刻的《别集》四卷,只是自刻本已经亡佚,现在所能见到的最早的翻刻本就是吴煦刻本了。

据《影事词选》末的龚自珍附记,知这六首都是于道光元年辛巳(1821)春天选录的,那么,其末一首《清平乐》至迟即写于那时。据《清平乐》的上一首篇末注,又可知《影事词》在付刻之前即已流播于外,并已"有属和者";其所以有"万千名士,慰我伤谗意"(第二首《清平乐》中语),当就是《影事词》流播的结果。这不是短时期内所能办得到的。因此,在龚自珍写《和归佩珊诗》时,尽管《影事词》十九首中可能尚有少数未写,其主干部分当已流播于外了。

再从《影事词选》所写及的上述情况来看,二人是于某年秋天在苏州第一次见面的,第二年的二月初八日在苏州重新见面。而道光元年辛巳春天,其《影事词》的主干部分流播已久,二人的再度相见绝不可能迟至该年二月。这以前的两年——嘉庆二十五年庚辰(1820)和二十四年己卯(1819)——春天,他都从江南到北京去参加会试,己卯是于正月离开苏州的(见《龚自珍年谱考略》该年谱①),庚辰春天北上途中,作有《过扬州》诗,中有"春灯如雪浸兰舟,一茶一偈到扬州"语②。元宵是灯节,此诗特地强调"春灯如雪",当也在元宵前后,则其离开苏州当也在正月。再上一年——嘉庆二十三年戊寅(1818)——的二月初一至初六日,他在苏州的洞庭山游览③,则于二月初八日与她在苏州重见的可能性最大。倘真是如此,二人的初次相见是在嘉庆二十二年(1817)秋天。当然,也不能排斥此事的发生较此还早一些。但就他的行踪来看,他自虚岁十二岁至二十岁皆随父亲居住北京,至嘉庆十七年壬申(1812)虚岁二十一岁时由于父亲被任命为徽州知府,他才跟着来到徽州。同年四月跟随母亲到苏州,看望外祖父段玉裁,并与玉裁的孙女成婚,又由苏州回到杭州,夏天泛舟西湖,作有《湘月》词,词牌下有注:"壬申夏,泛舟西湖,述怀有赋……"④不久就由杭州回徽州。嘉庆十八年癸酉(1813)四月,自徽州至北京参加乡试,这年七月,他的妻子在徽州病逝,他于八月在北京参加乡试后回到徽州,第二年(嘉庆十九年)三月携妻柩回杭州安葬(皆见上书)。因此,嘉庆十七年、十八年、十九年三年的二月他都不可能在苏州。嘉庆二十一年丙子(1816)的春天他倒是在苏州,但那是与他的续弦夫人何吉云同去的,归佩珊当时也在苏州,曾与龚自珍以词唱和,其

---

① 樊克政《龚自珍年谱考略》,第130—148页。
② 同上书,第146页。
③ 同上书,第123页。
④ 同上书,第65页。

和自珍的《百字令》有句云："更羡国士无双,名姝绝世(自注:谓吉云夫人),仙侣刘樊数。一面三生真有幸,不枉频年羁旅。"①可证她在苏州所见的是他们夫妇二人。换言之,龚自珍与他的那位恋人的再次相见并娶为外室不会是在嘉庆二十一年二月。所以,他之与她再次相见,如非嘉庆二十三年就只有嘉庆二十年或二十二年。但无论是这三年中的哪一年,都在嘉庆二十五年龚自珍写作《和归佩珊诗》之前。所以,无论就事情的内容或发生的时间来看,说龚自珍该诗所涉及的他的往事就是《影事词》所写的事都是没有问题的。

最后推测一下他的那位恋人的结果。《影事词选》的第一首《清平乐》所附和作的"狂便谈禅,悲还说梦,不是等闲凄恨"显然是就龚自珍的情况而说,则紧接其后的"钟声梵韵,便修到生天,也须重听"当是就其恋人而言。至于这三句之下的"底怨西窗,佛灯深夜冷",无论是她自己在怨还是龚自珍在为她怨,"佛灯深夜冷"的也只能是她。那么,她竟是在庵中修行了,但不知是正式出家还是带发修行。龚自珍特地把此首《齐天乐》的下片附于自己的词末,想来也是为了交代她的下落。又,《影事词选》的第一首《清平乐》的开头二句"人天辛苦,恩怨谁为主"有些费解,而其所附《齐天乐》的开头三句为"人天何限影事,待邀他天女,同忏同证",意为无论人间或天上都有许多这样痛苦的"影事",所以想邀"天女"来共参,那么龚自珍这两句的意思其实是:无论生活在人间或天上都很辛苦,恩怨难以自主。看来,这位作《齐天乐》的人对龚自珍的情况和思想都颇为理解。

最后需要说明的是:在那个存在等级制度和性别不平等的社会里,人们的心灵必然受到腐蚀,连龚自珍这样的进步思想家和文学家也不例外。作为"瑶华公子"的他对出身于下层社会的恋人,在骨子里仍然存在着等级、性别的歧视,并在某种情况下毫不犹豫地使用他的特权。这才是此一悲剧的真正根源。但在他的有关诗词里,我们所能看到的只是他的痛苦、多情乃至忏悔,在这一悲剧形成过程中,他对她的残忍与专横(否则她何至被逐)的一面却都回避了。所以,这些诗词其实均是男性话语。就此点来说,从女权主义的视角对过去的文学重加审视实有其必要。

---

① 樊克政《龚自珍年谱考略》,第91页。

"屈原名平"说证误[①]

屈原的传记最早见于《史记》卷八十四《屈原贾生列传》。在现存的各种版本的《史记》中，这篇列传一开头就是："屈原者，名平……"[②]其后，《楚辞章句》关于《离骚》的注中更说"屈平字原"[③]。所以，对中国古代文学研究者来说，屈原名"平"、字"原"早就成了常识。但现存的收有此一列传的《史记》版本最早为南宋本，现存《楚辞章句》的版本时代更晚。倘以北宋以前（含北宋）的有关文献为依据重加考察，那么，实际情况恐怕恰恰相反，"原"才是他的名，"平"则是他的字。这虽然似乎只是一个知识性问题，但却牵涉到屈原研究中的不少方面（例如，在《楚辞章句》中被王逸列为屈原作品的《卜居》《渔父》，就被现代的许多研究者视为伪作。他们在这方面所举出的一个主要理由，就是这两篇的作者都自称为"屈原"；而他们认为古人对自己是应该称名而不称字的）。所以，有必要对此加以辨证。

之所以说屈原本名"原"、字"平"，主要依据是《六臣注文选》卷三十二《离骚经》的五臣注。在对该篇作者"屈平"所作的注文说："铣曰：《史记》云：'屈原字平。'"由此可知，五臣所见的《史记·屈原贾生列传》是把"原"作为这位大诗人的名，而把"平"作为他的字的。

所谓"《文选》五臣注"的"五臣"，是指吕延济、刘良、张铣、吕向、李周翰五人。他们合作注释《文选》，撰成《集注文选》三十卷。此书卷首有唐玄宗开元六年（718）工部侍郎吕延祚所上《进〈集注文选〉表》，说是在这之前所流行的《文选》李善注本只注重征引古籍以解释典故，却忽略了阐发作品内容及文句所表达的意义，"臣惩其若是，志为训释，乃求得衢州常山县尉臣吕延济，都水使者刘承祖男臣良，处士臣张铣、臣吕向、臣李周翰等……相与三复乃词，周知秘旨，一贯于理，杳测澄怀，目无全文，心无留义，作者为志，森乎可观，记其所善，名曰

[①] 原载《学术月刊》2008年第8期，署名黄毅、章培恒。
[②] 司马迁《史记》卷八十四，南宋黄善夫刊本。
[③] 此句似不出自《楚辞章句》，表意相似之注在《九叹》章作"谓名平字原也"（据《四部丛刊》影印宋刻本与明隆庆五年重雕宋本）。

《集注》，并具字音，复三十卷"。表后并附记其进此书后所受到的皇帝的嘉奖："上遣将军高力士宣口敕曰：'朕近留心此书，比见注本，唯只引事，不说意义。略看数卷，卿此书甚好。赐绢及彩一百段，即宜领取。'"① 由此可见，唐代开元时人所见《史记·屈原贾生列传》尚作"屈原者，字平"，现存各种版本《史记》之作"屈原者，名平"乃是历代相仍的传写或刊刻之误。

然而，为什么不说这是五臣注《文选》的刊刻之误或注者征引《史记》时的疏忽所造成，却要说是《史记》的传写或刊刻之误呢？这有三个理由。

其一，在《文选》五臣注的早期刊本中，"《史记》云：'屈原字平'"这一句并无异文。

六臣注《文选》和单行的五臣注《文选》的宋刻本存世的虽有几种，但最值得重视的却是韩国奎章阁所藏的一部明代宣德三年（1428）的古代朝鲜活字本《六臣注文选》。在此本于1983年出版影印本之前，其可贵之处并未被韩国以外的学者所广泛认识。就是其影印本出版之后，也有一个逐渐被认识的过程。我们也是最近才得到这个影印本的。在这之前，在中国所能见到的六臣注《文选》的宋刊本均不甚可据。如《四部丛刊》所收《六臣注文选》即据宋刊本影印，但讹误不少。随便举个例子如下。其卷三十一第一首《效曹子建乐府白马篇》的作者袁阳源及该篇标题的注是：

> 善同济注。济曰："沈约《宋书》曰：'袁淑，字阳源。陈郡阳夏人也。好属文。彭城王起为祭酒，后迁至左卫率。及凶劭行篡逆，淑谏见害。'《白马篇》述游侠□分义之事。效，象也。"②

而宋淳熙八年（1181）池阳郡斋刻的李善注《文选》此处却是这样的：

> 孙岩《宋书》曰："袁淑，字阳源。陈郡人。少好属文。彭城王起为祭酒，后迁至左卫率。凶劭当行篡逆，淑谏见害。"③

再看南宋初明州刻《六臣注文选》的相应注释：

> 济曰："沈约《宋书》曰：'袁淑，字阳源。陈郡阳夏人也。好属文。彭城王起为祭酒，后迁至左卫率。及凶劭行篡逆，淑谏见害。'《白马篇》述游侠不分义之事。效，象也。"善曰："孙岩《宋书》曰：'袁淑，字阳源。陈郡人。少好属文。彭

---

① 据韩国多云泉出版社1983年影印（2004年第三次印刷）的奎章阁所藏明宣德三年（1428）古代朝鲜活字本《六臣注文选》卷首吕延祚《进〈集注文选〉》表）。
② 据《四部丛刊》影印宋刻《六臣注文选》卷三十一，第1页。
③ 据"中华再造善本工程"影印宋淳熙八年（1181）池阳郡斋刻本《文选》卷三十一，第1页。

城王起为祭酒,后迁至左卫率。凶劭当行篡逆,淑谏见害。'"①

然后看上述的古代朝鲜活字本此处的情况:

> 济曰:"沈约《宋书》曰:'袁淑,字阳源。陈郡阳夏人也。好属文。彭城王起为祭酒,后迁至左卫率。及凶劭行篡逆,淑谏见害。'《白马篇》述游侠分义之事。效,象也。"善曰:"孙岩《宋书》曰:'袁淑,字阳源。陈郡人。少好属文。彭城王起为祭酒,后迁至左卫率。凶劭当行篡逆,淑谏见害。'"

把这四者相互对照,可知《文选》李善注与五臣注所介绍的袁淑生平虽大同小异,但李善所依据的是孙岩的《宋书》,五臣所依据的是沈约的《宋书》,文字也小有出入,如孙岩《宋书》说袁淑"少好属文",五臣注引沈约《宋书》则无"少"字;沈约《宋书》谓其"陈郡阳夏人",孙岩《宋书》则仅说他"陈郡人"。至于对此篇的标题,李善根本无注。这在宋淳熙八年刻的《文选》中是可以看得很清楚的。但在《四部丛刊》本《文选》作为底本的那个宋刻本《六臣注文选》中,却把李善注所引的孙岩《宋书》换成了五臣注所引的沈约《宋书》,并把五臣注对标题所作的注释的原创权也给了李善,好像五臣此处的注只是对先出的李善注的剽窃。而明州本、朝鲜活字本却准确地保存了李善注的原貌。再看这些本子中的五臣注:活字本和两个宋本除一处外全都相同;所不同的是,活字本的"《白马篇》述游侠分义之事",明州本却作"《白马篇》述游侠不分义之事",《四部丛刊》本虽也同于活字本,但在"分"字前有一空格,不知是否原有"不"字,却在影印时被挖去了(出版《四部丛刊》的商务印书馆以前所出的古籍影印本常有此类情况)。按,此诗有"义分明于霜"(联系上文,此显指游侠而言。——引者)之句,李善注:"义分,则分义也。"故明州本的"述游侠不分义之事"的"不"自为衍文。换言之,活字本实较南宋初期的明州本更准确地保存了五臣注本的原貌。总之,在这三个六臣注本中最值得重视的乃是活字本,因其在保存李善注原貌上既远胜于《四部丛刊》作为其《文选》底本的宋刻本,在保存五臣注原貌上又胜于明州本。

还需要说明的是:活字本的卷末除朝鲜卞季良作于宣德三年的跋以外,尚有宋代元祐九年(1094)二月(按,此年四月改元绍圣)秀州州学的有关说明:

> 秀州州学今将监本《文选》逐段诠次,编入李善并五臣注。其引用经史及五家之书并检元本出处,对勘写入,凡改正舛错脱剩约二万余处。二家注无详略,文意稍不同者皆备录无遗。其间文意重叠相同者辄省去,留一家。总计六十

---

① 据人民文学出版社2008年影印日本足利学校所藏宋刊明州本《六臣注文选》卷三十一,第1页。

卷。元祐九年二月□日。

可知活字本的底本实为北宋元祐九年经过精校的刊本。

在这说明之前，有天圣四年(1026)沈严的《五臣本后序》，说是"……今平昌孟氏，好事者也。访精当之本，命博洽之士极加考核，弥用刊正。……孟氏之本新行，尚虑市之者未谅，请后序以志之，庶读者详焉"。故知秀州本所用的五臣注为天圣四年刻本。这《后序》之后又有"李善本""天圣三年五月校勘了毕"、"天圣七年十一月□日雕造了毕"、"天圣九年□月□日进呈"等说明，则其于李善注采用的乃是天圣七年(1029)的官刻本。

正因如此，活字本所用底本既早又好，而在排印时又甚精严，故其李善注既同于池阳郡斋刻本，而远胜于《四部丛刊》的《文选》用作底本的宋刻本，五臣注又优于明州本。

现在回过头来说五臣注本所引《史记》的"屈原字平"问题。无论是明州本、作为《四部丛刊》本《文选》底本的宋刻本还是上述的活字本，在此处均无异文；而且这也意味着活字本的底本秀州州学本及该本作为依据的天圣四年(1026)平昌孟氏所刻五臣注本同样作"《史记》云：'屈原字平'"。由此可见，至少从宋代以来，这"屈原字平"四字并非刊刻之误。

其二，从《文选》的体例来看，在萧统编《文选》时，本是把"平"作为屈原的字而不是作为他的名的。所以，以"平"作为屈原的字并不始于唐代的五臣。

就《文选》全书来看，编者对于书中所收作品的作者，除了其字在史籍中没有记载者外，都署字或其他的尊称。其字不见于史籍的，为宋玉、谢惠连、贾谊、谢灵运、韦孟、王僧达、李斯、邹阳等，其余则大都称字。也有署尊号、官名等的，如汉武帝、魏文帝、曹大家、班婕妤等。但对屈原，却称为屈平(见今本《文选》第三十二及三十三卷)。倘若《文选》编者知道屈原名平、字原，那就不应独独对他称名而不称字；而且，《文选》其实不是萧统一人编的，还有助手，若说这些人连《史记·屈原贾生列传》都没有读过，不知屈原的名、字，那又太不合情理。由此看来，在他们的心目中，"平"实是屈原的字，所以称之为"屈平"而不称为"屈原"。

必须强调指出的是：至少到南宋时为止，人们所见的各种《文选》版本对《离骚》等篇的作者均署"屈平"，所以南宋洪兴祖《楚辞补注》在《离骚》的"名余曰正则兮，字余曰灵均"句下出注说："《史记》：'屈原名平。'《文选》以'平'为字，误矣。"① 他的判断未必正确，但由此也可证明我们今天所见《文选》对《离骚》等

---

① 据《四部丛刊》影印明翻宋本《楚辞》卷一，第4页。

篇之署"屈平"并非宋代以后刊刻错误所致。

其三,今本《楚辞章句》的《离骚章句》中对屈原名字的解释存在着明显而严重的矛盾,很难想象这样的矛盾是由王逸的思维混乱所造成;把它解释为传写或刊刻过程中的错误则要合理得多。

在《离骚》的"名余曰正则兮,字余曰灵均"句下,今本王逸分别注曰:"正,平也。则,法也。""灵,神也。均,调也。言正平可法则者莫过于天,养物均调者莫神于地。高平曰原。故父伯庸名我为平以法天,字我为原以法地。言己上能安君、下能养民也。……"①《文选》李善注此处所引王逸注与见于今本《楚辞》者略同,唯今本《楚辞》此处分置于两句下的注,《文选》统一置于"字余曰灵均"句下。

这里值得注意的是:此注虽以"平"为屈原的名,"原"为他的字,但又说其名是"法天"的,其字是"法地"的,而且特地把"法地"的字——"原"——释为"高平"——高而且平,那么,为什么"法天"的名只是"平","法地"的字却是"高平"——"原"?难道相对于"天"来说,"地"更具有"高"的特征吗?何况在王逸的时代,"高平曰原"并不是"原"的唯一释义。此释最早见于《诗经·小雅·皇皇者华》"于彼原隰"句的《毛传》,而《尔雅·释地》却明言"广平曰原"。既然作为屈原之字的"原"是法地的,王逸为什么不引《释地》而释为"广平曰原",以说明"原"乃是地的广而且平者,以明确地显示出其字的"法地"的实质?而且"广平"之地不是更符合"养物均调"的含义吗?何以偏要取"高平"之义来解释"原"字以致自打嘴巴!王逸想来不至于思维如此混乱;就其《楚辞章句》所体现的知识的渊博来说,也不至于连《尔雅·释地》的"广平曰原"也不知道。

由此推想,王逸原注此处本是"高平曰原,故父伯庸名我为原以法天;字我为平以法地"。因为在当时人的心目中,天是至高无上的,所以《说文》释天为"巅也。至高无上,从一大"。又因为这个"至高无上"的天是最"正平可法则的",所以王逸对于屈原的"法天"之名以"高平"释之;而"法地"的字"平"与"养物均调"也正相应——"平"即含有"均调"之义,故在其注释中又说"养物均调者莫神于地"。换言之,王逸原注当是以"原"为名而以"平"为字的。

在这里还有一旁证:《文选》选录屈原的作品本是以《楚辞章句》为依据的。因为一则它以《离骚经》作为《离骚》的篇名,而《离骚经》之名实始于《楚辞章句》;《史记》仅称之为《离骚》,司马迁《报任安书》也说"屈原放逐,乃赋《离骚》"。

---

① 据《四部丛刊》影印明翻宋本《楚辞》卷一,第4页。

在现存的西汉文献乃至王逸以前的东汉文献中，从不见《离骚经》这样的称呼。再则屈原的作品原只被视为赋，是以《汉书·艺文志》尚有"《屈原赋》二十五篇"的著录，王逸《楚辞章句》则把屈原的作品通称为《离骚》(《楚辞章句》的第一至七卷所收屈原作品的标题下皆注有《离骚》二字①)；《文选》不把屈原的作品列于"赋"一类中，却列于"骚"一类中，这显然也出自王逸。故《文选》所收《离骚》等屈原作品，当皆来自《楚辞章句》。但是，既然《文选》的《离骚经》等作品是从《楚辞章句》中选出来的，《文选》编者在从中选取《离骚》时，就不可能不浏览一下王逸的注。假如王逸注在当时就以"平"为名，"原"为字，《文选》编者不可能连此也忽略过去，从而也就不可能以"平"为屈原的字了。

　　从以上三点来看，屈原的名本来就是"原"，"平"则为其字，但后来却误成以"平"为名、以"原"为字了。至于这种错误是怎么形成和扩散的，现在已无从考证，只能作些猜想了。——也许后人因见王逸释"名余曰正则兮"的"正"为"平"，故以为他应该名"平"，并将王逸的"名我为原以法天，字我为平以法地"视为"名我为平"、"字我为原"的传写之误，擅自修改。《楚辞章句》的这种错误相沿既久，习非为是，遂进而把《史记》的"屈原者字平"也改为"屈原者名平"了。不过，朝鲜活字本《六臣注文选》的底本——元祐九年秀州州学所刊《六臣注文选》的说明中谓其对六臣注的"引用经史及五家之书并检元本出处，对勘写入，凡改正舛错脱剩约二万余处"，却仍保留了五臣注所引《史记》的"屈原字平"，可见当时《史记》版本(至少是其部分版本)仍作"屈原者字平"而不作"屈原者名平"。当然，从朝鲜活字本《文选》中也可以知道，在其作为底本的北宋刊本《六臣注文选》中，李善注本所引《楚辞章句》的相关注释是把"平"作为屈原的名、"原"作为他的字的。这足以证明，至迟在北宋时已有《楚辞章句》的部分版本将王逸对屈原名、字的注作了篡改。再从上引洪兴祖对《文选》的指责来看，屈原名"平"、字"原"的错误看法到南宋时已成了人们的共识，因而《史记》《楚辞章句》的相应内容当已受到普遍的篡改。

---

① 据《四部丛刊》影印明翻宋本《楚辞补注》中的《章句》部分。

《桃花扇》与史实的巨大差别[①]

孔尚任在《桃花扇本末》中说:"族兄方训公,崇祯末为南部曹;予舅翁秦光仪先生,其姻娅也。避乱依之,羁栖三载,得弘光遗事甚悉;旋里后数数为予言之。证以诸家稗记,无弗同者,盖实录也。独香姬面血溅扇,杨龙友以画笔点之,此则龙友小史言于方训公者。虽不见诸别籍,其事则新奇可传,《桃花扇》一剧感此而作也。南朝兴亡,遂系之桃花扇底。"[②]加以剧中弘光帝(福王)即位,马、阮当国,正直者被斥,史可法困守扬州,城破殉节,清兵迅速渡江,弘光朝覆亡,也都符合史实,因此人们常把《桃花扇》称为历史剧,甚至是严格意义上的历史剧,但考诸实际,剧本所写,乖于史实者不少,似有必要加以指出。

福 王 之 立

崇祯在北京自杀后,为了维护和恢复明的统治,在南方必须立一君主。但太子及其弟弟都没有逃到南方来,必须在南方的明宗室中选择一个合适的人来统治。当时在南方的宗室中,以与崇祯血缘关系之近及长幼次序来说,当立福王。但福王名声不好,所以多数大臣主张立潞王。据《桃花扇》描写,史可法因受侯方域影响,也是反对立福王的。然而由于福王当时已在马士英处,他联络了一些军事统帅及少数勋臣、太监等,硬立福王,结果史可法等只好承认既成事实,弄得朝政混乱不堪,以福王为君主的弘光朝也迅速灭亡。

关于侯方域劝史可法反对立福王以及史可法接受其意见的事,《桃花扇》特地写了一出《阻奸》,是史可法接到马士英议立福王的书信后与侯方域的对话,兹引录如下:

〔向生介〕看他书中意思,属意福王。又说圣上确确缢死煤山,太子奔逃无

[①] 原载《复旦学报》(社会科学版)2010年第1期,后收入邬国平、汪涌豪主编《金波涌处晓云开——庆祝顾易生教授八十五华诞文集》,复旦大学出版社,2010年。
[②] 孔尚任《桃花扇》,清康熙孔氏介安堂刻本。以下所引《桃花扇》,均据此本,后文不再出注。

踪。若果如此,俺纵不依,他也竟自举行了。况且昭穆伦次,立福王亦无大差。罢,罢,罢!答他回书,明日会稿,一同列名便了。〔生〕老先生所言差矣。福王分藩散乡,晚生知之最详,断断立不得。〔外〕如何立不得?〔生〕他有三大罪,人人俱知。〔外〕那三大罪?〔生〕待晚生数来:

【前腔】福邸藩王,神宗骄子,母妃郑氏淫邪。当日谋害太子,欲行自立,若无调护良臣,几将神器夺窃。〔外〕此一罪却也不小。〔问介〕还有那一罪?〔生〕骄奢,盈装满载分封去,把内府金钱偷竭。昨日寇逼河南,竟不舍一文助饷;以致国破身亡,满宫财宝,徒饱贼囊。〔外〕这也算的一大罪。〔问介〕那第三大罪呢?〔生〕这一大罪,就是现今世子德昌王,父死贼手,暴尸未葬,竟忍心远避。还乘离乱之时,纳民妻女。这君德全亏尽丧,怎图皇业?

〔外〕说的一些不差,果然是三大罪。〔生〕不特此也,还有五不可立。〔外〕怎么又有五不可立?

【前腔】〔生〕第一件,车驾存亡,传闻不一,天无二日同协。第二件,圣上果殉社稷,尚有太子监国,为何明弃储君,翻寻枝叶旁牒。第三件,这中兴之王,原不必拘定伦次的分别,中兴定霸如光武,要访取出群英杰。第四件,怕强藩乘机保立。第五件,又恐小人呵,将拥戴功挟。

〔外〕是,是,世兄高见,虑的深远。前日见副使雷缜祚、礼部周镳,都有此论,但不及这番透彻耳。就烦世兄把这三大罪、五不可立之论,写书回他便了。〔生〕遵命。(其中"外"指史可法,"生"指侯方域。)

在侯方域《四忆堂诗集》卷五《哀辞九章·少师建极殿大学士兵部尚书开府都督淮扬诸军事史公可法》中说:

……福邸承大统,伦次适允若,应机争须臾,乃就马相度(自注:马相士英也)。坐失纶扉权,出建淮扬幕。进止频内请,秉钺威以削。(评曰:一时得失兴亡具此。)(按,此诗集为侯方域友人贾开宗、练贞吉、徐作霖、宋荦选注,评语除署名者外均不知为四人中何人所写。)①

这也就意味着:第一,侯方域认为由福王继承大统是理所当然的,所谓"福邸承大统,伦次适允若";第二,他认为在这个问题上史可法的认识是与此相一致的,只是没有当机立断,马上实行,反而去与马士英商量,以致马士英也有了拥戴之

---

① 侯方域《四忆堂诗集》卷五,清宣统二年(1910)扫叶山房石印本。本文所引《四忆堂诗集》,均据此本,后文仅注卷数。

功,史可法自己却在后来弄得大权旁落,朝政混乱不堪,所谓"应机争须臾,乃就马相度"等六句即指此。由此可见,主动倡议立福王者是史可法,而非马士英;此事是史可法主动与马士英商量,而非马士英主动与史可法商量。关于这几句的诗意,贾开宗的注释说得更为明白:"甲申燕京之变,公为南京兵部尚书,掌机务。时弘光以福邸当承大统,伦序无可易者。公以强藩在外,不即决,乃就凤阳总督马士英谋之,而拥立功尽归士英矣。"①

总之,《桃花扇》此节所写,与史实恰恰相反(记述南明史事的有些著作在这点上是与《桃花扇》一致的,这大概是根据中国"为贤者讳"的传统,把史可法的失误加到了马士英的头上)。

顺便说一下,侯方域所指出的史可法的失误并不确切,当时朝中有影响的大臣反对立福王者居多,光靠史可法一人是办不成此事的,所以他必须取得有兵权的实力人物的支持,这也就是他不得不与士英商量的原因,并非自失机宜。

侯方域入狱

在《桃花扇》中,侯方域受史可法委派担任高杰参军,因与高杰意见不合,拂袖而去,回到了金陵。其时阮大铖已握有大权,就把侯方域关入狱中,并将把他处以重刑。侯方域的朋友苏昆生因为镇守湖广的大帅左良玉曾受侯方域父亲的大恩,就赶到湖广去求救。在苏昆生向左良玉报告侯方域入狱的事件时,左良玉同时也了解到了金陵发生的两件大事:一件是崇祯的太子从北京逃出后来到了金陵,弘光帝不承认他是太子,把他关了起来;另一件是弘光帝原来的妃子童氏赶到了金陵,弘光帝说她是假冒的,也关了起来。于是左良玉大怒,发兵东下,马士英和阮大铖得信后就派重兵去防御左良玉,以致严重削弱了防御清军的兵力,使清军得以轻易攻入金陵。

就以上的描写来看,侯方域的入狱乃是左良玉举兵东下的导火线,因为左良玉是在得知侯方域入狱的同时,才得知崇祯太子和童氏之事的。按,剧中左良玉的举兵并造成严重后果是事实,但侯方域入狱却完全是子虚乌有。

侯方域原先确在高杰军中,但他与高杰意见不合而返回金陵的事却是根本没有的。高杰被许定国杀害后,侯方域仍在高杰留下的部队中。关于此事,侯方域友人贾开宗为侯方域写的《本传》中说得很清楚:"后大铖兴党人狱,欲杀方

---

① 侯方域《四忆堂诗集》卷五。

域,渡扬子依高杰得免。豫王师南下,杰已死,方域说其军中大将,急引兵断盱眙浮桥,而分扬州水军为二,战不胜,则以一由泰兴趋江阴,据常州,一由通州趋常熟,据苏州,守财赋之地,跨江连湖,障蔽东越,徐图后计。大将不听,以锐甲十万降。从其军渡江,授官,辞归。"①由此可见,高杰死后,侯方域仍一直在高杰的部队中,并且跟着这支部队一起降清,又"为王前驱",随着这支部队一直攻入金陵,清廷并欲授以官职,他不愿接受,回到故乡。所以他在高杰死后回到金陵之时,正是马士英、阮大铖奔逃不迭之际,又怎有可能把他逮捕入狱?

贾开宗不但是侯方域的好友,其言可信,而且在侯方域自己的诗中也可找到确切的依据。先看《四忆堂诗集》卷三的《海陵署中》两首(题下自注:"乙酉作。"):

海陵烽火后,烟戍长新荑。老柏何年朽?苍鹰尽日啼。江都隋战伐,京观楚鲸鲵。翘首愁欲破,惊心听马嘶。(贾曰:海陵去江都百二十里,今泰州也。按,是岁高杰卒,豫王师济自泗,诸将走海陵,遂攻扬州,克之。)

戍鼓沉云黑,城楼倒水青。("倒"字人不能用。)秋阴低短袂,雨色上空庭。诸将曾无敌,王师旧以宁。陈琳老文士,檄草亦飘零。

从第二首的最后两句可知,他当时仍在原属于高杰的部队中草檄,至于贾开宗的注也是符合史实的。据《小腆纪年》卷十顺治二年四月"……可法一日夜冒雨奔回扬州,尚未食,而城中哄传许定国领大兵至,欲尽歼高氏以绝冤对。夜五鼓,高兵斩关奔泰州,牲畜舟楫为之一空"②,可知当时高杰的余部确在泰州(广陵),贾氏所注不误。

再看同书卷四的《我昔》两首:

我昔寄维扬,车甲正纵横。先驱渡大江,簪裾粲以映。(语有讽刺。)饮至酬功高,南风忽不竞。嗟予归去来,咄咄信时命。

鱣鲔适北流,汪洋意鲅鲅。迢遥天路长,云影六月阔。大小贵逍遥,鲲溟何不脱?劳尾泣施罛,使我心目豁。(贾曰:弘光元年,侯子从兴平伯高杰北征。杰死,复返广陵。按,是岁五月,豫王师至扬州,诸将奔海陵,已而来降。侯子归里。杰故部曲大帅李本身等前驱渡江,克金陵。十月,随至京师。此盖侯子归里而以"劳尾"谓诸藩僚也。)

---

① 侯方域《壮悔堂集》,上海扫叶山房石印本。本文所引《壮悔堂集》皆据此本,后文仅标注卷数。
② 徐鼒撰、王崇武校点《小腆纪年附考》,中华书局,1957年,第356页。

按,贾注"已而来降,侯子归里,杰故部曲大帅李本身等前驱渡江,克金陵"易被误解为侯方域在"杰故部曲"投降后就归里而去,但侯方域原诗明明说"我昔寄维扬,车甲正纵横,先驱渡大江……",可见他也是"先驱渡大江"中的一员,而且贾作《本传》也说:"……大将不听,以锐甲十万降。从其军渡江,授官辞归。"倘说从其军渡江中不包括侯方域,那么所谓"授官辞归"者又指何人?莫非是指"杰故部曲"?但贾注又明明说"杰故部曲大帅李本身等前驱渡江,克金陵。十月,随至京师",可见李本身等在随清军渡江后,并未辞官归里,所以《本传》的"从其军渡江,授官辞归"只能是指侯方域而言。至于贾注,实分作两部分。第一部分至"侯子归里"止,实即侯方域第一首诗所述自己的情况,因侯诗在第一首中已有"先驱渡大江"等语,故不必再予重复。第二部分从"杰故部曲"开始,则注释"劳尾泣施罘"的本事。细按侯方域此两诗的诗意,前一首是说他随军渡江成功之后,酬功之际,受到不公平的待遇,大概是官卑职小,也即诗中所谓"饮至酬功高,南风忽不竞",他不愿做此等小官,就辞归故里了,所以第一首的最末两句为"嗟余归去来,咄咄信时命"。而从这两句来看,他对于自己的官卑职小、不得不返归故里,是充满慨叹之意的。其第二首则是说,那些跟随李本身到了京师的同事,看似得意,但很劳苦,比起他在乡间的自由自在来,可谓各有得失,以此来自我安慰。

其实,侯方域是功名观念很重而淡于"华夷之辨"的人,有他的《奉赠故相国王公》(《四忆堂诗集》卷三)为证:

> 惭愧十年尚未逢,更来骑马谒王公。(一起飘然不群。)通朝后食惟先士,于野同人总大风。箕子西归因访道,苍生一出匪求蒙。若承新主询时事,东阁开贤第一功。(徐曰:相国,王公铎也。弘光元年以礼部尚书入阁。乙酉,改弘文院礼部尚书。)

第一句说自己。"逢"是"遇"的意思,谓其犹无遇合,未能显达,第七句的"新主"自指清朝皇帝("弘文院礼部尚书"是王铎在降清后的官职),第八句是要王有机会时向皇帝建议宰相们要广泛延揽贤人。与第一句联系起来,就是使得像他这样"惭愧十年尚未逢"的人也有进身的机会。

其思想既是如此,那么,在乙酉年间随着降清的高杰余部渡江进攻金陵,事后又嫌官小而不胜感慨地辞归,对他也正是合理的事。

当然,他曾劝吴伟业不要出山,但那是因为吴伟业曾在明朝做官,得到过崇祯皇帝的赏识,倘若仕清,就有背于君臣大义(参见《壮悔堂集》卷三《与吴骏公书》);他自己却从未在明朝做官,自不妨仕于清廷。所以他后来终于参加清朝的科举考试,成了举人。

侯方域与史可法

在《桃花扇》里,崇祯十六年癸未镇守武昌一带的主帅左良玉以粮食不继为名,发兵东下,欲占领南京,南京兵部尚书熊明遇知道左良玉是侯方域父亲侯恂的老部下,而且对侯恂很尊重,就要侯方域写信给左良玉前去阻止。侯方域写了劝阻的信以后,阮大铖就造谣说侯方域要做左良玉的内应,等左军一到,为他打开城门,所以,应对侯方域立即查办。他的意见得到了马士英的支持,很快就要下手,幸而杨龙友及时向侯方域报信,于是,侯方域赶快逃到史可法幕下,并受到史可法的信用,参与了好些重要的政治活动,例如,帮助史可法调停四镇之间的矛盾等,这样也就通过写侯方域而写出了弘光一朝的重要事件,达到了"南朝兴亡系之桃花扇底"的效果。

但在实际上,侯方域虽曾奉熊明遇之命写信给左良玉,阮大铖也确曾据此造谣,但侯方域并没有因此而去投奔史可法,侯方域的《癸未去金陵日与阮光禄书》(《壮悔堂集》卷三)可证。其中说:"昨夜方寝,而杨令君文骢叩门过仆曰:'左将军兵且来,都人汹汹,阮光禄扬言于清议堂,云子与有旧,且应之于内。子盍行乎?'仆乃知执事不独见怒,而且恨之,欲置之族灭而后快也。仆与左诚有旧,亦已奉熊尚书之教,驰书止之……仆今已遭乱无家,扁舟短棹,措此身甚易,独惜执事忮机一动,长伏草莽则已,万一复得志,必至杀尽天下,以酬其宿所不快,则是使天下士终不复至执事之门,而后世操简书以议执事者,不能如仆之词微而义婉也。仆且去,可以不言,然恐执事不察,终谓仆于长者傲,故敢述其区区,不宣。"由此可见,当时侯方域的处境并不危急,所以他还有时间和心情写这样的信给阮大铖,而且他显然并不是准备去投奔史可法,而是准备泛舟于江湖之间。

在《四忆堂诗集》中,有好些诗可以证明他在甲申(1644)冬天以前是在吴越一带度过的。其中表现得最明显的是《九日过张员外(自注:甲申寓浒墅作)》,现引全诗如下:

惊心时序晚,异地亦重阳。废黍鸣饥雀,朝畦静素霜。茱萸愁杜老,丛菊忆陶狂。过眼深秋色,低头黯故乡。(俯仰具足。)登高空有约,把酒未相忘。三径骄狐鼠,频年走虎狼。可怜村戌白,不见野花黄。去去吴还越,盈盈参与商。

（排句难如此流丽。）知交谁共健？鬓发总成苍。客自容欹帽，家犹寄短樯。长裾羞落拓，抱瑟惜行藏。赖此张公子，分司汉省郎。楼船盛故旧，梁栋奏笙簧。令节芙蓉署，佳筵翡翠房。乍逢通宴笑，接次倒衣裳。牵缆当投辖，开关更洗觞。相期一夕醉，明月满清沧。（贾曰：员外张永禧也。按，是年永禧奉使浒墅。）（《四忆堂诗集》卷三）

此诗最值得注意的是"登高空有约，把酒未相忘"，"去去吴还越，盈盈参与商"，"家犹寄短樯"，"赖此张公子，分司汉省郎。楼船盛故旧"等句，这几句的意思是说：他虽然与好些朋友有九日登高之约，但是未能实现，所以说"空有约"，现在幸而遇到了张公子，在他的船上有许多故旧，所以他能够与他们相聚；同时，此诗还说明了他当时是在江苏的浒墅，但是在这以前，他是在江苏、浙江一带浮游，也即所谓"去去吴还越"，而他在浮游吴越之间时，是以小船为家的，与上引《癸未去金陵日与阮光禄书》中所说"仆今已遭乱无家，扁舟短棹，措此身甚易"诸语相符，可证他在癸未离开金陵后，确实是泛舟浮游（由"去去吴还越"之句，其所浮游的应是吴越一带），而不是投奔到史可法幕下。

他的由江南渡江而至江北，则是在甲申年的冬天，同书卷三《禹铸九鼎歌》题下有自注："甲申渡京口江作。"诗末有徐作肃、贾开宗的注，现分别引录如下：

徐曰：京口江即扬子也。按，是岁高杰开藩扬州，侯子避难，往依之。

贾曰：是岁，马士英入阁，起阮大铖兵部尚书。按，天启间大铖附魏忠贤得罪，废居金陵，太学诸生尝攻之。至是复起，引用杨维垣等，逐刘宗周、张慎言、徐石麒，议复《三朝要典》，毁思宗所定逆案。冬，兴党人狱，捕诸生尝议己者，及侯子，乃北渡江而作此诗也。

在这里，徐作肃是说侯方域此行是往依高杰，《壮悔堂集》卷首贾开宗所撰《本传》也说："后大铖兴党人狱，欲杀方域，渡扬子依高杰得免。"甚至卷首"康熙乙亥孟夏望后一日燕越年家后学胡介祉拜撰"的《侯朝宗公子传》也说："大铖得书怒，日夜谋杀公子，及得志，大兴党人之狱，公子走依高杰得免。"所以，《桃花扇》说侯方域投奔史可法避难，在跟随史可法一段时间后再由可法派他担任高杰参军，是不符合事实的。至于《壮悔堂集》卷首所附侯方域吴支五世族孙洵所辑《年谱》，时代甚后，又非侯方域的后裔，谱中虽说"阮大铖复檄捕公，公渡江，依史可法于扬州"，其资料价值自不能与徐、贾等人同日而语，显不足据。

顺便说明一点，一般南明史籍都以乙酉（1645）为弘光元年，但徐、贾等人都以甲申为弘光元年。按照传统都是在上一个皇帝死后的第二年才作为新君的元年,但在特殊情况下,也有于新君继位后的当年改元的。一般南明史籍以乙酉为弘光元年,当是依传统而言,徐、贾诸人以当时人记当时事,似较可信。

侯方域与李香君

据《桃花扇》所载,侯方域与李香君初会于崇祯癸未,两人一见钟情,进而发展成为生死不渝的爱情,但在实际上,侯方域与李香君只不过相聚数月,以后两人就分手了。

现先引侯方域的《李姬传》全文如下:

李姬者名香,母曰贞丽。贞丽有侠气,尝一夜博,输千金立尽。所交接皆当世豪杰,尤与阳羡陈贞慧善也。姬为其养女,亦侠而慧,略知书,能辨别士大夫贤否。张学士溥、夏吏部允彝急称之。少风调皎爽不群。十三岁从吴人周如松受歌《玉茗堂四传奇》,皆能尽其音节,尤工《琵琶词》,然不轻发也。雪苑侯生己卯来金陵,与相识。姬尝邀侯生为诗而自歌以偿之。初,皖人阮大铖者以阿附魏忠贤论城旦,屏居金陵,为清议所斥,阳羡陈贞慧、贵池吴应箕实首其事,持之力,大铖不得已,欲侯生为解之,乃假所善王将军,日载酒食与侯生游。姬曰:"王将军贫,非结客者,公子盍叩之?"侯生三问将军,乃屏人述大铖意。姬私语侯生曰:"妾少从假母识阳羡君,其人有高义,闻吴君尤铮铮,今皆与公子善,奈何以阮公负至交乎?且以公子之世望,安事阮公?公子读万卷书,所见岂后于贱妾耶?"侯生大呼称善,醉而卧,王将军者殊怏怏,因辞去,不复通。未几,侯生下第,姬置酒桃叶渡,歌《琵琶词》以送之,曰:"公子才名文藻雅不减中郎,中郎学不补行,今《琵琶》所传词固妄,然尝昵董卓不可掩也,公子豪迈不羁,又失意,此去相见未可期,愿终自爱,无忘妾所歌《琵琶词》也,妾亦不复歌矣。"侯生去后,而故开府田仰者以金三百锾邀姬一见,姬固却之,开府惭且怒,且有以中伤姬,姬叹曰:"田公岂异于阮公乎!吾向之所赞于侯公子者谓何?今乃利其金而赴之,是妾卖公子矣。"卒不往。(《壮悔堂集》卷五)

在传中,侯方域尽量掩盖自己与李香君的爱情关系,似乎两人的往来只是"姬尝邀侯生为诗而自歌以偿之",然而,王将军与侯生游,不过"积旬"(《癸未去金陵日与阮光禄书》),为什么李香君就知道了?而且王将军告诉了侯方域原因后,为什么李香君又立刻知道了,并提出了劝告?难道是侯方域特地为此去向她汇报不成?而侯方域听到李香君的劝告后,"侯生大呼称善,醉而卧",这当然是卧在李香君院中，可见两人的关系是很密切的。两人之间显然具有非同一般的感情。不过据此传所写，两人交往实始于崇祯己卯(1639)，《桃花扇》说两人初会于癸未，显然是不对的。

然而，从"未几，侯生下第，姬置酒桃叶渡，歌《琵琶词》以送之"等语来看，两人在己卯相处的时间不长，因为崇祯己卯是乡试年，所谓"未几，侯生下第"就是于己卯秋试下第，何况又有"未几"两字，可见从侯方域与李香君交往到其下第而离开南京，时间并不久。而尤其重要的是，之后两人就不曾再见面。侯方域《答田中丞书》说："承示省讼，惭恧无所自容。执事与仆齿不啻倍屣，位不啻悬隔，顾狠与仆道及少年之游，谓执事往日曾以兼金三百招致金陵伎，为伎所却，仆实教之，而因以爬垢索瘢，甚指议执事者。……昔仆之来金陵也，太仓张西铭偶语仆曰：金陵有女伎李姓，能歌《玉茗堂词》，尤落落有风调。仆因与相识，间作小诗赠之。未几下第去，不复更与相见。后半岁，乃闻其却执事金。……此伎而无知也者，以执事三百金之厚赀、中丞之贵，方且奔命恐后，岂犹记忆一落拓书生之言。倘其有知，则以三百金之赀、中丞之贵，曾不能一动之，此其胸中必自有说，而何待乎仆之告之也。"(《壮悔堂集》卷三)此篇末有贾开宗评："中丞名仰，李姬曰：是故以八座父事魏珰者耶。却其金不往。事本奇，笔下更写得委曲生动。"

把两篇加以比较，《答田中丞书》中的金陵李姓伎显然就是《李姬传》中的李姬，也即李香君。但《答田中丞书》中的"未几下第去，不复更与相见"之语，却意味着侯方域自己卯与李香君分别后，至少到写此书时，就不曾再与李香君见面。那么，此书作于何时呢？这就必须简单叙述一下田仰的经历。田仰为万历四十一年进士(见《明清进士题名碑录》)，在《明史》卷二五一《刘鸿训传》中曾提到过他。崇祯帝接位之初，把刘鸿训作为处理魏珰余孽的得力干将，刘鸿训的工作确实相当出色，但当时对刘鸿训的攻击也很多，崇祯终于渐渐不信任他了，把他遣戍。刘鸿训遭祸的罪状之一是"用田仰巡抚四川，纳贿二千金"[1]。此传中虽未提及对田仰的处分，但刘鸿训既遭遣戍，田仰至少应该革职。又，《小腆纪传·纪第一·弘光上》：清顺治元年(1644)五月甲辰(十七日)，"淮抚路振飞罢，起田仰代之"[2]。按当时体制，现职官员调任、升迁名之为调、擢，已革职官员重新起用则名之为"起"。由此可见，田仰重新成为中丞(巡抚)在甲申(1644)

---

[1] 《明史》卷三五六，中华书局，1974年，第6483页。
[2] 徐鼒撰、徐承礼补遗《小腆纪传》卷一，台北明文书局，1985年，第5页。

五月，而在《答田中丞书》中，侯方域说他自己与田仰"位不啻悬隔"，在说到金陵李姓伎是否会应田仰之邀时，又两次说到以"中丞之贵"，可见当时田仰已为现任巡抚，故此书应写在甲申五月之后〔至于"后半岁，乃闻其却执事金"，是说他听到却金之事已在事情发生的半年之后，以说明他不但不再与她相见，而且对她的消息也很隔膜；又，《李姬传》称田仰为"故中丞"，则当是该文作于弘光朝已亡之后（或在弘光朝亡后作过修改），与其称王铎为"故相国"同例。若在马、阮声势方盛之时，侯方域自不应作此传为李香君招祸惹灾也——田仰也为马士英所亲，见《明史·路振飞传》〕。而在事实上，他至迟于癸未重阳节以前就已在南京，有《九日雨花台五首》（题下自注"癸未作"）为证。假如侯、李两人之间真有生死不渝的爱情，为什么他癸未年明明在金陵，并有闲情逸致到雨花台登高，却不去与李香君见上一面？所以，他与李香君的交往，其实就是己卯年的一段很短的时间。

如果仔细读《李姬传》，我们就会发现一个问题，那就是李香君在分别时对侯方域所说的"公子豪杰不羁，又失意，此去相见未可期，愿终自爱，无忘妾所歌《琵琶词》也"，所谓"此去相见未可期"，也就是说，"很难说此后是不是还有相见的机会了"。侯方域是南京国子监生，不可能此后不再去南京，李香君为什么要说出这样的话来呢？这至少意味着李香君在下意识里已经不对下次的见面寄予希望了，也许这时他们的爱情已有裂痕，或者李香君已意识到侯方域是不会把她真正放在心中的，而侯方域于癸未再去南京，确实没有再跟李香君相见，这也证实了李香君的预感。

总之，《桃花扇》所写的侯方域与李香君的生死不渝的爱情并非事实，然而，这并无损于《桃花扇》的价值。因为艺术本是以建筑在人性的基础上的想象和虚构取胜的。

附记：余与易生兄交五十年矣。初亦泛泛。及"文革"事起，余罹祸几殆，易生兄独不惧牵连，时赐将伯之助，且一无德色。拳拳之情，固骨肉不啻。今易生兄已届八十五高龄，虽岁月若驶，而内美益盛。余愧无物可以为贺，力疾草成此篇，自视尚不无新意，故敢以代芹献。唯年来病甚，文不能工，所引皆排印本，无力据善本校核，尚祈谅之。

编 后 记

吴冠文

本书所收《洪昇年谱》和其他论文篇目，基本为章培恒先生生前所确定。除《关于洪昇的生年及其他》曾收入《献疑集》外，其他论著、论文，先生生前均未曾予以结集。

2011年出版的先生《不京不海集》，收录论文按照讨论对象发生时间顺序编排，除了《金圣叹的文学批评》一文系1963年发表于《中华文史论丛》，其他文章几乎均撰写于20世纪80年代之后的二十多年中。《不京不海集续编》（以下简称《续编》）则按照论著、论文撰写或发表时间顺序编排，与正编迥异的是，《续编》所收论著论文，超过一半的文字产生于20世纪80年代之前，整体时间跨度超过五十年，如同《不京不海集》的"前传"。《续编》所收既有奠定章先生学术地位的处女作《洪昇年谱》：

本书写于一九五七至六二年间，当时我在蒋天枢师严格的、富有启发性的指导下，刚开始从事古典文学的研究……"（《洪昇年谱·前言》）

也有章先生去世前一两年撰于病榻之上的论文《〈桃花扇〉与史实的巨大差别》，该文"附记"谈及他与顾易生先生之间的情谊，令人感动：

余与易生兄交五十年矣。初亦泛泛。及"文革"事起，余罹祸几殆，易生兄独不惧牵连，时赐将伯之助，且一无德色。拳拳之情，固骨肉不啻。今易生兄已届八十五高龄，虽岁月若驶，而内美益盛。余愧无物可以为贺，力疾草成此篇，自视尚不无新意，故敢以代芹献。唯年来病甚，文不能工，所引皆排印本，无力据善本校核，尚祈谅之。（《〈桃花扇〉与史实的巨大差别》"附记"，邬国平、汪涌豪主编《金波涌处晓云开——庆祝顾易生教授八十五华诞文集》，复旦大学出版社，2010年）

重读章先生收入《续编》中的文字，令人联想最多的是先生的"眼高手低"论和"小步快走"法。先生生前留下的文字及逝后大家怀念他的文章中，常谈及他的"眼高手低"论：

院系调整后,我从本来就读的上海学院中文系调到了复旦大学,听到了很多著名教授的课,养成了眼高手低的习气。——在这里需要说明的是:我认为眼高手低不但对青年是绝对必要的,就是到了老年也仍然如此。一般说来,年轻人很难达到眼高手高的地步,倘再不准他眼高手低,那他就只能眼低手低,一辈子向所谓专家、教授也者顶礼膜拜,也就一辈子都不会有什么出息。实际上,只有眼先高了,手才能跟着高上去。但在手高了以后,如果眼仍停在原来的水平,那么,发展到了一定阶段,他就会自满自足,以为"老子天下第一"了。所以,我认为我进入复旦后的第一大收获,就是从原先的眼低手低进到了眼高手低。在这方面,我首先应该感谢朱东润先生和贾植芳先生,而具体使我改变原先的手低状态的,则是蒋天枢先生。尽管我现在仍然手低,但比起原先的来,到底有所不同了。(章培恒《我跟随蒋先生读书》,《薪火学刊》第二卷,复旦大学出版社,2015年)

章先生着重指出,蒋天枢先生"始终坚持陈寅恪先生的传统,忠于学术,对曲学阿世的行为深恶痛绝……他的著作,……都是为了发掘出真实的情况,加以描述,此外没有其他的目的"。蒋先生这一始终坚持的治学原则,也正是章先生撰写《洪昇年谱》和其他论著时所一贯秉奉的原则。

在某些思潮的影响下,作为清初两大戏曲家之一的洪昇及其作品《长生殿》,新中国成立后一度成为研究者热衷阐发的对象。人们对于《长生殿》主题——究竟是写唐明皇、杨贵妃二人具有反封建意识的爱情,抑或是表现具有反清意识的民族兴亡之感,以及洪昇是否具有民族意识与爱国思想的问题,争论不休。章先生研究洪昇及其创作《长生殿》的过程,则是为了"发掘出真实的情况,加以描述",他在《洪昇年谱·前言》中一再表示:

洪昇是清代颇有影响的戏曲作家。研究他的生平和思想,对正确评价《长生殿》将会有一定的帮助。

研究洪昇的生平、思想及其写作《长生殿》的过程,是为了对正确评价《长生殿》提供一些参考。在有关的研究工作者中,对《长生殿》的评价是有分歧的。曾经有同志认为:《长生殿》描写唐明皇和杨贵妃的爱情是具有反封建的进步意义的;也有同志把《长生殿》视为具有反清意识的作品。

《长生殿》的主要内容是写李、杨情缘,这并无什么反封建意义或民主思想,不应该肯定;其较有意义的部分是对封建政治的暴露和对人民痛苦生活的反映,但这类内容在作品中只占很小的比重。存在于剧本里的兴亡之感,则仅仅体现了跟清廷合作的汉族地主阶级分子与满族地主阶级的矛盾。——这就是我们以《长生殿》为依据、结合对洪昇生平和思想的探讨而得出的结论。

先生对洪昇生平、思想及其写作《长生殿》过程的如实揭橥,其宗旨显然有别于当时流行的论议,以至于《洪昇年谱》问世后,其时即使是褒赞者也会遗憾先生对洪昇这位"伟大戏剧家"思想和创作成就的评价不够高。到了21世纪,时过境迁,王水照先生方始特别指出:"《洪昇年谱》虽是谱学之作,但其中重点是解决洪昇所谓'抗清复明'的思想争论问题,是一部充满理论色彩的年谱,在年谱中别具特色。"(《培恒先生二三事》,《王水照文集》第9卷《鳞爪文辑》,上海古籍出版社,2023年)《洪昇年谱》撰写于1957—1962年间,其时章先生二十三至二十八岁,正因为"眼高",他在年轻时未曾向当时"所谓专家、教授也者顶礼膜拜",人云亦云洪昇及其作品《长生殿》多么伟大;又因为不甘于"手低",他接受蒋天枢先生的指导,在文献载籍中披荆斩棘,努力如实还原洪昇的生平、思想及其写作《长生殿》的过程,为正确评价戏曲作家洪昇及其《长生殿》提供切实可信的参考。

章先生一生研究中一再付诸实践的"眼高"论,在令许多专业研究者都有点茫然的人工智能盛行的当下,其实不乏启迪意义:与其顶礼膜拜,不如坚持"眼高"——积极思考,扎实研学——不排斥数字人文的助力之功,不断攀升更高的人文境界。放诸古今中外,人文精神从来远非饾饤之学所能含纳,其题中应有之义包括对既有陈词滥调和僵化思想的不断突破。

《续编》编订中,阅至《洪昇年谱》具体文字,及该书困厄中撰成与尘封多年方得出版的相关记述,令我们不由赞叹,陈四益先生用"碎步前行""小步快走法"生动传神地揭橥出章先生学术生涯中另一个很值得我们关注的特点:

1964年,我们同在奉贤县参加"四清",农村水渠边的田埂路,是工作队员开会、下队的必经之路。下雨之后,上面是一层稀泥,下面却仍坚硬,走在上面如履冰场,常常滑倒,弄得泥污满身。章先生戏言他发明的"小步快走法"颇为有效:步子不要大,太大后脚跟不上;速度不能慢,慢则前脚滑出,势成劈叉。一定要前脚小步跨出,后脚立即跟上。试行一下,虽则碎步前行颇为滑稽,惹得走惯泥路的老乡笑弯了腰,但确然有效。我忽然觉得,胡风案后,章先生的学术生涯似乎也是"小步快走"。(陈四益《章培恒先生》,褚钰泉主编《悦读MOOK》第23卷,2011年)

"小步快走法"显然不止是章先生特殊情境下的走路步法,诚如陈四益先生所言,章先生学术生涯中时常需要运用"小步快走"——甚至"碎步前行"法。1966年初,他将《洪昇年谱》手稿送与江巨荣先生作硕士论文参考,令江先生惊异的是:

> 全部手稿都是用零零碎碎的边角纸,一条一条,大大小小,长短不齐地粘在劣质的学生常用的练习本上。这些纸条中,竟也有"大前门""飞马""劳动"等香烟壳纸。这些纸壳,或原样,或裁剪成长条后,粘贴在几本不同大小的笔记本上。在这些香烟壳纸上,密密麻麻地写着章先生抄录的各种古籍资料。练习本上则著录着与洪昇相关的历史年月和社会大事、谱主的生平事略。所以,书稿虽还是原生状态,但条理已十分清晰,已是一部完整的书稿,只是尚未誊录而已。
>
> 当时最触人心境的是,先生不抽烟,怎么会收集并用这么多香烟壳纸来写他的书?抄他发现的文献?只能有一种解释,就是当时的贫穷,就是艰苦。我还清楚记得,他用的笔其实也是当时只有几分钱一支的简陋的圆珠笔,因为留在纸上的字,有时明显写不出,有时又漏着笔油,只有那种最便宜的笔才这样。可见他做着这样的学问,实在是连纸、笔都十分简陋。他又不像我们常见的那样,可以到公家去领。他公私分明,洁身自好,不用公家的东西做自己的学问,于是只好收罗香烟壳和那些废弃的纸条,以便废物利用。可以想见,在收罗这些香烟纸壳和废纸时,作为一位做学问的学者,有着怎样的无奈和苦涩。这是最使我感动,也是至今不能忘怀的。(《不尽的思念——为悼念章培恒先生逝世六周年而作》,本文是江巨荣先生于2017年6月章先生逝世六周年之际撰写的回忆文章,全文初刊于《薪火学刊》第四卷。后收入江先生《枝叶集》,上海古籍出版社,2024年)

章先生在1957至1962年撰写《洪昇年谱》期间,条件之艰苦于此可见一斑,且其时他还在"政治上背着相当沉重的包袱"(章先生《我的喜悦与祝愿》,《我与上海出版》,学林出版社,1999年)。但即使在如此窘境中,先生未尝裹足不前,仍坚持"碎步前行",经过大量的史料爬梳(据《洪昇年谱·引用资料目》,全书引用经史子集四部书目近二百五十种)和考证工作,终于集跬步以致千里,完成全书。《洪昇年谱》的成书及其最终得以在上海古籍出版社出版的曲折过程,正是章先生1983年3月为复旦大学中文系七九级同学毕业留言"追求真理,锲而不舍。纵罹困厄,毋变初衷"的真实写照。今天的我们已经难以想象,一部条理清晰、思路缜密的著作初稿,竟然"都是用零零碎碎的边角纸,一条一条,大大小小,长短不齐地粘在劣质的学生常用的练习本上"。江巨荣先生的文字与陈四益先生的文字相参，可以烛照出先生在无奈的艰难情境下，常应对以"小步快走法"的生存策略。而在人文学科被唱衰和挤压的今天，这或许又可以给予我们不少启示：学科生存环境越是艰苦，越需要冷静思考学科可持续发展的意义，越需要积极探索前行的步法。

《续编》编订之初，大家已默认陈建华老师为撰序不二人选，因为陈老师的《〈不京不海集〉读后》（见《不京不海集》，复旦大学出版社，2011 年）、《章培恒先生与中国文学古今演变研究》（《文汇学人》2018 年 1 月 5 日）等文，均对章先生的学术研究和思考有过深刻而具体的阐发。考虑到陈老师在教学和研究上一直非常投入和忙碌，我们本计划等比较干净的三校样出来后再麻烦他，未料到三校样于 2024 年底出来之时，陈老师感染新冠。但令我们很感动的是，陈老师花了一周左右时间稍事休息，便慨允为《续编》撰写序言。

自先生哲嗣章乃基先生联系复旦大学出版社宋文涛先生担任《续编》责任编辑始，宋先生便积极与我们商讨并不断推进《续编》出版相关事宜，在文稿的审读上也投入大量时间和精力，指出了我们不少疏失之处。

《续编》之所以能够顺利编成与出版，离不开我们古籍所陈广宏、郑利华两位老师的指导和协调周全，从最终篇目的确定，到具体编撰过程，他们一直很关心，给予了大力支持。

非常感谢我们古籍所博士研究生郑凌峰同学，硕士研究生许心怡、许开彦、郑哲凡和刘语晗等同学，在他们繁忙的学业之余，核查并酌情增补了《续编》大部分引文出处，认真审读了一校和二校。因为我们对先生历时五十多年的撰著——尤其是本书所收写作最早的《洪昇年谱》中所用具体参考文献版本，虽努力查考，但仍有部分无法一一对应，先生原作所引与今天我们复核之本的文字偶有不合者，原则上保存原文中的引文，以待日后有机会进一步复核。

章先生在华山医院的病床上最后确定《续编》收入《洪昇年谱》时，曾无奈叹道：

> 本来想对《洪昇年谱》作些修改，现由于身体情况不允许，只能一仍其旧。……

诸语可用以形容《续编》一书的遗憾！可以想见，如果假以时日，先生定会像十几年前编订《不京不海集》一样，认真审读和修订《续编》全部文字。

图书在版编目(CIP)数据

不京不海集续编/章培恒著;吴冠文编.--上海:
复旦大学出版社,2025.5. -- ISBN 978-7-309-17867-8
Ⅰ.I206-53
中国国家版本馆 CIP 数据核字第 2025V941E6 号

不京不海集续编

章培恒　著
吴冠文　编
责任编辑/宋文涛

复旦大学出版社有限公司出版发行
上海市国权路 579 号　邮编:200433
网址:fupnet@fudanpress.com　http://www.fudanpress.com
门市零售:86-21-65102580　　团体订购:86-21-65104505
出版部电话:86-21-65642845
浙江新华数码印务有限公司

开本 787 毫米×1092 毫米　1/16　印张 31.25　字数 528 千字
2025 年 5 月第 1 版
2025 年 5 月第 1 版第 1 次印刷

ISBN 978-7-309-17867-8/I・1446
定价:156.00 元

如有印装质量问题,请向复旦大学出版社有限公司出版部调换。
版权所有　侵权必究